NOSFERA2

www.editions-jclattes.fr

Joe Hill

NOSFERA2

roman

Traduit de l'anglais (États-Unis)
par Antoine Chainas

Illustrations de Gabriel Rodríguez

JC Lattès

Titre de l'édition originale :
NOS4A2
Publiée par William Morrow,
un département de HarperCollins Publishers

Maquette de couverture : Bleu T
Photo : adaptation de l'image d'après Mary Schuck

Illustrations : © 2013 by Gabriel Rodríguez. Tous droits réservés.

Publié avec l'accord de William Morrow, un département de
HarperCollins Publishers.

ISBN : 978-2-7096-4384-9

À ma mère
Un récit implacable pour la reine des histoires.

« *Die Todten reiten schnell.* »
(Car les morts vont vite.)

Léonore, *Gottfried Bürger*

Prologue

VŒUX DE NOËL

Décembre 2008

Prison fédérale d'Englewood, Colorado

Un peu avant huit heures, l'infirmière Thornton entra dans la salle de soins longue durée munie d'une poche de sang frais pour Charlie Manx.

Elle agissait en pilotage automatique, sans réfléchir. Elle avait finalement accepté d'acheter à son fils, Josiah, la Nintendo DS qu'il voulait et essayait de calculer si elle pouvait passer à Toys R Us avant la fermeture, à la fin de son service.

Elle avait résisté par principe pendant plusieurs semaines. Peu importe que tous ses amis possèdent une console : la simple idée que les gosses se promènent partout avec ces jeux portatifs lui déplaisait. Ellen Thornton n'aimait pas la manière dont les gamins s'absorbaient dans ces écrans lumineux, comment ils abandonnaient le monde réel pour se perdre dans des contrées imaginaires où l'amusement remplaçait la réflexion et où l'invention de nouvelles façons de tuer devenait un art. Elle avait rêvé d'un enfant qui aurait adoré les livres, joué au Scrabble et serait volontiers allé marcher en raquettes avec elle dans la neige. Quelle blague.

Ellen avait tenu aussi longtemps que possible, mais hier après-midi, elle avait surpris Josiah assis sur son lit, en train de faire semblant de jouer à la Nintendo sur un vieux portefeuille. Il avait découpé une image de Donkey Kong qu'il avait glissée dans la pochette plastique transparente destinée aux photos. Il appuyait sur des boutons fictifs, imitait des bruits d'explosion. À la vision de son fils simulant la possession d'un objet qu'il était certain d'obtenir le Grand Jour, son cœur s'était serré.

Ellen pouvait théoriser sur ce qui était bon ou non pour les enfants, cela ne signifiait pas pour autant que le père Noël devait partager ses convictions.

Toute à ses pensées, elle ne remarqua le changement chez Charlie Manx qu'au moment où elle contourna le lit pour atteindre la potence. Il poussa un profond soupir, comme s'il s'ennuyait, et elle baissa le regard. Il la fixait. Elle fut si étonnée de voir ses yeux ouverts qu'elle manqua faire tomber d'un geste maladroit la poche de sang à ses pieds.

Il était horriblement vieux, voire horrible tout court. Son gros crâne chauve était un globe dessinant la carte d'une lune étrangère, les continents délimités par les taches de vieillesse et les sarcomes couleur hématome. De tous les patients du service des soins longue durée – aussi connu sous le nom du « Carré des Légumes » –, Charlie Manx possédait un aspect particulièrement effroyable, avec ses yeux ouverts à cette période précise du calendrier. Manx aimait les enfants. Il en avait fait disparaître des dizaines dans les années 1990. Il avait une maison au pied des Flatirons où il faisait ce qu'il voulait avec eux avant de les tuer et d'accrocher des décorations de Noël à leur mémoire. Les journaux avaient surnommé cet endroit la Maison de Sangta Claus. Oh, oh, oh !

La plupart du temps, Ellen parvenait à réprimer son instinct maternel pendant les heures de travail, elle arrivait à ne pas songer aux sévices probables que Charlie Manx avait infligés aux petites victimes qui avaient croisé sa route ; des filles et des garçons du même âge que son Josiah. Elle évitait, dans la mesure du possible, de penser aux antécédents de chacun de ses patients. L'homme à l'autre bout de la pièce avait attaché sa copine et ses deux enfants, mis le feu à leur domicile, et les avait laissés rôtir. On l'avait arrêté dans un bar en bas de chez lui, attablé devant un verre de Bushmill, en train de regarder un match des White Sox contre les Rangers. Ellen ne voyait pas en quoi s'attarder sur ces forfaits lui rendrait le moindre service et avait résolu de considérer ses malades comme des extensions des machines et des goutte-à-goutte auxquels ils étaient reliés : des morceaux de viande périphériques.

Jamais, depuis qu'elle travaillait à la prison fédérale d'Englewood, dans l'unité médicale de haute sécurité, elle n'avait vu Charlie Manx les yeux ouverts. Depuis trois ans qu'elle occupait ce poste, elle l'avait toujours connu plongé dans le coma.

Il était son patient le plus faible, une enveloppe de peau fragile avec des os à l'intérieur. Son moniteur cardiaque bipait avec la régularité d'un métronome, aussi lentement que possible. Le médecin prétendait qu'il avait autant d'activité encéphalique qu'une boîte de maïs en crème. Personne ne connaissait son âge, mais il paraissait plus vieux que Keith Richards. En fait, il ressemblait à Keith Richards : un Keith chauve, la bouche pleine de petites dents marron affûtées.

La salle était occupée par trois autres comateux. L'équipe soignante les appelait les plantes vertes. Quand on les fréquentait assez longtemps, on apprenait que chaque plante verte avait ses bizarreries. Don Henry, l'homme qui avait fait brûler sa femme et ses enfants, allait parfois « marcher ». Il ne se levait pas, bien sûr, mais pédalait faiblement sous les draps de son lit. Un dénommé Leonard Potts, dans le coma depuis cinq ans et peu susceptible d'en sortir un jour – un autre détenu lui avait enfoncé un tournevis dans le crâne et endommagé le cerveau –, s'éclaircissait parfois la gorge avant de crier « je sais ! » sur le ton d'un élève désireux de répondre à la question de sa maîtresse. Peut-être que la particularité de Manx était d'ouvrir les yeux. Sans doute ne l'avait-elle simplement jamais pris sur le fait.

« Bonjour, monsieur Manx, déclara machinalement Ellen. Comment allez-vous aujourd'hui ? »

Elle sourit sans y penser et hésita, la poche de sang à température corporelle entre les mains. Elle n'attendait aucune réponse, mais jugea approprié de lui donner un peu de temps pour reprendre ses esprits défaillants. Comme il restait muet, elle tendit la main pour rabattre ses paupières.

Il lui agrippa le poignet. Elle ne put s'empêcher de pousser un cri et lâcha la poche d'hémoglobine. Celle-ci explosa au sol dans une gerbe écarlate. Ses pieds furent aspergés de substance tiède.

« Ah ! hurla-t-elle. Ah, mon Dieu ! »

Le liquide dégageait une odeur de fer à peine coulé.

« Ton fils, Josiah, grinça Charlie Manx d'une voix rauque. Il y a une place pour lui à Christmasland, avec ses camarades. Je pourrais lui donner une nouvelle vie, un joli sourire. Je pourrais lui offrir de belles dents toutes neuves. »

Elle était encore plus horrifiée d'entendre Manx prononcer le nom de son fils que d'avoir la main du vieillard autour de son poignet ou du sang à ses pieds. (*Du sang propre*, se dit-elle. *Propre.*) L'évocation de sa progéniture dans la bouche de cet homme, ce meurtrier, ce bourreau d'enfants, lui donna le vertige, un vertige authentique. Elle eut l'impression d'être dans un ascenseur de verre qui filait à toute allure vers les cieux, le monde s'éloignant sous elle.

« Laissez-moi, souffla-t-elle.

— Il y a une place pour Josiah John Thornton à Christmasland, et il y a une place pour toi dans la Maison du Sommeil. L'Homme au Masque à gaz saurait quoi faire de toi. Il t'enverrait sa fumée de pain d'épice et t'apprendrait à l'aimer. Je ne peux pas t'emmener avec nous à Christmasland. Ou plutôt si, mais l'Homme au Masque à gaz est un meilleur choix. L'Homme au Masque à gaz est une bénédiction.

— Au secours, essaya de crier Ellen, mais ses mots n'étaient qu'un soupir. À l'aide. » Sa voix se dérobait.

« J'ai vu Josiah au Cimetière de Ce-qui-peut-être. Josiah devrait venir se promener avec l'Apparition. Il serait heureux pour toujours à Christmasland. Rien au monde ne pourrait plus le salir, car cet endroit n'est pas ici. Il est dans ma tête. Ils sont tous en sécurité dans ma tête. J'en ai rêvé, tu sais. Christmasland. J'en ai rêvé, mais je marche, et je marche encore sans arriver au bout du tunnel. J'entends les enfants chanter, mais je ne peux pas les atteindre. Ils m'appellent à tue-tête, mais le tunnel n'a pas de fin. J'ai besoin de l'Apparition. Besoin de me promener. »

Sa langue marron, luisante et obscène, émergea d'entre ses lèvres sèches, les humecta. Il lâcha l'infirmière.

« Au secours, chuchota-t-elle. Au secours. Aidez-moi. » Elle répéta ces mots encore une ou deux fois avant d'arriver à parler assez fort pour qu'on l'entende. Alors, elle ouvrit les portes à la volée, se précipita dans le couloir, courut avec ses chaussures à semelle plate en s'époumonant. Elle laissa des empreintes de pas rouge vif derrière elle.

Dix minutes plus tard, deux policiers en tenue anti-émeute avaient attaché Manx à son lit, au cas où il rouvrirait les yeux et tenterait de se lever. Pourtant, le médecin qui arriva finalement pour l'examiner ordonna qu'on défasse ses liens.

« Ce type est allongé depuis 2001. On doit le tourner quatre fois par jour pour prévenir les escarres. Même s'il n'était pas une plante verte, il serait trop faible pour aller où que ce soit. Après sept ans d'atrophie musculaire, je doute qu'il soit capable de s'asseoir tout seul. »

Ellen écoutait le discours du praticien tout près des portes. Au moindre mouvement de la part de Manx, elle comptait bien être la première à se ruer dehors. Cependant, les mots du docteur la rassurèrent et elle s'approcha, les jambes raides. Elle remonta sa manche au-dessus du poignet droit afin de montrer l'hématome à l'endroit où Manx l'avait saisie.

« Est-ce là l'œuvre d'un homme trop faible pour s'asseoir ? J'ai cru qu'il allait m'arracher le bras. » Ses pieds lui faisaient aussi mal que son poignet meurtri. Après avoir ôté son collant trempé de sang, elle les avait nettoyés à l'eau chaude et au savon antiseptique jusqu'à ce qu'ils soient presque à vif. Elle portait maintenant des baskets. L'autre paire de chaussures était à la poubelle. En admettant qu'elle puisse les ravoir, elle n'aurait sans doute jamais le courage de les remettre.

Le médecin, un Indien nommé Patel, lui adressa un regard à la fois désolé et interdit. Il se pencha pour éclairer les yeux de Manx avec sa lampe-stylo. Ses pupilles ne réagirent pas. Patel fit aller sa lampe d'avant en arrière, mais les yeux de Manx demeurèrent fixés sur un point au-delà de l'oreille gauche du docteur. Il claqua des mains à un centimètre du nez de Manx. Le patient ne cilla pas. L'Indien lui rabattit les paupières avec délicatesse. Il étudia l'électrocardiogramme en cours.

« Je ne constate aucune différence avec les dizaines de relevés précédents. Ce patient est diagnostiqué neuf sur l'échelle de Glasgow. La lenteur de son rythme alpha correspond bien à un coma profond. Je crois qu'il parlait juste dans son sommeil. Ça arrive même aux plantes vertes comme lui.

— Ses yeux étaient ouverts, répondit Ellen. Il me regardait. Il connaissait mon nom, celui de mon fils.

— Vous avez déjà discuté avec d'autres infirmières en sa présence ? Dieu sait quelles informations ce type a inconsciemment retenues. Vous dites à l'une de vos consœurs "Hé, mon fils vient de remporter le concours d'orthographe", Manx vous entend et restitue l'anecdote dans un état semi-onirique. »

Elle acquiesça en songeant toutefois : *il connaissait le deuxième prénom de Josiah*. Elle était certaine de ne l'avoir jamais mentionné devant quiconque dans l'établissement. *Il y a une place pour Josiah John Thornton à Christmasland*, lui avait affirmé Manx. *Et il y a une place pour toi dans la Maison du Sommeil.*

« Je ne lui ai pas fait sa transfusion, déclara-t-elle. Il est anémique depuis plusieurs semaines. Il a attrapé une infection urinaire via la sonde. Je vais chercher une nouvelle poche.

— Laissez tomber. Je donnerai sa ration de sang au vieux vampire. Écoutez, vous avez eu une vilaine frousse. Oubliez ça, rentrez chez vous. Il vous reste quoi ? Une heure de service ? Prenez-la. Et prenez demain aussi. Vous avez des courses de dernière minute à effectuer ? Allez-y. Arrêtez de penser à cette histoire et détendez-vous. C'est Noël, infirmière Thornton. » Le médecin lui fit un clin d'œil. « La plus belle période de l'année, n'est-ce pas ? »

RACCOURCI

1986-1989

Haverhill, Massachusetts

La Gamine avait neuf ans la première fois qu'elle franchit le pont couvert qui séparait l'égarement de la révélation.

Voici comment tout est arrivé : ils venaient de rentrer du lac, et la Gamine était dans sa chambre en train de fixer au mur un poster de David Hasselhoff – blouson de cuir, sourire à fossettes, debout les bras croisés devant K 2000. Elle entendit un sanglot théâtral en provenance de la chambre de ses parents.

La Gamine avait un pied posé sur le cadre de son lit. Elle appuyait le poster contre le mur avec sa poitrine et s'appliquait à en scotcher les coins avec de l'adhésif marron. Elle se figea, tendit le cou pour écouter sans réelle inquiétude ce que pouvait encore fabriquer sa mère. On aurait dit qu'elle avait égaré quelque chose.

« Je l'avais, je suis sûre que je l'avais ! pleurnichait-elle.

— Tu crois que tu l'as enlevé sur le rivage ? Avant d'aller dans l'eau ? s'enquit Chris McQueen. Hier après-midi ?

— Je t'ai déjà dit que je ne suis pas allée nager.

— Mais tu l'as peut-être ôté quand tu t'es mis de l'ambre solaire. »

Ils continuèrent un moment dans le même registre. La Gamine décida de les ignorer pour l'instant. À neuf ans, elle avait cessé depuis longtemps de prêter attention aux sautes d'humeur de sa mère. Les brusques éclats de rire de Linda McQueen, ses gémissements de déception tourmentée constituaient le bruit de fond de son quotidien. Ils n'étaient que rarement dignes d'intérêt.

Elle aplatit le poster, termina de le fixer, et recula pour le contempler. David Hasselhoff, trop cool. Elle fronçait les sourcils, essayant de deviner s'il était de travers, lorsqu'elle entendit une porte claquer, puis un autre cri d'angoisse – sa mère, à nouveau – et la voix de son père.

« Je me doutais qu'on en arriverait là. Pile au bon moment.

— Je t'ai demandé si tu avais regardé dans la salle de bains, et tu as dit que tu l'avais fait. Tu as affirmé que tu avais tout vérifié. Tu es allé à la salle de bains, oui ou non ?

— Je ne sais plus. Non. Sans doute que non. Mais peu importe puisqu'il n'est pas là-bas, Linda. Tu sais pourquoi je suis convaincu que tu n'as pas laissé ton bracelet dans la salle de bains ? Parce que tu l'as oublié sur la plage hier. Toi et Regina Roeson, vous vous êtes installées au soleil, vous avez pris un plein seau de Margarita, et tu t'es si bien détendue que tu as oublié ta fille ; tu t'es endormie. Ensuite, quand tu t'es réveillée, tu t'es rendu compte que tu allais avoir une heure de retard pour aller la récupérer au centre aéré...

— Je n'avais pas une heure de retard.

— ... tu es partie en catastrophe. Tu as oublié ton ambre solaire, ta serviette, et ton bracelet. Alors, maintenant...

— Et je n'étais pas saoule non plus, si c'est ce que tu insinues. Je ne conduis pas ma fille en état d'ébriété, Chris. Contrairement à toi.

— ... alors maintenant, tu fais ton cinéma habituel et tu reportes la faute sur quelqu'un d'autre. »

La Gamine était à peine consciente de se mouvoir. Elle traversa le couloir sombre en direction de la chambre parentale. La porte était entrouverte d'une dizaine de centimètres. Elle apercevait une partie du lit et une valise ouverte dessus. Des vêtements avaient été dispersés par terre. La Gamine savait que sa mère, dans un accès d'énervement, avait tout jeté à la recherche du bracelet perdu : un anneau en or surmonté d'un papillon en saphir et diamants blancs.

Sa mère allait et venait, si bien que toutes les deux ou trois secondes, elle la distinguait dans l'entrebâillement.

« Tout cela n'a rien à voir avec hier. Je te répète que je ne l'ai pas perdu à la plage. Point. Il était à côté de l'évier ce matin, avec mes boucles d'oreilles. S'ils ne l'ont pas à la réception, alors une des femmes de chambre l'a pris. Voilà comment elles arrondissent leurs fins de mois en été. Elles se servent dans les affaires que les vacanciers laissent traîner. »

Le père de la Gamine demeura silencieux un instant, puis éclata :

« Bon Dieu, quelle salope tu fais ! Dire que j'ai eu un enfant avec toi. »

La Gamine tressaillit. Une chaleur piquante envahit ses yeux, mais elle ne pleura pas. Par réflexe, elle se mordit les lèvres, les dents profondément enfoncées dans la pulpe. La douleur aiguë endigua les larmes.

Sa mère ne fit pas preuve d'autant de discrétion et commença à geindre. La fillette l'aperçut de nouveau, une main sur le visage, les épaules animées de soubresauts. Par crainte d'être surprise, elle battit en retraite.

Elle passa devant sa chambre, puis longea le couloir pour atteindre la porte d'entrée. La perspective de rester à l'intérieur était insupportable. La maison empestait le renfermé. L'air conditionné était resté éteint pendant une semaine. Toutes les plantes étaient mortes et on le sentait.

Elle ignorait où elle allait, bien que, à la minute où elle avait entendu son père cracher sa pire insulte – *quelle salope tu fais* –, sa destination fût inévitable. Elle se glissa dans le garage par la porte latérale pour prendre son Raleigh.

Le vélo Raleigh Tuff Burner était son dernier cadeau d'anniversaire, en mai. Tout simplement la meilleure surprise qu'elle ait jamais eue... et qu'elle aurait jamais. Même à trente ans, lorsque son fils lui demanderait quel était le plus beau truc qu'on lui avait offert, elle penserait tout de suite au Raleigh Tuff Burner bleu fluo avec les jantes jaune banane et les gros pneus. Cette bicyclette était ce qu'elle avait de plus cher. Mieux que sa Magic 8 Ball, son coffret de stickers Colorforms, ou sa Colecovision.

Lors d'une sortie en centre-ville avec son père, trois semaines avant son anniversaire, elle était tombée en arrêt devant la vitrine du Véloland. Elle avait soufflé un *oh !* ébahi. Son père, amusé, était entré dans le magasin. Il avait persuadé le vendeur de la laisser monter sur l'engin dans l'enseigne. L'employé l'avait fortement incitée à regarder les autres vélos. Il pensait que le Tuff Burner était trop grand pour elle, même avec la selle baissée au maximum. Elle ne voyait pas de quoi il parlait. Ce destrier était diabolique ; elle avait l'impression de chevaucher un balai volant, de filer sans effort dans les ténèbres d'Halloween, à un kilomètre du sol. Cependant, son père avait feint d'être d'accord avec le vendeur. Il avait conseillé à Vic d'attendre.

Trois semaines plus tard, la bicyclette était dans l'allée, un gros nœud argenté collé au guidon. Son père lui avait alors dit avec un clin d'œil : « Tu es plus grande maintenant, pas vrai ? »

Le Tuff Burner l'attendait désormais, appuyé contre le mur à gauche du deux-roues de son père. Non pas un vélo, mais une Harley Davidson noire équipée d'un moteur shovelhead qu'il prenait encore pour aller travailler en été. Son père était artificier, il bossait avec une entreprise de BTP et démolissait des roches à l'aide d'explosifs puissants. De l'ANFO la plupart du temps ou du TNT pur. Une fois, il avait déclaré à Vic qu'il fallait être futé pour savoir tirer profit de ses mauvaises habitudes. Quand elle lui avait demandé ce qu'il voulait dire, il avait répondu que la majeure partie des types qui aimaient fabriquer des bombes finissaient en mille morceaux ou en taule. À lui, cette lubie rapportait soixante mille dollars par an. Et elle lui en rapporterait encore plus si jamais il volait en éclats. Il avait pris un sacré paquet d'assurances. Rien que son petit doigt valait vingt mille en cas d'accident. De façon assez comique, sa moto était ornée d'une blonde en bikini aux couleurs du drapeau américain, peinte à l'aérographe. Elle enfourchait une bombe sur fond de flammes. Le père de Vic était terrible. Les autres pères construisaient des choses. Le sien éclatait tout avant de s'éloigner sur sa Harley, la cigarette qui lui avait servi à allumer la mèche entre les lèvres. Essayez donc de faire mieux.

La Gamine avait le droit de pédaler sur les chemins de la forêt de Pittman Street, dénomination officieuse des quinze hectares de pins gris et de bouleaux qui succédaient à leur jardin. Elle pouvait se rendre jusqu'à la Merrimack River et son pont couvert, mais devait ensuite faire demi-tour.

Les bois continuaient de l'autre côté du pont, aussi connu sous le nom de pont du Raccourci. Cependant, Vic avait interdiction de le franchir. Vieux de soixante-dix ans, long d'une centaine de mètres, le Raccourci commençait à s'affaisser en son milieu. Ses parois s'inclinaient vers la rivière. On aurait dit qu'il allait s'écrouler à la première bourrasque. Une barrière grillagée en bloquait l'accès, ce qui n'avait pas empêché les gosses d'en soulever un coin pour s'y faufiler et fumer de l'herbe ou flirter. Sur cette barrière, un panneau en étain indiquait : « Déclaré dangereux par arrêté municipal ». Un endroit prisé des délinquants, des épaves et autres détraqués.

En dépit des menaces paternelles et du panneau de mise en garde, elle y était déjà venue, bien entendu (aucun commentaire sur la catégorie à laquelle elle appartenait). Elle s'était risquée à se glisser sous la barrière et avait effectué une dizaine de pas. La Gamine n'avait jamais pu résister à un défi. En particulier un défi qu'elle se lançait à elle-même.

La température baissait de cinq degrés à l'intérieur de la construction. Les planches qui surplombaient d'une trentaine de mètres le cours d'eau battu par les vents étaient émaillées d'interstices. Les trous dans le papier goudronné du toit laissaient filtrer des rais de lumière poussiéreux. Des chauvessouris pépiaient avec véhémence dans le noir.

La respiration de Vic s'était accélérée. Elle marchait dans ce long tunnel obscur qui enjambait non pas une rivière, mais la mort en personne. À neuf ans, elle se croyait assez rapide pour échapper à tout, y compris la chute d'un pont. Cependant, sa conviction avait faibli à mesure qu'elle avançait avec mille précautions sur les vieilles planches grinçantes. Elle n'avait pas fait dix pas, mais vingt. Au premier craquement sec, elle avait néanmoins détalé, était repassée à toute vitesse sous la barrière, à la limite de la suffocation.

À présent, elle pointait son vélo en direction du jardin. L'instant d'après, elle descendait la colline en rebondissant sur les racines et les pierres. À mesure qu'elle s'éloignait de la maison, elle plongea dans une de ses histoires imaginaires, un épisode certifié *K 2000*.

Elle était dans KITT. Ils filaient majestueusement sous une voûte d'arbres tandis que la lumière d'été déclinait en un crépuscule orangé. Leur mission consistait à retrouver un microfilm indiquant l'emplacement secret de tous les silos de missiles américains. Ce microfilm, dissimulé dans le bracelet de sa mère, composait une partie du papillon en pierres précieuses sous l'ingénieuse forme d'un diamant. Des mercenaires s'en étaient emparés. Les informations mises aux enchères seraient cédées au mieux disant : l'Iran, la Russie, peut-être le Canada. Vic et Michael Knight approchaient du repaire des brigands par une route dérobée. Michael exigeait que Vic lui promette de ne pas prendre de risques inutiles, de ne pas se comporter en gosse écervelée. Elle se moquait de lui et levait les yeux au ciel, mais ils comprenaient tous les deux, vu les exigences du scénario, qu'elle devrait effectivement se comporter à un moment donné comme une écervelée, qu'elle les mettrait en danger et qu'ils seraient contraints de se livrer à des manœuvres insensées pour échapper aux méchants.

Pourtant, son personnage n'était pas tout à fait convaincant. D'abord, elle n'était pas dans une voiture. Elle était à vélo. Les roues cognaient contre les racines, elle pédalait assez vite pour éviter les moustiques. En plus, elle n'arrivait pas à se détendre, à s'immerger dans son imagination ainsi qu'elle le faisait d'habitude. Elle n'arrêtait pas de penser à cette phrase : *bon Dieu, quelle salope tu fais*. Ses tripes se nouèrent à la perspective de ne plus retrouver son père lorsqu'elle rentrerait chez elle. La Gamine baissa la tête et accéléra. La seule manière de laisser cette idée horrible derrière soi.

Elle songea ensuite qu'elle était en selle... pas sur le Tuff Burner, mais sur la Harley de son père. Ses bras passés autour de lui, elle portait le casque qu'il lui avait acheté, cet intégral qui lui donnait l'impression d'être à moitié vêtue d'une combinaison spatiale. Ils retournaient au lac Winnipesaukee afin de récupérer le bracelet de sa mère. Ils lui feraient la surprise. Sa mère pousserait un cri quand elle verrait le bijou dans la main de son père. Lui, il rirait et enlacerait Linda McQueen par la taille, l'embrasserait sur la joue. Ils ne seraient plus fâchés.

La Gamine glissait dans l'éclat scintillant du soleil, sous le feuillage des branches. Elle était suffisamment près de la 495 pour entendre les rugissements métalliques des dix-huit roues qui rétrogradaient, la rumeur des voitures et, oui, même le grondement pétaradant d'une moto en direction du sud.

Elle ferma les yeux, et elle fut sur l'autoroute. Elle prenait du bon temps, savourait la sensation d'apesanteur lorsque la monture d'acier s'inclinait dans les virages. Elle ne remarqua pas que, dans son esprit, elle était à présent seule sur la cylindrée. Une grande fille, assez âgée pour actionner la poignée d'accélération par elle-même.

Elle les ferait taire tous les deux. Elle remettrait la main sur le bracelet, reviendrait, et le jetterait entre ses parents sur le lit. Ensuite, elle s'en irait sans un mot. Ils resteraient à se dévisager, gênés. Mais pour l'heure, elle imaginait juste la moto, la course, kilomètre après kilomètre, tandis que les dernières lueurs du jour fuyaient les cieux.

Elle délaissa l'obscurité aux senteurs de sapin pour la route en terre battue qui menait au Raccourci.

Quand elle s'approcha, elle vit que la barrière était ouverte. Le grillage, arraché des poteaux, gisait par terre. L'entrée du pont, juste assez large pour une voiture, était mangée par le lierre dont les tiges frémissaient, caressées par le souffle d'air en provenance de la rivière. On apercevait tout au bout du tunnel un carré d'une incroyable luminosité, comme s'il débouchait sur une vallée de blé doré, ou d'or tout court.

Elle ralentit... l'espace d'un instant. Elle avait pédalé dans une espèce de transe, absorbée par ses propres songes, et elle ne se posa pas vraiment de question au moment de continuer sa route pour franchir l'entrée et s'enfoncer dans les ténèbres. S'arrêter maintenant aurait été un aveu d'échec qu'elle ne pouvait se permettre. Elle croyait par ailleurs au pouvoir de la vitesse. Si les planches cédaient derrière elle, il lui suffirait de poursuivre sur sa lancée. Elle échapperait ainsi au bois pourri. En admettant qu'il y ait quelqu'un là-dedans – un détraqué à l'affût d'une jeune fille –, elle l'aurait dépassé avant qu'il n'ait accompli le moindre geste.

L'idée du bois brisé ou de la main d'un clodo posée sur elle l'emplit d'une délicieuse frayeur qui, loin de la ralentir, l'incita à se mettre en danseuse et à appuyer encore plus fort sur les pédales. Elle pensa calmement, non sans une certaine satisfaction, que si le pont s'écroulait trente mètres en contrebas et qu'elle mourait dans les décombres, ce serait la faute de ses parents. Ils s'étaient disputés, l'avaient obligée à sortir de la maison, et ce drame serait une bonne leçon. Ils seraient accablés par la douleur et la culpabilité. Ils auraient tous les deux ce qu'ils méritaient.

La barrière fit un bruit de ferraille lorsqu'elle passa dessus. Elle s'engouffra dans une obscurité souterraine aux effluves de chauves-souris et de matières en décomposition.

Sur le mur à gauche de l'entrée, elle distingua un graffiti à la bombe verte. Elle ne s'arrêta pas pour lire, mais il lui sembla qu'il était écrit *Chez Terry*. Ce détail était amusant car ils avaient mangé dans un établissement baptisé Chez Terry. Sandwichs italiens de chez Terry plus exactement, dans la ville de Hampton, à une cinquantaine de kilomètres et trois quarts d'heure d'ici.

Les sons étaient différents à l'intérieur de la construction. Elle entendait la rivière en dessous, mais les clapotis ressemblaient plutôt à un bruit de parasites radiophoniques. Elle ne baissa pas les yeux de peur de voir les flots à travers les interstices des planches, pas plus qu'elle ne se détourna pour observer les côtés. Son regard restait braqué à l'extrémité du pont.

Elle franchit une série de rayons de lumière blanche, puis traversa une zone tamisée. Elle ressentit une espèce de pulsation lointaine dans son œil gauche. Le sol était d'une inconsistance déplaisante. Elle ne pensait plus qu'à une chose à présent, quatre mots : *j'y suis presque, j'y suis presque...* En rythme avec le battement de ses jambes.

Tout au bout, le carré lumineux grandissait, s'intensifiait. À mesure qu'elle approchait, elle prenait conscience de la chaleur presque brutale qui émanait de l'issue. Une inexplicable odeur, mélange de lotion solaire et d'oignon, parvint à ses narines. Elle ne s'interrogea pas sur l'absence de barrière de l'autre côté du pont.

Vic McQueen, alias la Gamine, prit une grande bouffée d'air et émergea du Raccourci dans la lumière du jour. Les roues du vélo cessèrent de marteler le bois pour accrocher le bitume. Les grésillements parasites se turent soudain, comme si elle avait vraiment entendu une radio défectueuse qu'on avait tout à coup éteinte.

Elle roula encore sur quatre ou cinq mètres avant de se rendre compte de l'endroit où elle se trouvait. Son cœur fit un bond dans sa poitrine et elle serra les freins. Elle s'arrêta avec une telle brusquerie que la roue arrière dérapa sur l'asphalte, projetant du gravier.

Elle était ressortie au niveau d'une ruelle pavée à l'arrière d'un bâtiment à un étage. Une benne à ordures et plusieurs poubelles étaient alignées le long d'un mur de brique sur sa gauche. Une grande palissade composée de planches obstruait le passage. De l'autre côté, on entendait les bruits de la rue. Vic distinguait l'écho de la circulation, un bout de chanson échappé d'une vitre ouverte : *Abra-abra-cadabra... I wanna reach out and grab ya...*

Elle sut immédiatement qu'elle n'était pas au bon endroit. Elle était descendue au Raccourci plusieurs fois, avait suffisamment observé l'autre rive de la Merrimack pour connaître la configuration des lieux : une colline boisée, verte et calme. Ni route, ni magasin, ni contre-allée. Elle tourna la tête et faillit laisser échapper un cri.

Derrière elle, le Raccourci occupait toute la largeur de la ruelle. Il était encastré entre le bâtiment à un étage et un autre édifice de béton et de verre cinq fois plus haut.

Le pont ne traversait plus aucune rivière. Il était désormais engoncé dans un espace à peine suffisant pour le contenir. Cette vision déclencha en elle un violent frisson. Lorsqu'elle plongeait ses yeux dans le tunnel, elle voyait au loin les ombres d'émeraude de la forêt de Pittman Street.

Elle descendit de son vélo. Ses jambes tremblaient. Elle posa le Raleigh contre la benne. Le courage lui manquait pour penser au Raccourci.

La ruelle sentait la friture laissée trop longtemps au soleil. Elle avait besoin d'air. Elle passa devant une moustiquaire qui donnait sur une cuisine bruyante, pleine de vapeur, puis ouvrit la porte sur le côté de la palissade et se retrouva sur un petit trottoir qu'elle connaissait bien. Elle l'avait arpenté à peine quelques heures auparavant. Elle aperçut une large portion de plage sur sa gauche, et l'océan au-delà, les vagues couronnées d'écume, leur éclat douloureux. Des garçons en maillots de bain jouaient au frisbee, sautaient pour frimer avant de retomber dans le sable. Les voitures roulaient le long du front de mer, pare-chocs contre pare-chocs. Elle tourna au coin d'un pas incertain et jeta un coup d'œil à la devanture de

Chez Terry – Sandwichs italiens
Plage de Hampton, New Hampshire

Vic longea une rangée de motos garées devant l'établissement. Leurs chromes étincelaient sous le soleil de l'après-midi.
Des filles en bikinis et minishorts faisaient la queue au guichet
extérieur. Elles riaient aux éclats. Vic haïssait les sons qu'elles
produisaient. Elle avait l'impression d'entendre du verre se
briser. Elle entra. Une cloche en laiton tinta lorsqu'elle franchit la porte.

Les vitres étaient ouvertes. Une demi-douzaine de ventila-
teurs disposés derrière le comptoir soufflaient en direction
des tables. Pourtant, la chaleur demeurait étouffante. De longs
rubans de papier tue-mouches pendaient du plafond et se
balançaient au gré des courants d'air. La gamine répugnait
à regarder ces pièges gluants, les insectes collés dessus, qui
luttaient avant de mourir tandis que les clients ingurgitaient
leurs hamburgers directement dessous. Elle n'avait pas remarqué ces bandes torsadées quand elle avait mangé ici plus tôt
dans la journée, en compagnie de ses parents. Elle se sentait
patraque, comme si elle s'était trop dépensée le ventre plein
dans la canicule du mois d'août. Un grand type en débardeur
blanc officiait derrière la caisse enregistreuse. Ses épaules poilues avaient viré au rouge écarlate à cause des coups de soleil.
Son nez était zébré d'un trait de pommade à l'oxyde de zinc.
Le badge en plastique sur son débardeur indiquait « Pete ».
Il avait travaillé tout l'après-midi. Deux heures auparavant,
Vic et son père s'étaient tenus en face de lui. Pendant que
Chris McQueen payait les hamburgers et les milk-shakes, les

deux hommes avaient parlé des Red Sox et de leur parcours prometteur. En cette année 1986, l'équipe semblait prête à briser la malédiction. Clemens faisait un massacre. Il avait déjà remporté le trophée Cy Young et il restait encore plus d'un mois à jouer.

Vic reconnut Pete et se tourna vers lui. Mais elle se contenta de rester plantée là, clignant des yeux, incapable de trouver quoi dire. Un ventilateur souffla dans le dos du caissier. Ses odeurs corporelles, moites, parvinrent à la Gamine. Non, vraiment, elle ne se sentait pas très bien.

Tenaillée par un sentiment d'impuissance peu habituel, elle était sur le point de se mettre à pleurer. Elle était en plein New Hampshire, loin de chez elle. Le pont du Raccourci était coincé dans la ruelle et, d'une manière ou d'une autre, tout était sa faute. Ses parents se disputaient et elle n'avait pas la moindre idée de la distance qui la séparait d'eux. Elle ressentait le besoin d'exprimer son désarroi et plus encore. Il fallait qu'elle appelle chez elle, qu'elle contacte la police. Quelqu'un devait examiner le pont. La confusion régnait dans son esprit. L'intérieur de son crâne s'était transformé en un lieu maléfique, un sombre tunnel rempli de bruits parasites et de chauves-souris tourbillonnantes.

Elle ne savait pas par où commencer. Heureusement, l'employé prit l'initiative. Ses sourcils se rejoignirent.

« Eh bien, te voilà. Je me demandais si je te reverrais. Tu es revenue le chercher, hein ? »

Vic le dévisagea avec des yeux vides.

« Revenue ?

— Pour le bracelet. Celui avec le papillon. »

Il enfonça une clef dans la caisse enregistreuse. Celle-ci s'ouvrit avec un tintement retentissant. Le bracelet de sa mère était au fond du tiroir.

Dès qu'elle vit le bijou, ses jambes flageolèrent de nouveau. Elle laissa échapper un soupir hésitant. Pour la première fois depuis qu'elle avait émergé du Raccourci et qu'elle s'était retrouvée, de façon improbable, sur la plage de Hampton, les choses s'éclaircissaient un peu.

Dans son imagination, elle était partie à la recherche de l'objet perdu et s'était débrouillée pour le retrouver. Elle n'avait jamais pris son vélo. Ses parents ne s'étaient sans doute jamais disputés. Elle ne voyait qu'une seule explication : après être rentrée chez elle, épuisée, accablée par la chaleur, l'estomac rempli de milk-shake, elle s'était évanouie sur son lit. Elle rêvait. Forte de cette conviction, elle présuma que la meilleure chose à faire était de récupérer le bracelet et de regagner le pont. À partir de là, elle se réveillerait probablement.

La douleur diffuse derrière son œil gauche revint à la charge. La migraine s'installait. Une mauvaise céphalée. Elle ne se souvenait pas d'avoir déjà éprouvé un mal de tête en plein songe.

Pete lui tendit le bijou par-dessus le comptoir.

« Merci, dit la fillette. Ma maman était vraiment inquiète. Il a beaucoup de valeur.

— Inquiète, hein ? » Pete planta son petit doigt dans son oreille et le tourna. « Un certain attachement sentimental, j'imagine.

— Non. Je veux dire oui, bien sûr. Il appartenait à sa grand-mère, mon arrière-grand-mère. Mais il vaut cher aussi.

— Mmh, acquiesça l'employé.

— C'est une antiquité, se justifia la Gamine, sans savoir exactement pourquoi elle tenait tant à convaincre le caissier de l'importance de l'objet.

— Les antiquités doivent coûter de l'argent. Sinon, ce sont juste de vieux colifichets.

— Il est en diamants, persista-t-elle. En diamants et en or. »

Pete éclata de rire : un aboiement moqueur.

« Je vous assure, s'insurgea la jeune fille.

— Non. Une babiole en toc. Ces trucs ressemblent à des diamants ? Du zircone. Et puis, regarde à l'intérieur du bracelet, là où le métal devient argenté ? L'or ne part pas. Les matières précieuses restent précieuses, peu importe à quel point on les maltraite. » Il haussa les sourcils avec une sollicitude inattendue. « Ça va ? Tu n'as pas l'air dans ton assiette.

— Je vais bien. Je suis restée trop longtemps au soleil », répliqua-t-elle.

Il lui semblait que cet argument était digne d'une personne mature, mais à vrai dire, elle n'en menait pas large. La tête lui tournait, ses jambes tremblaient sans arrêt. Elle voulait sortir, échapper aux effluves de Pete, des oignons, et de la friture. Elle voulait que son rêve se termine.

« Tu es sûre que tu ne veux pas une boisson fraîche ? demanda le caissier.

— Non, merci. J'ai déjà pris un milk-shake au déjeuner.

— Si tu as eu un milk-shake, ce n'était pas ici. McDonald, peut-être ? Nous, on a des boissons frappées.

— Je dois partir », bredouilla-t-elle avant de tourner les talons et de se diriger vers la porte. Consciente du regard sincèrement inquiet de Pete l'écarlate, elle lui était reconnaissante de ses attentions. En dépit de sa puanteur et de ses manières frustes, elle était certaine qu'il était un type bien. Le genre d'homme à se soucier d'une jeune fille malade, seule sur la plage de Hampton. Pourtant, elle ne prit pas la peine de lui dire au revoir. Une sueur maladive coulait le long de ses tempes, sur sa lèvre supérieure. Elle dut mobiliser toutes ses forces pour maîtriser les tremblements dans ses jambes. Son œil gauche la torturait toujours. La douleur était un peu plus forte, à présent. Il lui était de plus en plus difficile de se raccrocher à la certitude que cette visite dans l'établissement de Terry était imaginaire, qu'elle cheminait dans un songe particulièrement réaliste. Elle avait l'impression de se cramponner à un brouillard retors.

La jeune fille sortit de Chez Terry et marcha à vive allure sur l'asphalte chauffé à blanc. Elle dépassa les motos alignées, puis, après avoir dégagé la planche de palissade, s'introduisit dans la contre-allée derrière le snack.

Le pont était encore là, les parois extérieures encastrées entre les bâtiments. Elle avait un mal de chien à le regarder. Cette vision mettait au supplice son œil gauche.

Un cuistot ou un plongeur – enfin quelqu'un qui travaillait à la cuisine – se tenait près de la benne à ordures. Il portait un tablier constellé de taches de graisse et de sang. Il suffisait de se pencher sur l'étoffe de ce vêtement pour sauter illico son déjeuner chez Terry. L'employé était un homme de petite taille au visage poilu, sillonné de veines, et aux avant-bras tatoués. Il observait le pont, partagé entre l'indignation et l'effroi.

« Qu'est-ce que c'est que ce bordel ? demanda le type en jetant un regard perdu à Vic. T'as vu ça, petite ? Je veux dire… C'est quoi ce putain de bordel ?

— Mon pont. Ne vous inquiétez pas. Je l'emmène avec moi. »

La gamine ne savait pas vraiment ce qu'elle entendait par là.

Elle empoigna son vélo, fit demi-tour, et le poussa vers la construction. Elle prit deux pas d'élan avant d'enjamber la selle.

La roue avant rebondit sur les planches. Elle plongea dans les ténèbres sifflantes.

Le son, cette espèce d'interférence, s'amplifia tandis que le
Raleigh l'emportait. À l'aller, elle avait cru entendre la rivière
en contrebas, mais il n'en était rien. Les parois étaient sillonnées de larges fissures. Pour la première fois, elle les regarda
défiler. Elle distingua une lueur blanche entre les craquelures,
comme si la plus grande télé du monde était fixée à l'extérieur, branchée sur un mauvais canal. L'orage se déchaînait
contre les planches de guingois du pont délabré, un blizzard
lumineux. Elle sentait l'édifice ployer sous l'effet du déluge
contre les cloisons.

Elle ferma les yeux, refusant d'en voir davantage. Debout
sur les pédales, elle roulait vers l'autre extrémité. Elle voulut
répéter son incantation – *j'y suis presque, j'y suis presque* –,
mais était trop essoufflée, trop bouleversée, pour parvenir à se
concentrer. Elle n'entendait que sa propre respiration, accompagnée de cette interférence rugissante, furieuse, cette cascade
de bruits parasites dont le volume croissait pour atteindre une
force démente. Il augmenta encore et elle voulut crier *stop*.
Ces mots allaient franchir ses lèvres, *stop, arrêtez ça*. Elle se
préparait à hurler, les poumons remplis d'air, lorsque la bicyclette débaula avec un bruit sourd dans

Haverhill, Massachusetts

Le bruit cessa avec une sorte de léger *pan !* électrique. Cette déflagration retentit dans sa tête, au niveau de sa tempe gauche. Une petite explosion sèche.

Elle sut avant même d'ouvrir les paupières qu'elle était chez elle. Enfin, pas vraiment chez elle, mais au moins dans son bois. Les senteurs de pin, la sensation de fraîcheur et de propreté qu'elle associait aux rives de la Merrimack lui en apportaient la confirmation. Elle entendait à présent la rivière. Le clapotis apaisant des flots n'avait rien à voir avec le bruit de parasites.

Elle ouvrit les yeux, releva la tête et dégagea son visage de ses cheveux. La lumière déclinante du jour scintillait en flashes irréguliers à travers les feuillages au-dessus d'elle. Elle serra les freins, puis mit pied à terre. Ensuite, elle se retourna pour regarder une dernière fois le pont qui menait à Hampton. Elle se demandait si elle pourrait apercevoir le cuisinier dans son tablier sale. Mais la construction avait disparu. L'entrée de la voie avait cédé la place à un parapet derrière lequel on devinait un fossé. Le cours d'eau, bleu foncé, mettait fin à la pente herbue.

Trois piliers de béton couronnés de tasseaux émergeaient du courant tumultueux. Voilà tout ce qui restait du Raccourci.

Vic ne comprenait pas. Elle venait juste de franchir le passage, elle avait perçu l'odeur de vieux bois pourri, brûlé par le soleil, rehaussée de celle, fétide, de l'urine des chauves-souris. Elle avait entendu les planches cogner sous ses roues.

Son œil gauche pulsait. Elle le ferma, le frotta avec vigueur, puis le rouvrit. Elle crut un instant que le pont était revenu.

Elle vit, ou pensa voir, une sorte d'image rémanente, la silhouette blanche et aveuglante du Raccourci qui courait jusqu'à la rive opposée.

Mais cette réminiscence fut brève. Maintenant, son œil larmoyait. Elle était trop fatiguée pour réfléchir davantage au sort de l'édifice. Au cours de sa vie, elle n'avait jamais ressenti un tel besoin de regagner sa maison, sa chambre, les replis de ses draps frais.

Elle remonta en selle, mais abandonna au bout de quelques mètres. Elle entreprit alors de pousser le vélo, la tête baissée, les cheveux pendants. Le bracelet de sa mère oscillait sur son poignet nimbé de sueur. Elle le remarqua à peine.

Elle passa dans le jardin dont l'herbe jaunissait, ignora les jeux entassés auxquels elle ne jouait plus, les chaînes de la balançoire piquetées de rouille. Elle laissa tomber son Raleigh dans l'allée avant de pénétrer dans la maison. Elle désirait retrouver son lit, s'allonger, se reposer. Pourtant, quand elle entendit un craquement en provenance de la cuisine, elle changea de direction pour voir qui était là.

Son père se tenait devant l'évier, dos à elle, une canette de Stroh à la main. Il aspergeait son autre main d'eau froide, tournait ses phalanges sous le robinet.

Vic ne savait pas depuis combien de temps elle s'était absentée. L'horloge du four ne lui était d'aucune utilité. Le cadran clignotait encore et encore sur midi, comme s'il attendait qu'on le règle. Les lumières étaient éteintes et les ombres du début de soirée refroidissaient la pièce.

« Papa ? appela-t-elle d'une voix lasse qu'elle reconnut à peine. Quelle heure est-il ? »

Il jeta un coup d'œil au four et secoua la tête.

« J'en sais fichtre rien. L'électricité est coupée depuis cinq minutes. Je crois que toute la rue est... » Il posa alors les yeux sur elle avant de prendre une expression interrogative, les sourcils haussés. « Qu'est-ce qu'il y a ? Ça va ? » Il ferma le robinet, puis s'empara d'un torchon. « Tu n'as pas l'air dans ton assiette. »

Elle eut un rire forcé, sans joie.

« Pete a dit la même chose. » Sa voix paraissait venir de loin, de l'autre côté d'un long tunnel.

« Quel Pete ?

— Celui de la plage de Hampton.

— Vic ?

— Je vais bien. » Elle essaya de déglutir, en vain. La boisson fraîche de son père lui rappela tout à coup qu'elle mourait de soif. Elle ferma les yeux une seconde. Un verre de jus de fruits frais se matérialisa derrière ses paupières. Cette image déclencha dans la moindre parcelle de son corps une envie urgente.

« J'ai juste soif. On a du jus de fruits ?

— Désolé, ma petite. Le frigo est presque vide. Maman n'est pas encore allée faire les courses.

— Elle se repose ?

— Je ne sais pas. » Même s'il s'abstint d'ajouter « et je m'en fous », le ton de sa phrase était sans ambiguïté.

« Ah bon », constata Vic. Puis elle retira le bracelet de son poignet pour le poser sur la table de la cuisine. « Quand elle sortira de la chambre, dis-lui que j'ai retrouvé son bijou. »

Il claqua la porte du réfrigérateur. Son regard allait du bracelet à elle.

« Où as-tu...

— Dans la voiture. Entre les sièges. »

La pièce s'obscurcit soudain, comme si le soleil venait de disparaître derrière un épais nuage. La jeune fille vacilla.

Son père lui toucha le visage du dos de la main, celle qui tenait la canette de bière. Il s'était meurtri les jointures.

« Bon sang, tu es brûlante ! Hé, Linda ?

— Je vais bien, répéta Vic. J'ai juste besoin de m'allonger une minute. »

Elle n'avait pas l'intention de le faire maintenant, ici. Elle projetait plutôt de regagner sa chambre et de se détendre sous son fantastique poster de David Hasselhoff, mais ses jambes se dérobèrent. Elle s'écroula.

Son père la rattrapa avant qu'elle ne touche le sol. Il la hissa dans les airs, une main sous ses cuisses, l'autre dans son dos, puis la porta dans le couloir.

« Linda ? » appela-t-il de nouveau.

La mère de Vic sortit de sa chambre, un gant de toilette humide pressé au coin des lèvres. Ses cheveux d'un brun-roux soyeux étaient ébouriffés, son regard vague, comme si elle venait de se réveiller. Ses yeux s'étrécirent dès qu'elle vit sa fille dans les bras de son mari.

Elle les rejoignit devant la porte de la chambre de Vic. De ses doigts fins, elle dégagea le front de l'enfant et posa la main dessus. La paume de Linda était fraîche et douce. La petite frissonna à son contact. Cette réaction était un mélange de plaisir et de malaise. Ses parents n'étaient plus fâchés entre eux. Si la fillette avait su qu'il suffisait d'être malade pour que son père et sa mère se réconcilient, elle aurait évité d'aller au pont chercher le bracelet et se serait mis les doigts directement au fond de la gorge.

« Qu'est-ce qu'il lui est arrivé ?

— Elle s'est évanouie, répondit Chris.

— Non, s'insurgea la gamine.

— Quarante de fièvre, un étourdissement, et elle proteste encore », constata le père sur un ton admiratif.

Linda abaissa le gant de toilette qu'elle tenait contre sa bouche.

« Une insolation. Elle a enchaîné trois heures de voiture et une sortie à vélo sans écran solaire, sans rien boire excepté ce milk-shake immonde chez Terry.

— Frappé. Ils disent "frappé", chez Terry, précisa Vic. Tu t'es fait mal à la bouche. »

Sa mère passa la langue sur sa lèvre tuméfiée.

« Je vais chercher un verre d'eau et de l'Ibuprofen. On va en prendre toutes les deux.

— Pendant que tu y es, récupère ton bracelet, ajouta Chris. Il est sur la table. »

Linda fit deux pas dans le couloir avant de comprendre ce que son mari venait de dire. Elle jeta un regard vers eux. Chris McQueen se tenait dans l'encadrement de la porte, sa fille dans les bras. Vic apercevait David Hasselhoff au-dessus de son lit. Il lui souriait, l'air de réprimer un clin d'œil : *Tu t'en es bien tirée, championne.*

« Il était dans la voiture, précisa Chris. La gamine l'a trouvé. »

Domicile

Vic dormit.

Ses rêves se résumèrent à un défilé d'images incohérentes : un masque à gaz sur le sol en béton, un chien mort la tête écrasée sur le côté de la route, un massif de pins immenses auxquels étaient pendus des anges blancs et aveugles.

Cette dernière représentation était si claire, si horrible et mystérieuse qu'elle avait envie de crier. Des arbres noirs hauts de vingt mètres qui oscillaient sous le vent, telle une assemblée de fêtards imbibés lors d'une cérémonie païenne, des anges irradiant dans les branches.

Elle essaya de hurler, mais ne parvint pas à produire le moindre son. Elle se sentait piégée sous une avalanche d'ombres étouffantes, un gigantesque amoncellement de substances molles qui la privait d'oxygène. Elle luttait pour s'en extirper, poussait avec l'énergie du désespoir, battait l'air avec toute la rage, toute la vigueur dont elle était capable. Soudain, elle se retrouva assise dans son lit, trempée de sueur. Son père était à côté d'elle, au bord du matelas. Il lui tenait les poignets.

« Vic, calme-toi. Tu m'as frappé si fort que tu as failli me dévisser la tête. Relax. C'est papa.

— Oh, désolée », répondit-elle. Il relâcha sa prise. Vic laissa tomber ses bras sur ses flancs.

Il se massa la mâchoire.

« Ce n'est rien. Je l'avais sans doute mérité.

— Pourquoi ?

— Je ne sais pas. Un truc ou l'autre. Personne n'est innocent. »

Elle se pencha et déposa un baiser sur son menton râpeux.
Il sourit.

« Ta fièvre a baissé. Tu te sens mieux ? »

Elle haussa les épaules, présumant qu'elle allait bien maintenant qu'elle s'était échappée de cette énorme pile de linges
noirs, loin de cette forêt imaginaire peuplée d'arbres de Noël
malveillants.

« Tu étais plutôt agitée, déclara Chris. Tu aurais dû t'entendre.

— Qu'est-ce que j'ai dit ?

— À un moment, tu criais que les chauves-souris étaient
sorties du pont. Je pense que tu voulais parler d'un clocher.

— Oui… ou plutôt non. Non, je parlais sûrement du pont. »
L'espace d'un instant, Vic avait oublié le Raccourci. « Qu'est-il
arrivé au pont, papa ?

— Au pont ?

— Le Raccourci. Le vieux pont couvert. Il n'existe plus.

— Ah oui. Il paraît qu'un abruti a essayé de le franchir en
voiture et qu'il est passé au travers. Il est mort après avoir
emporté la plus grosse partie de l'édifice dans sa chute. Ils ont
démoli le reste. Voilà pourquoi je t'avais interdit d'aller sur
cette saloperie. Ils auraient dû le supprimer depuis vingt ans. »

Elle frissonna.

« Regarde-toi, ajouta son père. Tu es malade comme un
chien. »

Elle songea à son rêve enfiévré où apparaissait le corniaud
avec la tête écrasée et l'univers autour d'elle parut s'éclairer
puis s'obscurcir. Lorsqu'elle accommoda de nouveau sa vision,
son père tenait un seau en plastique contre sa poitrine.

« Si quelque chose ne passe pas, essaie de viser à l'intérieur.
Bon sang, c'est la dernière fois que je t'emmène chez ce foutu
Terry. »

Elle se souvint de l'odeur de transpiration de Pete, des
papiers tue-mouches recouverts d'insectes morts, et vomit.

Son père quitta la chambre avec le récipient souillé avant
de revenir avec un verre d'eau glacée.

Elle le but en trois gorgées. Le liquide était si froid qu'elle fut
saisie d'un accès de tremblements. Chris ramena les couvertures sur elle, puis s'assit en sa compagnie pour attendre que
la crise passe. Il ne bougea pas. Ne prononça pas un mot. Sa
présence, son silence décontracté, plein d'assurance, étaient si

apaisants qu'elle sentit rapidement le sommeil l'envahir... Elle sombrait... ou bien filait à vélo. Derrière ses paupières closes, elle avait l'impression d'être de nouveau sur son Raleigh, d'accéder sans effort à une quiétude sombre et réparatrice.

Quand son père se leva pour partir, elle était toutefois encore assez consciente pour s'en apercevoir. Elle eut un murmure de protestation et tendit le bras vers lui. Il l'esquiva.

« Repose-toi, Vic, chuchota-t-il. Tu remonteras à vélo en moins de deux. »

Elle dériva de nouveau.

La voix paternelle lui parvint de très loin.

« Je regrette qu'ils aient démoli le Raccourci.

— Je croyais que tu ne l'aimais pas », dit-elle en se tournant sur le flanc. Elle le laissait s'en aller, l'abandonnait. « Tu avais peur que j'essaie de rouler dessus.

— Oui, j'avais peur. Mais je parlais de regretter qu'ils l'aient détruit sans moi. S'ils avaient l'intention de le faire exploser, j'aurais voulu qu'ils m'autorisent à poser les charges moi-même. Ce pont a toujours été un piège mortel. Tout le monde savait qu'un jour ou l'autre il allait tuer quelqu'un. Je suis juste content que ce ne soit pas toi. Maintenant, dors, ma puce. »

Divers emplacements

Quelques mois plus tard, l'incident du bracelet était de l'histoire ancienne, et lorsque Vic se le rappelait, elle trouvait le bijou dans la voiture. Dans la mesure du possible, elle évitait de penser au Raccourci. Les souvenirs de son excursion au pont demeuraient fragmentaires. Ils possédaient une dimension hallucinatoire qui les rendait inséparables des visions d'arbres noirs et de chiens morts. Tenter de rassembler ces images lui était pénible. Elle résolut alors de les confiner dans un coffre-fort à l'abri des regards, de les oublier.

Et elle fit de même les fois suivantes.

Car il y eut d'autres voyages, d'autres sorties sur son Raleigh en direction d'un pont qui n'existait pas, à la recherche d'un objet perdu.

Par exemple quand Willa Lords avait égaré M. Pentack, son pingouin porte-bonheur en velours. Les parents de Willa avaient nettoyé sa chambre lorsqu'elle était venue dormir chez Vic, et Willa était persuadée que M. Pentack avait rejoint son mobile de la fée Clochette et son tableau magique hors d'usage à la poubelle. Willa était inconsolable. Elle fut tellement affectée par cette perte qu'elle ne put aller à l'école le lendemain et le jour suivant.

Mais Vic prit les choses en main. Il se révéla que Willa avait emmené M. Pentack avec elle quand elle avait découché. Vic le dénicha sous le lit, parmi les moutons de poussière et les chaussettes oubliées. Le drame fut réparé.

Vic refusait de croire qu'elle avait retrouvé M. Pentack après avoir enfourché son vélo, puis parcouru les bois de Pittman Street jusqu'à l'endroit où le pont se dressait jadis. Elle excluait la présence de l'édifice et n'admettait pas avoir vu, peint sur la paroi à la bombe verte : Bowling de Fenway →. Le rugissement des interférences et les flashes mystérieux à travers les planches relevaient de l'impossible.

Elle se souvenait toutefois d'avoir émergé du Raccourci sur une piste de bowling, vide à sept heures du matin. D'une manière absurde, le pont était encastré dans le mur qui donnait sur les couloirs. Vic connaissait l'endroit, car elle s'y était rendue pour un anniversaire deux semaines auparavant. Willa était de la fête. Le parquet en pin ciré brillait. Vic dérapa comme si elle avait roulé sur du beurre fondu. Elle tomba et se cogna le coude. M. Pentack gisait dans la corbeille dévolue aux objets trouvés, derrière le comptoir, sous l'étagère à chaussures.

Tout cela ne fut qu'une histoire qu'elle se raconta la nuit après avoir découvert M. Pentack sous le lit. Elle fut d'ailleurs malade, cette nuit-là. Fiévreuse, moite, nauséeuse. Ses rêves furent nets et anormaux.

L'écorchure sur son coude guérit en deux ou trois jours.

À l'âge de dix ans, elle trouva le portefeuille de son père entre les coussins du divan, et non sur un chantier d'Attleboro. Son œil gauche la tortura pendant des jours après cette trouvaille. On aurait dit qu'elle avait reçu un coup.

À onze ans, les De Zoet, qui vivaient dans leur rue, avaient perdu leur chat. Le félin, baptisé Taylor, était un vieux sac à puces décharné, blanc avec des taches noires. Il s'était échappé juste avant une averse d'été et n'était jamais reparu. Mme De Zoet avait arpenté la rue de haut en bas le lendemain matin, miaulant le nom de l'animal, pépiant comme un oiseau. M. De Zoet, un type à l'allure d'épouvantail qui portait des nœuds papillons et des bretelles, était resté dans son jardin, un râteau à la main. Pourtant, il ne ratissait rien. Une sorte de vague à l'âme ternissait ses yeux clairs.

Vic appréciait particulièrement cet homme à l'accent bizarre, semblable à celui d'Arnold Schwarzenegger, qui avait installé un champ de bataille miniature dans son bureau. Il sentait le café frais et la pipe. Parfois, il laissait Vic peindre ses petits soldats d'infanterie en plastique. Vic aimait bien Taylor aussi. Quand il ronronnait, on entendait une espèce de crépitement rouillé dans sa poitrine, analogue aux bruits d'une machine aux rouages usés ramenée poussivement à la vie.

Personne ne revit jamais l'animal. Mais Vic connaissait une histoire selon laquelle, après avoir franchi le Raccourci, elle avait trouvé le chat, réduit à l'état de pauvre chose encroûtée de sang séché, constellée de mouches, dans l'herbe humide sur le bas-côté de l'autoroute. Taylor s'était traîné là après qu'une voiture lui avait roulé sur le dos. La gamine distinguait les traces ensanglantées sur le bitume.

Elle commença à détester le bruit des parasites.

MENACE CORSÉE

1990

Sugarcreek, Pennsylvanie

La publicité figurait dans les dernières pages du numéro d'août 1949 de *Menace Corsée*. La couverture représentait une femme nue figée au milieu d'un cri dans un bloc de glace (*Elle l'a battu froid : il lui a donné le grand frisson !*). Il s'agissait d'une simple colonne sous une publicité beaucoup plus imposante pour les soutiens-gorge Adola (*Ah-ccentuez vos formes !*). Bing Partridge ne remarqua l'entrefilet qu'à l'issue d'un examen attentif du jeune modèle : une femme dotée d'une poitrine généreuse et pâle soutenue par une brassière aux bonnets en forme de cônes et à l'armature métallique. Les lèvres entrouvertes, elle fermait les yeux de manière à paraître endormie, dans un songe agréable. Bing s'imaginait la réveiller d'un baiser.

« Bing et Adola s'éclatent, chantonna-t-il. Ils ont la patate ! »

Bing était dans son refuge, au sous-sol. Le pantalon baissé, les fesses au contact du ciment, sa main libre s'affairait plus ou moins où elle devait. Cependant, il n'était pas encore très actif. Il feuilletait le magazine à la recherche des meilleurs passages lorsqu'il était tombé sur ce petit encart, en bas à gauche de la page. Un bonhomme de neige coiffé d'un haut-de-forme indiquait d'un bras crochu une ligne dactylographiée entourée de flocons.

Bing adorait les réclames au dos de ces périodiques de bas étage. Des casiers en fer-blanc remplis de figurines de soldats (*Revivez l'émotion de Verdun !*), des vieux instruments de la Seconde Guerre mondiale (*Baïonnettes ! Fusils ! Masques à gaz !*), des manuels de séduction féminine (*Apprenez-lui à dire « Je t'aime ! »*). Il découpait souvent les bons de commande

avant d'envoyer sa petite monnaie ou quelques dollars crasseux en vue d'acquérir des fourmilières artificielles ou des
détecteurs de métaux. Il désirait de tout son cœur « stupéfier
ses amis », « étonner sa famille ». Peu importait que ses amis
soient les trois débiles qui travaillaient sous ses ordres au quai
de transbordement de NorchemPharm, et que ses plus proches
parents gisent six pieds sous terre dans le cimetière derrière
l'église de la Foi Réunifiée. Bing n'avait jamais envisagé que
la collection d'anciens magazines à quatre sous de son père,
qui moisissait dans un carton au fond de son repaire, puisse
être plus vieille que lui, et que les entreprises auxquelles il
envoyait de l'argent avaient fermé boutique depuis des lustres.

Pourtant, les sentiments qu'il éprouvait à la lecture de cet
entrefilet concernant Christmasland étaient d'un tout autre
ordre. Son pénis non circoncis, qui dégageait une vague odeur
de levure, devint mou entre ses doigts. Il l'oublia. Son âme
s'était transformée en un beffroi dont les cloches retentissaient
à l'unisson.

Il n'avait aucune idée de l'emplacement ou de la nature de
Christmasland. Il n'en avait d'ailleurs jamais entendu parler.
Néanmoins, il eut immédiatement envie d'y passer le reste
de sa vie. Il voulait arpenter ses rues pavées, se balader sous
ses lampadaires en sucre d'orge, et regarder les enfants crier,
emportés par un manège de rennes. La publicité proclamait :

« *Que feriez-vous pour vivre dans un endroit où c'est Noël
tous les matins ?* »

Bing avait déjà quarante-deux fêtes de la Nativité à son actif,
mais lorsqu'il y songeait, une matinée éclipsait tout le reste.
Dans son souvenir, sa mère avait sorti du four des gâteaux
en forme de sapin. Les fragrances vanillées embaumaient la
maison entière. Un an plus tard, John Partridge prendrait
un clou dans le lobe frontal. Ce matin-là, pourtant, il s'assit
par terre avec son fils et le contempla tandis qu'il ouvrait ses
cadeaux. Bing se souvenait du dernier paquet plus que tout
autre : une grosse boîte qui renfermait un masque à gaz en
caoutchouc, ainsi qu'un casque bosselé. La rouille apparaissait
là où la peinture s'était écaillée.

« Tu as devant toi l'équipement grâce auquel j'ai survécu
en Corée, avait précisé John. Maintenant, il t'appartient. Ce
masque à gaz est la dernière chose que trois bridés ont vue
avant de mourir dans la boue. »

Bing avait enfilé le masque. Il avait regardé son père à travers les hublots en plastique. Le salon lui était apparu comme un univers prisonnier d'un distributeur de boules de chewing-gum. John avait fixé le casque sur la caboche de sa progéniture, puis avait salué. Bing lui avait rendu son geste d'un air grave.

« Maintenant, c'est toi, avait affirmé son père. Le petit soldat dont tout le monde parle. M. Invincible. Le première classe Gare-à-ton-cul. Pas vrai ?

— Chef, oui, chef. Première classe Gare-à-ton-cul au rapport. »

La mère de Bing avait eu un rire cassant, nerveux.

« John, surveille ton langage. C'est Noël. On ne .parle pas ainsi le jour où notre Sauveur est né. »

Quand elle était repartie à la cuisine chercher du cacao, les laissant avec les gâteaux, John Partridge s'était adressé à son fils avec un clin d'œil :

« Les mères. Elles vous garderaient au sein toute leur vie si on les laissait faire. Bien sûr, quand on y réfléchit... Où est le souci ? »

Dehors, la neige avait commencé à tomber à gros flocons. Ils étaient restés à la maison toute la journée. Bing avait joué à la guerre, muni de son casque et de son masque à gaz. Il avait tué son père encore et encore. John Partrige était mort à chaque fois. Il avait chuté de son fauteuil devant la télé. Bing avait aussi tué sa mère. Elle avait louché, puis s'était affaissée, inerte pendant la plupart des pubs. Elle n'avait accepté de se réveiller qu'une fois le masque à gaz retiré, avec un baiser sur le front. Ensuite, elle avait souri.

« Dieu te bénisse, Bing Partridge. Je t'aime plus que tout ».

Que ferait-il pour retrouver cette sensation tous les jours ? Pour se croire de nouveau à Noël et trouver un véritable masque à gaz de la guerre de Corée sous le sapin ? Pour voir sa mère ouvrir doucement les yeux, puis dire : « Je t'aime plus que tout. » La vraie question était en fait : que ne ferait-il pas ?

Il fit trois pas traînants en direction de la porte avant d'enfin se résoudre à relever son pantalon.

Sa mère avait effectué des travaux de secrétariat pour l'église, à l'époque où son père ne pouvait plus travailler. L'Olivetti électrique était toujours dans le placard du couloir. Le O ne marchait plus, mais on pouvait utiliser le zéro pour le remplacer. Bing introduisit une feuille sur le rouleau de la machine à écrire et commença sa lettre :

Très cher XXXX, pr0priétaire de Christmasland,

Je rép0nds à v0tre publicité parue dans le magazine Menace
C0rsée. *Aimerais-je travailler à Christmasland ? Évidemment !
J'ai été XXXXX chef d'équipe gardiennage pendant une dizaine
d'années. J'0fficie depuis dix-huit ans à N0rchemPharm, Sugarcreek, en Pennsylvanie. Mes missi0ns actuelles c0mprennent la
maintenance et l'acheminement de divers gaz c0mpressés tels
que l'0xygène, l'hydr0gène, l'hélium, de même que le sév0flu-
rane. Devinez c0mbien d'accidents j'ai à m0n actif ? Aucun !*
*Que ferais-je p0ur vivre N0ël chaque j0ur ? Qui accepte-
rais-je de tuer, ah, ah, ah ? J'ai exercé t0us les sales boul0ts,
à N0rchemPharm. Nett0yé des t0ilettes entièrement s0uillées
de XXXX v0us savez qu0i, ép0ngé le pipi sur les murs, emp0i-
sonné des rats par dizaines. V0us recherchez quelqu'un qui
n'a pas peur de se salir les mains ? Eh bien v0us l'avez
tr0uvé !*
*Je suis l'h0mme que v0us attendiez : un battant qui ad0re
les enfants et ne craint pas l'aventure. Je ne désire pas grand-
ch0se, excepté un endr0it agréable 0ù travailler. Un empl0i
en rapp0rt avec la sécurité me c0nviendrait à merveille. P0ur
être franc avec v0us, j'ai envisagé un m0ment de servir ma
belle patrie s0us l'unif0rme, c0mme m0n papa en C0rée,
mais de petites erreurs de jeunesse ass0ciées à une hist0ire
familiale m0uvementée m'0nt empêché de c0ncrétiser cette
aspirati0n. Allez, assez de pleurnicheries ! Cr0yez-m0i, ce
serait un h0nneur de p0rter l'unif0rme des agents de sécurité
de Christmasland. Je c0llecti0nne d'authentiques s0uvenirs
militaires. J'ai mon pr0pre pist0let et je sais m'en servir.*
*P0ur finir, j'espère que v0us me rép0ndrez à l'adresse ci-
dess0us. L0yal, j'irais jusqu'à m0urir p0ur av0ir ma chance.
Je serais prêt à t0ut afin de gagner ma place parmi l'équipe
de Christmasland.*

XXXXX Meilleurs v0eux !
Bing Partridge
BING PARTRIDGE
25, Bl0ch Lane
Sugarcreek, Pennsylvanie 16323

Il ôta la feuille de la machine et relut son courrier en bougeant les lèvres. L'effort de concentration l'avait lessivé. Son corps flasque en forme de patate était moite de sueur. Il lui semblait qu'il avait détaillé les faits avec clarté et assurance, même si les mentions « erreurs de jeunesse » ou « hist0ire familiale m0uvementée » l'inquiétaient un peu. Il décida finalement qu'ils découvriraient bien par eux-mêmes ses antécédents, qu'il les mentionne ou non. Sans doute était-il plus judicieux de les évoquer avec sincérité que de donner l'impression de cacher quelque chose. Tout ceci était loin derrière lui. Il avait été relâché du centre de détention juvénile – aussi surnommé la Maison de fous – depuis de nombreuses années et était demeuré jusqu'alors un travailleur modèle. Il n'avait pas manqué un seul jour à NorchemPharm.

Il plia sa lettre, puis fouilla dans le tiroir pour prendre une enveloppe. Il y trouva une boîte remplie de cartes de Noël vierges. Les yeux écarquillés d'émerveillement, un garçon et une fille en pyjama espionnaient le père Noël qui se tenait dans l'obscurité devant leur sapin. La poche arrière de la fille, en partie déboutonnée, dévoilait une de ses fesses dodues. John Partridge avait souvent soutenu que son fils ne saurait pas vider l'eau d'une botte, même avec les instructions sur le talon. Peut-être avait-il raison, mais Bing savait reconnaître une belle chose quand il en voyait une. La lettre fut glissée dans la carte, et la carte dans une enveloppe ornée de motifs représentant des feuilles de houx et des canneberges luisantes.

Avant d'aller la poster au bout de la rue, il l'embrassa, tel un prêtre au visage incliné sur sa Bible.

À quatorze heures trente, le lendemain, il attendait près de sa boîte aux lettres, tandis que le facteur progressait le long de la rue, dans sa camionnette blanche rigolote. Les fleurs en papier aluminium tournaient paresseusement dans le jardin de Bing. Elles produisaient un vrombissement à peine audible.

« Bing ! Tu n'es pas censé être au travail ? l'apostropha le fonctionnaire.

— Service de nuit.

— Est-ce qu'une guerre se prépare ? » demanda le préposé
avec un mouvement de tête en direction de la tenue de son
client.

Bing avait passé son treillis vert-de-gris. Celui qui lui portait
bonheur.

« S'il y en a une, je serai prêt », rétorqua-t-il.

Aucune réponse de la part de Christmasland. Bien entendu.
Comment aurait-il pu en être autrement ? Il n'avait envoyé son
courrier que la veille.

Le jour suivant, il n'y eut rien non plus.

Ni le jour d'après.

Le lundi, il était certain que quelque chose arriverait. Il était
sur son perron une demi-heure avant l'horaire habituel du
facteur. De vilains cumulus noirs s'amassaient au sommet de
la colline, derrière le clocher de l'église de la Foi Réunifiée. Le
tonnerre, étouffé, retentit à trois kilomètres de là, deux mille
mètres plus haut. Cette détonation n'était pas tant un son
qu'une vibration. Elle ébranla Bing de la tête aux pieds. Ses os
s'entrechoquèrent dans leur gangue de cellulite. Les fleurs en
aluminium se mirent à tourner de manière hystérique. Le bruit
qu'elles produisaient ressemblait à la course éperdue d'une
bande de gamins sur leurs vélos, à fond dans une descente.

Les grondements et le fracas mirent Bing très mal à l'aise.
Le jour où le pistolet à clous était parti tout seul (il y pensait
ainsi : il n'avait pas tiré sur son père, le coup était parti tout
seul), la chaleur avait été intolérable, le temps orageux. Quand

son père avait senti le canon sur sa tempe gauche, il avait jeté un regard en biais à son fils. Bing le surplombait. John avait pris une gorgée de bière, fait claquer ses lèvres, et dit :

« Si je pensais que tu avais les couilles d'aller jusqu'au bout, j'aurais peur. »

Après avoir appuyé sur la détente, Bing s'était assis près du vieux et avait écouté le tambourinement de la pluie sur le toit du garage. John Partridge, quant à lui, était étendu au sol. Un de ses pieds tremblait. Une tache d'urine s'étendait à l'avant de son pantalon. Bing n'avait pas bougé jusqu'à ce que sa mère arrive et commence à crier. Alors, ç'avait été son tour. Cette fois, pourtant, il n'avait pas utilisé le pistolet.

À présent, il se tenait dans son jardin. Les nuages envahissaient le ciel au sommet de la colline, au-dessus de l'église où sa mère avait travaillé à la fin de sa vie. Cette église à laquelle il s'était fidèlement rendu chaque dimanche, avant même de savoir marcher ou parler. Son premier mot avait été « Luia », terme qui se rapprochait le plus d'alléluia. Sa mère l'avait donc appelé Luia pendant plusieurs années.

Désormais, plus personne n'officiait là-bas. Le pasteur Mitchell s'était enfui avec la caisse et une femme mariée. La propriété avait été saisie par la banque. Dorénavant, les seuls pénitents du dimanche étaient les pigeons qui vivaient sous les combles. Cet endroit effrayait un peu Bing : son vide avait quelque chose de terrifiant. Il supposait qu'il n'y était plus le bienvenu puisqu'il avait abandonné les lieux tout comme il avait abandonné Dieu. Il avait souvent imaginé l'édifice penché sur lui, avec ses yeux en forme de vitraux. À cette époque-là, les bois étaient remplis de la stridence des insectes déments, l'atmosphère tremblotait sous la chaleur. Aujourd'hui encore, cette église paraissait menaçante.

La foudre semblait passer l'après-midi à tabac.

« Va-t'en, la pluie, murmura Bing. Reviens à la Sainte-Lucie. »

Une première goutte tiède éclata contre son front. D'autres suivirent. Elles scintillaient d'un éclat ardent sous la lumière oblique du soleil, dans la béance du ciel d'azur à l'ouest. Cela ressemblait presque à une douche de sang.

Le facteur était en retard. Le temps qu'il arrive, Bing, trempé jusqu'aux os, était blotti sous l'auvent de sa porte. Il courut jusqu'à la boîte aux lettres, malmené par l'averse. Au moment où il atteignait son but, un éclair zébra les nuages et frappa derrière l'église. Une série de flashes bleus et blancs illuminèrent le paysage. Bing poussa un cri aigu. Il allait être transpercé, brûlé vif, touché par le doigt de Dieu. Il allait être châtié pour avoir cloué son père et pour les sévices infligés à sa mère sur le sol de la cuisine.

La boîte contenait une facture des services publics et une publicité annonçant l'ouverture d'un nouveau magasin de matelas. Rien de plus.

Neuf heures plus tard, Bing se réveilla dans son lit. Aux trémolos des violons succéda un chanteur à la voix aussi sirupeuse qu'un glaçage à la vanille. Il s'agissait de son homonyme : Bing Crosby. Le chanteur rêvait d'un Noël immaculé, identique à ceux que Bing avait connus.

Il releva ses couvertures jusqu'au menton. Une écoute attentive permettait de distinguer, en filigrane, le doux craquement du saphir sur le vinyle.

Il se glissa hors de son lit et se rendit à la porte sur la pointe des pieds. Le sol était froid sous sa voûte plantaire.

Ses parents dansaient au salon. Son père lui tournait le dos. Il était vêtu de son treillis vert-de-gris. Sa mère, elle, avait la tête posée sur l'épaule de John. À sa manière de fermer les yeux, d'entrouvrir la bouche, on aurait dit qu'elle dansait dans son sommeil.

Au pied du sapin tout simple et trapu, trois cadeaux l'attendaient : de grands réservoirs de sévoflurane verts, cabossés, ornés d'arcs écarlates.

« Papa ? » appela Bing.

Son père continuait à danser. Il s'éloignait, emmenait sa femme avec lui.

« VIENS VOIR, BING ! » tonna une voix si puissante que la porcelaine de Chine dans l'armoire vibra. Bing vacilla, son cœur manqua un battement. Le saphir du tourne-disque sauta à la fin de la chanson. « Viens voir ! On dirait que Noël est en avance cette année, pas vrai ? Oh, oh, oh ! »

Une partie de Bing voulait regagner sa chambre dare-dare et refermer la porte derrière lui. Il désirait se cacher les yeux et se boucher les oreilles en même temps, mais manquait de volonté. Il craignait d'avancer et pourtant ses pieds bougeaient. Il passa devant l'arbre et les réservoirs de sévoflurane, puis son père et sa mère, avant de franchir le couloir en direction de la porte d'entrée. Elle s'ouvrit sans qu'il effleure la poignée.

Dehors, les fleurs en aluminium frémissaient paisiblement dans la nuit hivernale. Il en avait eu une pour chaque année passée à NorchemPharm. Cadeau de l'entreprise à l'équipe de gardiennage au moment des vacances annuelles.

Christmasland l'attendait au-delà du jardin. Les wagons des montagnes russes grondaient et plongeaient. Les enfants criaient, les mains levées dans la nuit polaire. L'immense grande roue, London Eye arctique, tournait sur une Voie Lactée singulière. Les arbres, aussi hauts qu'un immeuble de dix étages et larges comme la maison de Bing, étaient entièrement illuminés.

« Un fichu bon Noël à toi, Bing, espèce de vieux brigand ! » rugit la voix.

Lorsque Bing leva les yeux, il s'aperçut que la Lune avait un visage. Un œil unique, proéminent et strié de veines rouges, s'ouvrait sur un crâne désolé, un paysage de cratères et d'os. Bing distingua un large sourire. « Alors, salopard, es-tu prêt pour le voyage de ta vie ? »

Bing s'assit dans son lit. Son cœur battait à tout rompre. Il s'éveillait pour de vrai, cette fois. Sa peau poisseuse collait à son pyjama GI Joe. Il constata, sans vraiment y prêter attention, que sa queue douloureusement tendue pointait sous son pantalon.

Il prit une grande inspiration. La goulée d'air suggérait moins un réveil que la fin d'une apnée prolongée sous l'eau.

Sa chambre s'emplissait de la lueur pâle et fraîche de la Lune anonyme.

Bing inspira encore à pleins poumons pendant pratiquement trente secondes avant de se rendre compte qu'il entendait toujours la chanson qui l'avait suivi tout au long de son rêve. Elle paraissait venir de loin et s'estompait de seconde en seconde. Il savait que, s'il ne se levait pas pour vérifier, la mélodie disparaîtrait sous peu. Le lendemain, il serait persuadé d'avoir tout imaginé. Il se mit debout et marcha d'un pas incertain jusqu'à la fenêtre.

Une vieille voiture s'éloignait d'un mouvement fluide au bout de la rue. Une Rolls-Royce noire avec des marchepieds et des accessoires en chrome. Les feux arrière clignotèrent dans l'obscurité. La plaque d'immatriculation s'éclaira d'une brève lueur rouge : NOSFERA2.

Enfin, le véhicule s'éclipsa au coin du pâté de maisons, emportant avec lui la douce musique de Noël.

NorchemPharm

Bien avant que Charlie Manx n'invite Bing à monter dans sa voiture, ce dernier savait que l'homme de Christmasland allait venir. Il savait aussi que ce ne serait pas un type ordinaire. Et le poste d'agent de sécurité, à Christmasland, ne le serait pas moins. De ce point de vue-là, il ne fut pas déçu.

Sa conviction s'était forgée grâce aux rêves. Ils lui paraissaient plus nets, plus réalistes que tout ce qu'il avait vécu jusqu'alors. Si ces songes lui interdisaient de pénétrer Christmasland, il pouvait néanmoins contempler le spectacle par sa fenêtre ou devant sa porte. Il pouvait sentir l'odeur de cacao et de menthe poivrée, voir les chandelles scintiller dans les arbres de trente mètres de haut, entendre les wagons cogner et ruer sur les vieilles montagnes russes en bois. Il percevait la musique et les hurlements des enfants. Pour un peu, on aurait cru qu'on les découpait vivants.

Cette certitude s'était aussi forgée grâce à la voiture. Le jour où il la revit, il était au travail, sur le quai de chargement. Des gosses avaient tagué l'arrière du bâtiment. Ils avaient dessiné à la bombe une grosse bite noire agrémentée d'une paire de testicules. L'organe crachait un jus sombre sur une paire de ronds rouges qu'on aurait pu prendre pour des nichons, mais qui évoquaient plutôt à Bing des décorations de Noël. Il était dehors, vêtu de sa combinaison Hazmat et de son masque à gaz industriel. Armé d'un seau de potassium dilué, il se préparait à effacer la peinture à l'aide d'une brosse métallique.

Il adorait travailler avec ce genre de détergents, voir la peinture fondre. Denis Loory, le petit autiste de service le matin, prétendait qu'on pouvait utiliser ces produits pour réduire un être humain à un tas de graisse. Denis et Bing avaient mis une chauve-souris morte dans un seau. Ils l'y avaient laissée une journée entière. Le lendemain matin, il n'en restait rien, excepté un tas d'os si transparents qu'ils en paraissaient artificiels.

Bing recula pour admirer son œuvre. Les couilles avaient pratiquement disparu. On distinguait à nouveau le mur de briques rouges dessous. À présent, il devait s'occuper de la bite et des nibards. Comme il scrutait la paroi, il vit tout à coup son ombre apparaître nettement contre les briques rugueuses.

Il regarda derrière lui. La Rolls-Royce était là, stationnée de l'autre côté de la barrière. Les phares rehaussés étaient braqués sur lui.

On pouvait passer sa vie à observer les oiseaux sans faire la différence entre un moineau et un étourneau. En revanche, tout le monde savait reconnaître un cygne. Il en était de même pour les voitures. Peut-être était-il impossible de distinguer une Firebird d'une Fiero, mais la Rolls-Royce était identifiable au premier coup d'œil.

Bing sourit. Il sentit les battements de son cœur s'accélérer. *Voyons. Il va ouvrir la portière et demander : « Êtes-vous le jeune homme nommé Bing Partridge ? Celui qui a postulé pour un emploi à Christmasland ? » Alors, ma vie va commencer. Elle va enfin commencer.*

Mais la portière resta fermée… Pour l'instant, en tout cas. Le conducteur, dont les traits étaient masqués par la lumière, ne s'annonça pas, ne descendit pas sa vitre. Il se contenta d'un appel de phares bienveillant avant de décrire un large cercle avec son véhicule, qu'il pointa à l'opposé du bâtiment.

Bing ôta son masque, le mit sous son bras. Son visage était empourpré. La fraîcheur de l'ombre lui fit du bien. Il entendait un air de Noël jouer au loin. Le morceau *Joie pour le monde*. Oui. Voilà exactement comment il se sentait.

Il se demanda si l'homme derrière le volant voulait qu'il vienne. Qu'il laisse son masque et son seau, qu'il ouvre la barrière pour grimper sur le siège passager. Mais à peine eut-il esquissé un pas que le véhicule avança le long de la route.

« Attendez ! cria Bing. Ne partez pas. Attendez ! »

La vision de cette voiture qui l'abandonnait, cette plaque d'immatriculation – NOSFERA2 – qui s'éloignait, le bouleversèrent.

Il avait la tête qui tournait. À la limite de la panique, Bing cria encore :

« Je l'ai vu. J'ai vu Christmasland. S'il vous plaît, prenez-moi à l'essai. Revenez, je vous en prie. »

Les feux arrière s'illuminèrent. La Rolls ralentit l'espace d'un instant, comme si le conducteur avait entendu l'appel de Bing. Puis elle reprit sa progression régulière.

« Donnez-moi une chance, hurla-t-il. Une simple chance ! »

La Rolls disparut tout au bout de la route, laissant l'employé trempé de sueur. Son cœur battait la chamade.

Il était toujours au même endroit lorsque le chef de secteur, M. Paladin, sortit sur le quai pour fumer une cigarette. Le responsable l'apostropha.

« Hé, Bing, il reste encore une bonne partie de la bite sur le mur. Tu travailles, ce matin, ou tu te crois en vacances ? »

Bing fixait la route d'un air triste.

« En vacances de Noël », murmura-t-il d'une voix suffisamment sourde pour que Paladin ne l'entende pas.

Cela faisait une semaine qu'il n'avait pas revu la Rolls quand ils modifièrent son emploi du temps. Il dut faire double service. De six à dix-huit heures. Une chaleur insupportable régnait dans le magasin. Elle était telle que les bonbonnes de gaz compressé brûlaient dès qu'on les touchait. Bing prit son bus habituel pour rentrer chez lui. Pendant quarante minutes, les impostes laissèrent filtrer un air nauséabond. Un enfant brailla tout le long du trajet.

Il descendit sur Fairfield Street et parcourut à pied les trois pâtés de maisons restants. L'atmosphère n'était plus gazeuse, mais carrément liquide au point de presque entrer en ébullition. La vapeur s'élevait du goudron fondu, les images étaient distordues. La rangée de pavillons au bout de la rue ondulait, semblable aux reflets dans l'eau agitée d'une piscine.

« Va-t'en, la canicule, chantonna Bing. Reviens à la Sainte… »

La Rolls était garée de l'autre côté de la rue, devant sa maison. L'homme derrière le volant se pencha par la vitre conducteur et tendit le cou pour regarder Bing. Il lui adressa un sourire amical. De ses longs doigts fins, il fit un geste qui signifiait : *Allons, dépêche-toi.*

La main de Bing se dressa en l'air dans un salut nerveux, puis il traversa au trot, se dandinant comme l'obèse qu'il était. Il était certes décontenancé de voir la Rolls traîner dans le quartier. Une partie de lui persistait à croire que l'homme de Christmasland viendrait le chercher. Une autre partie, toutefois, commençait à soupçonner que ses rêves, associés à la voiture, avaient les apparences d'une nuée de charognards au-dessus d'une proie malade : son esprit. Chaque pas qu'il effectuait en direction de NOSFERA2 augmentait la crainte de voir le véhicule s'éloigner et disparaître à nouveau. Mais la voiture ne bougea pas.

Le chauffeur n'était pas assis sur le siège conducteur, bien entendu, car la vieille Rolls-Royce, de fabrication anglaise, avait le volant à droite. L'homme souriait avec bienveillance à Bing Partridge. Ce dernier devina tout de suite que le type dans la voiture, malgré son apparence de quadragénaire, était beaucoup plus âgé. Ses yeux possédaient la teinte décolorée et calme d'une mer d'huile. Un regard d'ancêtre, d'une vieillesse insondable. Malgré sa denture douteuse et son menton fuyant, son long visage marqué dégageait une certaine bonté, une sagesse. Bing supposait qu'on aurait pu qualifier cette physionomie de sournoise, mais de profil, le personnage passait bien.

« Le voilà ! s'exclama le vieux monsieur. Le valeureux Bing Partridge. L'homme qui tombe à pic. Il est grand temps que nous ayons une conversation, jeune Partridge. La conversation la plus importante de ton existence, sans nul doute.

— Vous venez de Christmasland ? » s'enquit Bing d'une voix étouffée.

L'homme vénérable – ou sans âge – posa un doigt sur l'aile de son nez.

« Charles Talent Manx troisième du nom, pour te servir. P-DG de Christmasland, directeur de la branche Loisirs, président du divertissement. Aussi appelé Son éminence, roi de la Colline des étrons, même si ce n'est pas marqué sur ma carte. »

En un éclair, un bristol apparut entre ses doigts. Bing s'en empara et baissa les yeux dessus.

CHARLIE

« Tu peux savourer ces sucres d'orge en léchant la carte. »

Bing scruta un moment le dessin imprimé avant de passer sa langue râpeuse sur le carton. Il sentit un goût de papier.

« Je rigolais, s'esclaffa Charlie en secouant Bing par le bras. Pour qui tu me prends ? Willy Wonka ? Allez, viens. Monte. Qu'est-ce qu'il y a, fiston ? On dirait que tu es sur le point de te transformer en tas de gélatine. Laisse-moi te payer une tournée. Nous avons un truc important à voir ensemble.

— Un boulot ?

— Un avenir. »

Autoroute 322

« Je ne suis jamais monté dans une aussi belle bagnole », s'extasia Bing tandis qu'ils glissaient le long de l'autoroute 322. La Rolls épousait les courbes de la chaussée avec la fluidité d'une bille en inox dans une glissière.

« C'est une Rolls Royce Wraith de 1938. Fabriquée à quatre cents exemplaires à Bristol, en Angleterre. Une rareté, tout comme toi, Bing Partridge. »

Bing passa la main sur le cuir lisse. Le tableau de bord en bois verni et le levier de vitesse semblaient rougeoyer.

« Votre plaque d'immatriculation a une signification ? NOS-FERA2 ?

— Nosferatu, répondit Manx. En anglais, on prononce *NOSFERA-two*.

— Nosfer quoi ?

— Une de mes petites plaisanteries. Un jour, ma première femme m'a accusé d'être un Nosferatu, un vampire. Enfin, elle n'a pas employé ce terme exact, mais l'intention y était. Tu as déjà été infecté par de l'herbe à puce, Bing ?

— Pas depuis longtemps. Quand j'étais petit, je suis allé faire du camping avec mon père. C'était avant sa mort et...

— S'il t'avait emmené en camping *après* sa mort, là tu aurais une sacrée histoire à raconter. Voilà où je veux en venir : ma femme était comme l'urticaire qu'on attrape quand on touche l'herbe à puce. Elle était insupportable, mais je ne pouvais pas m'empêcher de la toucher. Elle était une déman-geaison permanente que je grattais jusqu'au sang, encore et encore. Ton travail a l'air assez dangereux, Partridge. »

Le changement de sujet était si brusque que Bing fut décontenancé. Il lui fallut un moment pour se rendre compte qu'il devait répondre.

« Ah bon ?

— Tu parlais de manipuler des bouteilles de gaz, dans ta lettre. Les bonbonnes d'hélium et d'oxygène ne sont-elles pas explosives ?

— Oh si, bien sûr. Il y a plusieurs années, un type sur le quai de chargement s'est allumé une cigarette à côté d'un réservoir de nitrogène. La valve était ouverte. Il y a eu un grand souffle et la bonbonne est partie comme une roquette. Elle a percuté l'issue de secours tellement fort que la porte est sortie de ses gonds. Une porte en fer. En tout cas, personne n'est mort. Il n'y a pas eu un seul accident dans mon équipe depuis que je la dirige. Enfin, pratiquement pas un seul. Denis Loory a respiré des vapeurs de pain d'épice, une fois, mais ça ne compte pas vraiment. Il n'a même pas été malade.

— Des vapeurs de pain d'épice ?

— Un mélange aromatisé de sévofluane pour les dentistes. On peut aussi rendre le produit inodore, mais les gamins adorent ce parfum.

— Ah, c'est un anesthésiant ?

— Vous ne vous apercevez plus de ce qui vous arrive, ouais. Par contre, vous restez conscient. L'effet ressemble plus à une soumission chimique. Vous perdez tout sens critique. » Bing eut un petit rire involontaire avant d'ajouter, presque sur un ton d'excuse : « On a ordonné à Denis de danser le disco, et il s'est mis à faire des sauts de cabri comme John Ravolta dans le film. On était mort de rire. »

Un large sourire dévoila les petites dents marron de Charlie Manx.

« J'aime les types qui ont le sens de l'humour, Partridge.

— Vous pouvez m'appeler Bing, monsieur Manx. »

Il attendit que le vieil homme l'invite à son tour à l'appeler par son prénom, mais Manx ignora la perche qui lui était tendue. Il se contenta de poursuivre :

« Je suppose que tous les danseurs de disco étaient à l'époque sous l'influence d'une drogue quelconque. C'est la seule explication. Non pas que ces gesticulations ridicules puissent être qualifiées de danse. Je parlerais plutôt d'une forme d'imbécillité exubérante. »

La Rolls pénétra sur les chemins en terre battue de Franklin Dairy Queen. Sur l'asphalte, elle avait paru flotter avec l'aisance d'un voilier poussé par la brise. Elle s'était déplacée en silence. En revanche, l'impression était tout autre sur ce terrain plus accidenté. Le véhicule semblait devenir lourd, massif. Il prenait l'allure d'un Panzer embourbé dans l'argile.

« Que dirais-tu d'un Coca ? suggéra Manx. Ensuite, on pourra en venir aux faits. » Il se tourna vers Bing, un bras filiforme appuyé sur le volant. Celui-ci ouvrit la bouche pour répliquer, mais un bâillement irrépressible l'en empêcha. Bercé par ce long voyage paisible sous le soleil déclinant de la fin de journée, il s'était mis à somnoler. Cela faisait un mois qu'il dormait mal. De surcroît, il était debout depuis quatre heures du matin. Si Charlie Manx ne s'était pas arrêté devant chez lui, il se serait fait un plateau-télé avant d'aller au lit de bonne heure. Cette réflexion en amena une autre :

« J'en ai rêvé, dit-il simplement. J'ai rêvé de Christmasland toutes les nuits. » Il émit un rire gêné. Manx allait le prendre pour un cinglé. Mais ce ne fut pas le cas. Le sourire du vieil homme s'élargit.

« Tu as rêvé de la Lune ? Elle t'a parlé ? »

Bing en eut le souffle coupé. Émerveillé, et sans doute aussi un peu effrayé, il dévisagea son interlocuteur qui ajouta :

« Tu en as rêvé parce que tu appartiens à cet endroit, Bing. Seulement, si tu veux y aller, il va falloir le mériter. Et je peux t'expliquer comment. »

Manx revint du guichet au bout de quelques minutes. Il glissa sa carcasse efflanquée derrière le volant, puis donna à Bing une bouteille de Coca-Cola frais et pétillant. Bill n'avait jamais vu une bouteille aussi attrayante.

Il renversa la tête et expédia en vitesse une, deux, trois gorgées de boisson gazeuse. Quand il eut terminé, la bouteille était déjà à moitié vide. Il prit une profonde inspiration avant de roter. Le son qu'il produisit, net et grossier, avait la force d'un drap déchiré. Le sang lui monta au visage. Manx se contenta de rire gaiement.

« Je dis toujours à mes gosses : c'est mieux dehors que dedans. »

Bing se détendit. Il sourit, un peu honteux. Son rot puait. Bizarrement, il sentait le Coca, mais aussi l'aspirine.

Manx tourna le volant et ils reprirent leur route.

« Vous me surveilliez, affirma Bing.

— Oui, en effet, répliqua Charlie. À peu de chose près depuis que j'ai ouvert ta lettre. Je t'avoue que j'ai été assez surpris de la recevoir. Personne ne répond plus à cette vieille publicité depuis de nombreuses années. Pourtant, j'ai eu un pressentiment dès que j'ai lu les premiers mots. J'avais l'impression que tu étais l'un des miens. Quelqu'un qui saisirait d'emblée l'importance de mon travail. Avoir un pressentiment, c'est bien, mais se rendre compte par soi-même, c'est mieux. Christmasland est un endroit spécial. Beaucoup de gens émettent des réserves sur ma manière de le diriger. Je suis très exigeant sur le choix de mes collaborateurs. Il se trouve que je cherche en ce moment un nouveau responsable de la sécurité. J'ai besoin d'un... pour... »

Il fallut une bonne minute à Bing pour se rendre compte qu'il n'avait pas entendu la fin du discours de Manx. Ses mots s'étaient perdus dans le grondement des roues sur le bitume. Ils avaient quitté la route et naviguaient à présent parmi les sapins, à travers les ombres fraîches des feuillages. Bing entrevit le ciel rose pâle. Le soleil avait disparu sans qu'il s'en aperçoive. Le crépuscule arrivait. Il distingua alors la Lune d'un blanc laiteux, suspendue au firmament sans nuages. Il s'obligea à se redresser et cligna rapidement des yeux.

« Qu'est-ce que vous avez dit ? »

Il était vaguement conscient de piquer du nez. Le Coca glacé, avec tout ce sucre et cette caféine, aurait dû en toute logique le réveiller. Pourtant, la boisson semblait avoir eu l'effet opposé. Il prit une dernière gorgée. Le résidu au fond de la bouteille était amer. Il grimaça.

« Le monde est plein de gens stupides et violents, déclara Charlie. Et tu sais le pire ? Certains d'entre eux ont des enfants. Après avoir bu, ils les battent. Ils les martyrisent, les insultent. De tels individus ne devraient pas avoir de gosses ; voilà mon avis. On pourrait les aligner et les fusiller, je n'y verrais pas d'inconvénients. Une balle dans la tête pour chacun d'eux... ou un clou. »

Bing sentit son estomac se nouer. Un étourdissement le contraignit à appuyer la main sur le tableau de bord afin d'éviter la chute.

« Je ne me souviens de rien, mentit-il dans un souffle vacillant. C'était il y a si longtemps. Je voudrais tant revenir en arrière.

— Pourquoi ? Pour que ton père ait une chance de te tuer ? Les journaux racontaient que, avant le meurtre, il t'avait frappé tellement fort que tu avais eu une fracture crânienne. Tu étais couvert d'hématomes, certains vieux de plusieurs jours. J'espère que je n'ai pas besoin de t'expliquer la différence entre un homicide et un acte de survie.

— J'ai aussi fait du mal à ma mère. Dans la cuisine. Elle ne m'avait rien fait. »

Manx ne parut guère impressionné par cet argument.

« Où était-elle, quand ton père enchaînait les crochets et les uppercuts ? Je suppose qu'elle n'a pas tenté de s'interposer héroïquement. Comment se fait-il qu'elle n'ait pas appelé la police ? Elle ne trouvait pas le numéro dans l'annuaire ? » Manx poussa un soupir las. « Je regrette que personne n'ait été là pour toi, Bing. Tous les feux de l'enfer seraient encore trop cléments envers un homme, ou une femme, qui torture ses propres enfants. Mais pour te dire la vérité, je me soucie moins de châtiment que de prévention. Il aurait mieux valu que rien de tout ceci ne se produise, que tu aies un foyer protecteur, que tu vives Noël tous les jours au lieu d'endurer ce supplice, ce malheur. Je pense que nous sommes tous les deux d'accord sur ce point. »

Les yeux mi-clos, Bing l'observait. Il avait l'impression de ne pas avoir dormi depuis des jours. Il luttait à chaque seconde pour éviter de caler sa tête contre le siège en cuir et sombrer dans l'inconscience.

« Je crois que je vais m'endormir.

— Pas de problème, Bing. La route de Christmasland est pavée de rêves. »

Des arbres en fleurs se succédaient à travers le pare-brise. Bing les contempla avec un plaisir diffus. Il se sentait bien, apaisé. Il aimait Manx. *Tous les feux de l'enfer seraient encore trop cléments envers un homme, ou une femme, qui torture ses propres enfants.* Une belle sentence. La certitude morale dont elle était dotée lui plaisait. Charlie Manx était un homme qui savait de quoi il parlait.

Le vieillard murmura de nouveau quelques mots inaudibles. Bing acquiesça. Encore des propos frappés au sceau du bon sens. Il désigna les pétales qui tombaient du ciel.

« Il neige.

— Ceci n'est pas de la neige. Repose-toi, Bing. Repose-toi, et alors tu verras. »

Partridge obéit.

Il ferma les yeux juste un moment. Mais ce moment parut s'éterniser, s'étirer en un long périple calme. Les ténèbres d'un profond sommeil n'étaient plus rythmées que par les vibrations des roues sur la chaussée. Bing inspira, expira. Il ouvrit les paupières et sursauta, les yeux écarquillés sur le pare-brise devant lequel défilait

La route de Christmasland

Le jour s'était enfui et les phares de la Rolls trouaient la nuit glacée. Des taches blanches virevoltaient dans l'éclat des phares, puis tapotaient doucement contre le pare-brise.

« Maintenant, c'est de la neige ! » s'exclama Charlie Manx derrière son volant.

Bing était passé du sommeil au plein éveil en une fraction de seconde, comme si sa conscience était équipée d'un interrupteur qu'on avait actionné. Le sang paraissait affluer d'un coup dans son cœur. Il n'aurait pas été plus bouleversé s'il s'était réveillé avec une grenade sur les genoux.

Une moitié du firmament était couverte de nuages, tandis que l'autre était remplie d'étoiles sucrées. La Lune régnait sur elles. Une lune dotée d'un nez crochu et d'un grand sourire. L'astre scrutait la route en contrebas d'un œil argenté surmonté d'une paupière tombante.

Des sapins déformés longeaient la route. Bing dut y regarder à deux fois pour comprendre qu'il ne s'agissait pas de véritables conifères, mais d'arbres à boules de gomme.

« Christmasland, chuchota-t-il.

— Non, le contredit Manx. Nous en sommes encore loin. Vingt heures de voiture, au moins. Mais il est là-bas, à l'ouest. J'y emmène une personne par an.

— Moi ?

— Non, Bing. Plus tard, peut-être. Tous les enfants sont les bienvenus à Christmasland. Pour les adultes, c'est différent. Tu dois faire tes preuves d'abord. Démontrer ton amour des gamins, ta capacité à les protéger et à servir Christmasland. »

Ils passèrent devant un bonhomme de neige qui leva une branche en guise de bras. Bing lui rendit son salut d'un geste instinctif.

« Comment dois-je m'y prendre ?

— Il faut que tu sauves dix enfants avec moi, Bing. Que tu les préserves des monstres.

— Des monstres ? Quels monstres ?

— Leurs parents », déclara Manx sur un ton grave.

Bing s'arracha à la contemplation du paysage par la vitre givrée et observa le vieillard. Quand il avait fermé les yeux, quelques minutes auparavant, le soleil se couchait et Manx portait une chemise blanche ainsi que des bretelles. À présent, il était vêtu d'une vareuse et d'un chapeau couleur sombre bordé de cuir noir. Le manteau, orné d'une double rangée de boutons en laiton, ressemblait au vêtement qu'un officier d'une lointaine contrée – un lieutenant de la garde royale – aurait pu arborer. Lorsque Bing baissa les yeux sur sa personne, il s'aperçut qu'il portait lui aussi une nouvelle tenue : l'uniforme d'apparat blanc des fusiliers marins, de même que les bottes noires cirées appartenant à son père.

« Je suis en train de rêver ?

— Je te le répète : la route de Christmasland est pavée de rêves. Cette vieille voiture peut sortir du monde réel pour emprunter les routes secrètes de l'esprit. Le sommeil n'est que la porte d'accès. Quand un passager s'assoupit, ma Rolls quitte la voie où elle se trouve pour entrer dans le domaine de Saint-Nicolas. Nous partageons le même songe. Ce rêve t'appartient, Bing, mais c'est moi qui suis au volant. Viens, je vais te montrer quelque chose. »

Tandis qu'il parlait, le véhicule avait ralenti et s'était garé sur le bas-côté. La neige crissa sous les roues. Les phares illuminèrent une silhouette un peu plus loin sur la droite. À cette distance, on avait l'impression de voir une femme en robe blanche. Tout à fait immobile, elle ignorait les feux de la Rolls posés sur elle.

Manx se pencha, ouvrit la boîte à gants au-dessus des genoux de Bing. Elle contenait le bric-à-brac habituel – papiers, cartes routières –, mais Bing y vit aussi une torche équipée d'une longue poignée chromée. Un flacon pharmaceutique roula à l'extérieur du compartiment. Bing l'attrapa d'une main. Il lut l'étiquette : « Fiacre Dewey – Valium 50 mg ».

Manx s'empara de la lampe torche, se redressa, et entrouvrit la portière.

« À partir d'ici, il faut marcher. »

Bing brandit le flacon.

« Vous m'avez… Vous m'avez drogué pour que je dorme, monsieur Manx ? »

Ce dernier lui fit un clin d'œil.

« Ne m'en veux pas, Bing. Je savais que tu voulais rejoindre Christmasland au plus vite. Et pour le voir, tu dois être assoupi. J'espère que ça va.

— Oui, j'imagine. » Bing haussa les épaules et regarda de nouveau la petite bouteille. « Qui est Dewey Fiacre ?

— Toi, Bing. Ou plutôt ton prédécesseur. Dewey travaillait comme agent artistique à Los Angeles. Il s'occupait des jeunes acteurs pour la télévision. Il m'a aidé à sauver dix gamins, ce qui lui a permis de gagner sa place à Christmasland. Les gosses d'ici l'adoraient. Ils ont profité de lui jusqu'à la dernière miette. Allez, viens. »

Bing sortit dans l'air calme et glacial. Le vent ne soufflait pas. Les flocons tournoyaient dans la nuit pour déposer des baisers humides sur ses joues. Vu son âge (*pourquoi est-ce que je persiste à croire qu'il est vieux ? s'interrogea Bing. Il n'a pas l'air vieux*), Charlie Manx était remarquablement alerte. Il partit à grandes enjambées le long de l'accotement. Ses bottes couinaient. Bing le suivit d'un pas lourd, se frictionnant les bras, engoncé dans son uniforme trop fin.

Ce n'était pas une femme en robe qui les attendait, mais deux. Elles encadraient un portail en fer noir. Ces créatures identiques étaient sculptées dans un marbre vitreux. Elles s'inclinaient, les bras écartés. Leur robe d'un blanc ivoirin paraissait flotter derrière elles, se déployer comme les ailes d'un ange. Leur beauté était sereine. Elles possédaient les traits poupins et le regard aveugle des statues classiques. Avec leur bouche entrouverte, elles semblaient pétrifiées au beau milieu d'un soupir. Leurs lèvres ourlées évoquaient un rire imminent, ou un cri de douleur. L'artiste les avait façonnées de manière à ce que leurs seins pointent sous le drapé.

Manx franchit le portail. Bing, lui, hésita. Il tendit la main et caressa un des tétons doux et froids. Il avait toujours rêvé de toucher une telle poitrine : ferme, maternelle.

Le sourire de la fille de pierre s'accentua. Bing eut un mouvement de recul. Un glapissement s'échappa de sa gorge.

« Amène-toi, Bing ! cria Manx. Restons concentrés sur nos affaires. Tes vêtements ne sont pas assez chauds, par ce temps. »

Bing s'apprêtait à avancer, mais il hésita de nouveau lorsqu'il leva les yeux sur l'arche qui surplombait le portail.

Cimetière de Ce-qui-peut-être

Bing fronça les sourcils à la vue de ces mots déconcertants, mais Charlie l'appela encore une fois et il se dépêcha de lui emboîter le pas.

Quatre marches de pierre, légèrement saupoudrées de neige, conduisaient à une plateforme de glace noire. Le liquide congelé paraissait granuleux à cause des récentes intempéries. Cependant, la poudreuse était peu profonde. On pouvait dégager la surface glacée d'un simple coup de pied. À peine eut-il gravi deux marches qu'il vit un objet flou pris dans la glace. Il pensa d'abord à une assiette.

Bing se pencha pour procéder à un examen plus attentif. Manx, qui le précédait de quelques enjambées, se retourna pour éclairer l'endroit qu'il scrutait.

Le faisceau de la lampe éclaira un visage d'enfant : une fillette coiffée en queue-de-cheval, aux joues constellées de taches de rousseur. Bing cria et recula d'un pas incertain.

La gamine était aussi pâle que les statues de marbre à l'entrée du cimetière. Pourtant, elle était de chair et d'os. Quelques bulles figées s'échappaient de la bouche, ouverte sur un appel muet. Elle tendait les mains vers lui, comme pour l'attraper. Dans l'une d'elles, Bing distingua une corde à sauter rouge.

« C'est une fille, gémit-il. Une fille morte dans la glace !

— Elle n'est pas morte, précisa Manx. Pas encore. Pas avant plusieurs années, peut-être. »

Le vieil homme pointa sa torche en direction d'une croix en pierre blanche inclinée dans la glace.

Lily CARTER
15, Fox Road
Sharpville, Pennsylvanie.

1980 – ?
Entraînée par sa mère dans une vie de péchés,
Son enfance a fini avant de commencer.
Si seulement on avait été là pour elle,
Christmasland aurait sonné l'appel.

Manx éclaira les alentours et Bing distingua ce qui semblait être un lac gelé quadrillé par des croix : un cimetière de la taille d'Arlington. La neige sifflait entre les pierres tombales et les socles, s'insinuait dans les espaces vides. Sous la Lune, elle ressemblait à de la mousse à raser argentée.

Bing regarda une fois encore à ses pieds. L'enfant le fixait à travers la glace trouble. Elle cilla.

Il poussa un nouveau cri et trébucha. Il heurta une autre croix, perdit l'équilibre avant de se retrouver à quatre pattes.

Ses yeux se posèrent sur le sol vitrifié. Manx illumina le visage d'un deuxième gosse : un garçon au regard sensible, méditatif, sous une frange claire.

William DELMAN
42b, Mattison Avenue
Asbury Park, New Jersey.
1981 – ?
Billy voulait juste jouer,
Mais son père n'est pas resté.
Sa mère s'est évaporée.
Drogues, couteaux et douleur accablée.
Quelqu'un aurait dû l'emmener.

Bing essaya de se lever, glissa de manière comique, retomba sur la gauche. Le rayon lumineux lui dévoila une petite Asiatique cramponnée à un ours en peluche dans une veste en tweed.

Sara CHO
1983 – ?
39, Cinquième Rue
Bangor, Maine.
Sara vit un cauchemar infini,
Elle se pendra à l'âge de treize ans.
Songez donc à ses remerciements,
Si elle avait accompagné Charlie.

Bing s'étranglait d'horreur. Sara Cho braquait ses yeux sur lui. Elle hurlait en silence, congelée avec une corde à linge autour du cou.

Manx posa sa main sur l'épaule de Bing, puis l'aida à se redresser.

« Désolé de t'infliger tout cela. J'aurais voulu t'épargner, mais il faut que tu comprennes mon travail. Retournons à la voiture, j'ai une Thermos de chocolat chaud. »

Manx soutint son compagnon, les doigts serrés autour de son bras pour l'empêcher de tomber.

Ils se séparèrent devant le capot de la voiture. Charlie regagna le côté conducteur tandis que Bing demeurait indécis. Il venait de remarquer le bouchon de radiateur. L'accessoire en chrome figurait une jeune femme souriante, les bras écartés de façon à ce que l'étoffe de sa robe se déploie derrière elle comme des ailes. Il reconnut immédiatement l'une des sentinelles angéliques qui gardait l'entrée du cimetière.

Quand ils furent dans la voiture, Manx fouilla derrière son siège et en ressortit une Thermos argentée. Il en ôta le bouchon, le remplit de liquide chaud, puis tendit le chocolat à Bing. Celui-ci s'empara du récipient à deux mains et sirota le délicieux nectar pendant que Charlie effectuait un large demi-tour pour s'éloigner du cimetière de Ce-qui-peut-être. Ils retournaient d'où ils venaient. Manx appuya sur l'accélérateur.

« Parlez-moi de Christmasland, demanda Bing d'une voix tremblante.

— Il n'y a pas de meilleur endroit. Sans vouloir offenser M. Walt Disney, Christmasland représente le vrai bonheur sur terre. Bien entendu, on pourrait préciser que ce bonheur n'est pas tout à fait sur la terre normale. Dans ce pays-là, Noël est perpétuel et les enfants qui y résident ne connaissent aucun tourment. Non, ces enfants ne comprennent même plus le concept de tourment. Ils ne sont ici que pour l'amusement. Un peu à l'image du paradis, sauf qu'ils ne sont pas morts. Ils vivent à jamais, demeurent jeunes pour l'éternité. Ils ne sont plus obligés de lutter, de peiner, de s'avilir comme nous, misérables adultes. J'ai découvert cette contrée de purs fantasmes il y a longtemps. Les premiers résidents étaient mes propres gosses. Ils ont été sauvés avant que l'ignoble créature qui leur servait de mère, les dernières années de sa vie, ne puisse les détruire.

» En vérité, cet endroit est celui où l'impossible se produit tous les jours. Mais il appartient aux petits, pas aux grands. Seuls quelques adultes sont autorisés à y habiter. Ceux qui ont montré suffisamment d'abnégation pour travailler à un dessein supérieur, ceux qui sont prêts à tout sacrifier pour le bien-être des chères têtes blondes. Des gens comme toi, Bing.

» Je regrette vraiment que tous les enfants du monde ne puissent accéder à Christmasland. Ils connaîtraient la sécurité, la joie démesurée. Ah, bon sang ! Ce serait formidable. Mais très peu d'adultes consentent à confier leur progéniture à un inconnu qui les emmènera dans une région qu'aucun parent ne peut visiter. De fait, ils me considéreraient comme un odieux voleur d'enfant, une espèce d'obsédé. Alors, je n'amène qu'un ou deux bambins par an. Et ce sont toujours des êtres que j'ai vus au cimetière de Ce-qui-peut-être. De bons petits qui sont voués à souffrir entre les mains de leurs géniteurs. J'ai moi-même subi de terribles abus dans ma jeunesse, alors je suis sûr que tu comprendras l'importance que j'accorde à cette tâche. Le cimetière me montre ceux qui verront leur enfance spoliée par leur père ou leur mère. Ils seront frappés à coups de chaîne, nourris avec de la pâtée pour chats, vendus à des pervers. Leur âme sera souillée, ils deviendront froids, dénués de sentiments, et ils détruiront leurs propres enfants à leur tour. Nous sommes leur seule chance, Bing. Durant toutes ces années où j'ai veillé sur Christmasland, j'en ai secouru soixante-dix. Mon souhait le plus cher est d'en secourir une centaine d'autres avant la fin. »

La voiture filait à travers les ténèbres insondables et glacées. Bing remua les lèvres, comptant en silence.

« Soixante-dix, murmura-t-il finalement. Je croyais que vous n'aidiez qu'un enfant ou deux par an.

— Oui, convint Manx. En effet.

— Mais... vous avez quel âge ? »

Manx lui adressa un sourire en coin, révélant une rangée de dents marron, effilées.

« Le travail me maintient en forme. Finis ton chocolat. »

Bing but une dernière gorgée de boisson chaude et sucrée, puis fit tourner le reste au fond du bouchon. Il y distingua une substance jaunâtre. Avait-il avalé un autre produit issu de l'armoire à pharmacie de Dewey Fiacre ? Ce nom sonnait comme une plaisanterie issue d'un poème surréaliste. Dewey, l'inventeur de la classification décimale, et Fiacre, le saint patron des chauffeurs de taxi. Son prédécesseur avait sauvé dix enfants pour mériter sa récompense éternelle à Christmasland. Si Charlie Manx comptait soixante-dix âmes à son actif, cela signifiait que Bing avait – quoi ? – sept prédécesseurs ? Sept élus ?

Il entendit un grondement ; la vibration retentissante d'un moteur douze cylindres. Un poids lourd semblait arriver derrière eux. Il se retourna. Le bruit augmentait de seconde en seconde, pourtant il ne voyait rien.

« Vous entendez ? demanda-t-il, sans s'apercevoir que le gobelet venait de glisser de ses doigts gourds. Un truc arrive derrière nous.

— Ce doit être le matin, expliqua Manx. Il nous rejoint à toute vitesse. Ferme les yeux, Bing, il est là ! »

Le grondement s'intensifia encore. Tout à coup, il fut sur leur gauche. Bing fixa la nuit qui les enveloppait. Il vit distinctement une grosse fourgonnette, à un mètre de lui. Une ferme rouge au milieu d'un pré verdoyant était peinte sur le flanc. Un troupeau de vaches paissait sous le soleil éclatant au-dessus des collines. L'aube éclairait des lettres de trente centimètres : *Livraison de levers du jour*.

L'espace d'un instant, la camionnette masqua le paysage et l'annonce engloba tout le champ de vision de Bing. Puis le véhicule accéléra. Une traînée de poussière s'éleva dans son sillage. Bing tressaillit. Devant lui s'étendait un ciel d'un bleu presque douloureux, sans nuage, infini. Il plissa les yeux sur la

Pennsylvanie, zone rurale

La Rolls se rangea au point mort sur l'accotement. Une route de campagne, poussiéreuse et défoncée. De l'herbe jaunie qui poussait au pied même de la voiture. Le chant des insectes. La lumière rasante du soleil. Il était environ sept heures du matin, et pourtant, Bing sentait déjà la morsure de la chaleur à travers le pare-brise.

« Ho là là ! Qu'est-ce qu'il s'est passé ?

— Le jour s'est levé, répondit doucement Charlie.

— J'ai dormi ?

— En vérité, je crois que tu n'as jamais été aussi réveillé, Bing. Peut-être pour la première fois de ta vie. »

Manx lui adressa un sourire. Bing, le visage empourpré, lui rendit maladroitement son signe de connivence. Il ne comprenait pas tout à fait le vieil homme, ce qui ne le rendait que plus attachant, plus honorable.

Des libellules virevoltaient dans les hautes herbes. Il ignorait où ils se trouvaient. Pas à Sugarcreek, en tout cas. Une voie communale, sans doute. À travers la vitre passager, en haut d'une colline illuminée par la lumière floue, il vit une maison de style colonial avec des volets noirs. Une fillette, vêtue d'une robe à fleurs écarlate semblable à une longue chemise, se tenait dans l'allée en terre battue, sous un caroubier. Elle les fixait. Une corde à sauter inutile pendait d'une de ses mains. La perplexité se lisait sur ses traits. Bing en déduisit qu'elle n'avait encore jamais vu de Rolls-Royce.

Il plissa les paupières, fit un petit geste en guise de salut. Sans répondre, elle inclina la tête sur le côté. De toute évidence, elle continuait à les examiner. Ce fut au moment où sa queue-de-cheval retomba sur son épaule droite que Bing la reconnut. Il sursauta. Son genou heurta le tableau de bord.

« C'est elle ! s'exclama-t-il. Elle !

— Qui ça, Bing ? » interrogea Manx d'un air entendu.

Bing braquait ses yeux sur la jeune fille. Celle-ci lui rendait son regard. Un mort sorti de la tombe ne l'aurait pas plus effrayé. D'une certaine manière, il voyait effectivement un mort sortir de sa tombe. Comme il avait toujours eu la mémoire des poèmes, il récita :

« *Lily Carter. Entraînée par sa mère dans une vie de péchés, son enfance a fini avant de commencer. Si seulement on avait été là pour elle, christmasland aurait sonné...* » Sa voix s'interrompit. La porte de la maison venait de s'ouvrir en grinçant. Une femme menue, à l'ossature fine, apparut sur le porche. Elle portait un tablier couvert de farine.

« Lily ! s'impatienta-t-elle. Je t'ai appelée pour le petit déjeuner il y a dix minutes. Rentre ! »

La jeune fille recula dans l'allée sans un mot. Elle les observait toujours avec des grands yeux écarquillés, fascinée. À défaut de peur, son expression trahissait un certain intérêt.

« Ce doit être la mère de Lily, expliqua Manx. Je me suis penché sur leur cas. La femme travaille le soir dans un bar pas loin d'ici. Tu vois le genre.

— C'est-à-dire ?

— Une pute. Comme la plupart d'entre elles. Du moins tant qu'elles sont potables. Et en ce qui concerne cette maman, ça ne saurait durer. D'ici quelques années, je crains qu'elle n'abandonne le métier pour se consacrer à celui de maquerelle. Elle s'occupera de sa fille. Il faut bien faire bouillir la marmite, et Evangeline Carter n'a pas de mari. Elle n'en a jamais eu. Elle ne sait d'ailleurs sans doute pas qui l'a mise en cloque. La petite Lily n'a que huit ans pour l'instant, mais avec les filles... Elles grandissent si vite, par rapport aux garçons. Franchement, regarde-moi cet amour. Je suis sûr que sa mère obtiendra un bon prix pour signer la fin de son innocence.

— Comment le savez-vous ? souffla Bing. Comment savez-vous que tout cela va se produire ? Vous... en êtes certain ? »

Manx haussa les sourcils.

« Il n'existe qu'un moyen de s'en assurer. Rester les bras croisés et laisser Lily à sa mère. Peut-être qu'on devrait revenir d'ici quelques années, histoire de voir quelle ristourne nous accordera la vieille pour aller avec sa fille. Peut-être qu'elle nous fera un tarif de groupe ? »

Lily avait maintenant regagné le perron.

À l'intérieur de la maison, sa mère l'appela de nouveau. Sa voix était éraillée, agressive et grossière. Bing Partridge eut l'impression d'entendre une ivrogne minée par une gueule de bois.

« Lily ! Amène-toi maintenant ou je file les œufs au clébard. »

Bing chuchota :

« Salope.

— Je suis assez d'accord, approuva Manx. Quand la fille m'accompagnera à Christmasland, il faudra se charger de la mère. Pour tout dire, il vaudrait mieux qu'elles disparaissent toutes les deux, mais je ne peux pas emmener Mme Carter avec moi. Peut-être pourrais-tu t'occuper d'elle ? En fait, je ne vois qu'une seule manière de s'en occuper. Quoi qu'il en soit, ce n'est pas mon problème. Disons simplement qu'on ne doit plus la revoir. Vu ce qu'elle infligera à son enfant un jour... Eh bien, je ne vais pas pleurer sur son sort. »

Bing sentait son cœur battre à tout rompre dans sa cage thoracique. Il avait la bouche sèche. Sa main tâtonna, à la recherche du loquet.

Charlie lui saisit le bras, ainsi qu'il l'avait fait sur le sol verglacé du cimetière de Ce-qui-peut-être.

« Où vas-tu ? »

Bing leva des yeux fous sur l'individu à côté de lui.

« On attend quoi ? Allons-y. On entre dans la maison et on sauve la fille.

— Non. Pas maintenant. Nous avons besoin d'une certaine préparation. L'occasion se présentera bien assez tôt. »

Bing lui jeta un regard interrogateur, teinté d'une sorte de respect.

« Tu sais, reprit Charlie, les mères de famille peuvent faire un sacré raffut quand on leur retire leur enfant. Même les mères tordues comme Mme Carter. »

Bing acquiesça.

Le vieil homme poursuivit :

« Tu crois que tu pourrais nous obtenir du sévoflurane, à ton travail ? Et puis amène aussi ton pistolet et ton masque à gaz. Je suis sûr qu'on en aura l'usage. »

LA BIBLIOTHÉCAIRE

1991

Haverhill, Massachusetts

« Ne t'avise pas de franchir cette porte », l'avait prévenue sa mère.

Et non seulement Vic l'avait franchie, mais elle s'était enfuie en courant, ravalant ses larmes tout le long du chemin. Avant de sortir, elle avait entendu son père dire à Linda : « Oh, laisse tomber. Elle se sent déjà assez mal comme ça. » Ce qui n'avait fait qu'empirer les choses.

Vic attrapa le guidon de son vélo et prit son élan. Parvenue à la limite du jardin, elle enjamba le Raleigh, puis s'enfonça dans les ombres fraîches, les senteurs délicieuses des bois de Pittman Street.

La Gamine n'avait aucune idée de sa destination. Son corps, lui, savait où il allait. Il guida le Raleigh jusqu'au pied de la colline. Les roues frappèrent la route en terre battue à près de cinquante à l'heure.

Elle se rendit à la rivière. Le cours d'eau était bien là. Ainsi que le pont.

Cette fois-ci, l'objet perdu était une photographie. Un instantané froissé en noir et blanc qui représentait un garçon joufflu coiffé d'un chapeau de cow-boy. Le gosse tenait la main d'une jeune femme en robe à pois. Celle-ci plaquait le vêtement contre ses cuisses de sa main libre. Le vent soufflait fort, paraissait sur le point de les emporter tous les deux. Les bourrasques avaient d'ailleurs rabattu quelques mèches de cheveux clairs sur le visage fier, ironique et presque beau de la jeune femme. L'enfant pointait un revolver factice vers l'objectif. Ce petit pistolero aux joues rebondies, au regard vide, était Christopher McQueen à l'âge de sept ans. Il était accompagné de sa mère qui, à l'époque de la photo, mourait déjà d'un cancer des ovaires qui l'emporterait à trente-trois ans. Ce cliché était le seul souvenir que son père conservait d'elle et, quand Vic avait demandé si elle pouvait l'utiliser en cours de dessin, à l'école, Linda s'y était opposée. Chris McQueen, cependant, était passé outre. « Hé, avait-il déclaré. Je veux que Vic la dessine. Elles n'auront pas d'autres occasions de se côtoyer. Contente-toi juste de me ramener la photo, Vic. Je ne veux pas oublier à quoi ma mère ressemblait. »

À treize ans, Vic était la vedette du cours d'arts plastiques de M. Ellis. Il avait sélectionné sa peinture à l'eau – *Le pont couvert* – pour l'exposition de fin d'année à la mairie. Elle avait été la seule élève de quatrième présente parmi les troisièmes, dont les travaux allaient du médiocre au carrément mauvais. (Médiocre : un nombre incalculable de fruits approximatifs dans des coupes. Mauvais : une licorne en plein vol, avec un arc-en-ciel qui lui sortait de l'arrière-train, telle une flatulence en Technicolor.) La *Gazette de Haverhill* avait consacré un article à l'exposition, et devinez quelle toile ils avaient choisie pour illustrer le compte-rendu ? Pas la licorne. Lorsqu'elle avait ramené *Le pont couvert* à la maison, le père de Vic avait construit un cadre en bois avant d'accrocher l'œuvre d'art là où *K 2000* avait jadis été affiché. Vic s'était débarrassée de David Hasselhoff depuis longtemps. Michael Knight était un loser, et les Pontiac Trans Am des chiottes qui pissaient l'huile de vidange. *K 2000* ne lui manquait pas.

Le dernier devoir de l'année avait pour thème le dessin d'après nature. On leur demandait de plancher sur une photo qui représentait quelque chose de spécial pour eux. Chris avait assez de place sur le bureau de son atelier pour y mettre un dessin. Elle avait vraiment envie que son père puisse voir sa mère en couleur chaque fois qu'il levait les yeux.

La peinture était maintenant achevée. Vic l'avait rapportée la veille, quand elle avait vidé son casier au dernier jour d'école. Son travail n'était pas aussi bon que *Le pont couvert*, mais la jeune fille pensait tout de même être parvenue à restituer des détails intéressants : le pli des hanches osseuses sous la jupe de la femme, la fatigue et la distraction de son sourire. Son père avait longuement contemplé l'œuvre. Il avait semblé à la fois content et un peu triste. Quand Vic lui avait demandé son avis, il s'était contenté de déclarer : « Tu souris exactement comme elle, ma puce. Je n'avais jamais remarqué. »

Si la peinture avait regagné le foyer, la photo, en revanche, s'était volatilisée. Vic ne s'en était aperçue que lorsque sa mère l'avait interrogée à ce propos le vendredi après-midi. Elle avait d'abord cru l'avoir glissée dans son cartable, puis égarée dans sa chambre. Mais, le soir venu, il avait fallu se rendre à l'évidence : elle ne l'avait pas et ne se souvenait pas quand elle l'avait vue pour la dernière fois. Son estomac s'était noué. Samedi matin, premier jour des vacances d'été tant attendues, Linda était parvenue à la même conclusion. Elle avait alors décrété que le cliché avait disparu à jamais. Proche de l'hystérie, elle avait clamé que cette photo était bien plus importante que tous ses gribouillages de collégienne merdiques. Vic avait alors résolu de partir, de s'enfuir, loin, craignant en restant ici de céder à son tour à la folie. Un état qu'elle ne pourrait pas supporter.

Sa poitrine lui faisait mal. Elle avait l'impression d'avoir pédalé des heures, et non quelques minutes. Le souffle lui manquait, comme si elle grimpait la colline au lieu de glisser sur le plat. Pourtant, dès qu'elle vit le pont, elle ressentit une sorte de soulagement. Non, mieux encore : une impression de lâcher prise total. Sa conscience se détachait d'elle. Son corps et son vélo, désormais libres de toute entrave, fonctionnaient en automatique. Chaque fois, c'était la même chose. Elle avait traversé le pont à près de douze reprises en cinq ans et ses périples tenaient plus de la sensation que de l'expérience : une espèce de lévitation à la fois palpable et irréelle au milieu des grésillements des parasites. Cela ressemblait un peu à un assoupissement, au moment où l'on sombrait dans les replis du sommeil.

À l'instant même où les roues commençaient à rebondir sur les planches, elle imaginait déjà les vraies circonstances dans lesquelles elle retrouvait la photo. Elle avait montré le souvenir à sa copine Willa, le dernier jour d'école. Leur discussion avait dévié sur d'autres sujets, et Vic avait dû courir pour attraper son bus. Le temps que Willa se rende compte de l'oubli, son amie était partie. Willa avait donc gardé l'image pour la restituer plus tard. Ainsi, quand Vic rentrerait chez elle, la photo à la main, elle aurait un alibi tout trouvé. Son père l'enlacerait, prétendrait qu'il n'avait jamais nourri la moindre inquiétude.

Sa mère tirerait une tête d'enterrement. Vic ignorait quelle réaction lui ferait le plus plaisir.

Cette fois, pourtant, ce serait différent. Lorsqu'elle reviendrait et débiterait son histoire pas tout à fait vraie, quelqu'un ne la croirait pas : Vic elle-même.

La Gamine ressortit du pont au niveau d'un large couloir sombre, au deuxième étage du collège. Il était à peu près neuf heures du matin en ce premier jour des vacances scolaires. Les lieux étaient mal éclairés, le moindre bruit résonnait. Leur dépouillement avait un aspect un peu effrayant. Elle freina. Le vélo s'arrêta dans un crissement de pneus.

Elle ressentit le besoin impérieux de regarder derrière elle. Personne ne pouvait résister à une telle tentation.

Le Raccourci donnait directement sur le mur en briques, s'enfonçait de trois ou quatre mètres à l'intérieur. Il était aussi large que le couloir de l'école. Une partie de la construction émergeait-elle de l'autre côté de la paroi, suspendue au dessus du parking ? Vic en doutait, mais sans pénétrer dans l'une des classes, impossible d'en avoir la confirmation. Le lierre grimpait le long de l'entrée. Il pendait en gerbes molles au-dessus du passage.

Cette vision la rendit légèrement malade. L'espace d'un instant, le couloir parut se déformer, semblable à une goutte d'eau ramassée sur une brindille. Elle fut prise d'un vertige. Si elle ne bougeait pas, elle commencerait à réfléchir, ce qui n'était pas souhaitable. Elle pouvait concevoir d'effectuer des voyages imaginaires sur un pont disparu depuis longtemps à l'âge de huit ou neuf ans mais, à treize, c'était une autre paire de manches. Ce qui passait jadis pour une rêverie s'apparenterait désormais à une hallucination.

Elle savait qu'elle atterrirait ici grâce aux mots peints en vert à l'entrée du pont, mais avait cru qu'elle déboucherait au premier étage, près de la classe de M. Ellis. Et la voilà au deuxième étage, à une quinzaine de mètres de son casier. Elle se rappelait avoir discuté avec quelques amies au moment de rassembler ses affaires. Les couloirs résonnaient alors de mille bruits et distractions : cris, rires, courses. Cependant, elle était certaine d'avoir soigneusement vérifié le compartiment avant d'en refermer la porte. Elle était tout à fait sûre qu'il était vide. Le pont l'avait pourtant conduite à cet endroit. Et il ne se trompait jamais.

Il n'y a pas de pont, songea-t-elle. *Willa a gardé la photo. Elle compte me la rendre dès que possible.*

Vic appuya sa bicyclette contre les casiers, ouvrit le sien, et scruta les murs beiges, les parois rouillées. Rien. Elle tâta l'étagère fixée trente centimètres au-dessus de sa tête. Rien encore.

L'inquiétude lui dévorait les tripes. Elle voulait trouver l'image, partir d'ici, oublier le Raccourci. Mais son vestiaire était vide. Elle ignorait où chercher ensuite. Après avoir esquissé un mouvement pour refermer le casier, elle marqua une pause, puis se mit sur la pointe des pieds. Elle passa de nouveau la main sur l'étagère. Elle faillit encore la manquer. Le coin de la photo s'était d'une manière ou d'une autre insinué entre la planche et le mur, et le papier s'était plaqué contre les briques. Elle dut étirer son bras au maximum pour l'atteindre.

Elle saisit le cliché du bout des doigts, le fit jouer jusqu'à ce qu'il se libère. Alors, elle retomba sur ses talons, rouge de contentement.

« Yes ! » s'exclama-t-elle. Puis elle claqua la porte de son vestiaire.

Le concierge, M. Eugley, se tenait au milieu du couloir. Son balai serpillière était incliné dans un gros seau jaune à roulettes. Il fixait Vic, le vélo de Vic, ainsi que le pont à travers la cloison.

M. Eugley était vieux, voûté. Avec ses lunettes à monture dorée et ses nœuds papillons, il ressemblait davantage à un professeur que la plupart des membres du corps enseignant. Il travaillait aussi en tant que papy trafic. La veille des vacances, il avait apporté des bonbons pour tous les enfants qui traversaient devant lui. La rumeur voulait qu'il ait pris ce poste pour se rapprocher des élèves, ses propres gamins ayant trouvé la mort dans l'incendie de sa maison, plusieurs années auparavant. Cette rumeur était malheureusement exacte, mais elle omettait un détail : M. Eugley avait lui-même déclenché le sinistre après s'être endormi, fin saoul, une cigarette à la main. Jésus avait alors remplacé ses gosses, et les réunions des Alcooliques Anonymes ses tournées dans les bars. Il s'était consacré à la religion et la sobriété en prison.

Vic et lui se regardaient. Les jambes du vieil homme tremblaient, sa bouche s'ouvrait et se fermait comme celle d'un poisson rouge.

« Tu es la fille McQueen », affirma-t-il avec un fort accent de l'est qui arrondissait les labiales : *t'o la fille McQueen*. La main posée sur sa gorge, il avait du mal à respirer. « C'est quoi, ce truc dans le mur ? Mon Dieu, je deviens fou ? On dirait le Raccourci. Je ne l'ai plus vu depuis des années. »

Il toussa une fois, puis deux. Le bruit qu'il produisait, humide et étouffé, était bizarre. Il avait quelque chose d'angoissant. On avait l'impression d'entendre un homme victime d'un malaise.

Quel âge avait-il ? Quatre-vingt-dix ans, supposa Vic. Elle se trompait de presque deux décennies, mais un septuagénaire pouvait parfaitement avoir une crise cardiaque.

« Tout va bien, assura-t-elle. Mais évitez de... » Elle ne savait pas comment finir sa phrase. Évitez de quoi ? De crier ? De mourir ?

« Oh, bon sang, gémit-il. Oh, bon sang. » Il prononçait *b'sang*. Une syllabe. Il porta la main à ses yeux d'un geste saccadé. Ses lèvres frémirent. « B'sang de b'sang. Le Seigneur est mon berger. Je ne manque de rien. »

— Monsieur Eugley...

— Va-t'en ! s'égosilla le concierge. Retourne d'où tu viens et emmène ce pont avec toi. Rien de tout ceci n'est vrai. Tu n'existes pas ! »

Il se cachait toujours les yeux. Ses lèvres s'animèrent de nouveau. Vic n'entendait pas ce qu'il disait mais pouvait reconstituer les mots à sa manière d'articuler : *il me fait reposer sur des prés d'herbe fraîche. Il me mène vers les eaux tranquilles.*

Elle tourna son vélo, mit un pied sur la pédale, et s'élança. Ses jambes n'étaient pas très stables mais, en un instant, les roues résonnaient sur le pont, dans l'obscurité sifflante imprégnée par l'odeur des chauves-souris.

À mi-chemin, elle jeta un coup d'œil en arrière. M. Eugley était toujours là, la tête inclinée dans une posture de prière, une main sur les yeux, l'autre agrippée au balai serpillière.

Vic sortit du passage à travers les ombres mouvantes des bois de Pittman Street. Elle tenait la photo au creux de sa paume moite. Quand elle entendit le chant de la rivière en contrebas et le bruissement du vent dans les feuillages, elle sut que le Raccourci avait disparu.

Elle continua à pédaler. En ce premier jour des vacances d'été, son cœur battait d'une façon singulière. Un sinistre pressentiment l'accompagna tout au long du trajet.

La maison des McQueen

Le surlendemain, Vic était devant la maison lorsqu'elle entendit sa mère dans la cuisine. La Gamine avait l'intention de se rendre chez Willa à vélo : dernière occasion pour elle de voir sa meilleure amie avant de partir pour un mois et demi au lac Winnipesaukee avec ses parents. Dans la cuisine, Linda parlait de M. Eugley.

À cette évocation, Vic se sentit brusquement défaillir. Elle fut presque obligée de s'asseoir. La jeune fille s'était efforcée, durant le week-end, d'effacer pour de bon le vieux concierge de sa mémoire. Elle y était d'ailleurs parvenue sans trop de difficulté. Elle avait passé le samedi clouée au lit par une migraine si intense qu'elle en avait la nausée. La douleur était particulièrement forte dans l'œil gauche. Elle avait l'impression que le globe oculaire allait jaillir de son orbite.

Elle remonta les marches du perron et se posta à l'extérieur de la cuisine pour écouter sa mère pérorer au téléphone avec l'une de ses amies. Elle espionna la conversation pendant près de cinq minutes, mais sa mère ne prononça plus le nom de M. Eugley. Linda s'y référa à coups de « Oh, quel dommage » et « Pauvre homme », sans employer de nouveau son patronyme.

Finalement, Vic entendit sa mère raccrocher. Ce bruit fut suivi par celui des assiettes qui s'entrechoquaient dans l'évier.

L'adolescente n'avait pas envie de savoir. Elle frissonnait à cette idée. Mais la curiosité était plus forte, c'était aussi simple que ça.

« Maman ? appela-t-elle en passant la tête dans l'entrebâillement. Tu as parlé de M. Eugley ? »

Linda, dos à elle, était penchée au-dessus de l'évier. Les casseroles résonnaient bruyamment. Une grosse bulle de savon tremblota à la surface de l'eau avant d'éclater.

« Hein ? Ah, oui. Il s'est remis à boire. On l'a attrapé la nuit dernière devant l'école, à crier comme un fou. Trente ans qu'il n'avait pas bu une goutte. Depuis... Eh bien, depuis qu'il avait décidé d'être sobre. Pauvre bougre. Dottie Evans m'a raconté qu'il était à l'église ce matin. Il sanglotait. On aurait dit un gosse. Il prétendait qu'il allait démissionner, qu'il ne pourrait jamais retourner au travail. Il était mort de honte, j'imagine. »

Linda jeta un coup d'œil à Vic. Elle fronça les sourcils d'un air préoccupé.

« Ça va, Vicki ? J'ai l'impression que tu n'es pas encore remise. Tu devrais peut-être rester ici ce matin.

— Non, répliqua la Gamine d'une voix étrangement étouffée, comme si elle parlait à l'intérieur d'une boîte. J'ai besoin de sortir, de prendre l'air. » Elle marqua une hésitation avant d'ajouter : « J'espère qu'il ne démissionnera pas. Il est vraiment sympa.

— En effet. Et il vous aime tous. Mais les gens vieillissent, Vic. Leur corps et leur esprit s'usent. Ils doivent apprendre à se ménager. »

La forêt n'était pas sur son trajet. Il existait une route plus directe pour aller chez Willa, en passant par Bradbury Park, mais à peine Vic eut-elle enfourché sa monture qu'elle décida de se promener un peu. Elle avait envie de réfléchir avant de voir quiconque.

D'une certaine façon, elle savait qu'il était malavisé de trop songer à ce qu'elle pouvait accomplir : ce don improbable, ahurissant, dont elle était l'unique détentrice. Pourtant, le mal était fait et il faudrait du temps pour le réparer. Elle avait fantasmé un passage dans l'univers, l'avait emprunté avec son vélo. Une histoire insensée. Seul un dément pouvait imaginer une telle prouesse. Sauf que M. Eugley l'avait vue. Il avait assisté à ce tour de passe-passe et son esprit n'avait pas tenu le choc. Cette vision l'avait incité à briser son vœu d'abstinence, à avoir peur de retourner dans l'établissement qu'il avait fréquenté pendant plus d'une décennie. Une école où il avait été heureux. Le pauvre M. Eugley, brisé, était la preuve vivante de l'existence du Raccourci.

Mais qu'importent les preuves : elle ne voulait rien savoir.

À défaut, elle regrettait de n'avoir personne à qui parler. Elle aurait souhaité qu'on la rassure, qu'on lui dise qu'elle n'était pas folle. La Gamine désirait trouver quelqu'un susceptible de lui expliquer la présence de ce pont qui n'existait que lorsqu'elle en avait besoin, qui l'emmenait où il fallait.

Elle descendit la colline et pénétra dans une poche d'air froid.

Bien entendu, elle avait aussi envie de revoir le pont. Ses idées s'éclaircissaient. Elle se sentait sûre d'elle, à sa place. En ce moment précis, Vic possédait une conscience aiguë de chaque soubresaut, chaque vibration dans le guidon, tandis que son Raleigh rebondissait sur les racines et les pierres. Elle connaissait la différence entre le rêve et la réalité. Cramponnée à cette certitude, elle se persuada que le pont ne serait pas là quand elle atteindrait la vieille route en terre battue.

Mais il y était.

Paraphrasant malgré elle M. Eugley, elle s'adressa au passage :

« Tu n'es pas réel. Tu es tombé dans la rivière quand j'avais huit ans. »

La construction demeura imperturbable.

Elle s'arrêta à une distance respectable d'une dizaine de mètres et en observa l'entrée. La Merrimack tourbillonnait entre les piliers.

« Aide-moi à trouver quelqu'un qui me dise que je suis saine d'esprit. »

Puis elle se mit à pédaler doucement.

À mesure qu'elle approchait du Raccourci, elle vit la traditionnelle indication, peinte en vert sur le mur de gauche.

Par ici →

Curieuse manière d'indiquer un emplacement, songea-t-elle. N'était-elle pas déjà *ici* ?

Lors de ses précédentes excursions, elle avait voyagé dans une sorte de transe. Ses jambes avaient fonctionné sans qu'elle y pense, en symbiose avec les plateaux et la chaîne du vélo.

Cette fois-ci, en revanche, elle se força à ralentir, à scruter les parois. Le désir impérieux d'atteindre la sortie sitôt les premiers mètres effectués devait être réprimé, le besoin d'accélérer comme si le pont s'écroulait derrière elle ignoré.

Elle s'efforçait de graver chaque détail dans sa mémoire, tant elle était convaincue que si elle regardait attentivement autour d'elle, le pont se désintégrerait.

Et ensuite ? Que se passerait-il si l'édifice disparaissait ? La question était inutile, car le pont subsistait, quelle que soit la minutie avec laquelle elle l'examinait. Le bois était vieux, usé jusqu'à la trame, les clous rouillés. Elle sentait le sol vaciller sous le poids du Raleigh. Le Raccourci ne retournerait pas au néant.

Comme toujours, elle distinguait les bruits de parasites. Le grondement monumental vibrait jusque dans ses os. Elle voyait les interférences tumultueuses à travers les lézardes des parois inclinées.

Vic n'osa pas s'arrêter pour toucher les murs, faire un tour à pied. La jeune fille était persuadée que, si elle descendait de vélo, elle ne pourrait jamais remonter dessus. Son instinct lui dictait que l'existence du Raccourci était liée au mouvement et à l'absence de réflexion trop élaborée.

La construction parut ployer, se stabiliser, puis ployer à nouveau. De la poussière émergea des chevrons. N'avait-elle pas vu un pigeon s'envoler jadis à cet endroit ?

Elle leva les yeux. Le plafond était tapissé de chauves-souris, leurs ailes refermées sur leurs petits corps bosselés et duveteux. Leur masse paraissait bouger sans cesse, remuer à coups d'ailes. Certaines d'entre elles braquèrent leurs yeux myopes sur l'adolescente.

Chaque chiroptère était identique aux autres. Ils avaient tous le visage de Vic. Même si leurs traits étaient ratatinés, roses et flétris, la jeune fille s'y reconnut. Ils lui étaient en tout point semblables, à l'exception des yeux, aussi rouges et luisants que des gouttes de sang. Dès qu'elle les aperçut, elle sentit une douleur s'insinuer, telle une aiguille d'argent, dans son œil gauche ainsi que dans son cerveau. Elle entendait leurs pépiements haut perchés, à la limite de l'ultrason, par-dessus le sifflement des interférences ponctuées de crépitements.

Tout cela était insupportable. Elle brûlait d'envie de crier, mais elle savait qu'à la moindre manifestation, les chauves-souris s'envoleraient et se rassembleraient autour d'elle. Alors, ce serait la fin. Elle ferma les yeux et mobilisa toutes ses forces pour rejoindre la sortie. Le vélo tremblait furieusement. Elle était incapable de dire s'il s'agissait du pont, du Raleigh, ou d'elle-même.

Un bruit sourd au niveau de la roue avant lui indiqua qu'elle avait atteint son but. Les paupières toujours closes, elle ne s'était aperçue de rien. Elle sentit une vague de chaleur, la lumière. Puis entendit un cri : « Attention ! » Elle ouvrit les yeux au moment où le vélo heurtait un trottoir situé à

Parisis, Iowa

Vic chuta au sol, s'écorcha le genou droit.

Elle se mit sur le dos, la jambe entre ses mains.

« Aïe. Aïe, aïe, aïe. »

Ses gémissements montaient et descendaient, analogues aux modulations d'un instrumentiste pratiquant ses gammes. Une voix lui parvint à travers l'éclat de la mi-journée.

« Oh, mon Dieu. Tu vas bien ? Tu d... devrais être plus prudente quand tu débarques comme ça. »

Vic plissa les yeux. Elle distingua alors une fille maigrichonne, un peu plus vieille qu'elle – vingt ans, peut-être – attifée d'un feutre posé en arrière sur ses cheveux violets. Elle portait un collier confectionné à partir de languettes de canettes de bières ainsi qu'une paire de boucles d'oreilles en forme de pièces de Scrabble. Ses pieds étaient chaussés de Converse sans lacets. Elle ressemblait à Sam Spade dans *Le Faucon maltais*. Un Sam Spade au féminin qui aurait passé tout le week-end à chanter dans un groupe de ska.

« Pas de problème. Juste une écorchure », répliqua Vic. Mais la fille avait déjà cessé de l'écouter. Elle fixait le Raccourci.

« Tu sais, j'ai toujours rêvé qu'un pont se dépose ici. Il aurait pas p... pu tomber à un meilleur endroit. »

La Gamine se redressa sur un coude avant de regarder l'édifice. Il enjambait désormais un large cours d'eau, marron et tumultueux. Ses dimensions étaient à peu près celles de la Merrimack, sauf que les rives étaient beaucoup plus basses.

Des bouleaux et des chênes centenaires se massaient le long des berges sablonneuses, effritées.

« C'est ce qu'il s'est passé ? Mon pont s'est déposé ? Genre en venant du ciel ? »

La fille continuait à observer la construction. Son regard fixe, marqué par une sorte de stupeur, évoquait à Vic l'expression défoncée d'un fan des Grateful Dead.

« Eh bien, non. L'apparition ressemble plus à un instantané en train de se développer. Tu as d... déjà vu un Polaroid à la lumière ? »

Vic acquiesça. Elle songeait aux produits chimiques qui pâlissaient sur le papier, aux détails qui s'assemblaient, à la façon dont les couleurs sourdaient petit à petit, dont les objets s'affinaient.

« Ton pont a pris la place de quelques vieux chênes. Byebye, les arbres.

— Je pense qu'ils reviendront quand je partirai, affirma Vic, bien qu'elle n'eût aucune certitude à ce sujet. Tu n'as pas l'air très surprise de voir mon pont surgir de nulle part. »

Elle se souvenait de M. Eugley. À quel point il avait tremblé, comment il s'était caché les yeux quand il lui avait crié de s'en aller.

« Je t'attendais. J'ignorais que tu allais faire une entrée si f... fracassante, mais je savais aussi que tu n'arriverais pas c... »

La fille s'arrêta net au milieu de sa phrase. Les lèvres s'écartaient pour prononcer le mot suivant, mais rien n'en sortait. Son expression se fit douloureuse. On aurait dit qu'elle tentait de soulever un objet volumineux : un piano ou une voiture. Ses yeux s'agrandirent, ses joues s'empourprèrent. Elle poussa un soupir forcé, puis reprit son discours aussi soudainement qu'elle l'avait interrompu :

« ... comme quelqu'un de normal. Excuse-moi, je bégaye.

— Tu m'attendais ? »

La fille approuva, sans quitter l'édifice du regard. Elle murmura d'une voix rêveuse :

« Ton pont... Il n'aboutit pas de l'autre côté de la Cedar, hein ?

— Non.

— Où, alors ?

— Haverhill.

— C'est ici, dans l'Iowa ?

— Non. Dans le Massachusetts.

— Oh, Seigneur, tu viens de loin. Tu es dans le grenier à blé du pays, maintenant. Là où tout est plat, sauf les femmes. »

L'espace d'un instant, Vic eut l'impression que la fille la reluquait.

« Pardon, mais est-ce qu'on peut reprendre au moment où tu disais que tu m'attendais ?

— Eh bien, je patiente depuis des mois. Je croyais que tu n'allais j... jamais venir. Tu es la Gamine, non ? »

Vic ouvrit la bouche, mais les mots lui faisaient défaut.

Son silence était néanmoins assez éloquent, et sa surprise parut contenter la fille. Avec un sourire, celle-ci ramena une mèche de cheveux fluo derrière son oreille. Un nez en trompette et des oreilles légèrement pointues lui donnaient une allure d'elfe. Mais peut-être était-ce un effet secondaire du décor. Elles se trouvaient sur une colline verdoyante, à l'ombre des chênes, entre la rivière et l'arrière d'un bâtiment imposant : une sorte de forteresse en ciment et granite sommée d'une flèche blanche. Les fenêtres, créneaux étroits, semblaient parfaites pour tirer des flèches. Cet édifice ressemblait à une cathédrale ou une université.

« Je m'attendais à une gosse qui déteste la salade et se cure le nez. Tu aimes la salade ?

— Pas vraiment. »

La fille serra ses petits poings et les brandit au-dessus de sa tête.

« Je le savais ! »

Puis elle baissa les bras avant de froncer les sourcils.

« Tu mets les doigts dans ton nez ?

— Fond dans la bouche, pas dans la main. Vous employez aussi cette expression, dans l'Iowa ?

— Je veux.

— Où, dans l'Iowa ?

— Par ici. »

Vic réprima un mouvement d'agacement.

« D'accord. Mais où exactement dans cet État ?

— Parisis, dans Iowa, répéta la fille. C'est le nom de la ville. Tu es pile sur la route qui aboutit à Cedar Rapids, devant la bibliothèque municipale de Parisis. Et je connais les raisons de ta venue. Le pont te laisse perplexe, tu cherches des réponses. Eh bien, c'est ton jour de chance. » Elle claqua des mains. « Je suis bibliothécaire, voilà mon métier. Je peux t'aider. Et en profiter pour te conseiller d'excellents recueils de poésie. »

La bibliothèque

La fille repoussa son feutre démodé d'un coup de pouce.

« Je suis Margaret. Comme dans le livre de Judy Blume, *Dieu, tu es là ? C'est moi, Margaret.* Mais je déteste quand les gens m'appellent ainsi.

— Margaret ?

— Oui, fit-elle avec un grand sourire. Pas Dieu. Je ne suis pas égocentrique à ce point. Appelle-moi Maggie. Viens à l'intérieur. Je t'offrirai un thé et tu pourras mettre un sparadrap. Tu crois que ton pont t'attendra ?

— Oui, pas de problème.

— D'accord. Super. J'espère que tu as raison. Tu n'auras pas vraiment besoin de lui pour rentrer chez toi parce qu'on pourrait lancer un appel de fonds ou un t... truc de ce genre, mais il vaudrait quand même mieux que tu repartes par où tu es venue. De cette manière, tu ne seras pas obligée d'expliquer à tes parents comment tu as atterri en Iowa. Bien sûr, je ne serais pas fâchée si tu devais r... rester un peu. J'ai un lit à la section "Poésie Romantique". J'y dors parfois. Je pourrais te le prêter. Moi, j'irai dormir dans la caravane de mon oncle. Au moins le temps qu'on réunisse la somme pour prendre le bus.

— "Poésie Romantique" ?

— Étagères 821.2 à 821.6. Je ne suis pas censée dormir à la bibliothèque, mais Mme Howard m'y autorise tant que ça reste exceptionnel. Elle a pitié de moi, vu que je suis orpheline et un peu bizarre. Je m'en moque. Les gens n'aiment pas qu'on ait pitié d'eux, mais moi, je dis : "Hé ! J'ai le droit de dormir à la bibliothèque et de lire des livres toute la nuit." Où je serais, sans la pitié ? Je suis une p... pitoyable salope. »

Elle aida Vic à se relever, puis se pencha pour prendre le vélo et l'appuyer contre un banc.

« Pas la peine de le cadenasser. Dans cette ville, personne n'a assez d'imagination pour voler qu... quoi que ce soit. »

La Gamine emboîta le pas à son interlocutrice. Elles traversèrent un parc boisé pour atteindre l'arrière de ce temple de pierre dédié à la culture. Le bâtiment était construit à flanc de colline, ce qui permettait, selon Vic, d'y pénétrer par les sous-sols. Maggie tourna une clef déjà fichée dans la serrure avant de pousser la porte. La jeune fille entra sans hésiter. L'idée de se méfier de cette femme plus âgée qu'elle, d'envisager qu'elle puisse la conduire entre les murs épais d'une cave obscure où personne ne l'entendrait crier, ne lui effleura pas l'esprit. Son instinct lui disait qu'une femme capable de porter des boucles d'oreilles en forme de lettres de Scrabble et de se définir comme une pitoyable salope ne représentait aucune menace. De plus, Vic désirait trouver quelqu'un qui la rassure sur sa santé mentale, et non un individu qui n'en avait aucune. Nulle raison d'être effrayée par Maggie, à moins que le Raccourci ne l'ait induite en erreur. Et la Gamine savait au fond d'elle que cette éventualité était improbable.

La température baissait de plusieurs degrés de l'autre côté de la porte en fer. Vic sentit le parfum des livres sous la large voûte bien avant de les voir. Ses yeux avaient besoin de temps pour s'habituer à la vaste obscurité. Elle huma les fragrances des fictions en décomposition, des histoires désagrégées, des vers oubliés. Pour la première fois de sa vie, elle s'aperçut qu'une pièce remplie d'ouvrages dégageait la même odeur qu'un dessert : un mets délicieux composé de figues, de vanille, de colle et d'intelligence. La porte se referma derrière elle. Le métal retentit lourdement contre le battant. Maggie déclara alors :

« Si les livres étaient des femmes et la lecture de la baise, cet endroit serait le plus grand bordel du pays. Quant à moi, je serais la maquerelle la plus impitoyable qu'on ait jamais connue. Une claque sur les fesses et je les enverrais illico au turbin. »

Vic étouffa un rire, la main sur la bouche. Les bibliothécaires haïssaient le bruit.

L'employée la guida à travers un labyrinthe d'étagères, puis le long d'un étroit couloir délimité par de hauts rayonnages.

« Au cas où tu devrais t'échapper en vitesse, genre les flics te pourchassent, souviens-toi de toujours rester à droite et de descendre les marches. C'est le chemin le plus rapide.

— Tu crois que je devrais fuir la bibliothèque de Parisis en urgence ?

— Pas aujourd'hui. Comment tu t'appelles ? Tu dois bien avoir un autre nom que la Gamine ?

— Victoria. Vic. Mon père est le seul à dire la Gamine. Une plaisanterie à lui. Comment ça se fait que tu connaisses mon surnom et pas ma véritable identité ? Et puis, pourquoi tu as prétendu que tu m'attendais ? Par quel miracle ? J'ignorais moi-même que j'allais te rencontrer dix minutes plus tôt.

— D'accord. Je peux éclairer ta lanterne. Mais laisse-moi d'abord soigner ton b... bobo. Ensuite, je te répondrai.

— Je crois que les explications sont plus importantes que mon genou », trancha Vic. Après avoir hésité, elle ajouta avec une timidité inhabituelle : « J'ai effrayé quelqu'un, avec mon pont. Un petit vieux très sympa, vers chez moi. J'ai peut-être bousillé sa vie. »

Dans l'ombre des rayonnages, Maggie posa sur elle des yeux brillants. Elle la scruta un moment avant de lancer :

« Ces paroles sont indignes d'une Gamine. J'ai des doutes à propos de ton surnom. » Sa bouche s'ourla d'un sourire minuscule. « Si tu as blessé un type, je suis sûre que c'était involontaire. Et le préjudice est sans doute temporaire. Les gens ont le cerveau plutôt solide. Ils peuvent supporter de se faire un peu malmener. Allez, sparadrap, thé, et quelques réponses aussi. C'est par là. »

Elles sortirent des rayonnages pour aboutir à une zone dégagée. Un endroit assez froid, au sol en pierre, où trônait une sorte de guichet miteux. Vic trouvait que le bureau ressemblait plus à celui d'un détective dans les films en noir et blanc qu'à celui d'une bibliothécaire punk. Les cinq éléments indispensables à tout détective privé y étaient présents : une armoire de classement en métal gris, un vieux calendrier de pin-up, un portemanteau, un évier piqueté de rouille, et un .38 à canon court posé au milieu du plan de travail, sur un tas de feuilles volantes. La jeune fille distinguait aussi un imposant aquarium relié à un tuyau d'un mètre cinquante dans le mur.

Maggie ôta son chapeau, qu'elle accrocha au portemanteau. La lumière diffuse du réservoir semblait se refléter sur ses

cheveux cuivrés, les transformer en un millier de néons filiformes. Tandis que la bibliothécaire s'affairait à remplir une
théière électrique, Vic s'approcha du bureau pour inspecter
l'arme à feu qui se révéla être un presse-papier en bronze orné
d'une inscription sur la crosse : « Propriété d'A. Tchekhov ».

Maggie, munie de sparadrap, invita la jeune fille à monter
sur le bureau. Vic obéit. Elle posa les pieds sur une chaise en
bois usé. Un vague picotement se fit sentir quand elle plia le
genou. Cette sensation s'accompagna d'une douleur vicieuse
nichée derrière sa rétine gauche. Elle avait l'impression que
son globe oculaire était pris entre les dents d'acier de quelque
instrument chirurgical. Elle se frotta l'œil.

La femme appliqua une compresse humide et froide sur la
blessure. À un moment ou à un autre, elle avait allumé une
cigarette. L'odeur était agréable. L'infirmière improvisée travaillait avec l'efficacité d'un garagiste vérifiant le niveau d'huile.

Vic observa attentivement l'aquarium encastré dans le mur.
Il avait la taille d'un cercueil. Une carpe koï dorée, avec de
longs barbillons qui lui donnaient une allure de vieux sage
solitaire, tournait paresseusement en rond de l'autre côté de la
paroi. Seul un examen plus scrupuleux permit à l'adolescente
de comprendre de quoi était composé le fond de l'aquarium :
non pas d'un lit de pierres, mais de centaines de pièces de
Scrabble. Cinq lettres seulement : C.A.R.P.E.

À travers la diffraction verdâtre de l'eau, Vic apercevait, de
l'autre côté du bac, la section Enfant de la bibliothèque. Une
douzaine de bambins accompagnés de leurs mères étaient rassemblés en demi-cercle informel autour d'une femme en jupe
de tweed impeccable. Assise sur une chaise trop petite, cette
dernière brandissait un livre cartonné de manière à ce que
la petite assistance puisse contempler les illustrations. Même
si Vic ne pouvait rien entendre à travers les bulles expulsées
par la pompe à air, la responsable faisait de toute évidence
la lecture aux gamins.

« Tu arrives juste à l'heure de l'histoire, indiqua Maggie. Le
m... meilleur moment de la journée. Le seul qui m'intéresse.

— J'aime bien ton aquarium.

— Une saloperie à nettoyer. »

Vic dut se mordre les lèvres pour ne pas éclater de rire. La
femme sourit. Des fossettes creusèrent ses joues. Son aspect
poupin, son regard pétillant, lui donnaient un air adorable.

Elle ressemblait à l'abeille joufflue des Miel Pops, version
punk-rock.

« C'est moi qui ai mis les lettres à l'intérieur. Je suis fan de
ce jeu. Mais je dois toutes les sortir pour les laver deux fois
par mois. Une opération aussi pénible qu'un triple pontage.
Tu apprécies le Scrabble ? »

Vic jeta un nouveau coup d'œil aux boucles d'oreilles de
son interlocutrice et s'aperçut qu'il s'agissait d'un F et d'un U,
abréviation de « *fuck* ».

« Je n'ai pas encore essayé. Mais j'aime bien tes boucles
d'oreilles. On ne t'a jamais embêtée ?

— Non. Personne ne fait vraiment attention aux bibliothécaires. Les gens ont peur d'être aveuglés par t… tant de sagesse
accumulée. Écoute ça : à vingt ans, je fais partie des cinq
meilleurs joueurs de Scrabble de l'État. Je suppose que cette
prouesse en dit plus sur l'Iowa que sur moi. »

Maggie appliqua le sparadrap sur la blessure de Vic.

« Voilà qui est mieux. »

La jeune femme écrasa ensuite sa cigarette dans une boîte en
fer-blanc à moitié remplie de sable, puis s'éloigna pour servir
le thé. Elle revint peu après, munie de deux tasses ébréchées.
Sur la première d'entre elles, on pouvait lire : *Bibliothèque :
gare à la chut !* Et sur la seconde : *Une bibliothécaire prête tout
sauf le flanc.*

Quand Vic prit sa tasse, la femme se pencha pour ouvrir
son armoire à classement. Un privé y aurait conservé sa bouteille de gnole. Maggie, elle, en ressortit un vieux sac violet
en faux velours. Les lettres SCRABBLE, d'un jaune délavé,
étaient collées dessus.

« Tu m'as demandé comment je te connaissais. Comment je
savais que tu allais venir. S… S…

— Scrabble ? Grâce au Scrabble ?

— Merci pour ton aide, approuva la petite rousse. En général, les b… bègues ont horreur qu'on finisse leurs phrases à
leur p… place. Mais nous sommes déjà convenues que j'adore
être un objet de pitié. »

L'adolescente sentit une vague de chaleur lui monter au
visage, même si la remarque de Maggie n'avait rien d'acerbe.
Cette désinvolture était d'ailleurs encore pire.

« Désolée », murmura Vic.

La bibliothécaire parut ne rien entendre. Elle s'installa sur une chaise à proximité du bureau.

« Tu as traversé le pont sur ton vélo. Tu peux aussi le franchir à pied ? »

Vic secoua la tête.

« Je m'en doutais, continua Maggie. Tu te sers de ta bicyclette pour donner consistance à l'édifice. Et tu te sers de cet édifice pour trouver des choses, je n'ai pas raison ? Des choses dont tu as besoin. Peu importe la distance à laquelle elles se trouvent, ce que tu recherches est toujours de l'autre côté du passage ?

— Ouais. Mais je ne comprends pas comment ni pourquoi je le fais. J'ai parfois l'impression d'imaginer toutes ces excursions, de devenir folle.

— Tu n'es pas folle. Juste créative. Diablement c... créative. Moi aussi. Tu as ton vélo, j'ai mes lettres de Scrabble. Quand j'avais douze ans, j'ai vu une boîte usagée en vente pour un dollar dans un vide-grenier. Le jeu était en exposition, le premier mot déjà formé sur la grille. Dès que je l'ai vu, j'ai su qu... qu'il me le fallait. Un besoin irrésistible. J'aurais payé n'importe quel prix pour l'acquérir, et s'il n'était pas à vendre, j'étais prête à le voler et à m'enfuir avec. La seule présence de ce plateau faisait vaciller la réalité. Un train électrique s'est allumé comme par magie et a déraillé. Une alarme de voiture a retenti au bas de la rue. Une télé était allumée derrière le stand. Dès que j'ai vu le Scrabble, elle s'est mise à g...

— Grésiller ! » s'exclama Vic, oubliant sa résolution de laisser Maggie terminer ses phrases. Celle-ci ne se formalisa pas.

« Oui.

— J'entends aussi des bruits de parasites tout autour de moi quand je traverse le pont. »

La jeune femme approuva, l'air de trouver cela parfaitement normal.

« Toutes les lumières se sont éteintes ici, il y a quelques minutes. Plus d'électricité dans tout le bâtiment. Voilà comment j'ai deviné que tu allais apparaître. Ton pont est une sorte de court-circuit dans la réalité. À l'instar de mes jetons. Tu déniches des trucs, mes lettres les décrivent. Ce sont elles qui m'ont signalé ton arrivée. Alors, j'ai pu venir à ta rencontre. Elles m'ont indiqué que la Gamine franchirait le passage. Elles parlent de toi depuis des mois.

— Tu peux me faire une démonstration ?

— Je crois qu'il vaudrait mieux, en effet. À mon avis, ces lettres constituent une des raisons de ta présence ici. Peut-être qu'elles ont quelque chose à te révéler. »

Elle ouvrit son sac et en sortit plusieurs pièces, qu'elle plaqua sur le bureau.

Vic tendit le cou afin de les examiner. Rien de plus qu'un tas de jetons.

« Tu vois quelque chose ?

— Pas encore. »

La bibliothécaire se pencha sur son jeu et commença à pousser les différents carrés jaunes avec son auriculaire.

« Ça va marcher ? » interrogea l'adolescente.

Maggie fit oui de la tête. Vic poursuivit :

« Elles sont magiques ?

— Je ne pense pas qu'elles aient quoi que ce soit de surnaturel. Pour n'importe qui d'autre, elles ne fonctionneraient pas. Ces lettres sont juste un outil pour moi. Un couteau p... pour percer le monde réel. À mon avis, le vecteur doit toujours être un objet que tu affectionnes. J'ai toujours aimé les mots. Le Scrabble me permet de les utiliser. Inscris-moi à un tournoi, et tu peux être sûre qu'un concurrent va partir en pleurant. »

Elle avait à présent disposé les pièces de manière à former les mots : « LA GAMINE ARRIVERA PARTOUT TROP LOIN P.I.U. »

Vic pencha le visage pour déchiffrer la phrase.

« P.I.U. ? C'est quoi ?

— Aucune idée. Je ne comprends pas pour l'instant. »

Avec un froncement de sourcils, Maggie recommença à manipuler ses jetons.

Vic sirota son thé. La boisson était douce et chaude. Pourtant, dès la première gorgée, une sueur glacée inonda son front. La pince imaginaire qui emprisonnait son œil se resserra un peu plus.

Sans cesser d'étudier les diverses combinaisons, la bibliothécaire parlait d'une voix absente :

« Chacun d'entre nous vit dans deux mondes séparés. Le réel, avec ses règles, ses contraintes où certains éléments sont vrais, d'autres non. D'une manière générale, ce monde-là c... craint. Mais les gens évoluent aussi dans un univers intérieur. Une sorte d'extrospection, un environnement constitué de pensées, au sein duquel chaque idée se transforme en fait. Les émotions deviennent aussi concrètes que la gravité, les rêves aussi puissants que l'Histoire. Les personnes créatives, comme les écrivains et Henry Rollins, passent beaucoup de temps à arpenter cette dimension onirique. Les personnes *très* créatives, quant à elles, peuvent se servir d'une arme pour découper la membrane entre les deux mondes. Elles ont le pouvoir de les unir. Ton vélo. Mes lettres. Voilà nos armes. »

Elle inclina la tête et intervertit quelques lettres avec assurance. À présent, on pouvait lire : « LA GAMINE AU PETIOT PALOT RAVIRA SON RUPIN. »

« Je ne connais aucun rupin, s'étonna Vic.

— Et tu me sembles un peu jeune pour avoir un enfant. Ah, c'est dur. Il m'aurait fallu un S.

— Alors mon pont n'existe pas ?

— Si. Quand tu es sur ton vélo, il est réel. Ce passage est une extrospection qui aboutit au monde normal.

— Mais ton sac de Scrabble est juste un sac. Il n'est pas vraiment comme mon Raleigh. Il n'accomplit rien d'imposs… »

La jeune fille s'interrompit. Maggie venait de s'emparer de sa bourse en simili velours, d'en défaire les lacets, et de plonger sa main à l'intérieur. Les pièces s'entrechoquèrent comme si elle fouillait dans un seau rempli de lettres. Son poignet, son coude, puis son bras s'enfoncèrent dans l'étoffe. La toile avait environ quinze centimètres de profondeur, et pourtant, le bras de la femme avait disparu jusqu'à l'épaule. Le tissu se tendait à peine. La bibliothécaire creusait encore et encore. Vic avait la sensation de la voir fouiller dans des milliers de jetons. Elle poussa un petit cri.

De l'autre côté de l'aquarium, la documentaliste qui faisait la lecture aux enfants jeta un coup d'œil alentour.

« Un bon vieux trou dans la réalité », conclut Maggie. On avait à présent l'impression que son bras avait été coupé. D'une certaine manière, le sac paraissait emmailloter l'amputation. « Je cherche les jetons dont j'ai besoin par l'extrospection, et non par l'intermédiaire de ma besace. Quand j'affirme que ton vélo ou mes lettres sont une arme qui permet d'inciser la réalité, ce n'est pas une m… métaphore. »

La pression dans l'œil gauche de Vic s'accentua. Elle se sentait nauséeuse.

« Tu peux retirer ton bras, s'il te plaît ? »

La femme tira sur l'étoffe pour dégager son membre. Elle posa le sac sur la table. La jeune fille entendit le cliquetis des jetons à l'intérieur.

« Flippant, je sais, convint Maggie.

— Comment tu fais ça ?

— Pourquoi certaines personnes arrivent à parler une dizaine de langues ? Pourquoi Pelé parvient à accomplir une retournée acrobatique ? Chacun dispose de son propre capital, je suppose. Il n'existe pas un individu sur un million qui soit assez beau, assez doué ou chanceux, pour devenir star de ciné. Et très peu de gens connaissaient aussi bien le pouvoir des mots qu'un poète comme Gerard Manley Hopkins. Lui aussi savait utiliser l'extrospection. Il a d'ailleurs inventé le terme. Certains sont vedettes du g... grand écran, d'autres brillent au football. Toi, tu possèdes une c... créativité hors du commun. Une particularité un peu bizarre, d'accord, mais pas plus que d'avoir les yeux vairons. Tu n'es pas la seule à avoir ce talent. Il y a d'autres exceptions. J'en ai rencontré quelques-unes. Grâce aux lettres. »

Maggie se pencha de nouveau sur ses pièces, recommença à les manipuler.

« Un jour, reprit-elle, j'ai fait la connaissance d'une fille en chaise roulante. Un bel engin aux roues blanches. Elle pouvait s'en servir pour disparaître. Il lui suffisait de rouler en arrière. Elle pénétrait alors dans ce qu'elle appelait la Ruelle tortueuse. Ce lieu était son extrospection à elle. Cette fille avait la faculté de s'y introduire et de se soustraire à sa propre existence. Néanmoins, elle p... pouvait encore assister aux événements du vrai monde. Chaque civilisation, quel que soit le continent ou l'époque, entretient des légendes sur les gens tels que toi et moi. Des gens qui utilisent des totems pour déformer leur environnement. Les Navajos... »

Sa voix se perdit dans un murmure.

Vic lut une expression de sinistre augure sur le visage de son interlocutrice. Celle-ci fixait les mots devant elle. La jeune fille s'avança pour les déchiffrer. Elle eut juste le temps d'entrevoir les mots avant que Maggie ne les efface d'un revers de main.

« LA GAMINE POURRAIT TROUVER L'APPARITION. »

« Qu'est-ce que ça signifie ? Qui est l'Apparition ? »

La femme regarda Vic avec un mélange de peur et de commisération

« Oh, ma petite...

— Cette Apparition est quelque chose que tu as perdu ?

— Non.

— Quelque chose que tu veux que je trouve ? C'est ça ? Je peux t'aider...

— Non, non, Vic. Tu dois me jurer de ne pas partir à sa recherche.

— Il s'agit d'un homme ?

— Il s'agit d'un ennui. Le pire ennui que tu puisses imaginer. Tu as quoi ? Douze ans ?

— Treize.

— D'accord. P... p.... »

Maggie ne parvenait pas à achever sa phrase. Impossible de continuer. Elle prit une inspiration saccadée, se mordit la lèvre inférieure. Ses dents s'enfoncèrent dans la pulpe avec une vigueur douloureuse. Enfin, la femme expira, puis termina sans bégayer :

« Promets-le-moi.

— Mais pourquoi ton Scrabble voudrait-il transmettre cette information ? Quel est l'intérêt ? »

La bibliothécaire secoua la tête.

« Ça ne fonctionne pas de cette manière. Le Scrabble ne veut rien. Une arme n'exprime aucune volonté. Je m'en sers juste pour accéder aux faits cachés, de la même façon que tu utilises un coupe-papier pour ouvrir ton courrier. Sauf que cette missive... cette missive est une enveloppe piégée susceptible de détruire ta petite personne. »

Maggie passa la langue sur sa lèvre.

« Pourquoi dois-je éviter de chercher ? insista Vic. Tu as toi-même affirmé que ma présence ici était justifiée, que les lettres pourraient me divulguer quelque chose. Pourquoi mentionner l'Apparition si je ne suis pas censée la trouver ? »

Avant que Maggie ne puisse répondre, la jeune fille porta la main à son œil. La tenaille dans son crâne menaçait désormais d'écraser le globe oculaire. Elle ne put réprimer un gémissement.

« Tu as une mine affreuse. Ça ne va pas ?

— Mon œil. J'ai mal chaque fois que je franchis le pont. Peut-être que je suis restée trop longtemps avec toi. D'habitude, mes excursions sont brèves. »

Entre l'œil de Vic et la lèvre de Maggie, la conversation commençait à faire des dégâts.

« Tu te souviens de la fille dont je t'ai parlé ? demanda la femme. Celle qui était en fauteuil roulant ? Quand elle s'est mise à l'utiliser, au début, elle était en bonne santé. Le fauteuil appartenait à sa grand-mère ; elle se contentait de jouer avec. Mais si elle restait trop longtemps dans la Ruelle tortueuse, ses jambes s'engourdissaient. Lorsque je l'ai rencontrée, elle était déjà paralysée jusqu'à la taille. Ces voyages ont un prix. Tu es peut-être en train de te blesser, à force de maintenir le pont. Tu dois l'emprunter avec parcimonie.

— Et tes lettres, elles te coûtent quoi ?

— Laisse-moi te dire un secret : je n'ai pas toujours b... bégayé. »

Maggie lui adressa un sourire, la bouche ensanglantée. Vic mit un instant à s'apercevoir que son amie s'était remise à buter sur les mots.

« Allez, trancha cette dernière. Je te ramène. Si tu restes encore, ta tête va exploser.

— Tu ferais mieux de m'expliquer qui est l'Apparition ou tu risques d'avoir des morceaux de cervelle partout sur ton bureau. Je ne partirai pas tant que tu n'auras pas craché le morceau. »

Maggie ouvrit son armoire à classement, y déposa son sac de lettres, et claqua le tiroir d'un geste excessif. Pour la première fois, elle s'adressa à Vic sur un ton sec :

« Putain, ne sois pas si... »

Elle hésita. Soit elle ne trouvait pas le terme adéquat, soit elle n'arrivait pas à le prononcer.

« Gamine ? tenta Vic. Je commence à mériter mon surnom, hein ? »

Maggie poussa un long soupir. Ses narines frémirent.

« Je ne plaisante pas, Vic. Tiens-toi loin de l'Apparition. Les gens dotés de notre talent ne sont pas toujours sympa. Je ne sais pas grand-chose à propos de lui, sauf qu'il s'agit d'un vieux type dans une vieille bagnole. Cette voiture est son couteau à lui. Mais il s'en sert pour trancher les gorges. Il emmène les enfants, leur fait des trucs. Il les utilise comme un vampire, pour survivre. L'homme les conduit dans sa propre extrospection : un endroit malfaisant dont il rêve. Ensuite, il les laisse là-bas. Et quand ils sortent de la voiture, ce ne sont plus des enfants. Même plus des humains. Ils deviennent des créatures qui ne subsistent que dans l'imagination déserte et froide de l'Apparition.

— Comment sais-tu tout cela ?

— Les jetons. Ils évoquent l'Apparition depuis un ou deux ans, depuis qu'on a enlevé un gosse à Los Angeles. Le ravisseur travaillait alors sur la côte Ouest, mais sa situation a changé et il a émigré à l'Est. Tu as entendu parler de cette petite Russe qui a disparu à Boston voilà quelques semaines ? Volatilisée, avec sa mère ? »

Vic était en effet au courant de l'affaire. Par chez elle, cette histoire avait monopolisé les gros titres plusieurs jours d'affilée. Sa mère avait suivi tous les reportages avec une espèce de fascination horrifiée. La fille avait à peu près son âge. Sa photo décrivait une brune au visage anguleux. Son sourire un peu gauche était toutefois charmant. Une mignonne petite geek. « Tu crois qu'elle est morte ? » avait demandé Linda à son mari. Celui-ci avait répliqué : « Si elle a de la chance. »

« Elle s'appelait Gregorski, précisa Vic.

— Tout à fait. Quelqu'un a neutralisé le chauffeur de limousine qui devait passer la prendre à son hôtel. Marta Gregorski et sa mère se sont envolées. C'était l'Apparition. Elle s'est nourrie de la fille avant de la jeter avec les autres gosses dans son monde imaginaire. Une extrospection que personne ne voudrait visiter. Identique à ton pont, mais en plus grand. En beaucoup plus grand.

— Et la mère ? Elle a subi le même sort ?

— Je ne pense pas que les adultes l'intéressent. Juste les enfants. Elle a un c... complice, une sorte de Renfield qui l'aide à perpétrer les kidnappings et s'occupe des grandes personnes. Tu connais Renfield ?

— Le copain de Dracula ou un truc de ce genre.

— Presque. L'Apparition est très vieille et elle a eu plein de Renfield. Elle leur ment, les berce d'illusions. Peut-être les convainc-t-elle qu'ils sont des héros et non des criminels. Mais elle finit toujours par les sacrifier. Quand l'un de ses odieux forfaits est découvert, elle fait retomber la responsabilité sur l'un de ses stupides faire-valoir. Voilà à quoi ils servent. L'Apparition enlève les enfants depuis longtemps. Elle est douée pour se fondre dans l'obscurité. J'ai rassemblé pas mal d'informations sur elle. En revanche, je n'ai rien appris qui me permette de l'identifier.

— Tu ne peux pas simplement demander à tes lettres de te donner son nom ? »

Maggie cligna des yeux. Sa voix se teinta d'un mélange de tristesse et de perplexité.

« Ce sont les règles : interdiction d'utiliser les noms p... propres au Scrabble. D'où "la Gamine" au lieu de "Vic".

— Et si je trouve cet homme, si j'apprends comment il s'appelle ou à quoi il ressemble, on pourra l'arrêter ? »

La femme frappa si fort sur son bureau que les tasses vacillèrent. Elle lança à la Gamine un regard à la fois furieux et effrayé.

« Oh, bon sang, Vic ! Tu ne m'écoutes pas ? Le pister pourrait signer ton arrêt de mort. Et ce serait ma faute. Tu crois que j'ai envie d'avoir ça sur la conscience ?

— Mais qu'arrivera-t-il aux enfants, si nous ne faisons rien ? Nous les envoyons nous-mêmes à la... »

Vic s'interrompit quand elle vit les traits crispés, cireux, de son interlocutrice. Cette dernière s'empara d'un mouchoir dans une boîte de Kleenex et le tendit à la jeune fille.

« Ton œil, murmura-t-elle. Tu pleures. Allez, il faut partir. Maintenant. »

Vic n'insista pas. Maggie lui prit la main, la guida hors de la bibliothèque, puis le long du chemin qui serpentait sous les chênes.

Un oiseau-mouche demeurait en vol stationnaire devant une mangeoire à nectar accrochée à l'un des arbres. Ses ailes battaient comme un moteur miniature. Des libellules planaient au gré des courants d'air ascendants, leur abdomen étincelait sous le soleil du Midwest. Le Raleigh était là où elle l'avait laissé, appuyé contre le banc. Plus loin, on distinguait d'abord une chaussée goudronnée à une voie qui contournait la bibliothèque, puis l'herbe en bordure de rivière, et enfin le pont.

Vic posa la main sur le guidon, mais Maggie la retint par le poignet.

« Tu es sûre que tu ne risques rien sur le chemin du retour, dans ton état ?

— Il ne m'est encore jamais rien arrivé.

— Un argument pas très r... rassurant. On est d'accord, pour l'Apparition ? Tu es trop jeune pour te lancer à sa poursuite. »

Vic redressa son vélo et l'enjamba.

« Pas de problème. Je suis trop jeune. »

En prononçant ces mots, elle pensait au Raleigh, à la première fois qu'elle l'avait vu. Le vendeur avait prétendu qu'elle
n'avait pas l'âge pour monter dessus et son père avait fait
mine d'abonder dans son sens. Peut-être quand elle serait plus
vieille, avait-il suggéré. Et trois semaines plus tard, le jour de
son anniversaire, le deux-roues était dans l'allée. Chris avait
alors déclaré : « Tu es plus grande maintenant, pas vrai ? »

« Comment saurai-je si tu es parvenue saine et sauve de
l'autre côté du pont ? s'inquiéta Maggie.

— J'ai toujours réussi. »

La lumière du soleil était une aiguille d'acier qui s'enfonçait
dans l'œil de Vic. Le paysage alentour devint flou. La silhouette
de Maggie Leigh se dédoubla. Quand Vic accommoda de nouveau sa vision, la bibliothécaire lui tendait une feuille pliée
en quatre.

« Tiens. Tous les détails que je n'ai pas abordés à propos
de l'extrospection, ainsi que les raisons pour lesquelles tu es
capable d'y accéder, sont consignés ici. Par un expert sur le
sujet. »

Vic accepta le papier, qu'elle glissa dans sa poche.

« Ah, au fait ! » ajouta la bibliothécaire. Elle se pinça un
lobe, puis l'autre. Ensuite, elle posa d'autorité deux objets dans
la paume de l'adolescente.

« C'est quoi ? interrogea la jeune fille avant de regarder sa
main, au creux de laquelle reposaient les boucles d'oreilles.

— Une armure. Et aussi un mode d'emploi c... condensé
pour aider les bègues à affronter le monde. La prochaine fois
que quelqu'un te rend triste, mets-les. Tu te sentiras plus forte.
Une méthode certifiée Maggie Leigh.

— Merci, Maggie. Merci pour tout.

— Je suis là pour ça. Le puits de connaissances, c'est moi.
N'hésite pas à revenir quand tu auras envie de b... bénéficier
de mon infinie sagesse. »

Vic acquiesça en silence, tant elle craignait de ne pas arriver
à parler. Le son de sa voix menaçait de réduire son crâne en
miettes, à l'image d'une ampoule écrasée sous un haut talon.
Les deux amies se serrèrent la main.

Ensuite, la Gamine se pencha, les pieds sur les pédales, et
fonça en direction de l'obscurité saturée d'interférences.

Haverhill, Massachusetts

L'instant d'après, Vic marchait à travers les bois de Pittman Street. Tout son corps lui faisait mal, son visage brûlait de fièvre. Le jeune fille se faufila d'un pas incertain hors de la forêt, puis pénétra dans son jardin.

À moitié aveugle, elle avait l'impression d'avoir été énuclée avec une cuillère. Sa joue était collante. Elle était persuadée que son œil avait jailli de son orbite comme un grain de raisin et qu'il pendait désormais sur sa pommette.

Elle bouscula l'une des balançoires. La planche s'écarta de son passage avec un bruit de chaîne rouillée.

Son père avait sorti sa moto dans l'allée. Il astiquait l'engin à l'aide d'un chiffon en peau de chamois. Lorsqu'il entendit le cliquetis des chaînes, il leva la tête. Le choc se peignit sur ses traits, sa bouche s'ouvrit. Il laissa tomber son chiffon.

« Putain de merde ! s'exclama-t-il. Ça va, Vic ? Que s'est-il passé ?

— J'étais sur mon Raleigh, déclara-t-elle pour toute explication.

— Où est ton vélo ? »

Chris regarda par-dessus son épaule, en direction de la route. La bicyclette gisait peut-être quelque part.

Pour la première fois depuis le début des événements, Vic ne mentait pas. Elle n'avait vraiment aucune idée de ce qui était arrivé à son deux-roues. Elle se rappelait avoir heurté le mur du pont à mi-chemin. Elle avait chuté. Les chauves-souris s'étaient égaillées dans le noir, certaines l'avaient percutée. Elle avait senti les impacts feutrés, mous, sur sa peau. Son corps fut parcouru d'un frisson incontrôlable.

« Je suis tombée.

— Comment ça, tombée ? Une voiture t'est rentrée dedans ? »
Chris prit sa fille dans ses bras. « Seigneur, tu as du sang partout. Linda ! »

Comme lors de ses précédents retours d'expédition, son père
la porta dans sa chambre ; sa mère se rua à leur rencontre,
puis à la cuisine pour chercher un verre d'eau et un flacon
de Tylenol.

Pourtant, les choses se déroulèrent différemment ensuite. Vic
délira pendant vingt-quatre heures. Sa température monta à 42.
David Hasselhoff n'arrêtait pas de venir à son chevet. Des pièces
de monnaie remplaçaient ses yeux. Il l'empoignait par la cheville
avec ses mains gantées de cuir noir, tentait de l'attirer hors de la
maison, dans sa voiture qui n'était pas K 2000. Elle se débattait,
criait, le frappait. Alors, Michael Knight parlait avec la voix de
son père, lui assurait que tout allait bien, qu'elle devait essayer
de dormir. Aucune inquiétude, il l'aimait. Cependant, son visage
était blanc de rage. Le moteur de la voiture ronronnait. L'adolescente savait que cet homme était l'Apparition.

Parfois, elle avait conscience de réclamer son Raleigh.

« Où est-il ? hurlait-elle tandis qu'on lui maintenait les
épaules. Où est-il ? J'en ai besoin. Il me le faut ! Je ne peux
rien trouver sans mon vélo. » Alors, on l'embrassait sur la joue,
on la calmait. Quelqu'un sanglotait. Ces pleurs ressemblaient
effroyablement à ceux de sa mère.

Elle fit pipi au lit. À plusieurs reprises.

Le deuxième jour, M. De Zoet, le retraité d'en face, l'aperçut en train de déambuler, nue dans le jardin, à la recherche
de son Raleigh. Il se précipita sur elle avec une couverture
et l'enveloppa avant de la ramener au domicile familial. Cela
faisait une éternité qu'elle n'avait pas été chez lui pour l'aider
à peindre ses figurines en écoutant d'anciens disques. Au fil
des ans, elle en était venue à le considérer comme une espèce
de vieux nazi excentrique et indiscret. Celui-là même qui avait
appelé les flics le jour où Chris et Linda s'étaient disputés un
peu violemment. À présent, elle se souvenait qu'elle l'aimait
bien. Elle appréciait son odeur de café frais et son drôle d'accent autrichien. Il lui avait jadis affirmé qu'elle était douée
pour la peinture, qu'elle ferait une bonne artiste.

« Les chauves-souris ont été dérangées, lui avait murmuré
Vic sur le ton de la confidence, tandis que le vieil homme

rendait la fille à sa mère. Pauvres petites bêtes. Je crois que certaines d'entre elles sont sorties du pont. Elles n'arriveront pas à regagner leur abri. »

Elle dormit toute la journée, puis demeura éveillée la moitié de la nuit. Son cœur battait trop fort. Elle avait peur de ces visions qui n'avaient aucun sens. Dès qu'une voiture passait à proximité de la maison et que la lumière des phares balayait les murs, elle portait les mains à sa bouche, poings serrés, pour éviter de crier. Le moindre claquement de portière avait la puissance d'un coup de feu.

La troisième nuit, elle fut tirée de son état semi-hypnotique par la conversation de ses parents dans la pièce d'à côté. D'abord la voix de son père :

« Quand elle apprendra qu'il a disparu, elle en aura le cœur brisé. Elle adorait ce putain de vélo.

— Moi, je suis contente d'en avoir terminé avec cet engin. C'est une bonne nouvelle qu'elle ne monte plus jamais dessus. »

Chris laissa fuser un rire sec.

« Quelle délicatesse !

— Tu as entendu ce qu'elle a raconté à propos du vélo le jour où elle est revenue ? Partir en quête de la mort ? Je crois qu'elle voulait vraiment le faire, quand elle délirait. Prendre son Raleigh, trouver... je ne sais pas quoi. Le paradis. La résurrection. Elle m'a foutu une trouille bleue, Chris. Je ne veux plus entendre parler de cette saloperie de bécane. »

Un silence s'ensuivit, puis son père ajouta :

« Je continue à penser qu'on devrait porter plainte pour un délit de fuite.

— Tu n'attrapes pas une telle fièvre à cause d'un accident de la circulation.

— Et alors ? Elle était déjà malade. Tu as dit toi-même qu'elle était allée se coucher tôt, la veille. Elle était pâle. Bon sang, elle a peut-être eu un accrochage à cause de son état. Elle avait de la fièvre, elle a dû faire un écart sur la route. Je n'oublierai jamais son allure lorsqu'elle est arrivée à la maison. Son œil saignait comme si elle pleurait... » Il s'interrompit, puis reprit sur un ton excédé, moins bienveillant : « Qu'est-ce qu'il y a ?

— Je... Je ne sais pas pourquoi elle avait un pansement au genou. »

La télévision parla pendant un moment. Linda poursuivit :

« On lui prendra un vélo à dix vitesses. Il est temps de changer, de toute façon. »

Il sera rose, songea Vic. *Je parie qu'elle va m'en acheter un rose.*

D'une certaine manière, la jeune fille savait que la perte du Raleigh signait la fin d'une période merveilleuse. Elle avait abusé de la situation et devait à présent faire le deuil du plus beau cadeau qu'elle ait jamais eu. Ce cadeau était son arme, et elle avait l'intime conviction que le nouveau modèle serait incapable de franchir la barrière de la réalité. Elle ne pourrait plus accéder au pont.

L'adolescente passa la main entre le matelas et le mur pour dénicher les boucles d'oreilles ainsi que la feuille pliée en quatre. Elle avait eu la présence d'esprit de les cacher à son retour. Elles étaient restées là depuis tout ce temps.

À la faveur d'une illumination peu commune pour une fille de son âge, Vic prit alors conscience qu'elle se rappellerait ses voyages sous la forme de songes particulièrement fantasques. Rien de plus. Certes, les événements étaient réels – Maggie Leigh, Pete, l'employé de chez Terry, M. Pentack, le pingouin en velours, en attestaient –, mais ils seraient bientôt relégués au rang de simples rêves éveillés. Sans son vélo, les excursions sur le pont cesseraient, et avec elles la conviction que l'édifice pouvait lier un monde à l'autre. Les dernières preuves qui subsistaient consistaient en une paire de boucles d'oreilles au creux de sa main et un poème photocopié de Gerard Manley Hopkins.

F.U., proclamaient les jetons. Cinq points.

« Pourquoi tu ne peux pas venir au lac avec nous ? » se plaignit la mère de Vic à travers la cloison, un gémissement dans la voix. Les époux avaient changé de sujet : suite à la maladie de sa fille, Linda tenait plus que jamais à quitter la ville pour l'été.

« Qu'est-ce qui te retient ici ? s'insurgea-t-elle.

— Mon boulot. Si tu veux qu'on passe trois semaines à Winnipesaukee, prépare-toi à dormir sous une tente. L'endroit que tu as choisi coûte mille huit cents dollars par mois.

— Trois semaines toute seule avec Vic, voilà ton idée des vacances ? Trois semaines pendant que tu restes là, à bosser une dizaine de jours ou à faire je ne sais quoi ? Chaque fois que j'appelle à ton travail, les gars prétendent que tu es dehors avec le contremaître. À ce train-là, vous avez dû inspecter toute la Nouvelle-Angleterre. »

Chris murmura une réponse cinglante que Vic n'entendit pas, puis ils montèrent le son de la télé si fort que M. De Zoet, de l'autre côté de la rue, devait en être incommodé. Une porte claqua avec une violence qui fit trembler les vitres de la cuisine.

Vic mit ses nouvelles boucles d'oreilles, puis déplia le morceau de papier. Un sonnet incompréhensible qu'elle aima tout de suite. Elle le lut à la lueur de la porte entrouverte. Ses lèvres bougeaient à mesure qu'elle récitait les vers. On aurait dit une espèce de prière ; ce que le poème était d'ailleurs. Bientôt, elle oublia les affres de ses malheureux parents.

Comme le martin-pêcheur s'embrase,
la libellule flambe

Comme le martin-pêcheur s'embrase, la libellule flambe,
Comme, plongée du rebord dans l'orbe d'un puits,
La pierre vibre et, pincée, chaque corde porte, la cloche
Haute qui bat trouve langue et lance à la ronde son nom,
Chaque chose créée accomplit cette unique chose :
Dispense l'être qui demeure, enclos, en chacune,
S'agit – se dit, annonce, énonce « moi-même »,
Criant « Cet acte est moi : pour cela je suis née ».

Je dis davantage : le juste fait œuvre juste,
Tient grâce, et tous ses faits tiennent ainsi grâce,
Donne acte, aux yeux de Dieu, à ce qu'il est pour Lui –
Christ – car le Christ joue en d'innombrable lieux,
Présent en la beauté des membres, des yeux d'autrui,
Allant au Père sous les traits du visage des hommes.

Gerard Manley Hopkins[1]

---

1. René Gallet pour la version française (*N.d.T*).

DISPARITIONS

1991-1996

Lieux divers

La fille russe dont Maggie Leigh avait parlé s'appelait Marta Gregorski. Dans la région de Vic, son enlèvement avait fait grand bruit. Ce battage médiatique était dû en partie au statut de célébrité locale de Marta dans le milieu des échecs.

Cornaquée par Kasparov, l'adolescente était consacrée championne depuis l'âge de douze ans. De plus, en ces premiers jours de la chute du bloc de l'Est, le monde avait les yeux braqués sur la nouvelle liberté dont bénéficiait le peuple russe. La disparition de la championne et de sa mère aurait pu constituer un incident diplomatique majeur, prélude à une reprise de la Guerre Froide. Il fallut quelque temps pour réaliser que l'ex-U.R.S.S. était trop occupée à s'écrouler pour se préoccuper du kidnapping. Boris Eltsine envoyait les tanks partout, s'égosillait, le visage empourpré. Les anciens agents du K.G.B. se bousculaient pour obtenir des postes bien rémunérés au sein de la mafia. La décadence de l'Occident, miné par le crime, ne fut dénoncée qu'au bout de plusieurs semaines. Et encore, cette dénonciation ne fut pas très virulente.

La réceptionniste du Hilton de la Charles River avait assisté au départ de Marta et de sa mère par la porte à tambour un peu avant dix-huit heures. La soirée était douce, il bruinait. Les Gregorski devaient se rendre en voiture à Harvard, pour un dîner. À travers les vitres embuées, l'employée avait vu l'adolescente, puis sa mère, s'engouffrer dans un véhicule noir. Elle avait supposé que le taxi était muni de marchepieds car la jeune fille avait dû se hisser pour atteindre le siège arrière. Il faisait sombre à l'extérieur, et la réceptionniste, au téléphone avec un client énervé par un minibar récalcitrant, n'y avait plus prêté attention.

Cependant, une chose était sûre : les Gregorski n'étaient pas montées dans la bonne voiture, celle qu'on avait louée pour elles. Leur chauffeur, un homme de soixante-deux ans nommé Roger Sillman, était garé au bout de la rue. Il n'était pas en état de les conduire où que ce soit. Totalement inconscient, il demeura stationné à cet endroit jusqu'à presque minuit. À son réveil, il s'était senti nauséeux, la tête prise dans un étau. Même si une telle négligence n'était pas dans ses habitudes, il en avait simplement déduit qu'il s'était assoupi et que ses clientes avaient pris un taxi. Il ne commença à s'inquiéter que le lendemain matin, quand il essaya de joindre, en vain, les Gregorski à leur hôtel. Il avait alors contacté la police.

Sillman fut interrogé une dizaine de fois en trois mois par les agents du F.B.I. Sa version ne changea jamais. Il fut incapable de fournir le moindre indice. Comme il était arrivé avec quarante minutes d'avance à son rendez-vous, il avait tué le temps en écoutant une émission sportive à la radio. Quelqu'un avait frappé à sa vitre, une silhouette noire vêtue d'un manteau sombre s'était penchée sous la pluie. Le chauffeur avait abaissé sa vitre et...

Plus rien. Le trou noir. La nuit s'était évaporée à l'image d'un flocon de neige sur la langue.

Sillman avait lui-même des filles, il était grand-père. Il fut mortifié d'imaginer Marta et sa mère entre les mains de quelque salopard tordu style Charles Manson ou Ted Bundy, qui les violerait jusqu'à ce que mort s'ensuive. Il perdit le sommeil, ses songes étaient hantés par les visions de la fille jouant aux échecs avec les doigts coupés de sa mère. Il chercha et chercha encore dans sa mémoire un détail susceptible d'aider les autorités. Un seul terme lui vint à l'esprit.

« Pain d'épice », avait-il déclaré à un enquêteur au visage grêlé répondant au doux nom de Pénard mais qui, vu son allure, était l'exact opposé.

« Pain d'épice ? »

Sillman avait jeté un regard désespéré à son interlocuteur.

« Il me semble que, pendant mon sommeil, j'ai rêvé du pain d'épice que me préparait ma mère. Peut-être que le type qui a frappé à ma vitre était en train d'en manger un.

— D'accord, avait affirmé Pénard. Merci du renseignement. On va lancer un avis de recherche sur un petit bonhomme en pain d'épice. Non pas que je sois très optimiste. On raconte qu'il n'existe pas. »

En novembre 1991, un garçon de quatorze ans baptisé Rory McCombers, interne à la Gilman School de Baltimore, croisa une Rolls-Royce sur le parking de son dortoir. Il devait se rendre à l'aéroport pour passer Thanksgiving en famille à Key West. Il crut que le véhicule avait été envoyé par son père.

De fait, le véritable chauffeur mandaté par le père de Rory gisait inconscient dans sa limousine, un kilomètre plus loin. Hank Tulowitzki se rappelait s'être arrêté dans une station-service pour faire le plein et aller aux toilettes, mais après avoir rempli son réservoir, il ne se souvenait plus de rien. Il s'était réveillé à une heure du matin dans le coffre de sa voiture, garée sur un parking public à quelques centaines de mètres de la station. Il avait tambouriné, crié, pendant près de cinq heures. Enfin, un joggeur matinal l'avait entendu et prévenu la police.

Plus tard, un pédophile de Baltimore se dénonça. Il décrivit avec force détails pornographiques les sévices qu'il avait fait subir au jeune homme avant de l'étrangler. Il prétendit toutefois ne pas se rappeler où il avait enterré le corps. De surcroît, les indices ne cadraient pas. Non seulement il n'avait pas de Rolls-Royce, mais il ne possédait pas le permis de conduire. Le temps que les flics comprennent leur erreur – ils avaient juste affaire à un pervers qui prenait son pied à décrire des pratiques déviantes sur mineur et s'accusait par ennui –, d'autres signalements monopolisèrent les services et le dossier McCombers fut relégué au bas de la pile.

On procéda aux analyses sanguines de Tulowitzki, le chauffeur de Rory, et de Sillman, celui des Gregorski, plus de vingt-quatre heures après les enlèvements. Les rapports toxicologiques ne mentionnèrent aucune trace de sévoflurane dans leur sang.

Les affaires Marta Gregorski et Rory McCombers ne furent jamais reliées entre elles, et ce, malgré de nombreux points communs. Dernière similitude : on ne revit jamais les adolescents.

Haverhill

Chris McQueen partit l'automne où Vic entra au lycée. Sa première année commençait déjà sur les chapeaux de roue. Elle enchaînait les C, sauf en cours de dessin. Son professeur d'arts plastiques avait gratifié son premier trimestre d'une dizaine de mots griffonnés à la hâte sur le bulletin : « Victoria est douée, mais doit se concentrer sur son travail. » Il lui avait donné un B.

Vic traînait dans les couloirs, s'était tatouée au marqueur indélébile pour énerver sa mère et impressionner les garçons. Elle avait rendu un rapport de stage sous forme de bande dessinée, au grand amusement des autres gamins qui squattaient le fond de la classe avec elle. L'adolescente était bien partie pour récolter un A+ en « perturbation de l'enseignement ». Le Raleigh avait été remplacé par un Schwinn orné de glands rose argenté accrochés au guidon. Elle ne s'en servait pas. Elle avait trop honte.

Un jour, tandis que Vic rentrait à la maison après une heure de colle, elle trouva sa mère recroquevillée sur le fauteuil ottoman du salon, les genoux ramenés sous elle, le visage enfoui dans ses mains. Elle pleurait, ses yeux injectés de sang étaient remplis de larmes. Elle était si laide, quand elle se mettait dans cet état.

« Maman ? Qu'est-ce qu'il y a ?

— Ton père a appelé. Il ne rentre pas cette nuit.

— Maman ? répéta la jeune fille en laissant tomber son cartable de son épaule. De quoi tu parles ? Où est-il ?

— Je ne sais pas. Et j'ignore pourquoi il refuse de revenir. »

Vic fixa sa mère d'un air sceptique.

« Comment ça, tu ignores pourquoi ? Il ne rentre pas à cause de toi. Parce qu'il ne te supporte plus. Tu n'arrêtes pas de le harceler. Quand il est fatigué, qu'il veut avoir la paix, tu continues.

— J'ai fait de mon mieux. Tu n'as pas idée à quel point j'ai essayé de le satisfaire. J'ai mis de la bière dans le frigo, je lui ai réchauffé ses petits plats quand il rentrait tard. Mais depuis la dernière, je n'arrive plus à me consacrer à lui vingt-quatre heures sur vingt-quatre. Voilà ce qui le dérange. »

Sa voix était dénuée de colère. Elle était simplement épuisée.

« La dernière ? Qu'est-ce que tu veux dire ?

— Sa dernière maîtresse. Je ne sais pas avec qui il est en ce moment, ni pour quelle raison il a décidé de rester avec elle. Ce n'est pas comme si je l'avais obligé à choisir entre son foyer et son amante. Je ne comprends pas ce qui a changé. Elle doit être sacrément bien roulée.

— Tu mens tellement mal, murmura l'adolescente d'une voix tremblante. Je te déteste. S'il part, je vais avec lui.

— Mais Vicki, plaida Linda d'un ton hésitant, fatigué, il ne veut pas de toi. Il ne se contente pas de *me* quitter. Il nous quitte toutes les deux. »

La jeune fille tourna les talons et s'enfuit en claquant la porte derrière elle. En cet après-midi de la mi-octobre, sous la lumière oblique qui perçait entre les feuillages vert et jaune des chênes, elle courut. Comme elle aimait cette lumière. Nulle part au monde il n'existait de teintes semblables à celles de la Nouvelle-Angleterre au début de l'hiver.

Debout sur les pédales de son vélo rose minable, à peine consciente des larmes sur ses joues, de ses hoquets de détresse, elle contourna la maison et dévala la colline. Le vent sifflait à ses oreilles. Le Schwinn n'avait rien de commun avec le Raleigh. Elle sentait chaque pierre, chaque racine sous les roues trop fines.

Vic projetait d'aller retrouver son père, de le rejoindre séance tenante. Il l'aimait. Si elle voulait rester avec lui, il lui ferait une place. Elle ne rentrerait plus jamais chez sa mère, n'aurait plus à subir ses récriminations dès qu'elle enfilait un jean noir, s'habillait à la garçonne ou traînait avec les cancres du bahut. Il lui suffisait de descendre la colline et le pont serait là.

Ces espoirs furent déçus. La vieille route en terre battue se terminait sur la glissière de sécurité au-dessus de la Merrimack.

En amont, la rivière était aussi opaque et douce que du verre fumé. Plus bas, les flots tourbillonnaient, se brisaient en écume blanchâtre contre les trois piliers décapités, seuls vestiges du Raccourci. Le béton sale, couronné de barres d'acier, émergeait de l'eau.

Elle fonça sur la glissière, priant de tout son cœur pour que le passage apparaisse. Mais juste avant de heurter le garde-fou, elle sauta de vélo et se laissa tomber au sol. Sans vérifier si elle était écorchée sous la toile de jean, elle se releva, empoigna sa monture à deux mains et la jeta par-dessus le parapet.

Le vélo rebondit dans les herbes en contrebas, puis s'écrasa sur les hauts-fonds où il resta bloqué. Une des roues à moitié immergée tournait follement.

Des chauves-souris s'élevèrent dans le crépuscule.

Sans destination précise, Vic se mit à longer le cours d'eau vers le nord.

Finalement, tandis que la berge se faufilait sous la route 495, elle s'assit dans l'herbe soyeuse. Elle avait un point de côté. Les voitures filaient, vrombissaient, au-dessus de sa tête. Leur bruit résonnait en une harmonie fiévreuse sous le vaste pont qui enjambait la Merrimack. Elle sentait jusqu'à la pointe des pieds la vibration calme et régulière de la circulation.

La jeune fille n'avait pas l'intention de s'assoupir, mais l'espace d'une vingtaine de minutes, elle plongea malgré elle dans une sorte de torpeur proche du rêve, bercée par des rugissements de motos en surplomb. Les gros cubes défilaient par groupes de deux ou de trois. La bande de motards entendait bien profiter de la dernière nuit clémente de l'hiver. Ils iraient là où leurs roues les mèneraient.

Lieux divers

En cette soirée du 9 mai 1993, la pluie tombait dru à Chesapeake, en Virginie. Jeff Haddon sortit son épagneul springer pour la traditionnelle promenade d'après-dîner. Ni lui ni sa chienne, Garbo, n'avaient envie de mettre le nez dehors. Il pleuvait si fort sur le boulevard Battlefield que l'eau envahissait les trottoirs et la chaussée pavée. Un parfum de sauge et de houx imprégnait l'atmosphère. Jeff portait un poncho jaune qui battait furieusement au vent. Chaque bourrasque menaçait de l'arracher. Garbo écarta ses pattes arrière et s'accroupit piteusement pour uriner. Ses poils entremêlés, détrempés, pendaient de ses flancs en pointes recourbées.

Le maître et l'animal marchèrent jusqu'à la vaste demeure style Tudor de Nancy Lee Martin, une veuve richissime, mère d'une fillette de neuf ans. Plus tard, Jeff raconterait aux inspecteurs de police de Chesapeake qu'il avait regardé dans son allée, intrigué par une musique de Noël. Ce qui n'était pas tout à fait exact. Au moment où il était passé devant la maison, il lui était impossible d'entendre la moindre mélodie par-dessus le vacarme de la pluie. Cependant, il jetait toujours un coup d'œil dans le jardin car il était un peu amoureux de Nancy. Malgré ses quarante-deux ans – dix de plus que lui –, la veuve ressemblait toujours à la pom pom girl de Virginia Tech qu'elle avait été.

Il s'était penché dans l'allée juste quand Nancy sortait de la maison à la suite de sa fille, Amy. Un homme de grande taille, en pardessus noir, l'accompagnait. Il tenait un parapluie au-dessus de sa tête. Les deux femmes étaient vêtues de robes moulantes et d'écharpes en soie. Haddon se souvenait des propos de son épouse : la veuve devait se rendre à une soirée de levée de fonds pour George Allen, candidat au poste de gouverneur.

Jeff, concessionnaire chez Mercedes, s'y connaissait en voitures. Il reconnut une ancienne Rolls-Royce des années 1930, modèle Wraith ou Phantom, un truc de ce genre. Il héla Nancy, lui fit un signe de la main, mais celle-ci ne répondit pas ; du moins en eut-il l'impression. Lorsque le chauffeur ouvrit la portière, une musique s'échappa de l'habitacle. Haddon aurait juré qu'il s'agissait de *Douce nuit, sainte nuit* chanté par une chorale. Un choix étrange pour un mois de mai. Nancy suivit peut-être le même raisonnement, car elle sembla hésiter avant de monter. Mais l'averse eut vite raison de son indécision.

Haddon poursuivit son chemin. Lorsqu'il se retourna une dernière fois, la voiture avait disparu. Nancy Lee Martin et sa fille Amy n'arrivèrent jamais à la soirée.

Le chauffeur qui était censé passer les prendre, Malcolm Ackroyd, s'était lui aussi évanoui dans la nature. Son véhicule fut repêché au fond de l'eau, au pied de Bainbridge Boulevard. La portière conducteur était ouverte. On trouva son chapeau imbibé de sang dans l'herbe.

À la fin du mois de mai 1994, Jake Christensen, de Buffalo dans l'État de New York, voyageait seul. Il débarqua à l'aéroport de Philadelphie, d'où il devait rejoindre son pensionnat. On avait envoyé un chauffeur le chercher, mais l'employé, Bill Black, fut victime d'un infarctus dans son garage. On retrouva son cadavre derrière le volant de sa limousine. Personne ne sut jamais qui avait emmené Jake.

L'autopsie de Bill Black révéla qu'il avait succombé à une crise cardiaque consécutive à l'absorption d'un gaz appelé sévoflurane, très courant chez les dentistes. Une simple inhalation suffisait à vous rendre totalement insensible et à annihiler votre volonté. En un mot, vous deveniez un véritable zombie. Ce produit était assez difficile à obtenir : il fallait présenter une autorisation d'exercer pour se le procurer. Cette piste semblait prometteuse, mais l'enquête menée auprès de tous les praticiens de l'État et de leurs employés ne donna rien.

En 1995, Steve Conlon et sa fille de dix ans, Charlene (que tous ses amis appelaient Charlie), se préparaient à aller assister, en tête à tête, à un spectacle de danse à Plattsburg, New York. Ils avaient réservé une limousine, mais ce fut une Rolls-Royce qui vint les chercher. La mère de Charlie, Agatha, embrassa son enfant sur le front et lui souhaita de bien s'amuser. Ce fut la dernière fois qu'elle s'adressa à sa fille.

Elle revit toutefois son mari. Son corps fut retrouvé dans les broussailles d'une aire de repos, sur l'autoroute 87. Agatha n'eut aucun mal à l'identifier, malgré l'impact de balle au niveau de l'œil gauche.

Quelques mois plus tard, en automne, le téléphone sonna chez les Conlon. Il était deux heures et demie du matin. Agatha décrocha, à moitié endormie. Elle entendit au creux du combiné les crépitements caractéristiques d'un appel longue distance. Puis plusieurs enfants entonnèrent *Aujourd'hui, le roi des cieux* de leurs petites voix haut perchées, entrecoupées de rires. Agatha crut reconnaître un timbre particulier parmi les autres. Elle cria : « Charlie, Charlie, où es-tu ? » Mais sa fille ne répondit pas. Soudain, la communication fut coupée.

Contactée à ce sujet, la compagnie de téléphone affirma qu'aucun appel n'était parvenu à la maison cette nuit-là. La police conclut à un simple cauchemar de femme traumatisée.

Environ cinquante-huit mille disparitions de mineurs sont recensées chaque année aux États-Unis. Dans les années 1990, Marta Gregorski, Rory McCombers, Amy Martin, Jake Christensen, Charlie Conlon, les adultes qui les accompagnaient, ainsi que les rares témoins, tous localisés dans différents États, ne furent reliés entre eux que bien après les faits. Bien après que Vic McQueen tombe entre les mains de Charles Talent Manx III.

Haverhill

À la fin du mois de mars, lors de la terminale de Vic, Linda surprit sa fille en compagnie de Craig Harrison dans la chambre à une heure du matin. Ils n'étaient pas en train de baiser ni même de s'embrasser, mais Craig avait une bouteille de Bacardi et Vic était plutôt saoule.

Le jeune homme était parti avec un haussement d'épaules et un sourire en coin – « 'nuit, madame McQueen. Désolé de vous avoir réveillée. » Le lendemain matin, samedi, l'adolescente alla travailler au Taco Bell sans un mot pour sa mère. Elle n'était pas du tout prête à affronter Linda, et son retour à la maison fut encore plus catastrophique que prévu.

La mère de Vic était assise sur le lit de sa fille. Les draps étaient frais, tirés au carré, le coussin remplumé, exactement comme dans un hôtel, sauf qu'ils n'étaient pas neufs.

Tout le reste avait disparu : les livres, le carnet de croquis, l'ordinateur. Quelques babioles traînaient toujours sur le bureau, mais la jeune fille ne les remarqua pas tout de suite. La vision de sa chambre nettoyée de fond en comble lui coupa le souffle.

« Qu'est-ce que tu as fait ? s'indigna-t-elle.

— Tu peux ravoir ce que j'ai enlevé si tu te conformes aux nouvelles règles que j'ai établies, en particulier le couvre-feu. Je te conduirai moi-même au lycée à partir de maintenant, et au travail. Enfin, partout où tu as besoin d'aller.

— Tu n'as... Tu n'as pas le droit...

— J'ai trouvé certaines choses dans tes tiroirs, poursuivit Linda, imperturbable. J'aimerais entendre ce que tu as à dire à ce propos. »

La mère de Vic fit un signe de tête en direction du bureau. L'adolescente vit alors les objets qui y étaient disposés : un paquet de cigarettes, une boîte d'Altoids qui contenait des comprimés rouge et orange semblables à des bonbons de la Saint-Valentin, des mini fioles de gin, et deux emballages de préservatifs violets parfumés à la banane. L'un d'eux était ouvert et vide. Vic les avait pris à un distributeur chez Howard Johnson. Elle s'était servie d'une des capotes pour faire un ballon sur lequel elle avait dessiné un visage. Elle avait pré-nommé ce personnage « tête de con » et avait fait marrer toute la classe en paradant avec lui jusqu'à son bureau, tandis que le professeur s'était absenté. Lorsque M. Jaffey était revenu, la pièce sentait si fort la banane qu'il avait demandé qui avait amené des gâteaux. Grand éclat de rire général.

Craig avait oublié ses cigarettes une nuit où il était passé. Vic les avait gardées. Elle ne fumait pas (du moins pas encore), mais elle aimait faire jaillir un clou de cercueil d'une tape sur le paquet et s'allonger sur le lit imprégné de l'odeur du tabac, le parfum de Craig.

Quant aux ecstasy, Vic s'en servait les nuits où elle n'arrivait pas à dormir, dans ces moments où les pensées tournoyaient dans son crâne à l'image d'une folle nuée de chauves-souris. Il lui arrivait parfois de fermer les yeux et de revoir le Rac-courci sous forme de rectangle asymétrique, fenêtre sur les ténèbres. Elle sentait les effluves du passage, le mélange de l'urine ammoniacale des chiroptères et du bois moisi. Des phares – cercles jumelés de lumière blanche – clignotaient à l'autre bout du pont, dans l'obscurité. Leur éclat était terrifiant. Il n'était pas rare qu'elle les distingue encore après avoir ouvert les yeux. Elle devait alors se retenir de crier.

Un petit cachet adoucissait la violence de ses sensations. L'XTC lui donnait l'impression de planer, le visage caressé par la brise. Le monde se fondait en un mouvement fluide qui lui rappelait les fois où, plaquée contre le dos de son père, son corps accompagnait la trajectoire oblique de la Harley à la faveur d'un virage. L'ecstasy supprimait la fatigue. Quand elle était dans cet état, elle appréciait trop le monde environnant pour dormir. Elle saisissait alors l'occasion pour appeler ses amis, leur dire combien elle les aimait. Elle veillait, esquissait des motifs de tatouages qui l'aideraient à passer du statut de sage demoiselle à celui de strip-teaseuse bandante. Elle voulait arborer un gros cube au-dessus des seins, que les garçons sachent à quel point elle était bonne. Peu importe le côté lamentable de sa véritable situation. À dix-sept ans, elle était pratiquement la dernière fille vierge de sa classe.

Les échantillons de gin ne représentaient rien. Ils servaient simplement à faire passer les pilules d'ecstasy.

« Crois ce que tu veux, s'insurgea Vic. Je m'en fous.

— Je dois sans doute m'estimer heureuse que tu aies des rapports protégés. Avec un polichinelle dans le tiroir, n'espère pas que je vais t'aider. Hors de question d'envisager cette possibilité. Pour toi comme pour moi. »

L'adolescente aurait voulu rétorquer qu'il s'agissait là d'un bon argument pour tomber enceinte, mais précisa simplement :

« Je n'ai pas couché avec lui.

— Tu mens. Le 4 septembre. Tu devais rester chez Willa et ton journal raconte...

— Tu as lu mon journal intime ?

— ... que tu as dormi avec Craig pour la première fois. Tu t'imagines que j'ignore ce que ça signifie ? »

De fait, ils s'étaient effectivement assoupis l'un à côté de l'autre, habillés sous un édredon, au sous-sol de chez Willa avec six autres camarades. Lorsqu'elle avait émergé de son sommeil, il était blotti contre elle, une main sur sa hanche. Elle avait senti sa respiration dans son cou. *S'il te plaît, ne te réveille pas*, avait-elle supplié intérieurement. L'espace d'un instant, elle avait éprouvé un bonheur à la limite du soutenable.

Vic annonça d'une voix calme :

« Ouais. On a baisé, maman. J'étais fatiguée de lui tailler des pipes. Je voulais ma part. »

Le visage déjà pâle de sa mère perdit ses dernières couleurs.

« Je vais garder tes affaires sous clef. Je me moque que tu aies presque dix-huit ans. Tu respecteras mes règles tant que tu vivras sous mon toit et d'ici quelques mois...

— Tu t'y es prise de la même manière avec papa, quand il t'a trahie ? Tu l'as puni pendant quelques mois, histoire de voir s'il respectait les règles ?

— Crois-moi, si j'avais une ceinture de chasteté à la maison, tu serais la première à la porter. Espèce de petite catin. »

Vic expulsa un rire dément, douloureux. Elle proféra la pire insulte qu'elle puisse trouver :

« Quelle salope tu fais. Je m'en vais.

— Quitte cette pièce, et la porte sera fermée quand tu reviendras », menaça Linda. Mais sa fille n'écoutait plus. Elle se frayait déjà un chemin vers la sortie.

Dehors, dans le froid

Elle marcha.

La neige fondue avait trempé son blouson militaire. Ses cheveux étaient constellés de cristaux.

Son père vivait avec sa copine à Durham, dans le New Hampshire. Elle pouvait les rejoindre en prenant le train régional jusqu'à la station Nord, puis changerait à Amtrack. Le voyage coûtait toutefois assez cher et elle n'avait pas la somme suffisante.

Elle se rendit malgré tout à la gare, où elle traîna un moment. Au moins, elle était à l'abri des intempéries. Elle se demanda qui elle pourrait appeler pour l'aider aux frais de transport. Et merde. Le plus simple était finalement de contacter son père. Il viendrait la chercher en voiture. Elle s'étonnait elle-même de ne pas avoir songé à cette solution plus tôt.

Vic ne l'avait vu qu'une fois au cours de l'année précédente, et sa visite s'était mal terminée. Elle s'était disputée avec sa belle-mère, lui avait jeté la télécommande à la figure. Manque de pot, la nana s'en était tirée avec un œil au beurre noir. Chris avait renvoyé sa fille sans délai, n'avait pas cherché à connaître sa version de l'histoire. Vic ne lui avait plus reparlé depuis.

Son père décrocha à la deuxième sonnerie. Il accepta le P.C.V. Sa voix était rauque. Il ne semblait pas très content. Lors de leur dernière rencontre, Vic avait constaté que ses cheveux grisonnaient davantage. Elle avait entendu dire que les hommes mûrs choisissaient des filles plus jeunes dans l'espoir de retarder l'échéance. À l'évidence, cette technique ne fonctionnait pas pour lui.

Vic dut lutter pour ne pas éclater de nouveau en sanglots.

« Heu... Maman m'a mise dehors. Comme toi. »

Bien entendu, cette affirmation était loin de correspondre à la réalité, mais Vic eut l'impression qu'elle constituait une bonne entrée en la matière.

« Salut Gamine. Tu es où ? Tu vas bien ? Ta mère m'a appelé pour me prévenir que tu étais partie.

— Je suis à la gare. Je n'ai pas d'argent. Tu peux venir me chercher ?

— Je t'appelle un taxi. Ta mère le payera quand tu arriveras à la maison.

— Je ne veux pas rentrer à la maison.

— Vic. Il me faudrait une heure pour arriver. Il est minuit. Je dois bosser à cinq heures demain matin. Je serais déjà au lit si je n'avais pas attendu près du téléphone, à me ronger les sangs. »

La jeune fille entendit une voix en fond sonore. Celle de sa belle-mère, Tiffany : « Pas question qu'elle mette les pieds ici ! »

« Il faut que tu t'arranges avec ta mère, trancha Chris. Je ne peux pas prendre parti, tu le sais. »

« Elle ne vient pas ! » s'énerva Tiffany.

« Dis-lui de fermer sa sale gueule ! » cria Vic.

Après une seconde de silence, son père reprit sur un ton plus dur :

« Non. Et vu que tu l'as frappée la dernière fois...

— Merde !

— Vu que tu ne t'es pas excusée...

— Je n'ai pas touché à un seul cheveu de cette connasse sans cervelle.

— D'accord. Je te laisse. Fin de la conversation. En ce qui me concerne, tu n'as qu'à passer la nuit sous la pluie.

— Tu la préfères à moi. Tu l'as choisie, elle. Je t'emmerde, papa. Va dormir, tu seras en forme pour tout démolir demain. C'est encore ce que tu fais le mieux. »

Elle raccrocha.

Ensuite, elle envisagea de s'allonger sur un banc de la gare, mais elle savait que d'ici deux heures, elle n'y tiendrait plus. Le froid était trop intense. L'autre solution consistait à appeler sa mère pour qu'elle lui envoie un taxi. Cependant, la perspective de supplier Linda était insupportable. Alors elle se remit en route jusqu'à son

Domicile

Elle n'entra pas par la porte de devant, convaincue qu'elle serait verrouillée. La fenêtre de sa chambre se situait à trois mètres de hauteur. Les fenêtres de derrière étaient toutes fermées, ainsi que la baie vitrée coulissante. Il existait cependant une issue qui demeurait accessible : le soupirail. Le panneau du sous-sol était d'ailleurs entrebâillé sur deux ou trois centimètres depuis six ans, car il était impossible de le rabattre tout à fait.

Vic dénicha une paire de cisailles rouillées qui lui servirent de levier. Elle écarta le battant et se faufila à travers l'étroit passage.

Elle déboucha sur une pièce en chantier, au plafond parcouru de canalisations. La machine à laver et le sèche-linge étaient entreposés près des escaliers, la chaudière trônait de l'autre côté. Le reste se résumait à des piles de cartons, de sacs-poubelles remplis de vieilles fringues appartenant à Vic, et d'un fauteuil inclinable en tartan sur lequel reposait une vieille peinture à l'eau dans un cadre. L'adolescente se souvenait vaguement d'avoir représenté le pont couvert, à l'époque du collège. Ce dessin était moche à vomir. Aucun sens de la perspective. Armée de son feutre, elle s'amusa à esquisser une nuée de bites volantes dans le ciel avant de balancer la toile et d'incliner le dossier du fauteuil de façon à obtenir un semblant de lit. Elle trouva des vêtements de rechange dans le sèche-linge. Elle aurait bien voulu y mettre ses chaussures, mais elle savait que les tambourinements de la machine attireraient l'attention de sa mère. Elle se contenta donc de laisser ses baskets au bas des marches.

Elle dégota ensuite des doudounes dans l'un des sacs. Après s'être recroquevillée sur sa couche de fortune, elle se couvrit avec. Le fauteuil ne s'inclinait pas jusqu'au bout. Elle pensait qu'elle n'arriverait pas à dormir dans cette position. Pourtant, elle ferma les yeux un instant et, lorsqu'elle les rouvrit, un morceau de ciel bleu apparaissait par la fente du soupirail.

Un bruit de pas au-dessus de sa tête acheva de la réveiller. Vic entendit la voix nerveuse de sa mère. À sa manière de tourner en rond, la jeune fille devinait qu'elle était au téléphone dans la cuisine.

« Puisque je te dis que j'ai appelé la police, Chris ! Ils m'ont affirmé qu'elle rentrerait quand elle serait calmée. » Un silence, puis : « Non ! Ils ne feront rien. Pour eux, ce n'est pas une disparition inquiétante. Elle a dix-sept ans, putain. Ils ne parlent même pas de fugue, à cet âge-là. »

Vic était sur le point de se lever et de monter. Mais elle se ravisa. *Qu'elle aille se faire foutre. Qu'ils aillent se faire foutre tous les deux.* Elle se cala dans son fauteuil.

Elle avait conscience de prendre une mauvaise décision. Son comportement était horrible. Elle restait cachée là tandis que sa mère s'arrachait les cheveux à l'étage. Cependant, Linda avait eu une attitude tout aussi horrible. Elle avait fouillé la chambre de sa fille, lu son journal intime, confisqué des trucs qu'elle avait payés de sa poche. Et si l'adolescente s'adonnait parfois à l'ecstasy, c'était aussi la faute de ses parents. Ils avaient divorcé. Son père avait frappé sa mère, elle le savait maintenant. Elle n'avait pas oublié la fois où il avait passé ses phalanges meurtries sous l'eau froide. Bien sûr, cette salope condescendante l'avait mérité, avec sa grande gueule. Vic regrettait de ne pas avoir d'ecsta sur elle. Certes, il lui restait un cacheton qu'elle avait dissimulé dans la trousse de son cartable, mais il était en haut. Elle se demanda si sa mère allait sortir pour partir à sa recherche.

« Ce n'est pas toi qui l'élèves, Chris ! C'est moi ! Je suis toute seule. »

Linda criait presque. Vic sentait qu'elle était au bord des larmes. L'espace d'un instant, elle faillit changer d'avis, puis se ravisa de nouveau. Elle avait l'impression que la neige de la nuit précédente s'était infiltrée sous sa peau, était passée dans son sang pour refroidir son corps entier. Elle se délectait de cette sensation, appelait de tous ses vœux cet engourdissement intime, cette paix parfaite et glacée. Les frissons paralyseraient le malaise, toutes les pensées désagréables se retrouveraient vitrifiées en un clin d'œil.

Tu voulais que j'aille au diable, eh bien voilà, songea l'adolescente.

Linda raccrocha d'un coup sec. Décrocha de nouveau, raccrocha encore.

Vic se pelotonna sous les doudounes.

Elle se rendormit en cinq minutes.

Le sous-sol

Elle se réveilla en milieu d'après-midi. La maison était vide. Elle le sut dès qu'elle ouvrit les yeux, car le silence était total. Sa mère était incapable de supporter une maison dénuée du moindre bruit. Quand elle dormait, elle laissait un ventilateur en marche. Quand elle se levait, c'était la télé ou elle-même.

Vic quitta le fauteuil, traversa le sous-sol, et monta sur un carton pour observer l'extérieur par la lucarne. La guimbarde rouillée de sa mère, une Datsun, n'était pas là. L'adolescente ressentit une méchante pointe d'excitation au creux de l'estomac. Elle espérait que sa mère parcourait frénétiquement les rues de Haverhill à sa recherche, qu'elle explorait les allées, faisait le tour de ses amis, vérifiait le centre commercial.

Je pourrais être morte, songea-t-elle pompeusement. *Violée et agonisante sur les berges de la rivière. Et ce serait entièrement ta faute, espèce de salope dominatrice.* La jeune fille avait tout un répertoire de termes comme « pompeux » et « dominatrice » à sa disposition. Elle avait beau récolter des C à l'école, elle n'en lisait pas moins Gerard Manley Hopkins ou W.H. Auden. Elle était infiniment plus intelligente que ses parents, elle le savait.

Elle mit ses baskets encore humides au sèche-linge, puis se rendit à l'étage pour se préparer un bol de céréales qu'elle dégusterait devant la télé. Elle récupéra son cachet d'ecstasy dans sa trousse et, vingt minutes plus tard, elle accédait à la paix, à la détente. Quand elle fermait les paupières, elle avait la sensation de bouger, de planer tel un avion de papier porté par un courant d'air chaud. Le poste de télévision était branché sur la chaîne Voyage, et dès que Vic apercevait un aéronef, elle mimait des ailes, les bras écartés, et prenait son essor. L'ecstasy était du mouvement pur sous forme de comprimé. Elle avait l'impression de voler dans l'obscurité au volant d'une décapotable, sauf que, dans ce cas précis, elle n'avait pas besoin de grimper sur le siège pour partir en vadrouille.

Elle lava son bol et sa cuillère dans l'évier, puis les essuya avant de les ranger. Ensuite, elle éteignit la télé. Il se faisait tard. Elle le voyait à l'inclinaison de la lumière dans les feuillages.

L'adolescente retourna au sous-sol pour voir si ses chaussures étaient sèches. Elles ne l'étaient pas encore. Vic commençait à s'embêter. Elle découvrit une vieille raquette de tennis ainsi que plusieurs balles sous l'escalier. Elle envisagea de s'exercer contre le mur, mais devait pour cela faire place nette. Elle se mit donc à l'ouvrage. Ce fut à cet instant qu'elle le dénicha.

Le Raleigh était appuyé contre le mur en béton, caché derrière un tas de cartons destinés à l'Armée du Salut. Cette trouvaille la plongea dans la perplexité. Elle avait eu un accident, elle l'avait perdu. La jeune fille se souvenait parfaitement de la discussion qu'elle avait surprise entre ses parents.

À moins qu'elle n'ait mal compris. Elle se rappelait que son père avait prétendu qu'elle aurait le cœur brisé quand elle apprendrait la disparition du vélo. Elle avait pensé que sa bicyclette était perdue, que Chris n'avait pas pu remettre la main dessus. Sa mère avait ensuite manifesté sa joie à la perspective d'en avoir terminé avec cet engin. Sa fille faisait une telle fixation.

De fait, Linda avait raison. Vic avait développé une véritable obsession pour le Raleigh. Au point d'imaginer tout un tas d'excursions sur un pont irréel qui la menait en de lointaines contrées, dans des endroits fantastiques. Elle s'était rendue dans une cache terroriste pour sauver le bracelet de sa mère, elle avait pénétré dans une crypte remplie de livres où elle avait rencontré un elfe qui lui avait préparé du thé et l'avait mise en garde contre un vampire.

La Gamine passa son doigt sur le guidon. Une poussière grise, épaisse, s'accumula sur la pulpe. Pendant tout ce temps, le vélo était resté ici, dans la saleté, pour la simple raison que ses parents entendaient qu'elle s'en sépare. Elle avait aimé cette bécane, source d'une centaine d'histoires. Bien entendu, ses parents la lui avaient confisquée.

Le pont lui manquait, tout comme la fillette qu'elle incarnait à l'époque. Elle n'ignorait pas qu'elle était alors quelqu'un de meilleur.

Sans cesser de contempler son deux-roues, l'adolescente remit ses chaussures. Les sneakers étaient maintenant chaudes et malodorantes.

Le printemps avait atteint son point d'équilibre idéal. Le soleil franc évoquait le mois de juillet tandis qu'à l'ombre, janvier primait. Vic n'avait guère envie de marcher le long de la route, au risque que sa mère la repère à son retour. Elle emmena donc le Raleigh derrière la maison, puis sur le chemin qui conduisait aux bois. Lorsqu'elle l'enjamba pour se mettre à pédaler, ce mouvement lui parut le plus naturel du monde.

Vic étouffa un rire quand elle s'installa sur la selle. L'engin était désormais trop petit pour elle. Il lui donnait une allure presque comique. Elle se figurait un clown engoncé dans une minuscule voiture. Ses genoux cognaient contre les poignées, ses fesses dépassaient du siège, mais dès qu'elle se mit en danseuse, tout rentra dans l'ordre.

Elle dévala la colline. À l'ombre, la température baissait de plusieurs degrés. Le vent d'hiver soufflait sur son visage. Ses roues rebondirent contre une racine, elle décolla. La jeune fille, surprise par cette perte de contact avec le sol, poussa une exclamation joyeuse. L'espace d'un instant, les différences entre la Vic du présent et celle du passé s'estompèrent. La sensation était agréable. Les roues tournoyaient sous elle, le zéphyr ébouriffait ses cheveux.

Elle ne prit pas tout de suite la direction de la rivière, préférant suivre un étroit sentier qui coupait le versant de la colline. L'adolescente traversa quelques buissons et se retrouva face à un groupe de garçons rassemblés autour d'un brasero. Ils se partageaient un joint.

« Filez-moi une taffe ! » cria-t-elle en passant devant eux. Elle fit mine de s'emparer du kif d'un geste moqueur.

Le propriétaire du stick, une espèce de benêt maigrichon vêtu d'un T-shirt Ozzy Osbourne, fut tellement étonné qu'il s'étouffa avec la fumée qu'il tentait de garder dans les poumons. Vic s'éloigna avec un grand sourire. Le gosse s'éclaircit la gorge et l'interpella : « Peut-être si tu reviens nous sucer, salope. »

Elle poursuivit sa route dans l'air froid. Des corbeaux perchés sur les branches d'un large bouleau l'admonestèrent lorsqu'elle passa sous eux.

« Peut-être si tu reviens nous sucer », répéta-t-elle. L'ado de dix-sept ans juchée sur un vélo d'enfant s'imagina un bref instant faire demi-tour, descendre de sa monture, et défier les jeunes gens. *D'accord. Qui est le premier ?* Sa mère la considérait déjà comme une pute. Vic n'aimait pas la décevoir.

La sérénité qu'elle avait éprouvée pendant quelques minutes, alors qu'elle fonçait à flanc de coteau sur sa vieille bécane, se transformait à présent en une colère vicieuse et froide. Elle ne parvenait plus à déterminer contre qui son courroux était dirigé. Ses ressentiments s'exprimaient sans but précis, en un bruissement d'émotions équivalent à celui du vent qui s'engouffrait dans les rayons de ses roues.

Elle envisagea de se rendre au centre commercial, mais la perspective de se forcer à sourire aux autres filles présentes sur les lieux lui répugnait. Vic n'était pas d'humeur à rencontrer des copines et encore moins à subir leurs conseils avisés. Elle n'avait aucune idée de l'endroit où elle voulait aller. Elle cherchait simplement les ennuis. Et si elle traînait assez longtemps, ils lui tomberaient dessus à coup sûr. Selon Linda, l'adolescente les avait déjà trouvés. À l'heure actuelle, son cadavre gisait nu quelque part. Ces pensées réjouissaient Vic. Certes, d'ici ce soir, le piment de la situation aurait disparu : sa mère aurait la confirmation qu'elle était saine et sauve. Elle regrettait presque que Linda puisse jamais savoir ce qui lui était arrivé. Son enfant se serait volatilisée sans espoir de retour. La jeune fille songea à quel point ce serait génial que ses parents demeurent pour toujours dans l'incertitude.

Elle savourait l'image de Chris et Linda tourmentés sans relâche par les questions horribles à propos de son sort éventuel, jour après jour, semaine après semaine. Ils l'imagineraient dans la neige fondue, transie et malheureuse, prête à monter avec le premier venu qui se rangerait au bord de la route. Elle pourrait être vivante, dans le coffre d'une vieille voiture (Vic n'avait pas conscience que, dans son esprit, ce véhicule était devenu un ancien modèle de marque indéterminée). Ils se demanderaient sans cesse combien de temps le vieil homme l'avait gardée (elle venait de décider que son assaillant serait également vieux, puisque sa voiture l'était), ce qu'il lui avait fait, et où il s'était débarrassé de son corps. Ces interrogations seraient pires que la mort. Quel répugnant personnage Vic avait-elle croisé ? En quel lieu désolé l'avait-il emmenée ? Quelle fin avait-elle connue ?

Mais, pour l'instant, l'adolescente demeurait sur la large route en terre battue qui menait à la Merrimack. Les glands crépitaient sous ses roues. Elle commençait à distinguer le grondement des flots dans les cuves formées par les rochers. Un des sons les plus mélodieux qu'elle eût jamais connus. Elle se redressa pour admirer le paysage, mais le Raccourci lui bloquait la vue.

Vic freina en douceur. Le Raleigh s'arrêta sans à-coups.

L'édifice était encore plus délabré que dans son souvenir. La structure du bâtiment gîtait sur la droite, comme si un alizé avait entrepris de le pousser dans la rivière. L'entrée, de guingois, était mangée par le lierre. Elle sentit l'odeur des chauves-souris. Une faible lueur scintillait dans le lointain, tout au bout du passage.

Elle frissonna, autant à cause du froid que d'un plaisir diffus. Un truc clochait dans sa tête : elle acceptait à présent ce fait avec une résignation calme. Depuis qu'elle prenait des ecstasy, elle n'avait jamais été victime d'hallucination. Il fallait sans doute un début à tout.

Le pont couvert attendait qu'on le franchisse. Elle était certaine qu'elle n'aboutirait nulle part quand elle tenterait de pénétrer à l'intérieur. Les gens garderaient le souvenir d'une jeune fille défoncée qui s'était rompu le cou en tombant dans le fossé avec son vélo. Cette éventualité la laissait de marbre. Ce serait la meilleure chose qui pût lui arriver, après avoir été kidnappée par un vieux pervers (l'Apparition).

Cependant, malgré sa conviction de l'absence de toute construction, une partie d'elle-même désirait découvrir ce qui se cachait de l'autre côté. Vic pédala jusqu'aux premières planches.

Sur la paroi de gauche, elle distingua une inscription peinte à la bombe verte.

LA MAISON DE SANGTA CLAUS

1996

Haverhill

L'adolescente se pencha, ramassa un morceau d'ardoise et le lança prudemment à l'intérieur du pont. La pierre frappa le bois avec un grand bruit, puis rebondit sur les planches. Un frémissement se fit entendre sous les combles. Les chauves-souris.

Une hallucination plutôt réaliste. À moins qu'elle n'ait aussi rêvé le morceau d'ardoise.

Il existait deux manières de tester la réalité du passage : avancer de quelques dizaines de centimètres, éprouver la solidité de l'édifice avec sa roue avant. Si le pont était imaginaire, elle reculerait avant de basculer dans le vide. Ou bien se contenter de foncer. Elle fermerait les yeux et laisserait le Raleigh l'emporter vers son destin, quel qu'il soit.

Elle avait dix-sept ans, la peur ne l'affectait pas. Elle aimait le bruissement du vent dans les feuilles de lierre. Après avoir posé les pieds sur les pédales, elle se mit en route. Les roues commencèrent à marteler les planches. Elle n'éprouva aucune sensation de chute, pas de grand plongeon dans les eaux glacées de la Merrimack. Le grésillement des parasites allait croissant. Une douleur insidieuse se nicha dans son œil gauche.

Vic retrouva les ténèbres familières. Le blizzard des interférences zébrait les interstices dans les cloisons. Elle avait déjà effectué un tiers du trajet. Une bicoque d'un blanc terne, agrémentée d'un garage, se dessinait à présent au bout du passage. Sans doute la prétendue maison de Sangta Claus. Ce nom ne signifiait rien pour elle. D'ailleurs, il lui importait peu. À défaut de savoir où elle allait, elle connaissait la nature de sa destination.

Elle cherchait les ennuis. Le Raccourci ne l'avait jamais déçue.

La fin du pont

Les insectes chantaient dans les hautes broussailles. Dans le New Hampshire, le printemps avait été froid, mauvais et pénible, mais ici, quel que soit ce lieu, le temps était doux, la brise soufflait. À la périphérie de son champ de vision, Vic distinguait des éclairs de lumière, des scintillements dans les arbres. Sur le coup, elle n'y accorda aucune importance.

Après avoir émergé au niveau d'une route en terre battue bien tassée, elle freina puis mit pied à terre. Elle jeta un dernier coup d'œil au pont.

Le Raccourci avait pris place au milieu des bois, sur le côté de la maison. Il s'étirait dans la forêt. Quand elle regarda à l'intérieur, elle vit Haverhill à l'autre extrémité, verdoyante et ombragée sous les derniers rayons de soleil.

La bâtisse, style Cape Cod, se dressait seule au bout d'un long chemin de terre. L'herbe du jardin lui arrivait à la taille. Le sumac avait colonisé les feuillages en d'énormes bouquets aussi grands que Vic elle-même.

Derrière les fenêtres, les rideaux étaient tirés, les stores gondolés et rouillés. On n'apercevait aucune voiture dans l'allée. Selon toute vraisemblance, les lieux étaient déserts. Pourtant, Vic se sentit immédiatement mal à l'aise. Elle avait la sensation que la baraque n'était pas vide. Cet endroit lui paraissait horrible. Si la police perquisitionnait, elle trouverait sans doute des corps enterrés dans le jardin.

Quand elle avait pénétré dans le pont couvert, elle avait cru planer tel un faucon aux ailes déployées. Sa progression était fluide, rien ne pouvait l'atteindre. Même maintenant, tandis qu'elle se tenait immobile, elle avait encore l'impression de bouger, de voguer. Néanmoins, cela n'avait plus rien d'agréable. Il lui semblait désormais qu'elle était attirée par quelque chose qu'elle ne voulait pas voir, qu'elle refusait de connaître.

Le son étouffé d'une télé ou d'une radio lui parvenait dans le lointain.

Elle se tourna une nouvelle fois vers le pont. Il n'était qu'à quelques mètres d'elle. L'adolescente poussa un profond soupir, elle ne courait pas le moindre risque. Si on la surprenait, elle pouvait faire demi-tour, reprendre le Raccourci, s'enfuir avant que quiconque n'ait le loisir de réagir.

Elle descendit de son vélo et commença à avancer. Ses pieds crissaient sur le gravier. Chaque enjambée renforçait la réalité de ce qui l'entourait. Il ne s'agissait pas d'une hallucination due à l'ecstasy. Le volume de la radio augmentait à mesure qu'elle approchait de la bicoque.

Vic leva les yeux. Encore ces éclairs de lumière, ces scintillements dans les branches. Il lui fallut un moment pour comprendre ce qu'ils représentaient. Elle s'arrêta net, le regard braqué au-dessus d'elle. Les sapins autour de la maison se paraient de décorations de Noël. Des centaines d'ornements sur des dizaines d'arbres. De grosses boules dorées et argentées saupoudrées de paillettes se balançaient dans les feuillages. Des anges en fer-blanc soufflaient en silence dans leur trompette. Des pères Noël replets posaient leurs index boudinés sur leurs lèvres, invitant les hôtes à la discrétion.

Tandis qu'elle contemplait le spectacle, la voix de baryton de Dean Martin retentit à la radio. Le chanteur exhortait les gens à passer un Noël plus beau et plus fort, peu importait que l'on soit à la mi-mars. La musique provenait du garage : un bâtiment défraîchi muni d'un simple volet roulant et de quatre lucarnes noires de crasse.

Vic effectua un pas prudent, puis un autre. Elle n'aurait pas pris davantage de précautions en s'approchant d'une saillie rocheuse. Au pas suivant, elle marqua une pause afin de s'assurer que le pont était toujours là.

Un quatrième pas, un cinquième. Elle était désormais assez près pour regarder à travers une des fenêtres sales. Elle posa le Raleigh contre le mur, à côté du volet roulant.

Le visage collé à la vitre, elle aperçut alors une vieille voiture dotée d'une lunette arrière exiguë. Une Rolls-Royce du même

type que celle dont Winston Churchill sortait invariablement
sur les anciens clichés ou les bandes d'actualité cinématogra-
phique. La plaque d'immatriculation était lisible : NOSFERA2.

*Et voilà. Tu as obtenu ce que tu cherchais. La police aura
assez d'éléments pour lui mettre la main dessus*, se dit Vic.
Maintenant, tu dois partir. Cours !

Elle allait s'éloigner quand elle perçut un mouvement à
l'arrière du véhicule. Quelqu'un, sur la banquette, avait bougé
pour trouver une meilleure position. La jeune fille entrevit la
forme d'une petite tête par la lucarne encrassée.

Un enfant. Il y avait un enfant dans la voiture. Un petit
garçon. En tout cas, sa coupe de cheveux semblait l'indiquer.

Le cœur de l'adolescente tambourinait si fort dans sa poitrine que ses épaules tremblaient. Si elle reprenait le Raccourci maintenant, les forces de l'ordre pourraient peut-être
appréhender le malfaiteur, mais le gosse serait déjà six pieds
sous terre.

Elle ignorait pourquoi l'enfant ne criait pas, pourquoi il
ne bondissait pas de la voiture pour tenter de fuir. Peut-être
était-il drogué ou attaché. Impossible de savoir. Quelle que
fût la raison de sa passivité, il ne s'en sortirait pas sans aide.

Elle recula, jeta un nouveau regard en direction du pont.
Il l'attendait au milieu des arbres. L'édifice paraissait si loin,
tout à coup. Comment pouvait-il être à une telle distance ?

Elle abandonna le Raleigh pour contourner le garage. À sa
grande surprise, la porte latérale qu'elle pensait fermée s'ouvrit
dès qu'elle fit jouer la poignée. Des trémolos haut perchés,
aiguisés par l'hélium, retentirent. Les Chipmunks entonnaient
leur diabolique chant de Noël.

Elle se sentait défaillir à la seule idée de pénétrer dans cet
antre. Elle avança un pied hésitant sur le seuil, comme si
elle testait la solidité d'une étendue gelée encore incertaine.
La Rolls, tout en courbes d'obsidienne, occupait presque tout
l'espace libre. Le reste était dans un désordre indescriptible :
pots de peintures, râteaux, échelles et boîtes diverses s'entassaient pêle-mêle.

L'arrière du véhicule était spacieux. Un garçon dormait
sur la banquette couleur chair. Brun, le visage poupin et les
joues roses, il portait une veste de cuir vert à boutons blancs.
Son sommeil avait l'air peuplé de songes agréables. Peut-être
rêvait-il de bonbons. Son corps n'était pas entravé. Il ne sem-

blait guère malheureux. Vic fut prise d'un doute : *il va bien.*
Tu devrais partir. Il est sûrement avec son père. Il s'est assoupi.
On l'a laissé se reposer. Va-t'en d'ici.

La jeune fille chassa pourtant cette pensée comme on se
débarrasserait d'une mouche importune. Un truc ne collait
pas. Son raisonnement péchait quelque part, mais elle ignorait où.

Le Raccourci l'avait conduite en ce lieu pour qu'elle trouve
l'Apparition, un individu machiavélique qui torturait les gens.
Elle désirait en découdre et le pont avait toujours exaucé ses
vœux. En quelques minutes, des évènements refoulés depuis
des années avaient resurgi. Maggie Leigh avait vraiment existé,
elle n'était pas une chimère. Vic était réellement allée à vélo
jusque chez Terry pour chercher le bracelet de sa mère. Elle
n'avait rien imaginé. Tout ce qu'elle avait accompli appartenait
au domaine du tangible.

Elle tapota la vitre de la voiture. Le gosse ne bougea pas.
Il était plus jeune qu'elle, douze ans environ. Une fine mèche
de cheveux sombres effleurait sa lèvre supérieure.

« Hé, chuchota-t-elle. Hé, petit ! »

Il roula sur lui-même pour lui tourner le dos.

Vic essaya d'ouvrir la portière. Elle était fermée de l'intérieur.

Le volant se situait de son côté, à droite. La vitre était
presque entièrement baissée. Il n'y avait pas beaucoup d'espace
entre la carrosserie et les accessoires entassés contre le mur.
L'adolescente se faufila jusqu'à l'ouverture.

Elle vit les clefs sur le contact. La batterie était allumée car
la radio diffusait dans l'habitacle une lueur d'un vert radioactif.
La jeune fille ignorait qui chantait à présent. Un vieux crooner
de Las Vegas, probablement. Encore une chanson de Noël.
Cette période était passée depuis trois mois et la mélodie prenait des accents sinistres à l'approche de l'été. Elle évoquait un
clown sous la pluie, le maquillage dégoulinant sur sa figure.

« Oh, petit, réveille-toi ! » souffla-t-elle une fois encore.

Enfin, le garçon réagit. Il s'assit, puis la dévisagea. Au
moment où Vic aperçut sa frimousse, elle manqua de laisser
échapper un hurlement.

Ce visage ne ressemblait en rien à celui qu'elle avait entrevu
par la lunette arrière. Le gosse avait l'air à l'article de la
mort, voire au-delà. Ses traits étaient d'une pâleur lunaire,

à l'exception du contour de ses yeux, noir hématome. Un entrelacs de veines charbonneuses, infectées, courait sous sa peau. Son réseau sanguin, qui semblait rempli d'encre et non d'hémoglobine, s'étoilait en arborescences maladives à la commissure des lèvres, autour des yeux et des tempes. Ses cheveux avaient la couleur du givre.

Il cligna des paupières. Son regard était brillant, curieux. Il constituait la seule chose vivante dans sa physionomie.

Il expulsa un nuage de condensation, comme s'il se tenait dans un congélateur.

« Qui es-tu ? » demanda-t-il. Chaque mot s'accompagnait d'un voile de buée. « Tu ne devrais pas être là.

— Pourquoi as-tu si froid ?

— Je n'ai pas froid. Il faut que tu partes. L'endroit n'est pas sûr. »

Une respiration. Un nuage de vapeur blanche.

« Bon sang, petit, se désola Vic. Je vais te tirer d'ici. Viens. Viens avec moi.

— La portière ne s'ouvre pas.

— Alors passe sur le siège avant.

— Impossible », répliqua l'enfant. Son élocution était pâteuse. Vic comprit qu'on l'avait sans doute drogué. Un sédatif quelconque pouvait-il faire baisser la température corporelle au point de condenser la respiration ? Elle ne le pensait pas.

« Je ne peux pas quitter la banquette arrière, reprit le garçon. Vraiment, tu ne devrais pas être là. Il va bientôt revenir. »

Ses narines écumaient d'air gelé.

Vic l'entendait assez bien, mais elle avait du mal à saisir ses propos. Cependant, sa dernière phrase était claire : « Il va bientôt revenir. » Évidemment, qu'il allait revenir ; qui que soit ce « il » (l'Apparition). Dans le cas contraire, il aurait ménagé la batterie. Elle devait s'enfuir avant qu'il ne rapplique. Ils devaient s'enfuir tous les deux.

Elle mourait d'envie de tout laisser tomber, de se ruer vers la sortie après avoir prévenu le gamin qu'elle ramènerait les flics. Mais elle demeura immobile. Si elle décampait, elle abandonnait non seulement un enfant malade dont on avait abusé, mais aussi une part d'elle-même. La meilleure.

Elle passa le bras par la vitre et déverrouilla la portière. Celle-ci s'ouvrit.

« Viens, prends ma main. »

Elle se pencha vers la banquette arrière. Le gosse observa un moment la paume qu'elle lui tendait. Il semblait pensif, comme s'il essayait de déchiffrer l'avenir de la jeune fille dans les lignes palmaires ou hésitait à accepter une friandise. Cette réaction ne correspondait pas à celle d'un enfant qu'on vient d'enlever. Vic s'en rendit compte, mais ne put se rétracter à temps.

L'enfant lui saisit le poignet. Elle poussa un cri. Les doigts sur sa peau étaient aussi brûlants qu'une casserole d'eau bouillante. Il lui fallut un instant pour comprendre que la douleur provenait du froid, et non de la chaleur.

Le klaxon retentit avec la force d'une explosion. Dans l'espace confiné du garage, c'était presque trop. Le déclenchement de l'avertisseur était un mystère. Vic n'avait même pas effleuré le volant.

« Lâche-moi ! gémit-elle. Tu me fais mal.

— Je sais. »

Il lui adressa un sourire. Elle vit alors que sa bouche était remplie de minuscules crochets fins, pareils à des aiguilles à coudre. Sa denture paraissait se prolonger en rangées successives jusqu'au fond de la gorge. Le klaxon retentit à nouveau.

Le gamin se mit à crier :

« Monsieur Manx, monsieur Manx ! J'ai attrapé une fille, venez voir. »

Vic prit appui sur le siège conducteur, puis se jeta en arrière. L'enfant fut tiré en avant. Elle était sûre qu'il ne lâcherait pas prise : sa main était carrément soudée à son poignet, leurs peaux collées l'une à l'autre par le gel. Pourtant, dès qu'elle franchit la partie de l'habitacle délimitée par le siège avant, ses doigts s'écartèrent. Elle se cogna au volant, troisième coup d'avertisseur. C'était sa faute, cette fois.

Le gosse bondissait d'excitation sur la banquette.

« Monsieur Manx ! Venez voir la belle fille ! »

La vapeur jaillissait de sa bouche et de ses narines.

Vic chuta sur le ciment par la portière ouverte. Son épaule heurta plusieurs râteaux et pelles à neige appuyés contre le mur. Les accessoires tombèrent sur elle dans un grand vacarme.

Le klaxon braillait encore et encore en une série de déflagrations assourdissantes.

L'adolescente se débarrassa des outils qui l'encombraient. Une fois à genoux, elle examina son poignet. La blessure – une brûlure noirâtre dont les contours incertains évoquaient une main d'enfant – était horrible.

Elle claqua la portière conducteur et jeta un dernier coup d'œil au garçon. La convoitise se lisait sur son visage exalté. Une langue fuligineuse roula hors de sa bouche pour lécher ses lèvres.

« Elle s'enfuit, monsieur Manx ! Venez vite ! »

Son souffle projetait des cristaux sur la vitre.

Vic se releva, fit un pas chancelant en direction de la porte latérale.

Le moteur du volet roulant se mit en marche. Les lamelles entamèrent leur ascension avec force grincements. Surprise, l'adolescente rebroussa chemin en toute hâte. La porte du garage montait et montait encore. Une paire de bottes noires apparut. Puis un pantalon gris argenté. La jeune fille paniquait. *L'Apparition. C'est l'Apparition.*

Elle contourna tant bien que mal la voiture, puis rejoignit en deux enjambées l'issue qui devait, selon elle, mener à l'intérieur de la maison.

Elle tourna la poignée. La porte s'ouvrit sur les ténèbres.

Vic entra, referma derrière elle et commença à avancer dans

Une pièce constellée de boue

Au coin de laquelle le linoléum crotté se détachait.

Vic n'avait jamais éprouvé une telle faiblesse dans les jambes. Ses oreilles résonnaient d'un cri qu'elle se refusait à pousser, tant elle était persuadée qu'au moindre bruit, l'Apparition la trouverait et la tuerait. Il la supprimerait avant de l'enterrer dans le jardin. Personne ne saurait jamais ce qui lui était arrivé.

Elle passa dans une autre pièce, puis pénétra dans

Un couloir

Qui faisait presque toute la longueur de la maison. Le sol était recouvert de moquette verte.

Vic sentit une odeur de dinde farcie.

Elle se mit à courir sans se soucier des portes de part et d'autre du corridor. Ces issues donnaient probablement sur des salles de bains ou des chambres. Elle se tenait le poignet avec une grimace de douleur.

En une dizaine de pas, elle déboucha dans un petit salon. La porte du jardin se situait à gauche, juste en dessous d'un escalier étroit menant à l'étage. Des photos de chasse décoraient les murs. Des hommes aux larges sourires, aux visages rubiconds, posaient à côté d'oies mortes. Ils montraient leurs proies à une meute de nobles golden retrievers. Des portes battantes en forme d'ailes de chauve-souris ouvraient sur la cuisine, à droite. L'odeur du repas était plus forte. La chaleur aussi. Une chaleur fiévreuse.

La jeune fille comprit qu'elle devait saisir sa chance. Tout était clair dans son esprit. L'homme surnommé l'Apparition entrait en ce moment dans le garage. Il la suivrait par la porte latérale jusqu'à l'intérieur de la maison. Si elle fonçait à travers le jardin, elle pouvait atteindre le Raccourci à pied.

Elle se faufila dans le salon. Sa hanche heurta une table. Une lampe dont l'abat-jour était garni de perles vacilla, puis se stabilisa de justesse.

Elle attrapa la poignée, la tourna. Elle allait ouvrir la porte à la volée, quand elle aperçut l'homme par la fenêtre. Il se tenait dans le jardin. Sa carcasse excédait largement les deux mètres. Le plus grand type qu'elle ait jamais vu. Il était chauve, son crâne, sillonné de veines bleues, se teintait d'une pâleur obscène. Il portait un manteau d'une autre époque. Une queue-de-pie avec des rangées de boutons en laiton. Vic songea qu'il ressemblait à un soldat, un officier d'une lointaine contrée où les armées se nommaient légions.

Il tournait légèrement le dos à la bâtisse, le regard braqué sur le pont. L'adolescente distinguait son profil. Une main sur le guidon du Raleigh, il observait l'entrée de l'édifice.

Vic était paralysée. On aurait dit qu'on lui avait injecté un puissant anesthésique. Elle n'avait même pas la force de respirer.

L'Apparition inclina la tête, le corps tendu en une posture de chien à l'arrêt. Malgré son crâne énorme, il possédait des traits chafouins. Les différentes parties de sa physionomie paraissaient ramassées au centre de son visage. Son menton fuyant, ses dents protubérantes lui donnaient une expression trouble, presque débile. Il avait l'air d'un plouc, du genre à détacher chaque syllabe du mot « ho-mo-se-xu-el ». Après avoir encore un peu examiné la vaste construction qui s'enfonçait dans la forêt, il se retourna. Vic se jeta en arrière, le dos plaqué à la porte.

« Bonjour, qui que tu sois, cria-t-il. Sors donc me saluer, je ne mords pas. »

La jeune fille se souvint qu'elle devait respirer. Cela exigea un effort considérable. Elle avait l'impression d'avoir la poitrine prise dans un étau.

L'Apparition éleva de nouveau la voix :

« Tu as laissé ton vélo dans mon jardin. Tu veux le récupérer ? »

Un silence, puis il ajouta :

« Tu as aussi laissé ton pont. Tu peux le reprendre également. »

Il poussa une espèce de hennissement. Un rire. Vic se demanda s'il n'était pas en effet un peu demeuré.

Elle ferma les yeux, le corps raide contre le panneau de bois. Au bout d'un moment, elle s'aperçut que l'individu avait cessé de parler. Peut-être s'approchait-il de la maison ? Elle tourna le loquet, mit la chaîne. Il lui fallut trois essais pour parvenir à ses fins. Ses mains étaient poisseuses, elle n'arrivait pas à assurer sa prise.

À peine avait-elle réussi à verrouiller la porte qu'il reprit la parole. Elle devina qu'il n'avait pas bougé. Il se tenait toujours au milieu de son jardin en friche.

« Cet édifice me dit quelque chose. La plupart des gens seraient mécontents de trouver un pont chez eux, mais pas M. Manx. Talent Manx troisième du nom. Charlie Manx connaît deux ou trois trucs à propos des routes et des ponts qui aboutissent où ils ne devraient pas. J'ai moi-même arpenté d'étranges itinéraires. Je conduis depuis longtemps. Tu serais surprise, j'en suis sûr. Il existe un chemin que seule ma Rolls peut emprunter. Il ne figure sur aucune carte et, pourtant, il apparaît dès que j'ai besoin de lui. Quand, par exemple, j'ai un petit passager prêt à rejoindre Christmasland. Et ton pont, où va-t-il ? Tu devrais sortir. Je suis certain que nous avons beaucoup en commun. Nous deviendrions vite amis. »

Vic se décida brusquement. Chaque instant passé à l'écouter diminuait ses chances de survie. Elle décolla son dos du battant, se rua à travers le salon, franchit les portes en forme d'ailes de chauve-souris et entra dans

La cuisine

Il s'agissait d'une petite pièce miteuse meublée d'une table en Formica jaune. Un vilain téléphone noir était fixé au mur, sous un dessin d'enfant décoloré par le soleil.

Une série de serpentins à pois, couverts de poussière, pendaient du plafond dans une immobilité parfaite. Rien ne bougeait dans l'air stagnant. Cette décoration évoquait les vestiges d'une fête d'anniversaire vieille de plusieurs années. À droite, une porte métallique s'ouvrait sur un cellier à l'intérieur duquel on distinguait une machine à laver ainsi qu'un sèche-linge, quelques étagères de conserves, et un placard mural en inox. Un gros Frigidaire d'aspect rustique trônait à côté de la porte.

La cuisine sentait le renfermé, une chaleur étouffante y régnait. Un plateau-repas mijotait au four. Vic apercevait les tranches de dinde dans un compartiment, la purée de pommes de terre dans un autre, et le dessert, recouvert de papier aluminium. Deux bouteilles de jus d'orange se dressaient sur le comptoir. Une autre porte donnait, selon toute vraisemblance, à l'arrière du bâtiment. Vic l'atteignit en trois enjambées.

Le garçon mort faisait le guet à l'extérieur. Elle savait à présent qu'il était mort, et même pire. Il appartenait maintenant à Charlie Manx.

L'enfant se tenait immobile dans sa veste de cuir vert et son jean. Il était pieds nus. Sa capuche, ramenée en arrière, dévoilait sa chevelure terne et la constellation de veines sur ses tempes. Les rangées de dents effilées apparaissaient dans sa bouche entrouverte. Dès qu'il la vit, son visage s'illumina d'un large sourire. Vic poussa un cri et verrouilla la porte, mais il ne fit pas un geste. Une série d'empreintes blanches lui succédait.

L'herbe avait gelé au contact de ses pieds. Son visage possédait la froideur de l'émail, ses yeux se teintaient de givre.

« Sors donc, conseilla-t-il. Ne sois pas bête. On ira tous ensemble à Christmasland. »

Elle s'éloigna de la porte, buta contre le four. Elle se mit à ouvrir les tiroirs, à la recherche d'un couteau. Le premier était rempli de chiffons, le second contenait des batteurs, diverses spatules et des mouches mortes. Elle revint au premier compartiment, s'empara d'une poignée de serviettes, ouvrit la gazinière où chauffait le plateau-repas, puis jeta sa moisson à l'intérieur. Elle laissa ensuite le four entrebâillé.

La jeune fille aperçut alors une casserole sur la cuisinière. Elle la prit par le manche. Enfin une arme à brandir.

« Monsieur Manx, s'égosilla le gamin. Monsieur Manx, je l'ai vue ! Elle fait l'imbécile. C'est rigolo. »

Vic retourna d'un pas vif à l'avant de la maison. Elle espionna de nouveau le jardin à travers les voilages.

Manx s'était approché du pont avec le vélo. Il restait planté sur le seuil, le regard plongé dans les ténèbres, la tête légèrement inclinée. Peut-être essayait-il d'écouter à l'intérieur. Il parut finalement se décider. Après s'être penché, il attrapa le Raleigh et lui imprima une poussée fluide et puissante.

La bicyclette disparut dans l'obscurité.

Une pointe de douleur s'insinua dans l'œil de Vic, remonta jusqu'au cerveau. Elle étouffa un sanglot involontaire. Cette souffrance était intolérable. L'aiguille sembla un instant se retirer, pour mieux replonger dans son crâne. Elle pria pour que sa tête explose, qu'elle meure enfin.

Une détonation sèche, semblable à un phénomène de dépressurisation, éclata. La maison entière parut vibrer, comme si un jet avait franchi le mur du son.

Une odeur de brûlé se répandit dans l'entrée.

Vic leva la tête, scruta le jardin.

Le pont s'était volatilisé, ainsi qu'elle l'avait pressenti au moment où elle avait entendu la déflagration. L'édifice avait littéralement implosé, à l'image d'une étoile se transformant en nova.

Charlie Manx se dirigea vers la maison. Les pans de sa vareuse battaient derrière lui. Son horrible visage pincé ne montrait plus la moindre trace d'amusement. Il ressemblait davantage à une brute sur le point d'accomplir un acte barbare.

Elle jeta un bref coup d'œil à l'escalier. Si elle montait, elle se retrouverait prise au piège. Restait la cuisine.

Elle repassa par les portes en forme de chauve-souris. Le garçon l'attendait à l'arrière, la figure collée à l'extérieur de la vitre. Il souriait pour dévoiler sa grande bouche ornée de rangées d'os incurvés en harpons délicats. Son souffle projetait une plaque de cristaux argentés sur le panneau de verre.

Le téléphone sonna. Vic sursauta comme si on l'avait attrapée. Elle jeta des regards éperdus autour d'elle. Son visage se prit dans les serpentins jaunes à pois suspendus au plafond. Sauf qu'il ne s'agissait pas de serpentins. La jeune fille sentit sur sa peau le papier tue-mouches constellé de cadavres de diptères desséchés. Elle eut un renvoi. La bile avait un goût amer et sirupeux qui lui rappelait le milk-shake tourné de chez Terry.

Le téléphone sonna de nouveau. Ses yeux s'attardèrent un bref instant sur le dessin d'enfant scotché au-dessus du combiné. Le papier était fragile, cassant, bruni par les ans. L'adhésif avait jauni. L'illustration représentait une forêt d'arbres esquissée aux crayons de couleur. Le dénommé Charlie Manx, accompagné de deux fillettes, y était affublé d'un bonnet de père Noël. Ses dents étaient des crocs. Les gamines, quant à elles, avaient l'apparence de la créature à l'arrière de la maison.

Elle décrocha vivement l'appareil.

« Aidez-moi, gémit-elle. Aidez-moi, s'il vous plaît.

— Où êtes-vous, M'dame ? lui répondit une voix enfantine.

— Je ne sais pas. Je suis perdue.

— Nous avons déjà une voiture. Elle est dans le garage. Montez sur le siège arrière, notre chauffeur vous conduira à Christmasland. » La personne au bout du fil gloussa. « Nous nous occuperons de vous lorsque vous arriverez à bon port. Vos yeux serviront de boules de Noël. Nous les accrocherons aux arbres. »

Vic raccrocha.

Elle entendit un craquement dans son dos. Elle fit volte-face. Le petit garçon venait de fendre la vitre d'un coup de tête. Il paraissait indemne.

Dans le salon, Manx forçait la porte d'entrée. La chaîne de sûreté cliquetait.

L'enfant rejeta la tête en arrière et frappa une deuxième fois le carreau. Des éclats de verre se brisèrent au sol. Il se mit à rire.

Les premières flammes léchaient l'extérieur du four. Elles palpitaient avec la vigueur d'un battement d'ailes de pigeon. Le papier peint, à droite de la cuisinière, se gondolait déjà, roussissait. Vic ne se rappelait plus la raison exacte qui l'avait poussée à déclencher un incendie. Elle comptait sans doute profiter de la fumée pour s'enfuir.

Le garçon passa le bras par la vitre, ses doigts cherchaient le verrou. Les pointes de verre écorchaient son poignet souillé de sang noir. Il semblait n'y prêter aucune attention.

Vic balança de toutes ses forces la casserole sur sa main. Emportée par son élan, elle tomba contre la porte. Assise par terre, elle recula précipitamment. Le petit assaillant avait ôté son bras d'un geste vif. Trois de ses doigts, broyés, étaient tordus de manière grotesque.

« T'es marrante ! » jubila-t-il.

Jouant des talons, l'adolescente continua à s'éloigner, les fesses sur le carrelage couleur crème. Le mioche passa la tête par l'ouverture, agita sa langue noirâtre dans sa direction.

Une grosse flamme rouge jaillit du four. Les cheveux de Vic grésillèrent. Tout le côté droit de son crâne crépita, brasilla. La jeune fille tapa des mains sur sa tête. Les escarbilles s'éparpillèrent.

Manx défonça la porte d'entrée. La chaîne explosa avec un petit claquement sec, le verrou déchira le bois. Elle entendit le battant claquer contre le mur. Le choc résonna dans toute la maison.

Le gosse effectuait une nouvelle tentative. Il parvint cette fois à actionner le loquet.

Les morceaux de papier tue-mouche enflammés tombaient autour de Vic.

Elle bondit sur ses pieds au moment même où Manx arrivait aux portes battantes. Il dardait sur elle des yeux fous, emplis d'une fascination avide. Son visage était plus hideux que jamais.

« Quand j'ai vu ton vélo, j'ai cru que tu étais plus petite. Mais tu es une vraie femme. Dommage pour toi. Christmasland n'est pas fait pour les adultes. »

La porte de derrière s'ouvrit. Toute la chaleur dans la pièce disparut d'un coup, comme aspirée de l'extérieur. Un mini cyclone de flammes orangées se déploya devant la gazinière. Un millier de braises incandescentes dansèrent dans l'atmosphère. Une épaisse fumée noire déferla.

Lorsque Manx franchit les portes en forme de chauve-souris, l'adolescente se faufila hors de portée derrière le Frigidaire massif, puis recula dans le dernier coin accessible, à savoir

Le cellier

Elle attrapa la poignée de la lourde porte et referma derrière elle.

Le panneau grinça en raclant le sol. Elle n'avait jamais vu de porte aussi épaisse. Aucun verrou. Juste un simple U en fer soudé directement sur la surface métallique. Vic l'empoigna et planta ses pieds de part et d'autre du jambage. Un instant plus tard, Manx tira d'un coup brusque. Elle partit en avant, mais réussit à bloquer ses genoux et tint bon.

Son assaillant relâcha sa prise, puis réitéra soudainement la manœuvre pour la surprendre. Charlie Manx, avec ses bras d'orang-outan dégingandé, lui rendait au moins trente-cinq kilos. La jeune fille crut que ses épaules allaient se déboîter.

L'Apparition cessa de s'acharner. Vic en profita pour regarder autour d'elle. Sur sa droite, elle avisa un balai muni d'un long manche en métal bleu. L'ustensile était à portée de main. Elle inséra le manche à travers l'anse, de manière à former un épar de fortune.

Elle lâcha le tout et recula. Ses jambes menaçaient de se dérober sous elle. Elle dut s'appuyer contre la machine à laver pour éviter de flancher.

Manx exerça une nouvelle traction. Le manche à balai heurta l'huisserie.

Après une nouvelle pause, il refit un essai, mais en délicatesse cette fois, comme à titre d'expérience.

Vic l'entendit tousser. Elle distingua également un murmure d'enfant. Ses jambes tremblaient au point que, sans le lave-linge pour se soutenir, elle se serait sans doute écroulée.

Manx parla à travers la porte :

« Tu t'es trouvé un beau refuge, ma petite pyromane.

— Allez-vous-en, cria l'adolescente.

— Il faut un sacré aplomb pour demander à quelqu'un de partir après être entré chez lui par effraction, déclara l'homme avec une certaine bonne humeur. Tu as peur de sortir, j'imagine. Mais si tu avais un peu de jugeote, tu aurais encore plus peur de rester là où tu es.

— Allez-vous-en ! » répéta-t-elle. Ces mots étaient les seuls qui lui venaient à l'esprit.

Le vieillard se remit à tousser. Une lueur rouge, interrompue en deux endroits par l'ombre des pieds de Manx, palpitait furieusement sous la porte. Vic entendit de nouveau chuchoter, puis l'Apparition reprit :

« Mon enfant, je laisserai cette maison brûler sans hésitation. J'ai d'autres solutions de repli. Ce repaire est grillé pour moi, au propre comme au figuré. Sors donc. Sors ou tu mourras asphyxiée ici. Personne n'identifiera jamais ton corps. Ouvre. Je ne te ferai aucun mal. »

Vic s'agrippait des deux mains aux bords de la machine à laver. Ses jambes tressautaient d'une manière presque comique.

« Dommage, conclut Manx. J'aurais aimé connaître une fille qui savait comment arpenter les chemins de la pensée. Tu es une exception. Nous aurions beaucoup à apprendre l'un de l'autre. Enfin... Je vais quand même te donner une leçon, bien que à mon avis, tu n'aies guère le loisir d'en profiter. Je continuerais bien à parler avec toi, mais il commence à faire un tantinet chaud. Pour être honnête, je préfère des climats plus froids. J'aime tellement l'hiver que je pourrais être un des lutins du père Noël. »

Il poussa de nouveau cette espèce de hennissement pleurnichard qui caractérisait son rire.

Un énorme bruit retentit dans la cuisine. Vic manqua de lâcher le lave-linge et de se mettre à hurler. L'impact fit trembler toute la maison. La sinistre vibration se propagea dans le carrelage sous ses pieds. Elle craignit un instant que le sol s'effondre.

Vic comprit, à la force du choc, que Manx venait de faire tomber le gigantesque frigo devant la porte.

Appuyée à la machine à laver, la jeune fille attendit long-temps que ses jambes se stabilisent.

Dans un premier temps, elle pensa que Manx était toujours là. Sans doute attendait-il qu'elle se rue contre la porte, qu'elle martèle le battant, le suppliant de la laisser sortir.

Elle entendait les petites détonations, les crépitements du brasier à l'extérieur. Le papier peint grésillait comme une poignée d'aiguilles de pin jetée dans un feu de camp.

Elle colla son oreille à la surface métallique, à l'affût du moindre bruit suspect. Ce simple contact la fit sursauter. Elle poussa un cri. L'acier était aussi chaud qu'une poêle à frire sur une gazinière.

Une épaisse fumée noire commença à s'infiltrer du côté gauche de la porte.

Vic libéra le manche à balai en travers du battant, le balança sur le côté. Elle voulut empoigner l'anse afin de vérifier jusqu'où on pouvait pousser la porte, mais fut obligée de lâcher prise et de reculer. Le U de métal brûlait autant que le panneau. Elle secoua la main pour calmer ses doigts endoloris.

De la fumée s'insinua dans ses voies respiratoires. L'odeur de plastique fondu était si pestilentielle qu'elle suffoqua. Une violente quinte de toux la secoua. Elle crut qu'elle allait vomir.

L'adolescente se mit à tourner en rond. Elle avait à peine la place de bouger dans cette buanderie exiguë.

Les étagères. Du riz. Un seau. Une bouteille d'ammoniac. Un bidon d'eau de Javel. Un placard en inox ou une commode encastrée dans le mur. Le lave-linge, le séchoir. Pas de fenêtre. Aucune issue.

Du verre explosa dans la pièce voisine. Vic se rendait compte de la raréfaction de l'air. Elle avait l'impression d'être dans un sauna.

La jeune fille leva les yeux. Le plâtre au-dessus du linteau noircissait déjà.

Elle ouvrit le sèche-linge, à l'intérieur duquel elle trouva un vieux drap-housse blanc. Elle le sortit, se couvrit les épaules et la tête avec, puis enroula un tissu autour de sa main avant d'effectuer un nouvel essai.

Malgré ses protections, elle ne pourrait toucher le métal très longtemps. Elle se jeta de tout son poids contre le battant. Une fois, deux fois. Le panneau s'entrebâilla d'un ou deux centimètres. Assez pour que les vapeurs toxiques déferlent dans la remise. La fumée était trop dense pour qu'elle puisse distinguer quoi que ce soit à l'extérieur. Même les flammes demeuraient invisibles.

Vic prit son élan et percuta la porte une troisième fois. Le choc fut rude. Elle chancela. Les chevilles s'entortillèrent dans le drap-housse, elle partit en arrière. Elle se débarrassa de la couverture avec un hurlement de frustration. La buanderie était désormais noire de suie.

Elle s'aida de la machine à laver et du placard pour se relever. La porte encastrée bascula avec un grincement. Ses jambes se dérobèrent et elle retomba par terre.

Elle demeura quelques instants inerte afin de récupérer. Le visage collé au métal froid de la machine à laver, les yeux fermés, sa peau gardait le souvenir de la main fraîche de sa mère sur son front brûlant.

Quand elle arriva enfin à se redresser, en équilibre précaire, elle lâcha la porte du placard. Celle-ci se referma automatiquement sous l'action de gonds à ressort. Une vague d'air vicié lui fit monter les larmes aux yeux.

Elle entreprit d'examiner l'intérieur du compartiment. Ce qu'elle avait pris pour un placard était en fait un vide-linge. Le conduit consistait en une sorte de puits métallique, étroit et sombre.

Vic passa sa tête par l'orifice, regarda vers le haut. Trois ou quatre mètres au-dessus d'elle, une seconde trappe se détachait vaguement dans l'obscurité.

Il m'attend à l'étage, songea-t-elle.

Peu importe. Elle ne pouvait pas rester dans le cellier.

Après avoir pris appui sur le battant, dont les ressorts se tendirent au maximum, l'adolescente se faufila dans le boyau étriqué : d'abord la partie supérieure du corps, puis les jambes. Elle était à présent dans

Le vide-linge

Au seuil de la majorité, Vic était une maigrichonne toute en jambes : à peine une vingtaine de kilos et une dizaine de centimètres de plus que lorsqu'elle avait douze ans. Mais même pour elle, le passage était étroit. Elle se raidit, le dos contre la cloison, les genoux remontés sous le menton, les pieds en appui sur la paroi opposée, puis débuta son ascension. Elle poussait sur ses pieds, dix centimètres à la fois. Les volutes noires envahissaient le conduit. Ses yeux la piquaient.

Ses mollets commençaient à trembler. Elle sentait la brûlure sur sa peau. Encore dix centimètres. Sa reptation verticale – le dos arrondi et les genoux pliés – avait quelque chose de grotesque. Une douleur lancinante lui cisaillait les reins.

Elle était à mi-chemin du premier étage lorsque son pied gauche glissa. Ses fesses plongèrent. Une déchirure au niveau de la cuisse lui arracha un cri. Elle parvint à se maintenir un moment, uniquement soutenue par sa jambe droite. Cependant, le poids à supporter était trop important. Elle ôta son pied de la paroi et dévala alors la colonne d'évacuation.

La chute fut violente, disgracieuse. Elle percuta la base du conduit en aluminium, son genou droit frappa son visage. L'autre pied traversa la trappe d'accès qui aboutissait à la buanderie. Prise d'un accès de panique, elle se releva en hurlant, se mit à sauter plutôt que d'essayer de grimper à nouveau. Le sommet du tube était bien entendu inaccessible, les parois métalliques n'offraient aucune prise, mais elle ne s'en préoccupait pas. Elle se contentait de crier, d'appeler à l'aide. Le passage était désormais rempli de fumerolles, sa vision s'obscurcissait. Une quinte de toux interrompit ses gesticulations. Elle faillit vomir, mais sa bouche n'expulsa qu'un long filet de bave bileuse.

Elle n'avait pas peur des émanations ni des élancements dans son quadriceps déchiré. Seulement de la terrifiante solitude dans laquelle elle se trouvait. Qu'avait donc dit sa mère ? « Ce n'est pas toi qui l'élèves, Chris ! C'est moi ! Je suis toute seule. » Isolée au fond d'un trou… quelle horrible sensation ! Elle ne se souvenait plus de la dernière fois où elle avait enlacé sa mère : cette femme colérique, malheureuse, qui l'avait pourtant veillée, qui avait pressé sa paume fraîche contre son front pour calmer la fièvre. Vic détestait l'idée de mourir sans avoir apaisé la situation.

Elle reprit son escalade, le dos au mur, les pieds à l'opposé. Les larmes ruisselaient sur ses joues. La fumée était désormais un voile brunâtre qui ondoyait tout autour d'elle. Sa jambe droite lui paraissait en très mauvais état. Chaque poussée rouvrait la blessure, l'élargissait.

Entre deux quintes de toux et deux battements de paupières, elle continuait à progresser petit à petit. L'impression de chaleur dans son dos était désagréable. D'ici peu, elle laisserait sans doute des lambeaux de peau sur le métal ardent. Le vide-linge se transformait en cheminée allumée. Elle devenait un père Noël qui tentait péniblement de rejoindre ses rennes. Une chanson stupide refusait de quitter ses pensées, tournait encore et encore dans son esprit : un putain de Noël plus beau et plus fort. Elle n'avait aucune envie de rôtir avec cette ritournelle en tête.

Le temps qu'elle parvienne en sommet de la colonne, l'écran de fumée était pratiquement opaque. Elle pleurait sans discontinuer, retenait son souffle. Son quadriceps trépidait malgré elle.

Un faible filet de lumière dessinait un U inversé dans la cloison, un peu au-dessus de son pied : le panneau d'accès au premier étage. Ses poumons brûlaient. Elle fut obligée de respirer. Les émanations toxiques s'infiltrèrent dans ses bronches. Elle toussa. Une expectoration douloureuse. Vic sentit la plèvre, derrière ses côtes, se décoller. Ses jambes lâchèrent d'un coup. Elle se jeta sur la trappe. Une pensée lui traversa l'esprit : *ce sera fermé. Il aura aussi bloqué cette issue. Je vais rester prisonnière.*

Ses bras percutèrent le panneau, qui céda pour laisser passer une divine goulée d'oxygène frais. Elle s'accrocha, les membres supérieurs passés jusqu'aux aisselles dans l'ouverture. Ses jambes pendaient dans le vide, ses genoux tambourinaient contre la cloison d'acier. L'appel d'air amena une brise viciée jusqu'à elle. La jeune fille ne pouvait plus s'arrêter de cracher, de cligner des yeux. Son corps entier était parcouru de spasmes. Un goût de sang s'insinua dans sa bouche, ses lèvres s'humectèrent d'un liquide chaud. L'adolescente se demanda si les graillons qu'elle expulsait n'étaient pas signes d'une lésion majeure.

Trop exténuée pour se hisser hors du goulet, elle demeura suspendue un long moment. Enfin, elle commença à prendre appui de la pointe des pieds sur la paroi. Elle rua, cogna contre le métal. Elle n'avait pas beaucoup de prise, mais il lui en fallait peu. Elle avait déjà la tête et les bras hors du conduit. Hisser le reste de son corps était moins une épreuve d'escalade qu'un simple problème de reptation.

Elle parvint finalement à rouler sur l'épaisse moquette du couloir, au premier étage. L'atmosphère était plus saine. Elle demeura allongée là, la bouche ouverte comme celle d'un poisson. N'était-ce la douleur, elle éprouvait une véritable joie à être en vie.

Elle fut contrainte de s'aider du mur pour se relever. La maison n'était pas, ainsi qu'elle l'avait pensé, entièrement envahie par les flammes et les vapeurs toxiques. Le couloir était certes un peu brumeux, mais les émanations étaient bénignes en comparaison de l'enfer qui régnait à l'intérieur du vide-linge. Vic distingua un éclat de soleil sur sa droite. Elle claudiqua sur la moquette duveteuse style années 1970, puis se mit à descendre l'escalier en titubant à travers les nuages de fumée.

La porte d'entrée bâillait à moitié. La chaîne de sécurité, vissée à un gros éclat de bois arraché, pendait de son support. L'air en provenance de l'extérieur était chargé d'humidité. Elle aurait voulu s'y précipiter, mais hésitait encore.

La cuisine, dévorée par la combustion des gaz et les lueurs dansantes, n'était plus visible. En revanche, l'adolescente apercevait le salon par une porte ouverte. La tapisserie brûlait sur le mur opposé. Le plâtre apparaissait sous le papier peint calciné. La moquette se consumait sans hâte. Un vase contenait un bouquet de flammes. Le feu orange grimpait le long des rideaux en nylon blanc. Vic présumait que l'arrière de la maison n'était plus qu'un brasier. Cependant, au niveau de l'entrée, seule la fumée dominait. La jeune fille jeta un coup d'œil par la fenêtre. L'allée de la maison se réduisait à un petit sentier de terre battue. Elle ne détectait la présence d'aucun véhicule. Le garage demeurait toutefois hors de vue. Manx pourrait y être tapi, ou bien se tenir en embuscade au bout de l'allée.

Un craquement sinistre suivi d'un grand bruit de chute se fit entendre dans son dos. La fumée se déploya autour d'elle. Une braise incandescente s'accrocha à son bras. Elle n'avait plus le choix. Que l'Apparition l'attende à l'extérieur ou non, elle n'avait nulle part où aller, sauf

Dehors

Les broussailles étaient si hautes qu'elle avait l'impression de courir à travers un enchevêtrement de fils de fer. L'herbe paraissait décidée à emprisonner ses chevilles. De fait, le jardin se résumait à une étendue d'ivraie et de buissons sauvages délimitée par une forêt.

Elle évita de trop regarder en direction du garage ou de l'arrière de la maison. De la même manière, elle s'abstint d'emprunter l'allée. Hors de question de longer cette chaussée droite au bout de laquelle il pourrait être garé. Elle opta donc pour les bois.

Dans sa course, la berge ne lui apparut qu'au dernier moment. La dépression plongeait sur environ un mètre.

Ses pieds frappèrent durement le sol, sa cuisse droite se crispa avec une violence déchirante. Elle s'effondra dans un tas de branches mortes, se débattit, roula sur le dos.

Les pins la surplombaient, leurs cimes oscillaient sous le vent. Les décorations qu'on avait accrochées aux branches scintillaient en une multitude d'arcs-en-ciel qui accentuaient l'impression de légère commotion.

Dès qu'elle eut récupéré son souffle, elle s'agenouilla pour observer le garage toujours en vue.

Le volet roulant était grand ouvert. La Rolls-Royce avait disparu.

Elle fut surprise, et même déçue, de voir combien la fumée était peu importante. Seul un filet grisâtre s'élevait paresseusement de l'arrière du bâtiment. D'autres volutes s'échappaient de la porte d'entrée. Les bruits de l'incendie ne lui parvenaient pas à cette distance, elle ne distinguait aucune flamme. Et dire qu'elle s'attendait à assister à un véritable feu de joie.

Elle se releva. Désormais incapable de courir, elle adopta un trot boitillant. Ses poumons étaient chauffés à blanc, à chaque pas, la déchirure dans sa cuisse s'ouvrait comme pour la première fois. Ses autres blessures, innombrables, la gênaient moins. Elle souffrait d'une grosse engelure au poignet, une douleur régulière s'acharnait sur son œil gauche.

Elle progressait à une vingtaine de mètres de la chaussée, prête à se cacher derrière un arbre ou un buisson à la moindre alerte. Le chemin s'éloignait de la maison. Aucune trace de la Rolls, de Charlie Manx, ou du garçon mort qui l'accompagnait.

Elle perdit la notion du temps. Dès lors, impossible d'estimer la durée de son périple à travers bois. Chaque moment était le plus interminable de sa vie, jusqu'au suivant. Sa cavale lui parut aussi longue que son enfance entière, mais quand elle atteignit la nationale, sa prime jeunesse était loin derrière elle. À l'instar de la maison de Sangta Claus, elle avait été réduite en cendres.

Le fossé qui bordait la route était plus escarpé que celui dans lequel elle était tombée précédemment. Elle dut l'escalader à quatre pattes, les mains agrippées aux touffes d'herbes. Tandis qu'elle touchait au but, elle entendit la pétarade d'une moto en approche. L'engin arrivait par la droite. Elle se redressa, mais trop tard. L'adolescente ne put distinguer que le dos d'un gros type vêtu de noir et juché sur une Harley.

La nationale coupait la forêt en ligne droite. Au-dessus d'elle s'amassaient des cumulus sombres. Une chaîne montagneuse bleutée se dressait sur la gauche. Vic comprit alors qu'elle se trouvait en altitude. À Haverhill, Massachusetts, elle prêtait rarement attention à ce genre de détails. Elle s'apercevait à présent que les nuages ne touchaient pas l'horizon, mais que c'était plutôt son propre horizon qui était proche des nuages.

Elle tituba sur l'asphalte, à la poursuite de la Harley. Les bras levés, elle criait après le motard. *Il ne m'entendra pas*, pensa-t-elle. *Impossible. Pas avec les bruits du moteur.* Le gros type jeta pourtant un regard par-dessus son épaule. Le guidon de sa cylindrée oscilla. Il redressa avant de se ranger sur le bas-côté.

L'obèse était tête nue. La barbe lui mangeait les joues, son abondante chevelure était ramenée en un catogan à l'arrière du crâne. Vic courut dans sa direction. Chaque foulée accentuait la douleur dans sa cuisse. Dès qu'elle l'eut rejoint, elle enjamba la selle et passa ses bras autour de sa taille sans autre forme de procès.

Il la regarda, étonné mais aussi un peu effrayé. Il portait des mitaines de cuir et un blouson de la même matière, ouvert sur un T-shirt Geek Food. Vu de près, il n'était pas aussi vieux que l'adolescente l'avait d'abord supposé. Sa peau était lisse et pâle sous sa barbe, son expression d'une ingénuité quasi enfantine. Il ne devait pas être beaucoup plus âgé qu'elle.

« Hé, championne ! Ça va ? Tu as eu un accident ?

— Je dois contacter la police. Un homme a essayé de me tuer. Il m'a enfermée dans une pièce avant de mettre le feu à sa maison. Un petit garçon l'accompagne. Le petit garçon... J'ai failli y rester, il a emmené le gosse avec lui. On doit partir. Il va revenir. »

Elle mesurait à quel point ses propos étaient incohérents. De bonnes informations, présentées dans un ordre confus.

Le barbu la toisa comme si elle parlait une langue étrangère. Tagal, peut-être, ou klingon. Cependant, le jeune motard, Louis Carmody, aurait sans doute été capable de traduire si elle s'était adressée à lui en klingon.

« Le feu, cria-t-elle en désignant le chemin en terre battue. Le feu ! »

La maison n'était pas visible depuis la route, et la faible colonne de fumée qui s'élevait au-dessus des arbres pouvait aussi bien provenir d'une cheminée ou d'un écobuage. Cette vision fut toutefois suffisante pour pousser Louis à réagir.

« Accroche-toi ! » aboya-t-il d'une voix qui partit dans les aigus. L'accélération fut telle que Vic crut qu'il allait éclater un pneu. Son estomac se contracta, elle serra ses bras plus fort autour de lui. Ses doigts se touchaient presque. Elle craignait la chute, tant la monture penchait. Elle avait l'impression que les deux roues suivaient des trajectoires opposées.

Louis Carmody parvint cependant à reprendre le contrôle de son engin. La ligne discontinue, au centre de la chaussée, se mit à défiler au rythme staccato de la bécane. Les arbres, de chaque côté de la route, firent de même.

Vic risqua un coup d'œil en arrière. Elle s'attendait à voir la vieille voiture noire émerger du sentier, mais le paysage restait vierge. Elle posa alors sa joue contre le large dos du jeune motard. Ils laissaient la maison de Sangta Claus derrière eux et prenaient la direction des montagnes bleutées. Ils s'éloignaient, elle était saine et sauve. Tout était fini.

Les hauteurs de Gunbarrel, Colorado

Il ralentit.

« Qu'est-ce que tu fais ? » s'égosilla-t-elle.

Ils avaient parcouru à peine cinq cents mètres. Elle jeta un regard affolé par-dessus son épaule. Le chemin en terre battue, celui qui conduisait à l'horrible demeure, était encore visible.

« Écoute, championne, rétorqua le jeune homme, on devrait, genre, appeler les flics. Ils ont un téléphone, là-bas. »

Il désigna un embranchement sur la droite : une simple route goudronnée en mauvais état. Une petite station-service, munie de quelques pompes à l'avant, se dressait à l'intersection. Le jeunot se gara sous l'auvent.

Le silence s'installa brusquement au moment où il coupa le contact. Il n'avait même pas pris la peine de passer au point mort. Elle voulait lui dire non, pas ici. Ils étaient trop proches de la maison du vieux. Mais le motard était déjà descendu. Il lui tendait la main pour l'inviter à le suivre.

Vic trébucha sur la première marche du porche, manqua tomber. Il la rattrapa par la taille. Elle leva sur lui des yeux humides. Est-ce qu'elle pleurait ? Elle l'ignorait. Sa respiration courte, saccadée, était sa seule certitude.

Louis Carmody avait tout juste la vingtaine. Son casier judiciaire mentionnait une suite de délits mineurs stupides : vandalisme, vols à l'étalage, usage de cannabis... À l'heure actuelle, il paraissait lui aussi sur le point d'éclater en sanglots. Elle n'apprendrait son nom que plus tard.

« Hé, dit-il. Ne te laisse pas abattre. Tout va bien maintenant. Je te protège. »

Elle avait envie de le croire. Cependant, elle connaissait déjà la différence entre l'enfance et l'âge adulte. Lorsqu'on prétendait être en mesure de protéger quelqu'un, seul l'enfant gobait l'histoire. Dans l'incapacité d'accorder foi à ses propos, elle projeta alors de l'embrasser. Pas tout de suite, mais après. Oui, après, elle lui donnerait le plus beau baiser du monde. Il était enrobé, ses cheveux étaient douteux, et Vic était convaincue qu'aucune jolie fille n'avait jamais posé les lèvres sur lui. Elle-même ne serait jamais mannequin, mais elle était assez mignonne. Elle voyait d'ailleurs, à la manière dont il lâchait sa taille à regret, qu'elle ne le laissait pas indifférent.

« Allons-y, fit-il. Et rameutons tous les flics de la région. Qu'en dis-tu ?

— Les pompiers aussi.

— Ouais. »

Lou l'accompagna à l'intérieur. Le sol du magasin était entièrement en pin. Des œufs durs flottaient dans un bocal rempli de vinaigre, tels des globes oculaires de génisse.

Une petite file d'attente s'était formée devant l'unique caisse de la station. Le responsable, avec sa pipe à maïs au coin de la bouche, son menton en avant et ses paupières plissées, offrait une ressemblance troublante avec Popeye.

Un militaire en treillis patientait en tête de file, une poignée de billets à la main. Sa femme se tenait à son côté, un bébé dans les bras. Celle-ci avait au mieux cinq ans de plus que Vic. Ses cheveux blonds étaient attachés en queue-de-cheval à l'aide d'un élastique. L'enfant, quant à lui, portait une barboteuse Batman ornée de taches de sauce tomate, signe d'un régime spécial Buitoni.

Lou s'annonça d'une petite voix flûtée :

« Excusez-moi. »

Personne ne lui prêta attention.

« Dis donc, Sam, t'avais pas du lait de vache, avant ? s'enquit le gars en treillis.

— Si, répondit le sosie de Popeye en introduisant sa clef dans la caisse. Mais tu ne veux plus entendre parler de ma femme, pas vrai ? »

Les vieux garçons rassemblés autour du comptoir éclatèrent de rire. La jeune mère eut un sourire indulgent. Elle jeta un regard autour d'elle et ses yeux se posèrent sur Vic et Lou. Elle haussa les sourcils.

« Écoutez-moi tous », cria Lou. Cette fois-ci, tout le monde se retourna vers lui. « On a besoin de votre téléphone. »

La femme s'adressa à Vic :

« Hé, mon chou, ça va ? Tu as eu un accident ? »

À sa manière de parler, Vic sut qu'elle était serveuse et devait passer son temps à appeler les gens *mon chou, trésor,* ou bien *chéri.*

« Elle a du pot d'être encore en vie, déclara le motard. Un type, plus bas sur la route, l'a séquestrée. Il a essayé de la brûler vive. Sa baraque est toujours en feu. Elle vient juste de s'échapper. Cet enculé retient aussi un gamin. »

Vic secoua la tête. Non, cette version n'était pas tout à fait exacte. Le petit garçon n'était pas prisonnier. Il n'était même plus un petit garçon, d'ailleurs, mais quelque chose d'autre. Une créature si froide que son simple contact était douloureux. L'adolescente ignorait cependant comment rectifier les propos de son ami. Elle demeura donc silencieuse.

La blonde avait observé Louis Carmody pendant qu'il parlait. Et lorsqu'elle avait reporté son attention sur Vic, son regard avait changé. Il s'était mué en une sorte d'examen critique, serein et détaillé. L'adolescente connaissait bien cette expression. Sa mère avait la même quand elle diagnostiquait une blessure ou une maladie, évaluait sa sévérité et établissait le traitement approprié.

« C'est quoi, ton nom, ma chérie ? » interrogea la serveuse.

L'adolescente, qui d'habitude n'employait jamais son prénom complet, dérogea à la règle :

« Victoria.

— Tout va bien maintenant, Victoria. »

La voix de la jeune mère était si douce que Vic commença à sangloter.

La blonde semblait accoutumée à régner sur son petit monde sans jamais hausser le ton ni poser son gamin. Plus tard, quand Vic songerait à ce qu'elle appréciait chez les femmes, l'épouse du soldat lui viendrait immédiatement à l'esprit. Son assurance calme, sa dignité. Elle penserait aussi à la maternité : un univers totalement différent où il fallait être présente et attentive. L'adolescente regrettait de ne pas posséder une force de conviction, un sens des réalités, identiques à ceux de cette mère de famille. Elle aurait aimé jouir de cette solidité, cette constance, qui permettaient de gérer les crises. D'une certaine façon, son fils, Bruce, fut conçu à cet instant précis. Même si, dans les faits, elle ne tomberait enceinte que trois ans plus tard.

Vic s'assit sur une pile de cartons à côté du comptoir. L'homme qui lui rappelait Popeye était déjà au téléphone en train de demander la police. Sa voix était tranquille. Personne ne s'affolait, car tous suivaient l'exemple de la serveuse blonde. Chacun calait ses émotions sur elle.

« Tu es du coin ?

— De Haverhill.

— C'est dans le Colorado ? » demanda le militaire.

Il s'appelait Tom Priest et bénéficiait de quinze jours de permission avant de rejoindre l'Arabie Saoudite via Fort Hood dans la soirée.

Vic fit non de la tête. « Dans le Massachusetts. Je dois appeler ma mère. Elle ne m'a pas vue depuis plusieurs jours. »

À partir de là, Vic fut incapable d'avouer la vérité. Deux jours qu'elle avait disparu de chez elle, et elle était maintenant dans le Colorado. Elle venait d'échapper à un type qui l'avait enfermée dans sa maison, qui avait tenté de l'assassiner. Elle ne prononça pas le mot *kidnapping*, mais cette occurrence devint évidente pour tout le monde.

Dès lors, sa version des faits prendrait des accents aussi réels que lorsqu'elle avait déniché le collier de sa mère dans la voiture familiale et non Chez Terry, à Hampton Beach. Les mensonges lui viendraient naturellement car elle ne les considérait pas comme tels. Les enquêteurs voudraient savoir comment elle était arrivée dans le Colorado, et elle prétendrait ne garder aucun souvenir du séjour dans la voiture de Manx. Ils lui adresseraient un regard triste, empreint de compassion, puis demanderaient des précisions. Elle affirmerait alors qu'il faisait noir. Noir comme dans le coffre d'un véhicule ? Oui, peut-être. Un agent retranscrirait sa déposition. Elle signerait sans prendre la peine de relire.

« Par quelle route t'es-tu échappée ? » s'enquit Tom Priest.

Vic ne trouvait pas ses mots. Louis Carmody l'aida :

« Le sentier, à cinq cents mètres. Je peux vous y conduire. Il s'enfonce dans les bois. Si les pompiers ne se magnent pas, la moitié de la colline va brûler. »

Popeye éloigna sa bouche du combiné.

« C'est la baraque du père Noël.

— Le père Noël ? » s'étonna le militaire.

Un homme à la silhouette en forme de calebasse, vêtu d'une chemise à carreaux rouges et blancs, prit la parole :

« Je connais. Je vais parfois chasser dans le coin. Un endroit bizarre. Les arbres portent des guirlandes toute l'année. Je n'y ai jamais croisé personne. »

Tom Priest était déconcerté.

« Ce type aurait mis le feu à sa propre maison avant de s'enfuir ?

— Et il a emmené un gamin avec lui, ajouta Lou.

— Qu'est-ce qu'il a, comme voiture ? »

Vic ouvrait la bouche pour répliquer lorsqu'elle perçut un mouvement à l'extérieur du magasin. Son regard se fixa sur la fenêtre derrière le soldat. Manx se garait près des pompes, comme si sa simple évocation l'avait fait apparaître. Même à cette distance, à travers la vitre, Vic entendait les chants de Noël.

Chez Sam : station-service et articles divers

Vic était incapable de manifester sa détresse, incapable de parler, mais elle n'en eut pas besoin. Le militaire nota l'expression sur son visage, la direction de son regard. Il tourna la tête vers les pompes à essence.

Le conducteur descendit et fit le tour du véhicule pour accéder aux pistolets.

« C'est ce type ? murmura Tom Priest. Le chauffeur de limousine ? »

Vic acquiesça.

« Il n'a pas d'enfant avec lui », constata Lou, le cou tendu pour examiner les alentours.

Un silence pesant s'installa. Chacun, dans le magasin, imaginait trop bien ce que cela pouvait signifier.

« Il est armé ? demanda le soldat à Vic.

— Je ne sais pas. En tout cas, je n'ai rien vu. »

Le militaire scruta la porte. Sa femme lui lança un regard sévère.

« Qu'est-ce que tu as l'intention de faire ?

— À ton avis ?

— Laisse la police s'occuper de cette affaire, Tom Priest.

— Je le ferai. Quand ils seront là. Mais il ne partira pas d'ici entre-temps.

— Je t'accompagne, Tommy, déclara le type en chemise à carreaux. De toute manière, j'y suis obligé. Je suis le seul dans ce magasin à porter un badge. »

Popeye couvrit le combiné du plat de la main.

« Alan, ton badge indique "gardien de square". On dirait que tu l'as eu dans un paquet de lessive.

— Il ne vient pas d'un paquet de lessive, protesta l'inté-ressé, qui resserra une cravate invisible autour de son cou et haussa ses sourcils broussailleux avec une colère feinte. J'ai dû remplir une demande très officielle pour l'obtenir. Ils m'ont d'ailleurs envoyé un pistolet à eau et un bandeau de pirate dans le lot. »

Popeye se pencha sous le comptoir.

« Si tu persistes à vouloir sortir, prends au moins ça. »

Il posa un gros .45 noir automatique à côté de la caisse, et le poussa vers le gardien.

Alan Warner fronça ses sourcils grisonnants. Il fit un geste du menton.

« Vaudrait mieux pas. Je ne me souviens plus de combien de cerfs j'ai abattus, mais je détesterais braquer un être humain. Et toi, Tommy ? »

Après une hésitation, le militaire avança, soupesa l'arme, puis vérifia la sécurité.

Sa femme balançait doucement leur bébé dans ses bras.

« Tu as un enfant de dix-huit mois, Thomas. Comment réa-giras-tu si ce type sort un pistolet à son tour.

— Je le flinguerai.

— Bon sang, soupira-t-elle. C'est pas vrai. »

Son mari lui adressa un sourire. Il ressemblait à un gamin de dix ans sur le point de souffler ses bougies d'anniversaire.

« Cady, je dois intervenir. Je suis au service de l'armée des États-Unis. J'ai l'autorisation de prêter main-forte aux autorités fédérales. Ce mec vient de franchir plusieurs États avec une mineure retenue contre son gré à bord de son véhicule. C'est un rapt. Je vais devoir lui foutre le cul par terre et le retenir le temps que les flics se pointent. Fin de la discussion.

— Pourquoi on attendrait pas simplement qu'il entre pour payer ? » suggéra Popeye.

Tom Priest et Alan Warner, le gardien de square, se diri-geaient déjà vers la porte. Alan jeta un regard en arrière.

« Qui te dit qu'il a l'intention de payer ? Arrête de flipper. On va se marrer. Je n'ai plus plaqué personne depuis la fac. »

Lou Carmody déglutit.

« Je vous donne un coup de main. »

Il esquissa un pas pour suivre les deux hommes.

La jolie blonde, Cady, le rattrapa par le bras. Elle lui sauvait sans doute la vie.

« Tu en as assez fait. Je veux que tu restes ici. Tu devras peut-être venir au téléphone pour expliquer l'histoire aux policiers. »

Sa demande ne souffrait aucune contestation.

Le jeune motard poussa un soupir frémissant, ses épaules s'affaissèrent. Il paraissait soulagé. On avait presque l'impression qu'il allait devoir s'allonger. Vic le comprenait. L'héroïsme était parfois tellement fatigant.

« Mesdames », salua Alan avec un mouvement de tête en direction de l'adolescente et de la mère de famille. Puis il sortit en compagnie de Tom. Les deux hommes refermèrent la porte derrière eux. La clochette au-dessus du battant tinta. Vic, comme le reste des clients, observait le déroulement de la scène par la fenêtre.

Elle vit Priest et Warner traverser l'aire de stationnement. Le militaire marchait en tête, le .45 le long de la cuisse. La Rolls était garée à la dernière pompe. Le chauffeur, dos à eux, ne se retourna pas à leur approche. Il continua de remplir son réservoir.

Le militaire agit sans attendre ni fournir la moindre explication. Il posa la main dans le dos du ravisseur et le plaqua contre le flanc de la voiture. Il planta le canon de son arme dans les reins du vieil homme. Alan, posté entre deux pompes, derrière son comparse, restait à une distance respectable. Il laissait opérer son camarade.

Charlie Manx tenta de se redresser, mais Priest le plaqua à nouveau, plus violemment cette fois, contre la carrosserie. La Rolls, construite en 1938 à Bristol par une entreprise qui fabriquerait bientôt des tanks pour la Marine royale, tangua sur ses amortisseurs. Le visage buriné du soldat était devenu un masque hostile, inflexible. Il ne restait rien de son sourire juvénile. Il ressemblait désormais à une brute munie de rangers et de plaques d'identité militaire. Il donna un ordre à voix basse et, lentement, très lentement, Manx leva les mains pour les poser sur le toit de sa voiture.

Tom plongea sa main libre dans la poche du manteau noir du vieil homme. Il en sortit une poignée de pièces de monnaie, un briquet en fer-blanc, ainsi qu'un portefeuille argenté. Il déposa le tout au sommet du véhicule.

Un bruit sourd retentit alors à l'arrière de la Rolls. Le choc fut assez puissant pour faire trembler la voiture. Priest jeta un coup d'œil à Warner, parla un peu plus fort. Vic et les autres spectateurs distinguèrent ses propos :

« Alan. Fais le tour et prends les clefs de contact. Voyons ce qu'il y a dans le coffre. »

L'homme à la chemise à carreaux hocha la tête, sortit un mouchoir pour se gratter le nez, puis contourna la Rolls. La vitre, côté conducteur, était entrouverte d'une vingtaine de centimètres. Ce fut au moment où il passa son bras à l'intérieur que les choses se gâtèrent.

La vitre se releva soudain. Un mouvement fluide, sans à-coup. Pourtant, l'habitacle était désert, personne pour actionner la manivelle. Le verre entama le bras d'Alan, prisonnier du dispositif. La douleur obligea le gardien à se hausser sur la pointe des pieds. Il poussa un cri, la tête rejetée en arrière, les yeux fermés.

L'espace d'une seconde, rien qu'une, Tom quitta Manx des yeux. La portière passager s'ouvrit à la volée, percutant le soldat sur le flanc. Priest trébucha contre les pompes à essence. L'arme tomba sur l'asphalte. De là où Vic se tenait, la portière semblait avoir été manipulée par une main invisible. Elle pensa immédiatement à *K 2000* : une série qu'elle n'avait plus regardée depuis une dizaine d'années. La Trans Am profilée de Michael Knight était entièrement autonome. Elle pouvait rouler toute seule, raisonner, éjecter les importuns ou inviter les alliés à monter.

Manx baissa sa main gauche, s'empara du pistolet à essence posé à l'embouchure du réservoir. Il frappa le soldat avec le bec métallique, au niveau de l'arête du nez, et appuya sur la gâchette en même temps. Le carburant se répandit sur le visage du militaire, dégoulina sur son treillis.

Tom Priest étouffa un grognement, porta les mains à ses yeux. Manx le frappa de nouveau, sur le front cette fois, comme s'il essayait d'effectuer une trépanation. Le liquide clair et brillant se déversa sur le crâne du soldat.

Alan s'époumonait. La voiture commença à avancer, le traînant dans son sillage.

Le militaire voulut se jeter contre son assaillant, mais l'homme s'était déjà mis hors de portée. Priest chuta à quatre pattes sur le sol. Manx en profita pour lui asperger le dos, à la manière dont un jardinier arroserait ses plantes.

Les accessoires sur le toit de la Rolls – les pièces, le briquet – glissaient sur la carrosserie tandis que le véhicule continuait sa course tranquille. Avec une aisance qui rappelait celle d'un joueur de première base à la réception d'une balle molle, l'Apparition saisit le briquet en fer-blanc.

Quelqu'un – Louis Carmody – bouscula Vic. Elle buta sur Cady. La jeune blonde hurlait le nom de son mari, presque pliée en deux. L'enfant hurlait aussi : « Papa, papa ! » La porte s'ouvrit avec fracas. Les hommes se ruaient sur le porche. Le groupe boucha un instant la vue à l'adolescente.

Lorsqu'elle fut de nouveau en mesure d'apercevoir les pompes, Manx avait reculé. Il actionnait la molette de son briquet. Il jeta l'objet sur le dos du militaire, qui s'embrasa dans une grande explosion de gaz bleuté. La vague de chaleur fit vibrer les fenêtres de la station.

La Rolls avait à présent atteint une allure certaine. Elle entraînait Alan, réduit à l'impuissance. Le gardien de square beuglait, frappait la portière du poing dans l'espoir de se libérer. L'essence avait éclaboussé le flanc du véhicule. Tout l'arrière gauche de la voiture était en flammes.

Charlie Manx recula encore d'un pas. Le soldat se tordait de douleur sous l'action du feu. Un des clients – un vieux monsieur en bretelles – percuta Manx dans le dos. Les deux hommes roulèrent à terre. Lou Carmody sauta au-dessus d'eux, ôta son blouson, et le jeta sur le corps torturé de Tom Priest.

La vitre conducteur de la Rolls se baissa brusquement. Alan Warner s'écroula à moitié sous la voiture. Les roues rebondirent sur sa carcasse.

Sam Cleary, le sosie de Popeye, se précipita à l'extérieur, armé d'un extincteur.

Lou Carmody braillait des paroles inaudibles, battait des mains sur le blouson. On aurait dit qu'il tapait sur un tas de papiers en pleine combustion. Les débris enflammés volaient tout autour de lui. Vic comprendrait plus tard qu'il s'agissait de lambeaux de peau carbonisée.

L'enfant dans les bras de Cady plaqua sa paume contre la vitrine du magasin.

« Chaud, papa. Chaud ! » Sa mère sembla brusquement saisir l'horreur du spectacle auquel il assistait. Elle se détourna et l'emporta à l'arrière du magasin en sanglotant.

La Rolls parcourut encore une dizaine de mètres avant de cogner son pare-chocs contre un poteau téléphonique. L'arrière du véhicule était un véritable brasier. Pour peu qu'un garçon soit enfermé dans le coffre, il serait asphyxié depuis longtemps ou bien réduit en cendres. Mais le coffre était vide. Il ne contenait qu'un sac à main. Sa propriétaire, Cynthia McCauley, s'était volatilisée trois jours plus tôt à la sortie de l'aéroport JFK, en compagnie de son fils, Brad. On ne les avait jamais revus. Les bruits qu'on avait entendus à l'arrière de la voiture, l'ouverture de la vitre ou celle de la porte qui avait déséquilibré le militaire, demeurèrent inexpliqués. La Rolls paraissait avoir agi de son propre chef.

Sam Cleary atteignit les deux hommes en train de se battre à terre. Il se servit de l'extincteur pour asperger Manx en pleine figure. Moins de trente seconde plus tard, il se précipitait vers Tom Priest. Mais l'homme était déjà cuit.

Pour ne pas dire à point.

Interlude

L'ESPRIT D'EXTASE

2000-2012

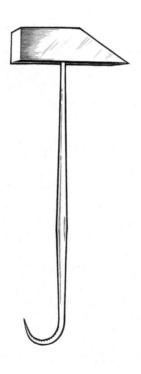

Gunbarrel, Colorado

Vic McQueen était déjà mère lorsqu'elle reçut pour la première fois un appel longue distance de Christmasland. Elle vivait en concubinage dans un mobile home et, ce jour-là, il neigeait dans le Colorado.

Elle avait passé presque toute son existence en Nouvelle-Angleterre. Bien entendu, elle connaissait la neige, mais cela n'avait rien à voir avec les tempêtes qui sévissaient dans les Rocheuses. Les blizzards de cette région possédaient des reflets bleutés. Les flocons durs et rapides qui tombaient en rafales constantes procuraient à la lumière un aspect céruléen évoquant un monde secret enseveli sous un glacier : un lieu hivernal figé dans un Noël éternel.

Vic avait l'habitude de contempler cette obscurité bleuâtre, à l'écoute de la neige, vêtue en tout et pour tout de mocassins et d'un des T-shirts flottants de Lou (qui lui servait aussi de pyjama). Le vent sifflait avec un bruit d'interférences, de parasites, dans les branches des pins. Elle savourait l'odeur délicieuse des feux de cheminée et des arbres, se demandant comment diable elle s'était débrouillée pour finir ici, les seins douloureux, sans boulot, à trois mille kilomètres de chez elle.

Au mieux, elle pouvait se figurer que tout cela faisait partie d'un projet de vengeance. Elle était retournée dans le Colorado afin d'intégrer une école d'art après avoir obtenu son diplôme à l'université de Haverhill. La jeune femme avait privilégié ce cursus pour la simple raison que sa mère avait désapprouvé ce choix et que son père refusait de s'acquitter des frais de scolarité. Il existait d'autres comportements que sa mère ne tolérait pas et dont son père ne voulait pas entendre parler :

qu'elle fume des joints ou sèche les cours pour aller skier, qu'elle pelote des filles ou se mette à la colle avec le délinquant obèse qui l'avait sauvée de Charlie Manx, sans mentionner le fait de tomber enceinte hors mariage. Linda avait toujours prétendu qu'elle renierait un enfant illégitime, alors Vic ne l'avait pas invitée après la naissance. Et quand sa mère avait proposé de venir, la jeune femme avait décliné. De la même façon, elle n'avait pas pris la peine d'envoyer une photo du bébé à son père.

Elle se souvenait du plaisir qu'elle avait pris à regarder l'expression de Lou par-dessus les tasses fumantes, dans un café branché de Boulder, au moment où elle lui avait déclaré sur un ton franc et enjoué :

« Eh bien, je suppose que je devrais te baiser pour te remercier de m'avoir sauvé la vie, hein ? C'est le moins que je puisse faire. Tu veux finir ton café, ou on y va tout de suite ? »

Après qu'ils eurent fait l'amour, Lou avait avoué, le visage empourpré par l'effort et la honte, qu'il était encore vierge. Puceau à vingt ans : qui a dit que le monde n'était pas merveilleux ?

Parfois, elle lui en voulait de ne pas se contenter du sexe. Il fallait qu'il l'aime par-dessus le marché. Il appréciait au moins autant, sinon plus, la communication que l'acte charnel. Le jeune homme accomplissait des choses pour elle, lui achetait des trucs. Il insistait pour qu'ils se fassent tatouer ensemble, qu'ils partent en excursion. De temps en temps, Vic sentait poindre une certaine amertume. Elle avait laissé Lou lui attribuer un rôle d'amie. Elle avait pourtant projeté d'être plus forte, de résumer leur relation à une ou deux parties de jambes en l'air, histoire de lui montrer qu'elle savait apprécier les mecs, puis de le larguer et de se trouver une petite copine, quelqu'un avec des mèches roses et un piercing sur la langue. Le seul problème était qu'elle préférait les garçons aux filles, et qu'elle préférait Lou aux autres garçons. Il sentait bon, il était placide. Il possédait la même douceur et était à peu près aussi difficile à mettre en colère qu'un personnage de Winnie l'ourson. Elle était agacée de voir à quel point elle aimait le toucher, se blottir contre lui. Son corps, mû par ses propres desseins, s'opposait sans cesse à sa volonté.

Lou travaillait dans un garage ouvert grâce à l'aide financière de ses parents. Ils vivaient dans le mobile home installé à l'arrière du bâtiment, à trois kilomètres de Gunbarrel, autant dire loin de tout. Vic n'avait pas de voiture. Elle passait environ cent soixante heures par semaine à la maison. Leur foyer empestait les couches usagées et les pièces détachées. L'évier était toujours plein.

Avec le recul, la jeune femme était surprise de ne pas être déjà devenue folle. Elle s'étonnait de constater que les jeunes mères ne perdaient pas les pédales. Quand vos seins se transformaient en cantine, quand la bande-son de votre vie se réduisait à une succession de sanglots hystériques et de rires nerveux, comment rester saine d'esprit ?

Elle n'avait qu'une seule échappatoire. Chaque fois qu'il neigeait, elle laissait Wayne à son père et prenait la dépanneuse sous prétexte de descendre en ville, où elle s'offrirait un expresso et un magazine. Ces mensonges étaient inévitables. Elle ne voulait pas leur révéler la vérité. L'authentique raison de ses absences demeurait un secret étrangement bien gardé, presque honteux.

Le jour fatidique se produisit alors qu'ils étaient tous bloqués à la maison. Wayne maltraitait un xylophone avec une cuillère, Lou carbonisait des pancakes, et la télé relatait à tue-tête les exploits de cette satanée *Dora, l'exploratrice*. Vic sortit fumer une cigarette. Les reflets bleutés étaient partout à l'extérieur. Le vent enneigé sifflait dans les arbres. Le temps que sa Marlboro lui brûle le bout des doigts, elle sut qu'elle avait besoin de s'évader.

Elle emprunta les clefs à Lou, se couvrit d'un blouson à capuche Colorado Avalanche, et se rendit au garage, fermé en ce dimanche matin glacial. Les relents de métal et d'huile, très proches de ceux du sang, l'assaillirent. Wayne exhalait cette même odeur détestable jour et nuit. Le petit garçon, Bruce Wayne Carmody – Bruce pour ses grands-parents paternels, Wayne pour Vic, et simplement Batman pour Lou –, passait la majeure partie de ses loisirs à roucouler dans le pneu de camion qui faisait office de parc. L'énorme bande de roulement était ce qui se rapprochait le plus d'une aire de jeux. Lou ne possédait que deux ensembles de sous-vêtements et Joker tatoué sur la hanche. Cela faisait partie des éléments qui avaient conduit Vic, entre autres, en ce lieu désolé composé de roches escarpées et de neige incessante. Aujourd'hui encore, elle ne comprenait pas tout à fait comment elle s'était débrouillée pour atterrir ici. Elle avait tellement l'habitude de trouver les endroits qu'elle désirait.

Une fois dans le garage, elle marqua une pause, debout sur le marchepied de la dépanneuse. Lou avait offert de repeindre la moto d'un copain. Il venait juste de terminer l'apprêt noir mat sur le réservoir de l'engin, qui ressemblait maintenant à une arme, une bombe.

Elle distinguait, par terre à proximité de la bécane, un transfert représentant un crâne enflammé au-dessous duquel on pouvait lire : Hard Core. En un coup d'œil, Vic sut que son compagnon allait saloper le boulot. Cette pensée était assez curieuse. L'amateurisme de l'illustration, son échec annoncé, accentuaient son amour pour Lou. Son amour, mais aussi sa culpabilité. Car, au fond d'elle, elle avait déjà la conviction qu'elle le quitterait un jour. Son mari et son fils méritaient mieux que Vic McQueen.

La route serpentait pendant les trois kilomètres qui la séparaient de la ville, où l'on trouvait des cafés, des magasins de luminaires, et même un spa où il était possible d'obtenir des soins du visage au fromage frais. La jeune femme obliqua à mi-chemin, sur un sentier en terre battue s'engouffrant dans les bois, au cœur des forêts de coupe.

Elle alluma les phares et enfonça l'accélérateur. La sensation évoquait un plongeon d'une montagne. Ou un suicide.

Le camion Ford écrasait les buissons, rebondissait dans les ornières, raclait les bas-côtés. Elle fonçait à une allure périlleuse, dérapait dans les tournants, les roues projetaient des pierres et de la neige.

Les yeux rivés sur la lumière des phares qui découpait un passage immaculé dans l'écran ouateux, elle cherchait quelque chose. Les flocons filaient devant le pare-brise. Elle avait l'impression de franchir un tunnel de parasites.

Vic était persuadée que le Raccourci était tout proche. Il l'attendait juste au-delà du rayon d'action des phares. Il lui suffisait d'accélérer. En atteignant la bonne vitesse, elle pouvait le faire revenir. Elle quitterait alors le chemin de traverse défoncé pour pénétrer sur les vieilles planches du pont. Mais elle n'avait jamais osé pousser le véhicule au point d'en perdre le contrôle. Le Raccourci demeura hors d'atteinte.

Peut-être que si elle récupérait son vélo, ou qu'on était en été...

Elle aurait dû avoir assez de jugeote pour éviter d'avoir un bébé. Quelle bêtise ! Maintenant, elle se sentait piégée. Elle aimait trop Wayne pour appuyer sur la pédale et s'envoler dans les ténèbres.

La jeune femme avait toujours pensé que l'amour était synonyme de bonheur, mais avec l'expérience, elle s'apercevait que ces deux notions n'avaient rien à voir. L'amour se rapprochait d'un besoin. Il n'était guère différent de l'instinct alimentaire ou du réflexe respiratoire. Quand Wayne s'endormait, sa joue chaude contre son sein nu, ses lèvres se délectant du lait produit par son corps, elle avait l'impression qu'on la nourrissait elle.

Cette satiété empêchait peut-être le pont de réapparaître. Sans doute avait-elle épuisé les ressources de ce monde pour ne trouver, au final, qu'une sorte de désespoir.

Elle n'était pas très douée pour le rôle de mère. Elle avait envie d'ouvrir un site web, de lancer une véritable campagne d'information à l'adresse des futures mamans, afin de leur signaler qu'elles perdraient tout, qu'elles deviendraient otages de l'amour. Et ce terrorisme sentimental ne cesserait qu'à la reddition complète de leur propre avenir.

Le sentier s'achevait sur une carrière de gravier où elle fit demi-tour. Comme c'était souvent le cas, elle regagna la route affligée d'une migraine.

Non, pas une migraine. La céphalée se concentrait sur son œil gauche. Une palpitation lente, insidieuse.

Elle revint au garage accompagnée de Kurt Cobain. Le chanteur de Nirvana comprenait ce qu'on éprouvait à égarer un pont magique, à perdre le moyen d'atteindre l'objet de ses désirs. Cette expérience avait le goût d'un canon de fusil. *Gun barrel* signifiait d'ailleurs canon de fusil. Gunbarrel, Colorado.

Elle gara la dépanneuse et resta assise un moment derrière le volant, la respiration rythmée par les nuages de condensation. Elle aurait pu demeurer ainsi une éternité, si le téléphone n'avait pas sonné.

L'appareil était fixé à côté de la porte du bureau que Lou n'avait jamais utilisé. Il s'agissait d'un vieux combiné à cadran rotatif, identique à celui qu'elle avait vu dans la maison de Sangta Claus. Sa sonnerie était stridente, cuivrée.

Vic fronça les sourcils.

Cette ligne, désignée sous l'appellation comique de « numéro de travail », était indépendante de celle de la maison. Personne ne l'avait jamais utilisée.

Elle sauta du camion. Après s'être réceptionnée à quatre pattes sur le sol bétonné, elle décrocha à la troisième sonnerie.

« Garage Carmody Karma », annonça-t-elle.

L'appareil était glacial entre ses doigts. Sa paume diffusait un halo de givre sur la Bakélite.

Elle entendit un sifflement dans le récepteur, semblable aux interférences d'un appel longue distance. En fond sonore, on percevait un chant de Noël entonné par de petites voix enfantines. À la mi-novembre, ce genre de manifestation était un peu prématuré.

Au bout du fil, un garçon s'éclaircit la gorge.

« Allô ? interrogea Vic. Puis-je vous être utile ?

— Hum, oui, répliqua l'enfant. Je suis Brad. Brad McCauley. Je vous appelle de Christmasland. »

Ce nom lui était familier, mais elle ne parvenait pas à l'identifier précisément.

« Brad ? Je peux t'aider ? D'où as-tu dit que tu m'appelais ?

— De Christmasland, idiote. Tu me connais. J'étais dans la voiture. Chez M. Manx, tu te souviens ? On s'est amusés ensemble. »

Un souffle glacial traversa la poitrine de Vic. Elle avait du mal à respirer.

« Va te faire voir, petit. Va te faire voir, toi et tes blagues foireuses.

— Je te téléphone parce qu'on commence à avoir faim. Nous n'avons plus rien à manger depuis une éternité. Quel intérêt d'avoir toutes ces dents si je ne peux pas m'en servir ?

— Rappelle et je t'envoie les flics, espèce de taré », prévint la jeune femme avant de raccrocher d'un coup sec.

Elle porta la main à sa bouche. Un gémissement, entre le sanglot et la colère, émergea d'entre ses lèvres. Elle se pencha et se frictionna. Ce garage était glacé.

Dès qu'elle eut repris ses esprits, elle se redressa, ôta le combiné de sa fourche, et contacta l'opératrice.

« Pouvez-vous me donner le numéro de la personne qui vient de composer ce numéro ? Nous avons été coupés. J'aimerais rétablir la communication.

— Le numéro que vous utilisez en ce moment ?

— Oui. J'ai été coupée à la seconde.

— Désolée. J'ai un appel enregistré vendredi après-midi, pour un numéro vert. Vous désirez que je vous connecte à celui-ci ?

— J'ai reçu un coup de fil à l'instant. J'aurais voulu savoir qui c'était. »

Il y eut un bref silence, durant lequel Vic entendit les téléphonistes parler entre elles.

« Vraiment désolée. Ce poste n'a pas été utilisé depuis vendredi.

— Merci », fit Vic. Puis elle raccrocha.

Lorsque Lou la trouva, elle était assise au pied du téléphone, les bras autour des genoux.

« Tu es là depuis, genre, un bon moment. Tu veux que je t'amène une couverture ou un tauntaun mort, un truc de ce style ?

— C'est quoi, un tauntaun ?

— Une espèce de chameau. Ou une grosse chèvre. Enfin, un animal de *La Guerre des étoiles*. Peu importe.

— Que fait Wayne ?

— Il pique un roupillon. Tout baigne. Et toi, tu fais quoi ? »

Les yeux du motard scrutèrent l'obscurité, comme si sa femme était susceptible de ne pas être seule.

Elle devait lui parler, trouver une explication qui justifierait sa prostration dans ce garage gelé et sombre. Elle désigna la moto d'un mouvement de tête.

« Je réfléchissais à la bécane que tu peins. »

Lou médita ses propos, les paupières plissées. Elle voyait qu'il ne la croyait pas. Son compagnon examina alors le transfert posé auprès du deux-roues.

« J'ai peur de tout foirer. Tu penses que je vais m'en sortir ?

— Non. Excuse-moi. »

Il la regarda, alarmé.

« Vraiment ? »

Elle lui adressa un faible sourire.

« Je me suis planté où ? soupira-t-il.

— Hardcore s'écrit tout attaché. Et ton e ressemble à un 8. En plus, tu dois l'écrire à l'envers, sinon le mot apparaîtra dans l'autre sens quand tu décalqueras l'image.

— Oh merde. Je suis tellement con. »

Il lui jeta un nouveau regard, rempli d'espoir cette fois.

« Mais tu aimes ma tête de mort, hein ?

— Franchement ? »

Lou baissa les yeux.

« Bon Dieu. J'espérais que Tony B. me filerait cinquante biftons pour ce boulot. Encore un peu et c'est moi qui lui devrais la somme pour avoir salopé sa bécane. Pourquoi je suis nul comme ça ?

— Tu es un bon père.

— Pas besoin de s'appeler Einstein. »

Non, songea Vic. Il fallait être plus futé encore.

« Tu veux que je t'aide ? proposa-t-elle.

— Tu as déjà peint une carrosserie ?

— Non. »

Il opina.

« Eh bien, d'accord. En cas de désastre, on dira que je suis fautif. Personne n'en sera étonné. Mais si tu fais des étincelles, on racontera la vérité. Ça nous ramènera peut-être des clients. » Il l'observa, puis ajouta : « Tu es sûre que tu vas bien ? Tu n'es pas en train de ruminer quelque sombre pensée typique de la gent féminine ?

— Non.

— Tu as déjà envisagé, genre, de reprendre ta thérapie ? Tu es passée par un sacré truc, championne. Tu devrais sans doute en discuter. Parler de *lui*.

Je viens juste de le faire, se désola-t-elle intérieurement. *J'ai eu un charmant entretien avec le gosse que Charlie Manx a kidnappé. Il s'est transformé en espèce de vampire froid. Maintenant, il habite à Christmasland. Et il a faim.*

« Je crois qu'il n'y a plus rien à dire », répondit-elle. Elle prit la main que Lou lui tendait avant de conclure : « Je préfère peindre. »

Sugarcreek, Pennsylvanie

Au début de l'année 2001, Bing Partridge apprit que Charlie Manx était très malade. L'homme au masque à gaz avait alors cinquante-trois ans. Il n'avait pas utilisé son accessoire depuis une demi-décennie.

Bing avait lu l'information dans un article publié sur AOL.com, auquel il avait accès grâce au gros Dell noir offert par NorchemPharm pour ses trente ans de bons et loyaux services. Il consultait le site tous les jours, à la recherche d'articles concernant le Colorado, où était incarcéré M. Manx. Cela faisait une éternité qu'il n'avait rien vu quand, un jour, il tomba sur un article qui stipulait que Charles Talent Manx III, âge inconnu, condamné pour meurtre et suspect dans plusieurs dizaines d'affaires d'enlèvement de mineur, avait été transféré dans l'aile médicale de la prison fédérale d'Englewood après que l'impossibilité d'une amélioration de son état de santé fut constatée.

Manx a été examiné par l'éminent chirurgien de Denver, Marc Sopher, qui considère son cas comme digne des annales médicales.

« Le patient est atteint de progeria ou d'une forme rarissime du syndrome de Werner. En d'autres termes, il vieillit très rapidement. Pour lui, un mois représente une année, un an une décennie. Et cet individu n'était déjà plus tout jeune au départ. »

Le médecin ne peut pas se prononcer quant à l'influence de la maladie sur la conduite aberrante du personnage juste avant le meurtre brutal du militaire Thomas Priest, en 1996. Il a aussi refusé de qualifier son état de comateux.

« Le patient ne correspond pas à la définition stricte [du coma]. Ses fonctions cérébrales indiquent un profil proche du sommeil

*paradoxal. Il est simplement dans l'incapacité de se réveiller. Son
corps est trop usé. Plus d'essence dans le réservoir, pour ainsi dire. »*

Bing avait souvent songé à écrire à M. Manx pour lui confirmer qu'il croyait toujours en lui, qu'il l'aimait d'un amour inconditionnel et le servirait jusqu'à la mort. Certes, le modeste employé n'était pas la boule de Noël la plus brillante du sapin – ha, ha, ha –, mais il était assez malin pour savoir que son patron serait furieux de recevoir une missive de sa part. Il subirait ses foudres. Des hommes en complet, avec des lunettes de soleil et des armes dans des holsters d'épaule, viendraient frapper à sa porte. *Bonjour, monsieur Partridge. Voudriez-vous répondre à quelques questions ? Pourquoi n'irions-nous pas planter une pelle dans votre cave, histoire de fureter un peu ?* Bing s'était donc abstenu d'écrire. Et maintenant, il était trop tard. Cette pensée le rendait malade.

M. Manx, de son côté, lui avait fait passer un message. L'homme au masque à gaz ignorait toutefois par quel biais. Deux jours après que le vieil homme eut été condamné à la perpétuité, on avait déposé un colis sur son perron. Aucune adresse d'expéditeur. À l'intérieur, le destinataire trouva un jeu de plaques d'immatriculation – NOSFERA2 / KANSAS –, accompagné d'un bristol en papier vergé couleur ivoire, estampillé d'un ange :

GARDE ÇA.
J'EN AI PEUT-ÊTRE
POUR UN MOMENT.

Bing avait caché les plaques à la cave, où reposaient par ailleurs les vestiges de son ancienne vie avec Charlie Manx. L'homme au masque à gaz y avait enterré les bonbonnes vides de sévoflurane, de même que le .45 de son père, et les restes des femmes : ces mères de famille qu'il avait ramenées chez lui après ses excursions avec son mentor. Neuf en tout.

Brad McCauley avait été le dernier gamin sauvé, et sa génitrice, Cynthia, la dernière pute dont il s'était occupé dans la quiétude du sous-sol. D'une certaine manière, elle avait été également sauvée. Il lui avait appris l'amour.

Les deux complices avaient prévu de secourir une victime de plus durant l'été 1997. Ensuite, Bing irait vivre à Christmasland avec son maître, là où personne ne vieillissait, où le malheur était hors-la-loi. Dans cet endroit, il pourrait vaquer à sa guise, boire tous les Coca de la création, et ouvrir des cadeaux chaque jour. Il songeait souvent à l'injustice flagrante de toute cette affaire. Manx avait été écarté avant de pouvoir lui ouvrir en grand les portes de Christmasland. Cette idée lui broyait les tripes. L'espoir devenait alors un vase jeté dans un précipice. *Crac.*

Le pire n'avait pas été la disparition de son guide ou de sa contrée magique, mais celle de l'amour. Et des mamans.

La dernière femme, Mme McCauley, avait été sa plus belle amante. Ils avaient eu de longues conversations tandis qu'elle se blottissait contre lui, nue, svelte et bronzée. Elle avait la quarantaine et, pourtant, ses muscles fermes étaient ceux d'une entraîneuse de volley. Sa peau rayonnait de chaleur, de santé. Elle avait caressé la toison grisonnante sur la poitrine de son tortionnaire, lui avait affirmé qu'elle l'aimait plus que ses propres parents ou son fils, plus que Jésus. Les chatons et la lumière du soleil n'étaient rien comparés à lui. Il avait adoré l'entendre dire : « Je suis folle de toi, Bing Partridge. Tellement folle que mon cœur se consume. Tu enflammes mes désirs. Je brûle de l'intérieur. » Son souffle exhalait des fragrances de pain d'épice. Elle était athlétique, robuste. Il avait donc dû lui administrer une dose de sévoflurane toutes les trois heures. Elle était si éperdue qu'elle s'était tranché les veines quand il lui avait annoncé qu'ils ne pourraient pas vivre ensemble. Ils avaient fait l'amour une dernière fois tandis qu'elle se vidait de son sang sur lui.

« C'est douloureux ? avait-il demandé.

— Oh, Bing, espèce d'idiot. J'ai faim de toi depuis des jours. Ces petites entailles ne me gênent pas le moins du monde. »

Qu'est-ce qu'elle était mignonne ! Des seins maternels parfaits. Il ne s'était résolu à la passer à la chaux vive que lorsqu'elle avait commencé à puer. Mais même avec des insectes dans les cheveux, elle était belle. Hyper belle, même. Les mouches à merde avaient l'éclat des pierres précieuses.

Partridge avait visité le cimetière de Ce-qui-peut-être avec M. Manx. Il savait que, si on avait laissé faire Cynthia, elle aurait tué son fils dans un accès de rage dû aux stéroïdes. Mais, dans la cave, l'homme au masque à gaz lui avait enseigné la gentillesse, la délicatesse, et comment sucer les bites. Elle avait au moins pu terminer son existence sur une note positive.

Toute l'opération était fondée sur ce principe : transformer une échéance hideuse en une issue magnifique. M. Manx aidait les enfants, son acolyte sauvait les femmes. Mais c'en était fini des mamans. L'Apparition était incarcérée, le masque à gaz pendait au mur derrière la porte depuis 1996. Bing savait désormais que son maître avait succombé à un sommeil infini, tel un preux chevalier sous le joug d'un charme pervers. Il avait imprimé l'article, puis avait plié la feuille, résolu à aller se recueillir avec le document.

À cinquante-cinq ans, Bing s'était réconcilié avec le Seigneur. Il retournait à l'église de la Foi Réunifiée dans l'espoir que le Très-Haut offre quelque réconfort à sa brebis la plus égarée. Il priait pour entendre de nouveau *Noël Blanc* dans son allée. Alors, il écarterait le rideau de lin et verrait M. Manx derrière le volant de sa Rolls, la vitre baissée. Le saint homme le regarderait. *Allez, Bing, partons en promenade. Le numéro dix nous attend. Attrapons-le et partons à Christmasland. Dieu sait que tu l'as mérité.*

Il gravit la colline dans la douce chaleur d'un après-midi de juillet. Les fleurs en aluminium de son jardin, au nombre de vingt-neuf, étaient parfaitement immobiles. Il les détestait, tout comme il détestait le ciel bleu et la polyphonie entêtée des cigales dans les arbres. Le pénitent se traînait sur le sentier de l'église, son papier dans une main « *Diagnostic rarissime pour un meurtrier* » et le dernier message de Manx dans l'autre « *J'en ai peut-être pour un moment. 9* », bien décidé à en souffler deux mots au Tout-Puissant.

Le bâtiment se dressait sur un hectare de bitume défoncé. Des touffes d'herbe sèche, qui arrivaient à hauteur de genoux, émergeaient des fissures dans le goudron. Une épaisse chaîne munie d'un cadenas Yale fermait les portes de l'édifice. Nul excepté Bing n'était venu se recueillir ici depuis quinze ans. Cette église, jadis propriété de Dieu, appartenait désormais aux usuriers. Voilà du moins ce que prétendait un papier jauni dans une pochette plastique punaisée à l'une des portes.

Les cigales démentes stridulaient dans la tête de Bing.

Au bout du terrain, un panneau d'affichage semblable à ceux des supérettes ou des magasins de voitures d'occasion annonçait les hymnes du jour : *Dieu avec nous, Tu es vivant !* et *Jésus revient.* La *Dévotion des cinq samedis* était prévue pour l'office de treize heures. Ces prédictions n'avaient pas changé depuis le second mandat de Reagan.

Certains vitraux étaient brisés là où les gosses avaient jeté des pierres, cependant le dévot n'emprunta pas cette issue. Un appentis à moitié dissimulé par les peupliers et le sumac jouxtait l'arrière du bâtiment. Un paillasson pourri en cordage tressé faisait office de seuil. Sous cette natte, une clef en ferblanc. Elle ouvrait le cellier. Bing pénétra dans les sous-sols froids aux senteurs de vieille créosote et de livres moisis qui aboutissaient au vaste transept. Il avait toujours affectionné les édifices religieux. À l'époque où, enfant, il accompagnait sa mère, il appréciait la lumière qui pénétrait par les vitraux de huit mètres de haut, emplissait la nef de couleurs chaleureuses. Les mamans endimanchées, chaussées de bottines blanches, gainées de bas immaculés, éveillaient également son intérêt. Il aimait les bas et les cantiques des femmes. Toutes les mamans qui demeuraient avec lui dans la Maison du Sommeil avaient chanté avant de rendre leur dernier souffle.

Quand la banque avait repris possession des lieux après que le pasteur s'était enfui avec la trésorerie, cet endroit avait commencé à le mettre mal à l'aise. La façon dont le bâtiment projetait ses ombres vers sa maison en fin de journée l'incommodait. Et lorsqu'il avait entrepris d'emmener les mères chez lui, dans ce sanctuaire que Manx avait baptisé la Maison du Sommeil, il s'était aperçu qu'il ne supportait plus de regarder en direction du sommet de la colline. L'église paraissait se pencher au-dessus de lui, sa silhouette pointer un doigt nébuleux et accusateur sur son jardin : *Voici le tueur ! Neuf cadavres de femmes dans sa cave.*

Bing tentait de se raisonner. Manx et lui étaient des héros. Ils œuvraient pour Noël. Si quelqu'un écrivait un jour un livre sur leurs exploits, ils seraient les gentils de l'histoire. Peu importe que les mères de famille, malgré l'influence du sévoflurane, refusent d'admettre qu'elles vendraient un jour leur fille ou battraient leur garçon. Ces pécheresses juraient d'éviter la drogue, de boire avec modération. Leur casier judiciaire resterait vierge. Les événements dont on les accusait se produiraient dans le futur. Un avenir dévasté qu'il appartenait au duo de prévenir. Bing avait le sentiment – en admettant qu'on l'arrête, tant il était évident qu'aucun homme de loi ne comprendrait l'importance de leur démarche bienfaitrice – qu'il pourrait évoquer son travail avec fierté. Il n'avait pas à rougir de ce qu'il avait fait avec M. Manx.

Cela dit, il avait parfois des difficultés à lever les yeux sur l'église.

Comme il émergeait du sous-sol, il songea combien ses craintes étaient stupides. Chacun était bienvenu dans la maison de Dieu, et son maître avait plus que jamais besoin de ses prières. L'homme au masque à gaz ne s'était jamais senti aussi seul, abandonné. Quelques semaines auparavant, M. Paladin lui avait demandé comment il comptait occuper sa retraite. Bing avait été choqué par cette question. Pourquoi prendrait-il sa retraite ? Il adorait son boulot. M. Paladin avait cligné des yeux. Au bout de quarante annuités, votre entreprise vous obligeait à partir. Vous n'aviez pas le choix. Bing n'avait jamais envisagé cette possibilité. À l'heure actuelle, il aurait dû être en train de boire un Coca à Christmasland, d'ouvrir des cadeaux chaque matin, et de célébrer la nativité à la nuit tombée.

Cet après-midi-là, la grande nef vide n'avait aucune vertu apaisante. Elle produisait même l'effet opposé. Les bancs meublaient toujours les bas-côtés, mais n'étaient plus alignés en rangées impeccables. Leur désordre rappelait à Bing la denture de M. Manx. Le sol était jonché de débris de verre et de morceaux de plâtre qui crissaient sous ses semelles. La salle empestait l'ammoniac et la pisse d'oiseau. Quelqu'un était venu se saouler ici. Des bouteilles et des canettes de bière étaient disséminées çà et là derrière les bancs.

Il remonta le vaisseau central. Son passage dérangeait les hirondelles blotties sous les chevrons. Le battement de leurs ailes, semblables aux cartes qu'un magicien aurait jetées en l'air, résonnait dans l'enceinte du bâtiment.

La clarté qui filtrait par les vitraux était d'un bleu glacé. Des grains de poussière tournoyaient dans les rais lumineux. Cette église ressemblait à l'intérieur d'une boule à neige tout juste retournée.

Des visiteurs – adolescents ou clochards – avaient confectionné un autel de fortune dans l'embrasure d'une fenêtre. Des bougies rouges difformes reposaient dans leur gangue de cire durcie devant des photos de Michael Stipe. Le chanteur de R.E.M. arborait un look d'androgyne squelettique à la chevelure claire. On avait barbouillé « *Losing my religion* » au rouge à lèvres sur l'un des clichés. Bing, lui, n'avait rien entendu de valable en matière de rock depuis *Abbey Road*.

Il disposa la carte de M. Manx et l'extrait du *Denver Post* au centre de cet autel, puis alluma une ou deux bougies en l'honneur du saint homme. Après avoir balayé du pied les débris ainsi qu'un slip sale avec des petits cœurs dessus – une culotte qui aurait pu appartenir à une fillette de dix ans –, il s'agenouilla.

Quand il s'éclaircit la voix, les épaisses parois du bâtiment lui renvoyèrent les sons avec la violence d'un coup de fusil.

Une hirondelle s'agita sous les combles, passant d'un chevron à un autre.

Il aperçut les oiseaux, en rang d'oignons, qui tendaient le cou pour planter leurs yeux de braise sur lui, l'observer avec curiosité.

Il ferma les paupières, joignit les mains et parla à Dieu.

« Salut. C'est moi, ce vieil idiot de Bing. Oh Seigneur. Seigneur, Seigneur. Je t'en supplie, aide M. Manx. Il est méchamment dans les vapes et je suis impuissant. S'il ne guérit pas, s'il ne revient pas, je n'irai jamais à Christmasland. J'ai essayé d'être bon. J'ai sauvé les enfants pour qu'ils aient du Coca, des tours de manège gratuits, ce genre de trucs. Une entreprise pas facile. Personne ne voulait s'y coller. Mais malgré les plaintes des mamans et leurs insultes, malgré les supplications des gosses qui se pissaient dessus, je les ai aimés. Eux et leur mère, sans distinction. Pourtant, certaines femmes étaient vraiment malfaisantes. Et puis j'ai aussi aimé M. Manx. Lui plus que tout autre. Il n'agit que pour le bonheur d'autrui. Est-il meilleur sacerdoce que la transmission de la joie ? S'il te plaît, mon Dieu, si nous avons accompli le bien, je t'en prie, aide-moi. Envoie-moi un signe. Explique-moi quoi faire. S'il te plaît, s'il te plaît, s'il... »

Il se tenait la tête en arrière, la bouche ouverte, lorsqu'un liquide tiède coula sur sa joue. Un goût salé, amer, humecta ses lèvres. Bing tressaillit. On aurait dit qu'un type avait éjaculé sur lui. Il s'essuya, regarda ses doigts à présent souillés d'une substance verdâtre, une espèce de purée grumeleuse. Il lui fallut un moment pour comprendre qu'il s'agissait de merde d'hirondelle.

L'homme grogna. Une fois, puis deux. La bouche était pleine de guano salé. La matière au creux de sa paume évoquait une glaire infectée. Son grognement se transforma en cri. Il se jeta en arrière, envoyant valdinguer les morceaux de plâtre et les éclats de verre. Sa main se posa sur une sorte de plastique mou pareil à du film alimentaire. Il baissa les yeux. Il venait de s'appuyer sur un préservatif usagé grouillant de fourmis.

Au comble de l'horreur, il ôta sa main, mais la capote resta collée. Il secoua les doigts plusieurs fois. Le latex s'envola pour atterrir dans ses cheveux. Il hurla. Les oiseaux au-dessus de lui se dispersèrent.

« Quoi ? explosa-t-il. Qu'est-ce qu'il y a ? Je t'ai demandé à genoux. À genoux ! Et tu me réponds quoi ? Ça ? »

Il attrapa le préservatif sur son crâne et tira. Une poignée de cheveux gris vint avec (depuis quand grisonnait-il ?). La poussière tournoyait toujours dans la lumière.

Bing redescendit la colline d'un pas décidé. Il se sentait sale, malade, et surtout humilié. Il passa devant ses fleurs factices en titubant comme un ivrogne, claqua la porte derrière lui.

Ce fut l'Homme au Masque à Gaz qui ressortit une vingtaine de minutes plus tard. Il était armé de deux flacons d'essence à briquet.

Avant d'incendier l'église, il combla tous les orifices des vitraux afin que les volatiles ne puissent s'échapper. Ensuite, il se servit d'une des bouteilles pour asperger les bancs, les tas de planches brisées, le plâtre. Un joli petit départ de feu. L'autre récipient fut réservé à Jésus sur sa croix, au centre de l'abside. Le martyr avait l'air d'avoir froid dans son pagne. Alors, l'Homme au Masque à Gaz craqua une allumette pour lui offrir un linceul de flammes. Sur le mur opposé, Marie contemplait l'ultime outrage infligé à sa progéniture avec consternation. Bing la salua, deux doigts sur l'embouchure du masque, avant de lui adresser un baiser.

Qu'on leur donne une chance, à Manx et à lui, de mettre la main sur ce petit salopard de numéro dix, et il était prêt à immoler la maman du Christ en personne.

Et puis Bing aurait fait mieux que le Saint-Esprit avec le minou de la Vierge, si on l'avait laissé trois jours seul avec elle dans la Maison du Sommeil.

Gunbarrel, Colorado

Les enfants n'appelaient jamais quand elle peignait.

Vic mit plusieurs mois à s'en rendre compte, bien que, à un niveau inconscient, elle l'eût réalisé presque aussitôt. Lorsqu'elle ne peignait pas, lorsque aucun travail artistique ne monopolisait son attention, elle ressentait une appréhension physique grandissante. Dans ces moments-là, elle avait l'impression de se tenir sous une grue à laquelle était suspendu un piano. Elle pressentait que les câbles pourraient se rompre à chaque instant. Le volumineux instrument lui tomberait alors dessus sans espoir de survie.

La jeune femme acceptait donc toutes les commandes possibles. Elle restait soixante-dix heures par semaine dans le garage, à écouter les doléances d'étrangers et à passer des motos à l'aérographe pour le compte de type aux casiers judiciaires chargés, animés d'idées raciales bellicistes.

Elle dessinait des flammes, des flingues, des filles à poil et des grenades. Des drapeaux confédérés, des drapeaux nazis, des images de Jésus, des tigres albinos, des goules en putréfaction, et encore des filles à poil. Elle ne se considérait pas comme une artiste. Ces travaux payaient les Pampers et lui évitaient les appels en provenance de Christmasland. Le reste avait peu d'importance.

Parfois, la demande faiblissait. Elle était persuadée qu'elle n'aurait plus aucune commande, que chaque deux-roues des Rocheuses avait déjà été décoré par ses soins. Dès qu'elle passait une semaine ou deux sans toucher l'aérographe, elle adoptait une posture d'attente. Elle se préparait.

Un jour, le téléphone sonnerait.

Un mardi matin de septembre, cinq ans après l'incarcération de Manx, sa crainte se confirma. Lou était parti avant le lever du soleil pour sortir quelqu'un du fossé. Il l'avait laissée en compagnie de Wayne, qui voulait des hot-dogs pour le petit déjeuner. Toutes ces années sentaient les saucisses et les excréments de bébé fumants.

Wayne était devant son pneu. Vic mettait du ketchup sur son mets favori lorsque la sonnerie du téléphone retentit.

Elle fixa le combiné. Il était trop tôt pour recevoir un appel normal. Elle savait qui était au bout du fil, car elle n'avait pas peint depuis presque un mois.

Elle effleura l'appareil. Il était glacé.

« Wayne ? » fit-elle.

Son fils leva les yeux, les doigts dans sa bouche. Il avait bavé sur son T-shirt X-Men.

« Tu entends le téléphone ? »

L'enfant regarda sa mère. L'incompréhension se lisait sur son visage. Il lui adressa un signe de dénégation.

Une nouvelle sonnerie.

« Là, indiqua Vic. Tu entends ? »

Il secoua lentement la tête.

« Non, m'man. »

La jeune femme décrocha.

Un gosse. Pas McCauley, mais une petite fille.

« Quand est-ce que Papa revient à Christmasland ? Qu'est-ce que tu lui as fait ?

— Tu n'existes pas. »

Elle entendait les enfants chanter en fond sonore.

« Si », répliqua la fillette. Un léger nuage de condensation émergeait des trous dans l'écouteur. « Nous sommes aussi réels que ce qui est arrivé ce matin à New York. Tu devrais voir ça. C'est super. Les gens sautant dans le vide. Qu'est-ce qu'on se marre ! Presque autant qu'à Christmasland.

— Tu n'existes pas, répéta Vic.

— Tu as menti à propos de Papa. Tu es vilaine. Vilaine maman. Wayne devrait être avec nous. Nous jouerions toute la journée ensemble. On pourrait lui apprendre Pierre-Ciseaux. »

Vic frappa le récepteur sur la fourche. Une fois, puis deux. Wayne lui jetait des regards angoissés.

Sa mère fit un geste apaisant – *ne t'inquiète pas* –, avant de lui tourner le dos, le souffle court, luttant pour ne pas pleurer.

Les saucisses dans la casserole bouillaient. L'eau clapotait, se renversait sur la cuisinière. Elle n'y prêta pas attention. Lentement, elle s'assit sur le sol de la cuisine, puis se couvrit les yeux. Elle voulait cacher ses larmes pour ne pas effrayer son enfant.

« M'man, appela le gamin. Quéque chose est arrivé à la grenouille. Elle est partie. »

La grenouille était le nom par lequel il désignait le *Muppet Show*. Vic s'essuya les yeux, respira un bon coup, puis éteignit le gaz. Elle se dirigea d'un pas incertain vers la télévision. L'émission de divertissement avait été interrompue par un bulletin d'informations. Un avion venait de percuter une des tours du World Trade Center. Un panache de fumée noire s'élevait dans le ciel d'azur.

Quelques semaines plus tard, Vic fit le ménage dans la troisième pièce du mobile home : une petite chambre guère plus spacieuse qu'un placard, où elle installa son chevalet.

Le lendemain, Lou passa la tête par l'entrebâillement et l'interrogea :

« Tu fais quoi ?

— J'ai envie d'illustrer un livre pour enfants. »

Elle avait déjà esquissé la première page au crayon bleu et se préparait à encrer les dessins préparatoires. Lou regarda par-dessus son épaule.

« Tu dessines une usine de motos ?

— Presque. Une usine de robots. Le héros est un androïde nommé Machine Chercheuse. À chaque page, il doit parcourir un dédale pour dénicher certains éléments. Des piles, des plans secrets, ce genre de trucs.

— Bandant. Wayne va adorer. »

Vic acquiesça, contente que Lou croie l'ouvrage destiné à son fils. Elle demeurait toutefois lucide. Ce livre était pour elle. Cette activité était d'ailleurs préférable à ses travaux de carrosseries personnalisées. Le boulot serait régulier, quotidien.

À partir du moment où elle s'attela à *Machine Chercheuse*, le téléphone ne sonna plus, excepté pour les sollicitations éventuelles des agences de crédit.

Et dès qu'elle eut vendu son bouquin, les agences cessèrent d'appeler à leur tour.

Brandenburg, Kentucky

Michelle Demeter avait douze ans la première fois que son père la laissa conduire. Une gamine au volant d'une Rolls de 1938, dans les hautes herbes au début de l'été. Elle reprenait en chœur, par les vitres ouvertes du véhicule, les chansons de Noël qui passaient à la radio. Elle braillait à contretemps, sa voix était mal placée mais vaillante et joyeuse. Lorsqu'elle ne connaissait pas les paroles, elle improvisait :

Accourez, fidèles, flippés, triomphants !
Venez, kiffons le Seigneur !

La voiture cahotait dans l'herbe. Elle ressemblait à un requin noir filant à travers les vagues d'un océan vert et jaune. Les oiseaux s'envolaient à son passage, fonçaient dans les cieux orangés. Les roues rebondissaient sur des ornières invisibles.

Son père, un vieux bonhomme chaque jour plus âgé, était assis sur le siège passager, occupé à chercher les stations sur la radio, une Coors tiède calée entre les jambes. La molette du poste se révélait toutefois inutile. La modulation de fréquence ne laissait filtrer que des parasites. La seule station qu'ils parvenaient à capter se résumait à une série de crépitements distants recouverts d'une nappe de sifflements, par-dessus lesquels on distinguait cette satanée musique de fin d'année.

« Qui ose passer cette merde au mois de mai ? » vitupéra-t-il avant d'expulser un rot, énorme et grotesque.

Michelle émit un petit rire approbateur.

Il n'existait aucun moyen d'éteindre le poste ou de baisser le son. Le bouton du volume tournait dans le vide, sans effet sur les haut-parleurs.

« Cette bagnole ressemble à ton vieux papa, marmonna Nathan en prenant une nouvelle canette dans le pack à ses pieds. Une ruine dès le départ. »

Cette réflexion ne prêtait pas à conséquence. Le père de Michelle s'en sortait plutôt bien. Il avait breveté une espèce de soupape pour Boeing. L'argent récolté leur avait permis d'acquérir cent cinquante hectares au-dessus de la rivière Ohio. Ils arpentaient le terrain en ce moment même.

La Rolls, en revanche, avait vraiment connu des jours meilleurs. Le tapis de sol avait disparu, si bien que le plancher n'était plus qu'une plaque de métal nu parcourue de vibrations. Des trous s'ouvraient sous les pédales. Michelle voyait l'herbe défiler à travers le bas de caisse. Le cuir du tableau de bord s'écaillait, l'une des portes arrière, rongée par la rouille, était dépareillée. Les vitres arrière avaient disparu, de même que la banquette et la malle du coffre, où quelqu'un semblait jadis avoir allumé un feu de camp.

Grâce aux conseils paternels, la jeune fille manipulait avec dextérité les trois pédales. Le siège conducteur avait été avancé au maximum, et elle devait s'asseoir sur un coussin pour voir à travers le pare-brise.

« Un de ces jours, je vais me pencher sur cet engin. Je remonterai mes manches et je ressusciterai cette vénérable demoiselle. Ce serait génial de la restaurer entièrement pour que tu puisses aller au bal avec. Quand tu auras l'âge de t'y rendre, bien sûr.

— Ouais. Bonne idée. Plein de place pour faire des galipettes derrière. »

Elle se dévissa le cou pour examiner la banquette arrière.

« Cette voiture pourrait aussi servir à t'emmener au couvent. Et puis regarde devant toi, tu veux ? »

Il désigna avec sa canette les éminences et les dépressions du terrain, les enchevêtrements de broussailles et de verges d'or. Aucune route. Les seules traces de présence humaine résidaient dans la ferme, visible au loin dans le rétroviseur, et les traînées des avions au-dessus d'eux.

Elle actionna les pédales. Le moteur grinça, hoqueta.

Michelle ne détestait qu'une chose, dans cette voiture : le bouchon de radiateur. La sculpture de chrome représentait une femme un peu effrayante, avec ses yeux sans pupilles et sa robe flottante. Les hautes herbes la flagellaient et elle paraissait s'en délecter avec un sourire pervers. Son expression aurait pu être enchanteresse, avenante, mais le rictus qu'elle affichait gâtait tout. Son large sourire était celui d'une démente qui venait de pousser son amant du haut d'une falaise et s'apprêtait à la rejoindre.

« Elle est horrible, décréta Michelle avec un mouvement de menton vers la statuette. Elle ressemble à un vampire.

— La Dame en sang, précisa son père de mémoire.

— Quoi ? Elle ne s'appelle pas la Dame en sang.

— Certes. Le véritable nom de cet emblème est l'Esprit d'extase. Un élément standard pour une voiture standard.

— Extaz ? Comme la drogue ? Oh là là. Génial. Ils connaissaient déjà ce truc, à l'époque ?

— Non. Rien à voir avec la drogue. Cet ornement est censé symboliser la joie. Une joie sans fin. Moi, je le trouve chouette. »

Nathan estimait en fait que la figurine ressemblait à une des victimes du Joker. Une femme riche, morte le sourire aux lèvres.

« *Je suis allée à Christmasland, toute la sainte journée* », chantonna la jeune fille. Pour le moment, les baffles ne diffusaient qu'un grésillement continu et elle ne craignait aucune concurrence, côté vocal. « *Je suis allée à Christmasland, le traîneau m'a emportée.*

— C'est quoi, cette chanson ? Je ne connais pas.

— Je viens de l'inventer. Elle parle de là où on va. Christmasland. »

Le ciel tentait de prendre diverses teintes d'agrumes. Michelle était parfaitement sereine. Elle avait l'impression de pouvoir conduire pour l'éternité.

Le timbre de sa voix était enjoué, excité. Son père lui jeta un coup d'œil. Le front de sa fille était nimbé de sueur, son regard lointain.

« C'est là-bas, papa. Dans les montagnes. Si on continue, on pourra y être avant la nuit. »

Nathan Demeter plissa les paupières, scruta l'horizon. Une vaste chaîne montagneuse s'étirait à l'ouest. Les sommets enneigés étaient plus hauts que les Rocheuses. Ces reliefs n'étaient pas visibles ce matin, ni même lorsqu'ils s'étaient mis en route vingt minutes auparavant.

Il détourna les yeux dans l'espoir de dissiper cette hallucination et, lorsqu'il étudia de nouveau le paysage, les élévations s'étaient transformées en une masse de nuages menaçants. Son cœur continua à battre un peu trop vite pendant quelques instants.

« Dommage que tu aies des devoirs. Pas de Christmasland pour toi. » Bien entendu, on était samedi, et aucun père digne de ce nom n'imposait d'exercices d'algèbre ce jour-là. « Il est temps de rentrer, mon ange. J'ai des choses à faire. »

Il se cala dans son siège et prit une gorgée de bière. Pourtant, il se rendait compte qu'il avait assez bu. Il sentait les prémices de la gueule de bois dans sa tempe gauche. Judy Garland souhaitait, avec un certain sens du tragique, de bonnes fêtes à tout le monde. Qui était le connard de DJ qui passait *Merry Little Christmas* en mai ?

La musique s'arrêta dès qu'ils furent à proximité de leur maison. Michelle tourna laborieusement le volant pour garer le véhicule dans la bonne direction. Tandis que la Rolls décrivait un demi-cercle, la fréquence de la radio se brouilla pour n'émettre à nouveau qu'un grésillement d'interférences insensées.

On était en 2006 et Nathan Demeter avait une vieille guimbarde à remettre en état. Il l'avait achetée aux enchères, histoire d'agrémenter son temps libre. Un jour, il s'y collerait pour de bon. Alors, la vieille dame resplendirait à nouveau de tous ses feux.

New York (et partout ailleurs)

Le dimanche 8 juillet 2007 fut une première pour Vic. Voici ce qu'on disait à propos du deuxième opus de *Machine Chercheuse* dans la rubrique consacrée à la littérature jeunesse du *New York Times Book Review* :

Machine Chercheuse passe la seconde, *de Vic McQueen. Album Jeunesse de 6 à 12 ans, 22 pages, HarperCollins, 16,95 $.*

Si Escher se mettait en tête d'offrir sa version de Où *est* Charlie ?, *cela pourrait ressembler à la fameuse série de Vic McQueen. Le héros éponyme, Machine Chercheuse, est enfin de retour. Le charmant petit robot – une sorte de croisement improbable entre 6PO et une Harley Davidson – continue son exploration à la poursuite de Möbius le Dingue dans les méandres d'une architecture à la fois paradoxale, vertigineuse et surréaliste. Pour résoudre les surprenantes énigmes qui ponctuent le récit, le jeune lecteur devra tour à tour s'aider d'un miroir disposé sur la tranche du livre, rouler une page afin de construire un pont couvert magique, ou bien effectuer un origami en forme de moto, de manière à ce que Machine Chercheuse puisse mener sa quête poignée en coin. Celles et ceux qui parviendront à achever* Machine Chercheuse passe la seconde *se trouveront confrontés à la question la plus palpitante de toutes : à quand la suite ?*

Prison fédérale d'Englewood, Colorado

L'infirmière Thornton entra dans la salle de soins longue durée munie d'une poche de sang frais pour Charlie Manx.

Denver, Colorado

Le premier samedi d'octobre 2009, Lou annonça à Victoria McQueen qu'il prenait le gamin pour aller chez sa mère. Il s'adressa à elle dans un murmure, la porte fermée pour que Wayne ne puisse les entendre depuis le salon. Le visage du motard luisait d'une mauvaise sueur. Il se passait sans cesse la langue sur les lèvres.

Ils étaient tous les deux dans la chambre. Lou s'assit au bord du lit. Le sommier grinça, le matelas ploya jusqu'à presque toucher le sol. Vic se sentait oppressée. Son regard se posait à intervalles réguliers sur le téléphone de la table de nuit. Elle attendait qu'il sonne. La jeune femme avait bien essayé de se débarrasser de l'appareil quelques jours plus tôt. Elle l'avait débranché, puis l'avait balancé au fond d'un placard. Mais son compagnon s'en était aperçu et l'avait remis à sa place.

Lou continuait à parler. Il évoquait ses inquiétudes. Les inquiétudes de tout le monde, à vrai dire. Vic ne saisit qu'une partie de son discours. Son attention était monopolisée par le téléphone et l'attente. Une attente intolérable. Elle en voulait à Lou de l'avoir attirée dans cette chambre. Ils auraient pu avoir cette conversation dehors. L'initiative de son conjoint l'avait ébranlée. Impossible de se concentrer à proximité de cet appareil. Ils auraient pu tout aussi bien discuter avec une chauve-souris pendue au plafond. Même si l'animal dormait, comment faire pour l'ignorer ? À la première sonnerie, elle arracherait le combiné du mur et le jetterait à l'extérieur. Elle avait d'ailleurs envie d'anticiper, d'agir tout de suite.

Elle fut surprise quand Lou lui suggéra de rendre visite à sa mère. Linda était repartie pour de bon dans le Massachusetts et Lou savait pourtant que les deux femmes ne s'entendaient pas. Une seule proposition aurait été plus ridicule encore : qu'il l'incite à aller voir son père. Elle ne lui avait pas adressé un mot depuis plusieurs années.

« Plutôt la taule que chez ma mère. Bon sang, Lou. Tu sais combien de téléphones elle a ? »

Lou la regarda avec un mélange d'angoisse et de lassitude. Une reddition, songea Vic.

« Si tu veux parler... Genre de n'importe quoi, j'ai mon portable sur moi », fit Lou.

La jeune femme faillit éclater de rire. Elle n'avait pas pris la peine de l'informer qu'elle avait démoli le mobile la veille, avant de le flanquer à la poubelle.

Il l'enlaça. Une accolade virile. Il était grand, son surpoids lui donnait un air bourru, mais il dégageait une odeur plus délicieuse que celle de tous les mecs qu'elle avait rencontrés. Sa poitrine sentait l'huile de vidange, le cèdre, et les fragrances du plein air. Un parfum rassurant. L'espace d'un instant, dans ses bras, elle se souvint des jours heureux. Il interrompit ses rêveries.

« Je dois y aller. J'ai pas mal de route.

— Aller où ? » s'étonna-t-elle.

Il cligna des yeux.

« Genre... Mince, Vic... Tu as écouté ?

— Attentivement. »

C'était la vérité. Mais elle ne l'avait pas écouté *lui*. Elle s'était focalisée sur le téléphone. Dans l'expectative.

Quand Louis et Wayne furent partis, elle déambula dans la maison en briques qu'elle avait achetée sur Garfield Street, grâce aux dividendes de *Machine Chercheuse*, à l'époque où elle dessinait encore. Avant que les enfants de Christmasland ne commencent à l'appeler tous les jours. Elle se promenait avec une paire de ciseaux. Elle coupait toutes les lignes.

La jeune femme rassembla tous les appareils de la maison, les emmena à la cuisine, puis les entassa dans le four, sur le plateau du haut. Elle alluma ensuite le gaz au maximum. Après tout, cette technique avait bien marché lors de sa dernière confrontation avec Charlie Manx.

Tandis que la cuisinière commençait à chauffer, elle ouvrit les fenêtres et mit le ventilateur en marche.

Enfin, elle alla s'asseoir au salon pour regarder la télévision, simplement vêtue de son pyjama. Elle zappa en premier lieu sur CNN. Mais la salle de rédaction était bondée de téléphones en train de sonner. Les stridences lui portèrent sur les nerfs. Elle opta alors pour *Bob l'Éponge*. Cependant, le poste fixe du Crabe Croustillant – restaurant où Bob travaillait – se mit lui aussi à carillonner. Elle changea encore de chaîne. Cette fois-ci, elle tomba sur un programme de Pêche et Nature. L'émission en cours lui parut suffisamment inoffensive. Aucun téléphone, et le reportage se déroulait de surcroît sur les rives du lac Winnipesaukee, où, enfant, elle avait passé tous ces étés. Elle avait toujours apprécié le plan d'eau à l'aube, un miroir noir et lisse recouvert d'une brume blanche matinale.

Elle but d'abord quelques whiskies frappés, mais dut rapidement passer à la version sèche car l'odeur en provenance de la cuisine devenait insupportable. Il était désormais impossible d'aller s'approvisionner en glaçons. En dépit du ventilateur et des fenêtres ouvertes, toute la maison empestait le plastique brûlé.

Vic McQueen assistait à la lutte d'un pêcheur avec une truite lorsqu'une sorte de pépiement se fit entendre à ses pieds. Elle examina les jouets éparpillés par terre. Dans l'éventail de robots appartenant à son fils – un D2-R2, un Dalek, et, bien sûr, une ou deux figurines estampillées *Machine Chercheuse* –, elle trouva un Transformer. Le jouet arborait une poitrine noire massive, une lentille électronique faisait office de tête. De toute évidence, sa carcasse vibrait à chaque stridulation.

Elle le ramassa, replia les jambes et les bras, encastra la lentille dans le corps, et encliqueta les deux parties du gril costal l'une dans l'autre. L'accessoire se mua aussitôt en un portable factice.

Nouvelle sonnerie. Elle appuya sur le bouton de réception d'appel, puis porta le morceau de plastique à son oreille.

« Tu es une sale menteuse, vitupéra Millicent Manx. Papa sera furieux contre toi quand il sortira. Il te plantera une fourchette dans l'œil et le fera sauter comme un bouchon de liège. »

Vic se précipita à la cuisine. Lorsqu'elle ouvrit le four, un épais nuage toxique se déploya. Les appareils avaient fondu, pareils à des marshmallows sur une broche. Elle balança le Transformer sur le tas de bouillie noirâtre et referma la porte.

La puanteur était telle qu'elle allait être obligée de s'exiler de la maison. Elle enfila le blouson de motard de Lou, ses bottes, puis sortit après voir embarqué son sac à main ainsi qu'une bouteille de whisky. Le détecteur de fumée se déclencha au moment où elle tirait la porte derrière elle.

Elle était déjà dans la rue quand elle se rendit compte qu'elle n'était couverte que d'un blouson et d'une paire de bottes. Elle se retrouvait maintenant en plein Denver, à battre le pavé à deux heures du matin en pyjama rose délavé. Au moins avait-elle pensé au whisky.

Elle voulut rentrer prendre un jean, mais se perdit en route. Une telle mésaventure ne lui était jamais arrivée. Elle se retrouva dans une jolie ruelle bordée d'immeubles à deux étages. La nuit se parait des senteurs d'automne et des fragrances métalliques du goudron mouillé. Elle adorait l'odeur des routes : l'asphalte chauffé, ramolli en plein juillet, les chemins de terre battue et leur bouquet de poussière et de pollen au mois de juin, les voies communales que les feuilles mortes épiçaient dans l'austérité d'octobre, l'arôme de sable iodé sur les autoroutes, semblable à celui d'un estuaire en février.

À cette heure tardive, elle était pratiquement seule. Trois hommes, juchés sur des Harley, passèrent à côté d'elle. Ils ralentirent pour la reluquer. Ce n'était pas de véritables motards, mais plutôt des cadres qui regagnaient discrètement leur domicile après s'être encanaillés dans un club de strip-tease à la mode. Leurs blousons italiens, leurs jeans Gap, ne trompaient pas. Et leurs engins, dignes d'un salon d'exposition, indiquaient qu'ils étaient plus habitués à fréquenter les pizzerias Uno qu'à vivre sur la route. Ils prirent leur temps pour l'examiner. Elle leva sa bouteille de whisky dans leur direction et siffla entre ses doigts. Ils accélérèrent avant de disparaître, leurs pots d'échappement entre les jambes.

Elle marcha jusqu'à une librairie qu'elle connaissait. Fermée, évidemment. Cette enseigne faisait partie du réseau indépendant. Vic aperçut une pile de ses propres livres par la devanture. Elle se souvint qu'elle avait donné une séance de dédicace dans les locaux l'année dernière. Elle n'était pas en pyjama, à l'époque.

Elle scruta l'intérieur du magasin plongé dans l'obscurité, histoire de voir lequel de ses ouvrages était mis en valeur. Le quatrième. Ce volume était déjà sorti ? Vic était persuadée de travailler encore dessus à l'heure actuelle. Elle se pencha en avant jusqu'à coller son visage à la vitre, les fesses en arrière.

Elle était contente que le quatrième opus soit paru. Elle avait parfois douté de jamais en venir à bout.

Quand elle s'était lancée dans l'illustration, le téléphone était resté muet. Cette tranquillité était d'ailleurs la principale raison d'être de *Machine Chercheuse*. Dans les périodes où elle dessinait, les appareils ne sonnaient pas. Pourtant, au milieu du troisième livre, ses stations de musique préférées avaient commencé à programmer des chansons de Noël. Puis les appels avaient repris. Elle avait alors tenté d'ériger un puits protecteur autour d'elle. Un puits rempli de bourbon, où seul son travail avait sombré.

Comme Vic s'apprêtait à s'écarter de la vitre, le téléphone carillonna à l'intérieur. Elle distinguait le voyant qui s'allumait sur le comptoir, au fond du magasin. Dans le silence de la nuit, elle entendait distinctement les sonneries. C'était eux, elle le savait. Millicent, Brad, et les autres enfants de Charlie Manx.

Elle s'adressa à la vitrine du magasin :

« Désolée. Je suis absente. Si vous avez l'intention de laisser un message, vous êtes dans une belle merde. »

Elle s'éloigna enfin de la devanture, mais son mouvement fut un peu trop vif. Elle trébucha dans le caniveau, où elle tomba durement, les fesses sur le bitume mouillé.

Malgré la douleur cuisante, elle s'en tirait à bon compte. Le whisky l'avait peut-être suffisamment anesthésiée, à moins que le régime imposé par Lou ne lui ait fourni le rembourrage nécessaire à amortir la chute. Sur l'instant, elle craignit d'avoir laissé tomber la bouteille, de l'avoir brisée. Par chance, il n'en était rien. Le flacon était intact. Elle avala une gorgée. L'alcool avait un goût de fût. Un anéantissement salutaire se diffusa dans son corps.

Elle se releva tant bien que mal. Un nouvel appareil tintinnabula dans une échoppe voisine : un café plongé dans les ténèbres. Le combiné de la librairie lui donnait la réplique. Un autre poste se mit à résonner au premier étage d'un immeuble sur sa droite. Puis un quatrième, un cinquième. Dans les appartements au-dessus d'elle, des deux côtés de la rue, sur toute la longueur.

La nuit s'emplit d'un chœur de sonneries, identique à l'étrange polyphonie d'une faune printanière : une harmonie de coassements, de piaulements, de sifflements. Un vacarme analogue à l'angélus au soir de Noël.

« Arrêtez ! » hurla-t-elle. Elle jeta la bouteille sur son propre reflet dans la vitrine d'une boutique. Le verre vola en éclats.

Tous les téléphones se turent d'un coup, à l'image d'un groupe de fêtards tapageurs refroidi par un coup de fusil.

Une seconde plus tard, l'alarme retentit à l'intérieur du commerce vandalisé. Un hululement électronique accompagné de flashes lumineux. Ces derniers soulignaient les articles exposés dans la devanture : des bicyclettes.

L'espace d'une minute calme et luxuriante, la nuit reprit ses droits.

L'un des vélos se révéla être (comme de juste) un Raleigh blanc, tout simple. La jeune femme vacilla. La sensation d'oppression s'interrompit avec la netteté d'un commutateur désactivé.

Elle traversa la rue jusqu'au magasin. Tandis que les semelles crissaient sur le verre pilé, sa résolution était prise. Elle allait s'emparer du deux-roues et fuir la ville. Elle pédalerait jusqu'à la rivière Dakota, parmi les pins enténébrés. Elle trouverait le Raccourci.

Le pont magique la mènerait sans détour à l'intérieur de la prison d'Englewood, dans l'aile médicale où reposait Charlie Manx. Ce serait une sacrée surprise. Une femme de trente et un ans débarquant à vélo en pleine salle de soins longue durée, au beau milieu d'un établissement de haute sécurité, à deux heures du matin en pyjama. Elle s'imaginait en train d'évoluer dans l'obscurité parmi les prisonniers endormis. Elle se rendrait au chevet du pyromane assassin, enlèverait le coussin de sous son crâne et l'étoufferait. Les appels en provenance de Christmasland cesseraient pour de bon. Elle en avait la conviction.

Vic passa le bras par la vitre brisée, souleva le Raleigh, et l'emmena sur la route. Elle entendait la rumeur d'une sirène dans le lointain. Son gémissement ardent s'élevait dans la nuit chaude et humide.

Elle était un peu étonnée. L'alarme ne s'était tue que depuis une trentaine de secondes. Elle ne pensait pas que les policiers interviendraient si vite.

Cependant, cette sirène n'appartenait pas aux forces de l'ordre. Il s'agissait d'un camion de pompiers qui se rendait chez elle. Le temps que les soldats du feu prennent position, il ne resterait plus grand-chose à sauver.

Les flics arriveraient quelques minutes plus tard.

Brandenburg, Kentucky

Il avait gardé le plus dur pour la fin. En mai 2012, Nathan Demeter avait hissé le moteur hors de la Rolls à l'aide d'une chaîne attachée à une poulie, puis avait passé deux mois à le remonter, à nettoyer chaque culbuteur, à remplacer les boulons commandés dans un magasin anglais spécialisé. Le gros 4257 cm³, doté de six cylindres en ligne, reposait sur son plan de travail. Il ressemblait à un énorme système cardiovasculaire : ce qu'il était en effet, présumait-il. Au contraire de beaucoup d'inventions humaines – la seringue, l'épée, le stylo, le revolver – qui avaient une dimension phallique indéniable, le moteur à explosion avait dû être inventé par un obsédé du muscle cardiaque.

« Ce serait moins cher de louer une limousine, argua Michelle. Sans compter que tu ne te salirais pas les mains.

— Si tu crois que ça me pose problème, c'est que tu n'as pas fait très attention ces dix-huit dernières années.

— Peut-être en raison de ton émotivité, suggéra-t-elle.

— Qui est émotif ? »

Elle ne répondit pas et se contenta de l'embrasser.

Parfois, après avoir travaillé sur la voiture pendant plusieurs heures, il se retrouvait assis à l'avant, une jambe par la portière ouverte, une bière à la main. Il se souvenait alors des après-midis où lui et sa fille allaient conduire à l'ouest de la propriété. Michelle était derrière le volant, l'herbe fouettait la Rolls.

Elle avait eu son permis jeune conducteur du premier coup, à seize ans. Maintenant, elle en avait dix-huit et possédait son propre véhicule : une petite Jetta version sport. Elle avait prévu d'aller jusqu'à Darmouth après le bac. La perspective de la savoir seule sur la route, d'imaginer ses étapes dans des hôtels minables où le réceptionniste la reluquerait, ainsi que les camionneurs accoudés au bar, lui donnait des frissons, exacerbait ladite émotivité.

Michelle s'occupait de la lessive. Il l'acceptait bien volontiers, car lorsqu'il sortait les sous-vêtements de sa fille du sèche-linge, tout en dentelles de chez Victoria's Secret, des craintes de grossesse non désirée ou de maladies vénériennes lui traversaient l'esprit. Il avait su lui parler de voitures, avait apprécié de la voir maîtriser l'embrayage et négocier les virages. Dans ces moments-là, il était Gregory Peck dans *Du silence et des ombres*. En revanche, il ignorait comment aborder le sujet des hommes ou du sexe. Il était d'ailleurs troublé de pressentir qu'elle n'avait pas besoin de ses conseils en la matière.

« Qui est émotif ? » avait-il répété, une nuit où, seul au garage, il portait un toast à sa propre ombre.

Six jours avant le grand départ, il avait remis le moteur sous le capot. Quand il avait reculé pour admirer son travail, il s'était senti dans la peau d'un sculpteur devant son bloc de marbre transformé en nu. Il avait passé une saison froide, les jointures esquintées, les ongles incrustés de cambouis, de la rouille dans les yeux. Une époque bénie, aussi importante pour lui que pour un moine qui s'était appliqué à retranscrire un texte sacré. Il avait œuvré avec soin. Le résultat était à la hauteur.

La carrosserie d'ébène luisait comme une torpédo, une plaque volcanique vitrifiée. La portière autrefois oxydée et dépareillée avait cédé la place à un élément d'origine qu'un collectionneur de l'ex-U.R.S.S. lui avait envoyé. Il avait recouvert l'intérieur de sellerie claire, remplacé les plateaux dépliants et la tablette arrière par des pièces détachées en ronce de noyer, spécialement confectionnées par un charpentier de Nova Scotia. Tout le reste était authentique, même le poste radio. Il avait certes un moment envisagé de lui substituer un lecteur CD équipé d'un boomer derrière la banquette, mais avait finalement abandonné l'idée. Si vous aviez une *Mona Lisa*, vous ne tagueriez pas une casquette de baseball sur la toile.

Lors d'un soir d'été lourd et orageux, il avait promis à sa fille de remettre la Rolls en état pour son départ. Il avait réussi une semaine avant l'échéance. Quand Michelle reviendrait de son voyage, il vendrait la voiture. Entièrement restaurée, elle devait valoir un bon quart de million sur le marché des collectionneurs. Pas mal pour un véhicule qui coûtait cinq cents dollars à sa sortie. Pas mal du tout quand on pensait qu'il l'avait remporté à mille dollars dans une enchère organisée par le service fédéral des saisies, une décennie auparavant.

« À ton avis, qui était le propriétaire précédent ? avait demandé Michelle lorsqu'il lui avait révélé l'origine de cet achat.

— Un dealer, je suppose.

— Mince. J'espère que personne n'a été tué à l'intérieur. »

La Rolls avait maintenant l'air impeccable, mais ce n'était pas suffisant. Hors de question que sa fille parte avant qu'il ne l'essaye sur au moins une trentaine de kilomètres, histoire de vérifier sa tenue de route à pleine vitesse.

Nathan s'adressa à la voiture :

« Allez, ma puce, sortons. Montre-moi ce dont tu es capable. »

Demeter s'installa derrière le volant, claqua la portière, et tourna la clef de contact.

Le moteur gronda : un rugissement de triomphe, sauvage et furieux, immédiatement suivi d'un murmure calme, onctueux. Le cuir couleur crème du siège était beaucoup plus confortable que le matelas ergonomique Tempur sur lequel il dormait. Cette voiture appartenait à une ère où les objets manufacturés étaient de véritables tanks, construits pour durer. La vieille dame lui survivrait, il en était sûr.

Et il ne croyait pas si bien dire.

Nathan avait laissé son téléphone sur le plan de travail. Guère enthousiaste à la perspective de rester bloqué en pleine campagne, pour peu que la voiture décide de couler une bielle ou une connerie de ce genre, il préférait prendre l'appareil avec lui. Il eut sa première surprise de l'après-midi au moment où il tendit le bras pour ouvrir la portière. Celle-ci se verrouilla avec une telle brusquerie qu'il étouffa un cri.

Pris au dépourvu, il douta un instant de ses sens. Mais les autres portières se verrouillèrent à leur tour avec un bruit d'arme automatique. Clac, clac, clac. Impossible que tous ces phénomènes soient le fruit de son imagination.

« C'est quoi, ce bordel ? »

Il tira le loquet. Celui-ci resta baissé, comme soudé.

L'obstination tranquille du moteur faisait vibrer l'habitacle. Les gaz d'échappement commençaient à envahir les flancs du véhicule.

Demeter se pencha afin de couper le contact. Il eut alors une deuxième surprise. La clef refusait de tourner. Il la fit jouer dans la serrure, tenta de la retirer en vain.

La radio s'alluma. *Jingle Bells* retentit à plein volume. L'intensité du son lui meurtrit les tympans. Une chanson totalement incongrue au printemps. Demeter sentit son corps se raidir, sa peau se couvrir de chair de poule. Il appuya sur le bouton *off*. Sa capacité d'étonnement battait de l'aile. Il découvrit avec un certain fatalisme qu'il ne parvenait pas à éteindre le poste. Il essaya les autres boutons pour voir s'il arrivait à changer de fréquence. *Jingle Bells* passait sur toutes les stations.

Le dioxyde se répandait à présent dans tout le garage. Il sentait sa puanteur. L'engourdissement s'emparait de lui. Sa tête tournait. Sinatra prétendait que dans chaque maison flottait un air de fête. Nathan devait se débrouiller pour interrompre cette merde, juste un peu de silence. Bien entendu, la molette du volume demeura inopérante.

Le brouillard toxique serpentait dans la lumière des phares. Il avala une bouffée d'air vicié. Une quinte de toux le saisit. Il crut qu'il allait s'arracher la gorge. Ses pensées défilaient, tels des chevaux de bois sur un manège fou. Michelle ne rentrerait pas avant une heure et demie, les voisins les plus proches étaient à deux kilomètres d'ici. Personne ne l'entendrait crier. La voiture continuait à ronronner, les portières demeuraient closes. Il se faisait l'effet d'être dans un putain de film d'espionnage. Il imaginait un tueur à gages, affublé d'un sobriquet genre Gorge Profonde, qui s'amusait à le torturer avec une télécommande. Une idée absurde. Il avait lui-même ausculté la mécanique, tout remonté pièce par pièce. Rien ne suggérait un quelconque branchement susceptible d'influer sur le moteur, le verrouillage, la radio.

Tout à ses réflexions, il tâtonnait sur le tableau de bord à la recherche de l'ouverture automatique du garage. S'il ne parvenait pas à aérer, il allait s'évanouir d'une minute à l'autre. Sa fouille se révéla infructueuse. La panique l'assaillit. *Rien. Il n'y a rien.* Soudain, ses doigts effleurèrent la radiocommande derrière le logement du volant. Il referma la main sur l'appareil, le dirigea vers la porte du garage, et appuya sur le commutateur.

La porte s'éleva en direction du plafond. Le levier de vitesse du véhicule bascula tout à coup en marche arrière. La Rolls recula, le coffre contre le volet pivotant. Les pneus crissaient.

Nathan agrippa le volant en criant. Il n'avait pas l'intention de manœuvrer, mais simplement de s'accrocher à quelque chose. Les fines roues à flanc blanc accrochaient maintenant le gravier de l'allée. Les cailloux martelaient le bas de caisse. Soudain, la voiture partit en arrière avec la force d'un wagon de montagnes russes plongeant vers le sol. Bien que Demeter eût l'impression de hurler pendant toute la descente de la colline, il cessa en vérité à mi-pente. Le reste se passait dans sa tête.

À l'approche de la route, non seulement la Rolls ne ralentit pas, mais elle accéléra. Qu'un autre véhicule arrive, et il allait être réduit en purée à près de soixante-dix à l'heure. Bien sûr, même si la voie était libre, la voiture finirait sa course dans les arbres. Il serait éjecté à travers le pare-brise. Les antiquités de ce type ne possédaient pas de ceinture de sécurité.

La route était déserte. Quand les roues arrière mordirent le bitume, le volant tressauta entre les mains de Nathan, tourna si fort qu'il lui brûla les paumes. Le conducteur dut lâcher prise. La voiture dérapa à quatre-vingt-dix degrés sur la droite. L'homme fut plaqué contre la portière, sa tête heurta le montant.

Il ne savait pas s'il était sérieusement blessé. Il s'écroula sur son siège, les yeux fixés au plafond. À travers la vitre, le ciel de fin d'après-midi, d'un bleu profond ponctué de cirrus en altitude, défilait. Il toucha un endroit douloureux sur son front. Lorsqu'il retira la main, ses doigts étaient couverts de sang. Une flûte joua l'introduction de *Twelve Days of Christmas*.

La voiture continuait à rouler. Elle avait maintenant passé la quatrième vitesse. Demeter connaissait chaque recoin de la région. Il estima qu'il devait être sur la route 1638 qui menait à la Dixie Highway. Dans quelques instants, il parviendrait à l'intersection, et alors quoi ? Il la traverserait comme une flèche, peut-être qu'il se prendrait un camion filant vers le sud. Il serait désintégré. Cette possibilité lui effleura l'esprit, mais ne suscita aucun sentiment de panique en lui. Selon lui, la voiture n'était pas kamikaze. Malgré son étourdissement, Nathan comprenait vaguement que la Rolls poursuivait un but précis et qu'elle entendait bien l'atteindre. Elle n'en avait pas après lui. Il était probable qu'elle n'avait pas plus conscience de sa présence qu'un chien des tiques dans son pelage.

Il se redressa sur un coude, vacilla, puis parvint à s'asseoir pour s'examiner dans le rétroviseur.

Son visage était un masque sanguinolent. Il se tâta de nouveau le front. Une coupure d'une bonne dizaine de centimètres courait à la base de son cuir chevelu. Il sentait l'os du crâne à travers la plaie.

La Rolls se mit à ralentir à l'approche du stop signalant le croisement. Il observa, fasciné, le véhicule rétrograder jusqu'en seconde. Alors, il se remit à crier.

Un break marquait l'arrêt devant lui. Nathan aperçut trois petites têtes blondes entassées sur la banquette arrière. Les enfants au visage poupin se retournèrent.

Il plaqua sa main sur le pare-brise, y imprimant une marque écarlate.

« À l'aide, s'égosilla-t-il tandis que le liquide tiède coulait sur sa figure. Au secours ! Aidez-moi ! »

Les gosses eurent un sourire amusé, comme s'ils regardaient quelqu'un en train de faire l'imbécile. Les mots qui sortaient de la bouche de Nathan se muèrent en paroles incohérentes, les sons en meuglements de bœuf à l'abattoir. Un bœuf dont les sabots auraient patiné dans le sang de ses prédécesseurs.

Dès que la voie fut libre, le break prit à droite. La Rolls, quant à elle, tourna à gauche, puis accéléra d'un coup. Demeter crut qu'une main invisible le plaquait contre le siège.

En dépit des vitres fermées, l'odeur douce et printanière des pelouses tondues, de la fumée des barbecues dans les jardins, et des arbres en fleur lui parvenait.

Les teintes ocre du ciel évoquaient à présent une hémorragie. Les nuages s'effilaient en lambeaux plaqués or.

Nathan remarqua distraitement que la Rolls se portait à merveille. Le moteur n'avait jamais ronronné aussi bien, aussi fort. On pouvait sans conteste décréter que cette petite perle avait retrouvé son lustre d'antan.

Il était certain d'avoir dormi, même s'il ne se rappelait pas quand. Il avait juste fermé les yeux au crépuscule, et lorsqu'il les avait rouverts, la Rolls filait à travers un tunnel de flocons tourbillonnants dignes d'une nuit de décembre. À travers le pare-brise souillé de traces ensanglantées, il distinguait la neige diabolique qui se dévidait sur l'asphalte noir d'une chaussée à deux voies qu'il ne reconnaissait pas. Les écheveaux blancs ressemblaient à des fils de soie vivants, des fantômes.

Il essaya de deviner si la voiture avait pu rouler assez long-temps au Nord pour se retrouver prise dans une tempête. Peu probable. Il étudia l'obscurité froide, les contours de cette route inconnue, et en déduisit, sans trop y croire, qu'il rêvait. Chaque sensation – la douleur sur son front, le sang séché sur sa peau, le dos raide à force de rester assis – lui affirmait le contraire. La voiture progressait avec la constance d'un panzer. Aucun répit, aucun écart. Le compteur ne descendait jamais au-dessous de quatre-vingt-dix.

Les chansons défilaient : *All I Want for Christmas is You*, de Maria Carey, *Jour de neige*, *La plus belle nuit*. Demeter les entendait parfois. Le plus souvent, il n'y prêtait pas attention. Pas de publicités ni de bulletins d'informations. Uniquement ces chants sacrés à la gloire du Seigneur et d'Eartha Kitt, qui serait une petite fille très sage si le père Noël lui apportait ce qu'elle désirait.

Les paupières closes, il revoyait son portable sur le plan de travail. Michelle s'était-elle déjà mise à sa recherche ? Bien sûr. Dès qu'elle était rentrée et avait trouvé le garage vide, la porte grande ouverte. À l'heure actuelle, sa fille devait être morte d'inquiétude. Il regrettait de ne pas avoir son mobile. Pas pour appeler les secours, tant il était convaincu que son cas était désespéré, mais afin d'entendre sa voix réconfortante. Il désirait lui confirmer qu'elle pourrait partir au bal, l'incite-rait à en profiter. Il lui assurerait qu'il n'avait pas peur qu'elle devienne une femme. Sa seule inquiétude était de vieillir seul sans elle. Non pas que cette éventualité soit encore à l'ordre du jour. Michelle était la meilleure chose qui lui soit arrivée au cours de son existence. Il ne le lui avait pas assez dit. Ni récemment ni jamais.

Il était derrière le volant depuis six heures et la panique avait laissé place à une espèce d'étonnement confus. D'une certaine manière, il en était venu à considérer cette situation comme presque normale. Tôt ou tard, une grosse voiture noire venait pour tout le monde. Elle vous arrachait alors à vos proches. Pour toujours.

Perry Como l'avertit sur un ton guilleret que Noël approchait.

« Sans déconner, Perry », murmura-t-il. Puis il commença à chanter d'une voix éraillée, martelant la portière conducteur. Il accompagna ensuite Paul Anka, entonna le bon vieux temps du rock'n'roll censé apaiser l'âme. Il s'en donna à cœur joie, un couplet après l'autre. Quand il se calma enfin, il se rendit compte que la radio avait cessé d'émettre.

Eh bien, voilà un chouette cadeau de Noël, songea-t-il. *Sans doute le dernier.*

Lorsqu'il rouvrit les yeux, sa tête reposait contre le volant. La voiture était désormais à l'arrêt et la lumière vive le mettait au supplice.

Il plissa les paupières. Le monde était devenu une immense tache bleue. Son crâne l'élançait comme jamais. Il en avait la nausée. Une espèce de douleur jaunâtre pulsait dans ses orbites. Les feux du soleil étaient impitoyables.

Les larmes coulèrent sur ses joues, le paysage gagna en netteté, les contours se dessinèrent.

Un individu corpulent en treillis, affublé d'un masque à gaz, l'observait de l'autre côté du pare-brise, à travers les traînées de sang coagulé. Son masque était un vieux modèle vert-de-gris. Il devait au moins dater de la Seconde Guerre mondiale.

« Vous êtes qui, putain ? » interrogea Nathan.

Le gros homme dansait d'un pied sur l'autre. Demeter ne distinguait pas ses traits, mais il en conclut qu'il devait trépigner d'excitation.

Le verrou de la portière conducteur s'ouvrit avec un claquement métallique.

L'obèse tenait une espèce de cylindre à la main. Le flanc de l'instrument, qui ressemblait à un aérosol, s'ornait d'une inscription – VAPORISATEUR DE PAIN D'ÉPICE – et d'une illustration. Celle-ci figurait une mère de famille qui sortait des gâteaux en forme de petits bonshommes du four.

« Je suis où ? insista Nathan. C'est quoi, cet endroit ? »

L'homme au masque à gaz ouvrit la portière. Une brise printanière s'engouffra dans l'habitacle.

« Vous descendez ici. »

Centre hospitalier de Saint-Luc, Denver

Quand quelqu'un d'intéressant mourait, Hicks prenait toujours une photo souvenir.

Une ravissante blonde aux yeux bleus de trente-deux ans, présentatrice sur la chaîne locale, était morte étouffée dans son vomi après une overdose. Hicks s'était glissé dans la morgue à une heure du matin, avait ouvert la housse, et l'avait assise. Son portable à bout de bras, il l'avait enlacée et s'était penché pour faire mine de lui lécher le nichon. Il n'avait pas vraiment passé la langue sur sa peau. C'eût été vulgaire.

Il s'était aussi photographié avec une star du rock. Une vedette de seconde zone, mais quand même. Le type appartenait au groupe qui chantait dans le film de Stallone. Il était mort d'un cancer. Le trépas lui avait donné une allure de vieille femme desséchée, avec ses cheveux châtains filasse, ses longs sourcils et sa grande bouche efféminée. Hicks l'avait sorti de son casier, avait replié son majeur et son annulaire pour faire le signe du diable, puis s'était allongé à côté de lui. Ils avaient posé tous les deux pour la postérité. Les paupières du macchabée étaient affaissées. Il paraissait serein, décontracté.

La petite copine de Hicks, Sasha, lui avait parlé d'un fameux tueur en série enfermé à l'institut médico-légal. Sasha était infirmière au service pédiatrique de l'hôpital, sept étages plus haut. Elle adorait ces clichés pris en compagnie de célébrités. Hicks lui envoyait toujours ses trophées numériques en priorité. Sasha trouvait son ami super marrant. Selon elle, il méritait de passer au *Daily Show*. Hicks, quant à lui, était très amoureux de sa moitié. Elle possédait la clef de la pharmacie. Le samedi, pendant le service de nuit, elle y piquait quelques friandises. De l'oxycodon ou des dérivés morphiniques. Ensuite, ils profitaient des pauses pour dégoter une salle vide. Alors, elle ôtait le bas de son uniforme d'un mouvement lascif et s'installait sur les étriers.

Hicks ne connaissait pas le meurtrier. Sasha avait donc utilisé l'ordinateur de l'infirmerie pour lui fournir son pedigree. La photo anthropométrique était déjà assez horrible. Elle représentait un type chauve au visage émacié, la bouche remplie de dents pointues qui se chevauchaient. Ses yeux enchâssés brillaient d'un éclat stupide. La légende indiquait qu'il s'appelait Charles Talent Manx, incarcéré depuis plus de dix ans à la prison fédérale pour avoir brûlé vif un pauvre mec devant une dizaine de témoins.

« Son palmarès n'est pas génial. Il a juste tué un type.

— Détrompe-toi. Il est pire que John Wayne Stacy. Il a refroidi un tas de gamins. Toutes sortes de mioches, dans une baraque à lui. Il avait l'habitude d'accrocher un petit ange de Noël dans les arbres à chaque victime. Un truc de dingue, genre symbolisme macabre. Les journalistes ont surnommé son repaire la maison de Sangta Claus. Tu piges le jeu de mots, Hicks ?

— Non.

— Il les a saignés. Le sang et Santa Claus. Tu comprends, maintenant ?

— Non. »

En effet, le jeune homme ne voyait pas le rapport entre Manx et le père Noël.

« La bicoque a brûlé, précisa Sasha. Mais les décorations sont toujours là-bas, suspendues aux branches. Une espèce de mémorial. »

Elle passa son doigt dans l'échancrure de sa blouse.

« Les serial killers me mettent dans tous mes états. Quand je pense aux saloperies que je ferais pour qu'ils m'épargnent. Tu dois absolument te prendre en photo avec ce type et m'envoyer le résultat par mail. Et puis aussi m'expliquer ce qui m'attend si je ne me déshabille pas pour toi. »

Il n'avait aucune raison de refuser. De toute façon, il devait effectuer sa ronde. En plus, si ce monstre avait tué autant de personnes qu'on le prétendait, ça devait valoir le coup d'ajouter ce souvenir à sa collection. Hicks avait déjà pris des instantanés plutôt marrants, mais il avait la conviction qu'un tueur en série donnerait à son œuvre une dimension plus sérieuse, plus profonde.

Seul dans l'ascenseur, il pointa son pistolet dans le miroir en face de lui. « Soit tu suces cet engin, soit tu suces ma grosse bite. » Il s'exerçait à menacer Sasha.

Tout se déroulait à merveille jusqu'à ce que le talkie-walkie grésille et qu'il entende son oncle :

« Vas-y trouduc, continue à jouer avec ton arme de service. Quand tu te seras tiré dessus, on pourra peut-être enfin embaucher quelqu'un de sérieux. »

Il avait oublié la caméra dans la cabine d'ascenseur. Heureusement qu'il n'y avait pas de micro. Hicks remit son .38 dans son holster et baissa la tête. Il espérait que la visière de sa casquette dissimulerait ses traits, où la colère le disputait à la honte. Il prit dix secondes pour se calmer, puis appuya sur le bouton d'émission. Il avait la ferme intention d'être foutrement malpoli, de crever l'abcès une fois pour toutes. Il ne parvint qu'à couiner un faible « Cinq sur cinq », avec cette satanée voix de fausset qu'il haïssait tant.

Tonton Jim lui avait obtenu ce poste de gardien sans s'étendre sur sa scolarité brutalement interrompue et son arrestation pour ivresse sur la voie publique. Il ne travaillait à l'hôpital que depuis deux mois et s'était déjà chopé deux avertissements. Un pour retard, l'autre pour absence de réponse au talkie (il était alors dans les étriers). Tonton Jim l'avait prévenu : au troisième rapport, il devrait faire ses valises.

Le dossier de son oncle était vierge, sans doute parce qu'il se contentait de rester assis au P.C. de sécurité six heures par jour, à surveiller les écrans de contrôle d'un œil, tandis que de l'autre, il visionnait les succès de Cinemax. Trente ans devant la télévision, à quatorze dollars de l'heure tout bénef. Le rêve de Hicks. Mais s'il était renvoyé, il devrait retourner au McDo. Bonjour l'angoisse. Sitôt son contrat à l'hôpital signé, il avait dit adieu aux paillettes féeriques du guichet à emporter. Depuis, il vivait dans la crainte constante de repartir au bas de l'échelle. Pire, il perdrait Sasha et surtout la clef qui permettait d'accéder à la pharmacie. Plus personne ne monterait sur les étriers. L'infirmière raffolait de l'uniforme de gardien. Hicks doutait que la tenue de McDonald ait le même effet.

Il atteignit le premier sous-sol. Après être sorti d'une démarche mollassonne, il s'assura que les portes s'étaient bien refermées derrière lui, puis empoigna son entrejambe et envoya un baiser vers l'ascenseur.

« Pompe-moi le dard, gros pédé. Je suis sûr que tu aimes ça. »

À onze heures et demie du soir, le sous-sol n'était pas très animé. La plupart des lumières étaient éteintes, à l'exception d'un néon tous les quinze mètres. L'hôpital faisait des économies. La circulation piétonne se résumait aux rares quidams qui passaient par le parking pour gagner la rue, via un tunnel souterrain.

La prunelle de ses yeux était garée là. Une Pontiac aux sièges zébrés, munie d'un éclairage sous caisse qui lui donnait des allures d'OVNI tout droit issu de *E.T.* quand il faisait rugir le moteur sur la route. Il la perdrait elle aussi, s'il était viré. Impossible de rembourser le crédit en retournant des steaks hachés sur un gril. Sasha adorait le baiser dans la Pontiac. Elle était dingue des animaux et les housses en fausse peau de zèbre éveillaient son côté sauvage.

Hicks supposait que le tueur en série était en chambre froide, mais il se révéla que son corps était déjà parti à l'autopsie. Un des toubibs avait commencé à l'examiner, puis l'avait abandonné pour terminer le lendemain. Le jeune homme alluma les scialytiques au-dessus des tables, et laissa le reste de la salle dans la pénombre. Il tira les rideaux de la porte d'entrée. Celle-ci n'était pas équipée de verrou. Il poussa donc la cale aussi loin que possible sous le battant afin d'éviter toute irruption malvenue.

Le médecin qui avait travaillé sur Charlie Manx l'avait recouvert d'un drap avant de partir. Un seul corps, cette nuit. La civière était disposée sous une plaque où l'on pouvait lire : HIC LOCUS UBI MORS GAUDET SUCCURRERE VITAE. Un jour, Hicks irait sur Google pour connaître la signification de ce truc.

Il baissa d'un coup le drap jusqu'aux chevilles du tueur afin de jeter un coup d'œil à la dépouille. Le gril costal avait été ouvert puis recousu à l'aide d'un épais fil noir. La coupure en Y s'étendait jusqu'au pelvis. La bite de Manx était longue et fine comme une saucisse de hot-dog. Un rétrognathisme épouvantable faisait ressortir ses dents crochues. Les yeux grands ouverts, il semblait fixer Hicks avec une sorte de fascination impénétrable.

Le gardien était mal à l'aise. Il avait déjà vu pas mal de macchabées et, d'habitude, ils avaient les paupières closes. À défaut, leurs pupilles de lait caillé suggéraient que quelque chose – la vie, peut-être – s'était figé en eux. Dans le cas présent, le regard de l'assassin était brillant, alerte. Ces yeux appartenaient au monde des vivants, et non à celui des défunts. Ils exprimaient une avidité, une curiosité de rapace. Mais peu importe ; Hicks s'en moquait.

La plupart du temps, la mort n'éveillait aucune crainte en lui, pas plus que l'obscurité. Bien sûr, il avait un peu peur de tonton Jim, et puis il n'aimait pas quand Sasha proposait de lui enfiler un doigt dans le rectum (une expérience que, selon elle, il apprécierait). Il était parfois en proie à des cauchemars récurrents où il allait travailler cul nu. Il arpentait alors les couloirs avec sa queue battant le haut des cuisses et tout le monde se retournait à son passage. Ses angoisses, ses phobies, s'arrêtaient là.

Il ignorait pourquoi les toubibs n'avaient pas remis le corps dans son casier réfrigéré. De toute évidence, ils en avaient terminé avec la cavité abdominale. Ce fut au moment où il redressa Manx pour l'asseoir contre le mur et disposer ses longues mains osseuses sur ses genoux, qu'il détecta les pointillés dessinés au marqueur à l'arrière de son crâne. D'accord. Hicks avait lu dans l'un des articles sélectionnés par Sasha que le tueur avait oscillé à la lisière du coma pendant plus d'une décennie. Évidemment, les médecins voulaient savoir ce qui se passait à l'intérieur de sa tête. D'ailleurs, qui n'aurait pas été curieux d'étudier le cerveau d'un serial killer ? Ils auraient un bon cas d'école.

Les instruments chirurgicaux – scie, écarteur, pince costotome et maillet de Collin – étaient alignés sur un plateau d'acier auprès de la dépouille. Hicks envisagea d'abord de faire poser Manx avec le scalpel : un outil plutôt approprié pour un tortionnaire. Cependant, il vit tout de suite que la lame serait trop petite. Elle ne présenterait pas bien sur le cliché qu'il prendrait avec son appareil merdique.

Le maillet, en revanche, méritait réflexion. L'instrument avait l'apparence d'un gros marteau argenté dont la tête, en forme de brique, s'ornait d'une extrémité effilée, similaire à un fendoir. Le manche se terminait par un crochet avec lequel on soulevait la calotte crânienne, ainsi qu'on aurait décapsulé une bouteille. Hicks trouvait cet ustensile dément.

Il lui fallut une bonne minute pour le mettre dans la main du tueur. Les vilains ongles de Manx, longs, fendus, et aussi jaunes que ses putains de ratiches, lui inspirèrent une grimace. Ce type ressemblait à Lance Henriksen, un des acteurs d'*Alien*. Pour peu qu'on ait rasé le crâne du comédien avant de le remodeler à coups d'instrument contondant. Les pectoraux blafards et flétris de Manx lui rappelaient en outre les nichons de sa mère.

Hicks prit la scie rachitome pour lui et passa son bras autour des épaules du cadavre. Le corps s'affaissa. La grosse tête chauve du tueur reposait sur sa poitrine. Impeccable. Ils avaient l'air de deux copains de beuverie. Le gardien sortit son portable, plissa les yeux avec un rictus menaçant, et appuya sur le déclencheur.

Ensuite, il réinstalla la dépouille sur la civière, puis jeta un coup d'œil à son portable. Le cliché n'était pas formidable. Hicks voulait paraître féroce, mais son expression suggérait plutôt que Sasha était parvenue à lui introduire son petit doigt dans l'anus. Comme il songeait à prendre une nouvelle photo, des voix résonnèrent dans le couloir. L'espace d'une abominable seconde, il crut reconnaître les intonations de son oncle.

« Oh, ce petit enculé est là-dedans. S'il savait... »

Le gardien remit le drap sur le corps en vitesse. Les battements de son cœur ressemblaient à une rafale de semi-automatique. Les importuns étaient à présent derrière la porte. Il était sûr qu'ils allaient entrer. Au moment d'aller retirer la cale, il s'aperçut qu'il tenait toujours la scie. Il déposa l'instrument sur le plateau inox d'une main tremblante.

Le temps d'arriver à la porte, il s'était ressaisi. Le deuxième homme s'esclaffa et le premier reprit :

« ... vont lui retirer les quatre molaires. D'abord, ils le gazeront au sévoflurane et, quand ils lui briseront les dents, il ne sentira rien. Par contre, lorsqu'il se réveillera, il aura l'impression d'avoir pris un coup de pelle dans la gueule... »

Hicks ignorait qui allait être édenté, mais il se rendait maintenant compte que l'individu dans le couloir n'était pas Jim. Juste un vieux connard avec une voix de vieux connard. Il attendit que les visiteurs s'éloignent avant d'enlever la cale. Ensuite, il compta jusqu'à cinq et se faufila à l'extérieur. Il avait besoin d'un verre d'eau et de se laver les mains. Il se sentait encore fébrile.

Il fit un long détour en respirant à fond pour se calmer. Lorsqu'il parvint enfin aux toilettes pour hommes, il avait aussi besoin de se soulager. Il s'introduisit dans la cabine pour handicapés, histoire d'avoir plus de place. Il profita de ce qu'il lâchait ses bombes dans la cuvette pour envoyer la photo à Sasha. Il accompagna le cliché du message suivant : « *Baisse-toi et enlèV ton pantalon. Papa arriV avec la scie. Prépare-toi à fR ce kil te dit, saloP. Attends-moi dans la salle 2 punitions.* »

Au moment où, penché au-dessus du lavabo, le gardien buvait sans discrétion au robinet, il fut pris d'un doute. Les voix dans le couloir l'avaient tellement affolé qu'il ne savait plus s'il avait remis le corps dans la bonne position. Pire encore : il se demandait s'il avait ôté le maillet de la main du tueur. Dans le cas contraire, n'importe quel toubib un peu futé se douterait de l'embrouille dès le lendemain matin. Tonton Jim cuisinerait toute l'équipe. Son neveu n'était pas sûr de pouvoir résister à la pression d'un interrogatoire serré.

Il décida de retourner en salle d'autopsie. Il devait vérifier que tout était en ordre.

Après avoir marqué une pause sur le seuil, un coup d'œil à la vitre lui confirma qu'il avait oublié de rouvrir les rideaux. Déjà un détail à régler. Il se glissa à l'intérieur et fronça les sourcils. Dans sa hâte, il avait sans doute éteint toutes les lumières. Pas uniquement les scialytiques, mais aussi les veilleuses qui restaient allumées en permanence aux quatre coins de la salle, ainsi qu'au-dessus du bureau du légiste. La pièce sentait la teinture d'iode et le formaldéhyde. Hicks laissa la porte se refermer derrière lui et le noir s'installa.

Ses doigts couraient le long du mur, à la recherche des interrupteurs, lorsqu'il fut alerté par un grincement de roue suivi d'un petit bruit métallique.

Il se figea, à l'écoute. Il perçut aussitôt un mouvement dans sa direction. Un mouvement silencieux, invisible, et pourtant détectable. Une infime variation de pression sur sa peau, dans son oreille. Ses entrailles se liquéfièrent. Il baissa la main pour saisir le .38 à sa ceinture. Son flingue était déjà à moitié sorti quand il entendit un vrombissement dans les ténèbres. Un choc au niveau du plexus, une batte en aluminium ou un truc de ce genre, lui coupa le souffle. Il se plia en deux. Son arme de service retomba dans le holster.

Un deuxième coup le cueillit à la tempe. Il vacilla sur ses talons avant de tomber en arrière. Une dégringolade interminable, véritable chute d'altitude à travers la nuit étoilée. Il voulut crier, mais pas un son ne franchit ses lèvres. L'air déserta ses poumons pour de bon.

Quand Ernest Hicks ouvrit les yeux, un homme était penché au-dessus de lui. L'inconnu lui adressait un sourire timide. Le gardien ouvrit la bouche pour demander ce qui s'était passé. La douleur déferla dans son crâne. Il se retourna et vomit. Son dîner – un poulet frit de chez General Tso – se déversa dans une gerbe acide sur les mocassins noirs du type.

« Désolé, mec, balbutia Hicks quand les haut-le-cœur cessèrent.

— Pas de problème, fiston, répondit le médecin. N'essaie pas de te lever. On va t'emmener aux urgences. Tu as un traumatisme. Je tiens à m'assurer que tu ne souffres pas d'une fracture. »

Les souvenirs resurgissaient. Hicks se rappelait l'homme qui l'avait matraqué dans l'obscurité.

« C'est quoi, ce bordel ? gémit-il. Merde. Mon flingue... Quelqu'un a vu mon flingue ? »

Le toubib, dont le badge indiquait qu'il s'appelait Sopher, posa sa main sur la poitrine de Hicks.

« Je crois qu'il a disparu.

— Ne te redresse pas, Ernie », ajouta Sasha dans le dos du praticien. Elle regardait son petit ami avec une expression d'horreur. Deux consœurs toutes pâles, les traits défaits, l'accompagnaient.

« Oh, bon Dieu. Bon Dieu de bon Dieu. On m'a piqué mon .38. Ils ont volé autre chose ?

— Juste ton pantalon, indiqua Sopher.

— Juste quoi ? Putain de merde... »

Hicks baissa les yeux et vit qu'il était à poil à partir de la taille. Sa queue pendouillait devant le docteur, Sasha, ainsi que ses camarades. Il crut qu'il allait se remettre à vomir. Son cauchemar, celui où il se pointait au travail cul nu et où tout le monde le dévisageait, se réalisait. Une idée aussi violente qu'absurde l'assaillit soudain. Le connard qui l'avait déculotté en avait peut-être profité pour exécuter par procuration les sinistres desseins de Sasha : lui enfiler un doigt dans le trou de balle.

« Il m'a violé ? Est-ce que cet enfoiré m'a violé ?

— Apparemment non, le rassura le docteur, mais nous ne savons pas encore. Il voulait sans doute t'empêcher de le poursuivre. Il a pensé que tu ne lui courrais pas après en tenue d'Adam. Et il a emporté le flingue parce qu'il était accroché à la ceinture du pantalon. »

Même s'il ne l'avait pas dépouillé de sa chemise, l'agresseur avait également embarqué son blouson.

Hicks commença à pleurer, ce qui déclencha un pet sonore et humide. Il n'avait jamais eu aussi honte de sa vie.

« Quelle merde ! hoqueta-t-il. Qu'est-ce qui cloche, chez les gens ? »

Le médecin secoua la tête.

« Qui sait ce qu'il avait en tête ? Il était peut-être défoncé. À moins qu'il s'agisse d'un pervers en quête d'un trophée. Laisse les flics s'occuper de cette affaire. Je veux t'examiner.

— Un trophée ? » sanglota Hicks. Il imaginait son pantalon encadré aux cimaises. Sopher jeta un coup d'œil par-dessus son épaule.

« Je ne vois pas d'autre explication au fait que quelqu'un s'introduise ici et dérobe le corps d'un célèbre tueur. »

Hicks tendit le cou. Un gong amplifié par de sombres échos explosa dans son crâne. La civière avait été poussée jusqu'au milieu de la pièce. Le cadavre s'était volatilisé. Il poussa un gémissement, ferma les yeux.

Un claquement de bottes lui parvint du couloir. Le gardien reconnut la démarche de gallinacé de son oncle, visiblement contrarié qu'on l'oblige à sortir de son bureau. Hicks n'avait aucune raison objective de craindre ses foudres. C'était lui, la victime. On l'avait tabassé, pour l'amour de Dieu. Ces arguments étaient néanmoins de piètre portée tant il se sentait seul, lamentable, retranché derrière ses paupières closes. Tonton Jim arrivait, et avec lui un troisième rapport de discipline qui tomberait comme un couperet. Ernest venait d'être littéralement pris le pantalon baissé. Il imaginait déjà que, en un certain sens, il ne le remettrait jamais plus.

Il avait tout perdu en un instant dans la pénombre de la salle d'autopsie : son super boulot, Sasha et les étriers, les médocs de la pharmacie, de même que les photos rigolotes avec les macchabées. Sa Pontiac zébrée ferait partie du lot, car ainsi qu'il le découvrirait quelques heures plus tard, le salopard qui l'avait sans pitié molesté s'était enfui avec le véhicule.

Fini. Terminé. Plus rien.

Son existence entière évaporée avec le corps de ce bon vieux Charlie Manx.

Mauvaise mère

16 décembre 2011-6 juillet 2012

Clinique de désintoxication, Lamar, Massachusetts

Pour Noël, Lou emmena le garçon un peu en avance. Vic McQueen effectuait son vingt-huitième jour de cure. Les arbres en fils de fer de la salle de repos se paraient de guirlandes. Ils mangèrent des doughnuts saupoudrés de sucre glace, achetés au supermarché du coin.

« Ils sont tous dingues, ici ? s'informa Wayne avec sa franchise habituelle.

— Tous alcoolos, rectifia son père. Les dingues, c'était à l'autre endroit.

— Alors, il y a une amélioration ?

— Disons une certaine progression. Nous aspirons tous à progresser, dans la famille. »

Haverhill

Vic reçut son autorisation de sortie la semaine suivante. Sobre pour la première fois de sa vie adulte, elle regagna Haverhill pour assister, en tant qu'ultime témoin des tentatives de suicide héroïques de Linda, à la mort de sa mère.

Vic lui donna un coup de main. Elle avait amené ses cigarettes préférées, des Virginia Slims, et les deux femmes avaient terminé la cartouche ensemble. Linda avait continué à fumer malgré son seul poumon intact. La bouteille à oxygène trônait près du lit. Sur le cylindre, les mots « Hautement Inflammable » se déployaient au-dessus d'un logo de flammes rouges.

« Ne t'inquiète pas, ma puce, avait déclaré sa mère en désignant la bonbonne du pouce.

— De quoi ? Que ma vie soit réduite en cendres ? Trop tard. Tu es déjà passée par là. »

Vic n'était pas restée une journée dans la même maison que sa mère depuis l'été de ses dix-huit ans, date à laquelle elle était partie pour de bon. Enfant, elle ne s'était jamais rendu compte à quel point cette demeure était sombre. La baraque, à l'ombre des arbres massifs, ne recevait presque aucune lumière naturelle. Il fallait toujours laisser les lampes allumées pour voir où l'on mettait les pieds, y compris à midi. Maintenant, les lieux empestaient le tabac et l'urine. Fin janvier, elle mourait déjà d'envie de prendre la tangente. La pénombre ajoutée au manque d'air frais lui rappelait le vide-linge dans la maison de Charlie Manx.

« On pourrait partir, cet été. On louerait un emplacement sur les rives du lac, comme avant. » Inutile de préciser qu'elle parlait du lac Winnipesaukee. « Le lac » suffisait, comme si aucun autre plan d'eau n'existait. De la même manière, « la ville » signifiait Boston.

« J'ai de l'argent », précisa-t-elle.

En fait, elle n'en avait pas tant que cela. Elle avait bu la plus grosse partie de ses gains. Et ce qu'elle n'avait pas bu était passé dans la poche des impôts ou celle de divers établissements médicaux. Il lui restait cependant un matelas assez confortable pour être dans une meilleure situation que l'alcoolique anonyme de base, avec ses tatouages et son casier judiciaire. Par ailleurs, de nouvelles sommes lui seraient versées si elle parvenait à achever le prochain tome de *Machine Chercheuse*. Parfois, elle pensait qu'elle avait suivi sa cure uniquement pour terminer ce livre. Elle aurait dû se soigner pour son fils, mais ce n'était pas le cas.

Sa mère lui adressa un sourire fatigué et lucide : elles savaient toutes les deux que Linda ne survivrait pas jusqu'à juin. Ses vacances, elle les passerait à trois pâtés de maisons d'ici, au cimetière où ses sœurs aînées et ses parents étaient enterrés. Pourtant, elle acquiesça :

« Bien sûr. Emmène le gamin avec toi. J'aimerais le connaître un peu. Si tu crois que je ne ferais pas trop de dégâts. »

Vic. ne releva pas cette dernière pique. Elle travaillait sur la huitième étape de son programme. Elle était venue à Haverhill pour se réconcilier. Pendant des années, elle avait refusé que sa mère voie Wayne ou occupe une place quelconque dans sa vie. Elle prenait plaisir à interdire tout contact. Il était de son devoir de protéger son fils. Elle devrait lui demander pardon à lui aussi.

« Et pendant que tu y es, tu pourrais présenter ton enfant à son grand-père. Il est là-bas, tu sais. À Dover, près du lac. Il fait toujours exploser des trucs. Il adorerait rencontrer ton gosse. »

Vic passa outre ce nouveau trait d'ironie. Devait-elle s'excuser également auprès de Christopher McQueen ? Elle le pensait souvent. Mais quand elle revoyait ses phalanges meurtries sous le robinet d'eau froide, elle changeait d'avis.

Il plut tout le printemps. Vic fut bloquée à la maison, en compagnie d'une mourante. Les averses étaient si violentes que la jeune femme avait parfois l'impression d'être enfermée dans une machine à tambour. Linda toussait, crachait d'épaisses glaires mêlées de sanies dans une cuvette en plastique, regardait les émissions culinaires avec le volume trop fort. Sortir, s'échapper, était devenu pour Vic une question de survie. Lorsqu'elle fermait les yeux, elle apercevait la surface étale du lac au soleil couchant. Des libellules aussi grosses que des hirondelles glissaient sur l'eau.

Elle ne se décida à réserver qu'au moment où Lou l'appela pour lui suggérer de passer l'été avec son fils.

« Le gosse a besoin de sa mère. Tu te sens prête ?

— Oui. J'aime bien l'idée », avait-elle répondu d'une voix mal assurée. Sa respiration était laborieuse. Trois ans s'étaient écoulés depuis que Lou et elle s'étaient séparés. Elle supportait difficilement l'amour inconditionnel dont il continuait à la gratifier, et le peu d'égards qu'elle lui offrait en retour. Elle devait réagir.

Quitter Lou était une chose, abandonner le gamin en était une autre. Malgré les affirmations de son ex-compagnon, elle savait qu'elle avait davantage besoin de Wayne que l'inverse. La perspective de le retrouver pendant tout l'été, de repartir à zéro, d'essayer à nouveau d'être la mère qu'il méritait, lui donnait des bouffées de panique, sans toutefois éclipser l'espoir brillant, violent, qui la tenaillait par ailleurs. Ces sentiments exacerbés la dérangeaient. Ils étaient trop proches de la folie d'autrefois.

« Ça ne te pose pas de problème ? Tu me fais confiance, après toute la merde que j'ai remuée ?

— Ah, championne. Remonte sur le ring et il t'y suivra. »

Vic s'abstint de lui préciser que, lorsque deux personnes montaient sur un ring, elles avaient souvent l'intention d'en découdre. Peut-être avait-il juste employé une malheureuse métaphore. Dieu savait pourtant que Wayne avait des raisons de lui en vouloir. S'il lui fallait un punching-ball, elle accepterait les coups. Sa façon à elle de faire amende honorable.

Elle affectionnait particulièrement ce mot. « Amende » ressemblait tant à « amen ».

Emportée par un élan fiévreux, elle se mit en quête d'un endroit où passer la saison chaude, un endroit conforme à l'image qu'elle avait en tête. Elle regrettait la disparition du Raleigh. Avec ce vélo, elle aurait pu dégoter l'emplacement idéal en un clin d'œil, le temps d'un aller-retour sur le Raccourci. Bien entendu, elle connaissait désormais la nature chimérique de ses expéditions. Elle avait appris la vérité à leur propos lors d'un séjour dans un hôpital psychiatrique du Colorado. Sa lucidité était alors aussi fragile qu'un papillon retenu par des mains en coupe, un insecte qu'elle trimbalait partout de peur qu'il ne s'échappe et meure par manque de soins ou accident.

En l'absence du pont, Vic était obligée, comme tout le monde, de se fier à Google. Elle ne trouva ce qu'elle cherchait qu'à la fin du mois d'avril : un petit cottage à une trentaine de mètres du rivage, doté d'un appontement et d'une modeste étable. La bâtisse était de plain-pied, ce qui éviterait à Linda de monter et descendre l'escalier. À cette époque, Vic était encore convaincue que sa mère serait du voyage, qu'elles auraient le temps de se réconcilier. Une rampe avait même été aménagée à l'arrière du bâtiment, de façon à ce que la malade puisse utiliser la chaise roulante.

L'agent immobilier lui avait envoyé un dépliant d'une demi-douzaine de pages en papier glacé. Vic s'était assise auprès de sa mère sur le lit, afin qu'elles examinent la brochure ensemble.

« Tu vois l'ancienne écurie ? Je vais la nettoyer et en faire un atelier d'artiste. J'imagine déjà les odeurs de foin, de chevaux. Je me demande pourquoi je n'ai pas traversé de phase hippique, dans mon enfance. J'étais persuadée qu'il s'agissait d'un passage obligé pour jeunes filles gâtées.

— Chris et moi ne nous sommes jamais vraiment échinés à te gâter, Vickie. Moi, j'avais peur. Maintenant, je pense qu'aucun parent n'est en mesure de trop choyer son enfant. Je m'en suis rendu compte trop tard. Je n'ai pas été très maternelle. J'étais tellement effrayée à l'idée de mal faire que j'ai rarement pris les bonnes décisions. »

Vic envisagea différentes répliques. *Nous sommes responsables toutes les deux*, par exemple. Ou : *tu as fait de ton mieux. Je ne peux pas en dire autant.* Troisième choix : *tu m'as aimée selon tes possibilités. Je donnerais tout pour revenir en arrière et réparer le tort causé.* Mais elle resta sans voix, la gorge serrée. Ensuite, il fut trop tard pour intervenir.

« Enfin, soupira Linda. De toute façon, tu te passais très bien de cheval à l'époque. Tu avais ton vélo. L'engin infernal de Vic McQueen. Celui qui l'emmène plus loin que n'importe quel étalon. Je l'ai cherché, tu sais. Il y a quelques années. Je pensais que ton père l'avait mis à la cave. J'avais l'intention de le donner à Wayne. Ce Raleigh était un vélo de garçon. Mais je ne l'ai pas retrouvé. J'ignore où il est passé. »

Elle marqua un silence, les yeux mi-clos. Vic se leva, mais avant qu'elle n'ait atteint la porte, sa mère ajouta :

« Tu ne sais pas ce qu'il est devenu, n'est-ce pas ? Ton engin infernal ? »

Sa voix était lourde de sous-entendus.

« Disparu, répondit Vic. Pour autant que je sache.

— J'aime bien ce cottage en bordure du lac. Tu as déniché un bel endroit, Vic. Je n'ai jamais eu de doute à ce sujet. Tu as toujours possédé un certain don en la matière. Un don pour trouver les choses. »

Les bras de Vic se hérissèrent de chair de poule.

« Repose-toi, maman. Je suis contente que ça te plaise. On devrait partir bientôt. Nous aurons la maison dès que j'aurai signé le bail. On pourrait partir en avance. Juste un jour ou deux, rien que toi et moi.

— Bien sûr. Et on s'arrêtera chez Terry en revenant. On prendra des milk-shakes. »

La pièce, déjà peu éclairée, sembla s'obscurcir davantage, comme si un nuage avait masqué le soleil. Vic précisa d'une voix tremblante :

« Des boissons frappées. Pour les milk-shakes, il faut aller ailleurs.

— Tu as raison.

— Ce week-end. On montera ce week-end.

— Je dois vérifier mon planning avant. Je suis peut-être occupée », plaisanta Linda.

Le lendemain matin, la pluie cessa. Et au lieu d'emmener sa mère au lac, Vic la conduisit au cimetière. La défunte fut inhumée à la première embellie de mai.

Elle appela Lou à une heure du matin. Dans les Rocheuses, il était onze heures.

« Tu crois qu'il voudra faire quoi ? Deux mois, c'est long. Je ne sais même pas si je pourrais l'occuper pendant deux jours. »

La question désarçonna Lou.

« Il a douze ans. Il est facile à vivre. Je suis certain qu'il s'adaptera. Tu aimes quoi ?

— La peinture. »

Son ex grogna.

« J'imaginais plus un truc genre tennis. »

Elle avait donc acheté des raquettes, incapable de savoir si Wayne maîtrisait au moins les bases de ce sport. Elle-même n'avait pas joué depuis tellement longtemps qu'elle ne se rappelait plus comment on comptait les points. Elle se souvenait juste que l'essentiel était de participer.

Elle fit ensuite l'acquisition de maillots de bain, de tongs, de lunettes de soleil, et de frisbees. Elle n'oublia pas la crème solaire, bien qu'elle espérât qu'ils ne s'exposeraient pas trop. Entre ses séjours en HP et ses cures, elle avait fini par avoir les bras et les jambes entièrement tatoués. L'abus d'UV serait néfaste pour l'encre.

Elle s'était imaginé que Lou accompagnerait son fils dans l'avion, aussi fut-elle surprise quand il lui donna le numéro de vol et lui demanda de l'appeler quand le gosse arriverait.

« Il a déjà voyagé seul ?

— Il n'a jamais voyagé du tout. Mais je ne m'inquiète pas. Le gamin est plutôt débrouillard. Et ce depuis un moment. Il a genre trois ans d'avance sur son âge. J'ai l'impression qu'il est plus excité par le vol que par la destination. » Un silence embarrassé s'ensuivit. « Désolé, ça m'a échappé.

— Pas de souci. »

Cette réflexion ne la touchait pas. Rien de ce que son ex ou son fils pourraient dire n'était susceptible de l'atteindre. Elle méritait chacune de ces paroles. Toutes ces années passées à haïr sa propre mère l'avaient convaincue qu'elle ne pouvait pas être pire qu'elle.

« Et puis il ne vient pas seul, poursuivit Lou. Il est avec Hooper.

— D'accord. Il mange quoi ?

— Tout ce qui traîne par terre. La télécommande, les sous-vêtements, les couvertures. Il ressemble au requin tigre des *Dents de la mer*. Celui que Richard Dreyfuss ouvre dans le hangar du pêcheur. Tu te souviens ? Le poisson avait une plaque d'immatriculation dans l'estomac.

— Je n'ai pas vu le film original. J'ai juste regardé une des suites à la télé, quand j'étais en désintox. Celle avec Michael Caine. »

Nouveau silence. Interrogatif et terrifié, cette fois.

« Bon Dieu. Pas étonnant que notre couple ait fait naufrage. »

Trois jours plus tard, à six heures du matin, elle était devant la baie vitrée de l'aéroport Logan, à attendre la navette qui conduirait Wayne aux arrivées. Les voyageurs émergèrent du tunnel, passèrent devant elle en petits groupes pressés et muets, leurs chariots devant eux. Le flot de passagers se tarissait. Elle essayait de rester calme. Où diable était-il ? Lou avait-il donné les bonnes informations ? Elle n'avait même pas encore la garde de Wayne qu'elle foirait déjà tout. Le jeune garçon apparut enfin, cramponné à son bagage comme à son ours en peluche préféré. Il balança le sac à ses pieds. Elle l'enlaça, le nez contre son oreille, la bouche au creux de son cou, jusqu'à ce que le gamin éclate de rire et lui demande de le lâcher.

« Comment c'était, l'avion ? s'enquit-elle.

— J'ai tellement adoré que je me suis endormi au décollage. J'ai tout loupé. Il y a dix minutes, j'étais dans le Colorado, et maintenant, me voilà. Dingue, non ? Voyager aussi vite ?

— Ouais. Dingue. »

Hooper était dans une cage de la taille d'un lit d'enfant. Ils durent s'y mettre à deux pour le retirer du tapis roulant. Des filets de bave coulaient de sa gueule de saint-bernard. Des lambeaux d'annuaire étaient dispersés à ses pieds.

« C'est quoi ? Son petit déjeuner ?

— Il aime mastiquer quand il est nerveux. Comme toi. »

Ils regagnèrent la maison de Linda pour prendre des sandwiches au poulet. Hooper s'attaqua à une boîte de pâtée, une paire de tongs flambant neuve et une des raquettes de tennis encore dans son emballage plastique. Malgré les vitres ouvertes, la baraque sentait toujours le tabac froid, le menthol et le sang. Vic avait hâte de partir. Elle prit les maillots, son chevalet, ses encres et ses pinceaux, ainsi que le chien et cet enfant qu'elle avait peur de ne pas satisfaire ou de ne pas mériter. Ils s'engagèrent vers le nord, en route pour les vacances estivales.

Vic McQueen II. Tentative maternelle, le retour, songea-t-elle.

Là-bas, la Triumph les attendait.

Lac Winnipesaukee

Le matin où Wayne trouva la Triumph, Vic était sur l'embarcadère en train de se battre avec deux cannes à pêche qu'elle n'arrivait pas à démêler. Elle avait découvert ces vestiges rouillés des années 1980 dans une armoire du cottage. Les lignes formaient un nœud de la taille d'un poing. Vic avait aperçu une boîte d'articles de pêche dans la remise. Elle avait envoyé son fils la chercher.

Elle s'était assise au bout du môle, avait ôté ses chaussures et ses chaussettes, puis avait laissé ses pieds reposer dans l'eau. Elle s'était ensuite attaquée à l'inextricable enchevêtrement de nylon. À l'époque où elle sniffait de la coke – oui, elle en avait pris aussi –, elle aurait pu s'acharner sur ce nœud pendant une heure, avec autant de plaisir que pour une partie de jambes en l'air. Elle aurait tricoté les fils à l'image de Slash les cordes de sa guitare.

Aujourd'hui, les choses étaient différentes. Elle abandonna au bout de cinq minutes. Inutile d'insister. Elle trouverait sûrement un couteau dans la boîte. Il fallait être conscient de ses limites : savoir arrêter de dénouer l'écheveau et trancher dans le vif.

Pour couronner le tout, les reflets du soleil sur le lac lui faisaient mal aux yeux. Plus spécialement du côté gauche. Son globe oculaire était lourd, compact. Lesté de plomb à défaut de tissus organiques.

Elle s'étira dans la chaleur, en attendant que son fils revienne. Elle avait envie de s'assoupir, mais sursautait chaque fois qu'elle piquait du nez. La comptine de la fille cinglée jouait dans sa tête.

Elle avait entendu cette chanson pour la première fois à l'hôpital psychiatrique de Denver, où elle avait été internée après
avoir mis le feu chez elle. Une ritournelle uniquement composée de quatre vers. Mais ni Bob Dylan, ni John Lennon, Byron
ou Keats, n'auraient pu les marier en une telle harmonie.

> *Personne ne dort quand je chante cette chanson*
> *Et je vais la chanter sans interruption*
> *Vic regrette son satané vélo*
> *Comme elle regretterait un voyage en traîneau*

Cette chanson l'avait réveillée lors de sa première nuit à la
clinique. Une femme l'entonnait quelque part dans les cellules
capitonnées. Et elle ne se contentait pas de fredonner pour
elle-même, mais s'adressait directement à Vic.

La fille cinglée dégoisait son couplet à tue-tête trois ou quatre
fois par nuit, en général juste au moment où Vic était sur le
point de s'endormir. Parfois, elle s'arrêtait pour s'esclaffer d'un
rire si violent qu'il l'empêchait d'arriver au terme de sa comptine.

Vic criait elle aussi, ordonnait qu'on fasse taire cette
connasse. D'autres patients lui répondaient à l'unisson. Toute
l'aile du bâtiment se mettait à brailler pour obtenir un peu de
silence, que cesse cette cacophonie, qu'on les laisse se reposer.
Vic se brisait la voix jusqu'à ce que les infirmiers viennent
la plaquer sur le lit et lui enfoncer une aiguille dans le bras.

Elle passait ses journées à scruter les visages, à la recherche
d'un comportement coupable ou d'un signe de fatigue révélateur. Mais tout le monde dans cet établissement avait l'air coupable ou crevé. À l'heure des groupes de parole, elle écoutait
attentivement les histoires des participants, persuadée que la
cantatrice nocturne se trahirait par sa voix éraillée. Cependant,
les malades avaient tous la voix éraillée. Les nuits difficiles,
l'abus de mauvais café et de cigarettes, y contribuaient.

Un soir, elle n'entendit plus rien. Sans doute avait-on transféré la fauteuse de trouble dans un autre secteur, par considération pour les autres patients. Six mois après sa sortie de
l'hôpital, Vic put enfin mettre un nom sur la voix de la fille
cinglée. Elle connaissait son identité.

« Elle est à nous, la moto dans le garage ? » demanda Wayne.
Et avant qu'elle n'ait compris la question, il ajouta : « Tu
chantes quoi ? »

Elle s'aperçut à cet instant qu'elle fredonnait toute seule. La ritournelle sonnait mieux à voix basse que sur le ton hystérique qu'elle employait chez les fous.

Elle s'assit, se passa la main sur le visage.

« Je ne sais pas. Rien. »

Wayne lui opposa un regard sombre, perplexe.

Il avança à petits pas laborieux. Hooper le suivit avec la démarche mollassonne d'un ours domestique. L'enfant empoignait à deux mains une grosse boîte à outils jaune et cabossée. Soudain, il lâcha prise. La caisse tomba avec fracas. L'embarcadère trembla.

« Voilà les articles de pêche, annonça-t-il.

— Cette boîte ne contient aucun article de pêche.

— Tu m'as dit de prendre la marron.

— Celle-ci est jaune.

— Jaune tachée de marron.

— Rouillée, plutôt.

— Ouais, et alors ? La rouille, c'est marron. »

Il défit les targettes, ouvrit le couvercle, et fronça les sourcils.

« Erreur manifeste, plaisanta sa mère.

— Peut-être que ce truc sert à pêcher ? Il est en forme de crochet. »

Il brandissait un étrange outil, semblable à la lame émoussée d'une faux assez petite pour tenir dans sa main.

Vic connaissait cet instrument, même si elle n'en avait plus vu depuis des années.

« Laisse-moi voir. »

Elle tourna la caisse à outils vers elle. Celle-ci contenait tout un assortiment de clefs plates, un indicateur de pression, ainsi qu'une sorte de pince à tête rectangulaire dont le manche s'ornait de l'inscription : TRIUMPH.

« Où tu as trouvé ça ?

— Sur le siège de la vieille moto. La bécane avec la maison ?

— Montre-moi. »

L'ancienne écurie

Vic n'y était entrée qu'une fois, quand elle avait pris possession des lieux. Devant sa mère, elle avait évoqué la possibilité de
l'aménager en atelier. Les pinceaux et les tubes de peinture
dormaient encore dans le placard de la chambre. Le bâtiment
était resté tel quel depuis le jour de leur installation.

L'abri était long, étroit, et tellement encombré d'objets inutiles qu'il était impossible de marcher en ligne droite jusqu'au
mur du fond. Quelques stalles subsistaient. Vic adorait l'odeur
qui y régnait. Un mélange d'essence et de terre, de foin et de
bois qui avaient vieilli pendant quatre-vingts étés.

À l'âge de Wayne, elle aurait été ravie de vivre sous les
combles, entourée de pigeons et d'écureuils volants. Cependant, son fils ne paraissait pas attiré par cette perspective. Il
n'était pas proche de la nature. Bien sûr, il prenait des photos
avec son iPhone, mais se contentait ensuite de pianoter sur
son écran tactile. Selon lui, le principal avantage de la maison
résidait dans l'équipement Wi-Fi.

Le gosse préférait s'évader devant son portable que dehors.
Cet appareil était son pont à lui. Il lui permettait d'échapper
à sa siphonnée de mère alcoolique et à son père, mécano de
cent quarante kilos qui avait abandonné l'école au lycée et
portait un T-shirt d'Iron Man aux festivals de BD.

La moto était à l'arrière du bâtiment. Elle se cachait sous
une bâche constellée d'éclaboussures de peinture, mais on
pouvait aisément en discerner la forme. Vic la localisa dès
qu'elle entra. Elle se demanda comment elle avait pu ne pas la
remarquer la première fois. Son interrogation ne dura cependant qu'un instant. Personne ne connaissait mieux qu'elle la

facilité avec laquelle un objet précieux pouvait se dissimuler au milieu d'un fouillis hétéroclite. L'intérieur de la remise semblait tout droit issu d'une page de *Machine Chercheuse*. Trouvez votre chemin à travers ce labyrinthe foisonnant sans toucher les fils de détente, et échappez-vous ! Cela ferait une bonne scène, quelque chose à creuser. Elle ne pouvait se permettre de laisser passer une idée intéressante. Qui le pouvait ?

Wayne s'empara d'une des extrémités de la bâche, elle prit l'autre, et ils dégagèrent l'engin.

Le deux-roues était recouvert d'une couche de suie et de poussière d'un demi-centimètre d'épaisseur. Le guidon et les compteurs se drapaient de toiles d'araignée. Le phare pendait de son logement. Sous la crasse, le réservoir profilé, rouge argenté, laissait transparaître le mot TRIUMPH gravé dans le chrome.

On aurait dit un gros cube dans un de ces vieux films de motards. Pas ceux avec des nanas à poil, la pellicule surexposée, et Peter Fonda, mais plutôt les longs-métrages en noir et blanc qui parlaient de courses et glorifiaient les blousons noirs. Vic l'aima instantanément.

Son fils passa la main sur la selle, observa la traînée grise sur sa paume.

« On la garde ? »

Comme s'il s'agissait d'un chat perdu.

Bien sûr qu'ils ne pouvaient pas la garder. Cette moto n'était pas à eux. Elle appartenait à la vieille dame qui leur avait loué la maison.

Et pourtant.

Pourtant, Vic avait l'impression qu'un lien s'établissait déjà entre l'engin et elle.

« Elle a l'air HS.

— Eh bien, répare-la, déclara Wayne avec l'assurance de ses douze ans. Papa te donnera quelques tuyaux.

— Ton père ne t'a pas attendu pour tout m'expliquer. »

Pendant huit ans, elle s'était échinée à être la copine idéale pour Lou. Une entreprise ni facile ni plaisante, mais ils avaient passé plusieurs journées formidables dans le garage. Lou réparait, Vic peignait les carrosseries. Soundgarden jouait à la radio et le frigo était rempli de bière fraîche. Elle s'allongeait sous les moteurs avec lui, tenait la lampe, se renseignait. Ils avaient parlé soudures, freins et tubulures. À l'époque, elle appréciait sa compagnie et en venait presque à s'apprécier elle-même.

« Tu crois qu'on peut la garder ? insista Wayne.

— Elle est à la propriétaire. Je peux lui demander si elle la vend.

— Je parie qu'elle nous la laissera. » Le garçon écrivit « À NOUS » dans la saleté amassée sur le réservoir. « Quelle vieille voudrait poser son cul sur une bécane pareille ?

— Moi », ironisa Vic avant d'effacer le « À NOUS » du plat de la main.

Les grains de poussière s'élevèrent dans la lumière matinale en une vague de flocons dorés.

Vic traça, juste au-dessus du « À NOUS » disparu, les lettres « À MOI ».

Wayne sortit son iPhone et prit une photo.

Haverhill

Chaque jour après le déjeuner, Sigmund De Zoet consacrait une heure à peindre ses soldats miniatures. Le meilleur moment de la journée. Il écoutait le Berlin Orchestra interpréter le sextuor Frobisher dans *La Cartographie des Nuages* tout en peaufinant ses Boches, avec leurs casques du XIXᵉ siècle, leurs uniformes et leurs masques à gaz. Il avait établi un théâtre des opérations à échelle réduite sur un contreplaqué de deux mètres carrés, censé représenter un demi-hectare de Verdun : ce bourbier gorgé de sang, criblé d'arbres calcinés et de massifs enchevêtrés, parsemé de cadavres.

Sig était particulièrement fier de la méticulosité de son travail. Il détaillait les galons sur les épaulettes, les microscopiques boutons sur chaque manteau, même les piqûres de rouille sur les casques. Lorsque ses figurines étaient achevées, il avait l'impression que la tension s'incarnait en elles, qu'elles pouvaient à tout moment agir de leur propre initiative et charger la ligne de front.

Il travaillait encore dessus le jour où elles se mirent effectivement à bouger.

Un Fritz blessé monopolisait toute son attention. Le minuscule fantassin s'agrippait la poitrine, sa bouche à la recherche d'un cri. Sig avait une pointe de rouge au bout du pinceau. Il avait l'intention d'en enduire les doigts crispés du militaire. Mais lorsqu'il approcha l'ustensile, la figurine recula.

Sigmund demeura interdit. Il fixait le Boche de deux centimètres sous la lampe à l'extrémité d'un bras articulé. Il approcha de nouveau le pinceau et le blessé s'éloigna encore.

Troisième essai. « Ne bouge pas, petit salopard », maugréa-t-il.

Il manqua sa cible, et de loin. Une trace écarlate ratura le pied de lampe.

À présent, ce soldat n'était plus le seul à remuer. Le bataillon entier s'animait. Les militaires titubaient les uns contre les autres, vacillaient comme la flamme d'une bougie.

Le retraité se passa les mains sur le visage. Son front brûlant était nimbé de sueur. Il prit une profonde inspiration. Une odeur de gâteau au pain d'épice lui parvint.

Un infarctus, songea-t-il. *J'ai une attaque cardiaque.* Il formula cette pensée en néerlandais, car sa langue d'adoption lui faisait soudain défaut. Peu importe qu'il la parle depuis l'âge de cinq ans.

Il s'appuya au rebord de la table pour se lever. Sa main glissa. Il s'effondra sur le plancher en noyer. Un os se brisa dans sa hanche. Le bruit était identique au craquement d'une branche morte sous la botte d'un Allemand. Toute la maison parut trembler sous l'impact de sa chute. Il s'alarma, toujours dans sa langue maternelle : *Giselle va entendre ce raffut.*

« *Hulp*, appela-t-il. *Ik hep een slag.* » Les mots sonnaient faux. Il lui fallut un moment pour comprendre pourquoi. Le néerlandais. Elle ne parlait pas néerlandais. « Giselle ! Je suis tombé. »

Elle ne vint pas. Aucune réponse. Il essaya d'imaginer ce qu'elle fabriquait. Peut-être était-elle dehors avec le réparateur, pour la climatisation. Le technicien, un petit homme rondouillard appelé Bing-Quelque-chose, s'était pointé dans une tenue graisseuse pour remplacer un condensateur défectueux que l'usine retirait du marché.

Allongé par terre, il récupéra un peu ses esprits. Lorsqu'il était debout devant son établi, l'air paraissait se densifier, la chaleur augmenter. L'atmosphère, saturée par cette odeur de pain d'épice, était légèrement écœurante. À ras du sol, il faisait plus frais. Son environnement se stabilisait. Parmi les moutons de poussière sous son plan de travail, il distingua un tournevis qu'il cherchait depuis des mois.

La hanche était cassée, il en était certain. Il sentait la fracture à l'intérieur, semblable à un fer rouge sous sa peau. S'il arrivait à se lever, il pourrait sans doute utiliser le tabouret comme un déambulateur artisanal pour marcher jusqu'à la porte et sortir dans le couloir. Il se traînerait alors à l'extérieur afin d'alerter le réparateur ou Vic McQueen, qui habitait de l'autre côté de la rue. Non, pas Vickie. Elle était maintenant quelque part dans le New Hampshire, avec son copain obèse. Il prendrait plutôt la direction de la cuisine, où il téléphonerait aux secours. Avec un peu de chance, Giselle le trouverait avant l'arrivée de l'ambulance. Il ne voulait pas l'inquiéter outre mesure.

Le vieil homme tendit son bras maigre, attrapa le tabouret, se redressa sur sa jambe valide. La douleur était insupportable. Il entendait l'os racler dans l'articulation.

« Giselle ! s'égosilla-t-il. *Gott dam*, Giselle ! »

Il s'appuya des deux mains sur le siège, le souffle court. Encore cette fragrance de pain d'épice qui lui rappelait Noël. Il frémit. Ce parfum était si puissant, si clair.

Il craignit de nouveau une attaque. Ces symptômes étaient caractéristiques. Le cerveau se détraquait, vous aviez des hallucinations olfactives, le monde se fondait en une mélasse analogue à de la neige fondue sous une averse printanière.

Il se tourna vers la porte. À peine une dizaine de pas à effectuer. Le battant était grand ouvert. Comment Giselle avait-elle pu ignorer ses cris ? Elle devait être dehors, à côté du climatiseur fonctionnant à plein régime, ou bien elle était allée faire les courses, à moins qu'elle soit morte.

Il repassa en revue les différentes possibilités : près du climatiseur, au supermarché, ou morte. La troisième éventualité l'inquiéta : elle n'était pas totalement absurde.

Il avança le tabouret d'une quinzaine de centimètres, le reposa, s'en rapprocha en boitant. Maintenant qu'il était debout, le vertige recommençait à s'emparer de lui. Ses pensées se dispersaient avec la légèreté d'un nuage de plumes sous la brise.

Une chanson tournait et tournait encore en une boucle stupide dans son crâne. « Alouette, gentille alouette, je te plumerai la tête… » Le volume de la comptine augmentait tant et si bien qu'au bout d'un moment, elle ne s'égrenait plus uniquement dans son esprit, mais tout autour de lui et dans le couloir.

« Je te plumerai le bec. Et le bec ! Et la tête ! » entonnait une voix haut perchée qui manquait d'exactitude. Les mots lui parvenaient teintés d'une étrange réverbération, comme après un long voyage dans un conduit d'aération.

Sig leva les yeux et aperçut un homme dans l'embrasure de la porte. Son visage était dissimulé par un masque à gaz. Il traînait Giselle par les cheveux. Elle semblait indifférente à ce traitement. La vieille femme portait une robe de lin et des chaussures à talons assorties. L'une des chaussures se détacha de son pied. L'intrus avait enroulé sa longue chevelure châtaine sillonnée de mèches grises autour de son poing. Elle avait les yeux fermés. Ses trais ridés, émaciés, étaient sereins.

L'homme au masque à gaz tourna la tête et le regarda. Sig n'avait jamais rien vu d'aussi affreux. Il se serait cru dans un film avec Vincent Price, celui où le savant se transformait en insecte. La tête de l'inconnu n'était qu'un bulbe de caoutchouc, ses yeux des lentilles brillantes et sa bouche une grotesque valve.

Le cerveau du retraité avait du mal à fonctionner. Peut-être était-ce pire qu'un infarctus ? Une attaque cardiaque provoquait-elle des hallucinations visuelles ? Un des Boches miniatures s'était matérialisé dans le couloir et entendait violenter son épouse. Voilà pourquoi Sig éprouvait des difficultés à rester debout : les Fritz envahissaient Haverhill après avoir bombardé les rues de gaz moutarde. Un gaz qui embaumait le pain d'épice.

L'homme masqué leva un doigt pour signifier qu'il revenait dans une minute, puis continua la progression le long du couloir, Giselle derrière lui. Il recommença à chanter :

« Je te plumerai la chatte. Et le bec ! Et la tête ! Et la chatte ! »

Sig s'écroula sur son tabouret. Ses jambes... Il ne sentait plus ses jambes. Il leva la main pour essuyer la sueur sur son visage et se fourra l'index dans l'œil.

Les bottes martelaient le parquet.

Il lui fallut un effort surhumain pour relever la tête. Son crâne pesait une tonne.

Les mains sur les hanches, les yeux baissés sur les ruines dévastées et les fils barbelés, l'étranger contemplait maintenant le modèle réduit de Verdun. Sig reconnut enfin sa tenue : la combinaison graisseuse du réparateur.

« Petites gens, petites gens ! s'écria le technicien. J'adore les petites gens. *"Là-haut, sur la montagne balayée par les vents, où les joncs bordent le cœur de la vallée, on n'ose plus aller chasser, car l'on redoute les petites gens"*. »

Il posa son regard sur le miniaturiste. « M. Manx affirme que je suis un démon de la rime. Moi, je prétends juste qu'un poète sommeille en moi. Quel âge a votre femme, monsieur ? »

Sig n'avait pas l'intention de répondre. Décidé à réclamer des comptes à cet intrus, il s'entendit néanmoins réciter :

« Je l'ai épousée en 1976. Elle a cinquante-neuf ans. Une quinzaine d'années de moins que moi.

— Espèce de coquin ! Vous les prenez au berceau. Pas d'enfants ?

— N... non. J'ai des picotements dans le cerveau.

— C'est le sévoflurane. J'en ai envoyé dans votre circuit de ventilation. Je vois bien que votre femme n'a pas d'enfant. Sa poitrine est ferme. Je l'ai tâtée, et je peux vous certifier que les mamans n'ont pas de tels seins.

— Pourquoi vous faites ça ? Qu'est-ce que vous fichez ici ?

— Vous vivez en face de chez Vic McQueen et vous avez un garage à deux places avec une seule voiture. Quand M. Manx aura fait le tour du pâté de maisons, il pourra revenir se garer. *Tournent les roues, tournent les roues de l'Apparition. Tournent les roues au fil des saisons.* »

Sig De Zoet distingua alors plusieurs bruits : d'abord un chuintement, puis un grincement suivi d'un choc sourd. Cette succession se répétait à l'infini. Impossible de localiser sa provenance. Elle paraissait naître dans sa tête, à l'image de la comptine fredonnée par l'homme au masque à gaz. Ces trois sons emplissaient à présent son esprit.

Son interlocuteur le fixa.

« Victoria McQueen a désormais une véritable poitrine de maman. Vous avez vu pousser ses seins. Qu'en pensez-vous ? »

Sigmund braquait son regard sur Bing. Il comprenait ce qu'il lui demandait, mais n'arrivait pas à formuler de réponse. Vic McQueen avait à peine huit ans. Pour le vieillard, elle était redevenue une enfant. Une gamine sur un vélo de garçon. Elle venait parfois l'aider à peindre ses figurines. Il appréciait de la voir travailler. Elle s'appliquait avec une dévotion calme, les paupières plissées comme si elle regardait à travers un tunnel, essayant d'en apercevoir le bout.

L'homme au masque à gaz reprit la parole :

« Elle habite bien de l'autre côté de la rue, n'est-ce pas ? »

Sig voulait se taire. Hors de question de collaborer. Le terme « collaborer » lui semblait plus approprié que « coopérer ».

« Oui, dit-il malgré lui. Pourquoi est-ce que je vous parle ?
Pourquoi je réponds à toutes vos questions ? Je ne suis pas
un collabo.

— Un autre effet du sévoflurane. Vous ne me croiriez pas si
je vous dévoilais tous les secrets qu'on me révèle quand j'envoie ma bonne vieille fumée de pain d'épice. Je me souviens
par exemple de cette vieille – au moins cinquante ans – qui
m'a expliqué que la dernière fois où elle avait pris son pied,
elle était sous popper. Cinquante ans ! Vous pigez, hein ? *Cinquante ans d'amour entre toi et moi. Cinquante ans d'amour,
ça baise à tout-va.* »

Il émit un gloussement primesautier.

« Vous utilisez un sérum de vérité ? » s'étonna Sig. Les mots
se formaient de plus en plus difficilement. Chacun d'entre eux
prenait l'apparence d'un seau rempli d'eau qu'il devait écoper
à la main.

« Pas tout à fait. Mais votre vigilance se relâche. Vous deve-
nez suggestible. Attendez que votre femme émerge. Elle va me
pomper le dard comme un sandwich après un jour de diète.
Elle pensera simplement que c'est la chose à faire. Ne vous
inquiétez pas. Je ne vous forcerai pas à regarder. Vous serez
déjà mort. Écoutez-moi : où est Vic McQueen ? J'ai surveillé
sa maison toute la journée. La baraque a l'air déserte. Elle est
partie pour les vacances ? Ce serait fâcheux. Très fâcheux. »

Sig ne répondit pas. Son esprit était ailleurs. Il venait de
comprendre que les bruits qu'il entendait – le chuintement, le
grincement et le choc sourd – n'étaient pas le fruit de son imagination. Il s'agissait de la fin de *La Cartographie des nuages*,
par le Berlin Orchestra.

Le morceau était terminé.

Lac Winnipesaukee

Lorsque Wayne partit au centre aéré, Vic s'attela à son nouveau livre et à la Triumph.

Son éditeur lui avait suggéré un numéro spécial Fêtes de fin d'année, car la période de Noël était propice aux ventes. Elle avait grimacé. La proposition ne l'inspirait guère. Mais après avoir songé au projet pendant une ou deux semaines, elle avait reconnu le potentiel commercial d'une telle entreprise. De plus, elle n'imaginait que trop bien à quel point *Machine Chercheuse* serait mignon avec un bonnet parsemé de bâtons de sucre d'orge rayés et une écharpe. L'idée qu'un robot conçu à partir d'un moteur de Vulcan puisse arborer une écharpe ne lui avait jamais effleuré l'esprit. Il serait bien. Elle était illustratrice, pas ingénieur. La réalité pouvait s'accommoder de ses caprices.

Elle aménagea un espace libre au fond de la remise, y installa son chevalet, et fit un premier essai. Ce jour-là, elle travailla trois heures. Elle utilisa son crayon bleu pour croquer un lac sillonné de blocs de glace. Machine Chercheuse et son copain Bonnie s'agrippaient l'un à l'autre sur un iceberg. Möbius le Dingue était sous l'eau. Il pilotait un kraken mécanique dont les tentacules émergeaient pour s'emparer des deux héros. Du moins était-ce des tentacules selon elle. Comme toujours, Vic dessinait avec la musique en fond sonore, l'esprit ailleurs. Tandis qu'elle se concentrait, son visage était aussi lisse et calme que celui d'une enfant.

Quand elle eut une crampe à la main, elle sortit prendre l'air. Elle s'étira, les bras derrière la tête. Ses articulations craquèrent. Elle alla prendre un thé glacé à la maison. Au diable le déjeuner : Vic mangeait à peine lorsqu'elle travaillait sur un livre. Elle retourna ensuite à l'ancienne étable pour réfléchir à la deuxième page. Bricoler la Triumph serait un bon moyen de s'occuper pendant qu'elle retournerait la question dans sa tête.

Elle avait prévu de consacrer une heure ou deux à la vieille moto avant de se remettre à l'ouvrage. De fait, elle resta trois heures dessus et fut en retard de dix minutes pour aller chercher au fils au centre.

Elle partagea les journées suivantes entre le dessin le matin et la mécanique l'après-midi. Elle avait appris à régler la sonnerie du portable de façon à être à l'heure pour Wayne. Fin juin, elle avait déjà un bon nombre de planches. Le moteur de la Triumph, quant à lui, était désossé jusqu'au carénage.

Sans vraiment s'en rendre compte, elle prit l'habitude de chanter tout en travaillant.

« *Personne ne dort quand je chante cette chanson, et je vais chanter en travaillant* », s'accompagnait-elle pendant la réparation du deux-roues.

Et lorsqu'elle peaufinait les pages de son livre, les paroles devenaient : « *Papa nous conduit à Christmasland le cœur rempli d'amour. Papa nous conduit à Christmasland jusqu'à la fin du jour.* »

Mais c'était la même chanson.

Haverhill

Au 1ᵉʳ juillet, le lac Winnipesaukeee s'éloigna dans le rétroviseur. Vic et son fils retournaient dans le Massachusetts. Depuis la mort de Linda, la maison appartenait à Vic. La jeune femme n'arrivait pas à s'y habituer.

Lou venait à Boston en avion pour passer la fête du 4 juillet avec Wayne. Il comptait assister pour la première fois au feu d'artifice d'une grande agglomération. Vic, quant à elle, passerait le week-end à trier les affaires de la défunte tout en évitant de boire. Elle projetait de revendre la propriété à l'automne pour ensuite rejoindre le Colorado. Elle devait en discuter avec Lou. Elle pouvait travailler sur *Machine Chercheuse* n'importe où.

La circulation était mauvaise sur la 495. Ils s'étaient retrouvés piégés dans les embouteillages, sous un ciel oppressé par un voile de nuages bas et vaporeux. Vic décréta qu'aucun abstinent ne devait avoir à subir un tel climat.

« Tu crois aux fantômes ? se renseigna Wayne tandis qu'ils faisaient du surplace dans l'attente d'une amélioration.

— Pourquoi ? Tu as les jetons de passer la nuit dans la maison de ta grand-mère ? Si son esprit se manifestait, je suis certaine qu'il ne te ferait pas de mal. Elle t'aimait.

— Non, ce n'est pas ça, répliqua le garçon d'une voix plate. Je sais que les fantômes avaient l'habitude de te parler, voilà tout.

— C'est de l'histoire ancienne. »

Les voitures de devant avancèrent. Vic prit la sortie suivante.

« Ils ne communiquent plus avec moi, précisa-t-elle. Ta maman avait des problèmes à la tête. D'où mes séjours à l'hôpital.

— Ils n'existaient pas ?

— Non, bien sûr. Les morts ne ressuscitent pas. Le passé reste le passé. »

Wayne opina.

« Qui c'est ? » demanda-t-il comme ils tournaient dans leur allée.

Vic, perdue dans ses souvenirs, n'avait pas vu la femme assise sur leur porche. Celle-ci se leva au moment où ils garèrent la voiture.

Elle était vêtue d'un jean délavé, élimé aux genoux et sur les cuisses, mais sans aucun effet de mode. Une mince traînée de fumée se détachait d'une cigarette au bout de ses doigts. Dans l'autre main, elle tenait une chemise en carton. Son corps décharné, parcouru de tics, évoquait celui d'une junkie. Vic était certaine de l'avoir déjà rencontrée, sans toutefois se rappeler à quelle occasion. Elle ignorait totalement l'identité de cette femme et, pourtant, d'une certaine manière, elle avait l'impression de l'attendre depuis longtemps.

« Tu la connais ? » s'enquit Wayne.

Incapable de trouver ses mots, Vic secoua la tête. À l'image d'une vieille dame cramponnée à son sac de courses, elle avait passé les six derniers mois à lutter pour rester lucide et sobre. Les yeux braqués en direction du jardin, elle sentit ce sac de courses se déchirer et répandre son contenu à terre.

La junkie, chaussée de Converse délacées, lui adressa un petit signe nerveux de la main. Un salut terriblement familier.

Vic ouvrit la portière, sortit, et fit le tour du véhicule pour s'interposer entre l'indésirable et son fils. Elle avait soif.

« Je peux vous aider ? aboya-t-elle d'une voix rauque.

— J'espère b... b... » Son interlocutrice paraissait sur le point d'éternuer. Ses traits se crispèrent. Elle réussit enfin à terminer sa phrase : « J'espère bien. Il est li... libre.

— De quoi parlez-vous ?

— L'Apparition, dit Maggie Leigh. Manx est de nouveau sur la route. Je crois que tu devrais te servir de ton p... pont pour le trouver, Vic. »

Elle entendit Wayne sortir à son tour de la voiture, la portière passager claquer dans son dos. Son fils ouvrit ensuite l'arrière du véhicule. Hooper bondit de la banquette. Elle voulait lui ordonner de remonter, mais craignait de trahir sa peur.

Maggie lui adressa un sourire. Son visage possédait cette innocence, cette gentillesse et cette simplicité que Vic associait à la folie. Elle avait suffisamment vu ce genre d'expression entre les murs de l'hôpital psychiatrique.

« D... Désolée, bredouilla l'ancienne bibliothécaire. Ce n'était pas ainsi qu... que... » Elle paraissait maintenant avoir un haut-le-cœur. « Que j'avais imaginé nos retrouvailles. Je m... oh, mon Dieu. C'est moi, M... Maggie. S... satané bégaiement. Excuse-m... moi. On a bu un thé ensemble, il y a longtemps. Tu t'étais écorché le genou. Tu étais à peine plus vieille que ton f... f... » Elle marqua une pause pour reprendre son souffle, fit une nouvelle tentative. « Fils. Je pense que t... tu te souviens de moi. »

L'écouter était une torture. Cette expérience s'apparentait à regarder un cul-de-jatte ramper au sol. *Elle n'était pas si atteinte, à l'époque*, songea Vic. En même temps, elle était convaincue d'être face à une malade mentale potentiellement dangereuse. Ces deux constatations ne se contredisaient pas.

La junkie posa sa main sur celle de Vic. Sa paume était chaude, moite. La jeune femme eut un mouvement de recul. Elle baissa les yeux et vit alors les cicatrices sur son avant-bras : des brûlures de cigarettes. Beaucoup. Certaines d'entre elles étaient rose pâle, d'autres plus récentes.

Le regard douloureux de Maggie s'égara un instant. Avant que Vic ne puisse ajouter un mot, Hooper passa devant elle pour fourrer sa truffe dans l'entrejambe de la femme. Celle-ci l'écarta avec un rire.

« Oh bon sang, tu as ton petit yeti personnel. Adorable ! » Elle reporta son attention sur le garçon. « Et toi, t... tu dois être Wayne.

— Vous savez comment il s'appelle ? » croassa Vic. Une idée saugrenue lui traversa l'esprit : *ses pièces de Scrabble ne donnent pas les noms propres.*

« Tu lui as dédié ton p... premier livre, répondit Maggie. On les avait tous, à la bibliothèque. Sacrément gonflé de ta p... part.

— Wayne ? Emmène Hooper à l'intérieur. »

Le garçon siffla et claqua des doigts. L'animal le suivit à pas traînants. Le fils de Vic referma la porte derrière eux.

« J'étais s... sûre que tu écrirais des livres, reprit l'ancienne bibliothécaire. Tu me l'avais dit. Je me demandais si j'aurais des nouvelles de t... toi après l'arrestation de M... Manx. Sans doute voulais-tu l'oublier. J'ai failli t'écrire plusieurs fois, mais j'ai eu p... p... Je ne voulais pas que tes proches te posent des questions sur moi. Et puis, plus tard, j'ai j... jugé que tu voulais m'oublier moi aussi. »

Elle eut un nouveau sourire hésitant. Vic s'aperçut qu'il lui manquait des dents.

« Je crois que vous n'avez pas toute votre tête, madame Leigh. Je ne vous connais pas. Je ne peux rien pour vous. »

Vic redoutait par-dessus tout que ce soit l'inverse, que ce soit elle qui n'ait pas toute sa tête. La sueur maladive sur son visage en attestait. Si quelqu'un se voilait la face, c'était bien elle. Elle revoyait comme au premier jour la vieille bibliothèque sombre et froide, les lettres de Scrabble étalées sur le bureau, le presse-papier en bronze qui ressemblait à un pistolet.

« Comment sais-tu mon nom de famille, alors ? s'étonna son interlocutrice. Je ne te l'ai pas dit. » Il lui fallut presque une minute pour prononcer la phrase en entier. La jeune femme leva la main pour l'interrompre, ignorant la question absurde qu'on lui posait. Bien sûr que Maggie lui avait révélé son patronyme. La bègue s'était présentée, Vic en était certaine.

« Vous êtes au courant de pas mal de choses. Mon fils n'a jamais entendu parler de Charles Manx. Je n'ai pas abordé le sujet avec lui. Et je n'imagine pas un instant qu'il l'apprenne de la bouche d'une... étrangère. »

Le mot *folle* avait failli lui échapper.

« Évidemment. Je n'ai p... pas l'intention de t'effrayer ou d... d...

— C'est pourtant ce que vous faites.

— M... Mais, Vic...

— Arrêtez de m'appeler comme ça. Je vous répète qu'on ne se connaît pas.

— Tu préfères que je te surnomme G... Gamine ?

— Je ne préfère rien. Je veux que vous partiez.

— Il f... faut que tu saches, pour M... M... M... »

Ses efforts désespérés pour expulser cette syllabe donnaient l'impression qu'elle gémissait. Vic abrégea ses souffrances :

« Manx.

— Merci. Oui. Nous devons d... décider de la marche à suivre.

— Quelle marche à suivre ? Et que signifie "Manx est de nouveau sur la route" ? Il n'est pas libérable avant 2016. Et aux dernières nouvelles, il était dans le coma. En admettant qu'il se réveille, il a au moins deux cents ans. De toute façon, ils ne l'ont pas laissé sortir. Ils m'auraient prévenue.

— Il n'est pas si vieux. Essaie plutôt cent c... c... » Maintenant, elle semblait imiter le bruit d'une mèche à retardement. « Cent cinquante ans.

— Seigneur. Je ne suis pas obligée d'écouter ces conneries. Vous avez trois minutes pour dégager, madame. Passé ce délai, si vous êtes encore dans mon jardin, j'appelle la police. »

Vic empiéta sur la pelouse pour contourner la folle et regagner sa maison.

« Ils n'ont prévenu personne pour la bonne raison qu'il n'a pas été libéré. Ils le croient mort. Depuis le mois de m... mai. »

Vic se figea sur place.

« Comment ça, ils le croient mort ? »

Maggie ouvrit la chemise en papier kraft.

À l'intérieur, elle avait griffonné un numéro de téléphone. Vic l'enregistra tout de suite car les trois premiers nombres après l'indicatif étaient ceux de sa date de naissance, et il se terminait non par des chiffres mais par les lettres FUFU. Une sorte de bégaiement obscène qui évoquait le mot *fuck*.

La chemise contenait environ une demi-douzaine de pages imprimées, issues de divers journaux. D'après les en-têtes, elles provenaient de la bibliothèque municipale de Parisis. Ces fournitures de bureau étaient gondolées d'humidité, les coins maculés de taches sombres.

Le premier article avait été publié dans le *Denver Post*.

INTERROGATIONS SUITE AU DÉCÈS DU TUEUR EN SÉRIE PRÉSUMÉ CHARLES MANX

Une réduction de la photo anthropométrique permettait de distinguer le visage décharné, les yeux protubérants et la bouche en lame de rasoir du criminel. Vic essaya de lire les informations, mais sa vision se brouilla.

Elle se souvenait du vide-linge, des larmes dans ses yeux et de ses poumons remplis de fumée. Et puis cette panique irraisonnée sur fond de *Petit Papa Noël*.

Des bribes de phrases se détachaient du texte : « ... *état parkinsonien dégénératif... coma intermittent... suspecté d'une dizaine d'enlèvements... Thomas Priest... arrêt des fonctions respiratoires constaté à deux heures du matin...* »

« Je ne savais pas, souffla Vic. On ne m'a rien dit. »

Elle était trop ébranlée pour continuer à être en colère contre Maggie. Elle songeait simplement : *il est mort. Mort. Maintenant, tu peux passer à autre chose. Cet épisode de ta vie est bien terminé.*

Cette pensée lui apportait sinon du réconfort, du moins un certain soulagement.

« Pourquoi personne ne m'a informée de son décès ?

— À mon avis, ils étaient gênés aux entournures. Lis le feuillet suivant. »

Vic jeta un regard las à Margaret Leigh. L'affirmation selon laquelle Manx était de retour sur la route ne quittait pas son esprit. Elle pressentait qu'elles allaient en venir au fait, à la folie très particulière de Maggie. Cette folie qui l'avait poussée à voyager de l'Iowa au Massachusetts juste pour lui remettre ces documents.

Vic tourna la page.

LE CORPS DU TUEUR EN SÉRIE DISPARAÎT DE LA MORGUE, LA POLICE ACCUSE DES « VANDALES MALSAINS »

Vic survola les premiers paragraphes, puis referma la chemise avant de la rendre à Maggie.

« Un malade a volé la dépouille.

— J... Je ne crois pas. »

L'ancienne bibliothécaire refusa de reprendre ses documents.

Quelque part dans la rue, une tondeuse à gazon se mit en marche. Vic remarqua soudain à quel point il faisait chaud dans le jardin. Malgré le temps nuageux, son crâne était en ébullition.

« Vous pensez qu'il a feint son décès. Que, d'une manière ou d'une autre, il s'est débrouillé pour tromper les médecins alors même qu'ils avaient commencé l'autopsie. Non, attendez.

Vous êtes convaincue qu'il est vraiment mort, mais qu'il s'est réveillé vingt-quatre heures plus tard. Il s'est glissé hors de son casier réfrigéré, et s'est habillé avant de sortir. »

Le visage de l'ancienne bibliothécaire, son corps entier, s'apaisèrent.

« Oui. Je suis venue j... jusqu'ici parce que je savais, j'étais p... persuadée que tu me croirais. Maintenant, lis l'article suivant. Un t.... Un habitant du Kentucky a disparu dans une vieille Rolls-Royce. La Rolls de M... Manx. Le journaliste ne p... précise pas que c'est la sienne, mais si t... tu regardes la photo...

— Hors de question. » Vic jeta les papiers à la figure de Maggie. « Cassez-vous de chez moi, espèce de tarée. »

La bouche de la femme s'ouvrait et se fermait exactement comme celle de la carpe koï dans l'aquarium de la bibliothèque. Vic se souvenait de ce poisson dans les moindres détails, bien qu'elle n'eût jamais été à Parisis, Iowa. Sa colère bouillonnait à présent, et elle avait la ferme intention d'échauder Maggie avec. Sa rage ne provenait pas du fait que la folle bloque le passage ou ébranle ses certitudes, sa raison âprement préservée, à coups de bégaiements intempestifs, mais de la mort de Manx elle-même. La disparition définitive du tueur, cette cinglée la lui refusait. Le tortionnaire avait kidnappé Dieu sait combien d'enfants, il l'avait terrorisée, presque assassinée. Il était maintenant six pieds sous terre. Vic lui avait enfin échappé. Et cette connasse de Margaret Leigh s'évertuait à l'exhumer, à le ramener à la vie. La peur ne cesserait pas.

« Ramassez vos ordures en partant », conseilla la jeune femme.

Elle contourna Maggie pour regagner son domicile, piétina quelques feuilles au passage. Elle fit attention à ne pas marcher sur le chapeau sale et usé posé au bas des marches.

« Il n'en a p... pas terminé, insista la bègue. Voilà pourquoi je voulais... j'espérais que tu p... pourrais lui mettre la main dessus. Je t'avais effectivement interdit de le ch... chercher, à l'époque. Tu étais trop jeune. Tu n'étais pas prête. Désormais, je suis certaine que toi s... seule peux l'atteindre, l'arrêter. Si tu en as toujours les moyens. Dans le cas contraire, j'ai bien peur qu'il essaye de te r... retrouver.

— Et moi, je compte retrouver mon téléphone pour appeler les flics. À votre place, je partirais avant qu'ils se pointent. »

Elle fit volte-face et s'approcha de Maggie jusqu'à ce que leurs visages se touchent presque.

« Je ne vous connais pas ! Allez raconter vos salades ailleurs. »

La femme leva un doigt.

« M... mais je t'ai d... donné mes boucles d'oreilles. Tu ne te souviens pas ? »

Vic gravit le porche et claqua la porte derrière elle.

Wayne, qui se tenait dans le vestibule et avait probablement assisté à l'échange, sursauta. Derrière lui, Hooper poussa un gémissement, puis s'enfuit la queue entre les jambes, en quête d'un endroit plus calme.

Elle se retourna, appuya son front contre le battant, et prit une grande inspiration. Trente secondes plus tard, elle jeta un coup d'œil par le judas.

Maggie se redressait au pied des marches. Après avoir dignement remis son vieux feutre, elle lança un regard triste en direction de la maison. Enfin, elle rebroussa chemin d'un pas traînant dans l'allée. De toute évidence, elle était venue à pied. L'arrêt de bus était à au moins six pâtés de maisons de là. Une longue marche sous la chaleur accablante. Vic attendit qu'elle soit hors de vue. Sans y penser, elle effleurait ses boucles d'oreilles du bout des doigts. Ces bijoux – une paire de jetons de Scrabble – étaient ses préférés depuis l'enfance. Deux lettres : F et U.

Au bord de la route

Une heure et demie plus tard, Wayne partit promener Hooper. Ou plutôt échappa à sa mère et à son désespoir oppressant. La chemise était posée sur les marches du perron, chaque feuille rangée avec soin à l'intérieur.

Il jeta un coup d'œil par-dessus son épaule, à travers la porte entrebâillée. Vic était dans la cuisine, hors de vue pour l'instant. Le garçon referma la porte, se pencha pour prendre le dossier cartonné, l'ouvrit et parcourut des yeux les différents articles classés. « Tueur en série présumé », « vandales malsains », « disparition d'un ingénieur de chez Boeing ».

Il plia les papiers en quatre et les inséra dans la poche arrière de son short. Ensuite, il glissa la chemise vide derrière la haie du jardin.

Le jeune garçon ne savait pas encore s'il désirait étudier ces documents. À douze ans, il manquait de la clairvoyance nécessaire pour comprendre qu'il avait déjà décidé de les lire, que son choix avait été irrévocable sitôt qu'il avait caché la chemise. Il traversa la pelouse pour aller s'asseoir sur le trottoir. Il avait l'impression de trimbaler un flacon de nitroglycérine dans sa poche.

Il observa les herbes folles et jaunies dans le jardin de l'autre côté de la rue. Leur voisin s'occupait vraiment mal de sa pelouse. Ce type avait un drôle de nom : Sig De Zoet. Il collectionnait les soldats miniatures. Wayne avait un peu traîné chez lui le jour des funérailles de sa grand-mère. Le vieux, assez sympa, lui avait montré ses modèles réduits. Il lui avait raconté que sa mère avait autrefois peint quelques figurines. « Ta maman avait déjà un bon coup de pinceau, à l'époque », avait-il affirmé avec un accent de nazi. Et puis son épouse, très gentille elle aussi, lui avait offert un thé glacé agrémenté de quartiers d'orange. Une boisson délicieuse.

Wayne envisagea de traverser la rue pour admirer une nouvelle fois la collection du retraité. Il serait à l'abri de la chaleur, et puis cette visite lui changerait les idées. Il ne penserait plus aux articles de journaux dans sa poche. Ces papiers qu'il devrait s'abstenir de feuilleter.

Il se leva, prêt à traverser la chaussée, mais après un regard pour sa maison, il se rassit. Sa mère n'apprécierait pas qu'il s'éclipse sans prévenir. De plus, ce n'était sûrement pas le moment d'aller demander la permission. Il demeura donc sur place, à contempler le gazon desséché. Les montagnes lui manquaient.

Un jour, l'hiver précédent, Wayne avait vu un glissement de terrain. Il s'était rendu au-dessus de Longmont avec son père pour sortir une Mercedes du fossé. Les passagers – une famille entière – étaient choqués mais indemnes. Les parents et deux enfants. La petite fille avait des tresses blondes. Voilà à quel point ils étaient normaux. Wayne voyait au premier coup d'œil que la mère n'avait jamais été internée en hôpital psychiatrique, que le père n'avait pas une armure de l'empire galactique planquée dans son armoire. Il devinait que les gosses avait des noms banals, genre John et Sue, au lieu de sobriquets tirés de comics. Des skis étaient fixés sur le toit du véhicule. Le père avait demandé à Lou s'il prenait les AmEx. Pas American Express, mais AmEx. En quelques minutes, Wayne était tombé fou amoureux de toute la famille.

Son père l'avait fait descendre dans le fossé avec le crochet attaché au câble. Tandis qu'il arrivait au niveau de la voiture, il avait entendu un énorme bruit en hauteur : un craquement aussi violent qu'un coup de fusil. Tout le monde avait levé les yeux vers les sommets enneigés. La silhouette tranchante des Rocheuses se dressait au-dessus de la cime des pins.

Une plaque de neige de la taille d'un terrain de football se détachait des flancs et commençait à dévaler les pentes. Ils ne couraient aucun risque : l'avalanche se produisait à au moins un kilomètre de distance. Après le premier craquement, ils n'entendirent pratiquement plus rien, excepté un lointain roulement de tonnerre. Wayne sentait tout de même le léger séisme, l'infime vibration du sol sous ses pieds.

La coulée de neige se prolongea sur plusieurs centaines de mètres, jusqu'à la lisière de la forêt, où elle explosa en un vaste nuage blanc d'une dizaine de mètres de haut.

Le conducteur de la Mercedes avait soulevé son fils pour l'installer sur ses épaules.

« On est maintenant en pleine nature, bonhomme, avait-il déclaré tandis que six cents tonnes de neige engloutissaient un demi-hectare de pinède.

— Mortel ! » s'était écrié Lou. Il avait baissé les yeux sur son fils en contrebas. Son visage resplendissait. « Tu t'imagines pris là-dedans ? Toute cette saloperie qui t'arrive dessus ? »

Oui, le garçon se l'imaginait à la perfection. Et cette pensée ne le quitta plus. Une belle mort : balayé par une tornade de cristaux, l'univers qui grondait autour de vous avant de s'effondrer.

Bruce Wayne Carmody était malheureux depuis si longtemps qu'il n'y prêtait plus attention. Il avait parfois l'impression que le cataclysme s'était déjà produit. Et qu'il attendait simplement d'être emporté. Enterré.

Sa mère avait connu une période de démence. Elle croyait que le téléphone sonnait, que des enfants morts lui parlaient au bout du fil. Wayne avait souvent l'impression qu'elle avait davantage communiqué avec ces fantômes qu'avec lui. Elle avait incendié leur maison. Puis, après un mois d'internement, elle ne s'était pas présentée au tribunal et avait disparu de l'existence de son fils pendant presque deux ans. Elle était partie en tournée promotionnelle. Le matin, elle dédicaçait son ouvrage dans les librairies, le soir, elle faisait la tournée des bars. Elle avait traîné un semestre à Los Angeles pour bosser sur un dessin animé tiré de *Machine Chercheuse*. L'adaptation n'était jamais sortie, au contraire de la cocaïne qui, elle, était entrée dans sa vie. Elle avait peint plusieurs toiles représentant des ponts couverts pour une exposition que personne n'était allé voir.

Lou en avait eu marre de ses problèmes d'addiction, ses égarements et sa folie. Il s'était lié avec sa tatoueuse, Carol : une fille à la chevelure épaisse qui s'habillait encore comme dans les années 1980. Il s'était révélé que la jeune femme avait déjà un petit ami. Elle s'était enfuie avec son copain en Californie où, après avoir usurpé l'identité du motard, ils avaient contracté dix mille dollars de dettes au nom de Lou.

À l'heure actuelle, le père de Wayne se battait toujours avec ses créanciers.

Le garçon voulait aimer ses parents. En de rares occasions, il y parvenait, mais ils ne lui facilitaient pas la tâche. Voilà pourquoi les articles de journaux dans son short lui donnaient le sentiment de se promener avec une cargaison de nitro. Une bombe qui n'avait pas encore explosé.

L'enfant présumait que, en cas de désastre, il était préférable d'y jeter un œil, ne serait-ce que pour estimer la capacité de nuisance de l'objet et, le cas échéant, se protéger de la déflagration. Il sortit les papiers de sa poche arrière, examina une dernière fois les environs d'un regard suspicieux, et déplia les feuilles sur ses genoux.

Le premier extrait dévoilait une photo de feu Charles Talent Manx, le tueur en série. Son visage était si long qu'il paraissait avoir fondu. Il possédait des yeux globuleux, des dents en avant et le crâne protubérant d'un œuf de dinosaure dans un dessin animé.

Cet homme avait été arrêté sur les hauteurs de Gunbarrel presque quinze ans auparavant. Il avait été accusé de kidnapping et d'avoir franchi plusieurs États en compagnie d'un mineur non identifié. Puis il avait brûlé vif un type qui avait tenté de lui barrer la route.

Au moment de son incarcération, on ignorait son âge. Sa santé se dégrada derrière les barreaux. Il tomba dans le coma en 2001, date de son transfert en unité de soins longue durée, à la prison de haute sécurité de Denver. Il demeura en état végétatif pendant onze ans, avant de décéder en mai dernier.

Ensuite, l'article virait au sensationnalisme. On évoquait la maison de chasse de Manx, à l'extérieur de la ville. On mentionnait les arbres alentour, ornés de centaines de décorations de Noël. La presse avait surnommé ce lieu la Maison de Sangta Claus. Un jeu de mots de sinistre augure. Le journaliste insinuait que des enfants y avaient été retenus prisonniers et massacrés pendant des années. De fait, aucun corps n'avait jamais été découvert malgré les fouilles.

Quel rapport avec Victoria McQueen ? Pour autant que Wayne le sût, il n'y en avait pas. Peut-être que la réponse se trouvait dans les articles suivants. Il continua sa lecture.

« Le corps du tueur en série disparaît de la morgue. » Quelqu'un s'était introduit dans l'hôpital Saint-Luc, à Denver, puis avait assommé un gardien avant de subtiliser la dépouille de ce vieux Charlie. Le nécrophile avait aussi volé une Pontiac dans le parking.

Le troisième extrait provenait d'un quotidien de Louisville, dans le Kentucky. A priori, pas le moindre lien avec Manx.

« Mystère autour de la disparition d'un ingénieur de chez Boeing. La police et l'administration fiscale inquiètes. »

Le reportage s'accompagnait d'une photo d'un homme vigoureux, bronzé, portant une épaisse moustache noire. Il était accoudé au capot d'une Rolls-Royce ancien modèle.

Sourcils froncés, Wayne parcourut la suite du compte-rendu. La disparition de Nathan Demeter avait été signalée par sa fille. À son retour de classe, l'adolescente avait trouvé la maison ainsi que le garage grands ouverts, le déjeuner non terminé sur la table, et la vieille Rolls-Royce envolée. Le service des impôts privilégiait la possibilité d'une fuite consécutive à un futur procès pour fraude fiscale. La fille n'était pas de cet avis. Selon elle, soit on l'avait enlevé, soit il était mort, mais en aucune manière son père ne serait parti sans rien lui dire.

Wayne se demandait ce que cette histoire avait à voir avec Charles Talent Manx. Peut-être un détail lui avait-il échappé ? Devait-il tout relire depuis le début ? Il était sur le point de reprendre la première page lorsqu'il aperçut Hooper, accroupi dans le jardin du voisin d'en face. Les étrons qu'il expulsait, non contents d'être de la taille d'une banane verte, en possédaient aussi la couleur.

« Oh non ! cria-t-il. Non, mon gros ! »

Il déposa les papiers sur le trottoir et traversa la rue.

Il fallait qu'il vire son cabot avant qu'on ne le surprenne. Le rideau d'une des fenêtres de chez De Zoet frémit. Le vioque ou bien sa femme les épiait.

Wayne prit le parti d'y aller carrément et d'en plaisanter. Il leur demanderait s'ils avaient un sac pour qu'il puisse nettoyer les souillures. Le retraité, celui avec l'accent germanique, semblait être un type disposé à rire de tout.

Hooper se redressa. Wayne le siffla.

« Vilain. Vilain chien. » L'animal remua la queue, satisfait d'attirer l'attention de son petit maître.

Le garçon s'apprêtait à gravir les marches du perron quand il remarqua des ombres remuer sous la porte d'entrée. Un subtil changement de luminosité, une modification des couleurs dans l'œil noir du judas lui confirmèrent une présence à l'intérieur. Quelqu'un l'espionnait derrière le battant.

« Ohé ? appela Wayne. Monsieur De Zoet ? »

Les ombres bougèrent de nouveau. Pas de réponse. Ce silence troublait le jeune garçon. Un frisson le parcourut.

Allez, arrête. Ces histoires flippantes à propos de Manx t'ont rendu parano. Monte et sonne.

Le garçon s'ébroua et débuta son ascension, la main tendue vers le carillon. Il ne vit pas la poignée commencer à tourner. L'occupant de la maison se préparait à ouvrir.

L'autre côté de la porte

Bing Partridge avait l'œil vissé au judas, la main gauche posée sur la poignée, la droite sur la crosse du .38 que Manx lui avait rapporté du Colorado.

« Va-t'en, petit garçon, chuchotait-il d'une voix tremblante. Reviens à la Saint-Edmond. »

Il avait un plan. Aussi simple que désespéré. Dès que le gamin serait à sa portée, il ouvrirait d'un coup et le tirerait à l'intérieur. Grâce au vaporisateur de pain d'épice dans sa poche, il le gazerait dans la minute.

Et si l'enfant criait entre-temps ? Et s'il se débattait ?

Un habitant du quartier donnait un barbecue au bout de la rue. Des gosses jouaient au frisbee dans le jardin, les adultes buvaient trop, riaient trop, et chopaient des coups de soleil. Bing n'était peut-être pas une lumière, mais il n'était pas non plus complètement stupide. Un type armé, affublé d'un masque à gaz, ne manquerait pas d'attirer l'attention quand on le verrait lutter avec un gamin hurlant. Sans compter le chien. Que ferait-il si l'animal se jetait sur lui ? C'était un saint-bernard aussi gros qu'un petit ours. Et s'il passait sa tête de carnivore à travers la porte, Bing n'aurait jamais la force de le repousser. Ce serait comme essayer de refermer un corral sur un troupeau de bêtes à cornes.

M. Manx saurait quoi faire, mais il était en train de dormir. Il se reposait dans la chambre de Sigmund depuis plus de vingt-quatre heures maintenant. Quand il était réveillé, ce bon vieux Manx avait la forme. Pourtant, dès qu'il tombait dans les bras de Morphée, on avait l'impression qu'il n'en sortirait plus. Il avait affirmé qu'il se sentirait mieux lorsqu'il se mettrait en route pour Christmasland. Bing le croyait. Cependant, son mentor ne lui avait jamais paru aussi âgé. Au cœur du sommeil, il semblait mort.

Et si Bing obligeait le garçon à entrer ? Il n'était pas sûr de parvenir à ranimer son ami dans l'état où il était. Combien de temps pourraient-ils rester cachés ici, une fois que Victoria McQueen crierait le nom de son fils en pleine rue ? Combien de temps avant que les flics ne commencent leur porte-à-porte ? Ce n'était ni le lieu ni le moment de passer à l'action. Le vieux vampire avait été catégorique : pour l'instant, ils se contentaient d'observer. Même Bing comprenait pourquoi. Le quartier était calme, mais pas assez. Et ils n'auraient droit qu'à un essai avec cette pute aux tatouages de pute et à la vilaine bouche de pute. M. Manx n'avait proféré aucune menace. Bing savait toutefois à quel point cette entreprise lui tenait à cœur. Il avait conscience des sanctions en cas d'échec. Son maître ne l'emmènerait jamais à Christmasland. Jamais, jamais, jamais.

Le garçon grimpa une marche supplémentaire, puis une autre.

« Petite étoile étincelle dans le ciel, murmurait Bing, les yeux clos, paré à agir. On voit de la terre la lumière. Dégage, petit con. On n'est pas prêts. »

Il avala une goulée d'air épaisse comme du caoutchouc, arma le chien de son gros flingue.

Soudain, on cria dans la rue : « Non, Wayne ! Non ! »

Bing avait les doigts gourds, la paume moite. Il faillit lâcher son arme. Une voiture en forme de bateau argenté, dont les jantes reflétaient l'éclat du soleil, se gara devant le domicile de leur cible. Le conducteur, un bras flasque passé par la vitre ouverte, faisait signe au gosse :

« Oh, aboya-t-il. Oh, Wayne ! »

Oh, pas *non*. Bing était dans un tel état de stress qu'il avait mal entendu.

« Quoi de neuf, mon pote ? s'écria l'obèse.

— Papa ! »

Le gamin redescendit aussitôt les marches et courut dans l'allée. Sa saloperie d'ourson trottinait à ses côté.

Bing avait l'impression de se liquéfier. Ses jambes tremblaient de soulagement. Il appuya son front contre la porte et ferma encore les paupières. Lorsqu'il les rouvrit, il vit par l'œilleton le mioche dans les bras de son père. Celui-ci était énorme. Un joufflu au crâne rasé, avec des jambes comme des poteaux électriques. Ce devait être Louis Carmody. Bing s'était renseigné sur la famille grâce à Internet. Il savait à peu près qui était qui, mais ignorait jusqu'à présent à quoi ressemblait l'ex de Vic. Il était abasourdi. Impossible d'imaginer Carmody et McQueen baiser ensemble. Ce monstre l'aurait déchirée en deux. Lui-même n'avait rien d'un top model, mais il était un putain d'apollon comparé à Carmody.

Il se demandait combien de temps ce type avait mis pour convaincre la jeune femme de coucher avec lui. Peut-être étaient-ils parvenus à un arrangement financier ? Bing avait examiné leur proie en détail, et cette éventualité ne l'aurait guère surpris. Tous ces tatouages. Chez une gonzesse, quels que soient les dessins choisis, chaque motif proclamait : À LOUER.

Un coup de vent emporta les feuilles que le gamin avait posées sur le trottoir. Elles glissèrent sous le véhicule du gros lard. Quand Carmody reposa son fils, l'enfant jeta un regard autour de lui et localisa les documents égarés. Mais il ne fit rien pour les ramasser. Ces papiers intriguaient Bing. Ils avaient une signification. Ils étaient importants.

Une nana craintive, maigre comme une camée, avait essayé de les refiler de force à McQueen. Il avait assisté à toute la scène derrière le rideau du salon. À l'évidence, Victoria détestait cette femme. Elle lui avait crié après, les traits menaçants, avant de lui jeter les documents à la figure. Les voix avaient porté jusqu'à lui. Malgré la distance, Bing avait entendu « Manx ». Il aurait voulu réveiller son maître, mais c'était peine perdue, vu son état.

Parce qu'il ne dort pas vraiment, se dit-il. Il écarta aussitôt cette fâcheuse pensée de son esprit.

Il s'était déjà rendu dans la chambre pour l'observer. Manx était allongé sur les draps, vêtu en tout et pour tout d'un boxer. Une plaie en forme de Y, suturée par un grossier fil noir, courait sur son sternum. Elle était en partie cicatrisée, mais du pus mélangé de sang rose en suintait. Elle ressemblait à un canyon luisant creusé dans la chair. Bing avait examiné le vieux vampire pendant plusieurs minutes, et pas une fois il ne l'avait vu respirer. Sa bouche ouverte exhalait pourtant une odeur écœurante, légèrement chimique, de formaldéhyde. Ses yeux trop larges, trop vides, fixaient le plafond. Bing s'était approché pour toucher la main du vieillard. À l'image de n'importe quel cadavre, ses extrémités étaient froides et raides. Au moment où l'idée révoltante du décès de son mentor s'insinuait en lui, les pupilles de Manx s'étaient animées. Un mouvement infime au terme duquel il avait posé le regard sur lui. Bing n'y avait lu aucun signe de reconnaissance. Il avait battu en retraite.

À présent que la tension s'était dissipée, il laissa ses jambes faiblardes, tremblotantes, le porter jusqu'au salon. Après avoir ôté son masque, il s'assit à côté de M. et Mme De Zoet pour regarder la télé en leur compagnie. Il avait besoin de récupérer. Il serra la main de Giselle dans la sienne.

Il regarda les jeux sans oublier de vérifier la rue de temps à autre, histoire de surveiller la maison de McQueen. Un peu avant dix-neuf heures, il entendit des voix. Une porte claqua. Il se rendit à la porte d'entrée afin d'épier par l'œilleton. Le ciel avait pris une teinte de nectarine. Le garçon et son énorme géniteur traversaient le jardin en direction du véhicule de location.

Carmody s'adressa à la mère de famille qui se tenait sur le seuil de son domicile :

« Si tu as besoin de nous, on est à l'hôtel. »

Bing était contrarié de voir le gamin partir avec son père. La femme et le fils étaient indissociables. Le maître les voulait tous les deux. Bing aussi. L'enfant resterait avec Manx, la maman irait avec lui. Elle serait sa récompense. Ils s'amuseraient bien, dans la Maison du Sommeil. À la simple vision de ses fines jambes dénudées, il avait la bouche sèche. Une dernière partie de rigolade à la Maison du Sommeil, et ils seraient en route pour Christmasland. Lui et Manx, là-bas, pour toujours.

Inutile cependant de s'affoler. Bing avait fureté dans la boîte aux lettres de leur proie, où il avait trouvé une facture pour un centre aéré du coin. Le gosse y était inscrit durant tout le mois d'août. L'homme au masque à gaz avait peut-être une case en moins, mais il doutait qu'on paye une cotisation de huit cents dollars par semaine pour ensuite laisser tomber. Demain, on serait le 4 juillet. Carmody était sans doute juste venu passer les fêtes avec son fils.

Le garçon et son père s'éloignèrent, laissant derrière eux l'ombre impure de Victoria McQueen. Les papiers sous la voiture, ceux qui avaient aiguisé l'intérêt de Bing, s'envolèrent dans le sillage de la Buick et se dispersèrent aux quatre vents. Vic rentra chez elle sans fermer la porte. Trois minutes plus tard, elle ressortit avec ses clefs de voiture et un sac de courses.

Bing attendit qu'elle parte, puis, après avoir jeté un dernier coup d'œil à la rue, se faufila à l'extérieur. Une vague brume orangée à l'horizon avait succédé à la lumière du jour. Quelques étoiles se consumaient déjà au firmament.

« *À la claire fontaine, s'en allant promener*, chantonnait Bing. *Vic était tellement belle que l'homme masqué l'a plombée.* »

Il arpenta le trottoir de long en large. Sa récolte se résuma à une pauvre photocopie, sale et chiffonnée. Il s'attendait à tout, sauf à trouver un article sur l'ingénieur du Kentucky. Le type s'était pointé chez lui en Rolls deux mois auparavant. Manx l'avait suivi deux jours plus tard. Il était arrivé couvert de sang, le teint cadavérique, dans une Pontiac à l'habitacle zébré. Un gros maillet chromé était posé sur le siège passager. Bing avait déjà remplacé les plaques d'immatriculation par leur ancien numéro : NOSFERA2. Ils étaient prêts à quitter les lieux.

Nathan Demeter avait séjourné dans le sous-sol, à la Maison du Sommeil, où il avait enfin rencontré son destin. Bing préférait les femmes, même si Nathan savait se servir de sa bouche. Avant que l'homme au masque à gaz n'en finisse avec lui, ils avaient eu une longue conversation, profonde et virile, sur l'amour.

Il fut étonné de revoir Nathan, en photo cette fois. Le cliché illustrait un reportage intitulé : « Disparition d'un ingénieur de chez Boeing ». Son estomac se noua. Il n'arrivait pas à comprendre ce qui avait poussé la junkie à vouloir confier un article de cette nature à Victoria.

« Mince alors ! » soupira-t-il. Puis il reprit : « *Vic était tellement belle que l'homme masqué l'a plombée...* »

Une petite voix flûtée intervint dans son dos :

« Ce ne sont pas les bonnes paroles. »

Bing regarda par-dessus son épaule et découvrit une petite fille blonde juchée sur un vélo rose muni de petites roues. Elle s'était manifestement éloignée du barbecue qui se tenait au bout de la rue. La brise chaude et humide de ce début de soirée portait les rires d'adultes jusqu'à eux.

« Mon père m'a chanté cette chanson, argua-t-elle. *J'ai trouvé l'eau si belle*, non ? Et puis, qui est l'homme masqué ?

— Oh, susurra Bing. Il est très gentil. Tout le monde l'adore.

— Eh bien, pas moi.

— Si tu le connaissais, tu ne serais pas de cet avis. »

Elle haussa les épaules et rebroussa chemin après avoir effectué un large demi-tour. Bing observa la gamine qui s'éloignait, puis retourna chez les De Zoet. Il serrait dans son poing l'article photocopié dans une bibliothèque de l'Iowa.

Il était planté depuis une heure devant la télé avec le couple de retraités quand Manx descendit, habillé de pied en cap. La chemise en soie, la vareuse, les bottes effilées : tout y était. Les ombres bleues sur son visage émacié luisaient de reflets maladifs.

« Bing ! Je t'avais demandé d'installer M. et Mme De Zoet dans la chambre d'amis.

— Ils ne font de mal à personne.

— Non. Bien entendu, puisqu'ils sont morts. Mais ce n'est pas une raison pour les conserver au salon. Pour l'amour de Dieu, que fais-tu assis là avec eux ? »

Bing fixa son maître un long moment. M. Manx était le type le plus intelligent, le plus observateur, le plus réfléchi qu'il ait jamais rencontré. Et pourtant, certaines choses élémentaires lui échappaient parfois.

« Mieux vaut être mal accompagné que seul. »

Boston

Lou et son fils avaient loué une chambre au dernier étage du Hilton de l'aéroport Logan. Une nuit coûtait une semaine de salaire. Le réparateur de motos n'avait pas le budget, mais qu'importe. Dépenser l'argent qu'on n'avait pas était facile. Cette nuit-là, ils ne se couchèrent qu'après le Letterman Show. Il était environ une heure du matin et Lou était sûr que Wayne dormait depuis longtemps. Aussi fut-il surpris lorsque le gamin parla à voix haute dans l'obscurité. À peine sept mots. Ce fut pourtant suffisant pour que le cœur de Lou fasse un bond dans sa poitrine et reste bloqué dans sa gorge, telle une bouchée de nourriture trop grosse pour être ingérée.

« Ce type, Charlie Manx. Il est important ? »

Lou cogna son poing contre sa poitrine adipeuse. L'organe retourna à sa place. L'ex de Vic ne s'entendait pas très bien avec son muscle cardiaque. Celui-ci protestait chaque fois qu'il grimpait quelques marches. Toute la soirée, le père et le fils avaient arpenté Harvard Square. Lou avait dû s'arrêter deux fois pour reprendre son souffle.

Sans grande conviction, il se disait qu'il supportait mal le niveau de la mer, que ses poumons, son myocarde, étaient habitués à l'altitude. Il n'avait jamais projeté de devenir si gros. Son père avait eu le même problème. Il avait passé les six dernières années de sa vie à sillonner les supermarchés dans ces voiturettes de golf conçues à l'intention des gens trop lourds pour tenir debout. Lou préférait encore retrancher son excès de graisse à coups de tronçonneuse que de monter dans un de ces engins de grande surface.

« Maman t'a parlé de lui ? » demanda-t-il au gamin.

Wayne soupira. Un bref silence s'ensuivit, et Lou se rendit compte qu'il avait involontairement répondu à la question de son fils.

« Non, avoua finalement Wayne.

— Alors qui t'en a parlé ?

— Une femme est venue à la maison, aujourd'hui. Maggie quelque chose. Elle voulait discuter de Charlie Manx et maman s'est énervée. J'ai bien cru qu'elle allait la massacrer.

— Ah bon ? »

Lou s'interrogeait. Qui était donc cette mystérieuse Maggie ? Et comment était-elle au courant du passé de Vic ?

« Il a été emprisonné pour avoir tué un mec, hein ? reprit Wayne.

— C'est Maggie qui t'a raconté ça ? »

Nouveau soupir de la part de l'enfant. Il se tourna dans son lit pour faire face à son père. Ses pupilles brillaient dans le noir.

« Si je te dis comment je le sais, je vais être puni ?

— Pas par moi. Tu es allé voir sur Google ou un truc de ce genre ? »

Les yeux du garçon s'agrandirent. Lou comprit que le gosse n'y avait même pas songé. Il venait de lui donner l'idée. Le gros motard se serait donné des baffes. À la ramasse, Lou. Complètement à la ramasse. Non seulement tu es obèse, mais aussi stupide.

« La nana a laissé une chemise avec des articles de journaux à l'intérieur. J'ai juste jeté un coup d'œil. J'ai l'impression que maman n'aurait pas été d'accord. Tu ne vas pas me dénoncer, hein ?

— Quels articles ?

— Des infos sur la mort du tueur. »

Lou opina. Il commençait à comprendre.

Manx était décédé à peu près trois jours après la disparition de la mère de Vic. Il avait entendu la nouvelle à la radio. Son ex était sortie de cure depuis cinq mois. Elle avait passé le printemps à regarder sa mère s'éteindre et il n'avait pas voulu l'embêter avec cette histoire. Il avait peur qu'elle ne tienne pas le choc. Bien sûr, il prévoyait de lui en parler, mais l'occasion ne s'était pas présentée. Et au bout d'un moment, il n'était plus possible de mettre le sujet sur le tapis. Il avait trop attendu.

Cette Maggie avait dû découvrir que Vic était la fille qui avait échappé à Manx. L'unique survivante. Peut-être qu'elle était journaliste ou qu'elle écrivait un de ces livres tirés de faits réels. Elle était venue glaner un témoignage. Vic lui en avait sans doute fourni un, sous forme de commentaire d'ordre gynécologique totalement impubliable.

« Manx ne vaut pas le coup qu'on s'intéresse à lui. Il n'a rien à faire dans notre vie.

— Mais pourquoi est-ce que cette femme voulait discuter de lui avec maman ?

— Il faudra le lui demander. Je ne peux pas parler à sa place. Si je le faisais, ce serait moi qui aurais des ennuis, tu piges ? »

Cela faisait partie du marché qu'il avait passé avec elle. Ils en étaient convenus ainsi après qu'elle était tombée enceinte et qu'elle avait accepté de garder le bébé. Elle avait laissé Lou reconnaître l'enfant, elle avait promis de vivre avec lui. Parfois, lorsque le nourrisson dormirait, ils pourraient s'envoyer en l'air. Elle serait une femme dans tous les sens du terme. En contrepartie, l'enfant, ne devait rien savoir de Charles Manx, à moins qu'elle n'en décide autrement.

Lou n'avait jamais dérogé à cet accord. Après tout, ces exigences étaient raisonnables. Il n'avait pas prévu que ce silence empêcherait Wayne de connaître le meilleur côté de son père, le seul titre de gloire de toute son existence. Jadis, il avait surmonté sa peur. Il avait accompli un acte héroïque digne de Captain America. Une jeune fille magnifique était montée à l'arrière de sa moto et il l'avait sauvée des griffes d'un monstre. Quand ce monstre était réapparu, quand il avait mis le feu à un pauvre type, Lou avait éteint les flammes. La victime n'avait pas survécu, mais l'intention y était. Lou avait agi en dépit du danger.

À présent, il détestait l'image qu'il renvoyait à son fils : celle d'un gros lard risible, un minable qui subsistait en dépannant les touristes embourbés dans la neige ou en réparant des boîtes de vitesses. Un père qui n'avait pas su garder sa femme.

Il regrettait de ne pas avoir eu d'autres opportunités. Il aurait voulu qu'on lui permette de sauver à nouveau quelqu'un devant Wayne. Lou aurait volontiers arrêté une balle de son corps massif, pour peu que Wayne soit témoin de l'exploit. Alors, il se serait vidé de son sang auréolé de prestige.

Existait-il aspiration plus noble – ou plus misérable – que de vouloir une seconde chance ?

Son fils étouffa un grognement, puis se retourna sur le dos.

« Raconte-moi un peu tes vacances, suggéra Lou. Quoi de chouette, jusqu'à présent ?

— Personne n'est parti en désintox. »

Sur la baie

Lou attendait la première explosion. Le spectacle était imminent. Vic arriva, les mains dans les poches de son treillis.

« Cette chaise est pour moi ? »

Il regarda cette femme qui ne lui avait jamais appartenu et qui, pourtant, avait accepté de lui faire un enfant et de donner un sens à sa vie. Ils ne s'étaient jamais pris la main, n'avaient jamais échangé d'authentiques baisers pas plus qu'ils n'avaient véritablement fait l'amour. Il avait autant de mal à concevoir cet aspect de leur relation passée que d'envisager de se faire piquer par une araignée radioactive.

Pour être honnête, elle était cinglée. De toute manière, seule une schizophrène aurait accepté de se déshabiller pour lui.

Wayne s'était assis avec d'autres gamins sur le mur de pierre qui surplombait le port. Tout l'hôtel avait les yeux rivés sur le feu d'artifice en préparation. La foule s'amassait sur les vieilles briques rouges face à l'océan et au ciel bostonien. Certains avaient pris place sur des chaises rudimentaires en fer, d'autres déambulaient, une coupe de champagne à la main. Des enfants couraient. Les feux de Bengale qu'ils tenaient à bout de bras laissaient des traînées rouges dans l'obscurité.

Vic observait son fils avec un mélange d'affection et de tristesse. Wayne ne l'avait pas encore remarquée et elle s'abstint d'aller vers lui. La jeune femme préférait rester dans l'ombre, en retrait.

« Juste à temps pour la grande explosion », jubila Lou.

Il avait plié son blouson de motard sur le siège libre à côté de lui. Lorsque Vic s'avança, il reprit son vêtement, qu'il posa sur ses genoux.

Elle s'assit avec un sourire en coin. Une expression qui évoquait aussi bien la joie que les regrets.

« Mon père s'occupait aussi des feux d'artifice du 4 juillet. Il était plutôt doué.

— Tu as pensé à aller à Dover avec Wayne, pour lui rendre visite ? La ville est à une heure maximum du lac.

— Je le contacterai sans doute si j'ai besoin de tout raser à coups d'ANFO.

— D'infos ?

— ANFO. Un explosif. Mon père s'en servait pour les tronçons, les blocs de pierre, les ponts, et cetera. Les charges ressemblent à une botte de paille. Mais conçue pour détruire.

— Qu'est-ce qui est conçu pour détruire ? L'ANFO ou ton père ?

— Les deux. Je sais déjà de quoi tu veux me parler.

— Peut-être que j'ai juste envie de passer le 4 juillet en famille. Qu'en penses-tu ?

— Wayne t'a raconté la visite de la femme, hier ?

— Il m'a interrogé sur Charlie Manx.

— Merde. Je l'avais envoyé à l'intérieur. J'étais persuadée qu'il n'écouterait pas la conversation.

— Eh bien, il en a entendu une partie.

— Combien ? Qu'a-t-il appris exactement ?

— Un ou deux détails. Suffisamment pour exciter sa curiosité.

— Tu savais que Manx était mort ? »

Lou s'essuya les paumes sur son short.

« Oh, championne. Tu sortais de l'hôpital, ta mère était agonisante. Je ne voulais pas en rajouter. Mais j'avais l'intention de t'en parler. À un moment ou à un autre, juré. Enfin, je préférais éviter de te stresser. Personne n'aurait apprécié que tu redeviennes... »

Sa voix hésita, puis s'éteignit.

Elle affecta son petit sourire typique.

« Complètement tarée ? »

Il gardait les yeux rivés sur son fils, dans la pénombre. Wayne avait allumé deux cierges magiques, qu'il levait et baissait tandis que les étincelles crépitaient. Il ressemblait à Icare, juste avant la catastrophe.

« J'essaie de te faciliter la tâche, ajouta rapidement Lou. Pour que tu puisses profiter de ton fils. Non pas que je me sente coupable. Mais je refuse de rendre la situation plus difficile. Wayne et moi, on s'en sort plutôt bien ensemble.

Je vérifie qu'il se brosse les dents, qu'il fasse ses devoirs. Je l'emmène parfois avec moi au boulot, il manipule le treuil. Il adore ça. Les treuils et tout le bordel, il est partant à fond. Je pense juste qu'il aime parler avec toi. Ou bien que tu sais écouter. Un truc de mère. » Il marqua une pause avant de reprendre : « J'aurais dû te prévenir du décès de Manx. Tu te serais attendue à voir les journalistes débarquer.

— Les journalistes ?

— Ouais. La gonzesse d'hier. Elle faisait un reportage ? »

Ils étaient assis sous un arbre dont les branches basses s'ornaient de fleurs roses. Quelques pétales se détachèrent et vinrent se prendre dans les cheveux de la jeune femme. Lou ressentit une joie presque douloureuse. Il en oublia leur conversation. Juillet débutait, Vic était auprès de lui et sa chevelure se parait de limbes colorés. Cette vision romantique lui rappelait une des meilleures chansons de Journey.

« Non, répondit-elle. C'était juste une folle.

— Tu veux dire une connaissance de l'hôpital ? »

Elle fronça les sourcils, parut s'apercevoir des pétales emmêlés dans ses cheveux et les balaya d'un revers de main. Au temps pour le romantisme. De fait, son ex-compagne était aussi fleur bleue qu'une boîte remplie de bougies d'allumage.

« On n'a pas eu l'occasion de beaucoup discuter de Charlie Manx, toi et moi. De comment je suis tombée sur lui. »

Cet échange prenait un tour déplaisant. Ils n'avaient pas évoqué le sujet pour la simple raison que Lou refusait d'entendre un mot à propos des sévices sexuels qu'elle avait subis, enfermée pendant deux jours dans le coffre d'une voiture. Son estomac se nouait à la seule perspective d'une conversation sérieuse. Il préférait de loin déconner sur les pouvoirs des X Men.

« J'estimais que tu en parlerais lorsque tu serais prête.

— Je me suis tue car j'ignore encore aujourd'hui ce qui s'est réellement passé.

— Tu te protèges, je comprends. Moi aussi je ferais un blocage sur une saloperie pareille.

— Non. Je me rappelle tout, mais je ne suis pas sûre.

— Mais... Si tu te rappelles, comment tu peux ne pas être sûre ? Se souvenir, c'est la même chose que savoir, non ?

— Pas si tu possèdes deux versions différentes. Deux récits s'enchevêtrent dans ma tête. Et chacun d'eux est vrai. Tu veux les entendre ? »

Non. Pas question.

Il acquiesça.

« Dans la première version, celle que j'ai donnée aux autorités, je me suis enfuie de chez moi après une dispute avec ma mère. J'ai atterri à la gare routière en pleine nuit. J'ai appelé mon père pour qu'il m'accueille chez lui et il m'a conseillé de rentrer à la maison. Au moment de raccrocher, j'ai ressenti une piqûre dans le dos. Ma vision s'est obscurcie et je suis tombée dans les bras de Manx. Il m'a gardée dans le coffre de sa voiture pendant tout le trajet. Il ne me sortait que pour me droguer davantage. Je sentais vaguement qu'il y avait un autre enfant avec lui, un petit garçon. Pourtant, nous étions séparés. Quand nous sommes arrivés dans le Colorado, il m'a laissée dans le coffre avant d'emmener le garçon avec lui. J'ai réussi à m'extraire de là, puis j'ai mis le feu à sa baraque pour faire diversion. Ensuite, j'ai pris le chemin de l'autoroute, j'ai couru à travers ces horribles bois enguirlandés, et je t'ai trouvé. Tu connais la suite. Je te raconte la seconde histoire ? »

Malgré sa réticence, il accepta.

« Dans une autre vie, j'ai une bicyclette. Mon père me l'a offerte quand j'étais petite. Je peux utiliser ce vélo pour trouver des objets perdus. Grâce à lui, je traverse un pont imaginaire qui m'amène où je veux. Un jour, par exemple, ma mère a égaré un bracelet. Le pont m'a conduite dans le New Hampshire, à soixante kilomètres de chez moi. Le bijou était dans un restaurant appelé Chez Terry. Tu me suis, jusque-là ?

— Un pont fictif, une bécane surnaturelle. D'accord.

— Au fil du temps, j'ai déniché toutes sortes de choses. Des doudous perdus, des photos oubliées, tu vois le genre. Je ne partais pas en excursion souvent. Juste une ou deux fois par an. Et puis, avec l'âge, mes voyages se sont espacés. Je commençais à avoir la frousse. Je me rendais compte que tout ceci était impossible, que ces escapades défiaient les lois de la nature. Enfant, je pouvais faire semblant. Mais adolescente, je devinais combien ce comportement confinait à la folie. La peur s'est installée en moi.

— Étonnant que tu n'aies pas utilisé ton super pouvoir pour trouver quelqu'un qui te dise que rien ne clochait chez toi. »

Vic, surprise, écarquilla les yeux. Lou comprit qu'il avait tapé dans le mille.

« Comment as-tu…

— J'ai lu pas mal de comics, l'interrompit-il. Cette étape est logique. Découverte de l'anneau magique, recherche des gardiens de l'univers. Procédure standard. Qui était-ce ?

— Le pont m'a mené à une bibliothécaire, dans l'Iowa.

— Une bibliothécaire, obligé.

— Cette fille n'était pas beaucoup plus vieille que moi. Elle avait son propre don surnaturel. Des lettres de Scrabble lui révélaient des secrets. Des messages en provenance directe de l'au-delà, si tu vois ce que je veux dire.

— Une amie imaginaire. »

Vic lui adressa un faible sourire, à la fois effrayé et penaud.

« Je n'avais pas l'impression qu'elle était imaginaire. Tout semblait si réel.

— Même l'épisode où tu as voyagé jusqu'en Iowa à vélo ?

— Par l'intermédiaire du pont.

— Et combien de temps a pris ce périple jusqu'au grenier à blé de l'Amérique ?

— Je ne sais pas. Trente secondes ? Une minute maxi.

— Trente secondes pour aller du Massachusetts à l'Iowa en pédalant ? Et rien ne t'a paru bizarre ?

— Non. Je me souviens de tout dans les moindres détails.

— D'accord. Noté. Continue.

— Donc, pour revenir à mes moutons, cette fille possédait un sac rempli de lettres de Scrabble. Elle piochait à l'intérieur et formait des mots. Ces jetons l'aidaient à résoudre des énigmes de la même manière que le vélo me permettait de retrouver des objets perdus. Elle m'a révélé qu'il existait d'autres individus tels que nous. Des gens qui pouvaient accomplir l'impossible avec le véhicule adéquat. Et elle a évoqué Charlie Manx. Elle m'a avertie. D'après elle, cet homme était mauvais, tout comme sa voiture, dont il se servait pour pomper la vie de ses jeunes victimes. Une espèce de vampire. Un vampire de la route.

— Tu es en train de me raconter que tu connaissais Manx avant qu'il t'enlève ?

— Non, pas du tout. Dans cette version de l'histoire, il ne me kidnappe pas. Je me dispute effectivement avec ma mère, mais ensuite, je pars à sa recherche avec mon vélo. J'ai besoin de confrontation, de danger. Le pont aboutit à la Maison de Sangta Claus. Manx essaie vraiment de me tuer, mais je m'échappe et tombe sur toi. L'épisode de l'agression, la séquestration dans le coffre de la voiture, je les ai inventés

lorsque la police m'a interrogée. Je savais que sinon, personne
ne me croirait. Mes mensonges étaient crédibles car les véritables exactions de Manx dépassaient tout ce que j'aurais pu
imaginer. Souviens-toi : dans cette vie-là, Charlie n'est pas un
ravisseur mais un putain de vampire. »

Même si elle ne pleurait pas, ses yeux humides brillaient
tant que les lumières du 4 juillet paraissaient bien ternes en
comparaison

« Donc, il se nourrit de la vie des enfants, murmura Lou.
Et ensuite ? Il leur arrive quoi ?

— Ils vont dans un endroit baptisé Christmasland. J'ignore
où il se situe. Je ne sais même pas s'il appartient à notre
monde. Par contre, je peux te certifier qu'ils ont une bonne
compagnie de téléphone, parce que les gosses m'appelaient
sans cesse. » Son regard s'attarda sur Wayne et ses camarades,
alignés le long du mur. « Ils arrivent là-bas à l'état d'épave.
Manx ne leur laisse rien, excepté la haine et tout un tas de
dents.

— Bon Dieu », souffla Lou.

Un petit groupe de spectateurs éclata de rire à quelques pas
d'eux. Le motard leur jeta un coup d'œil. Il en voulait à tous
ces fêtards de s'amuser à cet instant précis. Il reporta son
attention sur Vic.

« Récapitulons : dans l'une de tes vies, Charlie Manx, un
vieux salopard tueur d'enfants, t'enlève à la gare routière et tu
en réchappes de justesse. Voilà pour le compte-rendu officiel.
Maintenant, dans une réalité alternative, tu traverses un pont
magique sur un vélo doté de super pouvoirs et tu le rejoins
dans le Colorado de ta propre initiative. On a ici la version
officieuse. Un inédit de *Classic Albums* sur MTV.

— Oui.

— Et tu ne privilégies aucun des deux récits.

— Non.

— Pourtant, tu te rends bien compte que cette histoire de
pont est une connerie. Au fond de toi, tu sais que tu as fabri-
qué ce conte à dormir debout pour te protéger de ce qui s'est
vraiment passé. Pour ne pas te rappeler... du rapt et de tout
le reste.

— Tout à fait. Je l'ai compris à l'hôpital psychiatrique.
Ce pont est un mécanisme de défense typique. Incapable de
supporter mon statut de victime, j'ai étayé mon délire avec

des souvenirs écrans pour devenir l'héroïne de mon propre drame. »

Lou se radossa à sa chaise, son blouson toujours plié sur ses genoux. Il respira un bon coup, se détendit. Bon, le cas n'était pas désespéré. Il pigeait ce qu'elle racontait : elle avait vécu des événements si terribles qu'elle avait perdu les pédales pendant un moment. Elle s'était retranchée dans un univers fantasmatique. N'importe qui aurait agi de la sorte. Toujours est-il qu'elle paraissait maintenant disposée à quitter son refuge mental pour revenir à la réalité.

« Ah, au fait ! s'exclama-t-il. Du coup, j'ai failli oublier de quoi on parlait au début. Cette femme dont tu as reçu la visite hier, c'était qui ?

— Maggie Leigh.

— Maggie Leigh ? C'est-à-dire ?

— La bibliothécaire. Celle que j'ai rencontrée à treize ans dans l'Iowa. Elle a retrouvé ma trace. Elle est venue jusqu'à Haverhill pour m'annoncer que Charlie Manx était de retour d'entre les morts. Et qu'il venait me chercher. »

Le visage massif, rond et mal rasé de Lou était tellement facile à déchiffrer que c'en était presque risible. Ses yeux ne se contentèrent pas de s'arrondir, mais s'exorbitèrent carrément, lui donnant l'apparence d'un personnage de bande dessinée qui vient de boire une potion magique. Il ne lui manquait que la fumée sortant des oreilles pour compléter le tableau.

Vic, qui avait toujours aimé toucher son visage, résistait à grand-peine. La figure de son ex était aussi attirante qu'un ballon de mousse pour un gamin.

Elle-même n'était d'ailleurs qu'une gamine lorsqu'elle l'avait embrassé pour la première fois. Ils l'étaient tous les deux.

« Eh championne, c'est quoi ce bordel ? Tu m'as pourtant raconté que cette bibliothécaire était une chimère. Comme ton pont.

— Ouais. J'en étais sûre quand j'étais à l'hôpital. Mes souvenirs étaient une illusion. Une histoire inventée de toute pièce pour lutter contre la vérité.

— Mais... cette femme est réelle, puisqu'elle est passée à la maison. Wayne l'a vue. Elle a laissé des documents. C'est grâce à eux que le gosse a appris l'existence de Charlie Manx. » Une expression de consternation se peignit sur le gros visage expressif de Lou. « Et merde. J'étais censé me taire. À propos des articles dans la chemise.

— Wayne a regardé à l'intérieur ? Fait chier. J'avais pourtant ordonné à Maggie de repartir avec. Je ne voulais pas que mon fils soit au courant. »

Lou frappa du poing sur son genou éléphantesque.

« Ne lui dis pas que j'ai vendu la mèche. Je suis nul pour garder les secrets.

— Quelle naïveté, Lou ! C'est pour ça que je t'aime. »

Il se redressa, étonné. Vic répéta :

« Oui, je t'aime. J'abîme tout ce que je touche et tu n'y es pour rien. Ce n'est pas ta faute si je suis une telle calamité. »

Il inclina la tête d'un air pensif.

« Tu es d'accord avec moi ? poursuivit-elle.

— Mmh, non. Je pensais à la manière dont les hommes tombent toujours amoureux de belles femmes avec des anté-cédents. Car ils sont susceptibles d'être ajoutés à la liste. »

Elle sourit, se rapprocha, et posa la main sur la sienne.

« Ma liste d'erreurs est en effet longue comme le bras, Louis. Mais tu n'y figures pas. Si tu savais comme je suis fatiguée d'être moi. Mes échecs sont retentissants, et les excuses que je me trouve encore pires. Voilà au moins un point commun entre mes deux vies. Le seul, probablement. Dans la première réalité, je suis une catastrophe ambulante parce que maman ne m'a pas assez câlinée et papa ne m'a pas appris à faire voler un cerf-volant ou un truc de ce genre. Dans la seconde, je deviens folle...

— Chut. Stop.

— ... et je détruis ton existence, celle de Wayne...

— Arrête de te torturer.

— ... à cause de ces voyages répétés qui m'ont complète-ment bousillée. Le pont était dangereux. Il sapait un peu plus mes forces à chaque excursion. En tant que construction et en tant que fruit de mon imagination. Je ne m'attends pas à ce que tout cela ait un sens. J'arrive à peine à me comprendre moi-même. Ma caboche est une espèce de bazar freudien. »

Lou plongea son regard dans la nuit. Il prit une grande inspiration.

« Freudien ou pas, tu en parles comme si c'était réel. »

Oui, songea précipitamment Vic.

« Non. Impossible. Il faut que ce soit impossible. Lou, est-ce que tu te rappelles ce type qui a tiré sur un membre du Congrès, en Arizona ? Loughner, je crois. Il était persuadé que le gouvernement projetait de réduire l'humanité en esclavage par l'intermédiaire des cours de grammaire. Il devait absolument empêcher ça. Les preuves étaient partout. Quand il regardait par la fenêtre, le moindre promeneur devenait un espion, un agent de la CIA envoyé pour contrôler son esprit. Les schizophrènes élaborent sans cesse de faux souvenirs : rencontres de célébrités, enlèvements, actes héroïques. C'est la nature même de l'aliénation. La chimie de notre cerveau biaise la perception. La nuit où j'ai mis tous les téléphones dans le four et où j'ai incendié la maison, j'étais certaine que les enfants de Christmasland m'appelaient. J'entendais les appareils sonner, même si j'étais la seule. Je distinguais des voix que personne d'autre ne percevait.

— Maggie Leigh était là en chair et en os, Vic. Tu ne peux pas le nier. Wayne l'a rencontrée. »

La jeune femme eut un sourire forcé.

« O.K. Laisse-moi t'expliquer. La solution est plus simple que tu ne le penses et elle n'a rien d'irrationnel. Je possède une image très précise du pont et du vélo qui m'y conduit. Ce ne sont pas de véritables réminiscences. Plutôt des leurres mentaux, d'accord ? À l'hôpital, nous participions à des groupes de parole. Les gens s'asseyaient et évoquaient toutes les idées farfelues qui leur passaient par la tête. Beaucoup de patients connaissaient mon histoire avec Charlie Manx et le pont magique. Je crois que Maggie était l'une d'entre eux. Elle était internée. L'ancienne bibliothécaire s'est emparée de mon récit pour le plier à sa propre logique.

— Qu'est-ce que tu veux dire par là ? Elle était dans ton groupe de parole ou pas ?

— Je ne me souviens pas. Dans mon esprit, j'ai fait sa connaissance en Iowa. C'est toute la perversité du mécanisme. Je suis dans la reconstitution. » Pour mieux expliquer les défaillances de sa mémoire, elle traça du bout du doigt des lignes imaginaires dans l'air. « Ces représentations m'arrivent d'un bloc, divisées en parfaits petits chapitres d'une chronologie fantasque. Bien sûr, rien n'est vrai. J'invente tout au débotté.

Ma créativité nourrit ces descriptions et une partie de moi décide aussitôt de les transformer en faits tangibles. Maggie Leigh a prétendu m'avoir connue enfant. J'ai bâti une fable pour consolider cette allégation, Lou. Je me rappelle même l'aquarium derrière son bureau. Il y avait une grosse carpe koï à l'intérieur, le fond était parsemé de lettres de Scrabble. Tu imagines la folie ?

— Je pensais que tu allais mieux avec les médicaments.

— Les cachets qu'on m'a refilés sont de la gnognotte. Ils ne font qu'atténuer le mal. Je suis toujours fragile. Au moindre coup de vent, la maladie est prête à resurgir. Je la sens là, toute proche. » Elle le regarda dans les yeux. « Lou. Tu peux me faire confiance. Je vais tenir bon. Pour moi, pour Wayne. Je vais bien. »

Elle ne lui révéla pas qu'elle était à court d'Abilify depuis une semaine, qu'elle devait fractionner les derniers cachets pour éviter le manque. Elle craignait de l'inquiéter inutilement. De plus, elle avait prévu de faire renouveler son ordonnance dès le lendemain matin.

« Je vais te dire, ajouta-t-elle, c'est normal que j'aie oublié Maggie Leigh à l'hôpital. Avec la quantité de médocs qu'ils m'avaient filés, j'aurais pu croiser Barack Obama, l'effet aurait été identique. Sans compter que cette chère Maggie est timbrée. Je l'ai su au moment où je l'ai vue dans le jardin. Elle puait le refuge pour sans-abri, ses bras étaient constellés de traces de piqûres ou de brûlures de cigarettes. Peut-être les deux. »

La tête baissée, les sourcils froncés, Lou réfléchissait.

« Et si elle repasse ? Wayne était plutôt effrayé.

— On part demain dans le New Hampshire. Je doute qu'elle nous retrouve là-bas.

— Tu pourrais venir dans le Colorado. Tu ne serais pas obligée de rester avec moi. On vivrait séparés. Je ne demande rien. Mais on pourrait te dégoter un endroit où travailler sur *Machine Chercheuse*. Le gosse serait avec moi pendant la journée, et avec toi le soir. Il y a des arbres et de l'eau dans le Colorado aussi, tu sais. »

Elle s'adossa à sa chaise. Le ciel était bas, chargé. Les lumières de la ville s'accrochaient au ventre des nuages qui rosissaient d'une lueur terne et sale, alors que dans les montagnes au-dessus de Gunbarrel, là où Wayne avait été conçu, le firmament brillait de mille étoiles. Bien plus qu'on en verrait jamais depuis la mer. Les hauteurs recelaient d'autres mondes, d'autres routes.

« L'idée me plaît, Lou. Quand il retournera dans le Colorado à la rentrée de septembre, je l'accompagnerai. Si tu es d'accord.

— Tu es cinglée ? Évidemment que je suis d'accord. »

L'espace d'un instant, assez long toutefois pour qu'un nouveau pétale vienne effleurer sa chevelure, ils demeurèrent silencieux. Puis, après avoir échangé un regard, ils éclatèrent de rire. Vic s'esclaffait avec une telle intensité, une telle liberté, qu'elle s'étouffait à moitié.

« Désolé, déclara finalement Lou. J'ai mal choisi mes mots. »

Wayne, à une quinzaine de mètres de ses parents, pivota pour leur jeter un coup d'œil. Une fumée ténue s'échappait d'une bougie magique éteinte dans sa main. Il leur fit un signe.

Vic lui répondit, puis s'adressa à Lou :

« Trouve-moi quelque chose là-bas. Le gosse et moi, on te rejoindra en avion fin août. Je partirais bien maintenant, mais on a loué le cottage pour la saison et j'ai payé le centre aéré.

— Tu dois aussi terminer la moto.

— Wayne t'en a parlé ?

— Il ne s'est pas contenté de ça. Il m'a envoyé des photos sur mon portable. Elles sont ici. »

Il lui lança son blouson. Le vêtement en nylon synthétique était épais, lourd. Des plaques cousues dans la doublure lui donnaient l'aspect d'une armure en Téflon. Vic le trouvait super depuis la première fois où elle l'avait touché, seize ans auparavant. Le plastron s'ornait de divers empiècements décolorés et effilochés : *Route 66*, *Frère d'armes*, ainsi qu'un écusson de Captain America. Il fleurait bon l'odeur de Lou, celle de leur foyer. Senteurs d'arbres, de transpiration et d'huile brassées par les alizés frais qui s'engouffraient entre les cols rocheux.

« Il te sauvera peut-être la vie, fit Lou. Garde-le. »

Soudain, le ciel de la baie s'illumina d'un éclair rouge. Une fusée explosa en une déflagration assourdissante. L'horizon se couvrit d'une pluie d'étincelles blanches.

Le spectacle commençait.

Autoroute 95

Vingt-quatre heures plus tard, Vic ramenait Wayne et Hooper au lac Winnipesaukee. Il avait plu toute la journée. Ces violentes averses d'été inondaient la chaussée et l'obligeaient à ralentir. Pas question d'excéder les soixante-dix.

Ils passèrent la frontière et pénétrèrent dans le New Hampshire. Elle s'aperçut alors qu'elle avait négligé de faire renouveler son ordonnance.

Toute son attention était mobilisée par le ruban d'asphalte, à peine visible à travers le pare-brise. Elle se concentrait pour rester sur sa voie. Quand bien même elle aurait regardé dans le rétroviseur, elle n'aurait pas remarqué la voiture qui les suivait, à deux cents mètres de distance. La nuit, toutes les lumières de phares se ressemblaient.

Lac Winnipesaukee

Wayne se réveilla en sursaut dans le lit de sa mère. Quelque chose l'avait tiré de son sommeil, mais il ignorait quoi. Puis il entendit les bruits derrière la porte de la chambre. *Tap, tap, tap.*

Malgré ses yeux ouverts, il avait l'impression d'être toujours endormi. Cet état persisterait la journée durant. Ce qu'il vit et fit cette nuit-là garderait un caractère onirique. Les événements lui paraîtraient à la fois hyperréalistes et lestés d'une signification secrète.

Il ne se souvenait pas de s'être couché dans le lit maternel, même si cela n'avait rien d'inhabituel. Vic l'emmenait souvent dans sa chambre quand il s'assoupissait. À l'image d'une couverture supplémentaire en plein hiver, la compagnie de sa mère relevait de la nécessité occasionnelle.

Le jeune garçon s'aperçut qu'il était seul. Vic se levait presque toujours avant lui.

Il se frotta les yeux.

« Ohé ? »

Le tambourinement cessa un instant, puis recommença avec une sorte de rythme interrogateur : *tap, tap, tap ?*

« Qui c'est ? »

Nouvelle interruption. Le battant s'entrebâilla de quelques centimètres en grinçant. Une ombre se dressait dans le couloir. Le profil d'un homme. Le garçon distingua la courbure du nez crochu, le front bombé à la Sherlock Holmes de Charlie Manx.

Il voulut crier, alerter sa mère, mais sa gorge n'émit qu'une sorte de sifflement, de râle semblable au pignon d'une machine fatiguée tournant dans le vide.

Sur la photo du journal, le tueur fixait l'objectif. Ses yeux globuleux, ses dents sales enfoncées dans la pulpe de sa lèvre inférieure lui conféraient un air de demeuré énigmatique. Sans connaître l'individu de profil, Wayne devina tout de suite qu'il s'agissait de Manx.

La porte s'ouvrit un peu plus. *Tap, tap, tap*. Wayne luttait pour respirer. Les mots : *s'il vous plaît, à l'aide*, s'obstinaient à vouloir franchir ses lèvres, mais la vision de cette forme dans le couloir prévenait le moindre son avec l'efficacité d'un bâillon.

Il ferma les yeux, inspira avec la force du désespoir, et cria enfin :

« Allez-vous-en ! »

La porte grinça encore. On appuya sur le bord du lit, à côté de son genou. Wayne laissa échapper un infime gémissement, à peine audible. Il ouvrit les paupières. Hooper le regardait avec inquiétude, les pattes avant posées sur le drap. Ses yeux humides avaient quelque chose de triste, d'affligé.

L'enfant reporta son attention vers la porte entrouverte. Le spectre avait disparu. D'une certaine manière, Wayne supposait qu'il n'avait jamais été là, que son imagination avait reconstitué les contours de Manx d'après des ombres anodines. D'un autre côté, il était certain d'avoir bien vu. Le tracé était si net sur le mur qu'il aurait pu être dessiné à l'encre. Par l'ouverture, il distinguait le couloir qui courait sur toute la longueur de la maison. Les lieux étaient déserts.

Le tapotement qu'il avait entendu était lui aussi trop clair. Impossible de se leurrer. Tandis qu'il scrutait le vestibule, le bruit se reproduisit. *Tap, tap*. Il regarda autour de lui. Ses yeux se posèrent sur son chien. L'épaisse queue de Hooper battait contre le plancher.

Le gosse caressa l'animal derrière les oreilles.

« Alors, mon gros. Tu m'as fait peur, tu sais. Qu'est-ce qui t'amène ? »

Le chien continuait à le dévisager. Si l'on avait demandé à l'enfant de qualifier l'expression sur la grosse gueule fripée du cabot, celui-ci aurait dit la contrition. Mais l'animal avait sans doute juste faim.

« Tu veux à manger ? C'est ça ? »

Hooper déclina la proposition d'un petit gémissement sifflant qui évoquait un rouage édenté sur une machine inutile. Sauf que… Non. Wayne avait déjà entendu ce bruit. Il avait d'abord pensé qu'il provenait de sa propre gorge, mais il se trompait. Lui et son chien n'y étaient pour rien. Le son trouvait son origine à l'extérieur, quelque part dans l'obscurité précédant l'aube.

Hooper persistait à regarder son petit maître d'un air suppliant, malheureux. *Vraiment désolé*, plaidait-il. *J'ai essayé d'être un bon gardien. Ton gardien.* L'enfant lisait dans ses pensées comme dans un livre ouvert. Il avait l'impression d'être face à un chien de bande dessinée, phylactères compris.

Il écarta son compagnon, se leva, et observa le jardin par la fenêtre. L'opacité était telle qu'il n'aperçut d'abord que son reflet dans la vitre. Puis un cyclope ouvrit un œil trouble à même pas deux mètres de lui.

Le cœur du gamin se mit à battre la chamade. Pour la seconde fois en trois minutes, il étouffa un cri. La pupille du cyclope s'élargissait lentement. Le géant paraissait émerger d'un long sommeil. Les nuances ternes du cercle lumineux se situaient entre l'orange Fanta et l'urine. Avant que Wayne ne soit en mesure de retrouver sa voix, l'apparition s'estompa pour devenir un iris cuivré au cœur des ténèbres, avant de s'évanouir complètement.

Wayne poussa un soupir fébrile. Un phare. Le phare d'une moto.

Sa mère se dressait maintenant auprès de l'engin. Elle balaya les mèches de cheveux de son visage. À travers les ondulations produites par le verre grossier de la vitre, elle ressemblait à un être irréel, un fantôme. Elle ne portait qu'un haut blanc, un short en coton, et ses tatouages. Par manque de clarté, les détails des motifs sur sa peau étaient impossibles à distinguer. On aurait dit que la nuit elle-même adhérait à l'épiderme de la jeune femme. Wayne avait toujours connu les penchants de sa mère pour l'obscurité.

Hooper tenait compagnie à Vic. Il s'ébrouait contre ses jambes, l'eau s'égouttait de sa fourrure. De toute évidence, il avait été faire un tour au lac. Le garçon mit un moment à comprendre que le chien était avec sa mère et non avec lui, ainsi qu'il le croyait. Un bref coup d'œil dans la chambre lui confirma qu'il était seul dans la pièce. Cette histoire était insensée.

Il était trop fatigué pour réfléchir davantage à la question. Peut-être avait-il été tiré du sommeil par un songe où Hooper apparaissait. Peut-être devenait-il fou, à l'instar de sa mère.

Il enfila un short en jean et sortit dans la fraîcheur de l'aube naissante. Vic s'activait sur la Triumph, un chiffon dans une main, et l'étrange outil – cette clef spéciale qui ressemblait à un crochet ou à un poignard incurvé – dans l'autre.

« Comment j'ai atterri dans ton lit ? demanda l'enfant.

— Un cauchemar.

— Je ne m'en souviens pas.

— Ce cauchemar n'était pas le tien. »

Des oiseaux noirs filaient à toute vitesse dans la brume à la surface du lac.

« Tu as trouvé le pignon qui déconnait ? s'enquit Wayne.

— Comment tu sais qu'un piston est cassé ?

— Aucune idée. Sans doute à cause du bruit du moteur quand tu l'as mis en marche.

— Tu as passé du temps dans le garage de ton père, à travailler avec lui ?

— Un peu. Il prétend que mes petites mains lui sont très utiles. Je peux faufiler mes doigts dans les mécanismes, dévisser les pièces qu'il n'arrive pas à atteindre. Je suis plutôt doué pour le démontage. Moins pour le remontage.

— Bienvenue au club. »

Ensuite, ils bricolèrent ensemble. Le gosse fut incapable d'estimer la durée des travaux, mais quand ils arrêtèrent, le soleil avait dépassé la cime des arbres ; il faisait chaud. Ils n'avaient pas beaucoup parlé. Les longues plages de silence ne l'avaient pas incommodé. Il n'avait pas eu besoin d'évoquer son père ou les filles tandis qu'ils s'escrimaient, les mains pleines de cambouis, à réparer l'engin.

Maintenant, le gamin observait sa mère, au repos sur ses talons. Elle avait de l'huile jusqu'aux coudes et sur le nez. Une écorchure sur sa main droite saignait. Comme il frottait les pots d'échappement à la paille de fer, il entrevit son reflet sur le chrome. Il était aussi crasseux qu'elle.

« Comment on va faire partir toute cette saleté ?

— On ira au lac », répondit-elle simplement. Elle accompagna sa réplique d'un geste du menton, puis ramena ses cheveux en arrière. « Tu sais quoi ? Si tu arrives avant moi au radeau, je t'offre un repas au Buffalo Grill.

— Et si c'est toi qui gagnes ?

— Eh bien, je serais contente de prouver qu'une vieille peut battre un petit joueur à la course.

— Un petit joueur ?

— Un... »

Trop tard. Il était déjà parti. En plein sprint, il empoigna son T-shirt, le fit passer par-dessus sa tête et le jeta sur Hooper qui courait à son côté. Ses bras, ses jambes, bougeaient à toute allure. Il progressait avec aisance, ses pieds nus foulaient les hautes herbes perlées de rosée tiède.

Puis elle le rattrapa, la langue tirée. Ils atteignirent le ponton en même temps. Leurs voûtes plantaires claquèrent sur les planches de bois.

À mi-chemin, elle posa la main sur l'épaule de son fils et le poussa. Il entendit son rire moqueur tandis qu'il perdait l'équilibre, les bras écartés, et plongeait dans l'onde d'un vert opaque. Sa mère le suivit à quelques secondes d'intervalle. Son corps frappa la surface du lac avec un *plouf* étouffé au bout de l'embarcadère.

Lorsqu'il se hissa hors de l'eau, une dizaine de mètres plus loin, sa défaite était consommée. Le radeau consistait en un assemblage de planches brutes fixées sur de vieux fûts rouillés qui ressemblaient à des tonneaux de produits toxiques. Hooper aboyait furieusement depuis l'appontement. Il désapprouvait ce genre de réjouissances, sauf quand il en était l'auteur.

Wayne, pratiquement sur le radeau, s'aperçut alors qu'il était seul sur le lac. Les flots avaient la noirceur d'un laminoir. Où qu'il regarde, sa mère était invisible. Il n'était pas vraiment inquiet.

« Maman ? appela-t-il. Maman ?

— Tu as perdu ! » s'exclama une voix creuse, déformée par la réverbération.

Il retint son souffle, plongea, et nagea sous l'eau avant d'émerger entre les flotteurs. Elle était là, dans l'ombre des planches. Son visage, ses cheveux ruisselaient. Elle lui fit un grand sourire quand il s'approcha.

« Tiens, dit-elle. Un trésor oublié. »

Elle désigna une toile d'araignée tremblotante d'au moins un mètre de large, où scintillaient des milliers de perles opalines et argentées semblables à des joyaux.

« On va quand même manger ?

— Ouais. Il faut bien. Malgré cette victoire écrasante, j'ai l'estomac vide. »

L'allée gravillonnée

Sa mère s'affaira sur la moto tout l'après-midi.

Le ciel avait une teinte migraineuse. Le tonnerre retentit au loin. Un grand *boum* suivi d'un *bang*, similaires à l'irruption d'un camion sur un pont d'acier. Wayne attendait la pluie. En vain.

« Tu ne regrettes pas d'avoir un fils à la place d'une Harley ?

— J'aurais eu moins de frais de bouche. Passe-moi le chiffon. »

Il s'exécuta.

Après s'être essuyé les mains, elle remit la selle sur la batterie neuve et enjamba sa monture. Avec son jean coupé et ses bottes de motard trop grandes, avec ses tatouages dessinés sur ses bras et ses jambes, elle ressemblait à tout sauf à une maman.

Elle tourna la clef de contact, actionna le démarreur. Le cyclope ouvrit son œil.

Elle appuya de tout son poids sur le kick. Le moteur éternua.

« À tes souhaits », plaisanta Wayne.

Elle se redressa, puis frappa de nouveau le kick. Wayne n'aimait pas l'élan qu'elle prenait. Il craignait qu'un truc se casse. Et pas forcément sur la moto.

« Allez, grogna-t-elle. On sait toutes les deux pourquoi le gamin t'a trouvée. Alors finissons-en. »

Elle effectua une troisième tentative, puis une quatrième. Ses cheveux lui tombaient dans les yeux. Le starter cliqueta. Les pots d'échappement expulsèrent un pet sec et sonore.

« Laisse tomber, c'est pas grave », plaida le gosse. La tournure des événements lui déplaisait. Il sentait une certaine folie dans l'acharnement de sa mère. Une folie qu'il n'avait plus vue depuis l'enfance. « On s'en occupera plus tard, d'accord ? »

Elle l'ignora. Cinquième essai.

« Vas-y, salope. Parle-moi. »

L'engin pétarada. Une fumée bleu métallique s'échappa de l'embouchure des tuyaux. Wayne faillit tomber du poteau de clôture sur lequel il était assis. Hooper sursauta et se mit à aboyer.

Vic fit jouer la poignée d'accélération. Le moteur poussa un rugissement à la fois effrayant et excitant.

« Ça marche ! » cria-t-il.

Sa mère hocha la tête.

« Et elle dit quoi ? » poursuivit le garçon.

Vic fronça les sourcils.

« Tu lui as ordonné de te parler, précisa-t-il. Alors, qu'est-ce qu'elle raconte ? Je ne parle pas le langage moto.

— Oh. Elle dit : "Vers l'infini et au-delà !" »

« Je vais prendre mon casque ! piaffa Wayne.

— Tu ne viens pas. »

Ils étaient obligés de crier pour se faire entendre par-dessus les pétarades.

« Pourquoi ?

— C'est encore dangereux. Je ne vais pas loin. Je suis de retour dans cinq minutes.

— Attends ! » intima le gosse, le doigt levé. Puis il détala en direction de la maison.

Le soleil, réduit à un point glacé, luisait derrière le ciel bas chargé de nuages.

Vic mourait d'envie de prendre la route. Ce besoin impérieux la démangeait pire qu'une piqûre de moustique. Il fallait qu'elle parte, qu'elle voie ce que la bécane avait dans le ventre. Ce qu'elle était en mesure de dénicher.

La porte du cottage claqua. Son fils rapportait le casque et le blouson de Lou.

« Fais attention à toi, O.K. ? »

Elle enfila la tenue de son ex.

« J'en ai bien l'intention. Je suis là dans cinq minutes, ne t'inquiète pas. »

Il acquiesça.

Sous la puissance du moteur au ralenti, l'univers vibrait autour d'elle. Les arbres, la route, le ciel, la maison : tout tremblait, menaçait de voler en éclats. Elle avait déjà dirigé le guidon vers la chaussée.

Elle frappa son casque du plat de la main. Son blouson était ouvert.

Juste avant qu'elle relâche l'embrayage, Wayne se pencha pour ramasser un objet devant l'engin.

« C'est quoi ? »

Il lui tendit l'ustensile en forme de poignard incurvé, celui sur lequel était gravé le mot TRIUMPH. Elle le remercia d'un mouvement de tête et glissa l'outil dans la poche arrière de son jean.

« Reviens vite, s'impatienta son fils.

— Ne bouge pas jusqu'à mon retour. »

Puis elle leva le pied et se laissa glisser.

Dès qu'elle commença à avancer, les tremblements cessèrent. La clôture s'éloigna sur sa droite. Tel un avion modifiant son assiette, Vic s'inclina pour s'engager sur la route. Elle avait l'impression que les roues ne touchaient même pas le sol.

La jeune femme passa en seconde. Elle jeta un coup d'œil par-dessus son épaule. La maison rapetissait. Son fils lui adressait un signe de la main depuis l'allée gravillonnée. Hooper, planté au milieu de la chaussée, la regardait disparaître avec un étrange désespoir.

Vic mit les gaz, embraya en troisième. La Triumph bondit en avant. Elle dut s'accrocher pour éviter d'être éjectée. Un souvenir lui traversa l'esprit. À une époque, elle avait possédé un T-shirt qui disait : *Si vous lisez ça, la bécane est par terre.*

Les pans de son blouson battaient dans son dos. Elle s'engouffra dans une nappe de brouillard.

Des phares surgirent dans la grisaille derrière elle. Elle ne les remarqua pas.

Wayne non plus.

Route 3

Les arbres, les maisons et les jardins défilaient. Leurs formes floues, opacifiées par la brume, étaient à peine perceptibles.

Elle ne songeait à rien. Ainsi qu'elle l'avait prévu, la vitesse évacuait toute pensée. Dès qu'elle avait aperçu la moto dans l'ancienne écurie, elle avait su que l'engin serait assez rapide, assez puissant pour lui permettre d'échapper à son côté obscur, cette part d'elle-même qui cherchait un sens au chaos.

Chaque fois qu'elle passait une vitesse, le deux-roues s'élançait en avant, avalait les kilomètres avec une voracité renouvelée.

Le brouillard s'épaississait, humectait son visage. À travers ce voile perlé et évanescent, elle devinait la palpitation du soleil, quelque part en haut à gauche. Cette lueur irradiait les alentours. Vic estimait qu'il y avait là toute la splendeur du monde.

La chaussée trempée sifflait comme une interférence sous ses roues.

Elle sentit une douleur ténue, presque délicate, s'insinuer dans son œil gauche.

Une ferme apparut dans la grisaille. Un bâtiment tout en longueur, étroit et penché. Les nuages de condensation donnaient l'impression que l'édifice coupait la voie une centaine de mètres plus loin. Vic savait pourtant que la route allait obliquer d'un moment à l'autre et contourner la grange par la gauche. Cette construction ressemblait beaucoup à son pont. Elle eut un demi-sourire.

La jeune femme baissa la tête, à l'écoute de la gomme sur le bitume. Le grésillement lui rappelait celui des parasites sur une radio. *Qu'entendais-tu, quand tu réglais ta fréquence sur les bruits de fond* ? se demanda-t-elle. Il lui semblait avoir lu quelque part que ces échos étaient ceux de l'univers qui retenait son souffle.

Elle s'attendait à voir le virage, à éviter la ferme, mais la chaussée continuait en ligne droite. Et cette forme massive, angulaire, se dressait davantage à mesure qu'elle pénétrait dans son ombre. Ce n'était pas une grange. Elle comprit que la route traversait la construction quand il fut trop tard. Le brouillard devint froid, aussi froid que le lac.

Les roues rebondirent contre les planches de bois. Une série de claquements en rafale.

La brume se dissipa. La moto venait de s'engouffrer à l'intérieur du pont couvert. Elle renifla. L'odeur de chauves-souris la prit à la gorge.

Elle posa son pied sur la pédale de frein et ferma les yeux. *Tout ceci n'existe pas*, murmura-t-elle pour elle-même.

La pédale s'enfonça, se bloqua un moment, puis tomba sur les planches avec un bruit sourd. Un écrou et plusieurs bagues lui succédèrent.

Le flexible battit contre sa jambe, crachant son liquide de frein. Elle effleura le bois pourri du talon de sa botte. C'était comme poser son pied sur une batteuse du XIXe siècle. Elle tentait encore de se persuader qu'elle était victime d'une hallucination. Mais le contact de la botte sur le pont lui indiquait qu'à la première chute, cette hallucination deviendrait très concrète.

Elle jeta un regard en arrière pour évaluer les dégâts mécaniques. Un joint de culasse s'envola, décrivant un arc facétieux à travers les ombres. La roue avant commença à trembler. Le monde parut s'incurver autour d'elle. L'arrière de la bécane dérapait de façon incontrôlable contre les planches mal fixées.

Elle se mit en danseuse, porta son poids à gauche d'un mouvement brusque. La maîtrise de son engin passait plus par l'habileté que par la force. La moto glissa encore, les roues raclèrent le bois avant de finalement retrouver leur adhérence. Le moteur cala, la cylindrée s'arrêta. Par chance, Vic avait déjà posé le pied par terre. Les mâchoires serrées, elle réussit de justesse à maintenir l'équilibre.

Sa respiration résonnait à l'intérieur du Raccourci. Le pont était identique à ce qu'il avait été seize ans auparavant, la dernière fois qu'elle l'avait vu.

Elle frissonna dans le gros blouson froid de Lou.

« Ce n'est pas réel », martela-t-elle, les paupières closes.

Elle entendait les petits battements d'ailes des chiroptères au-dessus d'elle.

« Pas réel. »

Les grésillements ténus lui parvenaient de l'autre côté de la paroi.

Vic se concentra sur son souffle. Elle inspira calmement, puis expira par le nez, les lèvres pincées. Enfin, elle descendit de moto et demeura un instant près de sa bécane, la tenant par le guidon.

Elle ouvrit les yeux, mais les garda braqués au sol. Elle distinguait les vieilles planches d'un marron-gris usé, et, entre elles, le mouvement incessant des parasites.

« Pas réel », répéta-t-elle.

Elle ferma de nouveau les yeux et tourna la moto dans l'autre sens de façon à repartir par où elle était venue. Elle commença à marcher. Les planches disjointes branlaient sous ses pieds et sous le poids de la Triumph Bonneville. Sa respiration était laborieuse. Elle avait du mal à reprendre son souffle et se sentait nauséeuse. Elle allait devoir retourner à l'asile. En fin de compte, elle ne serait pas une mère pour Wayne. Cette simple idée lui nouait la gorge.

« Le pont n'est pas là. J'ai négligé mon traitement, j'imagine des choses. Voilà tout. »

Elle fit un pas, puis un autre, et encore un suivant. Lorsqu'elle regarda enfin autour d'elle, elle était revenue sur la route.

Elle tourna la tête. Le ruban d'asphalte s'étirait à perte de vue dans son dos.

La maison près du lac

Le brouillard de fin d'après-midi était une cape qui s'ouvrait pour accueillir Vic McQueen et son terrible engin avant de se refermer sur eux et d'engloutir jusqu'au bruit du moteur.

« Viens, Hooper. Rentrons », ordonna le gamin.

Au bord de la route, l'animal l'observait sans comprendre.

Wayne l'appela de nouveau depuis la maison. Il maintenait la porte ouverte le temps que le cabot consente à obéir. Mais Hooper tourna sa grosse bouille hirsute dans la direction opposée à celle prise par Vic.

Le garçon ignorait ce qui attirait son attention. À quoi les chiens pouvaient-ils donc penser ? Que signifiaient pour eux les formes dans la brume ? Quelles sortes d'idées bizarres, irrationnelles, leur passaient par l'esprit ? Le garçon était sûr que les animaux étaient aussi superstitieux que les humains. Plus, peut-être.

« À ta guise », murmura-t-il avant de rabattre la porte.

Il s'installa devant la télé, son iPhone la main, et textota à son père.

> T'es à l'aéroport ?

> Ouais. Le vol est reporté à 3 h.
> Je vais poireauter 1 mmt

Fin de l'échange. Wayne s'empara de la télécommande, alluma le poste et zappa sur *Bob l'Éponge*. La politique maison voulait qu'il soit trop grand pour Bob, mais en l'absence de sa mère, il pouvait enfreindre le règlement. Tout était permis.

Hooper aboya.

Il se leva pour regarder par la vitre. Le chien était hors de vue. Il s'était évanoui dans les volutes blanchâtres.

Il tendit l'oreille, guettant le retour de la moto. Sa mère était partie depuis plus de cinq minutes, il en était persuadé.

Ses yeux firent le point et il aperçut le reflet de la télé dans la vitre. Bob portait une écharpe et discutait avec le père Noël. Ce dernier plongea soudain un crochet d'acier dans la tête du spongiaire et le fourra dans sa hotte.

Wayne fit volte-face. À présent, Bob parlait à Patrick. Il n'était plus question de père Noël.

Il allait retourner sur le divan quand il entendit Hooper s'impatienter devant la porte d'entrée. Enfin ! Sa queue battait contre le plancher. *Tap, tap, tap,* comme ce matin.

« Calme-toi, j'arrive. »

Mais lorsqu'il ouvrit, il découvrit, en lieu et place de son animal domestique, un petit homme replet en survêtement gris à bandes jaunes. L'inconnu avait les manches retroussées. Des touffes irrégulières de poils de barbe dévoraient son visage. On aurait dit qu'il avait la gale. Ses yeux globuleux ressortaient au-dessus de son gros nez aplati.

Il parla d'une voix hachée, à la manière d'un présentateur éprouvant des difficultés à lire son prompteur :

« Bonjour, je peux utiliser votre téléphone ? Nous avons eu un horrible accident. On a renversé un chien avec notre voiture.

— Quoi ? Qu'est-ce que vous dites ? »

Le type lui adressa un regard inquiet.

« Bonjour ? Je peux utiliser votre téléphone. Nous avons eu un horrible accident ? On a renversé un chien. Avec notre voiture ! »

Les phrases étaient identiques mais les inflexions différentes. Wayne avait l'impression qu'il mélangeait les interrogatives et les affirmatives.

Le garçon porta son regard au-delà du vilain bonhomme. Il distingua une espèce de tapis blanc enroulé sur la route, devant un véhicule à l'arrêt. La mauvaise visibilité l'empêchait d'appréhender les détails, mais le gamin savait que ce tapis n'en était pas un.

L'inconnu fit un geste par-dessus son épaule.

« On ne l'a pas vu arriver. Il a déboulé devant notre capot. On l'a renversé avec notre voiture. »

Un second individu, plus grand, se tenait penché à côté du véhicule. Les mains sur les genoux, il paraissait examiner l'animal avec une certaine circonspection. Sans doute espérait-il voir le cabot se rétablir.

Le gars en survêtement inspecta ses paumes un moment avant de relever les yeux, un sourire optimiste au coin des lèvres.

« Un horrible accident. Je peux utiliser votre téléphone ?

— Hein ? » fit Wayne. Il l'avait pourtant parfaitement entendu, malgré ses oreilles qui sifflaient. Et puis cet hurluberlu avait répété son discours mot pour mot à trois reprises.

« Hooper ? Hooper ! »

Il bouscula le petit homme et se dirigea à grandes enjambées vers les lieux de l'accident. Son pas était raide, saccadé.

Le chien semblait s'être couché sur le flanc pour piquer un somme au milieu de la chaussée, les pattes à angle droit. Son œil gauche était ouvert. Sa pupille voilée, sans éclat, fixait le ciel. Cependant, elle s'anima à l'approche du petit maître. Ouf, encore vivant.

Le garçon s'agenouilla.

« Oh mon Dieu, Hooper. »

Dans la lumière des phares, la brume prenait la consistance de milliers de gouttelettes en suspension incertaine. Trop légères pour tomber, elles se contentaient de flotter dans l'atmosphère. Une pluie sans pluie.

L'animal sortit la langue. Un épais filet de bave coula de sa gueule. Sa poitrine se soulevait en petites inspirations rapides. Wayne ne voyait pas de sang.

« Seigneur, déclara l'homme penché sur le blessé. Quelle malchance ! Je suis désolé. Pauvre bougre. Je crois qu'il ne s'est même pas aperçu de ce qui lui arrivait. C'est toujours ça. »

Le gosse leva les yeux. Il vit d'abord les bottes noires qui montaient presque jusqu'aux genoux, puis la vareuse au plastron orné de boutons de laiton. Son regard dévia ensuite sur la voiture. Une bonne vieille dame, aurait dit son père. L'inconnu tenait un marteau argenté à la main, une sorte de maillet. La chemise blanche sous son manteau était en soie moirée, aussi douce et brillante qu'un verre de lait frais.

Wayne continua à lever les yeux. Charlie Manx dardait sur lui des yeux immenses et fascinés.

« Dieu bénisse les enfants et les chiens. Ce monde est trop dur pour eux. Ce monde est un voleur. Il dérobe l'innocence et les animaux de compagnie. Mais réjouis-toi, ton ami est en route pour un lieu plus paisible. »

Charlie Manx ressemblait toujours à sa photo anthropométrique, même s'il était plus âgé, voire décrépit. Quelques mèches de cheveux gris barraient son crâne dégarni, constellé de taches de son. Ses lèvres effilées s'entrouvraient pour dévoiler une langue répugnante, morceau de chair décolorée, d'une pâleur cadavérique. Il était aussi grand que Lincoln et pas moins mort. Son corps entier exhalait une odeur de putréfaction.

« Ne me touchez pas », s'affola le garçon.

Il se releva sur ses jambes tremblantes, fit un pas en arrière et buta contre le grassouillet derrière lui. Celui-ci l'agrippa par les épaules, l'obligeant à rester face à Manx.

Wayne tourna la tête. S'il avait eu assez de souffle, il aurait crié. Le rondouillard avait un nouveau visage : un masque à gaz où la bouche était remplacée par une valve grotesque, et les orbites par une paire de hublots en plastique brillant. Certains prétendaient que les yeux étaient le miroir de l'âme. Pour cet homme, ils ne reflétaient qu'un vide insondable.

Le gamin se mit à hurler :

« Au secours ! Aidez-moi !

— Je suis là pour ça, argua Manx.

— À l'aide !

— Je tempête, tu tempêtes, on se lève tous pour Danette, chanta l'homme au masque à gaz. Continue à crier, et voilà ton destin : privé de dessert du soir au matin.

— Au secours ! »

Le tueur d'enfants se boucha les oreilles de ses mains décharnées. Une expression douloureuse se peignit sur son visage.

« Quel bruit désagréable !

— Les enfants turbulents n'ont pas de présents, intervint son complice. Vive le désistement pour les sales garnements. »

Wayne avait envie de vomir. Il ouvrit la bouche pour appeler de nouveau et Manx posa un doigt sur les lèvres du garçon : *chut*. La puanteur – un mélange de formaldéhyde et d'hémoglobine – le fit tressaillir.

« Je ne vais pas te faire de mal, murmura le vieillard. Tu n'es qu'un enfant. Inutile d'ameuter tout le quartier. C'est à ta mère que j'en veux. Je suis sûr que tu es un gosse sympa. Tous les gamins le sont... du moins au début. Ta maman, par contre, est une salope de menteuse qui a déposé un faux témoignage contre moi. Et ce n'est pas tout. J'ai moi-même des enfants. Elle m'a éloigné d'eux pendant des années. Je n'ai plus vu leurs jolis sourires depuis une décennie, mais j'ai rêvé de leurs voix. Ils me réclamaient, ils avaient faim. Tu ne peux pas savoir ce que c'est quand la chair de ta chair est dans la détresse et que tu es impuissant. N'importe qui deviendrait fou. Bien entendu, les mauvaises langues affirment que je le suis déjà. »

Les deux comparses éclatèrent de rire.

« S'il vous plaît, supplia Wayne. Laissez-moi partir.

— Vous voulez que je l'anesthésie, monsieur Manx ? Est-ce l'heure du pain d'épice ? »

L'intéressé croisa les mains sur sa ceinture, les sourcils froncés.

« Un zeste alors. Difficile de raisonner un gamin si nerveux. »

L'homme au masque à gaz força Wayne à contourner le capot de la voiture. L'enfant reconnut la marque du véhicule et l'un des articles laissés par Maggie Leigh lui apparut en un éclair. Il concernait un ingénieur du Kentucky disparu au volant d'une Rolls-Royce de 1938.

« Hooper ! » s'égosilla-t-il.

On le poussait pour l'éloigner du chien, mais l'animal tendit le cou avec une vivacité surprenante. Ses mâchoires se refermèrent sur la cheville gauche du grassouillet aussi promptement que s'il avait chassé une mouche.

L'homme poussa un cri aigu et trébucha. Wayne crut, l'espace d'un instant, qu'il allait parvenir à s'échapper, mais son assaillant avait des membres puissants, identiques à ceux d'un babouin. Il passa le bras autour de son cou.

« Monsieur Manx ! geignit-il. Il me mord. Le chien me mord. Il a planté ses dents dans ma jambe ! »

Tel un hercule devant une mailloche de fête foraine, Manx abattit son marteau sur la tête du cabot. Le crâne de l'animal éclata comme une ampoule de verre sous une botte cloutée. Le tueur frappa une seconde fois par mesure de sécurité. L'homme au masque à gaz se libéra, puis envoya un coup de pied au saint-bernard, histoire de lui donner une leçon.

« Méchant toutou ! vociféra-t-il. J'espère que ça te fait mal. J'espère que ça te fait super mal ! »

Lorsque Manx se redressa, une longue tache de sang en forme de Y souillait sa chemise. Une plaie béante sur la poitrine du vieillard imbibait la soie.

Wayne voulut crier le nom de son ami, mais seul un soupir émergea de sa gorge.

« Hooper. »

Le pelage blanc de l'animal s'était couvert d'éclaboussures écarlates, semblables à des giclées d'hémoglobine sur une plaque de neige. Wayne n'osait pas regarder l'état de son crâne.

Manx se pencha une nouvelle fois sur l'animal, reprit son souffle.

« Eh bien, ce corniaud ne chassera plus les pigeons.

— Vous avez assassiné Hooper, gémit le garçon.

— Oui. On dirait. Pauvre bête. Dommage. Je me suis toujours appliqué à être gentil avec les enfants et leurs compagnons à quatre pattes. Et je ferai mon possible avec toi, jeune homme. Je t'en dois une. Mets ce garçon dans la voiture, Bing, et donne-lui de quoi se détendre. »

Le petit homme poussa Wayne en avant. Il sautillait sur une jambe. La portière arrière de la Rolls s'ouvrit sans que personne ait touché la poignée. La banquette était déserte. Wayne eut un bref instant de perplexité, voire d'étonnement, mais ne s'attarda pas sur la question. Les événements se précipitaient. Il ne pouvait se permettre de trop réfléchir. S'il montait dans ce véhicule, il n'en ressortirait jamais. Autant creuser sa propre tombe. Hooper avait tenté de lui montrer comment réagir. Même quand la situation était désespérée, on pouvait toujours montrer les crocs.

Le gosse tourna la tête et mordit de toutes ses forces l'homme à l'avant-bras. Il crispa la mâchoire jusqu'à sentir le goût du sang.

« Aïe ! Il me fait mal ! » jappa l'homme.

Sa main s'ouvrait, se fermait. Wayne vit, en gros plan, les lettres écrites au marqueur noir sur sa paume.

TÉLÉPHONE
ACCIDENT
VOITURE

« Chut, Bing, siffla Manx. Fais-le entrer à l'intérieur et calme-toi. »

Le dénommé Bing empoigna Wayne par les cheveux et tira comme on arracherait une vieille moquette. L'enfant crut qu'on le scalpait. Il parvint tout de même à planter son pied sur le flanc de la voiture afin de résister. Bing grogna et le frappa à la tempe.

Le gamin eut l'impression qu'une ampoule venait de griller, sauf que, à la place d'un ultime flash lumineux, il n'aperçut qu'un trou noir. Son pied glissa. Sa vision s'éclaircit de nouveau tandis qu'il chutait à quatre pattes sur le tapis de sol.

« Bing ! s'énerva le vieillard. Ferme cette portière. On vient ! Cette horrible femme rapplique. »

L'homme au masque à gaz gronda à l'adresse du gamin :

« Ton cul est mon champ d'herbe drue. Et je suis le fermier. Je vais te labourer, et puis je vais te baiser. Je vais baiser ton petit cul.

— Bing, obéis !

— Maman », s'époumona Wayne.

Il entendit la voix de Vic au loin. Elle lui répondait d'un air fatigué, sans affolement : « J'arrive. »

Bing referma la portière.

Le garçon se redressa à genoux. Son oreille gauche, meurtrie par le poing de son adversaire, était douloureuse, brûlante. Il ne parvenait pas à se défaire de ce sale goût ferrugineux dans la bouche.

Il regarda à l'avant, par le pare-brise.

Une forme noire s'approchait en marchant dans la brume. À l'image d'un miroir déformant, les volutes distordaient les contours. La silhouette s'élargissait, puis rétrécissait. Wayne avait l'impression d'assister au spectacle absurde d'un bossu appuyé sur une chaise roulante.

« Maman ! » répéta-t-il.

La portière passager s'ouvrit. Au contraire des voitures américaines, elle se trouvait à gauche. L'homme au masque à gaz entra, puis referma derrière lui. Il se tourna ensuite vers Wayne, un pistolet pointé sur lui.

« Tais-toi ou je te flingue. Je truffe ta tête de plomb. Tu aimerais ça ? Pas trop, je crois. »

Il baissa les yeux sur son avant-bras. Encadré par des marques de dents perlées de sang, un hématome fleurissait à l'endroit où le gosse avait mordu.

Manx se glissa derrière le volant. Il posa son maillet entre lui et Bing. Le profond ronron du moteur, luxuriante vibration, était plus ressenti que perçu.

Le bossu à la chaise roulante émergea du brouillard pour se transformer en une femme qui poussait laborieusement une moto.

Wayne voulut se manifester, mais Bing secoua la tête. L'enfant plongea son regard dans le cercle noir au bout du canon de l'arme. Une sorte de vertige succéda à la peur. Fascination du vide au sommet d'un à-pic.

« On ne s'amuse plus, assez ri. Le conseil des mormons se réunit. »

Charlie Manx passa une vitesse. Le levier fit un bruit de ferraille. Il observa le gamin par-dessus son épaule.

« Ne t'en fais pas. C'est un vieux grincheux. Moi, je pense qu'on va s'amuser. J'en suis même sûr. D'ailleurs, je vais commencer tout de suite. »

Route 3

Impossible de faire redémarrer la moto. Le moteur ne produisait pas le moindre bruit. Elle s'escrima sur le kick jusqu'à ce que ses jambes n'en puissent plus. Pas une fois elle n'entendit le toussotement annonciateur d'une reprise. Juste un bref halètement, semblable à un soupir de mépris.

Rien à faire, sinon marcher.

Elle se pencha sur le guidon et commença à pousser l'engin. Après trois pas laborieux, elle marqua une pause. Un regard supplémentaire par-dessus son épaule lui confirma que le pont avait bien disparu. De fait, il n'avait jamais été là.

Sans cesser d'avancer, elle imaginait comment elle présenterait la situation à son fils : *Salut, gamin. Mauvaise nouvelle : une pièce a cassé sur la moto. Et dans mon crâne aussi. Je vais devoir rempiler à l'hôpital. Je t'enverrai une carte postale depuis l'asile.*

Elle pouffa. Son rire ressemblait à un sanglot.

Wayne, j'aurais tant voulu être la mère que tu mérites. Mais je ne peux pas. C'est au-dessus de mes forces.

La seule perspective de cet aveu la rendait malade. Même si elle disait la vérité, elle ne s'en sentait pas moins lâche.

Wayne, tu sais que je t'aime. J'ai essayé de tout mon cœur.

La brume dérivait sur la chaussée. Vic avait l'impression d'être traversée par un voile vaporeux. Le temps s'était singulièrement rafraîchi, pour un début de mois de juillet.

Une autre voix, haute, claire et masculine, parlait dans son esprit. Celle de son père : *Ce n'est pas au vieux singe qu'on apprend à faire la grimace, gamine. Tu voulais un pont. Tu es partie le chercher. Voilà pourquoi tu as arrêté de prendre tes*

médocs, pourquoi tu as réparé cette bécane. De quoi as-tu donc
peur ? D'être cinglée ? Ou de ne pas l'être ?

Vic entendait souvent son père. Il lui révélait des choses
qu'elle préférait ignorer. Elle ne l'avait pourtant pratiquement
pas revu ces dix dernières années. Cet étrange phénomène ne
laissait pas de l'étonner. Pour quelle raison avait-elle besoin
d'écouter un homme qui l'avait abandonnée sans se retourner ?

Elle poursuivait sa progression dans le brouillard froid et
aqueux. La condensation s'accumulait sur l'étrange surface
cireuse du blouson. Qui savait de quelle matière il était composé ? Un assemblage de toile, de Teflon, et peut-être d'écaille
de dragon ?

La jeune femme ôta son casque, qu'elle suspendit au guidon.
L'accessoire refusait d'y rester accroché, n'arrêtait pas de tomber par terre. De guerre lasse, elle le reposa sur sa tête. Tandis
qu'elle se traînait péniblement, l'idée d'abandonner la moto
sur le bas-côté lui effleura l'esprit. Elle reviendrait la chercher
plus tard. Bien sûr, elle n'envisageait pas sérieusement cette
option. Il lui était déjà arrivé de se séparer d'un deux-roues,
son Raleigh. Elle y avait perdu la meilleure part d'elle-même.
Quand vous possédiez un moyen de transport capable de vous
conduire n'importe où, vous le gardiez à portée de main.

Sans doute pour la première fois de sa vie, Vic regrettait
de ne pas avoir de portable. Elle avait parfois le sentiment
d'être la dernière personne sur le sol des États-Unis à avoir
fait l'impasse sur cette technologie. À vrai dire, elle ne pouvait
supporter de se trimbaler partout avec un téléphone sur elle.
La peur d'entendre un gosse mort l'appeler en urgence de
Christmasland et déclarer au bout du fil : *Bonjour, madame*
McQueen, on vous manque ? était omniprésente.

Elle poussait, marchait, poussait et marchait encore. Son
souffle avait adopté le rythme d'une chanson. Elle ne le remarqua pas tout de suite. Elle imaginait Wayne danser d'un pied
sur l'autre derrière la fenêtre du cottage, les yeux perdus dans
la pluie et la brume.

Malgré ses efforts pour se raisonner, elle avait conscience
qu'une panique disproportionnée grandissait en elle. Son fils
avait besoin d'elle à la maison. Elle était absente depuis beaucoup trop longtemps. Les futures larmes et la colère de Wayne
l'effrayaient, mais elle les appelait aussi de tous ses vœux.

Leur vision signifierait que tout allait bien. Elle poussait. Elle chantait.

« Douce nuit, sainte nuit... »

Elle perçut soudain le son de sa propre voix et se tut. Mais la mélodie, plaintive et fausse, s'obstina. *Dans les cieux, l'astre luit...*

Elle se sentait fiévreuse, sous son casque. Ses jambes trempées étaient gelées alors que son visage brûlait de transpiration. Elle mourait d'envie non pas de s'allonger, mais de s'asseoir dans l'herbe et de contempler les cieux bas et pétrifiés. Elle parvint enfin à distinguer la maison. Un simple rectangle gris sur sa gauche.

Le jour tombait. Elle fut un peu déconcertée de n'apercevoir aucune lumière dans le cottage hormis le scintillement bleuté de la télé. Autre détail anormal : son fils ne l'attendait pas à la fenêtre.

Ce fut alors qu'elle l'entendit.

« Maman ! »

Avec le casque, l'appel étouffé semblait lointain.

Elle baissa la tête. Il allait bien.

« J'arrive », signala-t-elle, à bout de forces.

Elle avait presque atteint l'allée quand elle perçut le bruit d'un moteur au ralenti. Elle leva les yeux. Des phares trouaient le brouillard. Au moment où elle discerna la silhouette de la voiture sur l'accotement, celle-ci déboîta en douceur.

Vic s'arrêta et regarda le véhicule approcher. Lorsque le voile nébuleux s'écarta, elle fut à peine surprise. Elle l'avait envoyé en prison, elle avait lu sa nécro, et pourtant elle savait au fond d'elle que Charlie Manx et sa Rolls-Royce resurgiraient un jour. D'une certaine manière, elle les avait attendus durant toute sa vie d'adulte.

Le véhicule émergea complètement du frimas, semblable à un traîneau noir emportant des lambeaux de ciel glacé dans son sillage. Le ciel glacé de décembre en juillet. Les rouleaux de vapeur blanche s'effacèrent pour dévoiler la vieille plaque d'immatriculation rouillée et cabossée : NOSFERA2.

Vic lâcha la moto. L'engin s'écroula dans un fracas métallique. Le rétroviseur gauche se désintégra en une multitude d'éclats argentés.

Elle fit demi-tour et se mit à courir. Elle atteignit la double clôture en deux enjambées, sauta, et bascula directement par-dessus lorsqu'elle entendit le véhicule mordre le bas-côté. Elle atterrit dans l'herbe, effectua un pas, la Rolls défonça la barrière.

Un rondin tournoya dans les airs, *flap, flap, flap*, avant de percuter ses épaules. Ses pieds se dérobèrent sous elle, et Vic sombra aux confins du monde, dans un gouffre sans fond. Le brouillard infini l'engloutit.

La maison près du lac

La Rolls défonça les poteaux de clôture écorcés. Wayne décolla de la banquette arrière avant de tomber par terre. Ses dents s'entrechoquèrent avec un claquement sec.

Des morceaux de bois craquaient et volaient dans tous les sens. L'un deux roula sur le toit. Dans l'esprit de Wayne, le roulement était celui du corps de sa mère renversée. Il se mit à crier.

Manx arrêta la voiture et se tourna vers son complice.

« Je ne veux pas qu'il assiste à cette scène. Il en a déjà assez vu quand son chien est mort au bord de la route. Veux-tu le faire dormir pour moi, Bing ? Il est manifestement à bout de nerfs.

— Je devrais plutôt vous aider à vous occuper de la femme.

— Merci, Bing. Ta sollicitude me touche. Mais, non, je pense que je vais y arriver tout seul. »

La voiture oscilla sur ses amortisseurs lorsqu'ils sortirent.

Le garçon se redressa sur ses genoux et passa la tête entre les sièges avant afin d'épier par le pare-brise.

Charlie Manx était armé de son maillet chromé. Il contourna le capot. La mère de Wayne gisait dans l'herbe, parmi des rondins dispersés.

La portière arrière gauche s'ouvrit. L'homme au masque à gaz grimpa à l'intérieur, s'approcha du gamin. Celui-ci recula, mais Bing l'attrapa par le bras pour le tirer à lui.

Dans sa main libre, il tenait une sorte d'aérosol bleu sur lequel était dessinée une femme sortant des petits bonshommes de pain d'épice du four. L'illustration s'agrémentait de l'inscription : VAPORISATEUR DE PAIN D'ÉPICE.

« Je vais te donner quelques renseignements sur ce produit. Malgré la mention "pain d'épice", la véritable odeur de cette substance est celle du sommeil. Respire une goulée de cette préparation, et tu es hors service jusqu'à mercredi prochain.

— Non, s'insurgea Wayne. Ne vous approchez pas ! »

Il se débattait avec l'énergie d'un oiseau à l'aile clouée sur une porte. Un oiseau qui n'irait nulle part.

« Pas de danger, répliqua le petit homme. Tu m'as mordu, espèce de sale morveux. Comment tu sais que je n'ai pas le sida ? Tu pourrais avoir avalé une bonne dose de mon répugnant virus. »

L'enfant jeta un coup d'œil à l'extérieur. Manx faisait les cent pas autour de sa mère, toujours inerte.

L'homme au masque à gaz continuait à parler :

« Je devrais te mordre à mon tour, qu'en penses-tu ? Et même te mordre deux fois. Une pour toi, une pour ton cabot. Je pourrais planter mes dents dans ton joli visage. Tu ressembles à une charmante petite fille, mais tu ne serais plus aussi charmante après que je t'aurais arraché la joue et recraché le tout par terre. Enfin, ne t'inquiète pas. Nous allons juste rester assis là. Nous allons rester assis et nous allons profiter du spectacle. Observe bien ce que M. Manx fait à ta pute de mère qui raconte des mensonges. Et quand il en aura terminé avec elle… j'interviendrai. Autant te prévenir : je ne suis pas aussi gentil que lui. »

La main droite de Vic bougea. Ses doigts s'ouvrirent, puis se fermèrent en un poing lâche. Wayne ressentit un immense soulagement, comme si quelqu'un, debout sur sa poitrine, descendait soudain pour le laisser respirer sans entrave. Vivante. Elle était vivante.

Elle passa la main dans l'herbe. Un faible tâtonnement d'avant en arrière qui laissait supposer qu'elle cherchait un objet perdu. Elle replia légèrement la jambe droite, sans doute pour se relever.

Manx se pencha sur elle, son énorme marteau à bout de bras. Il le leva et l'abattit. Wayne n'avait encore jamais entendu un bruit de fracture. Le tueur avait visé l'épaule gauche. L'articulation se disloqua avec un claquement de bois sec dans un feu de camp. La puissance de l'impact la retourna sur le ventre.

Wayne hurla. Il hurla de toutes ses forces, les yeux fermés, la tête baissée...

L'homme au masque à gaz l'attrapa par les cheveux et lui rejeta la tête en arrière. Un morceau de métal le frappa à la bouche. Bing venait de le matraquer avec son vaporisateur.

« Regarde, et tais-toi. »

Vic essayait de se redresser, de ramper. Manx lui assena un deuxième coup. Son dos éclata. On aurait dit que quelqu'un avait sauté sur une pile d'assiettes en porcelaine de Chine.

Bing haletait si fort que ses verres protecteurs se couvraient de buée.

« Ouvre grand les yeux. C'est le meilleur moment. »

En dessous

Vic nageait.

Elle était sous l'eau, dans le lac. Elle avait plongé pratiquement jusqu'au fond, là où tout devenait lent, sombre. Elle n'avait pas besoin de respirer, retenir son souffle était facile. Elle avait toujours aimé les limbes silencieux, tranquilles, peuplés d'ombres et de poissons.

Elle aurait pu rester là pour l'éternité, se transformer en truite, mais Wayne l'appelait depuis la surface. Sa voix était lointaine. Elle y décelait pourtant une certaine urgence. Son appel était un cri de détresse. Elle donna un coup de pied afin d'émerger, et se rendit compte que ses jambes, ses bras, refusaient de bouger. Elle se concentra sur une de ses mains, brassa l'eau devant elle, ouvrit les doigts, les referma, puis les rouvrit.

La main tâtonnait l'herbe. Vic était dans la boue, sur le ventre, mais l'impression d'évoluer dans les profondeurs lourdes persistait. Un sentiment insondable. Ah, ah, insondable, c'était le mot. Comment avait-elle atterri dans son jardin ? Elle ne s'en souvenait pas, mais quelque chose l'avait frappée, c'était indéniable. Elle avait du mal à lever la tête.

« Victoria Mc Queen ? Êtes-vous avec moi, madame la petite maligne ? »

Elle percevait la voix, mais les mots demeuraient mystérieux, hors de propos. Wayne. Penser à Wayne. Elle l'avait entendu hurler, elle en était certaine. Son imploration avait résonné jusque dans ses os. Elle devait se mettre debout, vérifier qu'il allait bien.

Au prix d'un effort considérable, elle se mit à quatre pattes. Manx lui broya l'épaule d'un coup de marteau. Elle entendit la tête d'humérus craquer, son bras céda. Elle s'effondra, son menton heurta le sol.

« Je ne t'ai pas demandé de te redresser, mais de m'écouter. Et tu m'écouteras. »

Manx. Manx était là, bien vivant. Manx et la Rolls-Royce à l'intérieur de laquelle son fils était prisonnier. Même si elle n'avait pas vu Wayne depuis au moins une demi-heure, elle était persuadée qu'il s'y trouvait. Elle devait lui porter secours.

Elle fit une seconde tentative. Charlie Manx la frappa dans le dos. Son épine dorsale émit un bruit de jouet en plastique écrasé. L'impact lui coupa le souffle. Elle retomba à plat ventre.

Wayne s'époumonait, à court de mots.

Vic aurait voulu jeter un regard alentour, faire le point, mais sa nuque demeurait obstinément figée. Son crâne pesait des tonnes. Une sensation étrange, insupportable pour les muscles graciles de son cou. Le casque, songea-t-elle. Elle portait toujours le casque et le blouson de Lou.

L'armure de son ex.

Vic avait ramené une jambe sous elle, première étape en vue d'un rétablissement en station verticale. Elle éprouvait la consistance de la boue sous son genou, les tremblements du muscle à l'arrière de sa cuisse. Sa colonne vertébrale était peut-être endommagée. Elle n'était pas sûre de pouvoir tenir debout. Inexplicablement, la douleur demeurait tolérable. De fait, elle se concentrait sur ses jarrets, maltraités après un kilomètre à pousser la moto. Malgré la souffrance omniprésente, elle n'avait, semble-t-il, rien de cassé. Pas même l'épaule. La jeune femme prit une profonde inspiration. Ses côtes flottantes s'écartèrent sans difficulté. Elle les avait pourtant entendues craquer comme des branches en pleine tempête.

Sauf que les bris ne provenaient pas de ses os, mais des plaques de Kevlar cousues dans la doublure du vêtement, au niveau des épaules et du dos. Lou prétendait qu'avec une telle protection, on pouvait s'en sortir indemne après avoir percuté un poteau téléphonique à trente à l'heure.

Lorsque Manx la visa au flanc, elle cria. Plus de surprise que de douleur. Nouveau craquement.

« Tu me répondras quand je m'adresserai à toi », gronda le tueur.

Ses côtes pulsaient. Le coup avait porté, mais il avait juste cassé une autre plaque. À présent, elle récupérait ses esprits. Avec suffisamment de volonté, elle arriverait à se relever.

Non, rétorqua son père. Il semblait si près d'elle qu'il aurait pu lui chuchoter à l'oreille. *Reste allongée. Laisse-le se défouler. Attends le bon moment, Gamine.*

Elle avait perdu tout espoir au sujet de Chris. Son géniteur ne lui servait à rien et elle avait réduit les contacts entre eux au strict minimum. Elle ne voulait plus avoir aucun rapport avec lui. Il était pourtant là aujourd'hui. Il la conseillait sur le même ton calme et mesuré qu'il avait employé pour lui expliquer comment réceptionner une balle roulante ou à quel point Hank Williams était important.

Il va croire qu'il t'a mis une bonne raclée, ma grande. Il sera persuadé de t'avoir matée. Si tu te lèves tout de suite, il se rendra compte que tu es moins mal en point que prévu. Alors, il s'appliquera. Sois patiente. Ton heure viendra. Tu sauras quand agir.

La voix de son père, le blouson de son ancien petit ami. L'espace d'un instant, elle sentit la présence bienveillante des deux hommes de sa vie à ses côtés. Elle avait pensé qu'ils étaient mieux sans elle et que, en retour, elle pouvait très bien se passer d'eux. Cependant, elle s'apercevait maintenant qu'ils ne l'avaient jamais vraiment quittée, où qu'elle aille.

« Tu m'écoutes ? interrogea Manx. Tu écoutes ce que je dis ? »

Elle ne répondit pas, se tint parfaitement immobile.

« P'têt bien qu'oui, p'têt bien qu'non », ajouta-t-il après un moment de réflexion. Elle n'avait pas entendu sa voix depuis plus d'une décennie, mais celle-ci avait toujours des accents traînants de péquenaud. « Quelle salope tu fais, à te tortiller dans la boue avec ton minishort en jean. Je me rappelle qu'il n'y a pas si longtemps, même les putes n'osaient pas se pavaner dans ces tenues. Il était impensable d'écarter les jambes pour enfourcher des motos dans une parodie obscène de fornication. » Il fit une pause avant de poursuivre : « Tu étais sur un deux-roues la dernière fois aussi. Je ne l'ai pas oublié, et je n'ai pas oublié le pont non plus. Cet engin est spécial, comme l'autre ? Je connais tout des issues secrètes et des passages dérobés, Victoria McQueen. J'espère que tu t'es bien promenée, parce que désormais, c'est terminé. »

Il lui assena un nouveau coup de maillet. Au bas du dos, cette fois. La jeune femme crut recevoir une batte de baseball dans les reins. Elle poussa un gémissement à travers ses dents serrées. Elle avait l'impression que ses organes internes étaient broyés, réduits en bouillie.

Aucun rembourrage à cet endroit. La douleur était inédite. Qu'elle subisse un deuxième choc identique, et elle aurait besoin de béquilles pour se relever. Elle pisserait du sang.

« Tu n'auras plus l'occasion d'aller au bar à moto ou chercher tes médicaments pour les malades de la tête à la pharmacie. Oh, je sais tout de toi, Victoria McQueen, madame mensonges-feu-au-cul. Tu es une ivrogne et une mauvaise mère. Tu as été chez les fous. Tu as conçu ton fils hors mariage. Rien d'inhabituel pour les catins de ton espèce. Quand je pense que nous vivons dans un monde où des engeances telles que toi sont autorisées à procréer... Eh bien, ton garçon est sous ma protection, à présent. Tu m'as volé mes enfants avec tes affabulations. Maintenant, je viens prendre le tien. »

Vic en avait les tripes retournées. Ces mots étaient aussi dévastateurs que la dérouillée infligée par le tueur. Elle craignait de vomir dans son casque. Sa main droite, crispée sur la vilaine meurtrissure dans son abdomen, effleura les contours d'un objet dans sa poche. Un ustensile incurvé.

Manx se pencha. Il reprit la parole d'une voix douce :

« Ton fils est désormais avec moi. Et tu ne le retrouveras jamais. Je ne m'attends pas à ce que tu me croies, Victoria, mais il est mieux en ma compagnie. Je le rendrai bien plus heureux que toi. Je te promets qu'à Christmasland, il ne connaîtra plus le malheur. Si tu avais une once de gratitude, tu me remercierais. » Il la poussa un peu avec son marteau, s'approcha d'elle. « Allez, Victoria, dis-le. Dis merci. »

Elle fourra la main dans sa poche. Ses doigts se refermèrent sur la clef tricoise, acérée comme un couteau. Son pouce explora les contours des lettres gravées sur le manche : TRIUMPH.

Vas-y. C'est le moment. Ne loupe pas ton coup, l'exhorta son père.

Lou l'embrassa sur la tempe, ses lèvres caressèrent sa peau.

Elle se redressa. Son dos se contracta. Une crispation douloureuse dans les lombaires manqua de la faire vaciller. Elle réprima un grognement.

Le tueur n'était qu'une tache floue. Il ressemblait à un reflet dans un miroir déformant : des jambes en fil de fer, des bras infinis. Son regard fixe et intense lui fit penser pour la seconde fois à celui d'un poisson. Un poisson empaillé. Cet amoncellement de dents, à cheval sur sa lèvre inférieure, lui donnait une allure de plouc grotesque. Elle n'arrivait pas à comprendre comment son existence, véritable sarabande d'événements désastreux, de beuveries, de promesses non tenues et de solitude, avait pu graviter autour de cet individu.

Elle tira la clef de sa poche. Le métal s'accrocha au tissu et l'espace d'une horrible seconde, elle faillit laisser échapper son arme de fortune. Elle tint bon, libéra l'objet, et frappa au niveau des yeux. Elle visa un peu trop haut. Le bout pointu de l'outil taillada son assaillant au-dessus de la tempe gauche et ouvrit une estafilade d'une dizaine de centimètres dans sa peau étrangement lâche, spongieuse. Elle sentit le métal racler l'os.

« Merci », déclara-t-elle enfin.

Manx plaqua une main squelettique sur son front. Son expression était celle d'un homme désarçonné par une idée aussi soudaine qu'atterrante. Il trébucha en arrière, un de ses pieds glissa dans l'herbe. Elle voulut l'atteindre à la gorge, mais il était déjà hors de portée. Il s'écroula sur le capot de la Rolls.

Elle entendit son fils hurler, quelque part :

« Maman, oh, maman ! »

La jeune femme tenait mal sur ses jambes. Elle n'y accorda aucune importance, et avança pour aller au contact. À présent qu'elle était debout, elle voyait à quel point le tueur était vieux, si vieux. Sa place était dans un service gériatrique, un plaid sur les genoux, un cocktail de fibres laxatives à la main. Elle pouvait en venir à bout. Elle allait le plaquer sur le capot, poignarder ses putains d'yeux avec sa clef effilée.

Vic était presque sur lui lorsqu'il riposta. Le maillet décrivit un large swing. L'acier siffla un petit air musical avant de percuter le casque. La violence du choc fut telle qu'elle pivota à cent quatre-vingts degrés et mit un genou à terre. Des cymbales retentirent dans son crâne à la façon d'un bruitage de dessin animé. Son adversaire paraissait centenaire et, pourtant, sa force, son agilité, suggéraient une vitalité d'adolescent dégingandé. Des morceaux de casque se détachèrent et s'éparpillèrent au sol. Si elle avait été tête nue, son crâne se résumerait à l'heure actuelle à un tas d'esquilles écarlates plantées dans sa cervelle.

« Oh, Seigneur ! criait Manx. J'ai été découpé comme une pièce de bœuf. Bang ! Bang ! »

Vic se releva trop vite. Les dernières lueurs du jour s'estompèrent tandis que le sang refluait de son cerveau. Une portière claqua.

Elle tituba. Ses mains enserraient sa tête, ou plutôt son casque, dans l'espoir d'endiguer les échos terrifiants qui résonnaient à l'intérieur de la protection. L'univers tremblotait à nouveau, comme lorsqu'elle était assise sur sa moto au point mort.

Manx était toujours affalé sur le capot. Son visage, stupide et meurtri, luisait de sang. Un autre homme surgit à l'arrière du véhicule. Cet individu n'était qu'une esquisse d'être humain. Sa tête était celle d'un insecte géant issu d'un film en noir et blanc des années 1950 : un masque de caoutchouc orné d'un rostre en guise de bouche et de grands yeux vitreux.

Il tenait un pistolet. Vic regarda pivoter le canon noir, ses yeux se fixèrent sur l'embouchure de l'arme, à peine plus grosse qu'un iris.

« Bang, bang », fit l'insecte.

Le jardin

Quand Bing vit M. Manx étalé sur le capot, il ressentit une espèce de choc viscéral, une sensation de recul identique à celle qu'il avait éprouvée le jour où il avait actionné le pistolet à clous sur la tempe de son père. Sauf que cette fois-ci, ce recul se situait à l'intérieur de lui-même. M. Manx, le saint, venait d'être poignardé au visage, et cette connasse marchait droit sur lui. Elle avait l'intention de le tuer. Une perspective aussi inconcevable que la mort du soleil. Cette salope continuait à avancer. Son maître avait besoin d'aide.

Bing empoigna son spray de pain d'épice, dirigea la valve vers le visage du garçon, et envoya une bonne giclée de vapeur blanche dans sa bouche et ses yeux. Il aurait dû le faire avant. Si seulement il n'avait pas été aussi furieux, s'il n'avait pas obligé l'enfant à assister au spectacle. Le gosse tressaillit, tenta de se détourner, mais l'homme au masque à gaz le maintint par les cheveux sans cesser de vaporiser l'anesthésiant. Wayne Carmody ferma les yeux, serra les lèvres.

« Bing ! Bing ! » s'égosillait Manx.

Bing criait lui aussi, impatient de sortir de la voiture pour intervenir. Peu importe que le gamin n'ait pas été correctement drogué. Il fallait agir vite. De toute façon, le garçon ne pouvait pas s'enfuir de la Rolls. Le petit homme lâcha prise et fourra la bombe dans son survêtement. Son autre main fouillait déjà une de ses poches à la recherche du pistolet.

Puis il fut dehors. Il claqua la portière avant d'exhiber son arme bien huilée. Vic portait un casque noir qui laissait apparaître ses yeux, agrandis par la terreur. Le flingue était la dernière chose qu'elle verrait. La jeune femme était à un mètre de lui, impossible de la manquer.

« Vas-y, Bing », ordonna Manx en se redressant.

Au moment même où l'homme au masque à gaz pressait la queue de détente, le vieillard passa dans sa ligne de mire. Le coup partit. L'oreille gauche de Manx se désintégra en une éclaboussure de cartilages ensanglantés.

Il hurla, une main sur le côté du visage. Avec un hurlement identique, Bing appuya une deuxième fois sur la gâchette. La seconde détonation le surprit tellement qu'il péta : un couinement haut perché dans son pantalon.

« Monsieur Manx ! Oh mon Dieu ! Vous allez bien ? »

Le tueur s'affala sur la voiture et tourna le visage vers lui.

« À ton avis ? Je viens de me prendre un coup de clef dans la gueule et mon oreille a explosé ! Encore heureux que mon cerveau ne dégouline pas sur ma chemise, crétin !

— Oh bon sang, quel con ! C'était involontaire, monsieur Manx. Je préférerais mourir que vous blesser. Qu'est-ce que j'ai fait, merde ? Je devrais me tirer une balle dans la tête.

— Tire plutôt sur cette pute ! »

Le vieux vampire ôta sa main. Des restes de pavillon auditif pendaient de son visage. « Allez, tue-la ! Tue cette salope et finissons-en ! »

Bing s'arracha à la contemplation du saint homme. Son cœur battait à tout rompre. *Boum, boum, boum.* Il avait l'impression d'entendre un piano jeté du haut d'un escalier dans un grand fracas de notes discordantes et de bois brisé. Il balaya le jardin du regard et tomba sur McQueen. Elle s'enfuyait en courant sur ses longues jambes bronzées. Les tympans de Bing sifflaient si fort qu'il perçut à peine la déflagration. Les flammes émergèrent de la bouche du canon pour déchirer le voile fantomatique du brouillard.

Aéroport Logan

Lou Carmody avait passé les contrôles de sécurité. Il lui restait une heure à attendre. Il entreprit donc d'aller au McDo. Il avait résolu de prendre une salade au poulet et une bouteille d'eau minérale, mais l'odeur de friture était si forte qu'il s'entendit commander au caissier boutonneux deux gros burgers, une grosse portion de frites et un maxi milk-shake à la vanille. Le menu qu'il commandait invariablement depuis l'âge de treize ans.

Pendant qu'il patientait, il regarda autour de lui. Il aperçut alors un petit garçon sur sa droite. Huit ans maximum, de grands yeux noirs semblables à ceux de Wayne. Le gamin était avec sa mère à la caisse voisine. Il dévisageait Lou – ou plutôt son double menton et sa poitrine généreuse – avec une expression non pas de dégoût mais d'affliction singulière. Le père de Carmody était lui-même si gros, à l'époque de son décès, qu'ils avaient dû commander un cercueil spécial. Un putain de modèle XXL qui, une fois le couvercle refermé, ressemblait à une table de réception.

Lou héla le serveur.

« Donnez-moi un mini milk-shake, à la place du maxi. »

Il s'aperçut alors qu'il était incapable de tourner les yeux vers le gamin. La peur de croiser son regard le tenaillait. Il n'éprouvait aucune honte vis-à-vis de son « obésité morbide », pour employer les termes de son médecin. (« Morbide », quelle ineptie ! On avait l'impression que, sous un certain angle, obésité était synonyme de nécrophilie.) En revanche, il détestait sa propre impuissance à changer ses habitudes alimentaires. Cette inaptitude le rendait malade. Il n'arrivait vraiment pas à demander ce qu'il fallait, à choisir une salade quand il pouvait prendre des frites. Il avait deviné que sa femme avait besoin d'aide pendant leur dernière année de concubinage. Elle buvait en cachette, répondait à des coups de fil imaginaires... Cependant, il n'avait pu se résoudre à faire preuve de fermeté, à lui poser des ultimatums ou à formuler des exigences claires. Et quand elle était bourrée et voulait baiser, il ne parvenait pas à lui montrer son inquiétude. Il se contentait de lui claquer les fesses et d'enfouir sa grosse bouille entre ses seins. Il avait été complice de sa déchéance jusqu'au jour où elle avait entassé tous les téléphones dans le four et avait mis le feu à la maison. La seule chose qu'il n'avait pas faite était de craquer l'allumette.

Il s'assit à une table conçue pour nains anorexiques, sur une chaise taille dix ans. Les gérants de McDonald's n'avaient-ils aucune compassion pour leur clientèle ? Quelle idée de fournir de tels sièges à des gaillards aussi costauds que lui. Il ouvrit son ordinateur portable et se connecta au réseau Wi-Fi.

Il parcourut ses e-mails, puis admira quelques jolies cosplayers habillées en Supergirl. Il se rendit ensuite sur un forum consacré à Marvel. Certains de ses amis y débattaient de la prochaine couleur de Hulk. Les discussions débiles des fans de comics le consternaient. Le choix se porterait sur gris ou vert, c'était évident.

Lou envisageait de jeter un discret coup d'œil aux pin-up tatouées du site SuicideGirls lorsque son téléphone vibra. Il se leva pour fouiller dans la poche de son short.

Au moment où ses doigts se posèrent sur l'appareil, la musique d'ambiance de l'aéroport se mit à jouer *La promenade en traîneau*, de ce bon vieux Léopold Mozart. Une programmation improbable tant la température de Boston était proche de celle de Vénus en ce mois de juillet. Lou transpirait à la seule vue de l'extérieur. Détail saugrenu : la chanson précédente – Lady Gaga ou Amanda Palmer, enfin une nana farfelue au piano – s'était interrompue au moment où le mobile avait sonné.

Lou avait son téléphone en main, mais son regard fut attiré par sa voisine de table : une femme d'âge mûr assez bandante, qui ressemblait vaguement à Sarah Palin.

« Vous entendez ça, madame ? interrogea l'obèse, le doigt pointé en direction des haut-parleurs du plafond. Ils passent une musique de Noël au milieu de l'été. »

Son interlocutrice se figea, une fourchette de salade de chou à mi-chemin de ses lèvres pulpeuses. Elle paraissait mal à l'aise, troublée.

« La chanson ! insista Lou. Vous l'entendez ? »

Une ride de contrariété creusa le front de Sarah Palin. Elle examina l'importun ainsi qu'on aurait considéré une flaque de vomi : avec répugnance.

Le gros homme jeta un coup d'œil à l'écran tactile. Le prénom de son fils s'affichait. Un appel étrange, étant donné qu'ils venaient juste de correspondre par textos. Vic était peut-être rentrée de sa virée à moto. Le gamin voulait sans doute lui raconter les dernières nouvelles.

D'un mouvement de main, Lou coupa court à l'échange avec sa voisine.

« Laissez tomber. »

Il décrocha :

« Quoi de neuf, mon pote ?

— Papa, chuchota son fils à la limite du sanglot. Je suis à l'arrière d'une voiture. Je ne peux pas sortir. »

Lou sentit une douleur lancinante envahir sa poitrine, son cou, et, plus bizarrement, son conduit auditif.

« Comment ça ? Quelle voiture ?

— Ils vont tuer maman. Deux hommes. Ils m'ont enfermé à l'intérieur, impossible de quitter la banquette arrière. C'est Charlie Manx, papa. Et un autre type avec un masque à gaz. Quelqu'un... » Il poussa un cri.

Lou distingua des crépitements en fond sonore. Il songea d'abord à des pétards, mais fut vite détrompé.

« Ils tirent, papa ! Ils tirent sur maman ! »

Sans s'en rendre compte, Lou avait bondi sur ses pieds. Sa voix lui parvint sous forme d'une complainte insolite, faible et aiguë.

« Enfuis-toi. Déverrouille la portière, et cours.

— Je ne peux pas. Le loquet refuse de s'ouvrir. Et quand j'essaie d'aller sur le siège avant, je suis repoussé sur la banquette. »

Wayne étouffa un pleur.

La tête de Lou était une montgolfière. Elle dérivait en direction du plafond, menaçait de l'emporter au-delà de la réalité.

« La portière s'ouvre forcément. Cherche, Wayne.

— Je dois raccrocher, ils reviennent. Je te rappellerai quand je pourrai. N'essaie pas de me contacter. Ils entendraient le portable, même si je le mets sur vibreur.

— Wayne ! Attends ! » cria Lou. Une tonalité inquiétante résonna dans ses oreilles. La ligne était coupée.

Tout le monde à l'intérieur du restaurant avait les yeux braqués sur lui. Personne ne disait rien. Deux agents de sécurité approchaient. L'un d'eux effleurait déjà la crosse en polymère de son calibre 45.

Alerte la police d'État, les flics du New Hampshire. Appelle-les maintenant, songea-t-il. Mais lorsqu'il éloigna l'appareil pour composer le 911, ce dernier lui échappa. Comme il se baissait pour le ramasser, la douleur redoubla, enfonçant en lui ses bords coupants. Il crispa les mains sur sa poitrine, persuadé qu'on venait de lui coller une agrafeuse sur le nichon. Il s'appuya sur la petite table pour garder l'équilibre. Son coude lâcha. Il partit en avant la tête la première. Sa mâchoire heurta le Formica, ses dents s'entrechoquèrent. Il s'écroula avec un grognement. Le milk-shake le suivit dans sa chute. Le gobelet explosa et il fut aspergé d'une mélasse de lait frappé à la vanille.

Il n'avait que trente-six ans. Beaucoup trop jeune pour un infarctus, malgré ses antécédents familiaux. Il savait qu'il serait puni pour avoir dédaigné la salade.

Lac Winnipesaukee

Dès que l'homme au masque à gaz apparut avec son flingue, Vic voulut battre en retraite, mais ses jambes refusèrent de lui obéir. Le canon de l'arme la tétanisait, l'hypnotisait comme un pendule de mage. Elle aurait aussi bien pu être enterrée jusqu'à la taille.

Puis Manx s'interposa maladroitement entre elle et le tireur. Le .38 tira une balle. L'oreille du tueur se désintégra en un flash pourpre.

Le vieillard poussa un hurlement : un cri de rage et non de douleur. L'arme tressauta une seconde fois. Les volutes de brouillard s'écartèrent pour laisser passer le projectile, qui traça un couloir rectiligne sur la droite de Vic.

Si tu ne réagis pas, il va t'abattre sous les yeux de ton fils, dit son père, une main posée sur ses reins. *Ne reste pas là. N'inflige pas ça à Wayne.*

Elle jeta un regard en direction de la voiture, aperçut son enfant à travers le pare-brise, sur la banquette arrière. Ses traits écarlates étaient figés. Il agitait la main dans un geste désespéré : *Va-t'en. Fuis !*

Cependant, la jeune femme répugnait à l'abandonner. Tous ses échecs, ses manquements précédents, ne seraient rien en comparaison de cette ultime trahison.

Une pensée lui traversa l'esprit avec la même vélocité que la balle déchirant la brume quelques instants auparavant. *Personne n'arrêtera Manx, si tu meurs maintenant.*

« Wayne ! appela-t-elle. Je vais revenir te chercher. Où que tu sois, je te retrouverai ! »

Elle ignorait s'il avait compris. Elle percevait à peine sa propre voix. Ses oreilles sifflaient, assourdies par la déflagration du .38. Les exhortations de Manx – *tue-la ! Tue cette salope !* – étaient à peine audibles.

Ses talons patinèrent dans l'herbe humide. Elle passait enfin à l'action. Elle baissa la tête, le casque entre ses mains. Il fallait qu'elle l'enlève. Ses mouvements étaient ridiculement lents. Ses pieds dérapaient sans but ni efficacité, les mottes de terre s'amassaient sous ses pas, tel un tapis froissé. Le silence était total, à l'exception du martèlement de ses bottes et de son souffle, amplifié par la visière.

Le complice de Manx allait lui tirer dans le dos. Une balle dans la colonne vertébrale. Elle priait pour une mort instantanée. Elle désirait par-dessus tout éviter de se retrouver étalée dans la boue, paralysée dans l'attente du coup de grâce. Ces trois mots, unique vocabulaire qu'elle possédait désormais, tournaient à l'intérieur de son crâne : *dans le dos, dans le dos, dans le dos*.

Elle avait déjà gravi la moitié de la colline.

Après s'être enfin débarrassée de son casque, elle le jeta sur le côté.

Le pistolet tonna.

Une éclaboussure à droite, comme si un gosse avait lancé une pierre plate à la surface du lac.

Les pieds de Vic commencèrent à frapper les planches de l'embarcadère. La construction se soulevait, retombait sous les chocs répétés. Trois pas d'élan et elle plongea.

La jeune femme percuta les flots avec une force qui lui rappela, une fois de plus, le projectile à travers le voile de vapeur.

Ensuite, elle fut sous l'eau.

Elle nagea pratiquement jusqu'au fond, là où tout devenait lent, sombre.

Vic eut l'impression de retrouver l'opacité verdâtre d'un monde visité il y a peu, de renouer avec l'inconscience paisible qui le caractérisait.

La jeune femme évoluait dans un état d'apesanteur froide.

Une balle fila sur sa gauche, à moins de trente centimètres d'elle. Le projectile ouvrit un tunnel liquide, vrilla l'obscurité en ralentissant rapidement. Vic recula, brassa l'eau à l'aveuglette, comme pour écarter la dragée mortelle de sa trajectoire. Ses doigts se refermèrent sur un petit objet brûlant. Quand elle ouvrit la main, elle vit une sorte de bille analogue à un plomb de pêche. Sous l'action du courant, la bille roula sur sa paume avant de couler dans les profondeurs. Elle avait attrapé la balle.

Elle pivota, battit des jambes. L'air commençait à manquer, ses poumons devenaient douloureux. Elle distinguait la surface du lac : une voûte mordorée au-dessus de sa tête. Le radeau était à quatre ou cinq mètres d'elle.

La nageuse se démena. Ses côtes se transformaient en arceaux palpitants, rongés par les flammes.

Elle moulina encore et encore, jusqu'à se trouver sous les flotteurs. Elle commença à remonter. L'image du matériel utilisé par son père pour détruire les rochers, les blocs d'ANFO enveloppés de plastique blanc, s'imposa à son esprit. Sa poitrine était remplie de nitrate d'ammonium prêt à exploser.

Enfin, elle jaillit des flots, hoqueta, inspira à pleins poumons.

Vic était désormais dans l'ombre des planches, entre les fûts rouillés qui puaient la créosote et la pourriture. Elle stabilisa son souffle. Chaque respiration résonnait dans l'atmosphère confinée.

« Je sais que tu es là, piailla l'homme au masque à gaz. Tu ne m'échapperas pas. »

Son timbre était criard, enfantin. Vic comprit qu'il était effectivement un enfant. Il pouvait avoir trente ou cinquante ans, mais n'en restait pas moins une petite victime du vieux vampire. De toute évidence, il savait où elle se cachait.

Elle s'essuya le visage. « Viens me chercher, salopard », marmonna-t-elle.

Une seconde voix se fit entendre. Celle de Manx. Il l'appelait sur un ton onctueux :

« Victoria. Victoria McQueen ! »

Elle aperçut un espace d'environ deux centimètres entre deux tonneaux. Elle nagea jusqu'à l'interstice avant de regarder par la fente. Le tueur se tenait à l'extrémité de l'appontement, à une dizaine de mètres de là. Il était flanqué de son comparse, un peu en retrait. Le visage du vieillard était ensanglanté. On aurait dit qu'à l'occasion d'Halloween, il avait pêché les pommes avec les dents dans une bassine pleine d'hémoglobine.

« Oh, bon Dieu, tu m'as bien tailladé, Victoria. Tu m'as réduit la gueule en bouillie. Sans compter que mon compagnon ciprésent s'est débrouillé pour m'arracher l'oreille. Avec des amis comme ça... Enfin, me voilà couvert de sang. Je vais être le dernier qu'on invite à danser au bal de fin d'année. » Il éclata de rire et continua : « Ce qu'on dit est vrai : le monde est petit. Et nous nous retrouvons aujourd'hui. Tu es une véritable anguille. Ce lac est un endroit parfait pour toi. » Nouvelle pause, puis il reprit avec une note presque joyeuse : « Tant mieux, après tout. Tu ne m'as pas tué. Tu m'as juste éloigné de mes enfants. C'est le jeu. Je peux m'en aller et te laisser là. Mais ton fils restera à mon côté et tu ne le reverras plus. Il te téléphonera peut-être de Christmasland. Il y sera heureux. Je ne lui ferai aucun mal. Tu en auras la confirmation quand tu l'entendras. Tu comprendras alors qu'il est bien mieux avec moi. »

Les planches de l'embarcadère craquaient. Le moteur de la Rolls tournait au ralenti. Elle se débarrassa du blouson pesant et détrempé de Lou. À sa grande surprise, il flotta, telle une méchante nappe de produits toxiques.

« Bien sûr, tu seras tentée de nous rejoindre, poursuivit-il d'un ton espiègle. Tu te serviras des mêmes moyens que jadis. J'ai eu tout le temps de réfléchir au pont dans les bois. Cette construction impossible. Je connais à la perfection les ponts de cette sorte. Et aussi les routes que l'on ne trouve qu'en rêve. L'une d'elles m'a mené à Christmasland. Il existe par ailleurs la Voie nocturne, le chemin de fer de l'Orphelinat, et les portes de l'Entre-Monde, sans oublier le vieux sentier de la Cabane perchée, ainsi que le magnifique Pont couvert de Victoria McQueen. Tu sais encore comment t'y rendre ? Viens me chercher, si tu peux. Je t'attendrai à la Maison du Sommeil, où je m'arrêterai avant de gagner Christmasland. Viens, et nous pourrons continuer cette conversation. »

Il rebroussa chemin d'un pas lourd.

L'homme au masque à gaz poussa un soupir malheureux et pointa son .38 en direction du radeau. Le canon cracha une flamme.

Le bois au-dessus de Vic éclata. Plusieurs échardes fusèrent. Un deuxième projectile ratura la surface du lac et fila dans l'eau, sur sa droite. Elle se jeta en arrière, s'éloigna de l'interstice par lequel elle espionnait ses agresseurs. Une troisième balle ricocha sur l'échelle en acier rouillé. La dernière ogive produisit une petite éclaboussure insignifiante devant le radeau.

Elle continua à pédaler dans l'eau.

Les portières de la voiture claquèrent.

Les roues grincèrent tandis que le véhicule effectuait une marche arrière dans le jardin. Vic entendit les pneus écraser les débris de la clôture. Elle craignait un piège. Manx était peut-être monté dans la Rolls pendant que l'homme au masque à gaz attendait, caché avec son arme. Elle ferma les yeux, à l'écoute.

Lorsqu'elle rouvrit les paupières, une grosse araignée poilue s'accrochait aux vestiges de sa toile, dont la plus grande partie pendait en longs filaments gris. Un des projectiles ou bien l'agitation environnante l'avait détruite. L'arachnide était dans la même situation que Vic. Il ne restait rien du monde qu'elle avait bâti.

MACHINE CHERCHEUSE

6-7 juillet

Le lac

Dès que Wayne se retrouva seul sur la banquette arrière du véhicule, il sut qu'il n'avait plus le choix : il devait essayer de s'enfuir.

Le jeune garçon avait vu sa mère voler plutôt que courir au bas de la colline. L'homme au masque à gaz s'était lancé à sa poursuite à grands pas désordonnés, avec une démarche d'ivrogne. Puis Manx l'avait imité. Il était descendu en direction du lac, une main pressée sur son visage.

Wayne observa un moment le tueur qui s'éloignait. Le jour se fondait dans les ténèbres bleu marine, le paysage devenait liquide. Les nappes de brouillard, de la même couleur que le lac, s'accrochaient aux arbres. Et le lac, de la même couleur que le brouillard, semblait patienter en contrebas. Wayne distinguait à peine le radeau depuis la voiture.

Avec les volutes en arrière-fond, Manx ressemblait à une apparition digne d'une fête foraine : un croisement entre le squelette humain et l'échassier ; une silhouette immense et décharnée vêtue d'une queue-de-pie. Son crâne difforme et chauve, son nez crochu, évoquaient le profil d'un rapace. La brume autour de lui produisait des illusions d'optique. On avait l'impression qu'il se déplaçait à travers une série de portes obscures découpées à sa dimension, chacune plus volumineuse que la précédente.

Wayne eut le plus grand mal à détacher son regard du vieux vampire. *La fumée de pain d'épice*, songea-t-il. Il avait respiré une partie du produit dont l'homme au masque à gaz l'avait aspergé. Ses réactions étaient trop lentes. Il se frotta le visage à deux mains pour retrouver un peu de lucidité, puis décida de passer à l'action.

Il avait déjà tenté sa chance à l'arrière. Sans succès. Il avait eu beau pousser de toutes ses forces, impossible de débloquer les portières. Les vitres restaient closes. À l'avant, en revanche, non seulement le côté conducteur paraissait accessible, mais le carreau était à moitié baissé, le passage assez large pour que Wayne s'y faufile si la portière résistait.

Il se redressa péniblement et entreprit l'interminable voyage à destination des sièges avant, qui semblaient se situer à une centaine de mètres. Il agrippa le dossier devant lui, se leva et...

Il fut rejeté en arrière sur le sol.

La chute l'étourdit. Il demeura à quatre pattes pendant plusieurs secondes, respirant profondément pour contenir le tumulte dans son ventre barbouillé et essayer de comprendre ce qui venait de lui arriver. Le gaz qu'il avait inhalé l'avait désorienté, si bien qu'il avait du mal à faire la différence entre le haut et le bas. Il avait sans doute perdu l'équilibre, voilà tout.

Il se releva. Le monde vacilla. Il attendit que le vertige se dissipe, puis il prit une grande inspiration (encore ces relents de pain d'épice) et fit une seconde tentative. Il se retrouva de nouveau par terre, au pied de la banquette. Son estomac se contracta. L'espace d'un instant, son petit déjeuner reflua dans sa bouche. Il déglutit. Le goût était meilleur la première fois.

Manx se tenait sur l'embarcadère au bas de la colline. Il parlait d'une voix calme et posée.

Wayne étudia l'arrière de la Rolls. Il se demandait par quelle malédiction il avait encore échoué. Il avait la sensation que la banquette n'avait pas de fin, que rien, en dehors d'elle, n'existait. Le vertige persistait, comme s'il venait de descendre de la centrifugeuse au Luna Park.

Secoue-toi. N'abandonne pas. Ces mots s'imprimèrent dans son esprit avec la netteté d'un lettrage noir sur un panneau blanc.

Wayne baissa la tête et bondit d'un coup en avant.

Il termina encore sur le tapis de sol. Son iPhone tomba de sa poche.

Sonné, il dut s'appuyer sur l'épaisse moquette pour se remettre à quatre pattes. L'impression que la voiture roulait, qu'elle glissait sur une plaque de glace noire en une ronde nauséeuse, ne le quittait pas. Il était complètement perdu. Cette sensation devait cesser. Il ferma les yeux.

Quand il se risqua enfin à rouvrir les paupières, il vit le téléphone à quelques dizaines de centimètres de lui. Il tendit la main. Son mouvement était aussi lent que celui d'un astronaute cherchant à se saisir d'une barre énergisante en apesanteur.

Il appela son père. Le numéro de Lou était le seul enregistré dans le répertoire. Il suffisait d'une simple pression sur l'écran tactile, mais l'effort paraissait presque insurmontable.

« Quoi de neuf, mon pote ? »

La voix de Louis Carmody était si calme, si douce et rassurante. Une boule se forma dans l'œsophage du jeune garçon. Il était au bord des larmes. Sa gorge était tellement serrée qu'il craignit un moment de ne plus pouvoir respirer et encore moins parler. Il ferma les yeux. Le souvenir de sa joue posée sur la barbe de trois jours de son père, une fourrure hirsute d'ours brun, l'assaillit avec une force stupéfiante.

« Papa, chuchota l'enfant. Je suis à l'arrière d'une voiture. Je ne peux pas sortir. »

Il voulut expliquer la situation, mais l'opération se révéla impossible. L'air manquait, les larmes coulaient, lui brûlaient les yeux. Sa vision devint floue. Il ne savait pas comment évoquer l'homme au masque à gaz et Charlie Manx, la fumée de pain d'épice et Hooper, ni comment décrire cette banquette qui n'en finissait pas. Les mots sortirent de sa bouche sans qu'il en ait vraiment conscience. Il parla de Manx, de la Rolls.

Puis l'homme au masque à gaz recommença à jouer de la gâchette. Le pistolet aboya en direction du radeau, tressauta, projetant une série de flashes dans le noir. Depuis quand faisait-il si sombre ?

« Ils tirent, papa ! s'étrangla Wayne dans un filet de voix qu'il reconnut à peine. Ils tirent sur maman ! »

Le garçon jeta un coup d'œil à travers le pare-brise. L'obscurité était trop importante. Il ne parvint pas à déterminer si sa mère avait été touchée ou non. En tout cas, il ne la voyait plus. Elle se confondait avec le lac, se mélangeait aux ombres. Les ténèbres l'avaient adoptée et elle s'était éclipsée loin de lui avec une facilité déconcertante.

Manx ne s'était pas attardé pour assister à la séance de tir. Il avait déjà gravi la moitié de la colline. À l'image d'un employé à l'écoute des ordres de son chef dans une oreillette, il plaquait la main sur le côté de son visage. Difficile, pourtant, d'imaginer que le tueur puisse obéir à un quelconque supérieur.

Après avoir vidé son arme, le complice de Manx se détourna et remonta la côte d'un pas incertain. Il ressemblait à un homme de peine oscillant sous un poids trop lourd. Ils seraient bientôt à la voiture. Wayne ignorait ce qui se passerait alors, mais il avait assez de jugeote pour comprendre que s'ils le surprenaient avec le téléphone, ils lui confisqueraient l'appareil.

« Je dois raccrocher, ils reviennent. Je te rappellerai quand je pourrai. N'essaie pas de me contacter. Ils entendraient le portable, même si je le mets sur vibreur. »

Son père cria son nom, mais l'enfant devait interrompre la communication. Il raccrocha et désactiva la sonnerie.

À la recherche d'une cachette, il envisagea d'abord de glisser le portable entre les sièges, mais aperçut, sous les dossiers, les compartiments en noyer munis de poignées argentées. Il en ouvrit un, jeta le mobile à l'intérieur, puis referma juste au moment où Manx entrait dans la voiture.

Le tueur balança son maillet sur le siège avant de poser une fesse dans l'habitacle. Il pressait un mouchoir de soie sur son visage. Quand il vit Wayne à genoux à l'arrière, il ôta sa compresse de fortune. L'enfant poussa un petit gémissement d'horreur. Deux morceaux d'oreille pendaient sur le côté de la tête du tueur. Son long visage aux traits émaciés était barbouillé de sang. Un lambeau de peau, auquel était accrochée une partie de son sourcil, ouvrait une plaie béante sur son front. L'os luisait à travers la coupure.

« Je dois avoir l'air effrayant », supposa Manx avec un grand sourire qui dévoilait ses dents rosâtres. Il désigna les restes de son pavillon auditif. « Oreille d'un jour, oreille toujours. »

Wayne se sentit défaillir. À l'arrière du véhicule, il faisait inexplicablement noir. On aurait dit que le vieux vampire avait amené la nuit avec lui.

Le tueur s'installa derrière le volant. La portière se referma toute seule, puis la vitre remonta. Manx, qui avait remis une main sur son organe mutilé et posait l'autre sur la blessure à son front, n'avait rien touché.

L'homme au masque à gaz essaya d'ouvrir la portière passager. Le loquet s'abaissa.

Le levier de vitesse passa en marche arrière et la Rolls recula de quelques mètres. Les graviers giclèrent sous les roues.

« Non ! » hurla l'ami de Manx. Il fut presque jeté à terre. Il se mit à suivre le véhicule en trébuchant, une main sur le toit comme s'il entendait ainsi stopper la voiture. « Non, monsieur Manx ! Ne partez pas ! Je m'excuse, c'était une erreur ! »

Sa voix tremblait d'effroi, de chagrin. Il agrippait la poignée, tirait dessus.

Manx se pencha et s'adressa à lui par la vitre : « Tu es maintenant sur ma liste noire, Bing Partridge. Si tu crois que je vais t'emmener à Christmasland après un tel fiasco, tu te fourres le doigt dans l'œil. J'ai bien peur de devoir me séparer de toi. Admettons que je te laisse monter, comment puis-je être sûr que tu ne vas pas truffer la voiture de plomb ?

— Je me tiendrai à carreau, promis ! Je serai sage comme une image. Ne m'abandonnez pas. Je suis désolé. Absolument désolé ! »

L'intérieur de son masque était constellé de buée. Il continuait à supplier entre deux sanglots. « J'aurais voulu prendre la balle moi-même. Vraiment ! J'aurais préféré que ce soit *mon* oreille. Oh, Bing, espèce de crétin !

— J'en ai assez d'entendre tes jérémiades stupides. Ma tête me fait déjà assez mal comme ça. »

La portière se déverrouilla. L'homme au masque à gaz grimpa dans le véhicule sans attendre.

« Je regrette. Je vous jure que je regrette. Je ferais n'importe quoi pour me faire pardonner. » Pris d'une inspiration subite, il écarquilla les yeux. « Je pourrais me couper l'oreille. Je m'en moque, je n'en ai pas besoin. J'en ai deux. Vous voulez que je me coupe l'oreille ?

— Je veux que tu te taises. Si tu as envie de te couper quelque chose, commence par la langue. Au moins, j'aurai la paix. »

Toujours en marche arrière, la voiture accéléra. Les roues rebondirent sur l'asphalte dans un raclement de bas de caisse. La Rolls fit demi-tour pour se positionner face à la nationale. Le levier de vitesse enclencha la marche avant.

Manx demeurait tourné vers son comparse, la main pressée sur son visage.

La fumée de pain d'épice, se rappela Wayne avec un vague étonnement. Le produit altérait sa perception. Les voitures ne se conduisaient pas toutes seules. Les banquettes ne se prolongeaient pas à l'infini.

Bing se balançait sur son siège, poussait des gémissements pitoyables, secouait la tête. « Stupide. Je suis tellement stupide. » Il se cogna violemment le front sur le tableau de bord. Deux fois.

« Arrête tout de suite ou je te laisse sur le bas-côté, gronda Manx. Je t'interdis de te venger de ta propre incompétence sur le splendide revêtement de ma voiture. »

Le véhicule se mit en route avec une secousse et s'éloigna du cottage. Les mains de Manx n'avaient pas quitté son visage. Le volant bougeait avec précision tantôt à droite tantôt à gauche. Wayne plissa les paupières, les yeux fixés sur lui. Il se pinça très fort la joue, mais rien n'y fit. La Rolls continuait à se déplacer de façon autonome. Soit la fumée de pain d'épice procurait des hallucinations, soit... Le jeune garçon s'aperçut qu'il n'y avait pas d'alternative à son raisonnement. Sauf à envisager l'impensable.

Il regarda par la lunette arrière. Ultime vision du lac, couché sous son drap vaporeux. L'eau était aussi lisse qu'une plaque d'acier polie ou que la lame d'un couteau. Aucun signe de sa mère.

« Bing, fouille dans la boîte à gants. Tu devrais trouver de l'adhésif et une paire de ciseaux.

— Vous voulez que je me coupe la langue ?

— Pas du tout. Je veux que tu me fasses un bandage. Sauf si tu préfères rester là, à attendre que je me vide de mon sang. Ce serait sans doute un spectacle amusant.

— Non ! s'exclama le petit homme rondouillard.

— Bon, alors fais de ton mieux pour mon oreille et ma tête. Et enlève ce masque. Impossible d'avoir une discussion avec ce truc sur la figure. »

Le complice ôta sa protection. Le caoutchouc se décolla avec un petit *ploc* semblable au bruit d'un bouchon de liège à l'ouverture d'une bouteille de vin. Son visage était rouge, congestionné. Des larmes avaient creusé des sillons le long de ses joues flasques et tremblotantes. Il fouilla dans la boîte à gants et en sortit un rouleau de pansement ainsi que des petits ciseaux argentés. Il enleva le haut de son survêtement, dévoilant un maillot de corps taché et des épaules poilues qui n'étaient pas sans rappeler celles d'un gorille des montagnes. Il se débarrassa de son maillot avant de remettre son haut.

Le clignotant s'alluma. La voiture marqua un stop, puis s'engagea sur la nationale.

Bing découpa son vêtement en de longues bandes. Il plia soigneusement l'une d'elles, qu'il appliqua sur l'oreille de Manx.

« Tenez ça, demanda Bing en ajustant l'étoffe d'une manière assez lamentable.

— J'aimerais bien savoir avec quoi elle m'a blessé », s'interrogea Manx. Il jeta un coup d'œil à l'arrière du véhicule et croisa le regard de Wayne. « Ta mère et moi, on a une histoire agitée, tu sais. C'est comme lutter avec un sac rempli de chats.

— Je voudrais que les vers la bouffent, ajouta Bing. Que la vermine lui dévore les yeux.

— Quelle idée répugnante. »

Bing enroula une nouvelle bande de tissu autour de la tête de son maître, fixa la compresse sur son oreille, couvrit la plaie sur son front, puis colla le tout à l'aide de morceaux de sparadrap entrecroisés.

Le tueur observait Wayne avec attention.

« Tu es bien calme. Tu n'as rien à dire ?

— Laissez-moi partir.

— Bientôt. »

Ils passèrent en trombe devant le Buffalo Grill où l'enfant et sa mère avaient pris le petit déjeuner. Wayne se souvenait de son réveil comme d'un rêve à moitié effacé. Avait-il vu l'ombre du vieux vampire ? C'était en tout cas son impression. Les mots qui sortirent de sa bouche le surprirent :

« J'étais sûr que vous viendriez. J'en étais sûr depuis ce matin.

— Un enfant a toujours du mal à éviter de penser à ses cadeaux la veille de Noël. »

Manx grimaça tandis que Bing collait un nouveau morceau de sparadrap.

Le volant continuait à tourner au gré des courbes.

« Personne ne conduit, ou bien il s'agit des effets de l'aérosol ? s'enquit le gamin.

— Tais-toi ! s'énerva Bing. Le conseil des mormons se réunit. On ne s'amuse plus, assez ri. Sinon, on coupe ta langue pourrie.

— Tu peux arrêter avec ces histoires de langue ? s'agaça
le tueur. Je vais finir par croire que tu fais une fixation. Je
discute avec ce jeune homme. Je n'ai pas besoin que tu t'en
mêles. »

L'homme au masque à gaz demeura un instant interdit, puis
reprit son travail de soigneur.

« Tu n'as pas d'hallucination, poursuivit Manx. Et le véhicule
ne marche pas tout seul. Il m'obéit. Je suis la voiture et la
voiture est moi. Tu as affaire à une authentique Rolls-Royce
Wraith, fabriquée à Bristol en 1937. Arrivée par bateau aux
États-Unis en 1938. Cinq cents exemplaires seulement. Elle
est aussi une extension de mon imagination. Elle m'emmène
sur des routes qui n'existent qu'en rêve.

— Et voilà, triompha Bing. Le mal est réparé. »

Manx éclata de rire.

« Pour que le mal soit réparé, il faudrait faire demi-tour et
aller fouiller le jardin de la femme à la recherche des restes
de mon oreille. »

Les traits de Bing se crispèrent, ses yeux se plissèrent. Ses
épaules se mirent à tressauter entre deux sanglots silencieux.

« Il m'a aspergé de quelque chose, insista Wayne. Un truc
qui sentait le pain d'épice.

— Un simple décontractant, admit le tueur. Si mon ami
avait utilisé sa bombe correctement, tu serais déjà en train
de dormir. »

Il adressa un regard froid et hautain à son compagnon.

Le garçon réfléchit. Formuler une simple pensée était aussi
dur que de bouger une énorme caisse à travers une pièce. Un
effort épuisant.

« Pourquoi le produit ne fonctionne pas sur vous ?

— Hein ? » demanda distraitement le vieux vampire. Il
observait sa chemise de soie blanche à présent souillée d'hémoglobine. « Ah, oui. Tu es encore dans ton petit univers. Je
ne laisse jamais rien au hasard. » Il poussa un profond soupir.
« On ne récupérera jamais cette chemise. Je crois qu'on devrait
lui consacrer une minute de silence. Elle vient de chez Riddle-
McIntre, le plus grand chemisier de l'Ouest depuis un siècle.
Ford refusait de porter autre chose. Maintenant, je pourrais
aussi bien l'utiliser pour nettoyer le moteur. Le sang ne part
pas sur la soie.

— Le sang ne part pas sur la soie », répéta Wayne. Il lui semblait que cette déclaration était importante, qu'elle possédait une dimension épigrammatique.

Manx étudiait calmement le jeune garçon depuis le siège avant. Wayne, quant à lui, voyait le tueur à travers une succession de clairs-obscurs, comme si les nuages éclipsaient le soleil à intervalles réguliers. Mais il n'y avait pas de soleil. Ces variations de lumière avaient lieu dans sa tête, derrière ses yeux. Il était en état de choc, dans un endroit où le temps était différent. Les événements progressaient par à-coups, se figeaient, et reprenaient leur cours saccadé.

Il entendit un son lointain, une plainte rageuse, urgente. Il pensa d'abord à un cri, puis se souvint de Manx qui frappait sa mère avec un maillet argenté. Cette vision le rendit malade. À mesure que le bruit s'intensifiait, Wayne reconnut une sirène de police.

« Ta mère n'a pas traîné, constata Manx. Je dois lui accorder ça : elle est toujours prompte à me créer des ennuis.

— Vous ferez quoi, quand la police nous verra ? demanda Wayne.

— Je crois qu'ils ne nous remarqueront pas. Ils vont chez ta mère. »

Les voitures qui les précédaient commencèrent à se ranger sur le bas-côté. Un gyrophare apparut en face d'eux. Il dévala la colline à toute vitesse dans leur direction. La Rolls mordit l'accotement et ralentit considérablement, sans toutefois s'arrêter.

La voiture de patrouille fila devant eux à près de cent à l'heure. Wayne tourna la tête pour la regarder passer. Le conducteur ne leur jeta même pas un coup d'œil. Manx, ou plutôt son véhicule, continua sa route. Le tueur n'avait pas pris la peine d'esquisser un geste vers le volant. Il avait abaissé le pare-soleil et s'examinait dans le petit miroir.

Les pulsations lumineuses, à l'image d'une roulette de casino qui ralentit au moment où la bille hésite entre le rouge et le noir, s'espacèrent. Wayne n'avait plus peur. Ce sentiment était resté avec sa mère dans le jardin. Il se redressa sur la banquette.

« Vous devriez voir un docteur, suggéra-t-il. Si vous me laissiez quelque part dans les bois, vous pourriez aller vous faire soigner avant que je rejoigne la ville ou qu'on me trouve.

— Ta sollicitude me touche, mais je préfère m'abstenir d'être ausculté avec des menottes aux poignets. La route me guérira. Comme toujours.

— Où on va ?

— À Christmasland.

— Christmasland ? C'est quoi ?

— Un lieu spécial. Un lieu spécial pour des enfants spéciaux.

— Ah bon ? » Wayne médita cette information avant de reprendre : « Je ne vous crois pas. Vous dites ça pour ne pas m'effrayer. » Il marqua une nouvelle pause, puis risqua une autre question : « Vous allez me tuer ?

— Non, quelle idée ! Si j'avais voulu te supprimer, je l'aurais fait chez ta mère. Et Christmasland existe vraiment, même s'il n'est pas facile à trouver. Tu ne peux pas y aller par n'importe quel chemin, mais je connais des voies d'accès qui ne figurent pas sur les cartes. Ce pays est à la fois dans un univers différent et à quelques kilomètres de Denver. Et aussi là, dans ma tête. » Il se tapota la tempe du bout de l'index. « Je l'emmène partout avec moi. D'autres enfants y habitent et aucun d'entre eux n'y est retenu contre son gré. Ils ne le quitteraient pour rien au monde. Ils sont impatients de te rencontrer, Wayne Carmody. Ils veulent être tes amis. Tu feras leur connaissance bien assez tôt, et lorsque ce sera le cas, tu auras l'impression d'être comme à la maison. »

Le bitume ronronnait sous la gomme des pneus.

« Ces dernières heures ont été agitées. Allonge-toi, mon enfant. N'aie pas peur : je te réveillerai s'il se passe un truc intéressant. »

Wayne n'avait aucune envie d'obéir à Manx, mais avant d'avoir dit ouf, il se retrouva sur le flanc, la tête appuyée sur le cuir de la banquette. Le garçon n'avait jamais entendu de bruit plus agréable que le murmure de la chaussée sous les roues.

La roulette de casino tournait de plus en plus lentement. La bille s'arrêta sur le noir.

Le lac

Vic haletait dans les hauts-fonds. Elle parcourut les derniers mètres à la nage. Parvenue à la plage, elle roula sur le dos, les jambes dans l'eau. Son corps était animé de spasmes violents, elle grelottait. Les sons qu'elle produisait lui paraissaient trop rageurs pour être des sanglots, mais peut-être qu'elle pleurait, elle n'en était pas sûre. Son estomac la mettait au supplice. Elle avait l'impression d'avoir passé vingt-quatre heures à vomir.

Elle se souvint d'un reportage à la télé. *Les trente premières minutes sont cruciales en cas de kidnapping.* Il lui semblait pourtant que le temps importait peu dans sa situation. Aucun flic ne serait en mesure de retrouver Charlie Manx et sa Rolls. Elle se releva néanmoins. Elle devait tout tenter, même si c'était sans espoir.

Tel un ivrogne, elle tituba le long du sentier qui menait à l'arrière du cottage. Le vent latéral la faisait vaciller. Arrivée à la porte de derrière, elle chuta. Elle se redressa à quatre pattes sur les marches, s'appuya à la rambarde pour se remettre debout. Le téléphone carillonna. Elle s'obligea à avancer. Une douleur perforante, aiguë, lui coupa le souffle.

Elle déboula en chancelant dans la cuisine, s'empara du combiné à la troisième sonnerie, juste avant le déclenchement du répondeur.

« Au secours, dit-elle. C'est qui ? J'ai besoin d'aide. Mon fils a été enlevé.

— Oh, tout va bien, madame McQueen, répondit une petite fille. Papa conduira prudemment. Wayne profitera du voyage. Il sera bientôt avec nous, à Christmasland. On lui apprendra des jeux. C'est pas génial ? »

Vic raccrocha et composa le 911.

Une femme lui confirma qu'elle était bien en contact avec la police. Sa voix était neutre, détachée.

« Comment vous appelez-vous et quelle est la nature de votre appel ?

— Victoria McQueen. J'ai été agressée. Un homme a kidnappé mon fils. Je peux vous décrire la voiture. Ils viennent de s'enfuir. Envoyez-moi quelqu'un, je vous en prie. »

La régulatrice essaya de conserver un ton calme sans y parvenir tout à fait. L'adrénaline changeait la donne.

« Êtes-vous blessée ?

— Je connais le ravisseur. Il s'appelle Charlie Manx, il est, comment dire... vieux. » Le mot *mort* lui était venu à l'esprit, mais elle s'était abstenue de le prononcer. « Il a environ soixante-dix ans, deux mètres, chauve, dans les cent kilos. Il a un complice, un type plus jeune. Je ne l'ai pas bien vu. » *Parce qu'il portait un putain de masque à gaz.* Elle évita une fois encore de formuler cette réflexion à voix haute. « Ils conduisent une Rolls-Royce Wraith des années 1930. Mon fils est à l'arrière. Il a douze ans, son prénom est Bruce, mais il ne l'aime pas. » Vic commença à pleurer. « Il est brun, un mètre soixante, et porte un T-shirt blanc.

— La police est en route, Victoria. Ces hommes sont-ils armés ?

— Oui. Le plus jeune a un pistolet, et Manx une espèce de marteau. Il m'a frappée à plusieurs reprises.

— Je vous envoie une ambulance. Avez-vous le numéro d'immatriculation du véhicule ?

— Vous connaissez combien de saloperies de Rolls-Royce des années 1930 avec un gamin à l'arrière ? »

Elle hoqueta, puis parvint à donner le numéro : « N.O.S.F.E.R.A.2. C'est une plaque personnalisée. On prononce Nosferatu, un nom allemand.

— Qu'est-ce que ça veut dire ?

— On s'en fout ! Cherchez-les !

— Désolée. Je comprends votre inquiétude. Je transmets le signalement. Nous allons faire tout ce qui est en notre pouvoir pour retrouver votre fils. Je sais que vous avez peur. Calmez-vous. Essayez de garder votre sang-froid, s'il vous plaît. » Vic avait l'impression que la femme parlait pour elle-même. Sa voix tremblait comme si elle refoulait ses larmes. « Les secours arrivent. Victoria... »

— Appelez-moi Vic. Merci. Je me suis emportée, excusez-moi.

— Pas de problème, ne vous faites pas de souci, Vic. Une voiture aussi notable est un bon point pour nous. Ils n'iront pas loin. Quelqu'un les verra forcément. »

Mais personne ne vit rien.

Lorsque les infirmiers tentèrent de l'emmener dans l'ambulance, Vic se dégagea à coups d'épaule. « Ôtez vos sales pattes », vociféra-t-elle.

Une petite Indienne corpulente, officier de police, s'interposa.

« Vous pouvez l'examiner ici », dit-elle en reconduisant Vic sur le divan. Sa voix possédait un léger accent, un rythme qui donnait à chaque phrase un air musical et interrogatif. « Il vaut mieux qu'elle ne parte pas. Les ravisseurs peuvent appeler. »

Enveloppée dans un couvre-lit, Vic se blottit sur le sofa. Ses vêtements étaient trempés. Un ambulancier avec des gants bleus se planta devant elle. Il lui demanda d'enlever sa couverture ainsi que sa chemise, ce qui attira l'attention des autres flics dans la pièce. Ils lorgnaient Vic à la dérobée. La jeune femme obtempéra en silence, sans hésitation. Elle fit tomber sa chemise mouillée au sol. Comme elle ne portait pas de soutien-gorge, elle se couvrit la poitrine d'un bras, puis se pencha en avant pour montrer son dos à l'infirmier. Celui-ci renifla sèchement.

L'Indienne – son badge indiquait qu'elle s'appelait Chitra – poussa un petit gémissement de compassion quand elle vit les dégâts.

« Vous avez déclaré qu'il avait tenté de vous écraser, pas qu'il avait réussi.

— Elle va devoir signer une décharge qui certifie qu'elle a refusé de monter dans l'ambulance, dit l'infirmier. On doit prendre nos précautions. Elle a peut-être des côtes cassées ou la rate explosée, on ne sait pas. Je tiens à stipuler par écrit qu'un examen à domicile n'est pas forcément dans l'intérêt du patient.

— Peut-être n'est-ce pas dans mon intérêt, gronda Vic, mais c'est dans le vôtre. »

Elle entendit un murmure parcourir la pièce. Pas tout à fait un rire, mais presque. Une onde d'allégresse masculine. Il y avait à présent six ou sept individus dans le salon, et chacun s'appliquait à faire semblant de ne pas regarder le moteur V6 tatoué sur sa poitrine.

Un flic, le premier qu'elle voyait en civil, s'assit auprès d'elle. Il était vêtu d'un blazer bleu trop juste pour lui et d'une cravate rouge tachée de café. Son visage lui aurait sans doute valu de remporter haut la main un concours de laideur. Ses sourcils broussailleux jaunissaient aux extrémités, ses dents étaient incrustées de nicotine. Un nez en forme de calebasse et un menton proéminent à fossette complétaient l'affiche.

Il fouilla dans une de ses poches, puis dans une deuxième avant de lever son large cul plat pour extraire un carnet de notes de sa poche arrière. Il ouvrit le calepin et fixa la feuille blanche avec une expression de totale perplexité, comme si on lui avait demandé de rédiger cinq cents mots sur l'impression-nisme. Son regard inexpressif indiqua à Vic qu'elle n'avait pas affaire au responsable. Ce type n'était qu'un sous-fifre. Celui qui allait prendre en charge l'enquête, coordonner les services et trier les informations, n'était pas encore arrivé.

Elle répondit tout de même aux questions qu'il lui posa. Il commença où il fallait : description de Wayne, son âge, sa taille, sa tenue, possédait-elle une photo de lui. À un moment donné, Chitra s'éclipsa. Elle revint avec un sweat à capuche trop grand sur lequel était inscrit : New Hampshire – Police d'État. Vic l'enfila. Il lui arrivait aux genoux.

« Et le père ? s'enquit la mocheté dont le nom était Daltry.

— Il habite dans le Colorado.

— Divorcés ?

— Jamais mariés.

— Que pense-t-il du fait que vous ayez la garde de l'enfant ?

— Je n'en ai pas la garde. Wayne est simplement... Nous sommes en bons termes. Il n'y a pas de problème.

— Vous avez un numéro où on peut le joindre ?

— Oui, mais il est dans l'avion à l'heure actuelle. Il a passé le 4 juillet ici, et maintenant il rentre chez lui.

— Vous êtes sûre ? Comment savez-vous qu'il a embarqué ?

— Il n'a rien à voir avec l'enlèvement, si c'est ce que vous insinuez. Wayne n'est pas un sujet de discorde entre nous. Vous ne rencontrerez jamais de mec plus inoffensif et plus compréhensif que mon ex.

— Eh bien, j'ai déjà rencontré des types très compréhensifs. Je connais un gars qui dirige un groupe de thérapie style bouddhiste dans le Maine. Il apprend aux gens à se contrôler, à affronter leurs addictions par le biais de la méditation transcendantale. La seule fois où il a perdu son sang-froid, c'est le jour où il a reçu une injonction du tribunal. Il a d'abord perdu sa zen attitude, et puis il a perdu deux balles dans la tête de sa femme. Son groupe de thérapie bouddhiste rencontre un franc succès au centre pénitentiaire de Shawshank. Beaucoup de gars ont du mal à gérer leurs pulsions, là-bas.

— Lou est innocent, je vous le répète. Je sais qui a enlevé mon fils.

— O.K. Il fallait que je demande. Parlez-moi de l'individu qui s'en est pris à vous. Non, attendez. Parlez-moi d'abord de la voiture. »

Elle lui fournit tous les renseignements nécessaires.

Daltry secouait la tête. Il produisait des gloussements qui auraient pu être des rires si la situation avait été drôle, mais qui, dans le cas présent, exprimaient surtout un certain scepticisme.

« Votre agresseur n'est pas très futé. S'il est sur la route, je lui donne moins d'une demi-heure.

— Moins d'une demi-heure avant quoi ?

— Avant de se retrouver le nez dans la poussière, une botte de flic sur la nuque. Vous ne kidnappez pas un gosse dans une voiture de collection. Autant conduire un camion de glaces. On vous repère instantanément. Les gens vous voient. Tout le monde va remarquer une vieille Rolls-Royce.

— Personne ne verra rien.

— Que voulez-vous dire ? »

Elle était incapable de préciser le fond de sa pensée, alors elle se tut.

Daltry reprit : « Vous avez donc reconnu un de vos assaillants. Un certain ... Charles Manx. » Il jeta un coup d'œil à son carnet de notes. « Comment le connaissez-vous ?

— Il m'a enlevée quand j'avais dix-sept ans. Il m'a séquestrée pendant deux jours. »

Le silence se fit dans la pièce.

« Vérifiez, dit-elle. C'est dans vos dossiers. Charles Talent Manx. Et il est plutôt doué pour passer entre les mailles du filet. Je vais devoir mettre des vêtements secs. J'aimerais accéder à ma chambre, si ça ne vous gêne pas. Je me suis déjà assez dévêtue en public pour aujourd'hui. »

Vic revoyait son fils, prisonnier à l'arrière de la Rolls. Elle le revoyait agiter la main dans un geste presque excédé : « *Va-t'en, fuis !* » Il était déjà pâle comme la mort.

Wayne lui apparaissait par flashes et elle avait l'impression de ressentir les impacts du maillet, cette fois-ci dans la poitrine et non plus sur le dos. Elle l'apercevait dans le bac à sable derrière leur maison de Denver. Il avait trois ans, son visage poupin était surmonté d'une crinière de cheveux bruns. Il enterrait un téléphone en plastique à l'aide d'une pelle pour enfant. Ensuite, il venait la voir en désintox le jour de Noël. Assis sur un divan en skaï craquelé, il ouvrait un emballage cadeau à l'intérieur duquel se trouvait un iPhone. L'instant d'après, il marchait sur l'appontement, les bras chargés d'une boîte à outils trop lourde pour lui.

Chaque vision la frappait avec un bruit de détonation et son abdomen meurtri se contractait. *Pan !* Il était bébé, il dormait tout nu, blotti contre sa poitrine. *Pan !* À genoux près d'elle dans l'allée gravillonnée, du cambouis jusqu'aux coudes, il l'aidait à remettre la chaîne sur les pignons de la moto. Parfois, la douleur était si violente, si pure, que les contours de la pièce s'obscurcissaient. Elle manquait alors défaillir.

Au bout d'un moment, elle se força à bouger. Elle ne pouvait plus rester sur le sofa.

« Si quelqu'un a faim, je peux préparer à manger », proposa-t-elle. Il était vingt et une heures trente. « Le frigo est plein.

— On commandera à l'extérieur, répliqua Daltry. Ne vous embêtez pas. »

La télé était branchée sur NECN, la chaîne d'informations régionales. Ils avaient lancé l'alerte une heure plus tôt. Vic avait déjà vu le bulletin deux fois et elle ne pourrait supporter une nouvelle diffusion.

Ils montraient d'abord la photo de Wayne en T-shirt Aerosmith et bonnet de laine Avalanche, les yeux plissés sous la lumière printanière. Elle regrettait déjà d'avoir fourni ce cliché. Le bonnet lui cachait les cheveux et faisait ressortir ses oreilles.

Une photo de Vic, tirée du site web consacré à *Machine Chercheuse*, succédait à celle de son fils. Elle supposait qu'ils avaient sélectionné cette image histoire d'avoir une jolie poupée à l'écran. Elle était maquillée et arborait un haut noir ainsi que des bottes de cow-boy. La tête rejetée en arrière, elle riait. Un choix peu approprié, vu les circonstances.

Manx n'apparaissait pas. On ne mentionnait même pas son nom. Les ravisseurs étaient simplement décrits comme deux hommes blancs dans une Rolls-Royce de collection.

La première fois qu'elle avait vu le bulletin, Vic avait demandé :

« Pourquoi ils ne donnent pas leur identité ? »

Daltry avait haussé les épaules ; il allait se renseigner. Il s'était rendu dans le jardin pour parler à quelques confrères. Mais quand il était revenu, il n'avait pas abordé le sujet. Et lorsque l'alerte avait été rediffusée, on recherchait toujours deux hommes blancs sur quatorze millions d'individus de ce type recensés en Nouvelle-Angleterre.

Encore un flash de ce genre et elle démolirait la télé à coups de chaise.

« J'ai de la salade, du jambon et du pain de mie, insista-t-elle. Je peux faire des sandwichs. »

Visiblement partagé entre l'envie de casser la croûte et le sens des convenances, Daltry bougea sur son siège et jeta un regard hésitant aux autres flics présents.

« Bien sûr, opina Chitra. C'est une bonne idée. Je vous accompagne. »

Vic fut soulagée de quitter ce salon surpeuplé, avec tous ces policiers qui allaient et venaient, ces talkies-walkies qui aboyaient sans cesse. Elle s'arrêta un instant pour regarder le jardin par la porte ouverte. Dans la lueur des projecteurs, il y faisait plus clair qu'en plein jour, lorsque la brume envahissait tout. Elle distingua les planches de la clôture à terre. Un homme muni de gants stériles mesurait les traces de pneus dans la boue.

Les gyrophares illuminaient la scène comme pour une intervention d'urgence. Peu importe que l'urgence en question soit terminée depuis plusieurs heures. Son fils lui apparaissait au même rythme que les pulsations stroboscopiques. Un dangereux vertige s'empara d'elle.

Chitra la vit vaciller et la soutint par le coude pour l'emmener à la cuisine. Dès qu'elles furent seules, Vic se sentit mieux.

La pièce donnait sur l'embarcadère et le lac. Le ponton était éclairé par d'autres projecteurs montés sur tripodes. Un plongeur armé d'une lampe torche s'était enfoncé dans l'eau jusqu'aux cuisses. La jeune femme ignorait le but de la manœuvre. Un autre fonctionnaire en civil dirigeait l'opération depuis l'extrémité de l'appontement.

Un bateau naviguait à une quinzaine de mètres du rivage. Un garçon accompagné d'un chien se tenait à la poupe de l'embarcation. Il observait les forces de l'ordre, les lumières, la maison. Vic se souvint de Hooper. Elle n'avait pas songé à lui depuis qu'elle avait vu les phares de la Rolls trouer le brouillard.

« Quelqu'un devrait aller... s'occuper du chien, dit-elle. Il doit être dehors... Quelque part. » Elle devait reprendre son souffle à chaque bout de phrase.

Chitra lui adressa un regard prévenant.

« Ne vous inquiétez pas pour lui, madame McQueen. Avez-vous pensé à boire de l'eau ? Il ne faut pas vous déshydrater.

— Bizarre... qu'il n'aboie pas... à tue-tête. Avec toute cette effervescence. »

Chitra passa sa main sur le bras de Vic, une fois, puis deux, avant de lui presser le coude. Les yeux de la jeune femme se posèrent sur la policière. Vic comprit brusquement.

« Vous avez des soucis plus importants, éluda l'Indienne.

— Oh, mon Dieu », gémit Vic. Puis elle se remit à pleurer, le corps parcouru de soubresauts.

« On ne voulait pas aggraver les choses », ajouta la policière.

Vic se détourna, les bras serrés autour d'elle. Elle n'avait plus sangloté ainsi depuis que son père les avait quittées, elle et sa mère. De crainte que ses jambes ne se dérobent, elle s'appuya au comptoir. Chitra vint près d'elle, hésita, et lui passa la main dans le dos.

« *Chut*, susurra Linda, morte depuis deux mois. *Respire calmement, Vickie. Fais-le pour moi.* » La mère de Vic avait un accent indien, mais sa voix était reconnaissable. Vic se rappelait la chaleur de sa paume sur son dos. Si les êtres chers restaient avec vous au-delà du trépas, alors peut-être que personne ne disparaissait jamais vraiment.

Sauf lorsqu'ils partaient avec Charlie Manx.

Au bout d'un moment, Vic s'assit et but un verre d'eau, qu'elle expédia en cinq gorgées. Le liquide était tiède, délicieux. Il avait le goût du lac.

Chitra ouvrit les placards à la recherche d'assiettes en carton. Vic se leva et, en dépit des objections de la policière, commença à l'aider. Elle fit une rangée d'assiettes, puis disposa deux tranches de pain de mie dans chacune d'elles. Les larmes coulaient de son nez et tombaient sur le pain.

Elle espérait que Wayne n'était pas au courant de la mort de son animal. Vic avait souvent songé que son fils était plus proche de Hooper que d'elle ou de Lou.

Elle sortit le jambon, la salade de chou à la mayonnaise, ainsi qu'un sachet de Doritos, avec lesquels elle entreprit de confectionner les en-cas.

« Il existe une recette secrète pour les sandwichs de flics », dit une femme qui venait d'entrer dans la cuisine.

Vic leva les yeux et sut à l'instant même qu'elle avait en face d'elle le responsable qu'elle attendait. Excepté qu'il s'agissait d'une responsable. La femme était une brune aux cheveux crépus avec un petit nez retroussé. Elle était vêtue d'une veste en tweed ornée d'épaulettes en velours côtelé et d'un simple jean. N'était-ce le 9 mm calé sous son aisselle gauche, on aurait pu la prendre pour une étudiante des beaux-arts.

« Quelle recette secrète ? demanda Vic.

— Laissez-moi vous montrer. » Elle s'approcha, prit la cuillère et recouvrit le jambon de salade mayonnaise. Après avoir mis les Doritos par-dessus, elle les aspergea de moutarde de Dijon. Elle beurra ensuite une dernière tranche de pain et pressa le tout.

« Le beurre est très important.

— Il fait office de colle, hein ?

— Oui. Et les flics sont, par nature, de véritables aimants à cholestérol.

— Je croyais que le FBI ne se déplaçait que pour les kidnappings entre plusieurs États. »

La responsable fronça les sourcils. Elle baissa les yeux sur le badge accroché à sa veste.

FBI
EXPERT PSYCHOLOGUE
Tabitha K. Hutter

Une photo d'identité austère voisinait avec l'intitulé.

« Techniquement, nous n'en sommes pas encore là. Mais cette maison est située à quarante minutes des frontières de trois États et à moins de deux heures du Canada. Les agresseurs détiennent votre enfant depuis...

— Mes agresseurs ? » Vic sentit une vague de chaleur lui monter aux joues. « Pourquoi vous vous obstinez à ne pas citer de nom ? Je commence à en avoir marre. L'un d'eux s'appelle Charlie Manx. Charlie Manx et son complice sont sur la route avec mon fils.

— Charlie Manx est mort, madame McQueen. Il est mort depuis mai.

— Vous avez sa dépouille ? »

Hutter marqua une pause. Elle retroussa ses lèvres. « Nous avons un certificat de décès. Nous avons des photos de lui à la morgue. Il a été autopsié. On lui a ouvert la poitrine. Le légiste a extrait le cœur et l'a pesé. Voilà pourquoi nous avons de sérieuses raisons de penser qu'il n'est pas impliqué.

— Et moi j'ai cinq ou six raisons de penser qu'il l'est. Elles sont inscrites sur mon dos. Vous voulez voir les hématomes ? Tous les flics du coin en ont déjà profité. »

Hutter la fixa en silence. Son regard se teintait d'une curiosité enfantine. Vic fut déstabilisée par cet examen attentif. Rares étaient les adultes qui se permettaient de dévisager ainsi autrui.

Hutter détourna enfin les yeux. Elle désigna la table. « Vous vous asseyez avec moi ? »

Sans attendre de réponse, elle s'empara d'une sacoche en cuir qu'elle avait amenée avec elle, puis s'installa. Elle scruta Vic, dans l'expectative.

Vic jeta un coup d'œil interrogatif à Chitra. Elle se souvenait de la manière dont la policière l'avait réconfortée et des mots qu'elle avait prononcés avec la voix de sa mère. Mais l'Indienne était occupée à finir les sandwichs.

Vic s'exécuta.

Hutter sortit un iPad de son attaché-case, alluma l'écran. La psychologue ressemblait à une étudiante. Elle aurait pu, par exemple, être sur le point de rédiger une dissertation sur les sœurs Brontë. Elle passa son doigt sur la surface tactile. Les dossiers défilèrent. Enfin, elle leva les yeux.

« Au dernier bilan médical, l'âge de Manx a été estimé à environ quatre-vingt-cinq ans.

— Vous pensez qu'il est trop vieux pour être l'auteur des faits ?

— Je pense qu'il est trop mort. Mais racontez-moi tout et j'essaierai de me faire une idée. »

Bien qu'elle ait déjà rabâché cette histoire à trois reprises, Vic ne se protesta pas. Peu importaient les dépositions précédentes : cette fois-ci, elle avait affaire à un flic qui comptait. Pour peu qu'aucun flic compte, ce dont la jeune femme n'était pas persuadée. Le vieux vampire avait longtemps sévi sans être inquiété. Il était passé entre les mailles de la justice comme un nuage de fumée. Combien d'enfants étaient montés dans sa voiture pour ne plus reparaître ?

Une pensée fugitive lui traversa l'esprit. *Des centaines.*

Vic répéta sa version dans les moindres détails. Du moins ceux qu'elle pouvait évoquer. Elle ne mentionna ni Maggie Leigh ni le périple en moto sur un pont couvert issu de son imagination, peu avant que Manx ne tente de l'écraser. De même, elle évita toute allusion au traitement médical qu'elle ne prenait plus.

Lorsque Vic en arriva à l'épisode où le vieillard la frappait avec le maillet, un pli apparut sur le front de Hutter. Elle demanda à Vic de décrire l'ustensile et retranscrivit sa déclaration sur l'ordinateur portable. Elle réclama de nouvelles précisions au moment où Vic lui expliqua comment elle s'était relevée et avait attaqué Manx avec la clé tricoise.

« Une clé trisoise ?

— Tricoise. Triumph les produit spécialement pour ses motos. L'outil ressemble à une clé à molette ou une clé plate. Je bossais sur l'engin et je l'avais dans ma poche.

— Elle est où, maintenant ?

— Je ne sais pas. Je l'avais en main quand je me suis mise à courir. J'ai sûrement plongé avec.

— Et le complice qui vous a tiré dessus. Vous pouvez m'en dire plus ? »

Vic obtempéra.

« Il a atteint Manx au visage ? s'étonna Hutter.

— Pas tout à fait. Il l'a touché à l'oreille.

— D'accord. Récapitulons : nous avons établi que cet individu, Charlie Manx, avait plus de quatre-vingts ans lors de son dernier examen. Il est resté une décennie dans le coma. Au bout d'un tel délai, la plupart des patients ont besoin de plusieurs mois de rééducation avant de pouvoir mettre un pied devant l'autre. Vous prétendez qu'après l'avoir mutilé avec une trisoise...

— Tricoise.

— ... et après qu'on lui a tiré dessus, il avait encore la force de prendre la voiture pour s'enfuir ? »

La jeune femme ne pouvait pas révéler à l'enquêtrice que Manx était un homme différent des autres. Elle avait senti la force inouïe, sans rapport avec son âge avancé et sa carrure, avec laquelle il avait abattu le maillet sur elle. Hutter insistait sur le fait que Manx avait été autopsié, sa poitrine ouverte, son cœur ôté, et Vic la croyait volontiers. Pour un type qui avait subi un tel traitement, une oreille en moins était de la roupie de sansonnet.

Elle s'entendit argumenter : « C'était peut-être son complice qui conduisait. Il vous faut une explication ? Je n'en ai pas. Je peux juste vous décrire ce qui m'est arrivé. Où voulez-vous en venir ? Il retient mon fils de douze ans dans sa voiture et il va le tuer pour me rendre la monnaie de ma pièce. Pendant ce temps, nous sommes encore en train de tester les limites de votre imagination d'agent du FBI. Pourquoi ? » Son regard s'attarda sur le visage de Hutter, sur ses yeux calmes et froids. Elle comprit alors de quoi il retournait. « Putain, vous ne croyez pas un traître mot de ce que je raconte, hein ? »

Hutter réfléchit un instant. Lorsqu'elle reprit la parole, Vic eut le sentiment qu'elle choisissait ses termes avec soin. « Je crois que votre enfant a été enlevé et je crois que vous avez été blessée. Vous vivez un enfer. En dehors de ça, je garde l'esprit ouvert. J'espère que vous y verrez une marque de bonne volonté et que nous pourrons coopérer. Nous désirons la même chose : retrouver votre fils sain et sauf. Je serais déjà sur les routes à sa recherche si je pensais que cette démarche puisse être d'une quelconque utilité. Mais je ne trouve pas les méchants de cette façon. Je les arrête grâce à la collecte d'informations. Ensuite, je trie le bon grain de l'ivraie. En réalité, cette procédure n'est pas très différente de celle développée dans vos livres. Les aventures de Machine Chercheuse.

— Vous connaissez Machine Chercheuse ? Mais quel âge avez-vous ? »

L'enquêtrice eut un léger sourire. « Je ne suis pas aussi jeune que vous le pensez. Ces renseignements sont dans votre dossier. Sans compter qu'un instructeur de Quantico se sert de vos illustrations pour expliquer à quel point il est difficile d'isoler les détails pertinents en cas de surcharge cognitive.

— Il y a quoi d'autre, dans mon dossier ? »

Le sourire de Hutter vacilla imperceptiblement. Pas son regard. « Vous avez été condamnée pour incendie volontaire dans le Colorado en 2009. Vous avez passé un mois en établissement psychiatrique où l'on a diagnostiqué un syndrome post-traumatique accompagné de tendances schizophréniques. Vous prenez des antipsychotiques et vous avez des antécédents alcoolo-dépendants... »

Vic sentit son estomac se contracter.

« Bon Dieu. Vous êtes convaincue que mon passage à tabac est une hallucination ? Que j'ai essuyé des tirs imaginaires ?

— La fusillade reste à confirmer. »

Vic recula sa chaise. « Il m'a canardée. Six balles. Il a vidé son flingue. »

Maintenant qu'elle y songeait, il était fort possible que tous les projectiles, même celui qui avait désintégré l'oreille de Manx, aient terminé leur course dans l'eau.

« Nous recherchons encore des traces, précisa Hutter.

— Et mes ecchymoses ?

— Je ne doute pas un instant qu'on vous ait frappée. Personne n'en doute. »

Vic décelait un sous-entendu qu'elle ne parvenait pas à identifier. Qui aurait pu l'agresser, sinon Manx ? Elle était trop fatiguée, trop démunie, pour réfléchir à la question. Elle ne possédait plus les ressources nécessaires pour deviner ce que Hutter insinuait.

Vic observa son badge plastifié. EXPERT PSYCHOLOGUE. « Merde, attendez une minute. Vous n'êtes pas enquêtrice. Vous êtes docteur ?

— Regardons quelques photos, vous voulez bien ?

— Non. C'est une perte de temps. Je n'ai pas besoin de passer en revue les clichés de détenus. Je vous l'ai dit, le premier portait un masque à gaz et le second était Charlie Manx. Je sais à quoi il ressemble. Bordel, pourquoi je discute avec un toubib ? Je veux parler à un enquêteur.

— Je n'allais pas vous présenter des visages de criminels mais plutôt divers modèles de maillets. »

Vic fut tellement surprise qu'elle resta plantée là, bouche bée, incapable de formuler le moindre mot.

Elle perçut de l'agitation dans le salon. Chitra éleva la voix sur un ton indécis et plaintif. Daltry répondit quelque chose, puis une troisième personne intervint. Vic reconnut immédiatement l'accent du Midwest et la nervosité typique du nouveau venu sans toutefois comprendre pourquoi il était ici et non dans l'avion, voire déjà à Denver. De confusion, elle marqua un temps d'arrêt. Lou déboula dans la pièce, un cortège de flics sur les talons.

Il était méconnaissable. Sa peau avait pris une teinte cendreuse, ses yeux ressortaient sur sa grosse bouille joufflue. On aurait dit qu'il avait perdu cinq kilos en deux jours. Elle se leva. Il l'enlaça.

« Qu'est-ce qu'on va faire, Vic ? demanda-t-il. Putain, qu'est-ce qu'on va faire ? »

La cuisine

Lorsqu'ils se rassirent, Vic prit naturellement la main de Lou. Elle était surprise de sentir la chaleur dans ses doigts boudinés. Elle regarda une nouvelle fois son visage dévasté et perlé de sueur. Il avait vraiment l'air malade, mais elle mit son état sur le compte de la peur.

Ils étaient maintenant cinq dans la pièce. Lou, Vic et Hutter de part et d'autre de la table, Daltry appuyé au comptoir, son nez d'ivrogne dans un mouchoir, et Chitra dans le couloir. Elle avait fait sortir les autres flics sur ordre de Hutter.

« Vous êtes donc Louis Carmody, dit l'experte psychologue sur le ton d'une maîtresse d'école sélectionnant des acteurs pour la pièce de théâtre de fin d'année. Le père de Wayne.

— Coupable.

— Pardon ?

— Je plaide coupable. C'est moi le père. Et vous, vous êtes qui ? Une espèce d'assistante sociale ?

— Je travaille pour le FBI. Mon nom est Tabitha Hutter, mais certains confrères préfèrent Tabby Hutt. » Ses lèvres s'ourlèrent d'un sourire infime.

« Marrant. Les types où je bosse me surnomment Jabba the Hutt, comme dans *La Guerre des Étoiles*. Parce que je suis un gros lard.

— Vous habitez à Denver ?

— J'ai raté mon vol.

— Sans déconner, intervint Daltry. Et sinon, quoi de neuf ?

— Merci, Daltry, répliqua Hutter. Laissez-moi m'en occuper. »

Daltry fouilla dans la poche de sa veste. « Ça dérange quelqu'un si je fume ?

— Oui », fit Hutter.

Le vilain policier resta un moment à la fixer avec son paquet à la main, puis rangea ses cigarettes. Ses yeux vides, opaques, paraissaient recouverts d'une membrane nictitante, identique à celle d'un requin au moment d'attaquer un phoque.

« Pourquoi avez-vous manqué votre avion, monsieur Carmody ?

— Parce que Wayne m'a appelé.

— Il vous a appelé ?

— De la voiture où il était, avec son iPhone. Il a dit qu'ils tiraient sur sa mère. Manx et un autre mec. La communication a duré à peine une minute. Il a été obligé de raccrocher car les agresseurs revenaient. Il avait peur, très peur, mais il arrivait à se contrôler. Un vrai petit homme, vous savez. Il l'a toujours été. » Lou serra ses gros poings sur la table et baissa la tête. Il grimaça comme si un éclair de douleur lui traversait la poitrine. Il cligna des yeux et les larmes coulèrent tout à coup sur la table, sans prévenir. « Il a bien fallu qu'il grandisse, vu les piètres adultes qu'on fait, sa mère et moi. »

Vic posa ses mains sur les siennes.

Sans réellement prêter attention aux émois de leur interlocuteur, Hutter et Daltry échangèrent un regard.

L'employée du FBI parla en premier :

« Vous croyez qu'il a éteint son téléphone après avoir raccroché ? »

Daltry s'étonna : « J'étais persuadé qu'avec une carte SIM à l'intérieur, ce genre de détail importait peu. Les fédéraux sont censés avoir le matériel nécessaire. »

Le cœur de Vic battit plus fort.

« Servez-vous de l'appareil pour le retrouver. »

Hutter l'ignora et s'adressa à Daltry : « L'opération prend un peu de temps. Je dois contacter Boston. Par contre, s'il a laissé son portable allumé, on peut le loger tout de suite grâce à la fonction "Localiser mon iPhone". » Elle désigna son iPad.

« Oui, convint Lou. C'est vrai. J'ai installé l'application le jour où j'ai acheté l'appareil. Je ne voulais pas qu'il le perde. »

Il fit le tour de la table pour regarder l'écran par-dessus l'épaule de la psychologue. La lumière artificielle de l'ordinateur n'améliora pas son allure.

« Donnez-moi son adresse mail et son mot de passe », ordonna Hutter, la tête levée vers l'ancien motard.

Il tendit la main pour taper lui-même les lettres et les chiffres demandés, mais l'agent lui agrippa le poignet. Elle pressa deux doigts au creux de l'articulation, comme pour prendre son pouls. Vic distingua une trace miroitante sur le bras de son ex. On aurait dit qu'on l'avait badigeonné avec de la pâte séchée.

Hutter scruta le visage du gros homme : « Vous avez passé un électrocardiogramme dans la soirée ?

— Je me suis évanoui. J'étais énervé. Une sorte de crise de panique. Un enculé avait kidnappé mon fils. Les obèses sont coutumiers de ce type de malaises. »

Jusqu'à présent obnubilée par son fils, Vic n'avait pas fait très attention à son compagnon, à son teint cireux, ses traits fatigués. Une appréhension subite s'empara d'elle.

« Oh, Lou. Qu'est-ce que tu entends par "je me suis évanoui" ?

— C'est arrivé après que Wayne a raccroché. J'ai plongé l'espace d'une minute, peut-être. J'allais bien, mais les types de la sécurité m'ont fait asseoir et ont procédé aux examens. Ils n'avaient pas envie que je leur claque dans les pattes.

— Vous les avez prévenus de l'enlèvement ? » s'enquit Daltry.

Hutter lui jeta un regard assassin qu'il fit mine d'ignorer.

« Je ne me souviens pas vraiment de ce que je leur ai raconté. Je n'avais pas l'esprit clair. Genre un peu dans les vapes. Je me rappelle leur avoir dit que mon fils avait besoin de moi. Je n'avais qu'une envie : regagner mon véhicule. Ils ont parlé de me mettre dans une ambulance à un moment donné, mais je les ai envoyés se faire... euh... dorer la pilule. Ensuite, je me suis levé pour m'éloigner. Possible qu'un agent m'ait empoigné par le bras et que je l'aie traîné avec moi sur quelques mètres. J'étais pressé.

— Donc vous n'avez pas parlé à la police de l'aéroport ? insista Daltry. Vous auriez pu arriver plus vite avec une escorte.

— Cette idée ne m'a pas effleuré. Je voulais d'abord voir ma compagne. »

Nouvel échange de regards entre l'agent du FBI et le policier.

« Pourquoi vouliez-vous la voir ? reprit Hutter.

— On s'en fout, s'agaça Vic. Concentrons nos efforts sur Wayne.

— Oui, bien sûr. » La psychologue cligna des yeux et reporta son attention sur l'ordinateur.

Vic recula sa chaise au moment où Lou touchait l'écran avec son gros doigt. Elle vint se poster à côté de lui. Le souffle lui manquait. L'impatience la torturait.

La fenêtre de « Localiser mon iPhone » s'ouvrit sur le PC. La mappemonde se dessina, les continents en bleu ciel se détachèrent sur le bleu marine des océans. Un onglet en haut à droite annonça :

iPhone de Wayne
Recherche en cours
Recherche en cours
Recherche en cours
Recherche en cours
Appareil localisé

Une trame grise estompa la carte. Un point bleu terne apparut sur l'étendue uniforme, puis les régions ressortirent les unes après les autres à mesure que l'ordinateur zoomait pour dévoiler l'emplacement précis du portable. Le point bleu se déplaça le long d'une route désignée sous l'appellation Voie Saint Nicolas.

Tout le monde avait le nez collé à l'écran. Daltry était si proche de Vic qu'elle sentait la pression sur ses fesses, son haleine dans son cou. Il dégageait une odeur de café et de nicotine.

« Faites un zoom arrière », suggéra le flic.

Hutter tapota plusieurs fois l'écran.

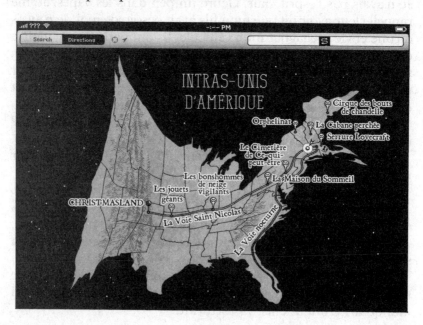

La carte prit l'apparence approximative du continent américain. On aurait dit une représentation en pâte à pain que l'on aurait écrasée en son centre. Sur cette nouvelle version des États-Unis, Cape Cod faisait la moitié de la Floride et les Rocheuses ressemblaient aux Andes. La chaîne montagneuse se transformait en milliers de kilomètres de terre grotesquement martyrisée, les énormes blocs de pierre entassés les uns contre les autres s'étaient effondrés en milieu de parcours.

La plupart des grandes métropoles avaient disparu. D'autres localités leur avaient été substituées. Dans le Vermont, une forêt dense entourait un endroit appelé l'Orphelinat. Au niveau de New Hampshire, on distinguait la Cabane Perchée. Un peu au nord de Boston, un cratère évoquant grossièrement un cadenas était baptisé Serrure Lovecraft. Dans le Maine, sur l'axe Lewiston/Auburn/Derry, c'était le Cirque des Bouts de Chandelles. Une chaussée étroite conduisait au sud : la Voie nocturne. La ligne qu'elle décrivait rougissait de plus en plus jusqu'à prendre l'apparence d'une véritable traînée de sang qui s'égouttait dans la Floride.

Une série d'étapes ponctuaient la Voie Saint-Nicolas, soulignée d'une manière particulière. Dans l'Illinois, les Bonshommes de neige Vigilants, dans le Kansas, les Jouets Géants, et en Pennsylvanie, la Maison du Sommeil et le Cimetière de Ce-qui-peut-être.

Le tracé se terminait au sommet des montagnes du Colorado, dans un lieu surnommé Christmasland.

Le continent semblait naviguer dans une nuit d'encre constellée d'étoiles. La carte indiquait non pas les États-Unis d'Amérique, mais les Intras-Unis d'Amérique.

Le point bleu clignotait. Il progressait à travers l'ouest du Massachusetts, en direction de Christmasland. Cependant, les Intras-Unis ne reflétaient pas exactement le pays tel qu'ils le connaissaient. Selon la géographie traditionnelle, l'emplacement aurait dû se situer à deux cents kilomètres, entre Laconia, dans le New Hampshire, et Springfield, dans le Massachusetts. D'après cette topographie alternative, la distance semblait réduite de moitié.

Ils scrutaient tous l'écran.

Daltry sortit son mouchoir de sa poche et s'essuya le nez d'un air pensif.

« Personne ne voit Disneyland sur cette carte ? » Il se racla la gorge, à mi-chemin entre la quinte de toux et le rire étouffé.

Vic sentit la cuisine s'éloigner d'elle. Sa vision périphérique devint floue. L'iPad demeurait net, mais curieusement lointain. Si elle ne trouvait pas d'appui, elle craignait de rouler sur le sol de la cuisine, à l'image d'un ballon s'échappant des mains d'un enfant. Elle agrippa le poignet de Lou. Il avait toujours été là pour la soutenir.

Elle l'observa et vit en lui la réplique de son propre état de choc. Les pupilles en tête d'épingle, le souffle court, laborieux.

Hutter déclara d'une voix singulièrement neutre : « J'ignore ce que représente cette carte. L'un de vous deux a-t-il une idée ? Christmasland ? La Voie Saint-Nicolas ? »

Lou jeta un regard désespéré à sa compagne.

« Ça te dit quelque chose ? »

Vic comprit que son ex demandait en réalité : *est-ce qu'on lui parle de Christmasland et de toutes les lubies qui te passaient par la tête quand tu étais folle ?*

« Non », répondit-elle, mettant ainsi un terme aux questions formulées. Et à celles qu'on ne formulait pas.

La chambre

Vic demanda à se reposer, elle avait besoin de s'allonger une minute. Hutter l'y autorisa. Inutile de tenter le diable et de s'exposer au malaise.

Mais une fois dans la chambre, ce fut Lou qui profita du lit. Elle n'arrivait pas à se détendre. Elle écarta les rideaux, contempla la foire à l'extérieur. Les crachotements des talkies, les murmures masculins, s'élevaient dans la nuit. Quelqu'un riait doucement dans l'obscurité. Elle fut surprise de constater qu'une forme de joie puisse exister à quelques pas de là.

Certains policiers dans la rue remarqueraient peut-être son manège, mais penseraient sans doute qu'elle inspectait la route, tenaillée par l'espoir pathétique d'assister à l'arrivée d'un véhicule de patrouille, sirènes hurlantes, avec son fils à l'arrière. Wayne, de retour à la maison sain et sauf, les lèvres encore collantes et humides de la glace qu'on venait de lui acheter.

Cependant, elle se moquait bien de la route et de l'éventualité qu'un fonctionnaire lui ramène son fils. Si quelqu'un devait sauver Wayne, ce serait elle. Ses yeux étaient braqués sur la Triumph à terre, à l'endroit où elle l'avait laissée.

Avec la grâce d'un lamantin échoué sur le rivage, Lou se redressa.

« Tu viens t'allonger avec moi ? Juste pour... qu'on soit ensemble ? »

Elle fit retomber les rideaux et se dirigea vers le lit. Après avoir passé ses jambes au-dessus des siennes, elle se blottit contre lui. Elle n'avait pas fait cela depuis des années.

« Tu vois ce gars qui ressemble au jumeau cruel de Mickey Rooney, dans la série *Playhouse 90* ? Daltry ? Il prétend que tu as été blessée. »

Elle se rendit compte que Lou ne connaissait pas les circonstances de l'enlèvement. Personne ne lui avait expliqué ce qui était arrivé.

Elle raconta de nouveau toute l'histoire. Elle se contenta d'abord de répéter la version qu'elle avait fournie à Hutter et aux enquêteurs. La succession des événements possédait déjà la fluidité d'une pièce de théâtre apprise par cœur. Elle aurait pu la réciter machinalement.

Mais lorsqu'elle évoqua son périple à moto, elle se rendit compte qu'elle mentionnait le pont. Elle pouvait lui révéler cet épisode car il s'était vraiment produit. Elle ne l'avait pas imaginé.

Elle scruta son visage et annonça d'une voix douce : « J'ai vu le Raccourci. J'ai pénétré à l'intérieur, Lou. Je le cherchais, et il est apparu. Tu me crois ?

— Je te croyais déjà la première fois où tu m'en as parlé.

— Espèce de menteur », dit-elle avec un sourire.

Il posa la main sur le renflement de son sein. « Je n'ai aucune raison de douter de ta parole. Ces faits éclairent bien des choses à ton propos. Je suis comme ce poster, dans *X-Files* : "La vérité est ailleurs." Le drame de ma vie. Vas-y, continue. Tu as roulé sur le pont, et ensuite ?

— Je ne suis pas allée jusqu'au bout. J'ai eu peur. Une peur terrible, Lou. J'étais persuadée d'avoir des hallucinations. Je replongeais dans la folie. J'ai freiné si fort que des pièces de la bécane ont pété. »

Elle lui raconta comment elle avait fait demi-tour puis regagné la route, les yeux fermés, les jambes tremblantes. Elle lui décrivit les sons qu'elle avait entendus : les crépitements et le grondement, comme si elle se tenait sous une cascade. Elle avait compris qu'elle était ressortie quand les bruits avaient cessé. Elle avait alors entrepris sa longue marche pour rentrer.

Elle poursuivit son récit. Les deux hommes l'attendaient. Manx l'avait attaquée avec son marteau. Lou n'était pas quelqu'un de calme. Il tressaillait, sursautait et jurait. Lorsqu'elle lui révéla avoir riposté avec la clé tricoise, son ex s'exclama : « J'aurais voulu que tu lui démontes la gueule ! » Elle lui assura avoir fait de son mieux. Il frappa du poing sur sa cuisse quand elle narra l'épisode où l'homme au masque à gaz désintégrait l'oreille du vieux vampire. Lou écoutait avec tout son corps, tendu à bloc, tel un arc bandé au maximum, la flèche sur le point de s'envoler. Il ne l'interrompit qu'au moment où elle raconta sa fuite au bas de la colline, en direction du lac.

« C'est là que Wayne m'a appelé.

— Qu'est-ce qu'il t'est arrivé à l'aéroport ? Dis-moi la vérité.

— Je te le répète : je me suis évanoui. » Il fit rouler sa tête sur ses épaules comme pour en assouplir les muscles, puis changea de sujet : « La carte. Celle avec la route pour Christmasland. Elle représente quoi ?

— Je ne sais pas.

— Ce n'est pas notre monde, hein ?

— Aucune idée. Je pense... Je pense qu'il s'agit de chez nous, mais dans une version alternative. Une version imaginée par Charlie Manx. On vit tous dans deux univers différents, pas vrai ? Celui de tous les jours, avec ses lois physiques... et celui qui n'existe que dans notre tête, où la pensée est reine. Un monde composé d'abstractions au lieu d'objets concrets. Aussi réel que l'autre, mais situé à l'intérieur de nous-mêmes. Une projection interne, une extrospection. Chacun de nous s'adonne à ce type de créations, et elles sont toutes reliées entre elles de la même manière que le New Hampshire rejoint le Vermont. Peut-être que certains individus peuvent pénétrer dans ces contrées à l'aide de l'ustensile adéquat. Une clé, une voiture, un vélo ou une moto, qu'importe.

— Comment ton monde imaginaire peut-il communiquer avec le mien ?

— Je l'ignore. Mais... disons que Keith Richards rêve d'une chanson et que tu l'entends à la radio. Ses pensées s'incrustent dans ton esprit. Mes songes peuvent entrer dans ton crâne aussi facilement qu'un oiseau franchit une frontière d'État. »

Lou fronça les sourcils. « Bon, admettons que Manx conduise des gosses hors de la réalité pour les emmener dans son univers onirique. D'accord jusque-là, même si c'est bizarre. Revenons à ton histoire. Le type masqué avait un flingue. »

Vic parla alors de son plongeon dans les eaux du lac, des tirs qui avaient suivi, et du discours de Manx tandis qu'elle se cachait sous le radeau. Lorsqu'elle eut fini, elle ferma les yeux et enfouit son visage dans le cou du motard. Elle était plus qu'épuisée. Elle avait l'impression de s'être aventurée dans un lieu où la notion même de fatigue était dépassée. Un lieu où la gravité était moindre. Si elle n'avait pas été ancrée à Lou, elle aurait dérivé.

« Il veut que tu partes à sa recherche, fit le gros homme.

— Je peux lui mettre la main dessus. Je peux dénicher la Maison du Sommeil. Comme je te l'ai expliqué, je suis allée sur le pont avant de casser la bécane.

— Probablement la chaîne. Tu as eu de la chance de ne pas te ramasser.

— Tu dois la réparer, Lou. Cette nuit, aussi vite que possible. Dis à Hutter et aux flics que tu n'arrives pas à dormir, que tu as besoin de t'occuper. Les gens réagissent souvent étrangement au stress et tu es mécano. Ils ne mettront pas en doute ta sincérité.

— Manx t'a défiée de le rejoindre. Tu crois qu'il va faire quoi quand il t'aura en face de lui ?

— Demande-toi plutôt ce que *je* vais faire quand je l'aurai en face de moi.

— Et s'il n'est pas à la Maison du Sommeil ? Est-ce que la moto va partout ? Même s'il est ailleurs, même s'il bouge ?

— Je ne sais pas », avoua la jeune femme.

Elle avait pourtant la conviction que la réponse était non. Elle ignorait d'où lui venait cette certitude, mais l'objection lui paraissait évidente. Elle se rappela vaguement la fois où elle s'était mise en quête d'un chat perdu – Taylor, si ses souvenirs étaient bons. Elle était sûre de l'avoir trouvé uniquement parce qu'il était mort. S'il avait été vivant, en vadrouille quelque part, le Raccourci n'aurait eu aucun point de référence. Le pont ne pouvait atteindre son but que dans le cas où la cible était immobile. Lou vit l'hésitation sur son visage.

« Peu importe, de toute façon, reprit-elle. Manx devra s'arrêter tôt ou tard, n'est-ce pas ? Pour dormir. Pour manger. »

En vérité, elle n'était pas certaine que la nourriture ou le repos lui soient nécessaires. Il était décédé, il avait subi une autopsie, on lui avait enlevé le cœur... Et puis il s'était levé pour partir en sifflant. Qui savait de quoi un tel individu avait besoin ? Le considérer comme un homme était peut-être un mauvais postulat de départ. Pourtant, il saignait. On pouvait l'atteindre. Elle l'avait vu pâle, chancelant. Elle estimait qu'il devrait au moins récupérer. Marquer une pause, piquer un somme, à l'image de n'importe quelle créature blessée. Sa plaque d'immatriculation était une blague, une fanfaronnade. *Nosferatu* : vampire, en allemand. Il s'agissait, en un sens, d'une confirmation de son état. Mais, dans les contes, même les suceurs de sang devaient ramper dans leur cercueil et refermer le couvercle de temps à autre. Elle mit ces déductions de côté et conclut :

« Il sera bien obligé d'interrompre sa fuite à un moment donné. Et là, je l'aurai.

— Quand tu as voulu savoir si je te croyais folle, avec tous ces trucs sur le pont, je t'ai répondu non. Mais maintenant... Ton projet est plutôt barré. Te servir de la Triumph pour lui permettre de te liquider, d'achever le boulot qu'il a commencé ce matin... »

Vic jeta un coup d'œil en direction de la porte de la chambre.

« C'est notre seule chance, Lou. Nous ne pourrions... Nous ne pourrons pas ramener Wayne autrement. Ces gens là-dehors ne le retrouveront pas. Moi, si. Tu vas réparer la moto ? »

Il poussa un soupir hésitant. « J'essaierai. Mais à une condition.

— Laquelle ?

— Dès que la bécane remarche, tu m'emmènes avec toi. »

La Voie Saint-Nicolas

Wayne dormit longtemps. Un sommeil infini, paisible et silencieux. Et lorsqu'il ouvrit les yeux, il sut que tout allait bien.

Pareille à une torpille lancée dans les profondeurs insondables, NOSFERA2 filait à travers l'obscurité. Ils franchissaient une série de basses collines. La Rolls épousait des courbes de la route avec l'assurance d'un train sur ses rails. Wayne voyageait vers une destination magnifique, merveilleuse.

Des flocons semblables à des plumes d'oie tombaient doucement. Les essuie-glaces les balayaient avec un flic-flac régulier.

Ils passèrent sous un lampadaire esseulé : un sucre d'orge de cinq mètres de haut surmonté d'une boule de gomme. La friandise géante projetait une lumière couleur cerise et transformait les flocons en duvet de flammes.

Au sommet d'une colline, la voiture amorça un virage qui dévoila un vaste plateau en contrebas. Une terre lisse et argentée. Et à l'horizon, les montagnes ! Wayne n'avait jamais rien vu de tel : cette cordillère aurait fait passer les Rocheuses pour de simples monticules. La plus petite d'entre elles avait la taille de l'Everest. Elles arboraient une large dentition de pierre, des crocs recourbés et acérés assez monumentaux pour dévorer le ciel. Les roches hautes de plus de mille mètres mordaient la nuit, retenaient les ténèbres et s'enfonçaient dans les étoiles.

Au-dessus flottait une lune en forme de lame incurvée. Wayne dut y regarder à deux fois. Le satellite était pourvu d'un nez crochu, d'une bouche méditative aux lèvres pincées, et d'un unique œil assoupi. Quand l'astre expirait, le vent déferlait dans les plaines aussitôt tapissées de nuages molletonneux.

Wayne aurait presque applaudi tant le spectacle était enchanteur.

Mais son regard revenait invariablement se poser sur les montagnes. Impossible de les quitter des yeux. Les pics cruels l'attiraient comme un aimant les copeaux de fer. Aux deux tiers de la plus grande éminence, directement encastré dans la pierre, étincelait un joyau. Son scintillement était plus puissant que celui de la Lune ou des étoiles. Il brûlait avec l'éclat d'une torche dans l'obscurité.

Christmasland.

« Tu devrais ouvrir ta vitre pour essayer d'attraper un de ces flocons de sucre », proposa Manx depuis le siège avant.

L'espace d'un instant, le garçon avait oublié qui était au volant. Il ne s'en était plus inquiété. Cela n'avait plus d'importance. Arriver à destination était l'essentiel. L'impatience le rongeait. Il avait tellement hâte d'y être, de franchir le portail en sucre d'orge.

« Flocons de sucre ? Vous voulez plutôt dire flocons de neige ?

— Dans ce cas-là, j'aurais employé le mot "neige" ! Ces cristaux sont en pur sucre. Et si nous étions dans un avion, nous volerions dans des nuages de sucre. Vas-y, baisse la vitre ! Rafles-en un. Tu verras si je mens.

— Ce sera froid ? » interrogea le garçon.

Manx lui jeta un coup d'œil dans le rétroviseur. Son sourire fit ressortir ses pattes-d'oie. Il avait cessé d'être effrayant. Il était jeune et, malgré son physique encore ingrat, il avait l'air assez cool avec son pardessus et ses gants de cuir noir. Ses cheveux, tout aussi noirs, étaient ramenés en arrière sous sa casquette et dévoilaient un large front nu.

L'homme au masque à gaz dormait. Un sourire bienheureux illuminait son gros visage hirsute. Il portait à présent l'uniforme blanc des fusiliers marins et sa poitrine s'ornait de plusieurs médailles. En y regardant de plus près, on s'apercevait néanmoins que ces décorations n'étaient que des pièces de chocolat dans du papier aluminium. Il en possédait neuf.

Wayne se rendait maintenant compte que Christmasland était plus sympa que l'école Poudlard ou la chocolaterie de Willy Wonka. Mieux que la Cité des Nuages dans *L'Empire contre-attaque* ou Rivendell dans le *Seigneur des Anneaux*. Il n'existait pas un enfant sur un million à pouvoir accéder à ce lieu. Seuls ceux qui étaient réellement dans le besoin étaient sélectionnés. Impossible d'être malheureux, là-bas. Dans cet endroit, c'était Noël tous les matins, chaque soir était veillée, les larmes étaient hors la loi et les enfants volaient comme des anges. À moins qu'ils ne planent, Wayne n'était pas certain de saisir la distinction.

Il était en outre convaincu que sa mère haïssait Manx pour la simple raison que le vieil homme refusait d'emmener les adultes dans cette fameuse contrée. Si elle ne pouvait pas y aller, elle considérait que son fils n'irait pas non plus. Vic s'adonnait à la boisson car l'ivresse était l'unique moyen de ressentir ce qu'on éprouvait quand on atteignait Christmasland. Pourtant, il y avait autant de différence entre une bouteille de gin et Christmasland qu'entre un biscuit pour chien et un filet mignon.

Sa mère avait toujours su que Wayne partirait un jour pour cette destination magique. Voilà pourquoi elle ne supportait pas sa présence, pourquoi elle l'avait fui durant toutes ces années.

Il préférait ne pas y penser. Il l'appellerait sitôt qu'il serait arrivé. Il lui dirait qu'il l'aimait et que tout allait bien. Il lui téléphonerait tous les jours si nécessaire. Même si elle le détestait parfois, même si le rôle de mère lui répugnait, il persisterait à lui témoigner de l'affection, à partager son bonheur avec elle.

« Tu as froid ? » cria Manx. Le garçon sortit de sa rêverie. « Tu t'inquiètes autant que ma tante Mathilda. Allez, baisse-moi donc cette vitre. Et puis, je te connais, Bruce Wayne Carmody. Ton esprit est accaparé par des choses sérieuses, hein ? Tu es un petit gars bien soucieux. Il va falloir qu'on y remédie. Le docteur Manx te prescrit un bon bol de chocolat au sirop de menthe et un tour dans l'express Arctique avec tes camarades. Et si tu es encore triste après ça, je ne peux plus rien pour toi. Vas-y, ouvre la vitre ! Laisse la brise nocturne balayer ces pensées sinistres. On dirait une vieille grincheuse. J'ai l'impression de conduire une grand-mère, et non un garçon ! »

Wayne se tourna pour s'exécuter mais, ce faisant, il eut une drôle de surprise. Sa grand-mère, Linda, était à côté de lui. Il ne l'avait plus vue depuis des mois. Difficile de rendre visite aux membres de sa famille lorsqu'ils étaient décédés.

Elle était toujours morte. Sa blouse d'hôpital bâilla sur son dos squelettique quand elle se pencha. Elle était assise cul nu sur le cuir moelleux de la banquette. La pâleur de ses horribles jambes décharnées, sillonnées de veines noires et variqueuses, ressortait dans l'obscurité. Ses yeux étaient cachés par deux pièces de cinquante *cents* flambant neuves.

Tandis que Wayne ouvrait la bouche pour crier, mémé Linda posa un doigt sur ses lèvres. *Chut.*

Elle l'avertit sur un ton solennel : « processus le ralentir peux tu, l'envers à penses tu Si. réalité la de t'éloigne Il ».

Manx pencha la tête, comme à l'écoute d'un bruit suspect dans le moteur. Linda avait parlé assez distinctement, mais le vieux vampire ne se retourna pas. Son attitude suggérait plutôt qu'il pensait avoir entendu quelque chose sans en être sûr.

La vision de sa grand-mère était déjà assez pénible, et son discours, décousu mais pas totalement dépourvu de sens, ajouta à la vague de frayeur qui le submergea. Les pièces de monnaie sur les yeux scintillèrent.

« Va-t'en, souffla l'adolescent.

— jeunesse ta gardera et âme ton abandonnera il, Alors. rompe se qu'il ce jusqu'à, élastique un comme conscience ta étirer va Il .âme ton de couper te veut Il », poursuivit-elle. Elle tapotait son index froid sur la poitrine de son petit-fils pour appuyer son propos.

Un faible gémissement se fraya un chemin au fond de la gorge de Wayne. Il recula au contact de la défunte. En même temps, il s'aperçut qu'il cherchait à reconstituer son charabia d'outre-tombe. *Jusqu'à ce que tu rompes*, ça, il l'avait pigé. *Élastique un ?* Non, un élastique. Voilà. Elle parlait à l'envers. D'une certaine manière, c'était la raison pour laquelle Manx ne pouvait la comprendre. Il raisonnait à l'endroit tandis qu'elle s'exprimait à rebours. Il essaya de se souvenir des autres mots qu'elle avait employés. Peut-être pourrait-il les remettre en ordre. Mais les termes s'effaçaient déjà de sa mémoire.

« Baisse la vitre, mon garçon, répéta Manx. Allez ! » Sa voix s'était faite acerbe. Toute trace de bienveillance avait disparu. « Je veux que tu profites de cette douceur à l'extérieur. Dépêche-toi, on arrive à un tunnel ! »

Wayne ne parvenait pas à obéir. Il aurait fallu, pour cela, qu'il passe par-dessus Linda, et il avait peur. Elle l'effrayait autant que Manx jadis. Il avait envie de se couvrir les yeux pour ne plus la voir. Sa respiration saccadée ressemblait à celle d'un coureur lors du sprint final. Un nuage de condensation émergeait de sa bouche à chaque expiration. L'arrière de la voiture devait être gelé, pourtant il n'avait pas froid.

Quand il se pencha en avant pour demander de l'aide, Manx avait changé. Des lambeaux de peau avaient remplacé son oreille gauche. Des filaments carmin se balançaient sur sa joue. La casquette avait disparu. Son crâne, désormais uniquement surmonté de quelques mèches grises, était redevenu bosselé et pigmenté de taches de son. Une large plaie béait sur son front. Ses yeux n'étaient plus que deux trous rouges grésillants. Non pas des orbites sanglantes, mais des foyers de braises.

À son côté, l'homme au masque à gaz dormait toujours dans son uniforme impeccable. Il souriait, à l'image d'un voyageur repu, bien au chaud.

Wayne vit à travers le pare-brise qu'ils se dirigeaient en effet vers un tunnel taillé dans la roche, un conduit noir qui s'enfonçait dans la colline.

« Qui est avec toi, là-derrière ? » s'enquit Manx d'une affreuse voix bourdonnante. Son timbre n'avait rien d'humain. Il ressemblait plutôt au vrombissement d'un millier de mouches à l'unisson.

Wayne chercha Linda, mais elle était partie. Elle l'avait abandonné.

Le tunnel avala la Rolls. Les ténèbres n'étaient troublées que par deux trous rouges : les yeux de Manx braqués sur Wayne.

« Je n'ai plus envie de voir Christmasland, se ravisa le garçon.

— Tout le monde veut y aller », argumenta la chose sur le siège avant. Cette créature avait autrefois été un homme. Ce n'était plus le cas à présent. Peut-être en était-il ainsi depuis une centaine d'années.

Ils approchaient à toute vitesse de l'extrémité ensoleillée de la galerie souterraine. Il faisait nuit lorsqu'ils y étaient entrés, et voilà qu'ils ressortaient en plein jour. La luminosité du cercle éclatant, pourtant encore distant d'une cinquantaine de mètres, meurtrissait déjà les pupilles de Wayne.

Il se protégea les yeux avec un grognement d'angoisse. La lumière s'infiltra entre ses doigts. Elle se fit de plus en plus intense jusqu'à ce que ses phalanges ressortent en ombre chinoise sous la peau, réduite à une membrane rougeoyante. Il avait l'impression que l'astre du jour allait l'enflammer à tout moment.

« Je n'aime pas ça, cria-t-il. Je n'aime vraiment pas ça ! »

La voiture tressauta, rebondit sur la route défoncée avec une telle violence que le garçon baissa les mains. Il cligna des paupières sous le soleil matinal.

Bing Partridge, l'homme au masque à gaz, se redressa, puis se retourna vers Wayne. Il ne portait plus d'uniforme. Le survêtement taché de la veille était réapparu.

« D'accord avec toi, dit-il en fourrant un doigt dans son oreille. Je ne suis pas du matin non plus. »

Sugarcreek, Pennsylvanie

« Va-t'en, le soleil », murmura Bing. Puis il laissa échapper un bâillement.

« Reviens à la Sainte-Mireille. » Il resta ensuite silencieux un moment avant d'ajouter timidement : « J'ai fait un beau rêve. J'ai vu Christmasland.

— J'espère que tu as aimé, grinça Manx. Avec le bazar que tu as planté, ce pays ne t'apparaîtra qu'en songe. »

L'homme au masque à gaz se tassa sur son siège et se boucha les oreilles.

Ils roulaient parmi les collines et les hautes herbes, sous un ciel d'été radieux. Un bout de lac, long éclat de verre jeté au milieu des pins centenaires, scintillait en contrebas. Les vallées emprisonnaient des nappes de brouillard qui se dissiperaient bientôt.

Encore à moitié endormi, Wayne se frotta les yeux. Son front et ses joues étaient fiévreux. Il soupira et constata avec étonnement qu'un panache de buée émergeait de ses narines, comme dans son rêve. Il n'avait pas remarqué qu'il faisait si froid sur la banquette arrière.

« Je suis gelé », déclara-t-il, bien qu'il ne ressentît aucune gêne. Il avait plutôt chaud, à vrai dire.

« Les matinées sont fraîches, par ici, le rassura Manx. Sous peu, tu te sentiras mieux.

— Où on est ? »

Le vieux vampire lui jeta un coup d'œil. « Pennsylvanie. Nous avons conduit toute la nuit. Tu as dormi comme un loir. »

Wayne cligna des yeux. Il était troublé, perdu. Il lui fallut quelques instants afin de comprendre pourquoi. La bande de gaze était toujours en place sur l'oreille mutilée de son ravisseur, mais celui-ci avait ôté le pansement sur son front. Les pourtours de la plaie étaient noirs, ils paraissaient gangrenés. Cette cicatrice digne du monstre de Frankenstein semblait dater d'une douzaine de jours et non d'une douzaine d'heures. Le vieillard avait repris des couleurs. Son regard, plus aiguisé, étincelait d'une bienveillance universelle.

« Vous avez l'air d'aller un peu mieux, hasarda Wayne.

— Je suis sans doute plus présentable, mais je ne participerai pas de sitôt à un concours de beauté.

— Comment guérissez-vous aussi vite ? »

Manx réfléchit une minute, puis dit : « La Rolls prend soin de moi. Et elle va prendre soin de toi aussi.

— C'est parce qu'on est sur la route de Christmasland, précisa Bing avec un sourire par-dessus son épaule. Elle chasse tes soucis comme le chat la souris, pas vrai, monsieur Manx ?

— Je ne suis pas d'humeur à écouter tes rimes idiotes, Bing. Réunis le conseil des mormons, tu veux bien ? »

NOSFERA2 roula plein sud. Le silence s'installa. Wayne en profita pour faire le point.

De toute sa vie, il n'avait jamais eu aussi peur que la veille. Sa gorge était encore douloureuse des hurlements qu'il avait poussés. Maintenant, il avait l'impression d'être un pichet vide, purgé jusqu'à la dernière goutte du moindre sentiment néfaste. L'intérieur de la Rolls-Royce brillait sous l'éclat du soleil. La poussière dansait dans les rais de lumière et Wayne tendit la main pour les regarder tourbillonner entre ses doigts, pareils à des grains de sable dans le remous des vagues...

Il tressaillit au souvenir de sa mère qui plongeait sous l'eau pour échapper à l'homme au masque à gaz. L'espace d'une seconde, la peur resurgit. Aussi vivace, aussi violente qu'une décharge au contact du cuivre dénudé d'un fil électrique. L'idée d'avoir momentanément oublié qu'il était retenu contre son gré était plus terrifiante que le fait même d'être prisonnier. L'espace d'un instant, il avait admiré le spectacle de la lumière. Il s'était senti presque heureux.

Son regard s'attarda sur le compartiment en noyer où était caché son téléphone. Lorsqu'il leva les yeux, Manx l'observait dans le rétroviseur, un sourire ténu aux lèvres. Wayne se radossa à la banquette.

« Vous avez prétendu que vous m'en deviez une, fit le garçon.

— En effet. Et je tiendrai parole.

— Je veux appeler ma mère pour la rassurer. »

Manx acquiesça sans quitter la route des yeux ni lâcher le volant. Cette voiture ne se conduisait-elle pas toute seule la veille ? L'adolescent se souvenait du volant qui tournait de lui-même tandis que Manx grognait et que l'homme au masque à gaz essuyait le sang sur sa figure. Cette image possédait l'éclat trop réel d'un songe attisé par une grippe spécialement virulente. Maintenant, dans la clarté de cette matinée ensoleillée, Wayne n'était plus très sûr de ce qu'il avait vu. Et puis le thermomètre remontait : son souffle n'exhalait plus aucun nuage de condensation.

« Tu as raison de vouloir la contacter. Lorsque nous serons arrivés à destination, j'espère que tu lui donneras de tes nouvelles tous les jours. Tu es prévenant. Et elle voudra évidemment savoir comment ça se passe pour toi. Nous lui téléphonerons dès que possible. Et je refuse de compter cela comme un service ! Quelle sorte de monstre interdirait à un enfant d'appeler sa mère ? Malheureusement, il n'y a pas d'endroit où s'arrêter et nous n'avons pas de téléphone sur nous. » Manx se tourna vers Wayne avec un sourire. « Et j'imagine que tu n'en as pas non plus, n'est-ce pas ? »

Il sait, pensa le jeune garçon. Un frisson lui parcourut l'échine et il sentit les larmes lui monter aux yeux.

« Non », articula-t-il d'une voix blanche. Il devait se forcer pour ne pas regarder en direction du compartiment entre les sièges.

Manx reporta son attention sur la route. « Bon. De toute façon, il est trop tôt pour la déranger. Il n'est que six heures et, après la journée qu'elle a vécue hier, on ferait mieux de la laisser se reposer. » Il soupira avant d'ajouter : « Ta mère a plus de tatouages qu'un marin. »

Bing récita : « Il était une fois une demoiselle à Denver. Sa queue était tatouée de vers. Et pour les aveugles sur sa taille, une version adaptée en braille.

— Trop de rimes », jugea Wayne.

Manx s'esclaffa d'un rire chevalin, frappant le volant du plat de la main. « Pour sûr ! Ce vieux Bing Partridge est un démon de la rime. Dans la Bible, ce sont les entités les plus méprisables. Mais elles ont leur utilité. »

L'homme au masque à gaz appuya son front contre la vitre, les yeux fixés sur le paysage bucolique. Des moutons paissaient dans l'herbe.

« *Quand trois moutons vont au champ*, chantonna-t-il. Le *premier passe devant*. »

Wayne était certain que, s'il ouvrait le compartiment, il serait vide. Ils s'étaient sûrement débarrassés du portable pendant son sommeil.

« Tous ces tatouages…, reprit Manx.

— Oui ?

— Eh bien, je suis peut-être vieux jeu, mais je vois ça comme une incitation à la débauche. Tu crois qu'elle aime attirer les regards ?

— Il était une fois une pute au Pérou, marmonna Bing avant de glousser tout seul.

— Je trouve ces motifs jolis, estima Wayne.

— Ton père a divorcé à cause d'eux ? Parce qu'il n'appréciait pas qu'elle sorte avec ses jambes pleines de dessins pour provoquer les mâles ?

— Il n'a pas divorcé. Ils n'ont jamais été mariés.

— Quelle surprise ! » s'amusa le vieux vampire.

Ils avaient quitté la nationale et les collines pour pénétrer dans une banlieue assoupie. Un endroit désolé, abandonné. Des devantures étaient condamnées, des panneaux indiquaient « À Louer ».

On avait cloué des planches en contreplaqué derrière les portes du cinéma. La marquise annonçait JOYEUX NO L SUGAR EEK PA ! Des guirlandes décoraient encore l'entrée, bien que l'on soit en juillet.

L'incertitude à propos du téléphone taraudait Wayne. Il pouvait atteindre le compartiment du bout du pied. Il passa la pointe de sa chaussure sous la poignée.

« Elle est plutôt robuste et athlétique, je te l'accorde », poursuivit Manx. L'adolescent l'écoutait à peine. « Je suppose qu'elle a un petit copain.

— D'après elle, c'est moi, son petit copain, répondit Wayne.

— Ha, ha. Toutes les mamans disent ça à leur enfant. Ton père est plus âgé qu'elle ?

— Je ne sais pas. Un peu, je pense. »

Il avait réussi à appuyer son pied sur le volet coulissant, qu'il entrebâilla d'un ou deux centimètres. Le portable était toujours à l'intérieur. Il referma le tiroir. S'il tentait de s'en emparer maintenant, ils s'empresseraient de le lui confisquer.

« Tu crois qu'elle est susceptible d'être intéressée par des hommes plus mûrs ? »

L'insistance du ravisseur à évoquer sa mère et ses tatouages ainsi que ses penchants éventuels pour les vieux rendait Wayne perplexe. Il n'aurait pas été plus dérouté si Manx l'avait interrogé sur les lions de mer ou les voitures de sport. Le jeune garçon ne se souvenait même plus comment ils en étaient venus à aborder le sujet. Il essaya de reconstituer la conversation.

Si tu penses à l'envers, songea-t-il. *L'envers. À. Penses. Tu. Si.* Feu mémé Linda lui avait parlé en rêve. Elle avait inversé les mots. La majeure·partie des paroles qu'elle avait prononcées s'était perdue dans les méandres de son esprit, mais ce morceau de phrase lui revenait avec une acuité parfaite, tel un message à l'encre sympathique révélé à la chaleur d'une flamme. Si tu penses à l'envers, quoi ? Il ne se rappelait plus.

La voiture s'arrêta à un croisement. Une femme entre deux âges, vêtue d'un short et d'un bandana, courait sur place à deux ou trois mètres d'eux sur le trottoir. De toute évidence, elle attendait au passage piéton malgré l'absence de circulation.

Wayne passa à l'action sans réfléchir. Il se jeta sur la portière et frappa la vitre des poings.

« Au secours, cria-t-il. Aidez-moi ! »

Elle fronça les sourcils et regarda autour d'elle. Ses yeux se posèrent sur la Rolls-Royce.

« S'il vous plaît, aidez-moi ! » répéta Wayne.

Elle sourit et fit un signe de la main.

Le feu passa au vert. Manx avança lentement.

Le garçon aperçut un homme en uniforme qui sortait d'un snack sur le trottoir d'en face. Son képi et son coupe-vent bleu lui donnaient l'apparence d'un policier.

Wayne se rua sur la seconde vitre, qu'il martela à son tour. Il distinguait mieux l'individu à présent. Un postier, pas un flic. Juste un type grassouillet d'une cinquantaine d'années.

« Au secours ! s'égosilla l'adolescent. J'ai été kidnappé ! Aidez-moi ! Aidez-moi !

— Il ne t'entend pas, indiqua Manx. Ou plutôt, il n'entend pas le message que tu veux lui transmettre. »

Le facteur regarda passer le véhicule. Tout sourire, il les salua, deux doigts sur la visière. Manx continua sa route.

« Ça y est ? grogna-t-il. Tu as fini ton raffut ?

— Pourquoi ils ne comprennent rien ? interrogea Wayne.

— Tu sais ce qu'on dit à Las Vegas ? Rien ne sort du casino. »

Ils avaient désormais atteint la limite du quartier. La voiture accéléra, laissant derrière elle les trois ou quatre pâtés d'immeubles en brique accompagnés de leurs magasins poussiéreux.

« Ne t'inquiète pas, ajouta le vieux vampire. Nous allons bientôt quitter la route. Je vais faire une pause. Nous approchons de notre destination.

— Christmasland ? »

Manx plissa les lèvres en une moue pensive. « Non. Nous en sommes encore loin.

— La Maison du Sommeil », précisa l'homme au masque à gaz.

Le lac

Vic ferma les yeux un moment. Quand elle les rouvrit, le réveil sur la table de nuit indiquait cinq heures cinquante-neuf. Puis les volets en celluloïd s'abattirent pour marquer six heures. Le téléphone sonna. La simultanéité des deux événements était trompeuse : Vic crut d'abord entendre le réveil. Elle se demanda l'espace d'un instant pourquoi elle avait programmé l'appareil aussi tôt. Le téléphone carillonna à nouveau et la porte de la chambre s'ouvrit. Tabitha Hutter passa la tête par l'entrebâillement. Ses yeux brillaient derrière ses lunettes rondes.

« L'indicatif du New Hampshire. Une entreprise de démolition établie à Dover. Vous feriez mieux de répondre. Ce n'est sans doute pas lui, mais...

— Non, ce n'est pas lui », confirma Vic. Elle chercha le combiné à tâtons.

« Je n'ai appris la nouvelle que tard hier soir, dit Chris McQueen au bout du fil. J'ai eu du mal à trouver ton numéro. Je ne savais pas si tu dormais, alors j'ai attendu avant d'appeler. Tu tiens le coup, Gamine ? »

La jeune femme écarta l'émetteur de sa bouche. « C'est mon père.

— Prévenez-le qu'il est enregistré, conseilla Tabitha. Tous les appels sur ce poste vont être épluchés.

— Tu as entendu, Chris ?

— Oui. Pas de problème. Qu'ils fassent le nécessaire. Bon sang, c'est bon de t'entendre, ma puce.

— Qu'est-ce que tu veux ?

— Savoir comment tu vas. Et puis te dire que je suis là en cas de besoin.

— Il faut un début à tout, hein ? »

Il poussa un bref soupir, agacé. « Je comprends ce que tu vis. Je suis passé par là moi aussi, tu sais. Je t'aime. Préviens-moi si je peux me rendre utile.

— Tu ne peux pas. Je n'ai rien à faire exploser à l'heure actuelle. Tout est déjà détruit. N'appelle plus, papa. J'ai déjà assez de soucis comme ça. N'aggrave pas la situation. »

Elle raccrocha. Hutter l'observait, debout sur le seuil.

« Vos experts ont-ils réussi à localiser le portable de mon fils ? Vous avez obtenu de meilleurs résultats qu'avec l'application iPhone ? Non, sans doute pas. Sinon vous m'auriez réveillée.

— Ils n'ont pas trouvé l'appareil.

— Ils ne l'ont pas trouvé ou ils ont suivi son trajet sur la Voie Saint-Nicolas à l'est de Christmasland ?

— Ces lieux signifient-ils quelque chose pour vous ? Charlie Manx possédait une maison dans le Colorado. Les arbres autour de sa demeure portaient des décorations de Noël. La presse l'a appelée la Maison de Sangta Claus. Cela pourrait-il être Christmasland ? »

Non, pensa Vic. *Parce que la Maison de Sangta Claus est dans notre monde, alors que Christmasland est le fruit de l'extrospection de Manx. Une Manxospection.*

Le visage de la psychologue était indéchiffrable. Elle scrutait Vic avec un calme studieux. La mère de Wayne était convaincue que l'employée du FBI ne sourcillerait même pas si elle lui racontait que Christmasland se situait dans une espèce de quatrième dimension où des enfants morts entonnaient des chants de fête et composaient des appels longue distance. Hutter continuerait à lui opposer ce regard froid et clinique tandis que ses confrères l'immobiliseraient afin que le toubib lui injecte un calmant.

« J'ignore où se trouve ce supposé pays et encore moins ce qu'il représente », prétendit Vic. Cette déclaration reflétait en grande partie la vérité. « Je ne comprends pas pourquoi ça apparaît sur votre écran quand vous cherchez à localiser le mobile de mon fils. Vous voulez toujours que j'examine les différents modèles de maillets ? »

La maison était encore pleine de monde. Sauf que le comité ressemblait désormais davantage à une équipe d'assistance informatique de Phone House qu'à un contingent de policiers. Trois jeunes types – un Asiatique dégingandé adepte des tatouages tribaux, un gosse tout maigre avec une coupe afro et un millier de taches de rousseur, ainsi qu'un Noir dont le col Mao paraissait avoir été piqué dans la garde-robe de Steve Jobs – avaient installé leurs ordinateurs sur la table basse du salon. Une odeur d'arabica embaumait le cottage. La cafetière chauffait dans la cuisine. Hutter proposa une tasse à Vic. La psychologue y ajouta un nuage de lait et une cuillerée de sucre. Une préparation idéale.

« La manière dont je prends le café est aussi notée dans mon dossier ? interrogea-t-elle.

— Le lait était dans le frigo. Il devait bien servir à quelque chose. Et j'ai trouvé la cuillère à sucre dans le pot.

— Élémentaire, mon cher Watson.

— J'avais l'habitude de me déguiser en Sherlock Holmes pour Halloween. Une pipe, un chapeau de chasse, tous les accessoires. Et vous, vous vous déguisiez comment ?

— J'enfilais une camisole de force. Je prétendais m'être échappée d'un asile. Une pratique fort utile par la suite. »

Le sourire de Tabitha s'estompa.

Elle s'assit à table avec Vic et lui expliqua comment passer d'une photo à l'autre sur l'iPad.

« Je ne vois pas l'intérêt de savoir avec quel outil il m'a frappée.

— Impossible de connaître les éléments pertinents tant qu'on ne les a pas mis au jour. Il faut tout essayer. »

Vic écarta les photos de marteaux, les articles de quincaillerie, les maillets de croquet.

« C'est quoi, ce truc ? Une base de données consacrée aux meurtres par objets contondants ?

— Oui. »

Vic jeta un regard à l'experte. Hutter avait retrouvé son impassibilité coutumière.

Elle visionna d'autres clichés, puis s'arrêta.

« Celui-là. Il m'a attaquée avec ça. »

La psychologue se pencha sur l'écran. L'image décrivait un maillet composé d'un manche à croisillons d'une trentaine de centimètres terminé par une tête rectangulaire en inox d'où pointait une sorte de crochet.

« Vous êtes sûre ?

— Ouais, je suis formelle. Je reconnais le crochet. De quel genre d'instrument s'agit-il ? »

Hutter se mordilla la lèvre inférieure, puis se leva.

« Du genre qu'on ne trouve pas au magasin du coin. Je dois passer un coup de fil. » Elle marqua un temps d'hésitation, la main posée sur le dossier de la chaise de Vic. « Vous sentez-vous capable de faire une déclaration à la presse dans l'après-midi ? L'affaire est bien relayée par les chaînes d'info. Votre histoire les intéresse. D'abord, tout le monde connaît les aventures de Machine Chercheuse. Ensuite, je suis désolée de vous le dire, mais certains journalistes évoquent la possibilité d'une version grandeur nature de vos livres. Une intervention de votre part contribuera à maintenir la vigilance. L'attention est notre meilleure arme.

— Est-ce que les médias ont déjà fait le rapprochement avec l'enlèvement perpétré par Manx quand j'étais jeune ? »

La psychologue haussa les sourcils. « Hein ? Non, ils n'ont pas encore établi le lien. Et je crois que vous devriez vous abstenir d'en parler. Il faut concentrer nos efforts sur l'essentiel : les gens doivent surveiller les véhicules, chercher Wayne. Voilà notre but. Tout le reste est au mieux négligeable, au pire contreproductif.

— La voiture, mon fils, et Manx. Nous voulons aussi que les gens recherchent Manx.

— Oui, bien sûr. » Elle fit deux pas vers la porte, puis se retourna. « Vous êtes quelqu'un de formidable, Victoria. Vous savez rester forte malgré la peur. Je m'en veux un peu de vous demander ça avec tout ce que vous endurez, mais il faudra que nous trouvions un moment dans la journée pour que vous me racontiez, avec vos propres mots, les circonstances du kidnapping. Je dois en savoir plus sur ce que Manx vous a fait. Chaque détail est susceptible d'augmenter nos chances de sauver votre fils.

— Je vous ai déjà tout dit hier. Il m'a démolie avec un marteau, m'a pourchassée jusqu'au lac, et s'est enfui avec Wayne.

— Pardon, je me suis mal exprimée. Je voulais parler de ce que Manx vous avait fait en 1996. Du kidnapping dont *vous* avez été victime. »

Vic avait l'impression que Hutter était une femme méticuleuse, patiente et rationnelle. À sa façon, la psychologue semblait arriver à la conclusion que Manx était le fruit d'une hallucination de la jeune femme. Mais si elle doutait de la responsabilité du tueur, quelle solution alternative envisageait-elle ?

Vic ressentait une menace qu'elle n'arrivait pas à identifier. Elle avait le sentiment de conduire sur une plaque de glace. Le moindre mouvement inconsidéré pourrait l'envoyer dans le décor.

« Je ne doute pas un instant qu'on vous ait molestée. Personne n'en doute », avait déclaré l'experte. Puis : « Vous avez passé un mois en établissement psychiatrique où l'on a diagnostiqué un syndrome post-traumatique accompagné de tendances schizophréniques. »

Assise à la table de la cuisine avec son café, dans un état de tranquillité relative, Vic put enfin mettre des mots sur l'idée qui la taraudait. Un mélange d'horreur et d'étonnement l'assaillit. Il se manifesta sous la forme d'un frisson glacé sur sa nuque et d'un picotement au sommet du crâne. Les deux symptômes intervenaient à mesure égale. Elle avala une gorgée de café chaud pour chasser la sensation de froid et la frayeur qui l'accompagnait. Au prix d'un effort considérable, elle parvint à garder son calme, à se maîtriser.

Ainsi, Hutter était persuadée que Vic avait tué son fils dans un accès de démence. Elle avait d'abord supprimé le chien, puis noyé Wayne dans le lac. Personne ne pouvait corroborer les tirs. Aucun projectile, aucune douille. On n'avait pas retrouvé la moindre balle. Le plomb s'était perdu dans le lac, et les étuis en laiton étaient restés dans le barillet. La clôture défoncée et le jardin endommagé ne collaient pas encore à leur version, mais ils trouveraient bien un moyen d'y remédier.

Ils tenaient leur Susan Smith, cette femme de Caroline du Sud qui avait noyé ses enfants avant d'accuser un Noir de les avoir kidnappés, déclenchant un surcroît de tensions raciales dans le pays entier pendant près d'une semaine. Voilà pourquoi les télévisions ne mentionnaient pas Manx. Les flics ne croyaient pas à cette hypothèse. Ils ne croyaient même pas à un enlèvement. Mais pour l'instant, ils jouaient le jeu. Sans doute par simple précaution légale.

Vic termina son café, posa la tasse dans l'évier et s'éclipsa par la porte de derrière.

Le jardin était désert. Elle marcha dans l'herbe humide jusqu'à l'ancienne écurie, puis regarda par la fenêtre.

Lou était endormi par terre à côté de la moto. Le moteur était démonté, les caches latéraux ôtés, la chaîne défaite. Il s'était confectionné un coussin de fortune à l'aide d'une toile goudronnée pliée sous sa tête. Ses mains étaient couvertes de cambouis, ses joues portaient des traces de doigts aux endroits où il s'était frotté dans son sommeil.

« Il a travaillé toute la nuit », dit une voix derrière elle.

Daltry l'avait suivie. Son large sourire laissait apparaître une dent en or. Il tenait une cigarette.

« J'ai déjà vu ça. Plusieurs fois. Une manière de réagir à l'impuissance. Vous seriez surprise de savoir combien de femmes tricotent dans la salle d'attente des urgences pendant que leur enfant est entre la vie et la mort au bloc opératoire. Quand vous êtes désespéré, vous vous adonnez à n'importe quelle activité machinale pour éviter de cogiter.

— Ouais. Vous avez raison. Il est mécano. Chez lui, le bricolage remplace le tricot. Je peux avoir une cigarette ? »

Elle pensait que la nicotine pourrait l'apaiser.

Daltry sortit un paquet de son pardessus minable et lui tendit une Marlboro.

« Je n'ai pas vu de cendrier dans la maison.

— J'ai arrêté pour mon fils », précisa Vic.

Il opina sans un mot et lui présenta son briquet : un gros Zippo en fer-blanc orné d'un autocollant de dessin animé. Il actionna la molette. La pierre à feu cracha des étincelles.

« Presque plus d'essence », constata-t-il.

Elle s'empara de l'objet et, d'un mouvement sec, fit naître une petite flamme jaune et vacillante. Elle inhala, les yeux fermés. Cette sensation équivalait à se laisser glisser dans un bain chaud. Elle soupira, puis examina l'autocollant. Popeye envoyait un coup de poing. Le mot BADABOUM se déployait dans une explosion d'étoiles.

Elle inspira une grande bouffée de tabac. Ses poumons s'emplirent d'une délicieuse fumée.

« Vous savez ce qui m'étonne ? demanda le policier. Personne n'a vu votre Rolls-Royce. Comment un tel véhicule passe-t-il inaperçu ? Cette absence de témoins oculaires ne vous surprend pas ? »

Il la regarda avec des yeux brillants, presque joyeux.

« Non, répliqua-t-elle sans mentir.

— Non ? Vous n'êtes pas surprise ? Pourquoi donc ?

— Parce que Manx sait ne pas se faire remarquer. »

Daltry s'abîma dans la contemplation du lac.

« Quand même. Deux hommes dans une Rolls-Royce Wraith de 1938. J'ai vérifié la base de données. Moins de quatre cents exemplaires dans le monde. Moins de cent sur notre sol. Une rareté. Et vous êtes la seule à l'avoir vue. Vous devez avoir l'impression de devenir dingue.

— Je ne suis pas dingue, je suis morte de trouille. Voilà la différence.

— Si vous le dites. »

Le flic écrasa son mégot dans l'herbe.

Il était déjà rentré dans la maison quand Vic s'aperçut qu'elle tenait toujours le briquet.

La Maison du Sommeil

Le jardin de Bing était rempli de fleurs en papier aluminium aux reflets colorés. Les ornements tournaient sous le soleil matinal.

La maison était un véritable écrin, avec sa déco immaculée et son lys qui dodelinait sous la brise. Un endroit idéal pour une charmante vieille dame désireuse d'inviter un enfant à manger des gâteaux au pain d'épice, puis de l'enfermer dans une cage, de l'engraisser pendant plusieurs semaines, et de le mettre au four. Telle était la Maison du Sommeil. Wayne sentait ses yeux se fermer à la seule contemplation des fleurs en alu.

Au sommet de la colline voisine se dressait une ancienne église ravagée par les flammes. Il n'en restait pratiquement rien excepté la façade : un clocher pointu, de grandes portes blanches et des vitraux couverts de suie. L'arrière de l'édifice n'était qu'un champ de ruines. Chevrons carbonisés, béton noirci. Un panneau à lettres amovible trônait à l'entrée. Le pasteur s'en servait jadis pour annoncer les offices. Un plaisantin avait manipulé les lettres pour rédiger un message très éloigné de la sensibilité des fidèles.

ÉGLISE DE
LA FOI RÉUNIFIÉE
DIEU A BRÛLÉ VIF
SEUL LE DIABLE RESTE

Le vent se leva dans les vieux chênes massifs, souffla sur le parking autour des ruines calcinées. Wayne sentait les cendres même avec les vitres fermées.

NOSFERA2 tourna pour s'engager dans l'allée en direction d'un garage indépendant. Bing se tortilla pour extraire une télécommande de sa poche. Le volet roulant s'ouvrit et la voiture entra dans l'abri.

Le garage se résumait à un bloc de béton vide, froid et obscur. Il puait l'huile et le fer. L'odeur de métal provenait des bonbonnes vertes : une demi-douzaine de grands cylindres rouillés sur lesquels PRODUIT INFLAMMABLE, GAZ SOUS PRESSION et SEVOFLURANE étaient inscrits au feutre rouge. Ils s'alignaient le long du mur avec la rectitude d'une armée de robots extraterrestres au garde-à-vous. Plus loin, un escalier étroit grimpait en direction du premier étage.

« Oh bon sang, s'enthousiasma l'homme au masque à gaz. C'est l'heure du petit déjeuner. » Il se tourna vers son maître. « Je vais vous préparer le meilleur repas que vous ayez jamais mangé. Juré, craché. Le meilleur ! Dites-moi simplement ce qui vous ferait plaisir.

— Un peu de tranquillité, Bing. J'ai besoin de me reposer. Et si je n'ai pas très faim, c'est sans doute parce que tes bavardages incessants m'ont plus que rassasié. Un sacré paquet de calories inutiles. »

Le gros homme se recroquevilla sur son siège et se boucha les oreilles.

« Arrête de faire semblant de ne pas m'entendre. Tu as été une véritable calamité. »

Le visage plissé, les yeux fermés, Bing commença à se répandre en sanglots affreux. « Je devrais me tirer une balle.

— N'importe quoi ! Et puis, tu serais capable de manquer ton coup et de m'estropier. »

Wayne éclata de rire.

Ils en furent tous étonnés, lui le premier. Ce rire était sorti comme un éternuement. Une réaction physiologique totalement incontrôlable. Manx et son complice le dévisageaient depuis les sièges avant. Bing avec ses yeux embués et son faciès déformé par la tristesse. Manx avec un mélange de surprise et d'amusement.

« Tais-toi ! cria le gros homme. Ne te moque pas de moi ou je te découpe la tête en rondelles. Je sors mes ciseaux et je te taille en pièces ! »

Manx tenait son maillet argenté à la main. Il cogna l'ustensile sur la poitrine de son comparse pour le repousser vers la portière.

« Du calme. Tous les enfants rient aux facéties d'un clown. C'est normal. »

L'espace d'un instant, Wayne jubila à l'idée que Manx donne un coup de maillet sur le nez de son compagnon. Il imaginait l'appendice exploser comme une baudruche remplie de grenadine. Une perspective si comique qu'il faillit s'esclaffer de nouveau.

Une part de lui-même, distante et sereine, se demandait comment il pouvait s'amuser ainsi. Peut-être était-il encore sous l'influence du produit que le gros homme avait pulvérisé. Malgré une nuit entière de sommeil, il n'avait pas récupéré. Au contraire, il se sentait malade, épuisé, fiévreux. La fièvre était pire que tout : il avait l'impression de bouillir à l'intérieur. Il mourait d'envie de prendre une douche glacée, de plonger dans les eaux froides du lac, d'avaler une poignée de neige.

Manx lui adressa un clin d'œil. Le garçon tressaillit. Son estomac se souleva.

Cet homme est un poison, songea-t-il. Puis il formula la phrase à l'envers : *Poison un est homme cet*. D'une manière étrange, son état s'améliora aussitôt. Il n'aurait su dire pourquoi.

« Si tu as des velléités culinaires, reprit le tueur, tu peux préparer quelques tranches de bacon pour ce jeune gaillard en pleine croissance. Je suis sûr qu'il appréciera. »

Bing baissa la tête et se remit à pleurer.

« Allez, s'impatienta le vieux vampire, va geindre dans ta cuisine, là où je ne t'entendrai plus. Je m'occuperai de ton cas bientôt. »

L'homme au masque à gaz sortit du véhicule, ferma la portière derrière lui et s'éloigna dans l'allée. Par la lunette arrière, Wayne vit qu'il lui lançait un regard plein de haine. Personne ne l'avait jamais fixé ainsi. On aurait dit qu'il voulait l'assassiner, l'étrangler jusqu'à ce que mort s'ensuive. Son expression était désopilante. Encore une fois, l'adolescent dut retenir un gloussement.

Il poussa un long soupir hésitant. Pas question de céder à ces pensées intrusives. Quelqu'un avait ouvert un bocal rempli de papillons noirs. Les insectes voletaient, se débattaient dans son crâne. Un flot d'idées. Des idées marrantes comme un nez cassé ou un type qui se tirait une balle dans la tête.

« Je préfère conduire la nuit, fit Manx. Je suis un animal nocturne. Tout ce qui est beau à la lumière du jour l'est encore plus à la nuit tombée. Un manège, une grande roue, le baiser d'une fille. Tout. Sans compter qu'à quatre-vingt-cinq ans, le soleil a commencé à m'incommoder. Tu as besoin de secouer une larmichette ?

— Vous voulez dire... faire pipi ?

— Ou bien de déposer une pêche au chocolat ? »

Wayne expulsa un rire en forme d'aboiement sec et toni-truant. Il mit les mains sur sa bouche, comme pour ravaler cette crise d'hilarité.

Manx l'observait avec des yeux brillants et fascinés. Le tueur n'avait pas cligné une seule fois des paupières depuis le début de leur rencontre. Du moins l'adolescent en avait-il l'impres-sion.

« Qu'est-ce que vous êtes en train de me faire ? demanda-t-il.

— Je te conduis loin des choses qui t'ont rendu malheureux. Et quand nous arriverons à destination, ta tristesse aura dis-paru. Viens. Le garage est équipé d'une salle de bains. »

Il s'extirpa de la Rolls. La portière à droite de Wayne se déverrouilla automatiquement. Le loquet claqua si fort qu'il sursauta.

Il comptait s'enfuir dès qu'il aurait posé le pied par terre, mais l'air était tellement chaud, tellement humide et acca-blant. Il fut cloué sur place, tel un diptère prisonnier d'un papier tue-mouches. Le garçon eut à peine le temps d'effectuer un pas que Manx était derrière lui, une main posée sur sa nuque. Son emprise n'était ni douloureuse ni brutale. Juste ferme. Sans effort, il détourna sa victime de la porte ouverte du garage.

La rangée de bonbonnes vertes attira l'attention de Wayne. Il fronça les sourcils. SEVOFLURANE.

Manx suivit son regard. Sa bouche s'ourla d'un sourire entendu. « M. Partridge travaille dans l'équipe de mainte-nance d'une usine chimique à cinq kilomètres d'ici. Le sévo-flurane est un narcotique et un anesthésique très en vogue chez les dentistes. À mon époque, les arracheurs de dents calmaient leurs patients avec du brandy. Même les enfants.

Aujourd'hui, on juge le sévoflurane plus humain, plus efficace. Parfois, les bonbonnes sont déclarées endommagées. Bing les soustrait au stock. Il arrive qu'elles soient moins détériorées que prévu. »

Le tueur guida Wayne vers l'escalier menant à l'étage. On apercevait une porte entrebâillée sous les marches.

« Peux-tu me prêter l'oreille un moment, Wayne ? »

L'adolescent se figura Manx en train de lui saisir le lobe et de le tordre jusqu'à ce qu'il crie et mette genou à terre. Il trouva cette idée horriblement drôle et, en même temps, les poils de sa nuque se dressèrent sous les doigts décharnés de son ravisseur.

Avant qu'il ne puisse répondre, Manx continua : « Un détail m'intrigue. Peut-être pourras-tu éclaircir le mystère ? »

De sa main libre, il sortit un papier de sa vareuse. La feuille était sale, tachée. Il la déplia et la présenta à l'adolescent.

DISPARITION D'UN INGÉNIEUR
DE CHEZ BOEING

« Une femme avec une chevelure fantaisiste est venue chez ta mère l'autre jour. Je suis sûr que tu te souviens d'elle. Elle avait un dossier rempli d'histoires à mon propos. Ta maman et cette dame se sont violemment disputées dans le jardin, d'après ce que Bing m'a raconté. Tu seras surpris d'apprendre que mon ami a assisté à la scène depuis la maison d'en face. »

Le front de Wayne se plissa. Comment Bing avait-il pu les espionner ? Les De Zoet vivaient de l'autre côté de la rue. La conclusion s'imposa d'elle-même. Et elle ne le faisait plus du tout rire.

Ils atteignirent la porte sous les marches. Manx poussa le battant. Le garçon devina une petite salle de bains au plafond incliné dans l'obscurité.

Le tueur tira sur une ficelle reliée à une ampoule nue. La pénombre subsista.

« Cet endroit part à vau-l'eau. Je vais laisser ouvert pour que tu aies un peu de lumière. »

Il poussa Wayne du coude pour l'inciter à pénétrer dans la pièce étroite. La porte demeura entrebâillée d'une trentaine de centimètres. Manx s'écarta toutefois afin de respecter l'intimité de l'adolescent.

« Comment ta mère connaît-elle cette curieuse femme ? Et pourquoi parlaient-elles de moi ?

— Je ne sais pas. Je ne l'avais jamais vue avant.

— Tu as quand même lu les articles qu'elle a amenés. Permets-moi te dire que la majeure partie des informations à mon sujet ne sont qu'un ramassis de calomnies scandaleuses. Je n'ai jamais tué un seul enfant. Pas un seul. Et je ne suis pas un pervers non plus. Les feux de l'enfer sont promis à des personnes de cet acabit. L'amie de ta mère semblait persuadée que je n'étais pas mort. Une intuition remarquable, vu que les journaux ont largement relayé mon décès et mon autopsie. D'où lui venait cette conviction, à ton avis ?

— Aucune idée. » Wayne se tenait devant la cuvette des toilettes, incapable d'uriner. « Ma mère a prétendu qu'il s'agissait d'une folle.

— Tu n'essaies pas de m'embobiner, hein ?

— Non, monsieur.

— Cette dame aux cheveux bizarres, qu'est-ce qu'elle a raconté sur moi ?

— On m'a envoyé dans la maison. Je n'ai pas entendu la conversation.

— Voilà un gros mensonge, Bruce Wayne Carmody, déclara Manx sur un ton exempt de colère. Tu as des problèmes avec ton bigoudi ?

— Mon quoi ?

— Ton zizi. Pour faire la petite commission ?

— Oh, oui. Peut-être.

— C'est parce qu'on parle. Il n'est jamais facile d'arroser l'émail quand quelqu'un vous écoute. Je vais m'éloigner un peu. »

Le garçon entendit les talons de Manx claquer sur le béton. Sa vessie se relâcha presque immédiatement.

La tête relevée, il poussa un long soupir de soulagement.

Un poster était accroché au-dessus des toilettes : une femme nue, agenouillée avec les mains attachées dans le dos. Un masque à gaz cachait son visage. Un type en uniforme de nazi la surplombait, une laisse à la main.

Wayne ferma les yeux et remit son bigoudi – ou plutôt son pénis, car « bigoudi » était un terme ridicule – dans son caleçon. Il se retourna, se lava les mains dans un évier sur le bord duquel courait un cafard. Il était réconforté de constater que cet horrible poster n'avait suscité aucun amusement en lui.

C'est la voiture. Lorsque je suis à l'intérieur, même les pires abominations deviennent drôles.

Au moment où cette pensée s'imprima dans son esprit, il sut qu'il avait raison.

Il sortit de la salle de bains. Manx était à côté de la Rolls. Il tenait la portière arrière ouverte. Dans son autre main brillait le maillet. Un large sourire dévoilait ses dents tachées. Wayne envisagea de s'enfuir dans l'allée avant que le tueur ne lui fracasse le crâne.

« J'aimerais connaître un peu plus de choses sur la confidente de ta mère, fit le vieux vampire. Et je suis sûr qu'avec un petit effort, tu pourras te rappeler certains détails. Assieds-toi donc dans la voiture pour y réfléchir. Je vais aller chercher ton petit déjeuner. Quand je reviendrai, tu auras peut-être retrouvé la mémoire. Qu'en dis-tu ? »

Wayne haussa les épaules, mais son cœur se mit à battre plus fort à la perspective de rester seul dans le véhicule. Le portable. Il ne lui faudrait qu'une minute pour appeler son père et lui donner les renseignements nécessaires : Sugarcreek, Pennsylvanie, maison rose au pied de la colline où l'église a brûlé. Les flics seraient là avant que l'autre ne ramène le bacon et les œufs. Il grimpa dans la voiture sans hésiter.

Manx referma derrière lui et cogna à la vitre : « Je suis de retour dans une seconde. Ne te sauve pas ! » Il éclata de rire tandis que le loquet se verrouillait.

Wayne s'agenouilla sur la banquette pour regarder son ravisseur s'éloigner. Dès que le vieillard fut hors de vue, il se jeta sur le tiroir en once de noyer sous le siège conducteur afin de récupérer son téléphone.

Disparu.

Le garage de Bing

Un chien aboya quelque part, une tondeuse à gazon se mit en marche. À l'extérieur, la vie continuait, tandis que dans la Rolls-Royce le monde se figeait. Le téléphone s'était évaporé.

Wayne ouvrit entièrement le tiroir, mit ses mains à l'intérieur, tâtonna le revêtement feutré comme si l'appareil pouvait être caché sous l'étoffe. Il savait qu'il ne se trompait pas, ce tiroir était bien celui dans lequel il avait caché le portable. Il entreprit de fouiller l'autre compartiment situé sous le siège passager. Vide, lui aussi.

« Où es-tu ? » gémit-il. Il connaissait déjà la réponse. Manx avait confisqué l'appareil pendant qu'il se lavait les mains. À l'heure actuelle, le tueur se promenait sans doute avec l'iPhone dans la poche de sa vareuse. Le garçon avait envie de pleurer. La fragile cathédrale d'espoir qu'il avait bâtie au plus profond de lui, Manx l'avait piétinée, incendiée. DIEU A BRÛLÉ VIF. SEUL LE DIABLE RESTE.

Il savait qu'il était inutile de s'acharner, pourtant il examina encore une fois le premier tiroir. Celui-ci contenait à présent des décorations de Noël qui n'étaient pas là la minute d'avant : un ange en émail avec de grands yeux tristes, un gros flocon de neige à paillettes, et une lune endormie coiffée d'un bonnet rouge et blanc.

« Qu'est-ce que c'est ? » marmonna l'adolescent pour lui-même.

Il exhiba tour à tour chaque bibelot.

L'ange était accroché à une boucle en or. Il tournait doucement, une trompette à la bouche.

Le flocon de neige ressemblait à une étoile de ninja mortelle.

La lune souriait à ses propres rêveries.

Wayne rangea les objets où il les avait trouvés avant de refermer le compartiment en douceur. Il se ravisa aussitôt et rouvrit le tiroir : vide à nouveau. Il poussa un soupir de frustration et claqua de volet de bois.

« Je veux mon téléphone », gronda-t-il.

Un *clic* se fit entendre à l'avant. La boîte à gants venait de s'ouvrir. Le portable le narguait au-dessus d'un tas de cartes routières.

L'adolescent resta assis. Peut-être qu'en se glissant entre le dossier et le toit, il pouvait y arriver. Il avait l'impression d'assister à un tour de passe-passe : un magicien venait de transformer un bouquet de fleurs en iPhone.

La surprise, voire la stupéfaction, le disputait à une déchirante consternation.

La Rolls s'amusait avec lui.

Wayne pressentait que la voiture et Manx ne faisaient qu'un. Le véhicule était une extension du tueur, de la même manière que la main de l'adolescent était un prolongement de son corps.

Le garçon fixait son téléphone avec la conviction qu'il devait essayer de s'en emparer mais que la voiture l'en empêcherait d'une façon ou d'une autre.

Peu importait. La portière conducteur était déverrouillée. Rien ne l'empêchait de sortir et de s'enfuir. Rien, sauf la force mystérieuse qui l'avait repoussé lors de ses dernières tentatives.

Mais c'était sans compter qu'il était alors sous l'influence des vapeurs de pain d'épice. Son esprit était confus au point qu'il parvenait à peine à se lever. Pas étonnant qu'il soit à chaque fois retombé sur la banquette. Il était d'ailleurs surprenant qu'il soit resté conscient.

Quand il leva la main, il se rendit compte qu'il tenait toujours l'objet en forme de croissant de lune. De fait, il passait son pouce sur le doux tranchant de cette faucille depuis une bonne minute : un geste mécanique singulièrement apaisant. Il cligna des yeux. Ses idées s'embrouillèrent l'espace d'un instant. Il était pourtant certain d'avoir remis cette breloque à sa place.

Wayne remarqua soudain que cette lune, avec ses joues rebondies, son gros nez et ses longs cils, ressemblait un peu à son père. Il la fourra dans sa poche, puis tendit la main en direction de la boîte à gants. Dès que ses doigts franchirent la limite de séparation, il les sentit diminuer. Ses extrémités se muèrent en protubérances réduites à la première phalange. Il ne put réprimer un sursaut, mais ne retira pas son bras. Cette brusque atrophie était à la fois grotesque et fascinante. Le bout de ses doigts était toujours sensible, il pouvait presser la pulpe de son pouce contre son index. Ils étaient simplement devenus invisibles.

Il s'approcha encore de la boîte à gants. Sa main disparut entièrement, son bras se transforma à son tour en un moignon rosâtre. Une amputation indolore. Il ouvrit et ferma son poing qu'il ne voyait plus. La main était présente, mais il ne savait plus tout à fait où.

Il continua à progresser à l'aveuglette vers son téléphone. Au moment où ses doigts touchaient au but, il sentit un petit choc dans son dos. Il tourna la tête. Un bras, *son* bras, émergeait du dossier, à l'image d'une plante sur un terreau fertile. La main et le poignet étaient constitués de peau. À la base du membre, l'épiderme s'assombrissait pour prendre la teinte marron et la texture parcheminée du vieux cuir.

La réaction naturelle aurait consisté à crier, mais Wayne était sans voix. Il ferma encore le poing. La main qui sortait de la banquette obéit. Une sensation bizarre naquit au creux de son estomac. Il contrôlait un membre indépendant qui poussait sur le coussin d'une banquette.

« Tu devrais essayer de faire un bras de fer chinois avec toi-même », dit Manx.

Wayne tressaillit, ramena son bras en arrière dans un geste instinctif. L'excroissance se retira, littéralement aspirée par le cuir, et retrouva dans la seconde son port d'attache. Il plaqua ses mains contre sa poitrine. Son cœur battait la chamade.

Le tueur l'observait, penché à la vitre conducteur. Il exhiba ses dents crochues et saillantes.

« L'arrière de cette voiture est hautement divertissant. Dans aucun autre véhicule tu ne t'amuseras autant. »

Il tenait un plateau garni d'œufs brouillés, de bacon et de pain grillé d'une main et, de l'autre, un verre de jus d'orange.

« Tu seras ravi d'apprendre que ce petit déjeuner est dépourvu d'aliments bénéfiques à la santé. Beurre, sel et cholestérol. Même le jus d'orange est mauvais. Ils appellent ça "boisson au goût d'orange". Personnellement, le déficit de vitamines ne m'a pas empêché d'arriver à un âge avancé. La joie t'apportera bien plus en termes de longévité que n'importe quelle potion d'apothicaire. »

Wayne s'adossa à la banquette. Manx ouvrit la portière, s'inclina et lui tendit la collation. L'adolescent remarqua l'absence de fourchette. Malgré son affabilité, le vieux vampire n'était pas disposé à lui fournir une arme quelconque… Une manière simple et claire de signifier au jeune homme qu'il n'était pas un invité mais bien un prisonnier. Wayne prit le plateau, puis Manx s'installa à côté de lui.

Le tueur avait prétendu que les feux de l'enfer étaient promis aux pervers, mais le garçon n'était pas dupe. Manx allait essayer de le tripoter. Il tendrait la main vers son entrejambe, lui demanderait s'il avait jamais joué avec son bigoudi.

Le vieux vampire bougea. Wayne était prêt à se défendre et à être vaincu. Son ravisseur comptait abuser de lui. L'adolescent lui vomirait dessus, le mordrait. Mais qu'importe. Si Manx était décidé à lui baisser le pantalon et à faire… eh bien ce qu'il voulait faire, rien ne l'en empêcherait. Il était plus fort, l'équation était aussi simple que cela. Le garçon ferait de son mieux pour surmonter l'épreuve. Il prétendrait que son corps appartenait à quelqu'un d'autre et penserait à l'avalanche qu'il avait vue avec son père. Il s'imaginerait enterré quelque part (le plus tôt sera le mieux, pensa-t-il). Les actions de Manx n'auraient alors plus aucune incidence sur lui. Il espérait juste que sa mère ne saurait rien. Elle était déjà tellement malheureuse, elle avait combattu l'alcool et la folie avec tant d'acharnement qu'il refusait d'être à l'origine d'une affliction supplémentaire.

Cependant, Manx s'abstint de tout geste déplacé. Il se contenta se soupirer et d'étirer ses jambes.

« Je vois que tu as déjà choisi une décoration à accrocher quand tu seras à Christmasland. Histoire de marquer ton passage en ce monde. »

Wayne baissa les yeux sur sa main, surpris de constater qu'il caressait toujours la courbe de la lune endormie. Il ne se rappelait pas l'avoir sortie de sa poche.

« Mes filles ont amené des petits anges pour fêter la fin de leur périple, reprit le tueur d'une voix lointaine et rêveuse. Prends soin de cet accessoire, Wayne. Conserve-le comme la prunelle de tes yeux. »

Il tapota dans le dos de l'adolescent et désigna l'avant du véhicule d'un geste du menton. Il montrait la boîte à gants. Et le téléphone à l'intérieur.

« Tu croyais vraiment pouvoir me cacher quoi que ce soit ? Ici, dans cette voiture ? »

Ces questions n'appelaient pas de réponse.

Manx croisa les bras sur sa poitrine. On aurait dit qu'il s'enlaçait lui-même. Son sourire affichait une bonne humeur résolue.

« Cacher un objet dans la Rolls revient à le mettre directement dans ma poche. Je m'en aperçois forcément. Mais je comprends que tu aies voulu essayer. N'importe qui aurait agi de la sorte. Tu devrais manger tes œufs, ils vont refroidir. »

Wayne luttait pour éviter de pleurer. Il jeta son bibelot au sol.

« Allons, allons, ne sois pas triste. Je ne supporte pas les enfants malheureux. Tu aimerais discuter avec ta mère ? »

L'adolescent cligna des paupières. Une larme tomba sur une tranche de bacon graisseux. L'idée d'entendre Vic déclencha en lui un besoin impérieux. Une légère onde de choc lui parcourut les tripes.

Il acquiesça.

« Et moi, tu sais ce que j'aimerais ? Que tu me parles un peu de la femme qui a amené les articles de journaux. Un prêté pour un rendu.

— Vous mentez, murmura Wayne. Vous ne me permettrez pas de l'appeler. Quoi que je fasse. »

Manx jeta un coup d'œil à l'avant et la boîte à gants se referma d'un coup sec. Le bruit fut si soudain que l'adolescent manqua lâcher son plateau.

Le tiroir sous le siège passager s'ouvrit en silence. Le portable était à l'intérieur. Le souffle court, laborieux, Wayne regarda l'appareil.

« Je ne t'ai encore jamais menti, précisa Manx. Mais j'ai l'impression que tu as du mal à me faire confiance. Alors voilà le marché : obstine-toi à te taire, et tu n'auras pas le portable. Je vais le poser dans le garage et l'écraser avec ma voiture. Ce sera amusant ! Pour être franc, je considère que ces outils sont l'œuvre du diable. Maintenant, admettons que tu me révèles ce que je veux savoir. D'une manière ou d'une autre, tu en auras le cœur net. Je t'empêche d'appeler ta mère : tu as la confirmation que je suis un gros menteur. Je t'y autorise : tu sais qu'on peut me croire.

— Mais je ne connais pas cette Maggie Leigh.

— Eh bien, j'ai déjà un nom. Tu vois, le processus d'apprentissage a déjà commencé. »

Wayne avait envie de ramper sous terre. Il se rendait compte de sa gaffe impardonnable.

« Mme Leigh a effrayé ta mère. Répète-moi ce qu'elle a dit et tu as ta mère au bout du fil dans la minute. »

Le garçon était indécis. Il ouvrit la bouche pour répondre mais le tueur lui pressa doucement l'épaule.

« Ne me mène pas en bateau, Wayne. Sinon, notre marché est annulé. Avise-toi de mentir et tu le regretteras. »

Il cueillit une tranche de bacon sur le plateau. Celle sur laquelle la larme de l'adolescent avait formé une perle huileuse et brillante. Manx commença à mastiquer le tout.

« Alors ? demanda-t-il.

— Elle a affirmé que vous étiez en route. Que vous étiez sorti de prison et que maman devait se méfier. Je suppose que c'est ce qui lui a fait peur. »

Le vieux vampire fronça les sourcils. Il mâchait d'une façon exagérée.

« Je ne suis au courant de rien d'autre, ajouta Wayne. Je vous le jure.

— Comment ta mère et cette dame se sont-elles rencontrées ? »

Le garçon haussa les épaules. « Maggie prétend l'avoir connue quand elle était enfant. Pourtant, ma mère est sûre du contraire.

— Laquelle des deux raconte la vérité, à ton avis ? »

Wayne fut pris au dépourvu. Il hésita un bref instant. « Ma... mère. »

Manx déglutit. Son visage s'illumina. « Eh bien voilà. Ce n'était pas si difficile. Bon, je suis certain que ta maman sera contente de t'entendre. » Il se pencha vers le téléphone avant de se raviser. « Au fait, cette Maggie Leigh a-t-elle mentionné un pont ? »

Le corps de Wayne eut une réaction viscérale, une sorte de pulsion instinctive. *Ne lui dis rien là-dessus*, songea-t-il.

« Non », déclara-t-il la gorge serrée, comme si un morceau de pain grillé y était resté coincé.

Manx lui adressa un sourire malicieux, les paupières mi-closes, puis feignit de sortir, un pied hors du véhicule. Le tiroir se referma avec un claquement sonore.

« Ou plutôt oui », cria le gamin. D'un geste vif, il attrapa son interlocuteur par le bras. Le plateau se renversa. Les œufs et le bacon se déversèrent sur le plancher.

« Oui, d'accord ! Maggie voulait que ma mère vous retrouve. Elle a conseillé à maman d'utiliser le pont. »

Manx marqua une pause. Wayne l'agrippait toujours par le coude. Le tueur baissa les yeux sur sa main. Son regard était à la fois pensif et amusé.

« Nous étions pourtant convenus que tu ne mentirais pas.

— J'ai tenu parole ! J'ai juste oublié un instant. S'il vous plaît !

— Tu as oublié. D'accord. Tu as oublié de me dire la vérité.

— Je suis désolé. »

Manx ne paraissait pas fâché.

« Eh bien considérons qu'il s'agit d'un moment d'inattention. Je peux sans doute t'autoriser quand même à passer un coup de fil. Mais laisse-moi te poser encore une question. Prends ton temps avant de répondre : je veux la vérité. Maggie Leigh a-t-elle indiqué à ta mère comment retrouver le pont ? Elle a parlé du deux-roues ?

— Je... Je n'ai rien entendu à ce propos ! Juré ! » Manx dégagea son bras. « Je crois que la femme ignorait tout de la Triumph.

Le tueur hésita. « La Triumph ?

— La moto de ma mère, vous vous souvenez ? La bécane qu'elle poussait. Elle avait passé plusieurs semaines à la réparer. Elle a travaillé dessus non stop, même en dormant. Vous parlez de ça ? »

Le regard de Manx avait pris une teinte froide, distante. Ses traits se détendirent. Il se mordit la lèvre inférieure. Cette expression lui donnait l'air d'un simple d'esprit.

« Tiens donc. Ta mère construit un nouvel engin. Pour répéter l'opération, pour me retrouver. Je me demandais quel sale tour elle pouvait bien préparer, quand je l'ai vue pousser cette motocyclette. Et je suppose que Maggie Leigh possède aussi son propre moyen de locomotion. Du moins, elle connaît l'existence de ceux qui empruntent les routes alternatives. Bon... J'ai d'autres questions, mais je ferais mieux de les poser directement à Mme Leigh. » Le vieux vampire fourra la main dans la poche de sa vareuse pour en extraire l'article photocopié concernant Nathan Demeter. Il présenta la feuille à Wayne et tapota l'en-tête du bout du doigt.

Bibliothèque municipale de Parisis
Parisis, Iowa

« Je vais la chercher *par ici*, dit-il. Heureusement, c'est sur notre chemin. »

Wayne haletait à l'image d'un coureur de fond après l'épreuve.

« Je veux appeler ma maman.

— Non, décréta le tueur. Nous avions passé un marché. La vérité, toute la vérité, rien que la vérité. J'ai encore mal aux oreilles de l'énorme mensonge que tu as essayé de me vendre. Dommage. Tu apprendras vite qu'il est très difficile de me berner.

— Je vous en prie ! J'ai tout raconté. Vous aviez promis de m'accorder une deuxième chance.

— J'ai dit que je te permettrais *peut-être* d'utiliser le portable si tu me renseignais sur le deux-roues. Comme tu ne savais rien... Et puis je n'ai pas précisé que tu téléphonerais aujourd'hui. Attends demain. Tu méditeras ainsi une leçon profitable : personne n'aime les affabulateurs, Wayne ! »

Il claqua la portière. Le loquet se referma.

« Non ! » hurla l'adolescent. Mais Manx s'éloignait déjà. Il passa devant les bonbonnes vertes pour gravir les marches au fond du garage. « Non ! C'est pas juste ! »

Il se laissa choir sur le plancher, saisit la poignée du tiroir et tira dessus. En vain. Le compartiment aurait aussi bien pu être scellé. Il appuya son pied contre la séparation, puis se jeta en arrière de toutes ses forces. Ses mains moites glissèrent sur le laiton. Il retomba sur la banquette.

« S'il vous plaît, gémit-il. Je vous en prie ! »

Manx lança un dernier coup d'œil au véhicule depuis le haut des marches. Une expression de lassitude tragique se peignait sur son visage. Ses yeux humides affichaient une sorte de compassion. Il secoua la tête. Déception ou simple refus, impossible à dire.

Il actionna un bouton de commande fixé au mur et la porte du garage se baissa. Ensuite, il éteignit les lumières avant de disparaître à l'étage. Wayne resta seul, prisonnier de la Rolls.

Le lac

Cet après-midi-là, Vic ressortit littéralement essorée de son entrevue avec Hutter. Les articulations douloureuses, le dos en compote, la jeune femme avait l'impression d'être passée par une mauvaise grippe intestinale. Elle mourait de faim mais la simple vue d'un sandwich au thon lui donnait la nausée. Elle ne pouvait même pas avaler un toast.

Vic avait répété ses anciens mensonges à l'experte : comment Manx l'avait kidnappée dans sa voiture après l'avoir droguée, comment elle s'était échappée de la Maison de Sangta Claus, dans le Colorado. Les deux femmes s'étaient assises à la cuisine. Hutter l'avait questionnée et Vic avait répondu de son mieux tandis que les flics allaient et venaient.

La psychologue voulait qu'elle lui parle des conséquences de l'enlèvement sur sa vie, de la folie qui l'avait conduite à l'internement, et de la fois où elle avait incendié sa maison.

« Je n'avais pas l'intention de mettre le feu, se justifia Vic. J'essayais juste de me débarrasser des téléphones. Je les ai entassés dans le four. C'était, selon moi, la méthode la plus simple pour que les appels cessent.

— Des appels en provenance des morts ?

— D'enfants morts, oui.

— Votre délire tourne-t-il toujours autour de ce thème central ? Les enfants morts ?

— Tournait. Au passé », rectifia Vic.

Hutter dévisagea la jeune femme avec la tendresse d'un charmeur de serpent pour son cobra royal. Vic la défia intérieurement : *Vas-y, demande-moi donc si j'ai tué mon propre gosse. Finissons-en.* Elle soutint le regard de l'experte. Vic avait été tabassée, puis prise pour cible et presque écrasée. On l'avait hospitalisée, droguée, elle avait failli être brûlée vive. À maintes reprises, elle avait dû fuir pour sauver sa peau. Un regard hostile n'était rien.

« Vous souhaitez peut-être vous reposer ou faire un brin de toilette, reprit Hutter. Votre déclaration est prévue pour dix-sept heures vingt. Assez tôt pour bénéficier d'un maximum de couverture médiatique en *prime time*.

— J'aurais voulu vous livrer une information utile, un élément susceptible de vous conduire à Wayne.

— Vous êtes d'une aide précieuse. Merci. J'ai déjà beaucoup de renseignements exploitables. »

Hutter détourna les yeux. Vic supposa que l'interrogatoire était terminé. Elle se leva, mais la psychologue posa un tas de feuilles sur la table.

« Une dernière chose, Vic. »

L'experte tourna les planches illustrées afin que la jeune femme puisse les voir. Vic aperçut ses propres dessins, ceux issus de son nouveau livre : *Machine Chercheuse passe la cinquième*. Une histoire de Noël sur laquelle elle avait travaillé entre deux séances de mécanique. Hutter commença à passer les feuilles en revue, laissant à Vic le loisir de les examiner l'une après l'autre. On distinguait les esquisses au crayon bleu, puis les encrages et la touche finale à l'aquarelle. Les planches défilaient à la manière d'un jeu de tarot manipulé par un diseur de bonne aventure sur le point d'annoncer une très mauvaise nouvelle.

« Je vous ai déjà expliqué comment les instructeurs se servent de vos illustrations pour apprendre l'observation aux étudiants de Quantico, fit la psychologue. Quand j'ai trouvé une partie de votre nouvelle production dans l'ancienne écurie, je n'ai pas pu résister. Un travail époustouflant. Vous devriez verser des dividendes à Escher. Et puis j'ai regardé de plus près. Il s'agit d'un conte de Noël, non ? »

Vic brûlait d'envie de s'éloigner, de battre en retraite face à ces illustrations qui ressemblaient à des photos d'animaux dépecés. Cette sensation fugitive s'apaisa un peu. Elle voulait feindre l'ignorance, prétendre qu'elle ne savait pas d'où provenaient ces planches. Ces affirmations auraient reflété la vérité, mais elle s'abstint de les formuler. Elle parla d'une voix lasse, indifférente :

« En effet. Une idée de mon éditeur.

— D'accord. Et pensez-vous que ces dessins puissent repré-senter Christmasland ? Est-il possible que le ravisseur les ait vus et qu'il existe un lien entre votre ouvrage et les mentions apparues à l'écran quand nous avons tenté de localiser le portable de votre fils ? »

Vic étudia la première image. Machine Chercheuse et Petit Bonnie s'étreignaient sur une plaque de glace fendue, quelque part dans l'Arctique. La jeune femme avait imaginé un calamar mécanique piloté par Möbius le Dingue. Le monstre arrivait par-dessous, caché sous la glace. L'illustration qu'elle avait sous les yeux décrivait à présent des enfants morts sous la banquise, qui cherchaient à percer l'étendue gelée avec leurs griffes blanches et acérées. Tout sourire, ils exhibaient des bouches remplies de petits crochets pointus.

Sur une autre page, Machine Chercheuse parcourait un labyrinthe de gigantesques sucres d'orge. Vic se rappelait avoir esquissé cette planche dans un état de transe bienheureuse, portée par les chansons des Black Keys. En revanche, elle ne gardait souvenir ni des enfants armés de ciseaux, tapis dans les coins et les chemins de traverse, ni de Bonnie qui titu-bait, les mains sur les yeux. *Ils doivent jouer à pique-l'aveugle*, songea-t-elle distraitement.

« Aucun rapport, déclara-t-elle. Personne n'a vu ces dessins. »

Hutter passa son pouce sur la tranche des feuilles. « J'ai été un peu surprise par ces scènes de Noël en plein été. Réfléchis-sez. Votre travail peut-il être relié à…

— À la vengeance de Charlie Manx après que je l'ai envoyé en prison ? Je ne crois pas. À mon avis, l'explication est plus simple. Je l'ai gêné. Il a décidé de m'écarter. Maintenant, j'ai-merais bien aller m'allonger, si nous avons fini.

— Oui, vous devez être fatiguée. Et puis, qui sait ? Peut-être qu'avec un peu de repos, un détail vous reviendra à l'esprit. »

Malgré le ton calme de la psychologue, les deux femmes se comprenaient : Vic n'avait pas tout dit.

Celle-ci ne reconnaissait plus sa propre maison. On avait posé des tableaux blancs sur le canapé du salon. Le premier affichait une carte du nord-est des États-Unis, le second une frise chronologique. Des chemises cartonnées remplies de documents s'entassaient sur chaque surface disponible. Les geeks de Hutter étaient engoncés sur le divan, tel un groupe d'étudiants devant une Xbox. Le premier conversait par l'intermédiaire d'une oreillette Bluetooth tandis que ses camarades pianotaient sur leur portable. Personne ne lui prêta attention. Elle s'en moquait.

Lou s'était installé sur une chaise à bascule dans un coin de la chambre. Elle referma en douceur la porte derrière elle et, dans l'obscurité, se dirigea vers lui. Les rideaux étaient tirés, la pièce sombre, étouffante.

Des empreintes de doigts noircissaient le T-shirt de son ex. Il était imprégné de l'odeur des pièces mécaniques et de l'ancienne écurie : un parfum plaisant. Un morceau de papier brun était collé sur sa poitrine. Son gros visage aux traits lourds prenait une teinte grisâtre dans la faible lumière. Il ressemblait au daguerréotype d'un bandit mort : VOILÀ CE QU'ON FAIT AUX HORS-LA-LOI.

Vic l'observa. D'abord avec inquiétude, puis franchement effrayée. Elle allait saisir son poignet pour chercher son pouls, certaine qu'il avait cessé de respirer, lorsqu'il poussa un bref soupir. Ses narines frémirent. Lou dormait. Il s'était écroulé tout habillé. Elle retira sa main. Jamais encore elle ne l'avait vu si fatigué, si mal en point. Il était livide sous sa barbe piquante. Que cet homme, qui vénérait les comics et son fils, qui adorait la gaudriole, la bière et les fêtes d'anniversaire, puisse vieillir un jour la laissait perplexe.

Elle plissa les yeux pour lire la note sur sa poitrine : « *Moto toujours H.S. Pas de pièces de rechange avant plusieurs semaines. Réveille-moi quand tu veux en discuter.* »

Les premiers mots – « moto toujours H.S. » – lui paraissaient aussi abominables que si on lui avait annoncé : « Wayne décédé ». Ces deux assertions étaient trop proches l'une de l'autre.

Ainsi que cela lui était déjà arrivé, elle se prit à regretter que Lou se soit arrêté en bécane pour la secourir, le jour de leur rencontre. Elle aurait voulu tomber au fond du vide-linge et y mourir. Elle se serait épargné un parcours bien merdique. Manx n'aurait pas enlevé Wayne car son fils n'aurait pas existé. L'asphyxie lui semblait préférable à la déchirure qu'elle ressentait à présent. Elle se faisait l'effet d'être un drap taillé en pièces, jusqu'à ce qu'il ne reste plus que des lambeaux.

Elle s'assit au bord du lit, les yeux dans le vague. Elle revoyait les planches que Tabitha lui avait montrées. Impossible de croire à l'innocence de l'auteur d'un tel travail : ces enfants noyés, ces bourrasques de neige, ces sucres d'orge... Ce désespoir sans fond. Ils allaient l'enfermer sous peu. Il serait alors trop tard pour aider Wayne. Ils allaient l'enfermer et elle ne pouvait pas leur en vouloir. Selon elle, le fait que Hutter ne l'ait pas encore menottée relevait même d'une certaine faiblesse.

Le matelas se plissait sous elle. Lou avait déposé son argent et son téléphone sur le drap. Les objets glissèrent et vinrent buter contre sa hanche. Elle aurait souhaité appeler quelqu'un qui l'aurait conseillée, rassurée. Une personne lui vint à l'esprit. Elle s'empara du portable de Lou et se faufila dans la salle de bains. Une seconde porte donnait sur la chambre de Wayne. Vic esquissa un geste pour la refermer, mais se figea. Il était de l'autre côté. Son fils était sous son lit. Il dardait sur elle un regard terrorisé, son visage était blême. Elle eut l'impression de recevoir un coup de sabot au plexus. Son cœur galopait dans sa poitrine. Elle scruta plus attentivement la chambre. La forme entraperçue n'était qu'un singe en peluche allongé sur le flanc. L'animal avait de grands yeux vitreux et tristes. Elle ferma la porte et appuya son front contre le battant, le temps de récupérer son souffle.

Derrière ses paupières closes, elle distinguait le numéro de Maggie : l'indicatif de l'Iowa suivi de sa date de naissance et des lettres FUFU. Maggie avait dû payer une somme conséquente pour obtenir ce numéro, Vic en était sûre. La bibliothécaire voulait que son amie le retienne. Peut-être même était-elle convaincue dès le premier jour que la Gamine se détournerait d'elle. Peut-être Maggie avait-elle prévu que la jeune fille aurait besoin de la contacter. Beaucoup de peut-être, mais un seul d'entre eux comptait : son fils était peut-être encore vivant.

Le téléphone sonna dans le vide. Vic songea que s'il basculait sur messagerie, elle serait incapable de parler. Aucun son ne franchirait sa gorge nouée. À la quatrième sonnerie, alors que la jeune femme n'espérait plus de réponse, on décrocha.

« V... V... Vic », bégaya aussitôt Leigh. Le numéro entrant devait indiquer un appel en provenance du Garage Carmody Karma. En revanche, il était impossible de deviner qui était au bout du fil. Et pourtant, Maggie n'avait pas hésité. Vic n'était guère surprise. « Je v... voulais t'appeler quand j'ai entendu la nouvelle, mais je n'étais pas sûre que ce soit une bonne idée. Comment vas-tu ? J... J'ai appris que tu as été agressée.

— Oublie ça. Je veux connaître l'état de santé de Wayne. Je sais que tu peux te renseigner.

— Je l'ai déjà fait. Il se porte bien. »

Les jambes de Vic se mirent à trembler. Elle dut s'appuyer à l'armoire pour conserver son équilibre.

« V... Vic ? »

L'intéressée n'était pas en mesure de répondre. Elle s'efforçait de ne pas éclater en sanglots.

« Oui, dit-elle finalement. Je suis là. Combien de temps ai-je ? Combien de temps mon fils va-t-il tenir ?

— Je ne sais p... pas. Qu'as-tu r... raconté à la police ?

— Le strict nécessaire. Rien à propos de toi. J'ai essayé de rendre l'histoire crédible mais je crois qu'ils n'ont pas mordu à l'hameçon.

— Vic, s'il te p... plaît. Je veux t'aider. Dis-moi comment.

— Tu viens juste de le faire. »

Elle raccrocha.

Son fils n'était pas encore mort et elle disposait d'un certain délai. Elle retourna cette phrase dans sa tête. L'antienne prit la forme d'une sorte de chant, de louange : *pas mort, pas mort, pas mort...*

Elle avait envie de retourner dans la chambre pour secouer Lou, lui ordonner de réparer la moto à tout prix. Mais selon toute probabilité, il ne dormirait pas plus de quelques heures. Et puis elle n'aimait pas son teint cireux. L'idée qu'il n'avait pas été totalement franc au sujet de ce qui lui était arrivé à l'aéroport la taraudait.

Elle pouvait peut-être se pencher sur le problème toute seule. Elle ne parvenait pas à comprendre ce qui clochait avec la Triumph ni pourquoi son ex était incapable de la remettre en état. L'engin n'avait roulé qu'une journée.

Elle ouvrit la porte de la salle de bains et sursauta. Tabitha Hutter se tenait de l'autre côté, le poing levé pour cogner au battant.

Les deux femmes échangèrent un regard et Vic pensa : *quelque chose ne va pas.* Bien entendu, elle envisagea presque aussitôt le décès de son enfant. On l'avait retrouvé dans un fossé, exsangue, la gorge tranchée.

Maggie avait pourtant affirmé qu'il était en vie. Ses lettres en attestaient, donc il s'agissait d'un autre problème.

Vic reporta son regard en direction du couloir, où patientait Daltry accompagné d'un patrouilleur.

« Victoria, déclara Hutter d'une voix neutre. Il faut qu'on parle.

Vic sortit dans le couloir et referma la porte de la chambre derrière elle.

« Qu'est-ce qu'il y a ?

— Peut-on aller dans un endroit discret ? »

La jeune femme lança un coup d'œil à Daltry et à son collègue en uniforme. Le flic mesurait deux mètres et avait le teint hâlé. Son cou était aussi large que sa tête. Daltry, quant à lui, croisait les bras. Sa bouche se réduisait à une fine ligne blanche. Il tenait un aérosol dans l'une de ses paluches tannées. Sans doute une bombe au poivre.

Vic indiqua la chambre de Wayne.

« Ici, nous ne dérangerons personne. »

Elle suivit l'experte dans la petite pièce qui appartenait à Wayne depuis à peine quelques semaines. Sa couverture – une courtepointe ornée d'illustrations de *L'Île au trésor* – était rabattue. On aurait dit qu'elle attendait qu'il se glisse dans son lit. Vic s'assit au bord du matelas.

Elle pensa très fort à son fils. *Reviens, Wayne.* Elle voulait empoigner la couverture, la sentir, remplir ses narines de l'odeur de son garçon. *Reviens.*

Hutter s'adossa à l'armoire. Sa veste s'ouvrit pour dévoiler le Glock dans son holster de poitrine. Vic leva les yeux. La psychologue portait une paire de boucles d'oreilles : des pentagones dorés émaillés de l'insigne de Superman.

« Ne laissez pas Lou voir ces boucles d'oreilles. Il pourrait être submergé par le désir irrépressible de vous serrer dans ses bras. Les geeks sont sa kryptonite.

— Vous devez tout me dire. »

Vic se pencha pour ramasser le singe sous le sommier. L'animal en fourrure grise avait de grands bras dégingandés. Il portait un blouson de cuir et un casque de motard. Un badge accroché au revers de son vêtement annonçait : MECANO. Vic n'avait aucun souvenir d'avoir acheté cette peluche.

« À propos de quoi ? » s'enquit-elle sans regarder Hutter. Elle posa le singe sur le lit, la tête contre l'oreiller, là où Wayne aurait dû être.

« Vous n'avez pas été franche avec moi. Pas une fois. J'ignore pourquoi. Il y a peut-être certains éléments que vous avez peur de mentionner. Vous avez honte de les évoquer dans une pièce remplie d'hommes ? À moins que, d'une manière ou d'une autre, vous pensiez protéger votre fils ou quelqu'un d'autre ? Je ne sais pas de quoi il s'agit, mais il faut m'en parler maintenant.

— Je ne vous ai pas menti.

— Arrêtez vos conneries, conseilla Tabitha d'une voix toujours égale. Qui est Margaret Leigh ? Quelles sont vos relations ? Pourquoi prétend-elle que votre fils va bien ?

— Vous avez placé le portable de Lou sur écoute ? »

Vic se rendit compte combien sa question était stupide au moment même où elle la posait.

« Bien sûr. Pour autant que nous le sachions, il est partie prenante dans cette affaire. Et vous aussi. Vous avez affirmé à Margaret que vous aviez fait de votre mieux pour rendre l'histoire crédible mais que nous n'avions pas mordu à l'hameçon. Vous avez raison. Je ne crois pas à votre version. Je n'y ai jamais cru. »

Vic envisagea de se jeter sur Hutter, de la plaquer contre l'armoire et de lui piquer son Glock. Mais cette connasse de Mme Je-sais-tout connaissait sans doute des prises de kung-fu spéciales FBI. Et puis à quoi cela mènerait-il ? Que ferait-elle ensuite ?

« C'est votre dernière chance, Victoria. Que je me fasse bien comprendre : je suis sur le point de vous arrêter pour complicité...

— Complicité de quoi ? D'une agression sur moi-même ?

— Nous ignorons qui vous a agressé. Mais nous suspectons votre fils. Pour se défendre. »

Enfin, on touchait au but. La seule surprise résidait dans le fait qu'ils n'aient pas abordé le sujet plus tôt.

« Je refuse de croire que vous ayez une responsabilité dans la disparition de Wayne, poursuivit l'experte. Mais vous connaissez quelqu'un susceptible de vous éclairer sur son état de santé. Ça s'appelle de la rétention d'information. Vos explications ressemblent à une suite d'hallucinations paranoïaques typiques. Je vous offre la possibilité de dissiper le malentendu une bonne fois pour toutes. Si vous le pouvez. Et réfléchissez avant de parler, parce que, ensuite, j'irai cuisiner Lou. Lui aussi nous a caché des choses, j'en suis persuadée. Aucun père ne passe dix heures à réparer une moto le lendemain de l'enlèvement de son fils. Quand je lui pose des questions, il refuse de répondre. Il fait tourner le moteur pour couvrir mes paroles, comme un ado qui augmente le volume de la musique pour ne pas entendre sa mère quand elle lui ordonne de ranger sa chambre.

— Comment ça, il fait tourner le moteur ? La Triumph marche ? »

Hutter poussa un long soupir exaspéré. Elle baissa la tête, les épaules voûtées. Une émotion transparaissait enfin derrière la façade professionnelle qu'elle affichait jusqu'alors. Un air de lassitude, peut-être même de défaite.

« O.K., souffla-t-elle. Je suis désolée, Vic. Vraiment. J'avais espéré que nous pourrions...

— Je peux vous demander un truc ? » Hutter lui adressa un regard interrogateur. « Le marteau. Vous m'avez obligée à examiner différents modèles. Celui que j'ai identifié a paru vous étonner. Pourquoi ? »

Vic perçut une brève lueur d'hésitation dans les yeux de son interlocutrice.

« On appelle cet ustensile un maillet de Colin. Les médecins s'en servent lors des autopsies.

— Et l'un d'entre eux manquait à la morgue où était entreposé le corps de Charlie Manx ? »

Hutter ne répondit pas. Elle se passa la langue sur les lèvres. Ce geste était ce qui se rapprochait le plus d'un réflexe nerveux chez la psychologue. D'une certaine façon, il était édifiant.

« Toutes mes déclarations sont vraies, insista Vic. J'ai omis certains détails car je savais que vous ne les accepteriez pas. Vous auriez jugé qu'ils relevaient du fantasme et je vous comprends.

— Maintenant, on va y aller. Je vais vous passer les menottes. Si vous voulez, on peut poser un sweat-shirt sur vos mains pour les cacher. Les voisins ne sont pas forcés d'être au courant. Vous prendrez place avec moi à l'avant de la voiture. On croira à une procédure de routine.

— Et Lou ?

— Je ne peux pas vous autoriser à communiquer avec lui pour l'instant. Il nous suivra dans un autre véhicule.

— Laissez-le dormir encore un peu. Il ne va pas bien et il est debout depuis vingt-quatre heures.

— Désolée. Je ne me soucie pas du bien-être de votre ex-compagnon, seulement de celui de votre fils. Levez-vous, s'il vous plaît. » Elle écarta le pan de sa veste. Vic distingua une paire de bracelets fixée à sa ceinture.

Tout à coup, la porte de la salle de bains s'ouvrit et Lou apparut, à moitié débraillé. Ses yeux fatigués étaient injectés de sang.

« Je suis réveillé. Qu'est-ce qu'il y a ? Que se passe-t-il, Vic ?

— Officier ! » appela Hutter tandis que Lou avançait.

Son corps massif occupait un tiers de la pièce. Il se plaça entre l'experte et Vic. Cette dernière se leva et le contourna pour gagner le cabinet de toilette.

« Je dois partir », fit Vic.

Lou s'interposa franchement entre les deux femmes.

« Alors, vas-y.

— Officier ! » répéta l'employée du FBI.

Vic traversa la salle d'eau, entra dans la chambre après avoir refermé la porte derrière elle. Aucun verrou. La jeune femme poussa l'armoire en travers du panneau pour bloquer l'issue. Elle se faufila dans le couloir. En deux enjambées, elle fut devant la fenêtre du jardin. Elle écarta les rideaux, déverrouilla le battant.

Des hommes criaient dans le couloir.

Lou élevait la voix d'un ton indigné.

« C'est quoi votre problème, les gars ? Gardons notre putain de sang-froid, hein ?

— Officier ! » appela de nouveau Hutter. Mais elle ajouta cette fois : « Baissez vos armes ! »

Vic souleva le vantail, mit un pied sur la grille et poussa. La protection sauta de l'encadrement pour tomber dans le jardin. La jeune femme laissa pendre ses jambes dans le vide, puis sauta dans l'herbe, deux mètres plus bas.

Elle portait encore la tenue de la veille : un débardeur Bruce Springsteen acheté lors de la tournée Rising Tour. Pas de casque ni de blouson. Elle ne savait même pas si les clefs étaient sur la moto ou parmi les affaires que Lou avait laissées sur le lit.

Elle entendit quelqu'un s'écraser contre la porte de la chambre.

« Calmos, les mecs. Sérieux, quoi… », s'époumonait son ex.

Le lac était une plaque de métal dans laquelle se reflétait le ciel. Il ressemblait à du chrome fondu. L'air possédait la lourdeur, l'épaisseur d'un liquide terne.

Elle avait le champ libre. Deux types, aussi rouges que des écrevisses et affublés de chapeaux de paille et de shorts, pêchaient dans une barque en aluminium à une quarantaine de mètres de là. L'un d'eux la salua d'un geste de la main, comme s'il trouvait parfaitement normal de voir une femme s'échapper de sa maison par la fenêtre de derrière.

Vic entra dans l'ancienne écurie.

La Triumph l'attendait, appuyée sur sa béquille, les clefs sur le contact. Les portes coulissantes style hangar étaient grandes ouvertes. Vic distinguait l'allée au bout de laquelle les journalistes s'étaient rassemblés pour assister à la déclaration qu'elle ne ferait jamais. Un petit rempart de caméras lorgnait du côté des micros alignés dans un coin du jardin. Des enchevêtrements de câbles serpentaient jusqu'aux vans garés sur la gauche. Difficile de prendre cette direction et de slalomer entre les véhicules des chaînes d'info. Sur la droite en revanche, la route était dégagée. Elle partait vers le nord.

Depuis l'étable, elle ne percevait pas le raffut qui devait animer le cottage. L'ancienne écurie somnolait sous la canicule d'un après-midi d'été. Une heure propice aux siestes, à la tranquillité. Les chiens dormaient sous les porches. Même les mouches redoutaient la chaleur ambiante.

Vic enjamba son destrier, tourna la clef. Le phare s'alluma. Un bon signe.

Moto toujours H.S., se souvint-elle. L'engin allait refuser de démarrer, elle en était certaine. Lorsque Tabitha Hutter ferait irruption dans l'étable, Vic serait en train de s'escrimer sur le kick, d'actionner frénétiquement la pédale, juchée sur sa selle. La psychologue pensait déjà qu'elle était cinglée. Cette vision la conforterait dans son opinion.

Elle se mit debout sur le starter, puis retomba de tout son poids. La Triumph poussa un rugissement à faire trembler les vitres. Elle passa la première et relâcha l'embrayage. La cylindrée s'échappa du bâtiment.

À la lumière du jour, elle jeta un coup d'œil sur sa droite. Hutter était à mi-chemin de l'ancienne étable, le visage congestionné, une mèche de cheveux collée à la joue. Elle n'avait pas dégainé et l'arme resta dans son étui tandis que Vic traversait la pelouse. L'experte ne prit même pas la peine de l'appeler. Elle se contenta de la regarder passer. La motarde lui adressa un signe de tête, comme si les deux femmes avaient conclu un marché secret. Vic lui était reconnaissante de son soutien passif. L'instant d'après, elle s'éloignait.

Elle se prépara à franchir l'étroit passage – moins d'un mètre – entre le bas-côté et le dispositif hérissé de caméras. Au moment où elle s'engageait, un homme s'interposa, l'objectif braqué sur elle. Il tenait son appareil à hauteur de hanche, les yeux fixés sur le moniteur latéral. Malgré le danger qui devait transparaître sur son mini écran, à savoir une folle furieuse au guidon de deux cents kilos d'acier dévalant la colline droit sur lui, son regard ne quitta pas le viseur. Il ne bougerait pas. En tout cas pas à temps.

Vic écrasa la pédale de frein. La machine poussa un soupir et refusa d'obtempérer. *Moto toujours H.S.*

Elle sentit quelque chose battre contre sa cuisse gauche. Elle baissa les yeux et distingua le tuyau de caoutchouc noir libéré de son logement. La conduite de frein arrière. Reliée au vide.

Impossible d'éviter cet hurluberlu avec sa caméra, à moins de quitter la chaussée. Elle mit les gaz, passa la seconde, accéléra encore.

Elle sentait une main invisible, paume d'air brûlant, plaquée contre sa poitrine. L'impression de s'engouffrer dans un four.

La roue avant mordit l'herbe. Le reste suivit. Le journaliste parut enfin entendre la Triumph, le grondement sourd de l'engin, sa vibration sur le sol. Il leva la tête de son écran au moment où la bécane le frôlait. Il bondit en arrière, trébucha.

Le souffle du deux-roues l'envoya valdinguer comme une feuille morte sur l'asphalte. Il lâcha son appareil qui explosa au contact du bitume avec un bruit très onéreux.

Aussi facilement que lorsqu'elle pelait les croûtes de colle séchée sur ses doigts en cours d'art plastique, Vic arracha une dernière motte de terre avec la roue arrière et débaula sur la route. La moto oscilla dangereusement. Elle craignit de lâcher le guidon, la bécane allait lui écraser la jambe. Mais sa main droite se rappela quoi faire. Elle fit jouer la poignée d'accélération, le moteur hurla et le véhicule s'éjecta avec la force d'un bouchon de liège émergeant soudain de l'eau. Les pneus reprirent adhérence.

Vic laissa derrière elle les objectifs, les micros, ainsi que Tabitha Hutter, Lou, sa maison et sa santé mentale.

La Maison du Sommeil

Wayne n'arrivait pas à dormir et les distractions manquaient. Malgré son ventre vide, il avait envie de vomir. Il ne voyait aucun moyen de sortir de la voiture.

Il avait bien envisagé de démonter un tiroir et d'utiliser un des panneaux pour briser une vitre, mais les compartiments refusaient de s'ouvrir. Il frappa du poing sur la paroi de verre. Un éclair de douleur lui cisailla les phalanges et le poignet. Il refusait de se décourager. La souffrance ne faisait qu'aiguiser son désespoir, son acharnement. Il prit son élan et envoya un formidable coup de tête dans la vitre. Sur l'instant, il crut qu'on lui avait enfoncé un burin dans le front avec le marteau de Charlie Manx. Une horrible sensation de vertige nauséeux, identique à une chute dans un escalier interminable, s'empara de lui. Il tomba dans les pommes.

La vision lui revint peu après. Du moins le pensait-il, car ce pouvait être une ou trois heures plus tard. Quelle que fût la durée de sa période d'inconscience, il avait retrouvé une certaine sérénité. L'intérieur de son crâne résonnait toujours d'un vide obsédant, comme si un pianiste avait plaqué un accord dissonant plusieurs minutes auparavant et qu'il n'en percevait à rebours que les échos lointains. Une lassitude légèrement étourdissante – et pas tout à fait désagréable – s'insinuait en lui de manière sournoise. Il n'éprouvait plus aucun désir de s'agiter, de crier ou de pleurer. Ses velléités d'évasion, ses inquiétudes, avaient disparu. Il passa la langue sur ses incisives. Un goût de sang l'amena à soupçonner un déchaussement. Wayne se demanda s'il s'était cogné assez fort pour ébranler une dent. Son palais picotait. La voûte était râpeuse. Il n'y prêta pas vraiment attention.

Lorsqu'il se résolut à bouger, il se contenta d'étirer le bras pour s'emparer du bibelot en forme de lune sur le plancher. La surface de l'objet était aussi lisse qu'une dent de requin et sa découpe lui rappelait vaguement la clef que sa mère avait utilisée pour les culbuteurs de la moto. De fait, cette lune était une sorte de clef, pensa-t-il. La clef des portes de Christmasland. Il ne pouvait s'empêcher de trouver cette idée merveilleuse. Une notion contre laquelle il était bien difficile de lutter. Cela revenait à dédaigner les jolies filles avec le soleil dans les cheveux ou les gâteaux et le chocolat chaud devant un bon feu de cheminée. À l'instar de la gravité, l'émerveillement faisait partie des forces fondamentales de l'univers.

Un gros papillon couleur bronze vint se poser sur la vitre. Son abdomen duveteux était aussi gros que le doigt de Wayne. La contemplation de cet insecte, sa manière d'escalader la paroi de verre, de battre des ailes, possédait une dimension apaisante. Si la vitre avait été entrouverte, ne serait-ce que d'un centimètre, le lépidoptère aurait pu le rejoindre sur la banquette arrière. Il aurait eu de la compagnie.

Le garçon tapota sa lune porte-bonheur. Son pouce se mit à en effleurer le tranchant d'avant en arrière. Un geste simple, dénué de réflexion et quasi masturbatoire. Vic avait sa moto, Manx sa Rolls, et Wayne une lune rien que pour lui.

Il rêva tout éveillé de ce qu'il ferait avec son papillon domestique. Il pourrait par exemple lui apprendre à se percher sur son doigt tel un faucon dressé. Il le voyait au sommet de son index, les ailes déployées en une posture majestueuse. Ce bon vieux papillon. Wayne l'appellerait Sunny.

Un chien aboya dans le lointain. Bruit de fond idéal pour une journée d'été indolente. L'adolescent arracha une dent en partie délogée et la glissa dans sa poche. Il essuya le sang sur son T-shirt. Quand il recommença à triturer sa lune porte-bonheur, il la souilla de liquide rouge.

Que mangeaient donc les lépidoptères ? Il était presque sûr qu'ils se nourrissaient de pollen. Quels autres tours pourrait-il lui enseigner ? Voler à travers des anneaux de feu ? Marcher en équilibre sur une mini corde raide ? Il était désormais un artiste de rue affublé d'un chapeau haut de forme et d'une drôle de moustache postiche. Bruce Carmody, directeur du

Cirque des Papillons de l'Étrange. Avec la fierté d'un général exhibant sa médaille, il arborait sa lune au revers de la veste.

Le papillon pouvait peut-être apprendre à faire des loopings, comme les avions lors des meetings. Une pensée lui traversa l'esprit : pourquoi ne pas arracher une aile à son compagnon ? L'insecte serait ainsi en mesure d'effectuer ses acrobaties sans coup férir. Le membre se détacherait avec l'aisance d'un adhésif. Une petite résistance d'abord, puis le bruit délicieux de la déchirure.

La vitre se baissa de deux ou trois centimètres avec un couinement discret. Wayne ne broncha pas. Le papillon arriva au sommet de l'obstacle, battit des ailes une fois, puis plana jusqu'à son genou.

« Salut, Sunny », dit l'adolescent. Il voulut caresser le visiteur du bout du doigt mais celui-ci tenta de s'enfuir. Une initiative déplaisante. Wayne se redressa et l'attrapa dans la main.

Il s'évertua pendant un moment à le dresser, mais le papillon se fatigua rapidement. Le garçon l'installa par terre et s'allongea sur la banquette pour se reposer. Lui-même était un peu fatigué. Malgré tout, il se sentait bien. Il avait réussi à soutirer un ou deux loopings à son ami, avant qu'il ne cesse de bouger.

Il ferma les yeux. Sa langue pointait par l'orifice dans sa denture. La blessure piquait. Sa gencive suintait toujours. Rien d'alarmant. Il aimait le goût de son sang. Il commença à somnoler. Son pouce retrouva le doux contact de la lune.

Il n'ouvrit les paupières que lorsqu'il entendit la porte du garage remonter. Il s'assit laborieusement. La léthargie bienfaitrice s'attardait dans ses muscles.

Manx ralentit le pas en approchant du véhicule. Il se pencha et inclina la tête à la façon d'un chien grognon. Il observa Wayne à travers la vitre.

« Qu'est-il arrivé au papillon ? »

Wayne regarda par terre. L'insecte était écrasé, ses ailes et ses pattes froissées à côté de lui. L'adolescent fronça les sourcils, circonspect. Son compagnon allait pourtant bien quand ils avaient débuté leurs jeux.

Le tueur fit claquer sa langue. « Eh bien, nous avons assez traîné ici. Il vaut mieux se mettre en route. Tu as besoin de couler une larmichette ? »

Le garçon déclina l'offre. Il fixait le papillon avec un malaise croissant, peut-être même une certaine honte. Il se souvenait d'avoir arraché au moins une aile. Cette amputation lui avait alors paru... excitante. Comme quand on détachait le scotch d'un cadeau de Noël parfaitement emballé.

Tu as tué Sunny, s'accabla le garçon. Sans s'en rendre compte, il serra sa lune dans sa main. *Tu l'as mutilé.*

Il refusait de se rappeler le moment où il avait ôté les pattes, l'une après l'autre, tandis que Sunny se débattait avec l'énergie du désespoir. Il ramassa les restes de son ami dans sa main en coupe. Les portières était munies de petits cendriers en noyer. Wayne déposa la dépouille de son compagnon dans l'un d'eux. Voilà. C'était mieux.

La clef de contact tourna toute seule. Le moteur ronronna, la radio s'alluma. Elvis Presley promettait d'être à la maison pour Noël. Manx s'installa au volant.

« Tu as ronflé toute la journée. Après l'agitation d'hier, je ne suis guère surpris ! J'ai bien peur que tu aies sauté le déjeuner. J'aurais dû te réveiller, mais j'ai préféré te laisser dormir.

— Je n'ai pas faim », répliqua l'adolescent. La vision du corps martyrisé de Sunny l'avait troublé et la simple idée de manger – pour une raison mystérieuse, il imaginait un plat de saucisses graisseuses – lui retournait l'estomac.

« Nous serons dans l'Indiana ce soir, reprit Manx. J'espère que d'ici là tu auras retrouvé ton appétit. Je connaissais un restoroute, sur la 80, où tu pouvais commander un bon cornet de frites enrobées de cannelle et de sucre. Un délice ! Impossible de ne pas finir le repas et tu termines en léchant le carton. » Il soupira. « J'adore les sucreries. C'est un miracle que mes dents soient encore en état. »

Le tueur adressa un sourire à Wayne par-dessus son épaule. Ses crocs tachetés de brun pointaient hors de sa bouche dans une totale anarchie. Même les vieux cabots avaient une denture plus saine.

Manx prit une liasse de papiers, maintenus ensemble par une grosse pince jaune. Il feuilleta les documents. Les pages étaient usagées. Le vieux vampire s'y attarda une trentaine de secondes avant de les mettre dans la boîte à gants.

« Bing a travaillé sur son ordinateur. Je me souviens d'une époque où tu pouvais te faire couper le nez si tu le fourrais trop dans les affaires des autres. Maintenant, on trouve n'importe quoi sur n'importe qui en un simple clic. La vie privée, la considération, n'existent plus. Chacun a tout loisir de fureter là où ça ne le regarde pas. Je suis sûr qu'on peut savoir la couleur de mes sous-vêtements grâce au web. Mais cette technologie des temps obscènes n'est pas sans avantages. La somme d'informations que Bing a pu glaner sur cette Margaret Leigh est stupéfiante. Désolé de t'apprendre que l'amie de ta mère est une droguée doublée d'une femme influençable. Personnellement, je ne suis guère étonné. Ta mère, avec ses tatouages et son parler grossier, est tout à fait du genre à traîner avec de tels individus. Tu peux lire les articles si ça t'intéresse. Je n'ai pas envie que tu t'ennuies pendant le trajet. »

Le tiroir sous le siège conducteur s'ouvrit. La liasse était à l'intérieur. Un numéro bien rodé auquel Wayne n'était pourtant pas encore habitué.

Il se pencha pour ramasser les papiers dans le compartiment. Le tiroir se referma avec une telle brusquerie, une telle violence, qu'il poussa un cri. Les papiers tombèrent en vrac sur le plancher. Charlie Manx s'esclaffa. Un hennissement digne d'un plouc mort de rire à l'écoute d'une blague sur un youpin, un nègre et une féministe.

« Tes doigts sont entiers ? De nos jours, on fabrique des voitures avec toutes sortes d'options inutiles. La radio par satellite, les couvre-sièges chauffants, et le GPS à l'intention de ceux qui sont trop distraits pour regarder où ils vont : en général, ils n'arrivent pas à destination. Ma Rolls, par contre, est pourvue d'un accessoire que tu ne trouveras nulle part ailleurs : le sens de l'humour. Tu ferais mieux de rester sur tes gardes tant que tu es dans le véhicule. La vieille dame a presque réussi à te surprendre. »

Et, en effet, la plaisanterie était tordante. Si Wayne avait manqué de réflexe, le tiroir lui aurait sans doute brisé les doigts. Il laissa les feuilles par terre.

Manx glissa son bras sur le siège passager et se tourna pour manœuvrer tandis qu'il sortait du garage en marche arrière. La cicatrice sur son front était maintenant rose pâle. Elle paraissait ancienne de deux mois. Il avait ôté le pansement sur son oreille. La mutilation était toujours visible, mais la blessure avait guéri. Ne restait de son pavillon qu'un feston de chair meurtrie dont la vision était devenue un peu plus tolérable.

NOSFERA2 s'arrêta au milieu de l'allée. Bing Partridge, l'homme au masque à gaz, traversait le jardin, une valise à carreaux à la main. Il s'était coiffé d'une casquette sale de l'équipe de baseball des pompiers de New York. Elle allait bien avec son T-shirt sale de l'équipe de baseball des pompiers de New York et ses grotesques lunettes roses.

« Bon sang, murmura Manx. Il aurait mieux valu que tu dormes encore pour ne pas assister à ce spectacle, jeune maître Bruce. Les disputes d'adultes sont peu indiquées pour les enfants. »

Bing se dirigea promptement vers le coffre de la voiture. Il se pencha et tenta de l'ouvrir. Le coffre resta fermé. Bing fronça les sourcils, insista. Manx l'observait par la lunette arrière. Malgré l'imminente dispute dont il avait parlé, sa bouche s'ourlait d'un minuscule sourire en coin.

« Monsieur Manx, cria Bing. Je n'arrive pas à ouvrir le coffre. »

Le tueur ne répondit pas.

L'homme au masque à gaz claudiqua jusqu'à la portière passager. Il portait tout son poids sur la jambe épargnée par Hooper. La valise cognait sur sa cuisse à chaque pas. Lorsqu'il posa la main sur la poignée, le loquet se baissa. Une ride soucieuse apparut sur son front. Il secoua la poignée.

« Monsieur Manx ?

— Je ne peux pas t'aider, Bing. La Rolls ne veut pas de toi. »

La voiture commença à reculer. L'homme au masque à gaz l'accompagna. Il refusait de lâcher la portière. Ses bajoues frémissaient.

« Ne partez pas, monsieur Manx ! Attendez ! Vous aviez promis que je viendrais avec vous.

— C'était avant que tu la laisses s'enfuir. Tu nous as déçus. Moi, je peux te pardonner. Je t'ai toujours considéré comme un fils. Malheureusement, je n'ai pas mon mot à dire. Tu as failli à ta mission et, maintenant, la voiture faillit à la sienne. La Rolls est aussi rancunière qu'une femme, tu sais. Impossible de lui faire entendre raison. Les femelles ne sont pas comme nous. Leurs réactions sont irrationnelles. Je sens qu'elle est furieuse contre toi. Tu t'es tellement mal servi de ton arme.

— Non, monsieur Manx ! Pardonnez-moi, je vous en supplie. Je vais me rattraper. »

Il trébucha. La valise cogna encore contre sa jambe et s'ouvrit. Les sous-vêtements, les maillots de corps et les chaussettes se dispersèrent sur la chaussée.

« Bing, chantonna Manx. Va-t'en, Bing. Reviens à la Sainte-Alphonsine. »

À présent, l'homme au masque à gaz criait :

« Laissez-moi m'améliorer. Je suis prêt à tout ! S'il vous plaît, monsieur Manx. Je veux une deuxième chance.

— Comme nous tous. Mais la seule à avoir bénéficié de ce traitement de faveur est Victoria McQueen. Et c'est très fâcheux. »

La voiture, qui continuait à reculer, tourna les roues pour se positionner face à la route. Bing perdit l'équilibre et s'écroula sur le bitume. La Rolls le tira sur plusieurs mètres tandis qu'il s'escrimait à actionner la poignée.

« Tout, je vous donnerai tout. Ma vie ! Pour vous !

— Pauvre garçon, soupira le tueur. Pauvre petit garçon. Tu me fais tant de peine. J'en suis mortifié. Lâche la portière. Les choses sont déjà assez difficiles sans que tu en rajoutes. »

Bing s'exécuta. Wayne ignorait si le complice obéissait ou abandonnait simplement la partie. Celui-ci demeura à plat ventre sur l'asphalte, le corps animé de sanglots.

La Rolls accéléra. La maison de Bing et les ruines calcinées de l'église au sommet de la colline s'éloignèrent. L'homme au masque à gaz se releva pour trottiner à leur poursuite. Il courut sur une dizaine de mètres avant d'être distancé. Alors il s'arrêta au beau milieu de la route et se frappa la tête, les oreilles, à coups de poing. Ses lunettes roses étaient de travers. L'un des verres était fendu. Son gros visage repoussant avait pris une teinte écarlate malsaine.

« Tout ce que vous voudrez, hurla-t-il. Tout ! Je veux une deuxième chance ! »

La voiture marqua un stop, puis tourna au coin de la rue. Bing disparut.

Wayne reporta son attention sur Manx.

Le conducteur lui jeta un coup d'œil à travers le rétroviseur.

« Désolé de t'avoir infligé ça, Wayne. De telles manifestations sont toujours pénibles. En particulier quand il s'agit d'un bon bougre comme Partridge. Horrible. Mais aussi un peu drôle, tu ne trouves pas ? Tu as vu comme il s'est accroché à la portière ? J'ai bien cru qu'on allait le traîner jusque dans le Colorado. » Le tueur se mit à rire.

Wayne se toucha les lèvres et se rendit compte avec un pincement au cœur qu'il souriait.

Nationale 3, New Hampshire

La route avait une odeur fraîche. Arbres à feuilles persistantes, parfum d'eau claire et de forêt. Vic s'attendait à entendre le concert des sirènes, mais elle ne vit dans son rétroviseur que cinq cents mètres d'asphalte désert. Aucun bruit hormis les rugissements maîtrisés de la moto.

Un avion à réaction, fine traînée de lumière en direction de l'ouest, traversait le ciel à sept mille mètres au-dessus de sa tête.

Au virage suivant, elle quitta la bordure du lac et obliqua elle aussi à l'ouest pour s'enfoncer dans les collines verdoyantes qui surplombaient Winnipesaukee.

L'étape suivante était un mystère. Elle ignorait la marche à suivre et disposait de très peu de temps pour y remédier. Elle avait réussi à dénicher le pont la veille. Un exploit presque aussi lointain que l'enfance.

Sous ce soleil trop brillant, trop vif, l'opération semblait impossible à reproduire. La clarté du jour soulignait l'aspect rationnel d'un monde régi par des lois explicites. À chaque tournant, la route continuait. Le bitume avait l'air neuf, éclatant.

La moto épousait les lacets, gravissait sans à-coups les collines. Le lac s'éloignait toujours. Vic avait les mains moites. Son pied lui faisait mal à force d'actionner l'embrayage récalcitrant. Elle allait de plus en plus vite, comme si la vélocité avait le pouvoir d'ouvrir une brèche dans l'univers.

Elle fila à travers une bourgade guère plus importante que son intersection principale. Elle distingua un feu orange, réduit à une tache suspendue au-dessus du croisement. Vic avait l'intention de rouler jusqu'à la panne sèche. Alors, elle abandonnerait la moto dans la poussière et commencerait à courir au milieu de la route, elle courrait jusqu'à ce que ce putain de Raccourci apparaisse ou que ses jambes lâchent.

Mais il n'apparaîtrait pas. Il n'y avait pas de pont. Le Raccourci n'existait que dans son esprit. À chaque kilomètre, cette certitude devenait plus forte.

Les psychiatres avaient été clairs : ce phénomène de décompensation intervenait lorsqu'elle ne pouvait plus supporter la réalité, les crises hallucinatoires étaient caractéristiques d'un sujet dépressif porteur d'antécédents traumatiques.

Elle accéléra. La Triumph négociait à présent les virages à plus de quatre-vingt-dix.

La moto gravit une nouvelle côte. L'engin ne faisait qu'un avec la colline. Dans un tournant à proximité du sommet, elle croisa une voiture de police lancée à toute allure dans le sens opposé. Elle était près de la ligne blanche et le souffle du véhicule de patrouille la gifla. Son destrier oscilla dangereusement. L'espace d'une fraction de seconde, le conducteur fut à portée de main. Il avait baissé la vitre, accoudé à la portière. Un type avec un double menton et un cure-dent au coin de la bouche. Elle aurait pu arracher le bâtonnet au passage.

L'instant d'après, le policier s'était évaporé. Elle arriva au faîte de l'éminence. Le flic se dirigeait sans doute vers l'intersection où elle avait vu le feu de signalisation. Il entendait probablement l'intercepter à cet endroit. Maintenant, il devrait suivre la route sinueuse jusque là-bas avant de pouvoir faire demi-tour. Elle avait une bonne minute devant elle.

La moto prit une épingle à cheveux et elle aperçut Paugus Bay en contrebas, bleu foncé et froide. Elle se demanda où elle serait internée la prochaine fois qu'elle verrait de l'eau. Elle avait passé trop de temps dans des hôpitaux, à manger leur nourriture, à respecter leurs règles. Extinction des lumières à vingt heures trente. Pilules dans des gobelets en plastique. Goût de rouille à la moindre gorgée. Canalisations antédiluviennes, cabinets de toilette en fer-blanc. Et l'eau pure, uniquement visible lorsqu'on tirait la chasse.

La route monta encore un peu, puis redescendit. En bas de la pente, on distinguait une boutique : édifice en rondins écorcés à un étage. La devanture s'ornait d'un panneau en plastique blanc qui annonçait : Vidéo Club du comté nord.

On louait encore des films, par ici. Non seulement des DVD mais aussi des cassettes. Vic était presque arrivée au bas de la colline quand elle décida de tourner dans le parking en terre battue, histoire de se cacher un moment. L'aire de stationnement faisait le tour du bâtiment. À l'arrière, l'ombre des pins dominait.

Elle actionna la pédale de frein, prête à prendre le virage, quand elle se souvint de la conduite sectionnée. Elle serra le frein avant. L'idée qu'il pouvait être lui aussi défectueux l'assaillit soudain.

Mais il marchait. La roue avant se bloqua. Elle manqua d'être éjectée. La roue arrière poussa un gémissement aigu, laissa sur l'asphalte une traînée de gomme noire. Elle dérapait toujours lorsqu'elle pénétra sur le parking. Les pneus labourèrent la terre, des nuages de fumée marron s'élevèrent dans son sillage.

La Triumph trépida encore sur cinq ou six mètres et passa devant le vidéoclub pour s'arrêter au fond du parking.

L'obscurité patientait sous les arbres à feuilles persistantes. À l'arrière du magasin, une chaîne barrait l'accès à un layon, tranchée poussiéreuse creusée directement dans l'herbe et les fougères. Peut-être une piste de moto-cross ou un ancien chemin de randonnée. Elle ne l'avait pas aperçu depuis la route. Personne ne pouvait distinguer ce sentier, tant il se noyait dans les ombres.

Ses tympans s'emplissaient de son souffle rageur et des battements affolés de son cœur. Elle n'entendit le véhicule de patrouille qu'au dernier moment. Il fila pied au plancher le long de la route, le bas de caisse racla le bitume gondolé.

Un mouvement, derrière la vitre du magasin à moitié recouverte de pubs pour la Powerball, accrocha son regard. Une grosse fille avec piercing au nez l'observait, les yeux agrandis par la peur. Elle tenait un portable à la main, sa bouche articulait des mots inaudibles.

Vic reporta son attention sur le layon. L'étroit sentier était recouvert d'aiguilles de pin et descendait en pente raide. Elle essaya d'imaginer où il menait. La nationale 11, probablement. Et si le chemin n'aboutissait pas à la 11, elle pourrait au moins garer son engin sous les arbres. Elle y serait tranquille. Un bon endroit pour attendre la police.

Elle passa au point mort, contourna la chaîne puis, après avoir posé ses pieds sur les pédales, laissa faire la gravité.

Elle commença à rouler dans l'obscurité feutrée, dont les fragrances résineuses lui rappelaient Noël. Cette pensée lui procura un frisson. Elle revit Haverhill, les bois derrière la maison de son enfance. Les roues rebondissaient sur les racines et les pierres. La moto oscillait. Le terrain était accidenté et elle devait se concentrer pour éviter les ornières. Elle se mit en danseuse afin de surveiller la roue avant. Elle devait cesser de réfléchir, gommer la police, Lou, Manx ou même Wayne de son esprit, et s'efforcer de maintenir l'équilibre.

Les ténèbres boisées, la lumière qui filtrait à travers les branches et l'atlas de nuages blancs qu'elle entrevoyait dans le ciel appelaient à la sereinité. Elle avait le dos raide, crispé, mais la douleur était bonne. Elle lui confirmait l'efficience de son corps, en osmose avec la machine.

Le vent s'engouffra dans les feuillages. Un froufrou semblable à l'écoulement d'une rivière.

Vic regrettait de ne pas avoir eu l'opportunité d'emmener son fils avec elle sur la moto. Si elle avait pu lui faire admirer ce spectacle, cette forêt, ce tapis d'aiguilles craquantes, ces cieux magnifiés par le soleil de juillet, ils auraient eu un souvenir commun à chérir pour le reste de leur vie. Comme elle aurait aimé rouler parmi ces ombres odorantes avec Wayne accroché à sa taille. Ils auraient suivi le layon jusqu'à un lieu paisible, où ils auraient partagé un pique-nique et des sodas. Ils auraient somnolé à côté de la moto, sur cette couche naturelle, ce matelas de mousse protégé par la voûte des branches entrelacées. En fermant les yeux, elle pouvait presque sentir les bras de son fils autour d'elle.

Elle ne se risqua pas à garder les paupières closes bien longtemps. Elle arrivait en bas de la pente. Et après dix mètres de plat se dressait le pont couvert.

Le Raccourci

Par réflexe, Vic appuya sur la pédale de frein arrière. Sans résultat. La Triumph poursuivit sa course pratiquement jusqu'à l'entrée du pont avant que la conductrice n'ait la présence d'esprit de serrer le frein avant. Elle s'arrêta.

Cette histoire était insensée. Un pont de trente mètres de long qui n'enjambait rien, planté au milieu des bois. Et au-delà du seuil conquis par le lierre, une obscurité effroyable.

« Ouais, constata Vic. D'accord. Ta caboche est une espèce de bazar freudien. »

Sauf que ce n'était pas le cas. L'édifice n'était pas un utérus, la lumière au bout du tunnel n'était pas celle de la naissance et la moto n'avait rien d'un symbole phallique. Il ne s'agissait que d'un pont reliant ce qui était perdu à ce qui était trouvé. Un passage qui recouvrait le champ des possibles.

Vic perçut un battement d'ailes sous les chevrons. Elle inspira à fond. Une odeur de chauve-souris, musc âcre et sauvage, la prit à la gorge.

Les précédents voyages n'étaient donc pas des hallucinations dues à des troubles nerveux, mais une confusion entre cause et effet. Ses troubles venaient des excursions et non l'inverse. Le pont n'était pas un symptôme. Il incarnait une projection de l'esprit, *son* esprit. Chaque traversée avait été source de perturbation supplémentaire. Les planches avaient été malmenées, les chiroptères et leurs portées dérangés puis contraints à la fuite.

Elle aperçut l'inscription traditionnelle, peinte à la bombe verte à l'entrée : MAISON DU SOMMEIL →

Elle enclencha la première et avança. Elle évita de s'interroger sur la réalité effective de l'édifice ou sur celle de ses propres fantasmes. Les dés étaient jetés. C'était maintenant ou jamais.

Le plafond était envahi de chauves-souris, les ailes rabattues pour dissimuler leur visage, ces visages qui ressemblaient au sien. Les petits mammifères s'agitaient dans l'ombre.

Les planches scandèrent leur refrain sous la bécane. *Bada-boum, badaboum...* Elles étaient mal fixées, irrégulières, parfois absentes. Toute la structure de la construction se mit à trembler sous les chocs répétés de la cylindrée. La poussière tombait des poutres avec un martèlement d'averse. Le pont n'était pas en aussi mauvais état la dernière fois qu'elle y était venue. Il était à présent franchement déformé, les cloisons penchaient à droite. On se serait cru dans un tunnel de train fantôme.

Des planches manquaient aux parois. Elle passa devant une brèche à travers laquelle elle distingua une rafale de particules blanches. La conductrice voulut ralentir pour jeter un coup d'œil plus attentif, mais le plancher émit un claquement d'arme à feu. La roue avant s'enfonça sur plusieurs centimètres. Elle accéléra. La moto bondit. Elle entendit un dernier craquement, au niveau de la roue arrière cette fois, puis repartit.

De toute évidence, l'engin était trop lourd. Si elle s'arrêtait, le bois pourri se romprait. Alors, ce serait la chute dans ce... ce vide qu'elle ne savait nommer. Peut-être sombrerait-elle dans l'abîme qui séparait le concret de l'abstrait, la réalité de l'imagination.

Elle ne parvenait pas à voir où le pont aboutissait. La sortie se résumait à une tache blanche qui l'éblouissait. Elle détourna le regard et découvrit son ancien vélo bleu et jaune appuyé contre le mur, le guidon et les rayons couverts de toiles d'araignées.

Elle émergea du Raccourci et se retrouva sur l'asphalte. Après avoir stoppé la Triumph en douceur, elle mit la main en visière pour examiner les alentours.

Elle était au pied d'une ruine, derrière une église jadis dévastée par le feu. Seule la façade subsistait, lui donnant l'apparence d'un décor de cinéma, un trompe-l'œil qui suggérait l'existence d'un arrière-plan fictif. Quelques bancs carbonisés, des débris de verre noircis et des canettes de bière rouillées en composaient les uniques vestiges. Un parking brûlé par le soleil, vide et plat, s'étirait à perte de vue.

Elle embraya et fit le tour de ce qu'elle considérait être la
Maison du Sommeil. Lorsqu'elle s'arrêta de nouveau, le moteur
se mit à toussoter.

La jeune femme distinguait un panneau d'affichage à lettres
amovibles. On pouvait intervertir les différents graphèmes afin
de rédiger les messages désirés. Vic aurait plutôt vu ce genre
d'accessoire à l'accueil d'une supérette, et non à l'entrée d'un
lieu de culte. Un frisson lui parcourut l'échine quand elle
déchiffra l'inscription :

ÉGLISE DE
LA FOI RÉUNIFIÉE
DIEU A BRÛLÉ VIF
SEUL LE DIABLE RESTE

Plus loin, une rue pavillonnaire sommeillait sous la chaleur
accablante de la fin de journée. Elle se demandait où elle avait
atterri. Le paysage évoquait le New Hampshire, mais la luminosité, d'un bleu très clair, indiquait qu'elle était ailleurs. La
canicule demeurait plus importante et le ciel était parsemé de
nuages obscurs et menaçants. Un temps d'orage. Elle entendit
d'ailleurs un premier grondement de tonnerre à l'horizon. La
pluie allait s'inviter d'ici peu.

Elle examina de nouveau l'église. Deux portes inclinées s'en-
castraient directement dans les fondations en béton. Un sous-
sol. On en avait condamné l'accès à l'aide d'une lourde chaîne
et d'un volumineux cadenas en cuivre.

Au niveau des arbres figurait une sorte d'étable ou de hangar
blanc recouvert de plaques bleues. Ce semblant de toit était
colonisé par la mousse. Des touffes d'herbe et des pissenlits
avaient élu domicile dans les interstices. À l'avant, le bâtiment
était muni d'une grande porte coulissante, suffisamment large
pour laisser entrer une voiture. Sur le côté, on distinguait
une porte plus petite surmontée d'une fenêtre. Celle-ci était
masquée par du papier.

Là-bas, pensa Vic. Elle déglutit, la gorge serrée. *Il est là-bas.*

Elle était revenue dans le Colorado. La Rolls était garée à
l'intérieur du hangar. Wayne et Manx attendaient la fin du
jour, assis dans le véhicule.

Un souffle chaud balaya les feuilles avec un mugissement.
Elle percevait un autre son, quelque part derrière elle : une

espèce de ronflement mécanique inflexible, un frémissement obstiné. Elle scruta la route. La maison la plus proche consistait en un petit ranch coquet, couleur rose bonbon avec des touches blanches. Le jardin était rempli de petites éoliennes en forme de fausses fleurs en aluminium. Elles tournaient comme des folles. Un retraité, vilain et trapu, se tenait dans l'allée. Armé d'un sécateur, il l'observait en retour. Le genre Voisin Vigilant, sans doute. Si l'orage ne lui tombait pas dessus d'ici cinq minutes, ce serait les flics.

Elle conduisit sa moto à l'extrémité du parking et coupa le contact sans ôter la clef. Elle voulait être prête à déguerpir en urgence. Elle jeta encore un regard au bâtiment blanc. Elle avait la bouche sèche, aussi sèche que les feuilles mortes emportées par les bourrasques. Elle ressentait une pression au niveau de l'œil gauche. Une sensation qui datait de l'enfance.

Elle laissa la bécane et se dirigea vers la remise d'un pas devenu incertain. À mi-chemin, elle se baissa pour ramasser un morceau de goudron de la taille d'une assiette. Un nouveau roulement de tonnerre lointain fit trembler l'atmosphère.

Elle savait qu'elle commettait une erreur en appelant son fils, mais ses lèvres articulèrent malgré elle : « Wayne, Wayne ».

La pulsation s'accentuait dans son globe oculaire. L'univers palpitait autour d'elle. Le vent brûlant charriait une odeur de métal.

Elle était à présent à moins de deux mètres de la porte latérale. Le papier manuscrit scotché derrière la vitre indiquait :

ENTRÉE INTERDITE
RÉSERVÉ AU PERSONNEL MUNICIPAL

Le morceau de goudron traversa la vitre avec fracas, arracha l'avertissement. Vic ne réfléchissait plus. Elle agissait. La jeune femme avait déjà vécu cette scène et savait comment elle se déroulerait.

Elle devrait peut-être porter Wayne s'il était aussi mal en point que l'avait été Brad McCauley. Pour peu que son fils se soit transformé en créature moitié goule, moitié vampire congelé, elle le guérirait. Elle l'emmènerait consulter les meilleurs spécialistes. Elle s'occuperait de lui comme elle s'était occupée de la moto. Il était la chair de sa chair et Manx ne pouvait rien contre cela.

Elle passa sa main à travers la vitre brisée. De toute évidence, la Rolls n'était pas à l'intérieur. Le garage était désert, à l'exception de sacs de terreau entassés contre les murs. Vic tâtonna à la recherche de la poignée de porte.

Une petite voix criarde s'éleva dans son dos :

« Hé, vous faites quoi, là ? Je vais appeler les flics. Je vais les appeler tout de suite. »

Vic actionna la poignée, ouvrit le battant à la volée, et pénétra, le souffle court, dans le hangar sombre et froid.

« J'aurais déjà dû leur téléphoner, poursuivit l'individu. On vous aurait tous arrêtés pour effraction ! »

Vic écoutait à peine. Et même si elle avait été attentive, elle n'aurait sans doute pas identifié l'auteur des invectives. Sa voix était éraillée, déformée par des sanglots passés ou à venir. Là, sur cette colline, l'idée qu'elle pût déjà avoir croisé ce personnage ne lui traversa pas l'esprit.

Elle se retourna pour apercevoir un homme râblé et très moche, engoncé dans un T-shirt de l'équipe de baseball des pompiers de New York. Elle reconnut le retraité qui l'espionnait avec son sécateur depuis le jardin. Il avait encore l'outil à la main. Ses yeux exorbités ressortaient derrière une paire de lunettes à l'épaisse monture en plastique noir. Ses cheveux courts et grisonnants se dressaient par plaques sur son crâne.

Vic ne lui prêta pas attention. Après avoir examiné le sol, elle s'empara d'une pierre et se dirigea d'un pas décidé vers l'église carbonisée où l'attendaient les portes scellées du sous-sol. Elle s'agenouilla et commença à frapper le cadenas. Si Wayne et Manx n'étaient pas dans le hangar, il ne restait qu'un endroit à explorer. Elle ignorait où le tueur avait pu cacher sa voiture, mais si elle le trouvait en train de piquer un roupillon dans les soubassements, elle n'avait aucune intention de le lui demander. Du moins pas avant d'avoir utilisé la pierre sur sa tête.

« Allez, grogna-t-elle. Ouvre-toi. »

Elle s'acharnait sur le cadenas. La pierre projetait des étincelles.

« Vous êtes sur une propriété privée, s'indigna le retraité. Vous et vos amis n'avez aucun droit d'entrer ici. Bon, vous avez gagné : j'appelle la police. »

Ces mots intriguèrent Vic. Pas quand il parlait de la police, mais avant.

Elle jeta la pierre sur le côté, essuya la sueur sur son visage, puis se redressa face à lui. Manifestement effrayé, il recula et faillit trébucher. Il se protégeait derrière sa paire de cisailles. « Non, ne me faites pas de mal ! »

Vic en déduisit qu'elle avait l'air d'une criminelle ou d'une folle. La réaction de son interlocuteur était compréhensible. Elle avait déjà été les deux au cours de son existence.

Elle tendit les mains en un geste apaisant. « Je ne vais pas vous attaquer. Je n'ai rien contre vous. Je cherche simplement quelqu'un. Je pensais qu'il pouvait être en bas. » Elle fit un signe de tête en direction des portes. « Vous avez dit "vous et vos amis". Quels amis ? »

Le vilain gnome déglutit péniblement. « Ceux que vous voulez retrouver ne sont pas là. Ils viennent de partir en voiture. Il y a une demi-heure. Peut-être moins.

— Qui ? Décrivez-les-moi, je vous en prie. Était-ce un type dans une...

— Vieille voiture. Genre véhicule de collection. Il l'avait garée dans le hangar. Et je crois qu'il a passé la nuit ici. » Il désigna le sous-sol. « J'ai songé à contacter les flics. Ce n'est pas la première fois que des drogués s'incrustent là. Mais il n'y a plus personne, maintenant. Ils viennent de partir en voiture. Il y a une demi-heure...

— Vous vous répétez, coupa Vic, qui avait envie de serrer son gros cou, de le secouer. Y avait-il un garçon avec lui ? Un enfant sur la banquette arrière ?

— Je ne sais pas. Voyons voir... » Le petit homme posa un doigt sur ses lèvres, les yeux au ciel, dans une posture songeuse presque comique. « Il me semble qu'il était accompagné, oui. Sur la banquette. Voilà, c'est ça. Je parie que j'ai vu un gosse. » Il lui jeta un coup d'œil. « Tout va bien ? Vous n'avez pas l'air dans votre assiette. Vous voulez utiliser mon téléphone ? Un bon verre vous requinquerait.

— Non, euh oui. Je... Merci, d'accord. »

Un vertige l'assaillit. Elle avait l'impression de s'être levée trop vite. Wayne était passé par ici. Il était venu, puis reparti. Une demi-heure.

Le pont l'avait mal aiguillée. Ce pont, qui ne lui avait jamais fait défaut, l'avait conduite au mauvais emplacement. Cette église en ruine, cet amas de poutres noircies et de débris de verre, était sans doute la Maison du Sommeil. Elle s'était lancée en quête de ce lieu car Wayne était censé y être. Elle n'avait pas supposé une seconde qu'il se trouverait déjà sur la route avec Charlie Manx.

Voilà, c'est fini, pensa-t-elle, épuisée. Tout comme les jetons de Maggie refusaient de donner les noms propres – Vic s'en souvenait comme si c'était hier –, le Raccourci se révélait incapable de localiser une cible en mouvement. Si Manx était quelque part sur une voie inconnue, l'édifice demeurerait inopérant. Autant essayer de frapper une balle de pistolet avec un bâton (la vision d'un projectile sous l'eau, saisi à pleine main, lui revint en un éclair). Le passage l'avait menée sur ce site faute de mieux. Elle n'avait pas atterri là où Wayne était, mais là où il avait effectué sa dernière halte.

Des fleurs d'un rouge flamboyant poussaient au pied de la maison rose bonbon. La construction se situait au bout de la rue, à l'écart des autres résidences. Dès que Vic s'approcha, elle se rendit compte que la bicoque était aussi isolée qu'un repaire de sorcière dans un conte de fées. D'une certaine manière, elle ressemblait à la fameuse maison en pain d'épice imaginée par les frères Grimm. La pelouse était impeccable. L'homme l'invita à faire le tour pour entrer par la cuisine.

« J'aurais tant voulu une deuxième chance, se désola-t-il.

— Une deuxième chance pour quoi ? »

Il parut réfléchir un instant. « Pour agir autrement. Les empêcher de s'en aller. Le type et votre fils.

— Vous ne saviez pas. »

Il haussa les épaules avant de s'enquérir d'une voix de fausset : « Vous venez de loin ?

— Oui, en quelque sorte. Enfin non, pas vraiment.

— Oh, je vois », conclut-il sur un ton dénué de sarcasme.

Il lui tint la porte. Elle le précéda à l'intérieur. L'air conditionné la soulagea aussitôt. Il avait la saveur d'un verre d'eau fraîche rehaussée d'une pointe de menthe.

La cuisine était digne d'une vieille ménagère experte en gâteaux et en petits bonshommes de pain d'épice. Les murs embaumaient d'ailleurs de ce parfum doucereux. On y avait accroché des plaques ornées de rimes à quatre sous.

JE PRIE DIEU À GENOUX
POUR QUE MAMAN NE PRÉPARE PAS DE CHOU.

Vic remarqua une bonbonne de métal vert appuyée contre une chaise. Celle-ci lui rappela les réserves d'oxygène qu'on livrait chaque semaine à sa mère dans les derniers mois de sa vie. L'épouse de l'homme était probablement malade.

« Mon téléphone est à votre disposition ! » s'exclama son hôte d'une voix trop forte.

Le tonnerre gronda à l'extérieur. Le sol vibra.

Elle contourna la table pour accéder à l'appareil : un vieux modèle noir fixé à la cloison, juste à côté de la porte de la cave grande ouverte. Une valise posée sur le meuble attira son attention. Des sous-vêtements et des T-shirts, ainsi qu'un épais couvre-chef et des moufles, s'y entassaient pêle-mêle. Le courrier était tombé par terre. Elle ne s'en aperçut qu'au moment où le papier crissa sous ses pieds. Elle s'écarta prestement.

« Désolée.

— Ne vous inquiétez pas. La maison est en désordre. Je suis responsable. Je vais ramasser. » Il se pencha pour rassembler les documents entre ses grosses mains calleuses. « Bing, Bing, espère de sapajou. Quand tu es là, tu déranges tout. »

Ce bout-rimé la mit mal à l'aise. Elle avait la sensation d'entendre les marmonnements d'un rêveur dont les songes prenaient mauvaise tournure.

Elle se tourna vers le téléphone : un appareil massif muni d'un cadran rotatif. Au lieu de s'emparer du combiné, elle colla son front au mur et ferma les paupières un instant. Elle était si fatiguée. Sa saloperie d'œil lui faisait tellement mal. Et puis maintenant qu'elle était là, elle ne savait plus qui appeler. Elle avait projeté de décrire l'église à Tabitha Hutter, de lui parler de ce temple incendié au sommet de la colline (DIEU A BRÛLÉ VIF, SEUL LE DIABLE RESTE), là où Manx et son fils avaient passé la nuit. Elle voulait que la psychologue vienne interroger le prénommé Bing (Bing ?), mais ignorait où elle se trouvait. Elle n'était d'ailleurs pas sûre qu'il soit dans son intérêt de contacter les forces de l'ordre avant d'avoir plus d'informations.

Bing. Ce nom la troublait.

« Vous vous appelez comment, déjà ?

— Bing.

— Comme le moteur de recherche Microsoft ?

— Tout à fait. Mais je préfère me servir de Google. »

Le rire qu'elle émit tenait plus de l'épuisement que de l'amusement. Elle lui jeta un regard en coin. Il lui tournait à présent le dos. Visiblement, il essayait de décrocher un accessoire d'un portemanteau à côté de la porte. On aurait dit un chapeau noir informe. Elle observa plus attentivement la bonbonne verte. Ce n'était pas de l'oxygène. L'inscription, peinte au pochoir sur le cylindre, indiquait : SÉVOFLURANE – PRODUIT INFLAMMABLE.

Elle reporta son attention sur le téléphone, s'empara du combiné. Toujours aucune idée de la personne à contacter.

« C'est une drôle de coïncidence, fit-elle. Parce que j'utilise moi-même un moteur de recherche spécial. Je peux vous poser une question étrange, Bing ?

— Bien sûr. »

Elle passait son doigt sur le cadran sans composer de numéro.

Bing. Moins un patronyme qu'une onomatopée suggérant le tintement d'un marteau sur une cloche.

« Je suis un peu préoccupée et je n'ai pas saisi le nom de la localité où nous sommes. Vous pouvez me le rappeler ? »

Manx possédait un marteau et son complice un flingue. *Bang.* Elle l'avait entendu prononcer *bang* juste avant qu'on lui tire dessus. Mais l'accent était chantant. Il ne sonnait pas comme une menace. Plutôt comme une scansion.

« Pas de problème », marmonna l'homme derrière elle. Sa voix était assourdie. On aurait dit qu'il avait posé un mouchoir sur sa bouche.

Vic reconnut soudain ce timbre particulier. Cette élocution étouffée qu'elle avait perçue malgré l'écho des détonations d'arme à feu dans ses oreilles. Elle pivota, consciente du spectacle qui s'offrirait à elle. Bing avait enfilé son vieux masque à gaz de la Seconde Guerre mondiale. Il tenait son outil de jardinage dans la main droite.

« Tu es à la Maison du Sommeil. La fin du voyage pour toi, salope. »

Et il lui brisa le nez d'un coup de sécateur.

La Maison du Sommeil

Vic recula en titubant. Ses pieds rencontrèrent le vide. Elle eut à peine le temps de se souvenir que la seule porte ouverte était celle de la cave. Ses jambes se dérobèrent et elle partit en arrière, à l'image d'une personne qui s'assoirait pour découvrir trop tard l'absence de chaise, et l'absence de sol au-dessous de cette chaise. Elle tomba. Une chute interminable.

Ça va faire mal, songea-t-elle. Cette perspective était une simple constatation. Elle ne l'effrayait pas.

Elle éprouva une brève sensation d'apesanteur, son estomac se souleva, ses tripes s'étirèrent. Le vent souffla dans ses oreilles. Son regard accrocha une ampoule nue au plafond et les planches entre les bardeaux.

Ses fesses s'écrasèrent sur une première marche. Elle bascula, tel un oreiller jeté nonchalamment en l'air. L'espace d'une fraction de seconde, elle revit son père en train d'éjecter une cigarette d'une pichenette par la fenêtre de la voiture. Le mégot rebondissait sur l'asphalte, les étincelles jaillissaient sous l'impact.

La marche suivante la cueillit au niveau de l'épaule droite. Elle continua son plongeon. Son genou droit cogna une surface dure, sa joue gauche l'imita. Elle eut l'impression de recevoir un coup de botte dans la figure.

Elle s'attendait à arriver en bas de l'escalier brisée en mille morceaux, pareille à un vase. Mais au terme de sa dégringolade, elle atterrit tête la première sur un sommier de plastiques souples. Le reste de son corps passa au-dessus d'elle. Elle pédala en l'air.

Regarde, maman ! Je fais le poirier, avait-elle crié à l'occasion d'une fête du 4 juillet, en contemplant un monde où les cieux avaient remplacé le plancher des vaches et où le sol s'était substitué au firmament. Sa course s'arrêta enfin. Elle demeura sur le dos, allongée sur ce tas de plastique au bas des marches.

Elle leva les yeux. L'escalier lui apparaissait à l'envers. Elle ne sentait plus son bras droit. Son genou gauche palpitait d'une douleur qui, supposait-elle, se transformerait bientôt en intolérable supplice.

L'homme au masque à gaz descendit vers elle. Il avait délaissé son sécateur pour se munir de sa bonbonne verte, qu'il transportait par la valve. La promptitude avec laquelle il avait changé de visage, troqué sa bouche contre un rostre d'extraterrestre immonde, ses yeux contre des hublots en plexi, était horrible. Elle avait envie de crier, mais était trop sonnée pour réagir.

Il la surplombait à présent. La tête de Vic reposait entre les bottes de l'agresseur. Elle comprit trop tard qu'il allait la frapper de nouveau. Il leva la bonbonne et l'abattit sur son plexus. L'oxygène déserta ses poumons. Prise d'une violente quinte de toux, elle roula sur le flanc. Elle reprit son souffle, au bord du vomissement.

Le cylindre émit un bruit métallique quand il le posa par terre. Il empoigna sa victime par les cheveux et tira en arrière. La douleur arracha un faible cri à Vic. Il entendait la mettre à quatre pattes. Elle lui obéit car il n'y avait pas d'autre moyen de soulager la souffrance. Il glissa sa main libre sous elle, histoire de lui peloter les seins. Avec un petit rire étouffé, il tâta la marchandise comme on testerait la fermeté d'un fruit.

Lorsqu'il entreprit de la traîner au sol, elle essaya de ramper pour accompagner le mouvement, apaiser le martyre, mais son tortionnaire n'accordait aucune attention à son calvaire. Elle abandonna finalement et Bing continua à la tirer par les cheveux. Au comble de l'horreur, elle s'entendit supplier : « S'il vous plaît ! »

Elle ne possédait qu'une notion floue de son environnement. Cette cave ressemblait davantage à un long couloir qu'à une pièce. Elle entrevit une machine à laver et un séchoir, puis une pin-up affublée d'un masque à gaz et un Jésus souriant qui ouvrait sa tunique pour exhiber un muscle cardiaque conforme. Son visage cloqué était à moitié fondu. La statue paraissait avoir côtoyé les flammes. Une sorte de carillon métallique, un bourdon incessant, résonnait dans les tympans de Vic.

L'homme au masque à gaz s'arrêta au bout du couloir. Vic entendit un déclic. Bing fit coulisser une lourde porte d'acier sur un rail. La jeune femme percevait les événements d'une manière confuse. Une partie d'elle était à la cave et entrevoyait la statue de Jésus brûlée. Une autre partie demeurait à la cuisine, où elle découvrait la bonbonne verte appuyée contre la chaise. SÉVOFLURANE – PRODUIT INFLAMMABLE. Elle se trouvait aussi devant les restes charbonneux de l'Église de la Foi Réunifiée, une pierre à la main. Les coups répétés sur le cadenas projetaient des copeaux de cuivre. Enfin, elle était dans le New Hampshire. Elle empruntait une cigarette à l'inspecteur Daltry, puis l'allumait à l'aide d'un briquet en laiton, celui avec Popeye dessus.

L'homme au masque à gaz l'obligea à franchir le rail à genoux. Il continuait à lui empoigner les cheveux. De l'autre main, il halait sa bonbonne de sévoflurane. Vic comprit alors d'où provenait le carillon : la base du cylindre raclait le béton. Elle tintait comme un bol tibétain sur lequel un moine frottait continuellement son marteau.

Le rail lui meurtrit les rotules. Bing la tira en avant d'un coup sec. Elle retomba à quatre pattes. Il passa derrière elle, posa son pied sur ses fesses et poussa. Ses bras lâchèrent. Son menton heurta le sol, ses dents s'entrechoquèrent. La pièce s'obscurcit. On aurait dit que chaque objet – la lampe dans le coin, le lit de camp, l'évier – renfermait sa propre ombre, susceptible d'être libérée et transformée en voile noir.

L'espace d'un instant, ce voile menaça de l'envelopper. Elle le chassa d'un cri. Il émanait de cette tanière une odeur de canalisations rouillées, de ciment, de linge sale et de viol.

Elle voulait se lever mais parvenait à peine à rester consciente. Elle sentait la trame frémissante des ténèbres prête à se dérouler pour l'emprisonner. L'évanouissement lui permettrait au moins d'échapper à l'horreur des abus sexuels. Et à celle du trépas qui leur succéderait.

La porte coulissa de nouveau. Elle perçut l'écho de la clenche. L'homme l'attrapa par l'épaule et la retourna sur le dos. Le cou de Vic était si lâche qu'elle ne put empêcher sa tête de rouler. Elle s'écorcha le crâne sur le béton rugueux. Muni d'un masque en plastique transparent, Bing s'agenouilla sur elle.

L'accessoire était manifestement conçu pour couvrir le nez et la bouche. Après lui avoir soulevé la tête sans ménagement, l'homme plaqua la coque sur sa figure. Le masque était relié à la bonbonne.

Elle frappa la main de Bing, essaya de griffer le poignet, mais son agresseur avait enfilé d'épais gants de jardinage. Impossible de trouver un point vulnérable.

« Respire à fond, conseilla-t-il. Tu te sentiras mieux. Décontracte-toi. La journée est finie, la Lune sourit. Dieu a brûlé sur sa croix, flingué au bon endroit. »

Il ne relâchait pas la pression. De sa main libre, il dévissa la valve du réservoir. Elle entendit un sifflement. Une sensation de froid envahit sa bouche. Une goulée de saccharine s'infiltra dans ses bronches. Le produit sentait le pain d'épice.

Elle s'empara du tuyau, qu'elle s'acharna à tordre et malmener. Il sauta de la valve avec un *pop* ténu. Un filet de vapeur blanche s'échappa de la bouteille. L'homme jeta un regard indifférent à la bonbonne.

« La moitié de mes proies fait ça. Je désapprouve ce genre de réaction car je n'aime pas gâcher la marchandise. Mais si tu préfères la manière forte, allons-y. »

Il arracha le masque, qu'il balança dans un coin de la pièce. Vic tenta de se redresser. Il calma ses ardeurs d'un crochet à l'estomac. Elle se plia en deux, les bras serrés comme autour d'un être cher. Elle inspira par saccades. La pièce était saturée des fragrances étourdissantes du sévoflurane.

Bing était un type enrobé qui faisait une tête de moins que Vic. Son agilité était pourtant digne d'un artiste de rue, un gars capable de jouer du banjo juché sur des échasses. Il agrippa la bonbonne à deux mains, puis dirigea la valve vers elle. Le panache de gaz, à l'embouchure, se dispersait puis devenait invisible. Elle avala une nouvelle bouffée de cet air aux arômes de dessert. Appuyée sur les coudes et les talons, les fesses par terre, elle rampa en arrière. Elle n'arrivait pas à reprendre son souffle. Ses muscles tétanisés manquaient d'air.

« Où tu vas ? s'amusa son tortionnaire en la suivant avec la bonbonne. L'atmosphère est plutôt confinée, ici. Tu peux t'agiter tant que tu veux, tu devras quand même respirer à un moment donné. Ce réservoir contient trois cents litres. De quoi endormir dix éléphants, chérie. »

Il balaya l'un des pieds de Vic. La jeune femme écarta la jambe et il posa la pointe de sa botte au creux de son intimité. Elle réprima un gémissement de dégoût. La sensation d'agression était à la fois diffuse et très vive. Elle regretta l'espace d'un instant que le gaz n'ait pas déjà produit son effet. Le contact de cette chaussure la répugnait, et la suite plus encore.

« Salope, salope, ferme les yeux, gloussa-t-il. Pique un somme pendant que je te casse en deux. »

Vic se rencogna, sa tête heurta le mur en plâtre. L'homme continuait à avancer, à enfumer la pièce, la bonbonne à la main. Un crachin blanc commençait à estomper les contours des objets. Vic avait distingué un lit de camp quand elle était entrée dans ce repaire. À présent, il y en avait trois qui se superposaient dans la brume. L'homme au masque à gaz se dédoubla à son tour.

Le sol s'inclinait sous elle, devenait patinoire. Sous peu, elle glisserait hors de la réalité pour sombrer dans l'inconscience. Elle jouait des talons, luttait pour maintenir sa position. Impossible de retenir sa respiration : ses poumons n'étaient que souffrance. Son cœur tambourinait dans la poitrine. Elle avait l'impression d'entendre le moteur de la Triumph.

« Reste où tu es, s'excita Bing. C'est mieux. Tu es ma deuxième chance. Quand M. Manx reviendra, j'irai à Christmasland. J'obtiendrai enfin ce qui me revient. »

Dans l'esprit de Vic, les images défilèrent avec la rapidité d'un jeu de cartes manipulé par un prestidigitateur. Elle était dans son jardin. Daltry actionnait sans succès la molette de son briquet, si bien qu'elle le lui empruntait et parvenait à en extirper une flamme bleue dès le premier essai. Elle examinait ensuite l'autocollant. Popeye envoyait un uppercut, symbolisé par une onomatopée dont elle ne se souvenait plus. Puis elle revit l'avertissement peint au pochoir sur la bonbonne verte : PRODUIT INFLAMMABLE. À défaut de provoquer une réflexion, cette association d'idées déclencha une décision mécanique. *Emmène-le avec toi. Tue cet enculé.*

Le briquet, elle l'avait gardé dans sa poche. Elle se mit à fouiller ses habits, mais l'opération se révéla aussi complexe que d'atteindre le fond du sac à jetons de Maggie. Une entreprise interminable.

L'homme au masque à gaz se tenait devant elle. Il pointait la valve dans sa direction, le réservoir entre les mains. La bonbonne poussait un long soupir mortel. Elle lui intimait le silence : *chut*.

Ses doigts effleurèrent une petite tablette de métal dans une de ses poches, se refermèrent dessus. Elle retira brusquement la main, l'ustensile brandi entre elle et son assaillant telle une croix face au vampire.

« Ne m'oblige pas… » haleta-t-elle. Cette brève mise en garde lui valut une nouvelle bouffée de pain d'épice empoisonné.

« Ne m'oblige pas à quoi ? » s'étonna Bing.

Elle ouvrit le Zippo. L'homme entendit le cliquetis, visualisa l'objet et recula aussitôt, la bonbonne blottie contre lui comme un enfant.

« Holà ! Ne fais pas ça ! C'est dangereux. T'es cinglée ou quoi ? »

Vic appuya sur la molette. Celle-ci racla le silex. Le briquet cracha une gerbe d'étincelles blanches. L'espace d'un instant magnifique, une flammèche bleue vacilla. Aussi vive qu'un reptile, la flamme se détendit pour frapper la valve. Le petit nuage de vapeur à l'embouchure se transforma en langue de feu indomptable.

La bonbonne se mua en véritable lance-flammes courte portée. Bing chancela, incapable de maîtriser les projections ardentes. Il tituba en arrière, épargnant ainsi l'existence de sa victime. Dans la lumière aveuglante, Vic se rappela l'onomatopée inscrite sur le briquet : *badaboum* !

Ce fut comme si l'homme au masque à gaz avait tiré au lance-roquettes à bout portant sur sa propre poitrine. L'arrière de l'engin se désintégra en une pluie de gaz embrasé et de shrapnels qui l'envoya valdinguer contre la porte en acier. Les trois cents litres de sévoflurane sous pression explosèrent d'un coup. Le réservoir était devenu une charge de TNT. Le son fut indescriptible. Vic eut l'impression de recevoir une cargaison d'aiguilles à coudre dans les tympans.

La violence avec laquelle Bing percuta la porte fut presque suffisante pour la dégonder. Vic le vit s'écraser dans un flash de lumière pure. La moitié de la pièce disparut, avalée par une éclosion aveuglante. D'instinct, elle leva les mains pour se protéger le visage. Les poils minuscules à la surface de ses bras se racornirent sous la vague de chaleur.

Après l'explosion, le monde n'était plus le même. Les murs pulsaient comme un muscle cardiaque, les objets palpitaient au rythme de son pouls. L'air s'était peuplé de volutes dorées. Quand elle avait pénétré dans cette tanière, les ombres dominaient. Maintenant, chaque meuble était porté au seuil de l'incandescence, tout semblait bouillir d'une éruption imminente.

Elle sentit un liquide couler sur ses joues. Elle songea d'abord à des larmes, mais lorsqu'elle retira ses doigts, ils étaient écarlates. Elle décida qu'il était temps de partir. Elle se leva, effectua un pas, mais retomba.

Ainsi qu'on le lui avait enseigné à la Little League Baseball en cas de blessure, elle remonta un genou sous elle. Des débris carbonisés flottaient partout dans la pièce. Celle-ci pencha à droite. Vic accompagna le mouvement.

La lumière jaillissait du lit et de l'évier, l'encadrement de la porte brillait. Elle ignorait jusqu'à présent que les objets du quotidien pouvaient receler un tel potentiel d'ombre et de clarté partagées, qui ne seraient révélées l'une à l'autre qu'à la faveur d'un choc violent. À chaque battement de cœur, l'éclat s'intensifiait. Elle n'entendait plus rien, à l'exception du souffle laborieux dans ses poumons.

Une profonde inspiration lui apporta des effluves de pain d'épice brûlé. L'univers était devenu une bulle luminescente qui enflait, s'étirait, occupait la totalité de son champ de vision jusqu'à l'inévitable rupture.

CHRISTMASLAND

7-9 juillet

La Voie Saint-Nicolas

Au nord de Colombus, Wayne ferma les yeux cinq minutes et, lorsqu'il les rouvrit, la Lune dormait dans le ciel nocturne. Les bas-côtés pullulaient de bonshommes de neige qui tournaient la tête à leur passage.

Les montagnes se dressaient devant eux : un mur monstrueux érigé en bordure du monde. Les pics tutoyaient de telles hauteurs que la Lune aurait pu s'y cogner.

Dans un renfoncement, un peu en dessous du sommet de l'éminence la plus impressionnante, on distinguait un écrin de lumière qui brillait dans l'obscurité, visible à des centaines de kilomètres à la ronde. Une gigantesque décoration de Noël fluorescente. Cette vision était époustouflante. Le garçon avait du mal à rester en place. Une coupe de feu, une pelletée de charbons ardents. Elle rayonnait, et Wayne avec elle.

M. Manx avait posé une main nonchalante sur le volant. La rectitude de la route évoquait un tracé millimétré. La radio était allumée. Un chœur d'enfants entonnait *Ô peuple fidèle*. Wayne connaissait la réponse à leur invitation sacrée : *Accourez à votre tour, que votre amour l'implore, que votre foi l'adore.*

Les bonshommes de neige se rassemblaient par groupes, en famille. Le souffle glacé de la voiture faisait virevolter leurs écharpes bariolées. Des mamans, des papas bonshommes de neige, avec leurs enfants et leurs animaux domestiques immaculés. Les hauts-de-forme étaient légion, de même que les pipes et les nez en carotte. Ils saluaient Manx, Wayne et NOSFERA2, avec leurs branches tordues en guise de bras. Leurs yeux charbonneux luisaient, plus noirs que la nuit, plus éclatants que les étoiles. Un des chiens sculptés dans la poudreuse s'était saisi d'un os, une femme élevait une branche de gui au-dessus de sa tête, un enfant se tenait entre ses parents décapités, une hachette à la main. Wayne riait, applaudissait. Ces bonshommes de neige vivants constituaient le spectacle le plus enthousiasmant auquel il ait jamais assisté. Ils inventaient des bêtises incroyables !

« Tu feras quoi, lorsque nous arriverons à Christmasland ? » demanda Manx depuis le siège avant plongé dans l'obscurité.

Les possibilités étaient infinies. Difficile de choisir.

« J'irai dans la caverne en sucre de l'abominable homme des neiges. Non ! Je monterai dans le traîneau du père Noël pour le sauver des pirates du ciel !

— Voilà un beau projet. Les excursions d'abord, les jeux ensuite.

— Quels jeux ?

— Les gosses t'en apprendront un qui s'appelle ciseaux-la-paresse. Tu ne seras pas déçu. Et puis rien de tel qu'une partie de pique-l'aveugle avec un participant plein d'entrain. Regarde à droite ! Un lion de neige qui arrache la tête glacée d'un mouton. »

Wayne se tourna pour contempler la scène et découvrit sa grand-mère à côté de lui. Linda était telle qu'il l'avait vue la dernière fois : elle brillait d'un éclat sans pareil, plus intense que la poudreuse au clair de lune. Des pièces de cinquante *cents* remplaçaient toujours ses yeux. Elles scintillaient. Linda avait l'habitude de lui envoyer des pièces de cinquante *cents* pour ses anniversaires. Elle n'était jamais venue les lui remettre en personne, sous prétexte qu'elle n'aimait pas l'avion.

« .ciel faux un C'est. différentes choses deux sont divertissement le et L'amour. l'envers à pas penses ne Tu. pas bats te ne Tu.

— Comment ça, le ciel est faux ? »

Elle pointa le doigt par la vitre. Wayne tendit le cou, les yeux levés. L'instant d'avant, les flocons tourbillonnaient au firmament, tandis qu'à présent l'horizon s'emplissait de parasites : un million de milliard de points blancs, noirs et gris, qui grésillaient, rugissaient au-dessus des montagnes. Le garçon sentit ses nerfs optiques se contracter. La lumière était ténue, mais le mouvement incessant des particules rendait le tableau pénible à observer. Il tressaillit, ferma les paupières, puis recula. Maintenant, sa grand-mère lui faisait face, ses yeux toujours dissimulés par les pièces de monnaie.

« Si tu voulais jouer avec moi, il fallait venir me voir dans le Colorado, ronchonna l'adolescent. On aurait parlé à l'envers tant que tu veux. Mais on ne parlait même pas à l'endroit quand tu étais vivante. Je ne comprends pas pourquoi tu as changé d'avis.

— Avec qui tu discutes, Wayne ? intervint Manx.

— Personne. »

Le garçon se pencha, ouvrit la portière, et poussa sa grand-mère à l'extérieur. Elle ne pesait rien. Il était aussi facile de s'en débarrasser que d'écarter un sac de brindilles. Son corps roula sur l'asphalte avec un bruit sec avant de se briser en une multitude de fragments musicaux. À cet instant, Wayne s'éveilla dans

L'Indiana

Il se retourna pour regarder par la vitre arrière. Une bouteille venait d'éclater sur la route. Le verre pilé se dispersait sur le bitume, des éclats tintaient et roulaient encore par terre. Manx avait jeté une bouteille quelconque. Wayne l'avait déjà vu faire une ou deux fois. Le tueur paraissait peu sensible au recyclage.

Le garçon se rassit, puis se frotta les yeux. Les bonshommes de neige avaient disparu, ainsi que la Lune assoupie, les montagnes, et le joyaux incandescent qui représentait le lointain Christmasland.

Parmi les champs de blé encore verts, il aperçut un boui-boui orné d'une enseigne tapageuse. Chaque fois que le néon clignotait, une blonde de trois mètres de haut, en short et bottes de cow-boy, levait la jambe. Elle jetait la tête en arrière, les yeux fermés, et envoyait un baiser en direction des ténèbres.

Manx observait le garçon à travers le rétroviseur. Wayne se sentait fiévreux et mal réveillé. Il ne remarqua pas tout de suite que le vieux vampire avait rajeuni, qu'il respirait la santé.

Sans son chapeau, il était toujours aussi chauve, mais une douce teinte rose avait succédé à la pâleur tachetée de son cuir chevelu. La veille, sa peau ressemblait à un globe terrestre dont personne n'aurait voulu arpenter les continents. Ici, l'île des Sarcomes, là, le Nord Dépigmenté. Sous ses sourcils bien dessinés, couleur de gelée blanche, Manx épiait l'adolescent. Wayne avait l'impression de ne l'avoir jamais vu cligner des yeux. Était-il seulement pourvu de paupières ?

Hier matin, il avait l'air d'un mort-vivant. Aujourd'hui, il affichait la soixantaine bien conservée. Un individu alerte et sain dont le regard, cependant, conservait une espèce d'avidité stupide : la rapacité d'un oiseau devant une charogne écrasée sur la chaussée, tenté de goûter la marchandise sans se faire aplatir.

« Vous êtes en train de me dévorer ? » interrogea Wayne.

Manx émit un croassement rauque en guise de rire. Même sa voix ressemblait à celle d'un corbeau.

« Si je ne t'ai pas encore mangé, il y a peu de chance que je m'y mette maintenant. D'ailleurs, je ne serais pas sûr d'être rassasié. Tu me parais bien chétif et ta couenne commence à être faisandée. J'ai bien l'intention de m'offrir un bon cornet de frites. »

Wayne n'allait pas bien, il le sentait. Néanmoins, il ne parvenait à définir son malaise. Il était courbaturé, fébrile. Peut-être était-ce parce qu'il avait dormi dans la voiture ? Au mieux, il pouvait en déduire que ses réactions vis-à-vis de Manx étaient inappropriées. Il avait presque éclaté de rire quand le tueur avait employé le mot « faisandé ». Vu le contexte, le terme était si incongru qu'il l'avait trouvé hilarant. Une personne dans un état normal ne s'amuserait pas des choix lexicaux de son ravisseur.

« Pourtant, vous êtes un vampire, ajouta le garçon. Vous vous nourrissez d'une partie de moi. »

Manx le scruta un bref instant.

« La voiture nous rend tous les deux meilleurs. Elle s'apparente à ces nouveaux modèles, que l'on appelle "hybrides". Tu connais ? Des véhicules qui carburent tantôt à l'essence, tantôt aux bonnes intentions. Eh bien, voici l'hybride original. Moitié essence, moitié mauvaises intentions. Les pensées et les sentiments qui en découlent ne sont qu'une autre sorte d'énergie, comme le pétrole. Cette Rolls-Royce de collection s'alimente de tous tes penchants négatifs, de toutes les souffrances, toutes les peurs endurées. Au sens littéral. Est-ce que tu portes des cicatrices ?

— Je me suis entaillé avec une spatule, une fois. Là. » Il leva la main droite et s'aperçut alors que la ligne claire sur la pulpe de son pouce avait disparu. Il était perplexe. Qu'avait-il bien pu arriver à cette marque ?

« La route de Christmasland dissipe le chagrin, poursuivit Manx. Elle apaise la douleur, efface les stigmates. Tout ce qui te faisait mal est nettoyé au profit d'une pureté retrouvée.

Quand nous serons à destination, tu seras non seulement lavé des tourments que tu as traversés, mais de leur souvenir. Ton malheur est une tache de poussière sur une vitre. Lorsque la voiture en aura terminé avec toi, tu brilleras de mille feux. Moi aussi, d'ailleurs.

— Ah bon ? Et si je n'étais pas dans le véhicule ? Si vous alliez à Christmasland tout seul ? Est-ce que la Rolls-Royce vous... rajeunirait ? Vous ferait-elle briller de mille feux ?

— Mon Dieu, que de questions ! Je parie que tu es le premier de la classe. Non, je ne peux pas aller à Christmasland tout seul. Il m'est impossible d'en trouver l'accès par mes propres moyens et la voiture est inutile sans passager. Tant mieux. Je ne peux trouver mon bonheur que dans la joie des autres. Cette route bienfaitrice est réservée aux innocents. La Rolls refuserait que je ne partage pas mes plaisirs. Je dois être bon envers autrui pour qu'elle me fasse du bien. Si seulement le monde entier fonctionnait de cette manière...

— Et on est sur cette route ? s'enquit Wayne en regardant par la vitre. J'ai plutôt l'impression de voir l'autoroute 80.

— En effet... maintenant que tu es réveillé. Mais une minute auparavant, tes rêves étaient doux et nous parcourions la voie Saint-Nicolas, sous cette vieille Mme Lune. Tu te rappelles les bonshommes de neige et les montagnes à l'horizon ? »

Le garçon éprouva un choc aussi violent que s'ils avaient heurté un poteau électrique. Il ignorait jusqu'à présent que Manx l'avait accompagné dans ses songes. En un éclair, il revit le ciel étrange rempli de parasites. *Ciel faux un c'est.* Il savait que mémé Linda essayait de le prévenir, de lui montrer comment se protéger de Manx et de la voiture. Il n'avait pas tout à fait compris le message. Cela lui demandait trop d'effort. En plus, elle s'y prenait un peu tard pour lui prodiguer des conseils. Elle ne s'était pas vraiment avisée lui dire quoi que ce soit d'utile de son vivant. Il la suspectait en outre de détester son père à cause de son surpoids. Manx interrompit ces réflexions :

« Quand tu te rendormiras, nous y retournerons. Plus tôt nous arriverons là-bas, plus tôt tu pourras grimper dans les montagnes russes et jouer à pique-l'aveugle avec mes filles et leurs amis. »

La route creusait une tranchée à travers une forêt de maïs. Des machines agricoles, arches noires semblables à l'avant-scène d'une salle de spectacle, se détachaient sur le ciel au-dessus des récoltes. Wayne reconnut des pulvérisateurs, conçus selon lui pour répandre leur poison, pour asperger les céréales d'une pluie létale destinée à éradiquer les espèces nuisibles. « Espèce nuisible » : le terme résonna dans son esprit. Ensuite, on laverait les épis et les gens les mangeraient.

« Personne n'a jamais quitté Christmasland ? s'enquit-il.

— Une fois que tu y es, tu n'as pas envie de partir. Tu trouveras là-bas tout ce dont tu as besoin, tous les jeux possibles, toutes les attractions. Cet endroit contient plus de barbe à papa qu'il n'en faut en un siècle.

— Mais je pourrais m'en aller, si je le voulais ? »

Manx lui jeta un regard agacé.

« Est-ce que tes professeurs se sentaient harcelés par tes questions incessantes ? Tu avais de bonnes notes ?

— Pas vraiment.

— Eh bien, tu seras content d'apprendre que Christmasland ne dispose d'aucun établissement scolaire. Moi-même, je détestais l'école. Je préférais participer aux histoires que de les lire. Le corps enseignant prétend que l'apprentissage est une aventure. Une belle sornette, si tu veux mon avis. L'apprentissage est l'apprentissage, l'aventure est l'aventure, point. Une fois que tu sais additionner, soustraire, et lire de façon acceptable, le reste se résume à un tas de grandes théories et pas mal de problèmes. »

Wayne en déduisit qu'il ne pourrait pas fuir Christmasland.

« Je peux vous demander encore une chose ?

— À t'écouter, on dirait un condamné à la peine capitale. Tu n'es pas dans le couloir de la mort, ici. Tu arriveras à bon port en meilleure santé que jamais.

— Mais si je ne reviens pas, si je reste à Christmasland pour toujours... J'aimerais bien faire un ou deux trucs avant de m'y installer. Un dernier repas, par exemple.

— C'est-à-dire ? Tu crois que tu mourras de faim, là-bas ?

— Admettons que la nourriture ne me plaise pas. On peut manger ce qu'on veut, chez vous ?

— Des barbe à papa, du chocolat, des hot-dogs. Et puis ces sucettes qui me gâtent les dents. Enfin, il y a tout ce qu'un enfant peut souhaiter.

— Je voudrais du maïs. Un épi au beurre. Et une bière.

— Eh bien, je pense que je peux t'obtenir du maïs et... Quoi d'autre ? Une boisson gazeuse ? Je crois qu'ils en ont des bonnes dans le Midwest. J'adore celle à la salsepareille.

— Non. Une vraie bière. Une Coors Silver Bullet.

— Pourquoi une bière ?

— Mon père avait prévu que, à ma majorité, j'en boirais une avec lui sur le porche. Le 4 juillet, devant le feu d'artifice. J'avais hâte, mais je crois que c'est maintenant râpé. Vous avez affirmé que c'était tous les jours la fête, à Christmasland. Je suppose que le 4 juillet n'était pas inclus. Vos concitoyens ne m'ont pas l'air très patriotiques. Je voudrais aussi des feux de Bengale. Comme à Boston. »

Ils franchirent un pont long et bas. La structure métallique ronronna sous les pneus du véhicule. Manx attendit d'être sur la rive opposée pour reprendre la parole.

« Tu es bien loquace, cette nuit. Nous avons parcouru plus de mille kilomètres et je ne t'ai jamais entendu jacasser autant. Voyons si je ne me trompe pas : tu veux que je te paie une chope, un épi de maïs, et assez d'engins pyrotechniques pour t'offrir ton propre 4 juillet. Tu es sûr de ne rien oublier ? Peut-être projetais-tu un repas en tête à tête avec ta mère pour l'obtention du bac ? Avec du foie gras et un peu de caviar ?

— Je n'ai pas l'intention d'avoir mon propre 4 juillet. Juste un ou deux feux de Bengale. Et sans doute quelques fusées. » Il s'arrêta, avant d'ajouter : « Vous m'en devez une. Pour avoir tué mon chien. »

Un silence lugubre s'installa.

« En effet, admit finalement le tueur. J'avais oublié et je n'en suis pas fier. Serait-on quitte avec une bière, du maïs et des explosifs ?

— Non. Mais je ne vous demanderai plus rien ensuite. » Wayne examina la Lune à travers la vitre. Un croissant d'os fracturé, anonyme et lointain. Pas aussi beau que l'astre de ses rêves. Tout lui paraissait mieux, sur la voie Saint-Nicolas.

« Comment vous avez découvert Christmasland ?

— J'y ai conduit mes filles. Et ma première femme. » Il marqua une pause avant de continuer : « Mon épouse n'était pas facile. Toujours insatisfaite, comme la plupart des rousses. Elle entretenait une liste interminable de griefs à mon égard, elle montait mes enfants contre moi. Nous avions deux filles. Mon beau-père m'a donné de quoi me lancer et j'ai acheté cette voiture. Je croyais que Cassie, ma femme, serait contente. Mais, fidèle à elle-même, elle s'est montrée insolente et méprisante. Elle m'a reproché d'avoir dilapidé l'argent. De mon côté, je comptais devenir chauffeur. Pour elle, ma carrière s'orientait plutôt vers l'indigence. Elle me rabaissait devant mes enfants. Une chose intolérable pour un père. » Le tueur crispait les mains sur le volant, ses jointures blanchissaient. « Une fois, elle m'a jeté une lampe à huile dans le dos. Ma plus belle veste a pris feu. Tu crois qu'elle s'est excusée ? Penses-tu ! Elle se moquait de moi à Thanksgiving, à chaque réunion de famille. Elle me singeait tandis que je luttais contre les flammes, se dandinait autour de la table, battait des bras et criait : "Éteins-moi, éteins-moi !" Ses sœurs étaient mortes de rire. Laisse-moi te dire que les rousses ont le cœur plus froid que les autres femmes. Un fait scientifique établi par de nombreuses études. » Il adressa un regard ironique à Wayne. « Bien sûr, leur tempérament détestable est précisément ce qui les rend irrésistibles, tu me suis ? »

Le garçon ne suivait pas mais il acquiesça.

« D'accord, continua Manx. Je crois que nous nous comprenons. Je connais un endroit où l'on se procure des accessoires de feu d'artifice si puissants, si éclatants, que tu termineras aveugle et sourd. Nous devrions être à la bibliothèque demain soir. On pourrait faire exploser nos engins là-bas. Quand nous aurons fini, les gens du coin croiront que la troisième guerre mondiale a éclaté. » Sa voix se fit malicieuse. « Margaret Leigh se joindra peut-être aux festivités. Je ne verrais pas d'inconvénient à lui tirer une fusée dessus, histoire de lui apprendre à se mêler de ses fesses.

— Pourquoi se donner tant de peine ? On ne peut pas la laisser tranquille ? »

Un gros papillon s'écrasa sur le pare-brise avec un bruit humide, laissant une traînée émeraude sur la vitre.

« Tu es un jeune homme futé, Wayne Carmody. Tu as lu les articles collectés à son propos. Réfléchis un peu et tu verras pourquoi je m'intéresse à elle »

Quand il faisait encore jour, l'adolescent avait compulsé les documents que Bing avait imprimés. Une dizaine de feuilles en tout, qui décrivaient un parcours solitaire marqué par l'abandon, l'addiction, et certains événements aussi miraculeux qu'étranges.

Le premier article provenait du bulletin de Cedar Rapids. Il datait du début des années 1990. « Don de voyance ou coup de chance ? L'incroyable flair d'une bibliothécaire municipale sauve des enfants. » La gazette relatait la mésaventure d'un dénommé Hayes Archer, résident de Sacramento. Archer avait emmené ses enfants en Cessna pour un survol nocturne de la côte californienne. Son appareil était flambant neuf, ainsi que sa licence de pilote. Quarante minutes après le départ, le monomoteur avait eu des ratés, puis avait disparu des écrans radar. On craignait qu'une nappe de brouillard l'ait empêché de retrouver la ligne d'horizon et qu'il se soit abîmé en mer. L'histoire avait bénéficié d'un modeste traitement national : Archer était une fortune locale.

Margaret Leigh avait contacté la police. Elle affirmait qu'Archer et ses enfants étaient toujours vivants. Non seulement ils ne s'étaient pas écrasés, mais ils avaient réussi à atterrir avant de s'enfoncer dans un défilé. Dans l'impossibilité de fournir l'emplacement exact, elle avait suggéré aux équipes de recherche de sonder en priorité les coins à forte teneur en sel.

Le Cessna fut découvert à dix mètres de hauteur, la tête en bas, dans un séquoia au beau milieu d'une région baptisée – tenez-vous bien – la Pointe Salée. Les enfants étaient sains et saufs, le père souffrait quant à lui d'une lésion de la moelle épinière sans que ses jours fussent en danger. Maggie soutenait que son pressentiment était né en un éclair lors d'une partie de Scrabble. L'article présentait une photo de l'avion accidenté, ainsi qu'un cliché de la bibliothécaire, penchée sur sa grille pendant un tournoi. La légende indiquait : « *Avec de telles intuitions, dommage que Maggie s'adonne au Scrabble plutôt qu'à la loterie.* »

D'autres prémonitions avaient jalonné l'existence de la médium au fil des ans : un enfant retrouvé au fond d'un puits, un marin perdu en mer alors qu'il tentait d'effectuer le tour du monde à la voile. Mais les révélations s'espaçaient. Le dernier article, un simple entrefilet, faisait état de sa contribution dans la traque d'un fugitif en 2000. Puis plus rien jusqu'en 2008. À partir de cette date, les journaux ne parlaient plus de miracles, mais plutôt de malédictions.

D'abord, il y eut une inondation à la bibliothèque de Parisis. Les dégâts furent considérables, les locaux submergés. Maggie elle-même avait réchappé de peu à la noyade en tentant de sauver des livres. Elle fut brièvement traitée pour hypothermie. Les appels aux dons se révélèrent insuffisants. L'établissement ferma ses portes.

En 2009, elle fit l'objet d'un procès pour mise en danger d'autrui et incendie volontaire dans un bâtiment désaffecté. On trouva aussi sur elle du matériel lié à la consommation de stupéfiants.

En 2010, arrestation pour squat et détention d'héroïne.

En 2011, racolage. Maggie Leigh était peut-être douée pour prédire l'avenir, mais son talent se révélait d'un piètre secours lorsqu'il s'agissait de détecter des flics en civil à la réception d'un hôtel de Cedar Rapids. Trente jours de prison. Quelques mois plus tard, rebelote. Sauf qu'elle fut conduite à l'hôpital plutôt que derrière les barreaux. Elle était gelée jusqu'aux os. Dans cet article, son « état déplorable » était qualifié de « trop fréquent chez les SDF en Iowa ». Wayne apprit donc à cette occasion que l'ancienne bibliothécaire était à la rue.

« Vous voulez la rencontrer parce qu'elle est au courant de votre retour et qu'elle a prévenu ma mère, dit Wayne.

— J'ai besoin de la voir à cause de ce qu'elle sait. Elle a voulu me nuire. Nous devons avoir une petite explication, elle et moi. Sinon, comment être sûr que cela ne se reproduira pas ? Ce n'est pas la première fois que j'ai affaire à des individus de cette espèce. Ils m'énervent.

— Qui ? Les bibliothécaires ?

— Tu fais ton malin ? Je suis content que tu retrouves le sens de l'humour. En fait, je voulais parler des gens qui, en dehors de moi, ont accès aux mondes secrets de l'esprit. » Il se tapota le front du bout de l'index, histoire de bien montrer où ces mondes résidaient. « Au volant de ma Rolls, je déniche les passages secrets qui mènent à Christmasland. J'ai croisé d'autres personnes qui utilisaient leurs propres totems pour modifier la réalité. Pour la remodeler comme on sculpte la terre glaise. Craddock McDermott, par exemple, était persuadé que son esprit s'incarnait dans son costume préféré. L'Homme-qui-marche-à-l'envers, lui, possède une horrible montre à rebours. Et tu n'as pas envie de le rencontrer au coin d'une ruelle sombre, crois-moi. Ni nulle part ailleurs.

Je connais aussi l'Écheveau, qui parcourt les routes et œuvre plus ou moins dans la même branche que moi. Je leur fiche la paix et réciproquement. Par contre, cette Maggie Leigh se sert de son objet fétiche pour espionner et fourrer son nez partout. Ces lettres de Scrabble, qu'elle évoque parfois, n'y sont sans doute pas étrangères. Apparemment, elle s'intéresse à mon cas. Je suppose que, puisqu'on passe dans le coin, la moindre des choses est de lui rendre visite. J'aimerais voir si je peux la guérir de son insatiable curiosité. »

Il secoua la tête et s'esclaffa. Toujours ce hennissement de vieillard. La route de Christmasland avait certes rajeuni son corps, mais son rire demeurait inaltérable.

Ils continuèrent à rouler. Les pointillés jaunes défilaient sur la gauche.

Après avoir poussé un soupir, Manx reprit : « Je n'ai pas peur de t'avouer, Wayne, que tous mes problèmes en ce monde trouvent leur source chez une femme ou une autre. Margaret Leigh, ta mère, ma première épouse... Toutes bâties sur le même modèle et Dieu sait qu'elles avaient le choix. Tu sais quoi ? Mes meilleurs moments, je les ai passés loin de l'influence du sexe faible. Je n'avais pas à faire de compromis. Les hommes vont de femme en femme pendant la plus grande partie de leur existence, ils leur sont soumis. Tu n'imagines pas ce que je t'ai épargné. Les mâles sont obsédés. La simple vision d'une donzelle suffit à les transformer en crève-la-faim obnubilés par un steak saignant. Quand tu es affamé et que tu humes l'odeur de la viande sur le gril, les grondements de ton estomac détournent ton attention, tu ne réfléchis plus. Les femmes sont parfaitement au courant. Elles en profitent, posent des conditions. Au moment du repas, par exemple, si tu n'as pas rangé ta chambre, changé ton T-shirt, si tu ne t'es pas lavé les mains, ta mère t'interdit de venir à table. La majorité des hommes est fière de céder à ces exigences. Cette situation leur convient tout à fait. Mais raye la femme de l'équation, et tu verras la paix s'installer. Personne pour te houspiller, aucun compte à rendre excepté à toi-même ou à tes pairs. Alors, tu apprends à te connaître. Et ça fait toujours du bien.

— Pourquoi vous n'avez pas divorcé, si vous n'aimiez pas votre épouse ?

— À l'époque, cette pratique n'était pas dans les mœurs. L'idée ne m'a pas traversé l'esprit. J'ai bien pensé à la quitter. J'ai même essayé de partir une fois ou deux, mais je suis revenu.

— Pourquoi ?

— J'avais faim.

— Vous vous êtes marié il y a longtemps ?

— Tu veux connaître mon âge ?

— Oui. »

Manx sourit. « Je peux te révéler ceci : pour notre premier rendez-vous galant, Cassie et moi sommes allés voir un film muet. Un très vieux film.

— Lequel ?

— Un film d'horreur allemand, mais les intertitres étaient en anglais. Lors des passages effrayants, Cassie se blottissait contre moi. Son père nous accompagnait. Je crois que, sans sa présence, elle aurait enfoui son visage dans mon giron. Elle avait à peine seize ans. Une petite chose fragile. Gracieuse, attentive et timide. Ce qui est souvent le cas chez les jeunes filles. À cette période de la vie, elles sont des joyaux de sensibilité insoupçonnée. Elles palpitent d'une vie frémissante, le désir les consume. Et puis elles deviennent méchantes. Elles me font penser aux poussins qui troquent leur duvet pour des plumes noires de poule. Les femmes oublient la tendresse des premiers jours comme l'enfant délaisse ses dents de lait. »

Wayne approuva et ôta, d'un air songeur, l'une de ses incisives supérieures de sa bouche. Il passa la langue sur sa gencive. La plaie suintait d'un liquide chaud. Il sentit la nouvelle pointe d'ivoire pousser. Elle ressemblait moins à une dent qu'à un petit hameçon.

Il mit l'ancienne quenotte avec les autres, dans la poche de son short. Il avait perdu cinq dents durant les trente-six heures qu'il avait passées dans la Rolls. Cela ne l'inquiétait pas. Plusieurs rangées de crochets arrivaient derrière.

« Plus tard, poursuivit Manx, ma femme m'a traité de vampire, comme toi. Elle prétendait que je ressemblais à la créature du film allemand que nous avions vu. D'après elle, je me nourrissais de la vie de mes deux filles, je les tuais à petit feu. Mais écoute bien : maintenant, mes enfants sont plus fortes que jamais. Elles sont jeunes, heureuses et pleines de joie. Si j'avais vraiment drainé leur substance vitale à mon profit, je n'aurais pas été très efficace. Pendant les quelques années de notre mariage, mon épouse m'a rendu si triste que j'ai envisagé

de supprimer tout le monde : Cassie, les filles, moi. Je voulais
que tout s'arrête. À présent, cette histoire m'amuse. Regarde
ma plaque d'immatriculation. J'ai détourné l'odieuse idée de
ma femme pour en faire une plaisanterie. L'unique manière
de survivre. Il faut que tu apprennes à rire, Wayne, à te déri-
der. Tu crois que tu retiendras la leçon ?

— Je pense.

— D'accord. Deux amis sur la route, la nuit. Parfait. Tu
es de meilleure compagnie que Bing Partridge, je te l'avoue
volontiers. Toi, au moins, tu ne composes pas des ritournelles
idiotes à tout bout de champ. » Manx prit une voix haut perché et chantonna : « *Je t'aime, tu m'aimes, jouons avec notre
zizi suprême !* » Il secoua la tête. « J'ai eu mon content de
voyages avec Bing. Et chaque excursion était plus longue que
la précédente. Tu n'imagines pas le soulagement d'être avec
quelqu'un qui s'abstient d'entonner des refrains débiles et de
poser des questions non moins débiles.

— On mange bientôt ? »

Le tueur éclata de rire en donnant des claques au volant.

« J'ai parlé trop vite. Si cette question n'est pas débile, elle
s'en rapproche fortement, jeune maître Bruce. Je t'ai promis
des frites, et par Dieu tu les auras. J'ai emmené une centaine
d'enfants à Christmasland au cours du siècle, et pas un seul
d'entre eux n'est mort de faim. »

Vingt minutes plus tard, en direction de l'ouest, ils trou-
vèrent le restaurant où les attendaient les fameuses frites.
L'établissement était une construction de chrome et de verre
érigée sur un parking de la taille d'un terrain de football. Des
lampes au sodium, perchées au sommet de poteaux d'acier
de dix mètres de haut, éclairaient le bitume avec la puissance
de la lumière du jour. L'aire de stationnement était bondée de
dix-huit roues et Wayne vit, à travers la vitrine, que tous les
tabourets le long du comptoir étaient occupés. On se serait
cru à midi, et non à minuit.

Tout le pays était à la recherche d'un vieil homme et d'un
garçon dans une Rolls-Royce de collection, pourtant, pas un
seul client ne leva les yeux à leur arrivée sur le parking. Wayne
n'était pas vraiment étonné. Il avait accepté depuis longtemps
le fait que la voiture était visible, mais que personne ne la
remarquait. Cette particularité lui rappelait celle d'un écran
de télé plein de parasites, immanquablement ignoré par les

spectateurs. Manx se gara en face du bâtiment. L'adolescent n'eut même pas l'idée de sauter du véhicule, de crier ou de marteler la vitre. Tandis qu'il s'apprêtait à sortir, Manx lui fit un clin d'œil.

« Reste là. »

À travers le pare-brise, le garçon regarda le tueur entrer dans l'établissement et se frayer un passage parmi les habitués. La télé au-dessus du bar diffusait un extrait d'une course automobile. Puis le président s'agita sur un podium, le doigt en l'air, et enfin une journaliste d'une blondeur froide parla dans un micro, un lac en arrière-plan.

Wayne fronça les sourcils. Ce décor lui paraissait familier. Un plan de coupe lui confirma que le reportage se situait sur les rives du lac Winnipesaukee. Il vit la maison de location, les voitures de police stationnées dans l'allée. Dans le restaurant, Manx avait levé la tête. Il s'intéressait lui aussi au bulletin d'informations.

Nouveau plan. Vic émergeait en trombe de l'ancienne écurie, juchée sur la Triumph. Elle ne portait pas de casque. Ses cheveux flottaient au vent, elle fonçait sur la caméra. Le technicien fut incapable d'esquiver. La jeune femme l'évita de justesse. L'image offrit alors un bref aperçu du ciel tournoyant, de l'herbe, puis du gravier avant l'impact.

Charlie Manx regagna la voiture d'un pas vif, s'installa au volant, et NOSFERA2 reprit la route.

Les yeux du vieux vampire s'étaient opacifiés, sa bouche figée en une moue sévère.

« Je suppose que je n'aurai pas de frites », conclut Wayne.

Charlie Manx l'avait peut-être entendu, mais il ne manifesta aucune réaction.

La Maison du Sommeil

Elle ne paraissait pas blessée, ne ressentait aucune douleur. Celle-ci viendrait plus tard.

De même, elle n'avait pas l'impression d'avoir sombré dans l'inconscience ni d'en avoir émergé. Péniblement, les différentes parties de son corps reprirent leur place pour former de nouveau un tout cohérent. Un processus long. Aussi long que la réparation de la Triumph.

Elle se souvint de la moto plus rapidement que de son nom.

Quelque part, un téléphone sonnait. Elle entendait distinctement le chevrotement cru du vieux marteau sur la cloche. Une, deux, trois, quatre fois. Ces sonneries étaient autant d'appels à réintégrer la réalité mais, lorsqu'elle reprit ses esprits, l'appareil s'était tu.

Son visage était humide et froid. Elle gisait à plat ventre par terre, la tête sur le côté, la joue dans une flaque. Sa bouche aux pourtours craquelés était très sèche. Aiguillonnée par une soif inédite, elle lapa la flaque dans laquelle elle reposait. Malgré le goût de sable et de ciment mélangés, le liquide frais l'apaisa. Elle s'humecta les lèvres d'un coup de langue.

Une botte était tombée près de son visage. Elle distingua le dessin de la semelle en caoutchouc noir, ainsi qu'un lacet défait. Ce godillot était allé et venu devant elle pendant une heure, elle en avait mémorisé les détails pour mieux les oublier sitôt que ses paupières se fermaient.

Elle ignorait où elle se trouvait. Peut-être pouvait-elle se lever afin d'avoir une idée plus précise. Elle songea aux probabilités que son corps, tout juste réunifié, se segmente à nouveau dans la poussière scintillante. Cependant, elle n'avait guère le choix. Personne ne viendrait s'enquérir de son sort avant une éternité.

Elle avait eu un accident. Sur la moto ? Non. Elle était dans un sous-sol. Les murs tachés et la surface du plafond qui s'éclaircissait pour dévoiler les pierres en attestaient. La puanteur du métal fondu et des matières fécales, analogue à celle de latrines à ciel ouvert, masquait en partie l'odeur de renfermé.

Elle mit ses mains sous elle, se redressa à genoux.

La douleur était moins forte que prévu. Ses articulations, ses reins et ses fesses la tourmentaient, certes, mais ses souffrances ressemblaient davantage à celles d'une grippe qu'au martyre de fractures multiples.

Quand elle l'aperçut, tout lui revint. Sa fuite sur les rives du lac Winnipesaukee, le pont, l'église en ruine, le dénommé Bing qui avait tenté de la gazer et de la violer.

Le cadavre de l'homme au masque à gaz était coupé en deux, les morceaux reliés par un simple fil d'intestin. La partie supérieure avait été projetée dans le couloir tandis que ses jambes reposaient sur le seuil. Ses pieds se situaient juste à côté de l'endroit où Vic s'était évanouie.

La bonbonne de sévoflurane avait explosé, mais son propriétaire serrait toujours dans sa main le détendeur, au bout duquel demeurait un fragment de cylindre, dôme en forme de casque à la visière déchiquetée. Les miasmes de fosse septique provenaient de ce corps, véritable puits d'aisances éventré. L'odeur était celle de ses tripes.

La pièce était dévastée, tout était tordu. C'en était trop. Vic fut saisie d'un vertige. Le lit retourné exhibait ses ressorts et ses pieds. L'évier descellé pendait à quarante-cinq degrés, uniquement retenu par deux canalisations à moitié arrachées. L'eau s'égouttait d'un joint fendu, se répandait au sol. Vic songea que, si elle était restée inconsciente plus longtemps, elle se serait noyée.

Se lever lui demanda un effort considérable. Ses jambes refusèrent d'abord de se déplier et lorsqu'elle y parvint, la douleur lui arracha un bref gémissement entre ses dents serrées. Un hématome verdâtre se dessinait sur sa rotule. Elle évita de trop solliciter l'articulation de peur qu'elle cède.

Telle une spectatrice dans un sordide musée des tortures, elle promena une dernière fois son regard d'un bout à l'autre

de la cave. La visite est terminée, messieurs dames. Passons
à la salle suivante. Il nous reste encore de splendides pièces
à admirer un peu plus loin.

Elle s'arrêta entre les pieds de l'homme au masque à gaz,
puis l'enjamba, prenant soin de ne pas marcher sur la section d'intestin. Cette vision était trop surréaliste pour qu'elle
éprouve un quelconque dégoût.

Elle franchit ensuite la partie supérieure du cadavre,
détourna les yeux du visage de l'homme, mais la tentation
fut plus forte. Après s'être éloignée de deux pas, elle jeta un
coup d'œil par-dessus son épaule.

Bing avait la tête tournée sur le côté. À travers les hublots,
on distinguait ses grands yeux écarquillés. Le filtre du masque,
bâillon de plastique fondu et de fibres carbonisées, s'était
enfoncé dans sa bouche.

Elle longea le couloir avec l'impression de traverser le pont
d'un bateau sur le point de chavirer. Elle gîtait sans cesse à
tribord. Il lui fallait s'appuyer contre le mur pour se stabiliser.
Bien entendu, le couloir était droit. C'était Vic qui menaçait
de rouler sur elle-même avant de sombrer dans les abysses.
L'espace d'un instant, elle oublia de se ménager et porta son
poids sur la jambe suppliciée. Le genou ploya immédiatement.
Elle tendit le bras, à la recherche d'un soutien. Ses doigts se
refermèrent sur la statue christique, avec son visage brûlé
et constellé de cloques. La sculpture était disposée sur une
étagère où s'entassaient un tas de cochonneries porno. Jésus
lui adressait un sourire obscène. Lorsqu'elle retira la main,
celle-ci était noire de suie. DIEU A BRÛLÉ VIF, SEUL LE
DIABLE RESTE.

Elle ferait désormais attention à sa jambe. Une pensée lui
traversa l'esprit. Des mots jetés au hasard, à peine compréhen-
sibles : *Dieu merci, la moto est de fabrication anglaise.*

En bas de l'escalier, son pied se prit dans des plastiques
lestés. Elle s'écroula. Cette mésaventure se produisait pour la
seconde fois : elle avait déjà atterri sur ce tas de sacs poubelles quand elle avait chuté dans les marches. Il avait amorti
le choc et lui avait sans doute épargné le coup du lapin ou la
fracture crânienne.

Le contenu était lourd, froid et un peu mou. Vic savait en
quoi il consistait. Elle reconnaissait l'angle aigu d'une hanche,
la forme plate d'une poitrine. Elle n'éprouvait aucun désir d'en

apprendre davantage, mais ses mains déchirèrent l'emballage malgré elle. La dépouille était enveloppée dans un linceul de polyéthylène maintenu par du ruban adhésif

D'une certaine manière, les fragrances écœurantes du pain d'épice étaient bien pires que les effluves de la chair corrompue. L'homme était mince. Il avait dû être séduisant, à une époque. Il n'était pas tant décomposé que momifié. Sa peau jaunâtre était toute ridée, ses yeux enfoncés dans leurs orbites. Ses lèvres entrouvertes suggéraient que le trépas l'avait surpris au milieu d'un cri. Vic savait pourtant que ce rictus résultait de la rigidité cadavérique. L'épiderme desséché s'était contracté pour remonter sur les gencives.

Elle poussa un soupir qui ressemblait étrangement à un sanglot. Sa main effleura le visage froid de l'homme.

« Je suis désolée », murmura-t-elle.

Les larmes coulèrent dans un réflexe involontaire. Elle n'avait jamais été une pleurnicheuse, mais il arrivait parfois que les effusions soient la seule réponse appropriée. Elle pouvait s'accorder ce luxe : pleurer de façon gratuite. Le mort, lui, n'éprouvait plus rien.

Elle tapota la joue du défunt, passa le pouce sur ses lèvres. Elle remarqua alors le papier froissé et inséré dans l'orifice buccal.

Le cadavre l'implorait du regard.

« D'accord, mon pote », abdiqua la jeune femme. Elle ôta le papier de la bouche flétrie sans aucune répulsion. L'homme avait connu un sort peu enviable et il l'avait affronté seul. On s'était servi de lui, on l'avait torturé, puis abandonné. Quels que fussent ses derniers mots, Vic se devait de les écouter. Même s'il était trop tard pour que cette attention soit d'un quelconque réconfort. Le message avait été rédigé d'une main tremblante, avec un crayon mal taillé. On l'avait écrit sur un fragment de papier cadeau.

Première fois depuis des jours : assez lucide pour écrire. L'essentiel :
— Je m'appelle Nathan Demeter. Branqueburg, New York.
— Enlevé par Bing Partridge.
— Travaille pour un dénommé Manks.
— J'ai une fille, Michelle. Belle. Gentille. Remercie le ciel qu'on m'ait kidnappé moi. La suite est pour elle :

*Je t'aime. Il ne me fait pas trop mal car je pense à toi quand
je ferme les yeux.*
Tu peux pleurer, mais n'oublie pas de rire aussi.
N'oublie pas d'être heureuse.
Tu as besoin des deux. J'ai eu les deux.
Je t'aime, chérie. Papa.

Vic déchiffra la note assise contre le cadavre. Elle s'efforça
de ne pas souiller le message de ses larmes.

Au bout d'un moment, elle s'essuya le visage du dos de la
main et leva les yeux vers l'escalier. Le souvenir de sa chute
occasionna un vertige bref mais intense. Elle était stupéfaite
d'avoir survécu à une telle dégringolade. Elle avait dévalé les
marches beaucoup plus rapidement qu'elle ne les remonterait.
Son genou la mettait au supplice. Une douleur lancinante
palpitait au rythme de son pouls.

Vic songeait qu'elle pourrait prendre tout son temps pour
gravir l'obstacle lorsque le téléphone se remit à sonner. Elle
hésita, à l'écoute. Puis se précipita, la main sur la rampe.
Elle entama son ascension à cloche-pied, traînant sa jambe
invalide derrière elle. *Je suis une petite Allemande habillée de
vert, et voilà toutes les choses que j'aimerais faire,* chantonna
une petite voix criarde dans sa tête. Vic n'avait pas entendu
cette comptine depuis des années.

Elle arriva en haut de l'escalier, ouvrit la porte, et tituba
sous la lumière aveuglante, effroyable, du soleil. Cet éclat
dément l'étourdit. Le téléphone insistait. Troisième ou quatrième sonnerie. La personne au bout du fil, qui qu'elle soit,
allait bientôt raccrocher.

Elle s'empara du combiné noir accroché au mur, à droite
de la porte. Quand elle posa la main sur le chambranle, elle
nota distraitement qu'elle tenait toujours le message de Nathan
Demeter. Elle porta l'écouteur à son oreille.

« Bon sang, Bing ! s'exclama Charlie Manx. Où étais-tu ?
J'appelle depuis une heure. Je commençais à craindre le pire.
Ce n'est pas la fin du monde si tu ne viens pas avec moi, tu
sais. Nous aurons d'autres occasions. En attendant, tu vas me
rendre un ou deux services. Pour commencer, j'aimerais que
tu me tiennes au courant des dernières informations concernant notre amie, Mlle McQueen. J'ai vu un reportage où elle

s'enfuyait de son cottage, dans le New Hampshire. A-t-on des nouvelles depuis ? Qu'est-ce qu'elle trafique, à ton avis ? »

Vic inspira, puis relâcha doucement son souffle.

« Je crois qu'elle a été assez occupée, dit-elle. Dernièrement, elle a aidé Bing à refaire la décoration de sa cave. Les lieux manquaient de couleur. Ce fils de pute a servi de peinture. »

Manx demeura silencieux. Tant et si bien que Vic se demanda s'il n'avait pas raccroché. Elle allait reprendre la parole pour s'assurer de sa présence, lorsqu'il répondit enfin :

« Seigneur, entends-tu par là que ce pauvre Bing est décédé ? Nous nous sommes séparés en mauvais termes. Par bien des côtés, il se comportait comme un enfant. Il a sans doute accompli des gestes regrettables, mais on ne peut pas lui en vouloir. Il ne se rendait pas compte !

— Ferme-la et écoute-moi. Je veux mon fils. Je viens le chercher, Manx. J'arrive et tu ferais mieux de ne pas être dans les parages quand je le retrouverai. Gare-toi, où que tu sois, et laisse-le descendre sans lui faire de mal. Dis-lui d'attendre sa maman, elle sera là en moins de deux. Obéis et tu seras débarrassé de moi. Je te laisserai tranquille. Nous serons quittes.

— Comment as-tu trouvé Bing ? Je voudrais bien le savoir. Tu as employé la même méthode que dans le Colorado ? Tu as emprunté ton pont ?

— Est-ce que Wayne va bien ? Je veux lui parler. Passe-le-moi.

— Mon royaume pour un cheval, hein ? Réponds d'abord à mes questions, et nous verrons si je peux répondre aux tiennes. Explique-moi comment tu as localisé Bing. Ensuite, j'aviserai. »

Vic était animée de tremblements incontrôlables. L'état de choc commençait à l'affecter. « Est-ce qu'il est en vie ? Si ce n'est pas le cas, Dieu te garde. Le sort de Bing sera enviable comparé au tien.

— Il va bien. Un vrai petit rayon de soleil. C'est tout ce que tu obtiendras de moi pour l'instant. Alors, comment es-tu arrivée chez Bing ? Sur la motocyclette ? Dans le Colorado, c'était un vélo. Tu as donc dégoté un nouveau moyen de transport. Et ce moyen te conduit au pont ? Dis-le-moi, et je te passe ton fils. »

Vic ignorait comment répondre. Aucun mensonge ne lui venait à l'esprit et elle n'était pas certaine que la vérité change quoi que ce soit. « Ouais. J'ai traversé le pont. Il m'a emmené chez lui.

— Eh bien, tu as déniché un méchant tremplin sur roues. Un vélo doté d'un moteur, n'est-ce pas ? Seulement, il ne t'a pas guidé jusqu'à moi. Tu as abouti à la Maison du Sommeil. Il y a sans doute une raison à cela. J'ai moi-même un engin motorisé et je connais son fonctionnement. Chaque dispositif a ses particularités. » Il s'interrompit avant de reprendre : « Tu m'as demandé de m'arrêter et de laisser ton fils sur le bas-côté. Tu as ensuite prétendu que tu serais là en moins de deux. Le Raccourci ne peut rejoindre que des points fixes, pas vrai ? Je comprends mieux. Ce n'est qu'un pont, après tout. Un édifice dont les extrémités doivent reposer à des emplacements précis, même si ces emplacements sont des abstractions.

— Mon fils, répéta Vic. J'exige de l'entendre. Tu as promis.

— C'est juste. Le voilà, Victoria. Le petit gars en personne. »

Pan, dans la Lune !
Accessoires pyrotechniques, Illinois

Dans la lumière du début d'après-midi, M. Manx quitta la voie principale pour se garer dans l'arrière-cour d'un entrepôt. Sur une pancarte, une fusée éborgnait une lune mécontente. Un sang enflammé dégoulinait sur le visage congestionné de l'astre. Wayne se mit à rire, serrant dans sa main son bibelot lunaire.

Le magasin était un bâtiment tout en longueur terminé par une barrière de corral. L'adolescent eut l'impression d'être revenu dans l'ouest, où il avait passé la plus grande partie de son enfance. Dans les régions du nord, on apercevait parfois des poteaux d'attelage à l'avant des maisons, lorsque le propriétaire entendait donner un cachet rustique à sa demeure. En revanche, à l'ouest, il n'était pas rare de trouver des tas de crottin à côté de poteaux identiques. Vous étiez vraiment chez les cow-boys, même si ces derniers montaient désormais des tout-terrain et écoutaient Eminem.

« Il y a des chevaux, à Christmasland ?

— Des rennes. Des rennes blancs apprivoisés.

— On peut monter dessus ?

— On peut même les nourrir à la main.

— Ils mangent quoi ?

— Ce que tu leur offres. Du foin, du sucre, des pommes. Ils ne sont pas difficiles.

— Ils sont tous blancs ?

— Oui. On ne les voit pas très souvent. Ils sont durs à distinguer dans la neige. Et il neige sans arrêt, à Christmasland.

— On pourrait les peindre. Ils seraient plus visibles », suggéra le garçon. Il était excité à cette perspective. Les idées enthousiasmantes se bousculaient dans son crâne depuis peu.

« Oui, convint Manx. Ce serait amusant.

— En rouge. Des rennes rouges. Aussi rouges que des camions de pompier.

— Ça donnerait un air de fête. »

Wayne sourit. Il imaginait le renne immobile tandis qu'il passait le rouleau à peinture sur sa toison afin de lui donner l'éclat d'une tomate. Il explora ses nouvelles dents pointues du bout de la langue, réfléchissant à ce qui l'attendait. Quand il arriverait à Christmasland, il se ferait un collier avec ses vieilles quenottes.

Manx se pencha vers la boîte à gants, d'où il retira l'iPhone. Le tueur avait utilisé l'appareil à plusieurs reprises au cours de la matinée. D'après ce que le garçon avait compris, il tentait sans succès de contacter Bing Partridge. Le vieux vampire ne laissait pas de message.

Wayne regarda par la vitre. Un homme sortait de l'entrepôt avec un sac. Une petite fille blonde sautillait à son côté. Celle-ci aurait été jolie, en rouge. On aurait pu la déshabiller, la tenir, et, malgré ses tortillements, peindre tout entier son corps menu. Pour bien travailler, il aurait été nécessaire de la tondre. Wayne se demanda quoi faire avec un sac rempli de cheveux blonds. On pouvait sûrement trouver un usage distrayant.

« Seigneur, Bing, soupira Manx. Où es-tu ? »

Il ouvrit la portière et sortit sur le parking.

La fillette et son père grimpèrent dans un pick-up. Le véhicule recula sur le gravier. Wayne adressa un signe de main à la gamine, qui lui renvoya son salut. Oh là là, quelle chevelure ! On aurait pu fabriquer une corde de plus d'un mètre, avec cette tignasse lisse et dorée. Un collet avec lequel on l'aurait pendue. Voilà une idée géniale ! Quelqu'un avait-il jamais été étranglé par ses propres cheveux ?

Le vieux vampire parla un moment au téléphone. Il faisait les cent pas. Des nuages de poussière blanche s'élevaient autour de ses bottes.

Le loquet arrière se déverrouilla. Manx se pencha dans l'habitacle.

« Wayne ? Tu te souviens d'hier ? Quand je t'ai dit que si tu étais sage, tu pourrais parler à ta mère ? Eh bien, sache que Charlie Manx n'a qu'une parole. Tiens, je te la passe. Elle aimerait savoir comment tu vas. »

Wayne prit l'appareil.

« Maman ? C'est moi. Quoi de neuf ? »

Il entendit un sifflement, des grésillements. Puis la voix de Vic lui parvint, vibrante d'émotion. « Wayne.

— Je suis là. Tu m'entends ?

— Wayne, répéta-t-elle. Tu vas bien ?

— Ouais. On s'est arrêté au magasin de feux d'artifice. M. Manx va m'acheter des cierges magiques et peut-être une fusée. Je te capte mal. Tu pleures ?

— Tu me manques. Je veux que tu reviennes, Wayne. J'arrive.

— Ah bon, d'accord. J'ai perdu une dent. Plusieurs, en fait. Je t'aime, maman. Tout se passe à merveille. On s'amuse comme des fous.

— Non, Wayne, vous ne vous amusez pas. Il te manipule, il s'immisce dans ton esprit. Tu ne dois pas le laisser faire. Il faut que tu te battes. Il est méchant. »

Le garçon sentit un tiraillement au creux de l'estomac. Il passa une nouvelle fois la langue sur ses dents toutes neuves, acérées et crochues.

« Il m'achète des explosifs », dit-il brusquement.

Toute la matinée, il avait pensé aux fusées, à la nuit perforée par les déflagrations, au ciel qui s'embraserait. Si seulement les nuages pouvaient prendre feu, ce serait formidable. Des radeaux floconneux tomberaient en torche, signeraient leur chute d'une traînée de fumée noire.

« Il a tué Hooper. Ton chien est mort en essayant de te défendre. Tu dois lutter, Wayne », reprit Vic.

L'adolescent tressaillit. Cette déclaration lui fit l'effet d'une gifle. Hooper. Il n'avait plus pensé à lui depuis des siècles. À présent, l'image du cabot, avec sa gueule de Yeti hirsute, resurgissait. Wayne se rappelait son haleine pestilentielle, sa fourrure chaude et soyeuse, son humeur joyeuse... et la façon dont il avait été massacré. Le chien avait mordu Bing à la cheville, et Manx l'avait... Il l'avait...

« Maman ? Je crois que je suis malade. Je pourris de l'intérieur. »

Vic pleurait encore.

« Oh, mon chéri. Tiens bon, je viens te chercher. »

Le garçon avait les yeux qui piquaient. L'espace d'un instant, sa vision se brouilla, les objets se dédoublèrent Cette réaction l'étonnait. Il n'était pas si triste, après tout. Ce qu'il ressentait s'apparentait plus au souvenir de la tristesse.

Donne-lui une information utile, songea-t-il. Puis il se força à formuler la phrase à l'envers. *Utile. Information. Donne.*

« J'ai vu mémé Linda, bafouilla-t-il. En rêve. Elle m'a parlé dans le désordre. Elle voulait m'indiquer comment le combattre. Mais c'est dur. J'ai l'impression de soulever un rocher avec une cuillère.

— Suis ses conseils, ordonna Vic. Essaie.

— D'accord, d'accord, maman. Ah, autre chose... » Il parla plus vite, aiguillonné par l'urgence. « Manx nous emmène voir... »

Mais le vieux vampire entra dans la voiture et arracha l'appareil. Son visage décharné était empourpré. Wayne décela une certaine exaspération dans ses yeux, comme s'il avait perdu une main gagnante au poker.

« Assez de blabla », décréta le tueur. Sa voix onctueuse contrastait avec son regard. Il claqua la portière au nez de Wayne. Dès que celle-ci se referma, le garçon eut la sensation qu'un contact avait été rompu, à l'image d'un courant électrique coupé. Il s'affala sur la banquette, en proie à une fatigue soudaine. Il avait le cou raide, ses tempes pulsaient. Il réalisa alors qu'il était en colère. La voix de sa mère, ses pleurs, le souvenir de Hooper disparu, le tourmentaient. Son ventre protestait. *Je suis en train de pourrir*, pensa-t-il. *En train de pourrir je suis*. Il toucha sa poche avant, où les dents perdues faisaient une petite bosse. Il envisagea une intoxication radioactive. *Je suis irradié*. Ce mot était pourtant amusant, tant il évoquait les fourmis géantes des vieux films en noir et blanc qu'il regardait avec son père.

Il s'interrogea sur le sort des fourmis dans un four à micro-ondes. Elles se contenteraient sans doute de bouillir. En tout cas, il était peu probable qu'elles grandissent. Impossible de savoir sans essayer. Il effleura son porte-bonheur en forme de lune, songeant aux insectes qui exploseraient comme du pop-corn. Une vague pensée le taraudait : le sentiment qu'il devait formuler ses raisonnements à l'envers. Mais il ne put s'y astreindre. L'effort réclamé n'était pas amusant.

Lorsque Manx revint à la voiture, Wayne souriait de nouveau. Il ignorait depuis combien de temps le vieux vampire était parti. Le tueur avait terminé son coup de fil, puis était entré dans le magasin baptisé *Pan, dans la Lune ! Accessoires pyrotechniques*. Il en était ressorti avec un sac en papier marron d'où émergeait un long tube vert enveloppé dans du cellophane. Une inscription sur le tube annonçait : AVALANCHE D'ÉTOILES – CONCLUSION PARFAITE D'UNE NUIT PARFAITE.

Manx, assis sur le siège conducteur, se retourna vers Wayne. Ses yeux étaient un peu trop globuleux et ses lèvres s'incurvaient en une moue de déception.

« Je t'ai pris des feux de Bengale et une fusée. Allons-nous les utiliser ? Telle est la question. Je suis sûr que tu allais révéler notre prochaine visite chez Maggie Leigh à ta mère. La surprise aurait perdu de son sel. J'ignore pourquoi je m'échine à faire un détour pour t'acheter de quoi t'amuser, quand, de ton côté, tu éventes mes petites plaisanteries.

— J'ai mal au crâne. »

Manx secoua la tête d'un air excédé, referma la portière, et quitta le parking, duquel s'éleva un nuage de poussière brune. Il bouda pendant quatre ou cinq kilomètres, mais à proximité de l'Iowa, ils virent un gros hérisson traverser la route. La Rolls lui roula dessus avec un bruit sourd. Un bruit si inattendu que Wayne laissa échapper un rire. Manx lui jeta un coup d'œil. Son sourire, d'abord forcé, se fit chaleureux. Ensuite, il alluma la radio. Les deux compères reprirent alors en chœur *Little Town of Bethlehem* et tout redevint comme avant.

La Maison du Sommeil

« Autre chose... Manx nous emmène voir... », avait dit Wayne avant d'être interrompu par un claquement sec suivi du choc sourd d'une portière.

« Assez de blabla, avait tranché Manx d'une voix joyeuse, digne d'un aboyeur de fête foraine. Le petit gars a eu son lot d'émotions, dernièrement. Je ne voudrais pas qu'il s'agite trop. »

Vic étouffa un sanglot. Elle ferma le poing sur le comptoir de la cuisine et se balança, le combiné contre son oreille. L'enfant qu'elle avait entendu au bout du fil n'était pas tout à fait son fils. Il paraissait lointain, déconnecté non seulement du monde environnant mais aussi de sa nature sérieuse et réfléchie. Il n'avait retrouvé son identité qu'à la fin de la conversation, quand elle lui avait parlé de Hooper. L'espace d'un instant, il avait paru désorienté, effrayé, mais était redevenu lui-même. Il avait pourtant l'air sonné, à l'image d'un patient au sortir d'une anesthésie générale. D'une certaine manière, la voiture avait l'effet d'un analgésique puissant. Elle paralysait les facultés essentielles de son sujet pour le transformer en créature béate et indifférente. Une sorte de vampire, supposait-elle. À l'instar de Brad McCauley, le petit garçon froid qui avait jadis tenté de la supprimer à Gunbarrell.

« Tu vas bien, Victoria ? Tu veux que je te rappelle plus tard ? susurra Manx.

— Tu es en train de le tuer. Il meurt.

— Au contraire, il n'a jamais été aussi vivant. C'est un garçon en pleine santé. Et nous formons un sacré duo, comme Butch Cassidy et le Kid. Je prends soin de lui, crois-moi. Je vais même aller jusqu'à te promettre que je ne toucherai pas à un seul de ses cheveux. D'ailleurs, je n'ai jamais fait mal à aucun enfant. Bien sûr, ce n'est pas l'opinion de tout le monde, après les mensonges que tu as racontés. Tu m'as fait passer pour un pervers, un pédophile. Je serais en droit d'infliger de terribles sévices à ton fils, tu sais ? Histoire d'être à la hauteur de ma réputation. J'ai horreur de casser le mythe. Mais abuser de mes petits compagnons n'est pas mon style. » Un silence, puis : « Pour les adultes, en revanche, c'est différent.

— Laisse-le partir. S'il te plaît. Il n'est pour rien dans l'affaire qui nous concerne. C'est entre toi et moi. Tu veux te venger, je comprends. Gare-toi quelque part et attends-moi. J'utiliserai le pont pour te rejoindre. Nous trouverons un terrain d'entente. Tu le relâcheras et je te laisserai faire ce que tu veux de moi.

— J'aurais du travail. Tu as dit partout que je t'avais tripotée. Je n'aime pas qu'on m'accuse des choses que je n'ai pas eu le plaisir d'accomplir.

— C'est ce que tu veux ? Tu serais content ?

— De te violer ? Grand Dieu non ! Je me contentais d'exprimer ma mauvaise humeur. Ce genre de dépravation me dépasse. Je sais que certaines femmes adorent être brutalisées, insultées pendant l'acte sexuel, mais ce n'est pas un vrai challenge. Prendre une femme contre son gré ? Non merci. Tu auras peut-être du mal à le croire, mais je suis papa de deux petites filles. À mon avis, toi et moi avons pris un mauvais départ et j'en suis désolé. Nous avons manqué l'occasion d'apprendre à nous connaître. Je suis sûr que tu m'apprécierais, en d'autres circonstances.

— Oh merde.

— Sérieusement ! J'ai été marié deux fois. J'ai l'habitude des femmes. Le tout est de trouver chaussure à son pied.

— Que je comprenne bien : tu m'invites à un putain de rendez-vous galant ?

— Surveille ton langage, siffla-t-il. Tu ferais rougir un docker. Vu comment ton idylle avec Bing Partridge s'est terminée, j'imagine qu'il vaut mieux pour ma santé que nous nous contentions de discuter. D'ailleurs, maintenant que j'y pense, nos deux premières entrevues n'ont pas été un modèle de romantisme. Tu es épuisante, Victoria. » Il pouffa de rire. « Tu m'as mutilé, diffamé et envoyé en prison. Pire que mon

ancienne épouse. Et pourtant... Tu possèdes ce charme indé-
finissable qui fait qu'on ne peut s'empêcher d'insister. Tu sais
t'y prendre avec les hommes.

— Laisse-moi t'expliquer comment *je* vais m'y prendre avec
toi : tu ne peux pas conduire éternellement. Tôt ou tard, tu
devras t'arrêter. Tes yeux se fermeront. Et lorsque tu les rou-
vriras, je serai là. Ton copain Bing s'en est tiré à bon compte.
Je suis du genre vicieuse : tu crameras dans ta voiture et je
récupérerai mon fils.

— Je ne doute pas de ta sincérité. Mais as-tu songé à ce
que tu feras s'il refuse de venir avec toi ? »

Fin de la communication.

Dès que Manx eut raccroché, Vic se pencha en avant, le
souffle coupé. Elle avait l'impression d'avoir couru un mara-
thon. Ses sanglots s'étaient mués en spasmes rageurs, viscé-
raux et éreintants, proches de la régurgitation. Elle avait envie
de démolir le combiné contre le mur. Un reste de sang-froid
l'en empêcha.

Sers-toi de ta colère, lui conseilla son père. *N'en sois pas
l'esclave.*

Avait-il jamais tenu ces propos ? Aucune idée. Elle les avait
juste entendus dans sa tête.

Lorsqu'elle eut fini de pleurer, ses yeux étaient irrités, son
visage empourpré. Elle marcha vers l'évier et sentit quelque
chose lui tirer la main. Elle remarqua qu'elle tenait toujours
le téléphone, rattaché au mur par un long cordon torsadé.

Elle reposa le combiné sur sa fourche, puis demeura un
instant à fixer le cadran rotatif. Un sentiment de vacuité,
d'inconfort, l'envahissait maintenant que la crise de larmes
était passée. Curieusement, et pour la première fois depuis
des jours, elle éprouvait aussi une sorte de paix, semblable à
la sérénité qui s'emparait d'elle quand elle dessinait.

Elle avait des gens à appeler. Des choix à faire.

Les énigmes visuelles de *Machine Chercheuse* étaient truffées
d'informations parasites. Le premier livre se concluait à l'intérieur d'un vaisseau spatial extraterrestre. Le héros mécanique

devait parvenir à la plateforme de décollage en actionnant une série de commutateurs successifs destinés à enclencher l'auto-destruction de l'engin. Des lasers, des sas verrouillés, ainsi que des sections radioactives et des aliens très énervés en forme de cubes de gelée de noix de coco, lui barraient l'accès à la liberté. La tâche était plus ardue pour les adultes. Au fil du temps, Vic s'était aperçue que ces derniers avaient du mal à s'orienter à cause de la surcharge cognitive. Ils avaient trop d'éléments à prendre en compte, trop d'options à envisager. Les enfants, en revanche, n'examinaient pas le tableau dans son ensemble. Ils étaient Machine Chercheuse, ils voyaient l'histoire par ses yeux, étape après étape. La jeune femme en était venue à croire que la différence entre les deux catégories d'âge séparait l'imagination de la résignation. Lorsque l'une remplaçait l'autre, vous vous perdiez.

Vic comprenait maintenant qu'elle n'avait pas besoin de retrouver Manx. Cette entreprise serait aussi hasardeuse que de tenter d'abattre une flèche en plein vol avec une autre flèche. Elle avait laissé penser au tueur qu'elle utiliserait le pont pour l'attraper, mais cette démarche était inutile car elle connaissait sa destination. L'endroit où il ne pouvait manquer d'aller. Elle avait la possibilité de s'y rendre quand elle le désirait.

Cependant, il était hors de question de mettre la charrue avant les bœufs. Christmasland était au bout d'une route à la fois abstraite et concrète. Elle devait se préparer à sa prochaine confrontation avec le vieux vampire. Elle serait sans doute obligée de l'éliminer. Encore fallait-il savoir comment. Et puis il y avait son fils. Serait-il encore lui-même lorsqu'il atteindrait cette contrée magique ? Son état serait-il réversible ?

Non seulement la jeune femme connaissait une personne susceptible de la renseigner à propos de son fils, mais elle connaissait aussi quelqu'un qui lui dirait comment combattre son ennemi, quelqu'un qui lui fournirait, le cas échéant, les armes nécessaires à la destruction de la seule chose importante pour Manx. Ces deux individus étaient eux aussi sur la route. Elle les rencontrerait chacun à leur tour. Bientôt.

Tout d'abord, elle devait s'occuper de cette fille, Michelle Demeter. Elle avait perdu son père. Il fallait l'informer du sort de celui-ci. Elle était déjà suffisamment restée dans l'incer-titude.

Vic évalua l'angle de la lumière à travers la vitre de la cuisine et estima que l'on devait être en fin d'après-midi. Le ciel s'était transformé en dôme bleu marine. L'orage qui menaçait à son arrivée avait disparu. Pour peu que l'on ait entendu l'explosion de la bonbonne, celle-ci avait dû être attribuée au tonnerre. La jeune femme était sans doute restée inconsciente pendant trois ou quatre heures. Un coup d'œil au courrier entassé sur le comptoir de la cuisine lui révéla l'adresse de l'homme au masque à gaz :

BING PARTRIDGE
25, BLOCH LANE
SUGARCREEK, PENNSYLVANIE 16323

Son voyage serait dur à expliquer. Quatre heures pour aller de la Pennsylvanie au New Hampshire était un délai trop court, même poignée en coin. Mais elle n'aurait pas à justifier son périple. D'autres le feraient à sa place.

Elle composa le premier numéro, qu'elle connaissait par cœur.

Elle n'était pas sûre d'avoir Lou au bout du fil. D'instinct, elle avait penché pour Hutter ou l'autre flic, le moche avec des sourcils blancs broussailleux, Daltry. Ce fut pourtant son ex qui décrocha.

« Oui ? »

Cette voix la fit chavirer, elle perdit un bref instant ses moyens. Elle avait toujours considéré qu'elle ne l'avait jamais aimé comme il le méritait et que lui, en retour, l'avait aimée au-delà du raisonnable.

« C'est moi, dit-elle. Le poste est sur écoute ?

— Oh merde, Vic. À ton avis ?

— Je suis là, intervint Tabitha Hutter. Vous avez énervé pas mal de gens. Vous voulez m'expliquer les raisons de votre fuite ?

— Je suis allée chercher mon fils.

— Je sais que vous avez laissé certains éléments dans l'ombre. Des éléments que vous aviez peur de me révéler. Mais j'ai besoin de savoir, Vic. Quoi qu'il se soit passé ces dernières vingt-quatre heures, je suis sûre que vous n'aviez pas le choix. Vous avez fait ce que vous pensiez...

— Vingt-quatre heures ? Comment ça ?

— Nous vous cherchons depuis hier. Les moyens mis en œuvre ont été pour le moins importants. Nous parlerons de cet exploit plus tard. Expliquez-moi où...

— Vingt-quatre heures ? » répéta-t-elle. L'idée d'avoir perdu autant de temps lui paraissait aussi incroyable qu'une voiture carburant à la télékinésie au lieu du sans plomb.

« Ne bougez pas, Vic, reprit Hutter d'une voix calme, patiente.

— Impossible.

— Vous devez...

— Non. Taisez-vous et écoutez-moi. J'ai besoin que vous contactiez une nommée Michelle Demeter. Elle habite à Brandenburg, dans le Kentucky. Son père a disparu depuis un moment. Elle est probablement folle d'inquiétude. Son cadavre est là, au bas des marches du sous-sol. Depuis plusieurs jours, je crois. Vous avez noté ?

— Oui, je...

— Ménagez le corps, d'accord ? Ne vous contentez pas de le fourrer dans un casier à la morgue. Affectez un agent à la surveillance de la dépouille jusqu'à l'arrivée de la fille. Il est resté seul trop longtemps.

— Comment est-il décédé ?

— Un type appelé Bing Partridge l'a tué. Bing est l'homme au masque à gaz qui m'a tiré dessus. Celui qui n'existait pas, selon vous. Le complice de Manx. Leur collaboration ne date pas d'hier.

— Charlie Manx est mort, Vic.

— Non. Il est bien vivant. Je l'ai vu. Nathan Demeter aussi. Il vous le confirmera.

— Vous venez de m'annoncer son décès. Comment pourrait-il confirmer quoi que ce soit ? Je veux que vous vous calmiez. Ces derniers temps ont été durs pour vous. Vous subissez un...

— Je ne subis aucun putain de contrecoup. Et je n'ai eu aucune conversation imaginaire avec un macchabée. Demeter a laissé un message écrit, d'accord ? Il mentionne Charlie. Lou, est-ce que tu es toujours en ligne ?

— Oui, Vic. Tu vas bien ?

— J'ai parlé à Wayne ce matin. Il est toujours en vie et j'ai l'intention de le ramener.

— Oh bon Dieu », s'émut l'ancien motard, la voix enrouée par l'émotion. Vic savait qu'il luttait pour ne pas pleurer. « Il a dit quoi ?

— Qu'on ne lui a pas fait de mal.

— Victoria, reprit la psychologue. Quand avez-vous...

— Attends, championne ! coupa Lou. Ne joue pas les francs-tireurs. Tu ne peux pas aller sur le pont toute seule. »

Tel un sniper à l'affût d'une cible éloignée, Vic s'était préparée à affronter l'objection. Elle employa un ton aussi clair et ferme que possible.

« Écoute bien, Lou : je vais faire un crochet et puis j'irai voir quelqu'un susceptible de me donner l'ANFO. De quoi rayer l'univers de Manx de la carte.

— Quelle info ? s'enquit Hutter. Lou a raison, Victoria. Vous ne pouvez pas affronter la situation sans aide. Revenez, et nous discuterons. Qui allez-vous rencontrer ? Et quelle sorte d'info doit-on vous donner ? »

Lou contint à grand-peine son excitation : « Vas-y, championne. On parlera de ce fumier plus tard. Ils sont après toi. Dégage et termine ce que tu as commencé.

— Monsieur Carmody ? interrogea l'experte, brusquement tendue. Qu'y a-t-il, monsieur Carmody ?

— Je suis partie, Lou. Je t'aime.

— À plus, ma puce », conclut-il d'une voix étranglée.

Vic raccrocha en douceur. Elle pensait que Lou avait compris le message. *On parlera de ce fumier plus tard.* Une phrase à double sens. Le fumier servait de base à l'ANFO, l'explosif que son père utilisait depuis des années.

Elle boitilla jusqu'à l'évier, ouvrit le robinet, et s'aspergea le visage d'eau froide. Le sang et la suie s'étreignirent en une jolie valse marron au-dessus de la bonde. Vic avait des morceaux de l'homme au masque à gaz collés partout sur elle. Les éclaboussures d'un Bing liquéfié parsemaient son T-shirt, ses bras, et sans doute ses cheveux. Elle entendit une sirène gémir au loin. Elle regretta de ne pas avoir pensé à se doucher ou à fouiller la maison à la recherche d'un flingue avant de contacter Lou. Tout bien pesé, une arme à feu lui serait d'ailleurs plus utile qu'un bon shampoing.

Elle ouvrit la contre-porte et, prenant appui sur sa jambe droite, descendit les marches avec prudence. Elle devrait garder la patte raide sur la moto. La perspective de passer les vitesses l'effraya une seconde, puis elle se souvint que la Triumph était de fabrication anglaise. La pédale se situait donc à droite. Une configuration illégale aux États-Unis depuis belle lurette.

Elle gravit la colline, face au soleil. Les yeux fermés, elle savourait la chaleur bienfaitrice sur son épiderme. La sirène augmentait dans son dos, modulée par l'effet Doppler. Tabitha Hutter ferait tomber des têtes lorsqu'elle apprendrait que les agents avaient utilisé leur gyro pour approcher de la maison.

Au sommet de l'éminence, tandis qu'elle posait le pied sur le parking de l'Église de la Foi Réunifiée, elle jeta un coup d'œil derrière elle. Une voiture de police tourna dans Bloch Lane, puis s'arrêta devant le domicile de Bing. Les flics se contentèrent de stopper leur véhicule au milieu de la route. Le conducteur jaillit de l'habitacle avec une telle précipitation que son crâne heurta l'encadrement de la portière. Sa casquette roula au sol. Il était si jeune.

Elle reprit sa progression. Trois pas et la maison avait disparu de son champ de vision. Elle se demanda comment elle réagirait si la moto n'était pas là, si des gosses avaient décidé de la prendre après l'avoir découverte avec les clefs dessus. Ses craintes furent vite dissipées : la Triumph l'attendait, au repos sur sa béquille rouillée.

Elle eut quelque difficulté à monter dessus. L'opération lui arracha un petit gémissement de douleur. Elle tourna la clef de contact, appuya sur le starter et mit les gaz. La cylindrée était restée dehors toute la nuit, sous la pluie, et pourtant, elle démarra au premier essai, presque impatiente de partir.

« Contente de voir qu'une de nous deux est prête », approuva la jeune femme.

Elle fit demi-tour et émergea du couvert. Dès qu'elle entreprit de contourner les ruines de l'église, il recommença à pleuvoir. Les gouttes, aussi froides qu'une averse d'octobre, scintillaient sous la lumière oblique du soleil. Une sensation merveilleuse sur sa peau, dans ses cheveux encroûtés.

« Vas-y, la pluie, murmura-t-elle. Lave cette merde à la Sainte-Annie. »

La Triumph et sa cavalière décrivirent une large courbe autour des débris.

Elle retourna là où sa mésaventure avait débuté. Le pont n'avait pas bougé. Il était toujours encastré dans la forêt, comme la veille, mais dans l'autre sens. Lorsqu'elle pénétra dans l'édifice, elle aperçut l'inscription à la bombe verte.

Par ici →

Elle roula sur les vieilles planches pourries. Celles-ci vibraient sous ses roues. Alors que la moto s'éloignait, un corbeau se posa devant le Raccourci. Il risqua un œil dans la gueule noire de la construction.

Deux minutes plus tard, tout se désintégra d'un coup, à l'image d'un ballon sous la piqûre d'une épingle. Même la détonation ressemblait à celle d'un jouet gonflable éclaté. Elle fut suivie d'une brève onde de choc lumineuse. L'oiseau à moitié déplumé fut projeté à dix mètres de là, mort avant d'avoir touché le sol. Une nouvelle victime de la route.

Laconia, New Hampshire

Hutter fut la première à s'en apercevoir, même si l'événement se déroulait au vu et au su de tout le monde : Lou Carmody avait un malaise. Son genou droit céda, il posa la main sur la grande table de conférence ovale.

« Monsieur Carmody ? » s'alarma-t-elle.

La chaise de bureau sur laquelle il s'effondra lentement émit une légère protestation. Son visage avait adopté une teinte de lait caillé, son front s'était nimbé d'une sueur grasse. Il y porta la main, comme pour prendre sa température.

« Qu'y a-t-il, monsieur Carmody ? » répéta la psychologue assise à l'autre bout de la table.

L'ancien motard était entouré d'hommes. Hutter ne comprenait pas pourquoi personne ne réagissait. Ce type faisait une crise cardiaque.

« Je suis partie, Lou, affirma Vic McQueen dans l'oreillette Bluetooth de Tabitha. Je t'aime.

— À plus, ma puce. »

Lou, à l'instar de la plupart de ses voisins, portait un appareil identique à celui de l'experte. Tous les employés écoutaient la conversation. Ils étaient au QG de la police d'État, aux environs de Laconia. Cette pièce aurait pu être la salle de conférences d'un Hilton : un vaste espace impersonnel muni d'une longue table centrale et de vitres donnant sur un parking.

McQueen raccrocha. Hutter arracha son oreillette.

Cundy, l'expert informatique, pianotait sur son portable. Il scrutait Google Maps, focalisé sur Bloch Lane, Sugarcreek, Pennsylvanie. Il leva les yeux sur la psychologue. « Les effectifs seront sur place dans trois minutes, peut-être moins. Je viens de parler aux flics du coin, ils ont branché leurs deux-tons. »

Hutter ouvrit la bouche pour ordonner : *qu'ils éteignent leurs putains de sirènes*. Vous n'approchiez pas un fugitif recherché au niveau fédéral en criant votre arrivée sur les toits. Un principe élémentaire. Mais Lou s'affala, le visage plaqué sur la table, le nez écrasé contre le bois. Il poussa un faible grognement et agrippa les bords du meuble, tel un naufragé cramponné à sa planche de salut. Hutter opta alors plutôt pour : « Appelez une ambulance. Tout de suite.

— Vous voulez qu'une ambulance se rende à Bloch Lane ? demanda Cundy.

— Non, ici. » La psychologue contourna la table en quatrième vitesse. Elle éleva la voix : « Reculez, messieurs. Laissez respirer cet homme, s'il vous plaît. Reculez. »

La chaise avait roulé en arrière et ce fut à cet instant précis que son occupant chuta. On aurait dit qu'une trappe s'était ouverte sous lui.

Daltry était juste derrière, une tasse estampillée MEILLEUR PÉPÉ DU MONDE à la main. Il esquiva. Sa chemise rose fut aspergée de café.

« Bordel, qu'est-ce qui lui prend ? »

Hutter s'agenouilla à côté de Lou, désormais à moitié allongé sous la table. Elle l'empoigna par l'épaule et tira. Elle avait l'impression d'essayer de retourner un matelas. Il roula sur le dos. Sa grosse main nouait son T-shirt Iron Man en une boule de tissu froissée entre ses nichons d'obèse. Ses traits étaient lâches, ses lèvres grises. Il laissa échapper un long souffle rauque. Ses yeux papillotaient, semblaient quêter un objet perdu.

« Restez avec nous, Lou, intima l'experte. Les secours arrivent. »

Elle claqua des doigts et le regard du malade se fixa enfin. Il cligna des paupières avec un sourire hésitant : « J'aime vos boucles d'oreilles. Supergirl. Je ne vous imaginais pas comme ça.

— Vraiment ? Et comment m'imaginiez-vous ? » l'interrogea-t-elle. L'essentiel était de le faire parler. Ses doigts se refermèrent sur son poignet. Son pouls émit une simple pulsation avant de s'arrêter, puis de reprendre à un rythme effréné.

« Velma, estima-t-il. Vous savez ? Dans Scoubidou.

— Pourquoi ? Parce que nous sommes toutes les deux gras-souillettes ?

— Non. Parce que vous êtes toutes les deux malignes. J'ai peur. Vous voulez bien me tenir la main ? »

Elle s'exécuta. Il passa son pouce sur ses phalanges en un va-et-vient délicat.

« Je sais que vous ne croyez pas ce que Vic vous a raconté au sujet de Manx, chuchota-t-il dans un souffle précipité. Vous pensez qu'elle est folle. Vous ne pouvez pas laisser les faits court-circuiter la réalité.

— Baliverne. Les faits appartiennent à la réalité. »

Le rire de Lou – un halètement urgent – la surprit.

Elle devrait aller dans l'ambulance avec lui. Il refuserait de lâcher sa main.

Parisis, Iowa

Vic était pratiquement à l'arrêt, au point mort, lorsqu'elle rejoignit l'autre extrémité du pont. Elle se rappelait trop bien sa visite précédente à la bibliothèque municipale et la manière dont elle avait percuté le trottoir avant de faire un vol plané pour s'écorcher le genou. Elle ne survivrait pas à une nouvelle chute dans l'état où elle était. Le point mort eut peu d'effet. Dès que les roues touchèrent le bitume, le moteur cala dans un petit sifflement découragé.

La dernière fois que Vic était venue, le parc, tout en longueur, était entretenu, propre et ombragé. Un endroit où l'on avait envie de s'allonger pour lire un livre. À présent, il consistait en quelques centaines de mètres carrés de boue, sillonnés d'ornières creusées par les camions de chargement et les tombereaux. Les chênes centenaires et les bouleaux avaient été arrachés puis entassés en de gigantesques tas de bois mort sur le côté du jardin.

Un simple banc subsistait. À l'origine, le mobilier urbain vert foncé était équipé d'accoudoirs et de pieds en fer. Maintenant, la peinture était écaillée, les planches usées, décolorées par la morsure du soleil. Maggie y somnolait, le menton appuyé sur la poitrine. La lumière du jour était crue et impitoyable. L'ancienne employée avait une bouteille de limonade à la main. Une mouche tournait autour de sa bouche. Son débardeur dévoilait des bras décharnés, constellés de traces de brûlures de cigarettes. Elle avait dû, à une époque, se teindre les cheveux en orange vif, dont on distinguait à présent les racines châtain et gris. Linda elle-même n'avait pas eu l'air si vieille au moment de sa mort.

La vision de son amie, si fatiguée, si maigre et si seule, fit plus mal à Vic que sa rotule meurtrie. Elle se força à se souvenir dans les moindres détails de comment elle avait, dans un moment de colère et de panique, jeté les documents au visage de la bibliothécaire, comment elle avait menacé d'appeler la police. La culpabilité était écrasante et elle choisit de l'affronter. Elle laissa ce sentiment la consumer, telle une cigarette fermement maintenue contre la peau.

Le frein avant crissa. Maggie leva la tête, chassa ses cheveux filasse de ses yeux. Un sourire endormi naquit au coin de ses lèvres. Vic baissa la béquille.

Le sourire de la vieille femme s'estompa. Elle se leva, chancelante.

« Oh, V... Vic. Qu'est-ce que tu t'es fait ? Tu as du sang partout.

— Si ça peut te rassurer, ce sang n'est pas le mien. Enfin, pour la plupart.

— Non, ça ne me rassure pas. Je suis au b... bord de la syncope. Je ne t'avais pas déjà posé un pansement, la dernière fois ?

— Si. J'imagine. »

Le regard de Vic s'attarda sur l'ancienne bibliothèque. Toutes les fenêtres du rez-de-chaussée étaient condamnées. La porte métallique à l'arrière était barrée par des scellés jaunes.

« Qu'est-il arrivé au bâtiment ?

— Il a v... vu des jours meilleurs. Comme m... m... moi.

— Oh, Maggie... »

L'espace d'un instant, Vic crut qu'elle allait se remettre à pleurer. Le rouge à lèvres inégal de Maggie, les arbres morts empilés, le soleil trop chaud, trop brillant, tout concourait à lui faire monter les larmes aux yeux. Son amie méritait d'avoir un endroit où se reposer, un peu d'ombre pour se protéger.

« J'ignore laquelle de nous deux a le plus besoin d'un docteur.

— Je vais bien ! M... mais mon b... bégaiement s'est aggravé.

— Sans parler de tes bras. »

Maggie baissa les yeux sur ses lésions, puis regarda Vic.

« Une méthode pour m'empêcher de bafouiller. Et pour m'aider à d... d'autres choses.

— Une méthode ?

— La d... douleur. Viens, entrons. Maman Maggie v... va te soigner.

— Il me faut davantage que des soins, Maggie. J'ai des questions à poser à tes jetons.

— Tu n... n'obtiendras peut-être pas de réponse. Ils ne f... fonctionnent plus très bien. Ils b... bégayent aussi. Mais j'essaierai. Après t'avoir n... nettoyée et m... maternée un peu.

— Pas le temps d'être maternée.

— Mais si, bien sûr. Manx n'est pas enc... encore à Christmasland. Et nous savons toutes les deux que tu ne peux pas l'attraper avant. Ce serait comme tenter de s... saisir une nappe de brouillard entre tes doigts. »

Vic descendit de sa monture. Elle sauta à cloche-pied pour éviter de malmener sa blessure. Maggie passa un bras autour de sa taille. Vic envisagea de lui dire qu'elle pouvait se passer de béquille, mais elle aurait menti. Sans aide, elle n'atteindrait probablement pas les locaux. Son bras vint se poser, de façon presque automatique, sur l'épaule de Maggie. Elles effectuèrent un pas ou deux, puis l'ancienne bibliothécaire marqua une pause et regarda en direction du Raccourci qui, une fois encore, enjambait la Cedar. La rivière paraissait plus large que dans le souvenir de Vic. Les flots bouillonnaient à la limite de l'étroite route contournant l'édifice. Le ponton qui longeait le rivage avait été emporté.

« Qu'y a-t-il de l'autre côté, aujourd'hui ? interrogea Maggie.

— Deux morts.

— Tu crois qu'on p... peut te suivre jusqu'ici ?

— À mon avis, non. Les flics sont à ma recherche, mais le Raccourci disparaîtra avant qu'ils ne soient sur place.

— La p... police est aussi venue à Parisis.

— Pour moi ?

— Aucune idée. P... Peut-être. Je revenais du magasin et je les ai vus garés là-devant. Je me suis esquivée. Je viens dans les parages de temps en temps. P... Parfois, je vais ailleurs.

— Où ? À notre dernière rencontre, il t'arrivait d'être hébergée par de la famille... Un oncle, je crois. »

Maggie secoua la tête. « Il est parti. Sa caravane et tout le c... camping ont été noyés sous les eaux. »

Les deux femmes marchèrent, cahin-caha, jusqu'à la porte de derrière.

« Ils veulent sûrement te parler parce que je t'ai contactée, précisa Vic. Ils tracent ton portable.

— J'y ai pensé. J'ai jeté l'appareil après ton appel. Je savais que tu n'aurais plus besoin de c... composer ce numéro. Pas de problème. »

Les scellés sur la porte indiquaient : DANGER. Un papier, glissé dans un plastique transparent, stipulait que les structures du bâtiment étaient endommagées. On avait entrebâillé le battant à l'aide d'un parpaing. Maggie se glissa sous le ruban de sécurité. Vic pénétra à sa suite dans la sombre construction désaffectée. Les rayonnages, vastes parois d'une caverne aux fragrances de mille livres, prenaient désormais la poussière dans l'obscurité. Les étagères étaient toujours là, mais certaines d'entre elles s'étaient écroulées les unes sur les autres à l'image d'un jeu de dominos disproportionné. La majeure partie des ouvrages avait disparu. Les rares rescapés pourrissaient en piles désordonnées, dans un brouet de moisissure et de champignons.

« La g... grande inondation s'est produite en 2008. Les murs sont encore humides. »

Vic passa une main sur le béton salpêtré. Son amie avait raison.

Avec le soutien de Maggie, elle progressa parmi les débris. Son pied heurta un tas de canettes de bière. Ses yeux s'habituaient aux ténèbres environnantes. Les murs étaient insultés par les graffitis habituels : bites de deux mètres de haut, seins aux tétons énormes. Elle distingua aussi un message imposant, barbouillé à la peinture rouge :

SILENCE, ON PLANE !

« Quel dommage, Maggie ! se désola Vic. Tu aimais tellement cet endroit. Est-ce qu'on a essayé de faire quelque chose ? De transférer les livres ailleurs ?

— Sûr.

— Loin ?

— Pas t... trop. La décharge est à environ un k... kilomètre en aval.

— Personne n'a voulu réhabiliter ce bâtiment ? Il date de quand ? Un siècle ? Ce doit être un monument historique. »

Maggie cessa un instant de bégayer.

« Tout à fait. De l'histoire ancienne, chérie. »

Vic entrevit son expression dans le noir. La méthode était vraiment efficace : la douleur corrigeait bien les troubles de la parole.

La bibliothèque

L'espace de travail de Maggie, derrière l'aquarium, avait pour ainsi dire été préservé. Le récipient de verre était vide. Les jetons de Scrabble en parsemaient le fond. Les parois sales donnaient encore sur la section Enfant. Le bureau gris métallisé avait survécu, même si sa surface était désormais cabossée et rayée et qu'un malotru avait bombé une vulve écarlate sur le côté. Une bougie éteinte s'inclinait sur son socle de cire violette. Le presse-papier en forme de pistolet reposait sur un livre en cours de lecture : *Fictions*, de Borges. Le .38 à canon court était censé appartenir à Tchekhov. Anton Tchekhov avait formalisé le principe selon lequel une arme à feu montrée au premier acte serait utilisée dans le suivant. Vic comprenait maintenant l'astuce. Le divan en tweed – article d'occasion aux déchirures tantôt rafistolées avec du ruban adhésif, tantôt béantes – était en revanche une nouveauté. Au moins était-il sec et dépourvu de moisissure.

« Qu'est-il arrivé à la carpe koï ?

— Je ne sais pas. Je c... crois qu'on l'a mangée. J'espère qu'elle a f... fait un bon repas. La famine est une p... plaie. »

Vic aperçut des seringues et un garrot par terre. Elle s'appliqua à éviter de marcher dessus et se fraya un chemin jusqu'au canapé.

Maggie désigna le matériel d'injection. « Ce n'est p... pas à moi. » Puis elle se dirigea vers un balai posé dans le coin, où se dressait jadis un portemanteau. Ce même balai avait d'ailleurs remplacé l'ancien support. Maggie y avait suspendu son vieux chapeau sale. « Je ne me suis pas sh... shootée depuis l'année dernière. T... trop cher. Vu le contexte économique, j'ignore comment on peut encore se défoncer. »

Maggie posa le feutre sur ses cheveux couleur sorbet : un geste soigneux, digne d'un dandy éméché au sortir d'un bar à absinthe, dans la nuit pluvieuse de Paris. Ensuite, elle s'empara du balai et commença à débarrasser le sol des détritus. Les seringues cliquetèrent sur le ciment.

« Je peux te bander la jambe et te refiler de l'OxyContin. Plus économique que l'héroïne. »

Elle se pencha vers le bureau pour ouvrir le tiroir du bas. Après avoir fouillé à l'intérieur, elle en sortit un flacon orange, une cartouche de cigarettes, et un sac de lettres miteux.

« L'abstinence est encore moins chère que l'Oxy », suggéra Vic.

Son amie haussa les épaules. « Je ne prends que le strict nécessaire. » Elle mit une cigarette entre ses lèvres et gratta l'allumette d'un coup d'ongle. Un tour sympa.

« Le strict nécessaire, hein ?

— Quand j'ai trop mal. » Elle avala une bouffée de nicotine. « Ça s'arrête là. Et toi, V... Vic, que t'est-il arrivé ? »

La jeune femme s'allongea, la tête sur l'accoudoir. Elle ne pouvait pas plier la jambe. Chaque mouvement était une torture. La simple vision de son genou, qui avait doublé de volume et pris une teinte violacée, était pénible.

Elle commença à raconter les deux jours précédents. Les événements survenaient dans le désordre, les explications qu'elle y apportait ajoutaient à la confusion. Maggie l'écouta sans interruption. Un robinet coula pendant trente secondes. Vic laissa échapper un bref gémissement lorsque son amie posa un linge humide et frais sur sa blessure. Maggie décapsula ensuite le flacon, d'où elle préleva une petite pilule blanche. Des volutes bleutées se dispersaient autour d'elle en un châle fantomatique.

« Je ne peux pas prendre ce cachet, déclina la jeune femme.

— B... Bien sûr que si. Pas b... besoin d'avaler à sec. J'ai de la limonade. Un peu tiède, mais délicieuse.

— Non. Ce truc va m'abrutir. J'ai déjà trop dormi.

— Sur le ciment ? Après qu'on t'a gazée ? Ce n'est pas un sommeil réparateur, objecta-t-elle en offrant le comprimé à Vic.

— Peut-être plus tard. Lorsque nous aurons discuté.

— Si je t'aide, tu me promets de pas r... remonter en selle avant de t'être reposée ? »

Vic serra la main de la bibliothécaire. « D'accord. »

Maggie sourit et tapota la main de Vic, mais celle-ci refusa de lâcher. « Merci, Maggie. Merci pour tout. Tu m'as avertie, secourue. Je donnerais n'importe quoi pour ne pas avoir agi comme je l'ai fait quand tu as débarqué à Haverhill. J'avais peur. Ce n'est pas une excuse, je sais. Tu ne peux pas imaginer le nombre de choses que j'aimerais rattraper. Je voudrais tant me racheter. T'offrir plus que des mots. »

Les traits de la vieille employée s'illuminèrent. Son visage était celui d'un gosse qui voit un cerf-volant s'élever dans les cieux d'azur.

« Bon sang, V... Vic. Tu va me f... faire pleurer. Qu'y a-t-il de plus p... précieux que les mots ? Et puis, tu t'es d... déjà rachetée : tu es là. Je suis tellement contente d'avoir quelqu'un à qui parler. Non que ma c... conversation soit très agréable.

— Chut, arrête. Je me moque de ton bégaiement. Lors de notre première rencontre, tu m'as affirmé que ton Scrabble et mon vélo étaient des couteaux capables de trancher le voile entre réalité et fantasmes. Tu avais raison. Mais ils ne tranchent pas que ce voile. Ils nous entaillent nous aussi. Mon pont, le Raccourci, m'a blessé. Là. » Elle posa le doigt sur sa tempe. « Je l'ai trop pris. Mon esprit n'a pas tenu le coup. Je ne m'en suis jamais remise, j'ai brûlé ma maison, saccagé ma vie. J'ai fui ceux que j'aimais par crainte de leur faire du mal ou de ne pas être à la hauteur. Voilà les dégâts qu'infligent ces armes. Chez toi, la parole se détraque...

— Je m... me suis coupé la langue, avec ce couteau métaphorique.

— Manx a l'air de s'en sortir indemne.

— Oh non, ne c... crois pas ça. Manx est plus atteint que quiconque. Il a été saigné à b... blanc. »

La bibliothécaire plissa les yeux, puis inhala une grande bouffée voluptueuse. Le mégot rougeoya dans l'obscurité. Elle le retira de sa bouche, l'observa un instant, et le posa sur la peau de sa cuisse, mise à nu par l'une des déchirures de son jean.

« Bon Dieu ! » cria Vic. Elle se redressa si brutalement que la pièce vacilla dans une direction, et son estomac dans l'autre. Elle retomba sur l'accoudoir, vaincue par le vertige.

« C'est mieux ainsi, grogna Maggie entre ses dents serrées. Je veux être capable de communiquer avec toi sans te postillonner tout le temps dessus. » Son souffle adoptait le rythme d'une exhalaison douloureuse. « Pas d'autre moyen d'utiliser les jetons. Parfois, cette souffrance est même insuffisante. J'étais obligée. Bon, de quoi on parlait ?

— Seigneur, Maggie.

— N'en fais pas tout un plat. Allons-y, sinon je vais devoir répéter l'opération. Et les effets s'atténuent petit à petit.

— Tu disais que Manx avait été saigné à blanc.

— Vrai. La Rolls le rend jeune et fort. Elle le conserve. En échange, il perd sa capacité à ressentir du regret ou de l'empathie. Voilà de quoi son couteau l'ampute : son humanité.

— Ouais. Sauf que la voiture cherche à imposer la même mutilation à mon fils. Elle modifie les enfants que Manx emmène avec lui à Christmasland. Elle les transforme en putains de vampires, hein ?

— Presque. » La bibliothécaire se balançait d'avant en arrière, les yeux fermés sur la douleur dans sa jambe. « Christmasland est une extrospection. Un endroit inventé de toutes pièces par Manx.

— Une illusion.

— Pas vraiment. Cette contrée existe bien. Les concepts peuvent être aussi durs que de la pierre. Ton pont n'échappe pas à la règle. Cette construction n'est pas à proprement parler un pont couvert. Les parois, le toit, les planches sous les roues, servent d'habillage à une abstraction plus simple. Quand tu es venue ici, tu ne l'as pas tout à fait traversé. Tu as traversé une idée qui a pris l'apparence du Raccourci. Et lorsque Manx arrivera à destination, il rejoindra une idée du bonheur qui ressemble... Comment dire ? À l'atelier du père Noël ?

— Je crois qu'il s'agit d'un parc d'attractions.

— Un p... parc d'attractions. Ça colle. Manx ne connaît plus le bonheur. Il ne se souvient que du divertissement. Une notion d'amusement perpétuel, de jeunesse éternelle, grimée sous des oripeaux que seul son esprit demeuré peut concevoir. Son véhicule lui montre la voie. La souffrance et le malheur fournissent le c... carburant et lui ouvrent les portes de son paradis. Voilà pourquoi il a besoin d'emmener des gamins avec lui. La Rolls exige ce qu'il n'a plus. Alors il draine les sentiments néfastes des gosses comme un v... vampire de série B suce le sang de ses victimes.

— Et quand il a terminé, ce sont des monstres.

— À mon avis, ils restent aussi des enfants. Mais des enfants qui ne comprennent plus rien, excepté l'amusement. Ils sont remodelés selon l'image idéalisée de Manx. Il veut des bambins innocents pour toujours. Cependant l'innocence est très surfaite. Elle conduit les cœurs purs à arracher les ailes des mouches faute de mieux. La voiture tire profit des lacunes de Manx et adapte les passagers à leur futur environnement fantasmatique. Elle aiguise leurs dents, les dispense des besoins caloriques. Cette abstraction est un univers plutôt froid, je parie. Maintenant, avale ton cachet, Vic. Tu dois te reposer, récupérer tes forces avant de p... partir l'affronter.

— Ça va me faire du bien. Pas seulement à mon genou, à ma tête aussi. J'ai mal. » La jeune femme grimaça tandis qu'un nouveau pic de douleur s'enfonçait dans son orbite gauche. « J'ignore pourquoi les dégâts se concentrent à cet endroit. Et ce, depuis que je suis petite. » Elle eut un rire chevrotant. « Une fois, j'ai pleuré du sang, tu sais.

— Les idées créatives naissent dans l'hémisphère droit mais sont perçues par l'œil gauche. L'énergie dépensée pour inclure tes visions dans le monde réel doit être phénoménale. Et cette énergie se focalise ici. » Elle désigna l'œil gauche de Vic. Celle-ci examina longuement la pilule dans la paume de Maggie. Elle hésitait encore.

« Tu répondras à mes questions, d'accord ? Avec tes lettres.

— Tu ne m'as encore rien demandé qui nécessite leur emploi.

— Il faut que je sache comment l'éliminer. Il est mort en prison, et cela n'a pas duré.

— Je crois que tu connais déjà la solution. »

Vic prit l'OxyContin, accepta la limonade que son amie lui proposa. Le liquide était doux au palais, chaud et collant. Un délice. Le comprimé passa dans l'œsophage à la première gorgée, laissant dans son sillage un arrière-goût amer.

« La voiture, dit Vic. La Rolls.

— Tout juste. En cas de panne mécanique, Manx cesse de respirer. À un moment donné, quelqu'un a dû ôter le moteur, ce qui a causé son décès temporaire. Quand le véhicule a été réparé, rebelote. Manx vit tant que l'engin fonctionne.

— Donc, si je détruis la Rolls... je le détruis. »

Maggie tira sur sa cigarette. Le bout rougeoyant prenait des allures de sémaphore dans l'obscurité. « Bingo.

— D'accord », approuva la jeune femme. Les effets du médicament se faisaient déjà sentir. Dès qu'elle fermait les yeux, elle avait l'impression de voguer sur son ancien vélo, parmi les ombres de la forêt dense.

« Vic ? » La question mélodieuse de la bibliothécaire la sortit de sa rêverie. Elle releva la tête de l'accoudoir, cligna des paupières. Elle avait vraiment été sur le point de s'assoupir.

« L'Oxy, murmura Vic.

— Que veux-tu savoir ? » Maggie tapota son sac. « Profites-en tant que tu peux.

— Mon fils. Je vais le chercher à Christmasland. Ils y seront cette nuit. Demain matin au plus tard. Il faut que j'y sois aussi. Mais Wayne sera... différent. J'entendais déjà les changements dans sa voix au téléphone. Il lutte, mais la voiture le métamorphose. Peut-on le soigner ? C'est important. Si je le ramène, est-ce qu'il existe un traitement ?

— Je l'ignore. Personne n'est j... jamais revenu de Christmasland.

— Alors, demande à tes lettres. Elles peuvent te répondre, non ? »

Maggie quitta le divan pour s'asseoir par terre. Elle agita doucement la bourse miteuse. Les jetons s'entrechoquèrent à l'intérieur.

« Voyons v... voir. » Elle plongea la main dans l'étoffe pour en ressortir une poignée de lettres qu'elle disposa au sol.

XOXOOXOXXO

Maggie contempla sa moisson avec une consternation visible.

« Voilà ce que j'obtiens la plupart du temps. Merci et au revoir, vilaine bègue. »

Elle remit les lettres dans son sac.

« Ce n'est rien, la réconforta Vic. Pas de problème. Il fallait essayer. Tu ne peux pas tout savoir, tout connaître.

— Non, se renfrogna Maggie. Quand tu entres dans une bibliothèque, tu dois trouver ce que tu ch... cherches. »

Elle recommença à fouiller dans le sac en faux velours et en extirpa une seconde poignée de jetons. Elle les étala par terre.

PPPPPPPPP

« Ne me tirez pas la langue », dit-elle à ses lettres.

Elle les ramassa de nouveau, les fourra dans le sac et répéta l'opération. Cette fois, son bras s'enfonça presque jusqu'au coude. Vic eut l'impression d'entendre des centaines de jetons cliqueter. Maggie laissa tomber sa récolte au sol.

FUFUFUFU

« *Fuck* ? Comment ça, *fuck* ? Vous me renvoyez l'insulte de mes boucles d'oreilles ? Allez vous faire foutre. »

Elle arracha la cigarette de sa bouche et dirigea l'extrémité brûlante vers son bras. Mais avant qu'elle n'ait achevé son geste, Vic se redressa d'un bond et l'attrapa par le poignet.

« Non, Maggie. » La pièce oscilla comme une balançoire, pourtant elle ne lâcha pas prise. La bibliothécaire la fixait avec des yeux brillants et encavés. « On réessayera plus tard, promit Vic. Je ne suis peut-être pas la seule à avoir besoin de repos. Tu étais dans le Massachusetts il y a une semaine et demie. Tu as fait tout le voyage en bus ?

— En stop aussi.

— Et de quand date ton dernier repas ?

— Hier. J'ai eu un g... genre de sandwich au s... s... » Elle s'interrompit. Son visage passa du rouge à l'écarlate. On aurait dit qu'elle s'étranglait. Ses lèvres écumaient.

« Chut, la rassura Vic. Tout va bien. On va déjà te prendre à manger. »

Maggie souffla un nuage de fumée, regarda autour d'elle, en quête d'un endroit où écraser son mégot, et choisit finalement l'accoudoir le plus éloigné. La braise grésilla. Une volute charbonneuse s'éleva en direction du plafond.

« Après t... ta sieste. »

Vic se radossa. De guerre lasse, elle céda :

« On va dormir toutes les deux. Et puis on ira chercher de la nourriture et des vêtements. Ensuite on sauvera Wayne, on sauvera la bibliothèque. La situation s'améliorera. Tout redeviendra comme avant. Les Deux Fantastiques en action. Juste s'allonger.

— D'accord. Garde le divan. Moi, j'ai une bonne vieille couverture. Je dormirai par t... t...

— Tu restes avec moi. Le canapé est assez grand. »

Vic était toujours éveillée, mais avait de plus en plus de mal à ouvrir les yeux.

« Ça ne te dérange pas ? s'inquiéta Maggie.

— Pas du tout, chérie. » Elle ne savait plus si elle s'adressait à son amie ou à son fils.

La bibliothécaire s'installa à côté d'elle, blottie dans son dos. Sa hanche squelettique appuyait contre celle de Vic. Son avant-bras, non moins squelettique, reposait sur le ventre de la jeune femme.

« Tu veux bien me tenir ? demanda l'ancienne employée, la voix tremblante. Je n'ai p... plus touché personne d... depuis si longtemps. Je sais que les femmes ne te b... branchent pas, vu que tu as eu un enfant et t... tout ça, mais... »

Vic posa sa main sur la taille de son amie, maigre et frissonnante.

« Tais-toi, maintenant.

— Oh, d'accord, Vic. Quel soulagement de ne plus avoir à parler. »

Laconia

Lou n'avait pas le droit de bouger. Ils ne voulaient pas prendre le risque de voir l'obèse se payer un malaise et s'écraser face contre terre. Après les examens, il dut rester dans une chaise roulante poussée par un infirmier.

Celui-ci avait à peu près le même âge que lui. Son front proéminent, style Cro-Magnon, chapeautait une paire d'yeux tombants soulignés par de gros cernes. Son badge indiquait un patronyme improbable : Bilbo. Un vaisseau spatial était tatoué sur son avant-bras poilu : l'*Enterprise*, de *Star Trek*.

« Longue vie et prospérité », ironisa Lou.

Et l'infirmier de répondre : « Dis pas ça, mec. J'ai pas envie de chialer pendant le boulot. »

L'inspecteur Daltry les suivait, les bras chargés d'un gros sac en papier. L'ex de Vic n'aimait pas l'odeur du fonctionnaire : un mélange de nicotine et de menthol, où la nicotine prédominait. Il n'aimait pas non plus ses fringues trop grandes. Tout pendouillait : sa chemise, son pantalon couleur palourde, sa veste râpée.

« Vous parlez de quoi ? s'enquit le flic.

— *Star Trek*, répliqua l'infirmier sans le regarder. On est des Trekkies.

— C'est-à-dire ? Vous comptez vous marier ? » rigola Daltry.

Bilbo murmura, de manière à ne pas être entendu : « Bon Dieu. Retourne dans les années 1950, vieux schnoque. »

La salle de réveil consistait en une vaste et unique pièce bordée de lits. Chacun d'eux était séparé des autres par des rideaux vert pâle. Bilbo conduisit Lou presque au bout pour trouver une place vacante. « Votre suite, monsieur. »

Lou se hissa sur le matelas, tandis que Bilbo suspendait une poche remplie d'un fluide indéterminé à une potence. L'ancien motard portait encore le cathéter fixé à son bras droit. L'infirmier y inséra l'intraveineuse. Le liquide coula instantanément dans son bras. Une vague puissante et glacée l'envahit. Il sentit sa température corporelle baisser.

« Je dois m'inquiéter ? demanda-t-il.

— D'une angioplastie ? Non. Sur l'échelle des actes médicaux, cette intervention est juste un peu plus compliquée qu'une extraction de dent de sagesse. Simple chirurgie. Aucune crainte.

— D'accord. Mais je ne parle pas de l'angioplastie. En fait, je me soucie plutôt du truc que vous m'injectez. C'est du sérieux ?

— Oh non. Rien de tel. Vous n'allez pas passer sur le billard aujourd'hui, alors la bonne came, ce sera pour plus tard. Là, vous avez droit à un anticoagulant. Pour vous apaiser, histoire que tout se passe bien.

— Je vais m'endormir ?

— Plus vite que devant un épisode de *Docteur Quinn*. »

Daltry laissa tomber le sac sur la chaise à côté du lit. On y avait entassé les affaires de Lou. Ses sous-vêtements, aussi larges que des taies d'oreiller, émergeaient au sommet de la pile.

« Combien de temps il va rester là ? voulut savoir le flic.

— On le garde en observation pour la nuit.

— C'est vraiment pas le moment.

— Les sténoses sont capricieuses. Toujours imprévisibles. Elles s'invitent quand elles veulent. » Daltry extirpa son portable de sa poche. « Vous ne pouvez pas vous en servir ici.

— Où, alors ?

— Il faut ressortir des urgences et aller à l'extérieur. »

L'inspecteur opina. Il lança un regard lourd de sous-entendus à Lou : « Ne bougez pas, monsieur Carmody », puis fit demi-tour et s'éloigna.

« Fascinant ! s'extasia Bilbo.

— Et si moi j'ai besoin de téléphoner ? intervint Lou. Je peux passer un coup de fil avant d'aller au dodo ? Mon fils, mec. Tu en as entendu parler ? Je dois contacter mes parents. Ils vont être incapables de fermer l'œil tant que je ne les aurai pas prévenus. »

Un mensonge. S'il appelait sa mère pour évoquer Wayne, elle n'aurait pas la moindre idée de ce qu'il racontait. Elle était sous assistance médicale et ne reconnaissait Lou qu'un jour sur trois. Son père, quant à lui, serait encore plus surpris. Il était mort depuis quatre ans.

« Je peux brancher un poste, suggéra l'infirmier. Il y a une prise à côté du lit. Détendez-vous, je reviens dans cinq minutes. »

Il recula et ferma le rideau avant de partir.

Lou n'attendit pas une seconde de plus. Il était de nouveau ce gamin juché sur sa moto, qui transportait une Vic McQueen maigrichonne derrière lui. Il sentait les bras tremblants de la gamine autour de sa taille.

Sans réfléchir, il balança sa jambe hors du lit et arracha le cathéter. Un sang épais suinta de son bras.

Dès que la voix de Vic avait retenti dans l'oreillette, l'adrénaline était montée, ses tempes avaient pulsé. Sa tête s'était alourdie, du métal fondu avait remplacé la matière grise dans son crâne. Pire que tout, la salle de conférences avait commencé à tourner. Une rotation nauséeuse. Il avait été obligé de se focaliser sur la table devant lui, jusqu'à ce que le poids devienne trop important. Alors, il avait chaviré. La chaise s'était dérobée sous lui.

« Ce n'était pas un infarctus, hein ? avait-il demandé au docteur qui l'examinait à l'aide d'un stéthoscope. Une crise cardiaque aurait été beaucoup plus pénible.

— En effet. Pas de crise cardiaque. Vous avez été victime d'une attaque ischémique passagère. »

La praticienne était une belle Noire dotée d'un visage doux et rond.

« D'accord. J'hésitais entre les deux. L'attaque schématique était mon second choix.

— Ischémique. Une sorte de mini arrêt cardiaque. J'entends un mauvais souffle dans votre carotide.

— Ah, voilà ce que vous écoutez. J'étais sur le point de vous signaler que mon cœur était un peu plus bas. »

Elle avait souri comme si elle s'apprêtait à lui pincer la joue et à lui donner un cookie.

« Je distingue un sérieux excès de plaque.

— Vraiment ? Je me brosse pourtant les dents deux fois par jour.

— Je ne parle pas de la plaque dentaire, mais du stérol dans votre sang. Trop de bacon. Trop d'huile dans votre pop-corn. On va devoir pratiquer une angioplastie. Peut-être vous mettre une endoprothèse. Sinon, le prochain arrêt pourrait être fatal.

— J'ai commandé de la salade, la dernière fois que je suis allé au McDo. »

Il avait été surpris de sentir les larmes lui monter aux yeux. Par chance, la mignonne experte du FBI n'était pas là pour assister à l'effusion.

Lou fouilla dans le sac posé sur la chaise. Il passa ses sous-vêtements ainsi qu'un jean sous la blouse d'hôpital. Il s'était évanoui après sa conversation avec Vic. Son environnement avait pris une consistance grasse et glissante à laquelle il était impossible de se raccrocher. Mais avant de sombrer, il avait parfaitement entendu ce qu'elle lui avait dit. Le ton de sa voix avait suggéré qu'elle attendait quelque chose de sa part. Elle avait essayé de lui faire passer un message. « Je vais faire un crochet et puis j'irai voir quelqu'un susceptible de me donner l'ANFO. De quoi rayer l'univers de Manx de la carte. »

Tabitha Hutter et ses copains enregistraient l'appel. Ils avaient entendu ce que Vic voulait qu'ils entendent : « info » au lieu d'« ANFO ». Cette astuce ressemblait à une des illustrations de *Machine Chercheuse*, les mots en guise de couleurs. L'évidence vous échappait si vous ne saviez pas quoi examiner, ou, dans ce cas précis, quoi écouter. Et Lou avait toujours su écouter sa compagne.

Il ôta sa blouse, enfila une chemise.

ANFO. Le père de Vic était expert en explosifs. Il arasait sans coup férir les plateformes rocheuses, éliminait les souches d'arbres, les amoncellements de bois mort. La vie de sa fille n'avait d'ailleurs pas échappé à ce travail de destruction. Chris McQueen n'avait jamais tenu Wayne dans ses bras. Vic avait communiqué avec lui une dizaine de fois en douze ans, Lou un peu plus souvent. Il lui avait envoyé des photos et des vidéos de son petit-fils par e-mail. D'après certains détails révélés par Vic, il en avait déduit que l'homme battait les femmes, les trompait. Et d'après ce qu'elle ne lui avait pas dit, il savait que l'homme lui manquait. Elle l'aimait probablement autant que son enfant.

Lou n'avait jamais rencontré son beau-père. Cependant, il connaissait son adresse et son numéro de téléphone. Vic était en route pour le voir. Lou serait là quand elle arriverait. La mention de l'ANFO indiquait qu'elle souhaitait sa présence.

Il passa la tête par les rideaux. Les rangées de paravents s'étiraient devant lui. Il aperçut un toubib et une infirmière occupés à annoter un bilan sur une planchette, le dos tourné. Ses chaussures à la main, il se faufila hors de la salle de réveil, tourna à droite, puis, après avoir franchi des portes battantes, pénétra dans un vaste couloir blanc qui s'orientait, jugea-t-il, vers la sortie. Il mit ses baskets en chemin.

Le hall d'accueil faisait quinze mètres de haut. Les spots roses qui ponctuaient le plafond conféraient à l'entrée de l'hôpital une sorte d'ambiance « Forteresse de la Solitude », le repaire arctique de Superman. L'eau s'écoulait dans une fontaine en ardoise. Des voix résonnaient. L'odeur de café et de pâtisseries en provenance d'un snack fit gronder son estomac. Enfourner un doughnut saturé de sucre équivalait à se mettre le canon d'un flingue dans la bouche.

De toute façon, je ne compte pas vivre éternellement, songea-t-il. *Je veux juste avoir le temps de récupérer mon fils*.

Deux nonnes s'extirpèrent d'un taxi devant l'entrée. Une intervention quasi divine, estima-t-il. Il leur tint la porte, puis s'engouffra dans l'habitacle. Les amortisseurs ployèrent.

« On va où ? » demanda le chauffeur.

En prison, faillit dire Lou. « À la gare », rectifia-t-il.

Bilbo Prince regarda le véhicule déboîter. Les pots d'échappement expulsèrent un nuage de gaz exténué. Il nota l'immatriculation, puis rentra dans le bâtiment. Il longea des couloirs, gravit des escaliers, en descendit d'autres, pour enfin parvenir à l'opposé de l'établissement. Le vieux policier, Daltry, l'attendait, une cigarette à la main.

« Il est parti, annonça l'infirmier. Comme vous l'aviez prévu. Un taxi devant le hall principal.

— Un numéro de plaque ? »

Bilbo lui communiqua l'information. Daltry acquiesça avant d'ouvrir son portable. Il se détourna légèrement.

« Ouais. Il bouge. Hutter veut une simple filature, alors on se contente de surveiller. On voit où il va et on se tient prêts à agir si ce gros lard retombe dans les pommes. »

Il raccrocha, jeta sa cigarette, et commença à marcher sur le parking. Bilbo le suivit au trot, lui tapa sur l'épaule. Le vieux flic se retourna, sourcils froncés. Il paraissait avoir déjà oublié l'infirmier.

« C'est tout, mec ? interrogea celui-ci. Et la gratitude ?

— Ah, oui, d'accord. » Daltry fouilla dans sa poche pour en extraire un billet froissé de dix dollars. « Et voilà. Vous êtes magnifique, pour un être humain. C'est ce qu'on dit chez les Whovians, non ? »

Le regard de Bilbo passa du billet crasseux – il avait espéré au moins vingt dollars – au dessin sur son bras.

« Ouais, j'imagine. Mais je ne suis pas fan de *Docteur Who*. Vous voyez mon tatouage ? C'est l'*Enterprise*, pas une cabine téléphonique. Je suis Trekkie, mec.

— Vous êtes surtout très con », s'esclaffa Daltry.

Bilbo fut aspergé de postillons. Il envisagea de jeter les dix dollars aux pieds de l'individu et de le laisser planté là, histoire de montrer à cette grande gueule ce qu'il pensait de son fric. Il se ravisa néanmoins. Le billet termina dans sa poche. Il économisait pour s'offrir un motif de *Buffy* sur l'autre bras. L'encre coûtait cher.

Parisis, Iowa

Maggie se réveilla le bras enroulé autour de la taille de Vic. La tête de la jeune femme reposait contre son sternum. Vic était la fille la plus canon avec qui la bibliothécaire avait jamais passé la nuit. Elle réfréna son envie de l'embrasser. Ce qu'elle voulait vraiment, c'était passer la main dans ses cheveux ébouriffés, les démêler. Et puis elle voulait aussi lui laver les pieds, les masser à l'aide d'huiles essentielles. Elle regrettait de manquer de temps. Elles auraient pu évoquer d'autres sujets que Charlie Manx. Non que Maggie appréciât spécialement de s'épancher. Elle préférait écouter, tant sa crainte était grande de prendre la p... parole.

Elle avait le sentiment d'avoir peu dormi et était pratiquement sûre de ne pas réitérer l'exploit avant plusieurs heures. Elle se détacha de Vic en douceur, ôta une mèche du front de la jeune femme, puis s'éloigna. Elle allait faire une nouvelle tentative. Et cette fois, elle profiterait du sommeil de son amie pour obtenir, à sa manière, la coopération des jetons.

Elle alluma une cigarette, puis une bougie. Après avoir remis son feutre, elle disposa le sac devant elle et détacha le cordon. Elle plongea son regard dans les ténèbres, aspirant à intervalles réguliers de grandes bouffées de tabac. Il était tard. Elle se serait bien offert un Oxy et une sniffette, mais la récréation attendrait. Elle devait auparavant s'acquitter de la mission que Vic lui avait confiée. Elle empoigna le col de son débardeur blanc et le baissa jusqu'à dévoiler son sein gauche. Ensuite, elle retira la cigarette de sa bouche et ferma les yeux. Elle appuya longuement la braise sur le téton, dans la chair tendre.

Un gémissement inaudible s'échappa d'entre ses dents serrées. Elle sentait l'odeur de la peau brûlée.

Elle se débarrassa ensuite du mégot écrasé, puis agrippa le bureau. Les larmes aux yeux, elle savoura la douleur dans sa poitrine. Aiguë, intense et merveilleuse. Effrayante.

Maintenant, décréta-t-elle. *Maintenant*. Elle bénéficiait d'un bref délai pour utiliser ses lettres, pour donner un sens à leur charabia. Une minute ou deux maximum. Elle avait parfois l'impression que ce combat était le seul qui vaille la peine : donner une signification au chaos du monde, l'exprimer à l'aide de mots.

Elle jeta sa poignée de lettres devant elle et commença le tri. Après avoir déplacé plusieurs graphèmes – un jeu qu'elle avait pratiqué toute sa vie d'adulte – le message apparut. Elle avait trouvé la formule en quelques minutes, sans aucun problème cette fois.

À la vue du résultat, elle poussa un soupir de satisfaction. Sensation de triomphe au terme d'une épreuve insurmontable. La phrase était mystérieuse. Sa dimension épigrammatique évoquait moins un fait précis que la fin d'une comptine. Pourtant, Maggie était certaine d'avoir réussi. Elle savait toujours quand l'opération était un succès. Les mots s'emboîtaient comme une clef dans sa serrure. Vic pourrait peut-être en tirer une information utile.

Elle copia le message en provenance du Grand Sac de Scrabble du Destin sur un papier issu des fournitures de la bibliothèque de Parisis. Elle le relut. Il était conforme. La fierté qu'elle éprouvait lui paraissait singulière. Elle n'avait pas l'habitude d'être contente d'elle-même.

Les lettres retournèrent dans leur sac l'une après l'autre. Malgré les élancements, la souffrance dans sa poitrine était à présent tolérable. Une nouvelle cigarette. Non pour s'infliger une torture supplémentaire, mais pour le simple plaisir de fumer.

Un gamin, muni d'un cierge magique, entra dans la section Enfants de la bibliothèque.

Elle le vit à travers les vitres sales du vieil aquarium. Il agitait le bras. Le cierge crachait des étincelles, dessinait des lignes rouges dans l'obscurité. Puis le gosse disparut du champ de vision de la bibliothécaire.

Maggie s'approcha pour taper à la vitre. Elle avait l'intention de lui flanquer la trouille de sa vie, qu'il décampe, quand elle se souvint de Vic et suspendit son geste. Les gamins avaient la manie de venir jeter des pétards, fumer quelques clopes ou bomber des graffitis dans les locaux. Elle détestait ça. Une fois, elle avait surpris une bande d'ados dans la réserve. Ils se passaient un joint autour d'un feu de camp alimenté par de vieux livres. Elle était devenue folle. Armée d'une chaise, elle les avait chassés. Que le papier peint défraîchi vienne à s'enflammer, et elle perdrait son endroit préféré, son dernier abri. Elle les avait insultés sans bégayer : « Brûleurs de livres ! Maniaques d'autodafés ! Je vais vous couper les couilles et violer vos femmes ! » Elle était seule contre cinq et pourtant, la petite troupe s'était enfuie aussi vite qu'à la vue d'un spectre. Il arrivait d'ailleurs à la vieille junkie de se prendre pour un revenant. Elle pensait parfois qu'elle était morte dans l'inondation, noyée avec sa bibliothèque, et qu'elle l'ignorait.

Elle jeta un dernier regard à Vic. La jeune femme était blottie sur le canapé, les poings ramenés sous le menton. Maggie se dirigea vers la porte située près du divan. Au passage, elle se pencha et déposa un baiser délicat sur le front de son amie. Dans son sommeil, Vic sourit.

La bibliothécaire partit ensuite à la recherche du gamin qui errait parmi les ombres. Elle entra dans l'ancienne section Littérature enfantine, referma la porte derrière elle. Des rubans de moisissure s'étaient détachés du tapis élimé. Ils formaient à présent des serpentins malodorants contre le mur. En dessous, le sol se résumait à une dalle de béton humide. La moitié d'un énorme globe terrestre occupait un coin de la pièce : l'hémisphère nord retourné, rempli d'eau et de plumes de pigeon, souillé par les éclaboussures de guano. L'Amérique à l'envers et dans la merde. Elle remarqua, sans y prêter réellement attention, qu'elle portait toujours son sac de Scrabble. Crétine. Elle avait oublié de le remettre dans le bureau. Sur sa droite, elle entendit un son qui lui rappelait la friture du beurre dans une casserole. Elle fit le tour du comptoir en U, celui où elle avait jadis prêté *Coraline*, *Kévin et les Magiciens*, ainsi que *Harry Potter*. À mesure qu'elle approchait de la galerie en pierre qui menait au bâtiment central, elle distinguait la lueur jaune d'une flamme.

L'enfant, petite silhouette trapue à la capuche ramenée sur le visage, se tenait au bout du corridor. Son cierge fumant, pointé vers le bas, déversait son lot d'escarbilles par terre.

Le garçon paraissait observer quelque chose. Une espèce de canette argentée scintillait entre ses doigts. Maggie reconnut l'odeur de la peinture fraîche.

« m'arrêter pas peux ne Je, dit-il d'une étrange voix rauque, puis il se mit à rire.

— Quoi ? demanda Maggie. Hé, gamin, sors de là. »

Il secoua la tête, puis s'éloigna. Fils de la nuit, il se mouvait comme une créature onirique à la découverte d'un sentier, dans la caverne de l'inconscient. Maggie le vit tituber. Il faillit rentrer dans le mur. Ce gosse était bourré. La bibliothécaire flairait la bière d'ici.

« Hé ! » appela-t-elle.

Il s'éclipsa. Elle perçut l'écho de son rire. Au niveau de la section Magazines, elle détecta une nouvelle lueur : l'éclat faible et dansant d'une torche.

Elle commença à courir. Les seringues et les bouteilles valdinguèrent sous ses pieds. Elle passa devant les vitres condamnées. Quelqu'un, sûrement l'enfant, avait peint un message sur le mur de droite. DIEU A BRÛLÉ VIF SEUL LE DIABLE RESTE. Les lettres, rouge vif, coulaient encore sur la paroi en une parodie d'hémorragie. Elle s'engouffra dans la section Magazines, vaste comme une petite chapelle et tout aussi haute. Pendant l'inondation, cet endroit s'était transformé en mini Sargasse, les flots s'étaient recouverts d'une nappe de périodiques, d'une mélasse de *National Geographic* et de *New Yorkers*. Maintenant, la section n'était plus qu'une immense chambre de ciment nu. Les journaux encroûtaient le sol et les murs. Des piles de magazines pourris avaient dérivé dans les coins. On apercevait des sacs de couchage étalés aux endroits où les clodos avaient séjourné. Une fumée grasse s'élevait d'une poubelle métallique. Ce petit con avait jeté son cierge sur un tas de livres et de journaux informes. Des étincelles orange et rouge jaillissaient du brasero improvisé. Maggie vit les pages d'un exemplaire de *Fahrenheit 451* se tordre et noircir.

Debout sous la grande voûte de pierre à l'autre bout de la pièce, le garçon l'observait.

« Hé ! cria-t-elle encore. Hé, toi, espèce de merdeux !

— tard trop c'est mais, possible plus le lutte Je, répondit le gamin en se balançant : pas suivez me ne, prie en vous je, plaît vous S'il

— Hé ! » s'obstina la bibliothécaire sans l'écouter. De toute manière, elle était incapable de comprendre ce charabia.

Elle avisa un des sacs de couchage. L'étoffe bleue et glissante dégageait une légère odeur de vomi. Sa bourse de jetons sous le bras, elle entreprit d'étouffer les flammes. Après les avoir couvertes avec le sac, elle appuya fort dessus. La chaleur, la puanteur du phosphore, du métal et du nylon carbonisés la prenaient à la gorge.

Lorsqu'elle leva les yeux, le garçon avait fichu le camp.

« Dégage de ma bibliothèque, salopard. Casse-toi avant que je te chope ! »

Un rire retentit quelque part, difficile de savoir où. La réverbération était diffuse, à l'image d'un battement d'ailes sous le toit d'une église abandonnée. Une pensée incongrue lui traversa l'esprit : *Dieu a brûlé vif, seul le diable reste.*

Elle se dirigea vers la réception d'un pas incertain. Si elle attrapait ce petit enfoiré d'ivrogne, il cesserait de croire que Dieu avait brûlé vif. Le Seigneur deviendrait pour lui une bibliothécaire lesbienne qu'il apprendrait à craindre.

Maggie avait parcouru la moitié de la salle consacrée aux périodiques lorsque la fusée partit avec un sifflement assourdissant. Ses cheveux se dressèrent sur sa nuque. Au désir impérieux de crier et de plonger à couvert, elle privilégia la fuite éperdue, la tête baissée comme un soldat sous le feu ennemi.

Elle arriva juste à temps dans la salle principale – une vaste pièce haute de vingt mètres – pour voir la tête de l'engin heurter le plafond, tournoyer, rebondir contre une voûte et frapper le sol marbré dans une gerbe de flammèches émeraude. Une fumée chimique commença à envahir les lieux. D'irréels tisons verdâtres se mirent à pleuvoir comme les flocons de quelque blizzard radioactif. Ce psychopathe allait incendier tout le bâtiment. La fusée termina sa course en percutant le mur de droite. L'explosion produisit un immense flash pétillant accompagné d'une détonation assourdissante. Maggie poussa un cri et consentit enfin à s'accroupir, le visage entre les mains. Un des charbons ardents toucha son bras dénudé. Elle tressaillit.

Dans la salle de lecture, l'enfant riait à perdre haleine. Il continua sa route.

La fusée s'était éteinte mais la fumée continuait à disperser ses phosphorescences de jade surnaturelles.

Maggie se lança à la poursuite du gamin. La réflexion avait laissé place à la rage, à la peur. Le vandale ne pourrait pas s'échapper par-devant. La porte était cadenassée de l'extérieur. En revanche, il existait une issue de secours dans la salle de lecture. Les clodos la maintenaient ouverte pour aller et venir. Elle donnait sur le parking est. S'il passait par là, elle l'intercepterait. Elle ignorait ce qu'elle ferait alors. Une part d'elle-même craignait d'envisager la suite. La sortie de secours se referma au moment où elle pénétra dans la salle de consultations.

« Sale morveux », grogna-t-elle.

Elle ouvrit la porte à la volée et débaula sur l'aire de stationnement. L'unique lampadaire en état de marche jetait un halo sur les pavés. Si le centre du parking était bien éclairé, les lisières demeuraient dans l'ombre. Le garçon attendait près du réverbère. Il avait une autre fusée prête à l'emploi et se tenait non loin d'un container rempli de livres.

« T'es cinglé ou quoi ? » hurla Maggie.

Le gosse lui répondit sur le même ton : « Je vous vois à travers ma fenêtre magique. » Il brandit un nouveau cierge au niveau de son visage. « Maintenant, votre tête brûle.

— T... tu vas tuer quelqu'un, petit con. Toi, par exemple. »

Elle avait du mal à respirer, elle tremblait. Ses membres fourmillaient de manière inquiétante. Sa main moite se cramponnait au sac de Scrabble. Elle commença à avancer. L'issue de secours se referma derrière elle. Et merde. Le gosse avait enlevé la pierre qui servait de cale. Maintenant, elle devrait faire le tour pour rentrer.

« Regarde, s'extasia le gamin. Regarde ! Je peux écrire avec les flammes. »

Il agita son cierge magique devant lui. La persistance rétinienne créait l'illusion de lettres suspendues dans le vide.

F
U
I
S

« Qui es-tu ? » interrogea Maggie, à présent au milieu du parking. Elle eut un instant d'hésitation. Avait-elle bien vu ce que le gamin avait écrit ? Avait-elle correctement déchiffré les lettres tracées ?

« Attends ! Je vais fabriquer de la neige. Noël en juillet ! »
Et il dessina un flocon en l'air.

Les bras de Maggie se hérissèrent de chair de poule.

« Wayne ?

— Oui ?

— Oh, Wayne… Mon Dieu. »

Sur sa droite, le container s'illumina en contre-jour. Une
voiture longea le trottoir. Un ancien véhicule aux phares rap-
prochés, si noir qu'il s'était jusqu'alors fondu dans les ténèbres.

Une voix retentit au-delà des feux éblouissants.

« Bonjour ! » De toute évidence, l'interlocuteur était installé
côté passager. Non, du côté conducteur, puisque la voiture
était anglaise. « Une belle nuit pour rouler. Venez, madame
Leigh. Margaret Leigh, c'est exact ? Vous ressemblez à la photo
du journal. »

La bibliothécaire plissa les yeux. Elle voulait réagir, s'enfuir
du parking, mais ses jambes refusaient de lui obéir. L'issue de
secours était trop loin. Douze pas pouvaient aussi bien en faire
mille deux cents. Et puis elle avait entendu le pêne claquer.

Elle songea qu'il lui restait environ une minute à vivre et
se demanda si elle était prête. Les pensées fusaient dans son
crâne avec la vélocité de flèches tirées au crépuscule. Juste
quand elle avait besoin de garder la tête froide.

Il ignore la présence de Vic, se rassura-t-elle. Puis : *Sauve le
gamin. Sors-le de ce piège.* Et encore : *bon sang, pourquoi il
ne s'échappe pas ?*

Sans doute en était-il incapable. Peut-être n'avait-il aucune
idée de la conduite à adopter. Ou bien il lui était impossible
de passer à l'action.

Pourtant, il avait conseillé à Maggie de fuir, par l'intermédiaire de lettres enflammées inscrites sur le voile nocturne.
D'une façon confuse, il avait probablement tenté de la prévenir
du danger lorsqu'ils étaient à l'intérieur de la bibliothèque.

« Monsieur Manx ? appela Maggie, toujours paralysée.

— Vous m'avez cherché toute votre vie, madame Leigh. Eh
bien, maintenant je suis là. Vous avez sûrement beaucoup de
questions à me poser. En tout cas, moi, j'en ai. Venez donc
me tenir compagnie. Je vous donnerai du maïs.

— Laissez partir le g… g… » Maggie n'arrivait pas à terminer
sa phrase. Comme ses jambes, sa bouche était récalcitrante.

« V…. vous avez p… perdu votre langue ? ironisa Manx.

— Allez vous faire foutre. » Cette insulte, au moins, avait franchi ses lèvres sans encombre. Et *f* était pourtant un des sons les plus difficiles à prononcer pour elle.

Le tueur durcit le ton : « Viens me voir, salope. Monte. Soit tu roules avec nous, soit on te roule dessus. Dernier avertissement. »

Elle prit une grande inspiration. L'odeur des livres détrempés, des cartons et du papier fanés dans la canicule du mois de juin, s'insinua dans ses narines. Ce parfum résumait sa vie entière. Elle estima que c'était suffisant. La fin approchait. Plus rien à dire à Manx. Elle se tourna vers le garçon.

« Cours, Wayne ! Va te cacher ! »

Son cierge s'était éteint. Un panache de fumée noire s'élevait du bâton.

« Pourquoi ? fit-il. désolé suis Je. » Il toussa. Ses frêles épaules tressautèrent. « On va à Christmasland cette nuit. J'ai hâte de m'amuser. désolé tellement suis Je. » Nouvelle quinte de toux. Puis il se mit à crier : « Et si *toi* tu te mettais à courir ? Ce serait marrant ! empêcher m'en pas peux ne Je. »

Les roues crissèrent sur l'asphalte. La paralysie s'interrompit. À moins qu'elle n'eût jamais existé. Muscles et nerfs avaient peut-être compris ce que l'esprit refusait d'accepter : il était trop tard pour esquiver. Maggie bondit vers Wayne, guidée par l'espoir fou de l'attirer dans les bois, où il serait en sécurité. Elle croisa la trajectoire de la Rolls. Une lueur glacée s'éleva autour d'elle. Le moteur rugit. Elle jeta un regard en biais. *Je vous en prie, faites que je sois prête.* Et la voiture fut sur elle. Le cœur au bord des lèvres, elle vit s'approcher la grille du radiateur. Pourtant, Manx n'avait pas l'intention de l'écraser. Il se contenta de la frôler, une main sur le volant, la partie supérieure du corps passée par la vitre ouverte. Le vent balayait ses cheveux bruns, dégageait son large front bombé. Hilare, gourmand, il écarquillait les yeux. Son visage exultait d'une joie triomphante. Dans sa main droite, un maillet argenté, aussi grand que Dieu en personne.

Elle ne sentit pas l'impact sur sa nuque. Juste un bruit de coquille brisée, une petite explosion sourde, suivie d'une autre plus sèche. Un voile blanc passa devant ses yeux. Son feutre s'envola tel un frisbee. Ses pieds continuaient à s'agiter sur le bitume. Pourtant, lorsqu'elle baissa les yeux, elle se vit pédaler dans le vide. Elle venait d'être éjectée du sol.

La bibliothécaire retomba sur le flanc de la voiture, tournoya, puis roula par terre, les bras désarticulés. Au terme d'une interminable succession de rebonds, son dos heurta le trottoir, sa joue claqua contre le goudron. *Pauvre Maggie*, songea-t-elle avec un apitoiement aussi sincère que muet.

Elle se rendit compte qu'elle ne pouvait plus remuer la tête, encore moins la lever. À la périphérie de son champ de vision, sa jambe était pliée à un angle improbable. L'articulation accomplissait une contorsion inédite.

Le sac en velours était tombé près de sa tête. Les jetons régurgités s'étalaient sur le parking. Elle vit un U, un H, et un M parmi d'autres lettres. On pouvait composer HUM. *Vous savez que vous êtes en train de mourir, madame Leigh ? Hum, non. Mais chantez-moi une berceuse et je ferai comme si.* Elle fut secouée d'une toux qui aurait pu passer pour un éclat de rire. Une bulle rose naquit au coin de ses lèvres. Depuis quand sa bouche était-elle remplie de sang ?

Wayne avança vers elle, les bras ballants. Son visage blafard luisait. Il souriait pour montrer ses nouvelles dents. Des larmes coulaient le long de ses joues.

« Vous êtes rigolote. On s'est bien amusé. » Ses yeux embués papillotaient. Il les essuya, laissant une traînée brillante sur sa joue duveteuse.

La voiture s'immobilisa à deux ou trois mètres. La portière s'ouvrit. Des bottes raclèrent le bitume.

« Pas de quoi se réjouir, s'indigna Manx. Mon véhicule est abîmé. Il y a une sacrée éraflure sur la carrosserie. Mais cette pute famélique est encore plus esquintée. Retourne dans la voiture, Wayne. Il faut nous dépêcher si nous voulons arriver à Christmasland avant le lever du jour. »

Le garçon s'agenouilla auprès de Maggie. Les larmes avaient tracé des sillons rouges sur ses joues pâles.

La bibliothécaire s'imaginait lui déclarer : *ta maman t'aime*, mais seul un râle ensanglanté franchit ses lèvres. Elle essaya de communiquer par le regard. *Ta mère veut que tu reviennes.* Elle tendit la main et Wayne la serra.

« désolé suis Je. moi malgré J'agis.

— Pas grave », souffla Maggie. Les mots se résumaient à un simple frémissement.

Wayne lâcha la main de la vieille femme. « Repose-toi. Fais de beaux rêves. Pense à Christmasland ! » Et il bondit sur ses pieds avant de repartir au trot. Maggie le perdit de vue. Une portière s'ouvrit, puis se referma.

Les yeux de la bibliothécaire se posèrent sur les bottes de Manx. Il marchait parmi les jetons de Scrabble. Elle distinguait d'autres lettres. P, R, T et I. Le mot TRIP lui vint à l'esprit. *Je crois qu'il m'a brisé le cou. Quel trip !* songea-t-elle avec un sourire.

« Pourquoi tu souris ? interrogea le tueur d'une voix vibrante de colère. Tu n'as aucune raison de te réjouir. Tu vas mourir et je vais survivre. Oh, tu aurais pu survivre aussi, tu sais ? Enfin, un jour de plus. Le temps que je sache qui d'autre était au courant pour moi. Je voulais... Et regarde-moi quand je te parle ! »

Elle avait fermé les paupières. Pas question de contempler son visage, à l'envers depuis le sol. Non qu'il soit moche, mais il paraissait trop stupide, avec sa bouche en avant, ses vilaines dents et ses yeux globuleux.

Il mit son pied sur son ventre. Dans un monde juste, la douleur lui aurait été épargnée. Mais la justice n'avait jamais existé. Elle cria. Comment pouvait-on avoir aussi mal et demeurer conscient ?

« Écoute, tu ne devrais pas mourir de cette façon. Je ne suis pas un mauvais bougre. J'aime les enfants et je répugne à faire souffrir les gens, sauf ceux qui se mettent en travers de mon chemin. Tu n'avais pas le droit d'interférer, et pourtant tu l'as fait. Vois où ça t'a conduite. Je vais accéder à l'éternité. Le garçon aussi. Nous mènerons la belle vie tandis que tu pourriras sous terre. Et... »

Maggie comprit soudain le message que lui adressaient les jetons. Les graphèmes s'assemblaient en un tout cohérent. Elle toussa. La botte de son tortionnaire fut aspergée d'hémoglobine. Le son qu'elle produisait était éloquent : il s'agissait d'un rire.

« Qu'est-ce qui t'amuse, hein ? Que je vive et que tu meures ? Je vais repartir et personne ne m'arrêtera. Toi, tu vas te vider de ton sang. Alors, qu'y a-t-il de si drôle ? »

Elle voulut le lui expliquer. Ses lèvres bougèrent, mais il ne résulta de ses efforts qu'un nouveau râle et encore quelques gouttes de liquide rouge. Elle avait perdu toute faculté d'élocution. Cette incapacité lui apporta un délicieux soulagement. Fini le bégaiement. Fini les tentatives désespérées pour se faire comprendre tandis que sa langue se rebellait.

Manx se redressa, balaya les jetons du pied, les dispersa. Il décomposa le mot que les lettres avaient formé : TRIUMPH.

Il s'éloigna à grandes enjambées, ne s'arrêtant que pour ramasser le chapeau au sol, l'épousseter et l'essayer. Une portière claqua. La radio s'alluma. Elle entendit l'intro de *Vive le vent*, puis une voix chaleureuse entonna : *Sur le long chemin...*

La voiture passa une vitesse et commença à avancer. Maggie ferma les yeux.

TRIUMPH : quarante-cinq points si vous passiez par « Mot compte triple » et « Lettre compte double ». *TRIUMPH*, pensa Maggie. *Vic gagne la partie.*

Plage de Hampton, New Hampshire

Vic poussa la porte de Chez Terry, Sandwichs italiens. L'air était chaud et humide. Il empestait l'oignon et l'huile de friture.

Pete travaillait à la caisse. Ce bon vieux Pete, avec ses mauvais coups de soleil sur le visage et son trait de pommade à l'oxyde de zinc sur le nez.

« Je sais pourquoi tu es là, déclara-t-il en se penchant sous le comptoir. J'ai quelque chose pour toi.

— Non merci, rétorqua Vic. Je me fous du bracelet de ma mère. Je cherche Wayne. Vous l'avez vu ? »

Revenir chez Terry, parmi les papiers tue-mouches, était une expérience déconcertante. Le caissier ne lui serait d'aucun secours. Elle était furieuse contre elle-même. Que de temps perdu ! Elle aurait dû chercher son fils là-bas, pas ici.

Une sirène de police miaula dans la rue. Peut-être avait-on localisé la Rolls ou retrouvé son enfant ?

« Non, rectifia Terry. Ce n'est pas un bracelet. » Après avoir fouillé encore un peu, il se releva et posa un maillet sur le comptoir. La tête de l'instrument était incrustée de sang séché et de cheveux.

Le rêve devint oppressant. Vic avait l'impression d'être dans un cellophane géant qui ployait de toute part.

« Non merci, répéta-t-elle. Je n'en veux pas. Je ne suis pas venue pour ça. »

Dehors, la sirène s'interrompit avec un *couac* étranglé.

« Pourtant, je pense que cet ustensile correspond », intervint Charlie Manx, la main posée sur les croisillons du manche. Le tueur officiait derrière la caisse depuis le début. Le vieux vampire était en tenue de cuisinier, vêtu d'un tablier ensanglanté et d'une toque de travers. Son nez anguleux, barbouillé d'oxyde de zinc, achevait le tableau. « Et ce qui convient un jour convient toujours, peu importe le nombre de crânes que vous démolissez. »

Il leva le maillet. Vic se jeta en arrière avec un cri et émergea de son cauchemar. Elle se retrouva dans la

Vraie vie

Vic se réveilla. Elle sut immédiatement qu'elle avait dormi trop longtemps et qu'un truc clochait.

Elle distingua des voix, étouffées par les murs de pierre et la distance. Des hommes, même si elle ne pouvait pas comprendre les paroles échangées. Une légère odeur de phosphore brûlé lui chatouilla les narines. Elle avait vaguement conscience d'avoir sombré comme une masse, enfermée dans un sarcophage que la pharmacopée de Maggie avait insonorisé.

Elle roula sur elle-même pour s'asseoir. Il était temps de s'habiller et de partir.

Elle remarqua soudain qu'elle était déjà habillée. Elle s'était carrément assoupie avec ses baskets. Son genou gauche, aussi volumineux que celui de Lou, n'était plus qu'un hématome violet.

Une bougie de cire rouge se consumait dans l'obscurité. Son image se reflétait dans les vitres de l'aquarium. On avait laissé un message sur le bureau. Maggie avait sans doute griffonné un mot avant de sortir. Une délicate attention de sa part. Le .38 de Tchekhov maintenait le papier en place. Vic s'attendait à y lire une série d'instructions, des étapes à suivre afin de ramener son fils, de guérir sa jambe, sa tête, sa vie. À défaut, elle espérait être rassurée sur l'absence de son amie. Quelque chose du genre : « Suis allée voir le Hibou. Besoin de bouffe et de cachetons. Reviens tout de suite. Bises. »

Elle entendit de nouveau les voix, puis une canette roula au sol, pas loin. Les individus se rapprochaient. D'un instant à l'autre, ils allaient pénétrer dans la section Littérature enfantine. Elle devait éteindre la bougie, sans quoi ils verraient la lueur à travers l'aquarium. Au moment où cette pensée lui traversa l'esprit, elle se rendit compte qu'il était peut-être trop tard pour agir. Bruit de verre brisé, claquements de bottes, toujours plus près.

Elle se leva d'un bond. Son genou lâcha. Elle tomba, ravalant un cri.

Quand elle essaya de se redresser, sa jambe refusa de participer à l'effort. Avec mille précautions, elle étira son membre récalcitrant derrière elle, les yeux fermés, tout entière concentrée à affronter la douleur. Elle se mit à ramper, s'aidant de ses mains et de son pied droit. Ce qu'elle perdait en souffrance, elle le gagnait en humiliation.

Elle agrippa le fauteuil de la main droite, la gauche trouva le bord du bureau. Elle se hissa sur le meuble. Les hommes étaient à présent dans la pièce voisine, de l'autre côté de la cloison. Leurs lampes torches évitaient pour l'instant l'aquarium. Peut-être n'avaient-ils pas encore détecté le scintillement cuivré de la flamme. Comme elle se penchait pour souffler dessus, ses yeux s'arrêtèrent sur le papier à en-tête de la bibliothèque de Parisis, où Maggie avait inscrit : « Quand les anges tombent, les enfants rentrent chez eux. »

La feuille était tachetée d'humidité. On aurait dit qu'à une époque lointaine, quelqu'un avait pleuré à la lecture de ces mots.

Dans la section Enfant, un des intrus parla : *Hank, je vois une lumière.* Cette déclaration fut suivie d'un grésillement de talkie-walkie. Un régulateur diffusa un message en code. 10-57 à l'ancienne bibliothèque. Six agents sur place. Victime décédée. À cette évocation, Vic suspendit son geste. Elle se tenait toujours penchée vers la bougie, les lèvres plissées en un souffle immobile, mais avait oublié ce qu'elle comptait faire.

La porte derrière elle s'ouvrit. Le panneau de bois racla le béton. Un morceau de verre tinta au sol.

« Madame ? appela un homme dans son dos. Venez vers moi, s'il vous plaît. Gardez les mains bien en vue. »

Vic s'empara du .38 factice, puis se retourna, le canon pointé vers son interlocuteur.

« Non. »

Ils étaient deux. Leurs armes étaient dans leurs étuis, ainsi qu'elle s'y attendait. Si les flics en service ouvraient leur holster une fois par an, c'était le bout du monde. Des petits Blancs joufflus. Celui de devant l'éclairait à l'aide d'une puissante lampe stylo, l'autre, derrière, n'était pas encore totalement entré dans la pièce et restait bloqué dans l'encadrement de la porte.

« Attention ! couina le premier agent. Un flingue ! Un flingue !

— Tais-toi, ordonna Vic. Ne bouge pas et laisse tes mains loin de ta ceinture. Et puis jette cette torche, merde. Tu m'éblouis. »

L'intéressé s'exécuta. La lampe mourut dès qu'elle toucha le sol.

Les policiers demeurèrent plantés là, terrorisés. La flamme de la bougie dansait sur leurs visages poupins couverts de taches de rousseur. L'un d'eux était sans doute entraîneur bénévole dans l'équipe de baseball de son fils. L'autre avait probablement embrassé la carrière de flic car elle était synonyme de milk-shakes gratuits au McDo. Vic avait l'impression de voir des gamins déguisés.

« Qui est mort ? interrogea-t-elle.

— Posez cette arme, madame. Quelqu'un pourrait se blesser. » Le ton hésitant sur lequel l'agent s'adressait à elle possédait des inflexions d'adolescent. Il avait levé les mains, paumes en avant.

« Qui ? insista Vic d'une voix étranglée, réprimant à grand-peine son envie de crier. Votre talkie a parlé d'un décès. Qui est-ce ? Dites-le-moi.

— Une femme », intervint le flic de derrière.

Elle ne voyait pas ce qu'il faisait. Peut-être était-il en train de dégainer, mais cela n'avait pas d'importance, car son partenaire le gênait. Il devrait lui tirer dessus pour l'atteindre elle.

« Identité inconnue, ajouta-t-il.

— Ses cheveux sont de quelle couleur ?

— Vous la connaissez ?

— De quelle couleur sont ses putains de cheveux ?

— Orange. Style jus de fruits. Est-ce que vous la connaissez ? » répéta-t-il. Son arme était sûrement déjà sortie.

La jeune femme n'arrivait pas à croire à la disparition de son amie. L'entreprise revenait à multiplier des fractions avec un rhume de cerveau : trop compliqué, trop harassant. Une heure auparavant, elles étaient allongées ensemble sur le canapé, Maggie avait posé sa main sur sa taille, replié ses jambes dans son dos. À présent, Vic était abasourdie : la bibliothécaire s'était éclipsée pour trouver la mort pendant qu'elle, elle dormait. Pis encore : quelques jours plus tôt, la jeune femme avait hurlé après cette revenante surgie du passé, elle l'avait insultée, menacée. Le sommeil paisible dans lequel elle avait sombré était encore plus culpabilisant, plus inélégant et imprudent, à la lumière du trépas de son amie, là-bas, dans la rue.

« Comment est-elle morte ? s'enquit Vic.

— Une voiture. Selon les premières constatations, elle a été renversée. Bon Dieu, posez cette arme et discutons, vous voulez bien ?

— Non, je ne veux pas », rétorqua la jeune femme. Elle se pencha et souffla la bougie. Ils furent tous les trois plongés dans

Le noir

Vic ne tenta pas de fuir. Autant essayer de s'envoler.

Elle recula rapidement, contourna le bureau et longea le mur sans cesser de faire face aux policiers. L'obscurité était totale. L'un des agents trébucha dans les ténèbres. Il poussa un cri. Vic distingua un bruit d'échauffourée, la valse des bottes sur le béton. Celui de derrière avait dû pousser son camarade hors de la ligne de mire.

Elle jeta le presse-papier. Le métal heurta le sol, puis glissa loin d'elle. Une bonne diversion. Elle commença à s'éloigner, ménageant autant que possible sa jambe raide. Elle devina la présence d'une étagère en fer sur sa gauche. Aussitôt, elle se faufila derrière. Au cœur de l'opacité, l'un des agents se cogna au balai appuyé contre le mur. Le fracas du manche en bois par terre fut suivi d'un glapissement de terreur.

Le pied de Vic trouva une marche. Elle ne se souvenait plus quand, mais Maggie lui avait dit un jour : « Au cas où tu devrais t'échapper en vitesse, souviens-toi de toujours rester à droite et de descendre. » Il existait une issue au-delà des ténèbres, quelque part au bas d'un nombre indéterminé de marches. Vic descendit.

Un petit bond et elle posa le pied sur un livre détrempé. Elle faillit chuter. Par chance, le mur lui permit de se stabiliser. Elle continua sa progression. Elle entendait des cris dans son dos. D'autres agents arrivaient. Sa respiration lui irritait la gorge. Elle pensa une nouvelle fois à la mort de son amie. Elle avait envie de pleurer, mais ses yeux étaient douloureusement secs. Si seulement la disparition de Maggie avait pu se faire dans le calme et le silence, comme il était de coutume dans les bibliothèques. Au lieu de cela, tout n'était que flics en train de brailler, souffle laborieux, pouls affolé.

Elle effectua un dernier saut à cloche-pied et vit enfin une lueur se dessiner sur le voile noir de la réserve. La porte de l'arrière du bâtiment était maintenue entrouverte par une pierre.

Elle ralentit. Un coup d'œil à l'extérieur lui confirmerait sans doute la présence d'une authentique armada de poulets en train de patauger dans la boue derrière l'établissement. Cependant, lorsqu'elle examina les environs, elle n'aperçut pas âme qui vive. Ils étaient sûrement tous rassemblés du côté est. Sa moto attendait près du banc, là où elle l'avait laissée. La Cedar bouillonnait. La disparition du Raccourci ne l'étonna guère.

Elle ouvrit la porte, se faufila sous les scellés en évitant de plier sa jambe meurtrie, puis avança doucement, la démarche claudicante. Le bruit des radios s'élevait dans la chaleur humide de la nuit. Aucune voiture en vue. La lumière stroboscopique d'un gyrophare se reflétait néanmoins sur les nuages bas et sinistres au-dessus du bâtiment. Elle enjamba sa Triumph, rabattit la béquille et frappa de kick.

Le moteur pétarada.

La porte de la réserve s'ouvrit à la volée. Un flic surgit, arrachant les rubans jaunes au passage. Il tenait son arme à deux mains, canon vers le sol.

Vic effectua un demi-tour serré. Elle souhaitait de tout son cœur voir le pont réapparaître au-dessus de la rivière. Un vœu pieu. Elle roulait à moins de quinze kilomètres / heure. Pas assez rapide. Le pont ne s'était jamais manifesté à une telle allure. Il fallait accélérer et faire le vide dans son esprit.

« Eh, vous ! cria l'agent. Descendez de cette moto ! » Il commença à courir dans sa direction, son arme le long du corps.

La Triumph s'engagea sur la route étroite qui serpentait à l'arrière de la bibliothèque. Vic passa la seconde et fila à flanc de coteau. Le vent giflait ses cheveux incrustés de sang séché.

Après avoir fait le tour du bâtiment, elle aperçut la large avenue en face de l'édifice. La chaussée était envahie par les véhicules de patrouille. La nuit pulsait d'éclats bicolores. Dès qu'ils entendirent la moto, les hommes en uniforme tournèrent la tête. Une petite foule de curieux, maintenue à l'écart par des cordons de sécurité, les imita. Les ombres tendirent le cou dans l'espoir d'assister à une effusion de sang. Un des véhicules de police était garé en travers du chemin qu'elle empruntait.

T'es baisée, enragea-t-elle.

Elle effectua un nouveau demi-tour. La Triumph rebondit sur l'accotement, comme lancée d'un à-pic. Elle enclencha la troisième et mit les gaz. Elle repassa derrière la bibliothèque à toute vitesse, puis dévala la pente boueuse au bas de laquelle Maggie et elle s'étaient rencontrées. Un policier était en faction à côté du banc.

Vic atteignait presque les soixante-dix, à présent. Elle se dirigeait vers la rivière.

« Allez, fils de pute, grogna-t-elle. Pas le temps de déconner. Pointe-toi. »

Elle embraya en quatrième. Sous l'unique phare de la moto, la portion d'asphalte défila, puis la terre battue, juste avant les remous boueux des flots. Elle allait plonger. Avec un peu de chance, elle se noierait. Ce serait toujours mieux que d'être arrêtée et enfermée, réduite à l'impuissance tandis que Wayne était à Christmasland.

Elle ferma les yeux. *Merde, merde, merde et merde.* Cette scansion était sans doute la prière la plus sincère qu'elle pût adresser au Très Haut. Ses oreilles bourdonnaient.

La bécane fonça dans la bourbe, le cours d'eau approchait. Elle entendit tout à coup les roues frapper le bois. La moto patina. Elle ouvrit les yeux. Le guidon vibrait au contact du plancher pourri du Raccourci. À l'autre bout, l'obscurité. Le bourdonnement dans ses tympans provenait des parasites. Elle entrevoyait la tempête de lumière aveuglante entre les interstices de la cloison. La construction bancale semblait ployer sous le poids de l'engin.

Elle passa en un éclair devant son Raleigh paré de toiles d'araignées et déboucha dans une nuit d'encre aux fragrances de pins, humide et peuplée d'insectes. Le pneu arrière planta ses rainures dans la terre meuble. Vic appuya sur le frein défectueux et serra par réflexe celui qui fonctionnait. La moto glissa. La mousse au sol, pareille à un tapis sur un parquet ciré, se plissa sous les roues. Elle se trouvait sur une petite berge, dans une forêt quelconque. De l'eau s'égouttait des arbres, même s'il ne pleuvait pas. Après avoir effectué un dérapage contrôlé, elle coupa le moteur et mit la béquille.

Elle observa le pont, au bout duquel elle distinguait encore la bibliothèque ainsi que le visage laiteux et tacheté du flic à l'entrée. Il scrutait l'intérieur de l'édifice. D'une seconde à l'autre, il allait en franchir le seuil.

Vic baissa la tête. Son œil gauche était prisonnier d'un véritable étau.

« Dégage ! » gémit-elle, les mâchoires crispées.

Il y eut une déflagration sèche, identique à celle d'une gigantesque porte fermée avec fracas, puis l'onde de choc – un souffle d'air chaud qui charriait une odeur d'ozone ou de casserole chauffée à blanc – faillit les faire tomber, elle et sa moto.

Elle leva les yeux. L'hémisphère gauche de son champ de vision se réduisait à une série de points flous, analogues à des éclaboussures d'eau saumâtre sur une vitre. En revanche, du côté droit, elle constatait clairement la disparition du Raccourci, remplacé par de grands pins aux troncs rougis par une averse récente.

Qu'était-il arrivé au flic ? Vic se demandait s'il avait pénétré dans la construction, ou juste passé la tête à l'intérieur. Une partie de son corps s'était-elle désintégrée avec le pont ? L'image d'un enfant, les doigts coupés par un cutter, s'imposa brièvement à son esprit.

« Tu ne peux rien y faire, de toute façon », se résigna-t-elle avec un frisson.

Elle prit ensuite le temps d'examiner plus attentivement les environs. Elle avait atterri derrière une maison en rondins sans étage. La fenêtre de la cuisine était éclairée. Plus loin, une longue allée gravillonnée menait à la route. L'endroit lui était inconnu, mais elle pensait savoir où elle était. Il ne lui fallut qu'un instant pour en avoir la confirmation. La porte s'ouvrit et un petit homme mince apparut dans l'embrasure, le regard tourné vers la colline, dans sa direction. Une tasse de café fumait dans sa main. Elle n'avait pas besoin de voir ses traits. Sa silhouette, la manière dont il penchait la tête, lui suffisaient. Et pourtant, elle ne l'avait pas vu depuis plus de dix ans.

La maison de son père, enfin. Elle avait échappé aux forces de l'ordre pour se retrouver chez Chris McQueen.

Dover, New Hampshire

Une déflagration, comme le plus gros claquement de porte de l'Histoire. Un larsen. Puis le rugissement assourdissant des parasites.

Tabitha Hutter ôta ses écouteurs en toute hâte.

Daltry, assis à sa droite, garda les siens un peu plus longtemps mais ne put réprimer un tressaillement et une grimace de douleur.

« Que s'est-il passé ? » interrogea Hutter.

Ils étaient cinq à s'entasser dans la camionnette aux flancs ornés de l'inscription : Roi de la Charcuterie. Et, de fait, ils s'y sentaient littéralement saucissonnés. L'engin était stationné de l'autre côté de la rue, près d'une station Texaco située à une trentaine de mètres de la route conduisant à la maison de Christopher McQueen.

Plusieurs équipes, postées dans les bois autour de la cabane, filmaient tout et écoutaient les conversations à l'aide de micros directionnels. Le son et l'image étaient réceptionnés sur les moniteurs à l'intérieur de la camionnette. Quelques secondes auparavant, Hutter pouvait encore discerner l'allée, irradiée par les lueurs émeraude de la vision infrarouge. À présent, les écrans étaient grêlés d'un blizzard verdâtre.

Les pistes visuelle et sonore s'étaient interrompues en même temps. Hutter avait entendu Chris et Lou discuter à voix basse. Le premier avait demandé au gros motard s'il désirait du café. Et soudain, plus rien. Uniquement ces sifflements déments.

« Aucune idée. Tout est coupé », constata Cundy. Il enfonça plusieurs touches de son clavier d'ordinateur, en pure perte.

Les écrans conservèrent leur opacité impénétrable. « On dirait qu'on a été frappé par une putain d'impulsion électromagnétique. » L'informaticien était désopilant lorsqu'il se mettait à jurer. Le petit Noir aux manières raffinées et à l'accent anglais s'obstinait à singer le ghetto américain d'une voix flûtée. Tout en lui indiquait qu'il venait plutôt du MIT.

Daltry retira à son tour ses écouteurs. Il jeta un coup d'œil à sa montre et se fendit d'un rire sec et nerveux qui ne devait rien à l'amusement.

« Quoi ? » demanda la psychologue.

Daltry tourna son poignet vers elle. Sa montre – dont le bracelet terne avait dû jadis être peint en jaune pour ressembler à de l'or – paraissait presque aussi vieille que lui. L'aiguille des secondes tournait à toute vitesse en arrière. Celles des heures et des minutes restaient totalement immobiles.

« Elle est niquée, déclara-t-il avec un nouveau rire, cette fois-ci adressé à Cundy. Cette impulsion de merde a vraiment fait ça ? Ton truc électromagnétique ? Il a bousillé ma montre ?

— Je ne sais pas. On a peut-être été victime de la foudre.

— Quelle foudre, merde. T'entends du tonnerre ?

— Il y a eu une déflagration, quand tout s'est arrêté », précisa Hutter.

Daltry fouilla la poche de son manteau et sortit ses cigarettes, avant de se souvenir de la présence de Hutter à son côté. Il la regarda de travers. Une expression d'intense déception se peignit sur ses traits. Il rangea son paquet.

« Combien de temps pour retrouver un signal ? interrogea la jeune femme.

— Ou alors il s'agit d'une tache solaire, ajouta Cundy en l'ignorant. J'ai entendu dire qu'une éruption avait lieu en ce moment.

— Une tache solaire, répéta Daltry, joignant les mains en un semblant de prière. Tu envisages une éruption, hein ? T'as bien dû passer six ans à la fac et obtenir un diplôme en neurosciences ou que sais-je pour trouver une connerie pareille. Il fait nuit noire, dehors, crétin d'autiste.

— Quel délai pour rétablir le contact, Cundy ? » insista Hutter avant que l'ingénieur ne se lève de sa chaise pour se lancer dans un concours de virilité avec son camarade.

L'informaticien haussa les épaules. « Impossible à estimer. Cinq minutes ? Dix ? Je peux restaurer le système. Sauf si une guerre thermonucléaire a éclaté à l'extérieur, auquel cas l'intervention sera plus longue.

— Je vais vérifier la présence de champignons dans le ciel, ironisa l'experte en se levant de la banquette pour se diriger vers l'arrière du véhicule.

— Ouais, approuva Daltry. Moi aussi. J'ai envie de m'en griller une avant que les missiles ne nous rayent de la carte. »

Hutter ouvrit le lourd battant métallique, examina un instant les alentours, puis sauta à terre. La brume s'accrochait aux lampadaires, les insectes chantaient dans la nuit. Au bord de la route, les lucioles illuminaient les herbes de leurs lanternes vertes.

Daltry se réceptionna auprès d'elle. Son genou craqua.

« Bon Dieu, soupira-t-il. Je n'aurais jamais pensé survivre jusqu'à mon âge. »

Hutter n'était pas enchantée de cette compagnie. La présence du vieux flic aggravait le sentiment de solitude qui l'étreignait. Depuis le temps qu'elle était ici, elle avait cru qu'elle se ferait plus d'amis. Le dernier type avec lequel elle était sortie lui avait déclaré, juste avant leur rupture : « Je suis peut-être ennuyeux, mais il me semble que tu n'es jamais là quand on va au restaurant. Tu vis dans ton monde. J'en suis exclu. J'ai parfois l'impression que tu t'intéresserais plus à moi si j'étais un livre. »

Elle l'avait haï et s'était sentie aussi légèrement coupable. Plus tard, elle s'était rendu compte que si ce mec avait été un livre, il aurait appartenu à la catégorie des rapports financiers d'un cabinet d'affaires. Elle aurait dû l'ignorer et chercher plutôt son bonheur au rayon Science-fiction et Littérature de l'imaginaire.

Hutter et Daltry se tenaient côte à côte au milieu du parking presque désert. La psychologue apercevait le Pakistanais à sa caisse derrière la vitre de la station. Il leur jetait des regards soupçonneux. Elle lui avait pourtant affirmé qu'il n'était pas surveillé, que le gouvernement le remerciait de sa coopération, mais l'employé était probablement persuadé que son téléphone était sur écoute et qu'on le considérait comme un terroriste potentiel.

« Vous allez vous rendre en Pennsylvanie ? demanda le vieux flic.

— Ça dépend de la tournure des événements. Demain, peut-être.

— Putain de film d'horreur. »

L'experte avait reçu des e-mails et des messages vocaux toute la nuit à propos d'une maison sur Bloch Lane, à Sugarcreeek. Ils avaient placé la scène de crime sous une tente stérile. Combinaison et masque à gaz étaient de rigueur pour franchir les rubans de sécurité. Les autorités traitaient l'affaire comme un attentat au virus Ebola. On avait dépêché une dizaine d'experts de la police scientifique. Les fédéraux et les fonctionnaires de l'État retournaient la baraque de fond en comble. Ils avaient passé l'après-midi à extraire des ossements d'un des murs du sous-sol. L'occupant des lieux, Bing Partridge, avait traité la plupart des restes à la chaux vive. Ce qu'il ne pouvait pas détruire, il l'avait stocké dans de petites alcôves recouvertes de terre, à la manière d'une abeille avec son miel.

Il n'avait pas eu le temps de se débarrasser de sa dernière victime : un ingénieur du Kentucky, Nathan Demeter, dont Vic avait parlé au téléphone. Deux mois qu'il avait disparu au volant de sa Rolls-Royce de collection : une voiture acquise aux enchères plus d'une décennie auparavant.

Le propriétaire précédent, Charles Talent Manx, était un ancien détenu de la prison fédérale d'Englewood. Demeter mentionnait son nom dans l'ultime note rédigée avant sa mort par strangulation. Le patronyme était mal orthographié mais il n'y avait pas d'erreur possible. Hutter avait examiné le scan du document une dizaine de fois.

La psychologue avait appris le système décimal Dewey, puis rangé sa bibliothèque, à Boston, selon ce classement. Elle possédait aussi une boîte remplie de fiches manuscrites : région, type de nourriture (plats principaux, apéritifs, desserts, de même qu'une catégorie intitulée C.P.S., pour collations postcoïtales). Elle prenait en outre un plaisir maniaque, et un peu coupable, à défragmenter son disque dur.

La jeune femme imaginait parfois son esprit sous la forme d'un appartement futuriste composé de portes et d'escaliers en verre transparent, de meubles en plastique translucide, où tout paraissait flotter. Un environnement immaculé et parfaitement ordonné.

À présent, les choses avaient changé. Lorsqu'elle repensait aux événements qui s'étaient succédé depuis soixante-douze heures, elle se sentait submergée, perdue. Elle persistait à croire aux vertus clarificatrices de l'information, bien que la vie lui eût déjà prouvé le contraire. L'information était un bocal rempli de mouches. Dévissez le couvercle et les insectes se dispersent sans vous laisser aucune chance de les rattraper.

Hutter ferma les yeux, huma le parfum moussu de la nuit, et commença à trier ses propres diptères.

Tout d'abord, Victoria McQueen. Elle avait été enlevée à dix-sept ans par Charles Manx, un homme sans doute coupable d'autres kidnappings. Il conduisait à l'époque une Rolls-Royce modèle Wraith de 1938. Vic avait réussi à s'enfuir. Deux chefs d'inculpation pour Manx : enlèvement transfrontalier de mineur et meurtre d'un soldat en permission. D'une certaine façon, Vic n'avait jamais vraiment échappé à son ravisseur. À l'instar de maintes victimes de traumatismes et d'abus sexuels, elle s'était enferrée dans son statut de captive. Par l'assuétude, la folie. Elle s'était droguée, avait volé des objets, conçu un enfant illégitime. Son existence avait été jalonnée d'échecs sentimentaux et affectifs. Ce que son tortionnaire n'avait pas réussi à faire, elle s'était évertuée à l'accomplir pour lui.

Manx avait passé presque vingt ans en QHS, à Englewood. Après avoir navigué à la lisière du coma pendant près de dix ans, il était décédé au printemps dernier. Le légiste avait estimé qu'on avait affaire à un nonagénaire : personne ne connaissait l'âge exact du défunt et, quand il était encore en pleine possession de ses moyens, Manx prétendait avoir cent seize ans. Des voyous avaient dérobé sa dépouille à la morgue. Malgré le mini scandale généré par cette disparition, sa mort n'avait pas été remise en cause. Son cœur pesait deux cent soixante-douze grammes. Un peu léger pour un individu de cette corpulence. Hutter avait vu de ses yeux une photo de l'organe.

Et depuis trois jours, McQueen affirmait que Manx l'avait de nouveau agressée. Ce dernier était prétendument accompagné d'un complice affublé d'un masque à gaz. Selon ses dires, les hommes étaient repartis avec son fils, âgé de douze ans, à l'arrière d'une vieille Rolls.

Cette version était sujette à caution. La mère présentait certes des lésions indéniables, mais rien qui ne puisse être infligé par un préadolescent tentant de se défendre. On avait décelé des traces de pneus dans le jardin. Impossible de déterminer s'il s'agissait d'une voiture ou d'une moto. La terre était trop meuble pour avoir conservé des éléments exploitables. Vic certifiait en outre qu'on lui avait tiré dessus. Les experts n'avaient retrouvé aucun projectile.

Cependant, le fait le plus troublant résidait dans la rencontre entre McQueen et une certaine Margareth Leigh, prostituée et droguée notoire, qui prétendait posséder des informations sur l'enfant disparu. Dès que les enquêteurs avaient mentionné Leigh, Vic s'était enfuie à moto. Elle s'était évaporée, comme tombée dans un puits.

À l'heure actuelle, on n'avait pas encore retrouvé Mme Leigh. La junkie avait séjourné dans différents refuges et centres de réadaptation en Iowa et en Illinois. Elle n'avait plus payé d'impôts ni travaillé depuis 2008. Son parcours avait des accents de tragédie : dans une autre vie, Leigh était une bibliothécaire doublée d'une championne de Scrabble appréciée, malgré son excentricité. Elle jouissait par ailleurs d'une réputation de médium amateur qui lui avait permis de collaborer, à l'occasion, avec les forces de l'ordre. Quelles conclusions en tirer ?

Et puis il y avait cette histoire de maillet, qui taraudait Hutter depuis des jours. Plus elle en apprenait, plus l'instrument pesait lourd dans son esprit. Si Vic avait tout inventé, pourquoi ne pas octroyer à Manx une batte de baseball, une pelle ou un pied-de-biche ? La jeune femme avait choisi précisément un maillet de Colin identique à celui qui avait disparu avec le cadavre de Manx. Ce détail n'avait jamais été rendu public.

Pour finir, on ne pouvait faire l'impasse sur Lou Carmody, l'ancien compagnon de Vic et le père de l'enfant. Il l'avait sauvée des griffes de son bourreau la première fois. Ses sténoses n'étaient pas du flan. La psychologue avait discuté avec le médecin : l'ex-motard avait été victime d'un, voire deux débuts d'attaque en une semaine.

« Il n'aurait pas dû quitter l'hôpital », avait désapprouvé le praticien, comme si Hutter était responsable de son départ prématuré. En un certain sens, elle l'était. « Sans intervention, le moindre effort est susceptible de déclencher une ischémie massive. Vous comprenez ? Une réaction en chaîne dans le cerveau. Un infarctus majeur.

— Vous voulez dire qu'il peut mourir.

— À tout instant. Chaque minute passée à l'extérieur équivaut à s'allonger au milieu de la route. Tôt ou tard, il se fera écraser. »

Pourtant, Carmody était sorti de l'établissement et avait marché sur un kilomètre jusqu'à la gare. Il avait acheté un billet pour Boston, probablement dans le but puéril d'égarer les forces de l'ordre, puis s'était rendu dans une cabine près d'une pharmacie. Il avait appelé dans le New Hampshire, à Dover, et trois quarts d'heure plus tard, Christopher McQueen était passé le prendre en pick-up pour les conduire ici.

« Vous croyez que Vic McQueen trempe dans quel merdier ? » demanda Daltry.

Sa cigarette brillait dans l'obscurité. La braise diffusait une lueur infernale sur ses vilains traits couturés.

« Un merdier ?

— Elle a foncé directement chez ce type, Bing Partridge, résolue à lui soutirer des informations à propos de son fils. D'après ce qu'elle a raconté, elle y est parvenue. De toute évidence, elle est mêlée à de sacrées magouilles. Voilà pourquoi on a kidnappé le gosse, vous ne pensez pas ? Ses complices ont voulu lui donner une leçon.

— Je ne sais pas. Je lui demanderai quand je la verrai. »

Daltry leva la tête pour expulser la fumée dans la brume pâle. « Moi, je penche pour la traite humaine. Ou la pornographie infantile. Ça cadre avec le tableau, hein ?

— Non », répondit Hutter avant de s'éloigner pour se dégourdir les jambes. Un peu de marche l'aiderait à réfléchir. Elle enfouit ses mains dans les poches de son coupe-vent estampillé au logo du FBI et entreprit de contourner la camionnette. De la route, elle voyait les pins et, plus loin, les lumières de la maison de Chris à travers les branchages.

Le docteur avait employé l'image d'un homme allongé sur la chaussée au péril de sa vie, mais sa métaphore n'était pas tout à fait exacte. La vérité était encore pire. Carmody prenait carrément une autoroute à contresens. Il était venu jusqu'ici pour trouver quelque chose dont il avait besoin. Non, rectification : pour trouver quelque chose dont Wayne avait besoin. Et cet impératif primait sur toute autre considération, y compris sa santé. C'était là, dans cette maison, à une soixantaine de mètres d'elle.

Daltry la rattrapa tandis qu'elle traversait la route.

« Alors, on fait quoi maintenant ?

— Je vais assister une des équipes de surveillance. Si vous m'accompagnez, éteignez votre cigarette. »

Le vieux flic écrasa son mégot sur l'asphalte.

Ils longeaient à présent le bas-côté gravillonné. La cabane de Christopher McQueen n'était plus qu'à une quinzaine de mètres lorsqu'une voix interpella doucement Hutter :

« Madame ? »

Une petite femme corpulente, engoncée dans un K-way bleu, émergea d'un bouquet d'épicéas. Chitra, la policière d'origine indienne. Elle était munie d'une longue torche en inox qu'elle évitait d'allumer.

« C'est moi, Hutter. Vous êtes avec qui ?

— Paul Hoover et Gibran Peltier. » La seconde équipe positionnée dans les bois. « Notre matériel ne fonctionne plus. La parabole est morte. Les caméras ne tournent plus.

— On sait, murmura Daltry.

— Que s'est-il passé ?

— Taches solaires. »

La maison de Christopher McQueen

Vic laissa la Triumph sous les arbres, un peu en surplomb de la cabane de son père. Lorsqu'elle se redressa, le sol vacilla. Elle se faisait l'effet d'être une figurine dans une boule à neige, secouée en tout sens par un impitoyable gamin.

Elle baissa les yeux et s'aperçut avec étonnement qu'elle était incapable de marcher en ligne droite. Qu'un policier de la route vienne à la contrôler et il douterait légitimement de sa sobriété, bien qu'elle n'ait pas bu une goutte. De toute manière, en cas de contrôle, elle serait sans doute menottée et écoperait au passage d'un ou deux coups de matraque.

Son père, dans l'embrasure de la porte, fut rejoint par un second individu. Sa silhouette en forme de barrique était surmontée d'un cou encore plus large que sa tête rasée. Lou. Elle le repérerait à cent mètres au milieu d'une foule. Les deux amours de sa vie la regardèrent descendre la colline d'une démarche hésitante. Il ne manquait que Wayne.

Les hommes... L'un des seuls réconforts au monde susceptible de concurrencer un feu de cheminée dans la nuit fraîche d'octobre, un bol de chocolat chaud, ou une paire de pantoufles usées. Leur tendresse maladroite, leur barbe de trois jours et leur entrain à s'acquitter du nécessaire – préparer une omelette, changer une ampoule, faire des câlins –, parvenaient parfois à combler une femme.

Elle regrettait de n'être que trop consciente du décalage entre l'image qu'ils avaient d'elle et sa propre valeur. Avec le recul, il lui semblait qu'elle avait toujours trop attendu et rien donné en retour. Elle possédait un don pervers pour décevoir ceux qui prenaient le risque de l'aimer, une faculté innée de mettre le doigt là où ça faisait mal et d'appuyer jusqu'à ce qu'ils n'aient d'autre choix que la fuite.

Une vis s'enfonçait lentement dans son œil gauche, toujours plus profond à l'intérieur de l'orbite.

Pendant une dizaine de pas, son genou refusa de fléchir, puis céda sans prévenir. Elle chuta à mi-chemin sur sa rotule meurtrie, comme si Manx l'avait de nouveau frappée avec son maillet.

Son père et Lou se précipitèrent vers elle. Vic leur adressa un signe de main, manière de signifier : *ne vous inquiétez pas, tout va bien*. En réalité, elle n'arrivait pas à se relever. Son articulation s'obstinait à rester pliée.

Chris passa son bras autour de sa taille, posa une main sur sa joue.

« Bon Dieu, gamine, tu es brûlante. Viens, rentrons. »

Son père d'un côté, son ex de l'autre, elle se hissa sur ses pieds. Elle mit son visage contre Lou et respira à fond. Son gros visage poilu était blême. La pluie dégoulinait sur son crâne. Une fois de plus, elle se dit qu'à une autre époque, dans une contrée lointaine, il aurait fait un Petit Jean idéal. Elle l'aurait bien vu pêcher dans la rivière de Sherwood.

Oh, Louis. Je voudrais tellement que tu te trouves une compagne à la hauteur, songea-t-elle.

Son père la soutenait, le bras toujours passé autour de la taille. Dans l'obscurité, loin de sa cabane, il était encore celui qu'elle avait connu dans son enfance : l'homme qui plaisantait en soignant ses bobos, l'emmenait en balade sur sa Harley. Puis il entra dans la lumière sous le porche et elle vit un vieux type émacié aux cheveux gris. Il s'était laissé pousser une moustache ridicule, sa peau usée évoquait celle d'un fumeur invétéré. Ses joues s'étaient creusées, son jean flottait sur ses fesses inexistantes et ses jambes filiformes.

« C'est quoi, ce balai-brosse sur ton visage, papa ? » interrogea-t-elle.

Il la regarda du coin de l'œil, étonné, puis secoua la tête. Sa bouche s'ouvrit, se ferma. Il secoua de nouveau la tête sans prononcer un mot.

Aucun des deux hommes ne voulait la lâcher, aussi durent-ils se mettre de profil pour entrer tous les trois. Chris passa le premier et l'aida à franchir le seuil.

Ils s'arrêtèrent dans un couloir sombre. Une machine à laver et un sèche-linge dans un coin, une armoire dans l'autre. Son père ne la quittait pas des yeux.

« Seigneur, Vic. Qu'est-ce qu'il t'est arrivé ? » Puis il éclata en sanglots.

Vic était troublée. Cette effusion était laide, bruyante ; ses épaules maigrichonnes tressautaient. Il pleurait la bouche ouverte, si bien que l'on apercevait les plombages sur ses molaires. Elle-même, qui avait les larmes aux yeux, ne pouvait envisager semblable réaction. Elle avait l'impression de l'avoir rencontré la semaine dernière. Il était alors athlétique, solide. Ses yeux clairs et calmes suggéraient que rien ne le ferait fuir. Pourtant, il avait fui. Et elle ? Son comportement avait été tout aussi lamentable, voire pire.

« Tu devrais voir l'autre type », minimisa-t-elle.

Chris eut un bref hoquet, entre joie et tristesse.

Lou jeta un coup d'œil par la contre-porte. Dehors, la nuit appartenait aux moustiques. L'odeur ambiante évoquait un mélange de terre mouillée et de fil de cuivre dénudé.

« On a entendu un bruit, fit-il. Une espèce de détonation.

— J'ai cru à un pétard ou un flingue », précisa son père. Les larmes qui avaient coulé sur le cuir tanné de ses joues s'étaient rassemblées en perles translucides captives de son épaisse moustache jaunie par le tabac. Il ne lui manquait plus qu'une étoile de shérif et une paire de colts.

« C'était le pont ? demanda Lou d'une voix adoucie par l'émerveillement. Tu es passée dessus ?

— Oui. Je l'ai traversé. »

Ils la firent entrer dans la petite cuisine éclairée d'une simple ampoule en verre fumé qui pendait au-dessus de la table. La pièce était aussi propre qu'un modèle d'exposition. Les seules traces de vie résidaient dans un cendrier ambré rempli de mégots, dans l'atmosphère enfumée des lieux, et dans les packs d'ANFO.

Ces derniers s'alignaient à l'intérieur d'un sac à dos ouvert, posé sur la table. Vingt kilos d'explosif. Le plastique blanc et lisse était couvert d'avertissements. Chaque lot, de la taille d'un pain à l'ancienne, emballé avec soin. Vic n'avait pas besoin de les soupeser pour deviner qu'ils étaient aussi lourds que du ciment.

Ils l'installèrent sur une chaise en bois de cerisier. Elle étira sa jambe blessée, consciente de la sueur grasse sur son front et ses joues. Une sueur impossible à enlever. La lampe au-dessus de la table était trop puissante. Sa proximité accentuait la sensation d'avoir une pointe de crayon taillé derrière le globe oculaire.

« On peut éteindre ? »

Lou actionna l'interrupteur. La pièce s'obscurcit. Une autre lampe était restée allumée quelque part dans le couloir. La lueur brunâtre qu'elle diffusait l'incommodait moins.

À l'extérieur, le chant des rainettes pulsait comme un générateur électrique.

« Je l'ai fait repartir, expliqua-t-elle. Le pont. Afin que personne ne me suive. Voilà pourquoi... pourquoi je suis un peu fiévreuse. Je l'ai beaucoup emprunté, depuis deux jours. Mais ça va. Rien de grave. »

Lou s'assit en face d'elle. Le bois de la chaise craqua. Il avait l'air ridicule, devant cette minuscule table. Il ressemblait à un ours en tutu.

Son père était appuyé au comptoir, les bras croisés sur sa poitrine étique. La pénombre était un soulagement pour eux deux, songea-t-elle. À l'abri de la lumière, Chris redevenait celui qui la veillait lorsqu'elle était malade, celui qui lui décrivait les endroits visités au guidon de sa moto, les coups durs qu'il avait essuyés. Vic, de son côté, habitait de nouveau chez ses parents. Elle retrouvait une gosse qu'elle affectionnait beaucoup et qui lui manquait. Une gamine avec laquelle elle avait désormais si peu de points communs.

« Tu n'as pas changé, dit Chris, dont les pensées avaient sans doute suivi le même fil. Tu rentrais toujours de tes excursions à vélo avec un truc à la main. Une poupée, un bracelet perdus. Et tu racontais des mensonges pour justifier ton état. Ta mère et moi, on en parlait sans arrêt. On se demandait où tu allais et si tu n'étais pas, comment dire, un peu voleuse sur les bords. Tu empruntais peut-être des objets pour les rendre une fois que leur propriétaire constatait la disparition.

— Faux. *Tu* n'as jamais cru une chose pareille. Tu ne m'as jamais prise pour une voleuse.

— En effet. Cette théorie venait plutôt de ta mère.

— Et ta théorie à toi ?

— Ton vélo te servait de baguette de sourcier. Tu connais les sourciers ? Des vieux de la vieille qui trouvaient de l'eau avec une simple branche d'if ou de noisetier. J'ai l'air de raconter n'importe quoi, je sais, mais là d'où je viens, on ne creusait pas le moindre puits sans faire appel à eux.

— Tu n'es pas loin de la vérité. Tu te souviens du Raccourci ? »

Il baissa la tête, songeur. De profil, il n'avait presque pas vieilli.

« Le pont couvert. Toi et les autres gosses aviez l'habitude de vous défier de le franchir. J'en ai encore des palpitations. La construction était sur le point de sombrer dans les flots. Ils l'ont démoli quand ? En 1985 ?

— 1986. Sauf qu'en ce qui me concerne, le pont n'a jamais été démoli. Quand j'avais besoin de trouver quelque chose, j'allais dans les bois à vélo, et il réapparaissait. Il m'emmenait à l'endroit désiré. J'utilisais le Raleigh, la bécane que tu m'avais offerte pour mon anniversaire, tu te rappelles ?

— Celle qui était trop grande pour toi, confirma-t-il.

— J'ai grandi dessus. Comme tu l'avais prévu. » Elle marqua une pause, puis désigna la moustiquaire. « Maintenant, je possède une Triumph, là-dehors. La prochaine fois que j'irai sur le pont, ce sera pour affronter Charlie Manx, le ravisseur de Wayne. »

Son père ne répondit pas. Il garda la tête baissée.

« Ça vaut ce que ça vaut, monsieur McQueen, intervint Lou, mais je crois chaque mot de son histoire démente.

— Et tu l'as emprunté pour venir ici, maintenant ? demanda Chris. Ce pont fictif ?

— Il y a trois minutes, j'étais dans l'Iowa. Pour voir une femme qui connaît… qui connaissait Manx. »

L'emploi du passé interpella Lou, mais la jeune femme ne lui laissa pas le loisir de réagir. Elle continua de peur de ne pas pouvoir s'étendre sur le sort de son amie.

« Tu n'es pas obligé de prendre ce que je te dis pour argent comptant. Explique-moi simplement comment utiliser l'ANFO. Ensuite, je retournerai sur le pont et je poursuivrai ma route. Tu le verras par toi-même. Il est plus grand que ta maison. Tu te souviens du tigre, dans *Calvin et Hobbes* ?

— Le copain imaginaire du petit garçon ? »

Vic devinait le sourire de son père dans le noir.

« Le Raccourci est tout le contraire. Il ne s'agit pas d'un mirage que je suis la seule à voir. Si tu veux l'examiner tout de

suite, je le ramène. Mais je préférerais attendre d'être prête. »
Elle se massait la pommette gauche d'un geste machinal. « J'ai
l'impression d'avoir une bombe qui explose dans le crâne.

— En tout cas, tu ne pars pas maintenant. Tu viens à peine
d'arriver. Regarde-toi. Tu n'es pas en état. Il te faut du repos.
Tu dois aussi consulter un toubib.

— Je me suis déjà reposée. Et si je vais à l'hôpital, le premier
médecin venu me prescrira une paire de menottes et un séjour
en taule. Les fédéraux sont persuadés… Je ne sais pas de quoi
ils sont persuadés. Que j'ai tué Wayne, peut-être. Ou que je
trempe dans des affaires louches auxquelles l'enlèvement est
lié. Ils négligent la piste de Charlie Manx. Je les comprends.
Il est censé être mort. Un légiste a même pratiqué un début
d'autopsie. Je passe pour une putain de cinglée. » Elle se res-
saisit, puis, après avoir observé son père dans le noir, ajouta :
« Et toi, comment ça se fait que tu me croies ?

— Parce que tu es ma fille. »

Ces mots étaient si doux, si évidents, qu'elle ne put s'empêcher de le haïr. Une vague nauséeuse, aussi soudaine qu'inattendue, monta dans sa poitrine. Elle dut détourner les yeux et
prendre une grande inspiration pour éviter d'être submergée
par l'émotion.

« Tu m'as abandonnée, papa. Tu ne t'es pas contenté de quitter maman. Tu nous as abandonnées toutes les deux. J'avais
des problèmes, et tu as fui.

— Quand je me suis aperçu de mon erreur, il était trop tard
pour revenir en arrière. Mon cas n'a rien d'exceptionnel. J'ai
demandé à ta mère que l'on se remette ensemble et elle a dit
non. Elle a eu raison.

— Tu aurais pu rester proche de moi. M'accueillir le week-
end, passer du temps en ma compagnie. J'avais besoin de toi.

— J'avais honte. Je ne voulais pas que tu connaisses ma
nouvelle copine. La première fois que je vous ai vues l'une
avec l'autre, j'ai compris que je n'étais pas fait pour elle. » Il
attendit un moment avant de poursuivre : « Je ne peux pas
affirmer que j'étais heureux avec ta mère. Ce furent vingt
années de reproches constants.

— Et tu manifestais parfois ton mécontentement avec tes
poings, hein ? trancha-t-elle d'un ton froid de dégoût.

— C'est vrai. Quand j'avais bu. Peu avant sa disparition,
je lui ai demandé de me pardonner. Elle a accepté. Pourtant,

je m'en veux encore. Je te dirais bien que je donnerais tout pour que ces événements ne se soient pas produits, mais je ne crois pas à ce genre de déclaration.

— Quand t'a-t-elle pardonné ?

— Chaque fois que nous avons parlé. J'ai discuté avec elle tous les jours durant les six derniers mois. Elle appelait lorsque tu étais chez les Alcooliques Anonymes. Pour plaisanter, me raconter comment tu t'en sortais. Elle me décrivait tes dessins, les activités de Wayne. Et aussi comment Lou et toi gériez la situation. Elle m'envoyait des photos de ton fils. » Il scruta l'obscurité quelques instants. « Je ne cherche pas ton absolution. Mes choix sont inexcusables. Toutes les saloperies dont tu pourrais m'accuser sont exactes. Mais je n'ai jamais cessé de t'aimer. Maintenant, si je peux t'aider, n'hésite pas. »

Le souffle court, en proie à un léger vertige, elle baissa la tête sur ses genoux. Les ombres autour d'elle paraissaient s'allonger puis rétrécir en un mouvement liquide, identique à celui des reflets sur la surface d'un lac noir.

« Je n'essaie pas de me justifier, insista Chris. Ça ne servirait à rien. J'ai accompli quelques bonnes actions, mais dans l'ensemble, je ne me suis jamais supporté. »

Elle n'y tint plus. Son éclat de rire lui meurtrit les côtes. Il ressemblait un peu trop à un haut-le-cœur. Quand elle releva la tête, elle s'aperçut qu'elle était enfin capable de contempler son père.

« Ouais. Moi non plus. Malgré une ou deux initiatives heureuses, je ne me suis jamais acceptée. La plupart du temps, j'excelle simplement à tout ravager sur mon passage. Comme toi.

— Puisqu'on parle de tout ravager, suggéra Lou, on fait quoi avec cette marchandise ? » Il désigna le sac à dos rempli d'ANFO. Vic distingua un bracelet d'identification autour de son poignet. Lou intercepta le regard de son ex-compagne, rougit, et tira la manche de sa chemise en flanelle par-dessus.

« On a un bon paquet d'explosif, s'inquiéta-t-il. Vous trouvez qu'il est raisonnable de fumer, monsieur McQueen ? »

Le père de Vic tira une grande bouffée, puis se pencha pour poser le mégot incandescent dans le cendrier à côté des pains.

« Raisonnable, oui. Tant que tu ne jettes pas le tout dans un feu de camp ou un truc de ce style. Les détonateurs sont dans l'autre musette, derrière la chaise de Vic. »

Celle-ci se retourna et vit un sac de courses suspendu au dossier.

« Chaque pack suffirait à démolir le bâtiment fédéral de votre choix. Mais j'ose espérer que cela ne fait pas partie de vos projets.

— Non, confirma Vic. Charlie Manx se dirige vers un endroit appelé le Christmasland. Un petit royaume personnel où il se croit intouchable. Je vais m'y rendre et ramener mon fils. Et tant que j'y suis, j'en profiterai pour désintégrer cet endroit. Cet enculé a envie que ce soit Noël tous les jours, eh bien je vais plutôt lui offrir un 4 juillet. »

Dehors

Dès que Tabitha Hutter s'immobilisait, les moustiques revenaient siffler à ses oreilles. Elle en écrasa deux sur sa joue. Les insectes morts furent rejetés dans la nuit. En guise de planque, elle aurait mieux aimé une voiture, histoire d'avoir l'air conditionné et son iPad.

Par principe, elle préférait encore mourir d'une hémorragie causée par les ponctions répétées de ces vampires miniatures que de se plaindre. Hors de question de rouspéter devant Daltry, qui s'était assis avec les autres membres de l'équipe et arborait désormais une posture statuaire, les yeux mi-clos et le sourire en coin. Un cousin se posa sur sa tempe. Elle l'aplatit, laissant une trace ensanglantée sur sa peau. Le vieux flic sursauta, mais eut un mouvement approbateur.

« Ils vous aiment, déclara-t-il. Les moustiques. Ils adorent la chair tendre des jeunes demoiselles fraîches émoulues de l'école. Vous avez sans doute un goût de côtelette d'agneau. »

L'équipe de surveillance postée dans les bois se composait de trois agents, y compris Chitra. Ils étaient tous vêtus de K-ways noirs passés au-dessus des gilets pare-balles. L'un d'eux s'occupait du micro directionnel : une sorte de pistolet sombre doté d'une embouchure semblable à un mégaphone et relié à l'oreillette par un cordon noir.

Hutter se pencha et tapota l'épaule du technicien.

« Vous recevez quelque chose ? » chuchota-t-elle.

Le type secoua la tête. « J'espère que l'autre équipe s'en sort mieux. Je n'ai aucun signal hormis les parasites. Et cela depuis le coup de tonnerre qu'on a entendu tout à l'heure.

— Ce n'était pas le tonnerre, fit Daltry. Rien à voir. »

Le responsable de l'écoute haussa les épaules.

Un pick-up était garé devant la cabane. Une lampe de faible intensité éclairait la pièce de devant. On distinguait un volet à moitié ouvert. Hutter devinait une télévision éteinte dans un coin, un canapé, ainsi qu'un tableau de chasse accroché au mur. Des voilages blancs en dentelles un peu précieuses pendaient de part et d'autre d'une vitre qui donnait, selon toute vraisemblance, sur une chambre. Il ne devait pas y avoir grand-chose d'autre à voir : une cuisine, une salle de bains, une seconde chambre éventuellement, même si c'était peu probable. Hutter en déduisit que Carmody et Christopher McQueen étaient à l'arrière de la baraque.

« Ils parlent peut-être trop bas pour votre équipement, conjectura la psychologue.

— Lorsque le matériel fonctionne, il peut même capter les pensées, prétendit l'homme à l'oreillette. Le problème est qu'il est trop sensible. Possible que la déflagration ait détérioré un condensateur. »

Chitra sortit un spray de citronnelle d'un sac de sport.

« Merci », fit Hutter. Elle jeta un coup d'œil à Daltry. « Vous en voulez ? »

Ils se levèrent pour qu'elle puisse l'asperger de répulsif. Debout, elle apercevait une partie de la colline qui s'élevait derrière la maison. Deux carrés de lumière ambrée se déployaient sur l'herbe. Ils provenaient des fenêtres situées à l'opposé.

Elle appuya sur le gicleur. Un nuage de gouttelettes blanches se dispersa sur le vieux flic, qui ferma les yeux.

« Vous savez ce que je pense, à propos de l'explosion ? dit-il. Le gros lard s'est écroulé. Merci, c'est suffisant. » Elle arrêta la pulvérisation. Il ouvrit les yeux. « Vous tiendrez le choc si le gros meurt ?

— Il n'avait qu'à pas quitter l'hôpital.

— Avec votre consentement, grimaça Daltry. Vous avez lâché la bride à ce pauvre garçon. »

Hutter ressentit un violent désir d'envoyer une giclée de citronnelle dans les mirettes du vilain policier.

Il avait mis le doigt dessus. La source de son inconfort, l'élément qui la perturbait. Louis Carmody était d'un caractère trop confiant, trop bon enfant. L'inquiétude à l'égard de son fils l'empêchait d'envisager la culpabilité éventuelle de son ex.

Il était, d'une certaine manière, ingénu. Pourtant, elle l'avait lâché dans la nature sans hésiter, histoire de voir où il la conduirait. Peu importe qu'il succombe à une attaque. S'il mourait, quelle serait sa responsabilité ? Sans doute serait-elle entière.

« Souvenez-vous, plaida-t-elle. On avait besoin de savoir ce qu'il comptait faire. Nous ne nous soucions pas de sa santé, mais de celle de son fils.

— Je vous aime bien, Hutter. Vraiment. Vous êtes encore plus dégueulasse que moi. »

La psychologue songea combien elle détestait les flics, ces sales pochtrons qui voyaient toujours le pire chez les gens.

Elle ferma brièvement les paupières pour s'asperger la tête et le cou de produit répulsif, puis les rouvrit et souffla afin de disperser les miasmes amers du poison. Elle constata alors que les lumières à l'arrière de la maison s'étaient éteintes. Un détail qu'elle n'aurait pas remarqué en restant accroupie.

Elle scruta la pièce de devant. Le couloir qui s'enfonçait dans la baraque était désert. Un coup d'œil à la chambre. Elle attendit qu'on vienne actionner l'interrupteur. En vain.

Daltry s'était baissé avec les autres, mais elle demeurait debout. Au bout d'une minute, le vieux flic leva les yeux vers elle.

« Vous faites semblant d'être un arbre ?

— Qui surveille l'arrière de la cabane ? »

Un agent, qui s'était tu jusque-là, lui lança un regard. La pâleur de ses traits, ses taches de rousseur et sa chevelure rousse lui donnaient l'apparence d'un jeune Ron Howard.

« Personne. Il n'y a rien, là-bas. Des hectares de forêt, aucun chemin d'accès. S'ils ont l'intention de nous fausser compagnie, ils n'iront pas dans cette... »

Hutter s'éloignait déjà, les mains en avant pour se protéger des branches. Chitra la rattrapa en quatre enjambées. Elle devait trottiner pour rester à sa hauteur. Les menottes cliquetaient à sa ceinture.

« Inquiète ? »

Un morceau de bois craqua dans leur dos, puis des chaussures piétinèrent les feuilles mortes. Sans doute Daltry, qui les suivait sans se presser. Il était aussi collant que les moustiques. Hutter aurait voulu posséder un spray anti-Daltry.

« Non. Vous avez tenu votre position et il n'y avait aucune raison d'en bouger. S'ils partent, ils prendront la porte de devant. C'est évident.

— Alors ?

— Je suis juste intriguée.

— À propos de quoi ?

— Je me demande pourquoi ils restent dans le noir. Ils ont coupé les lumières derrière, mais l'avant de la baraque est toujours vide. Vous ne trouvez pas leur attitude bizarre ? »

Ses pieds s'enfoncèrent soudain dans une eau saumâtre. Dix centimètres de profondeur glacée. Elle s'agrippa à un jeune bouleau pour conserver son équilibre. Encore un mètre et Hutter eut les genoux trempés. Impossible de distinguer le liquide – surface opaque recouverte de feuilles et de branches mortes – de la terre ferme.

Daltry les rejoignit et plongea jusqu'aux cuisses. Il vacilla, manqua chuter.

« On devrait utiliser la torche, suggéra Chitra.

— Ou un tuba, ajouta le vieux flic.

— Non. Pas de lumière. Vous pouvez faire demi-tour si vous n'avez pas envie d'être mouillé.

— Hein ? Et rater les festivités ? Je préférerais me noyer.

— Ne nous donnez pas de faux espoirs. »

Dedans

Chris était assis à la table avec sa fille et Lou. Le trio était plongé dans la pénombre. Le père de Vic avait posé le sac de détonateurs sur ses genoux. Il en prit un en main. Lou n'était pas rassuré. L'objet n'avait que peu de rapport avec les joujoux high-tech qu'on voyait dans *24 heures* ou le film *Mission : impossible*. Juste des sortes de chronos achetés au Bricomarché du coin et ornés de fils de cuivre étrangement familiers.

« Euh, monsieur McQueen ? On dirait les minuteurs que j'utilise pour allumer les lumières de Noël à la nuit tombée.

— Tout à fait. Vu les délais, c'est ce que j'ai trouvé de mieux. Les pains sont prêts à l'usage, ce qui veut dire que le composant a été passé au gazole et que la charge est amorcée. Il te suffit de raccorder les fils, comme tu branches ceux de tes guirlandes électriques. Le voyant noir, à droite, t'indique l'heure. Celui de gauche, le rouge, te dit quand les lumières s'allumeront. Ou en ce qui nous concerne, quand tout explosera à deux mille sept cents joules. Assez pour balayer la façade d'un immeuble de deux étages, si la charge est correctement posée. » Il laissa passer une seconde de silence, puis regarda Vic. « Ne les touche pas avant d'être arrivée à destination. Hors de question de te trimbaler à moto avec les pains connectés. »

Lou ignorait ce qui l'effrayait le plus : le sac à dos plein d'ANFO ou la façon dont ce type regardait sa fille. Des yeux si clairs, si froids, qu'ils en étaient presque incolores.

« Je procède de manière simple, à la Al-Qaida », indiqua le moustachu avant de remettre le commutateur dans sa besace. « On ne passerait pas les contrôles ici, mais à Bagdad, ça irait. Les gamins de dix ans ont l'habitude de se scotcher cette merde sur le corps. Ils se font exploser sans problème. Voyage express au royaume d'Allah garanti.

— Je comprends, fit Vic en posant le sac sur la table. Je dois y aller, papa. Je ne peux pas prendre le risque de rester plus longtemps.

— Bien sûr. Tu ne serais pas venue si tu avais eu une autre solution. »

Elle se pencha pour l'embrasser sur la joue.

« Je savais que tu m'aiderais.

— Quand tu veux. »

Il la serra contre lui, les bras autour de sa taille. Ses iris avaient l'aspect pur et cristallin de certains lacs de montagne, stérilisés par les pluies acides.

« La distance de sécurité minimum est celle d'une explosion à l'air libre : trente mètres. Tous les êtres vivants à l'intérieur de ce rayon auront les entrailles liquéfiées par l'onde de choc. Tu connais la topographie de ce Christmasland ? Tu sais comment tu vas répartir les charges ? Il te faudra sans doute une heure ou deux pour les disposer correctement.

— J'aurai le temps », assura-t-elle.

Lou se rendait compte, à la manière dont elle dévisageait son père, au calme olympien qui émanait de son visage, qu'elle racontait des conneries.

« Je prendrai soin d'elle, monsieur McQueen », affirma l'ancien motard en se levant. Il s'empara du sac de minuteurs sur les genoux de Chris avant que celui-ci ne puisse esquisser un geste. « Faites-moi confiance. »

Vic blêmit. « De quoi tu parles ?

— Je vais avec toi. Wayne est aussi mon fils, merde. Et puis, on avait un accord, tu te rappelles ? Je répare la moto, tu m'emmènes. Tu n'iras pas là-bas sans que je sois là pour m'assurer que vous n'explosez pas tous les deux. Ne t'inquiète pas, je monterai à l'arrière.

— Et moi ? s'écria Chris McQueen. Vous croyez que je peux vous suivre dans ma bagnole ? »

Vic soupira. « Non. Je veux dire... Pas question. Aucun de vous ne m'accompagne. Je sais que vous voulez me rendre service, mais... Ce pont est réel. Vous allez le voir. Il sera là, avec nous, dans notre monde, et en même temps, d'une façon mystérieuse, il n'existe que dans ma tête. Et la construction est dangereuse. Elle l'était déjà quand j'étais gosse. L'édifice pourrait s'écrouler sous le poids d'un autre esprit. Sans compter que je risque d'être obligée de revenir avec Wayne derrière moi. C'est même sûr. Où t'assiéras-tu, Lou ?

— Je peux effectuer le retour à pied.

— Mauvaise idée. Quand tu verras le pont, tu comprendras.

— Alors, allons-y ! » s'exclama le motard.

Elle lui adressa un regard à la fois suppliant et peiné. On avait l'impression qu'elle luttait pour ne pas pleurer.

« Je dois le voir, insista Lou. Il me faut une confirmation. Pas parce que je pense que tu es folle, mais parce que j'ai besoin de croire au retour possible de Wayne. »

Elle secoua la tête, puis tourna les talons et claudiqua vers la porte.

Au bout de deux pas, elle tituba. Lou la rattrapa par le bras.

« Regarde-toi, championne. Tu tiens à peine debout. »

Lou était malade de la voir dans cet état-là.

« Je vais bien, affirma-t-elle. Ce sera bientôt fini »

Dans ses yeux, on lisait un sentiment encore plus terrible que la peur. Le désespoir, peut-être. Son père avait prétendu que n'importe quel morveux de dix ans était capable de se transformer en bombe humaine pour se faire exploser au nom d'Allah. Lou se demandait à présent si Vic n'avait pas l'intention d'employer la même technique, à quelques détails près.

Ils ouvrirent la moustiquaire et s'enfoncèrent dans la nuit froide. Lou nota qu'elle passait souvent la main sur sa pommette gauche. Elle ne pleurait pas, mais son œil larmoyait sans cesse. Une réaction qu'il connaissait bien et qui datait de l'époque maudite où ils habitaient dans le Colorado. Elle décrochait des téléphones qui ne sonnaient pas, s'adressait à des interlocuteurs imaginaires.

Sauf qu'il y avait vraiment quelqu'un au bout du fil. Aujourd'hui encore, il était étonné de la vitesse, de la facilité avec laquelle il avait accepté ce fait comme la conséquence logique d'une folie inéluctable. Après tout, cette idée n'était pas si farfelue. Il considérait depuis longtemps que chacun vivait dans son propre monde, un univers aussi réel que celui du commun des mortels, et pourtant inaccessible aux autres. Vic certifiait qu'elle pouvait faire apparaître ce pont malgré son caractère fictif. Un discours délirant, certes, mais pas tant que cela si vous pensiez au nombre de gens qui s'adonnaient tous les jours à ce genre d'activité : des musiciens enregistraient des mélodies qu'ils entendaient dans leur tête, des architectes bâtissaient des édifices entrevus en rêve. Les fantasmes n'étaient que des pans de réalité attendant d'être dévoilés.

Ils passèrent devant les bûches empilées sous l'auvent et commencèrent à progresser dans la brume calme et tremblotante. Lou jeta un regard en arrière. La moustiquaire se refermait. Christopher McQueen les suivait. Le père de Vic fit claquer son briquet et pencha la tête pour allumer une nouvelle cigarette. Puis il plissa les paupières à travers la fumée pour observer la moto.

« Le cascadeur Evel Knievel utilisait les Triumph pour ses performances. » Tels furent les derniers mots prononcés avant l'arrivée des flics.

« F.B.I. ! cria une voix familière à l'orée du bois. Les mains en l'air, tout le monde ! »

Lou sentit une douleur fuser dans le côté gauche de son cou, se répandre dans sa mâchoire, ses dents. Vic n'était pas la seule à posséder une cargaison d'explosifs. Lui-même avait l'impression d'avoir une grenade dégoupillée dans le crâne.

Le motard parut être le seul à estimer que l'expression « les mains en l'air » était plus qu'une suggestion. Il commença à lever les bras, l'anse du sac de détonateurs enroulée autour du pouce. Il apercevait Chris McQueen du coin de l'œil. L'homme se tenait près de la pile de rondins, totalement immobile, figé dans la position qu'il avait adoptée pour allumer sa clope. La braise scintillait au bout de la tige. Il serrait le briquet entre ses doigts.

Vic, en revanche, s'éloigna immédiatement. Lou tendit la main, mais elle boitillait déjà à deux ou trois mètres de lui. Le temps que l'agent fédéral sorte du couvert, Vic avait enjambé sa moto. Son pied frappa le kick. Le moteur pétarada. Dur de penser que l'ANFO ferait encore plus de raffut !

« Non, Vic, non ! Ne m'obligez pas à tirer ! » s'époumona Tabitha Hutter.

Le petit bout de femme trottinait en biais dans l'herbe humide, son automatique tenu à deux mains, comme dans les films. Elle était maintenant à une dizaine de mètres, assez près pour que Lou distingue les gouttes de pluie sur les verres de ses lunettes. Deux autres membres des forces de l'ordre lui emboîtaient le pas. Lou reconnut l'inspecteur Daltry et une policière d'origine indienne en uniforme. Daltry était trempé jusqu'en haut des cuisses, son pantalon couvert de feuilles mortes. Il avait l'air furax. Il tenait son arme loin de lui, en direction du sol. Le motard devina instinctivement qu'un seul des trois policiers constituait une menace sérieuse. Daltry ne pointait pas son flingue vers eux et Hutter ne voyait rien à travers ses lunettes. L'Indienne, en revanche, mettait Vic en joue. Ses yeux semblaient supplier : *s'il te plaît, ne me force pas à faire un truc regrettable.*

« Je vais chercher Wayne, Tabitha, affirma Vic. Si tu m'abats, il est mort aussi. Je suis sa seule chance.

— Arrêtez, cria Lou. Personne ne va tirer sur personne !

— Ne bougez pas ! » hurla Tabitha.

Lou ignorait à qui elle s'adressait. Sa compagne était assise sur la Triumph, et Chris, toujours près de la réserve de bois, ne bronchait pas. Il vit le canon de l'arme pivoter vers lui et comprit soudain que l'ordre lui était destiné. Sans s'en apercevoir, les mains levées, il se déplaçait à travers le jardin pour s'interposer entre Vic et ses poursuivants.

La psychologue n'était plus qu'à trois pas du motard. Elle plissait les yeux à travers ses lunettes embuées. Le canon s'inclina droit sur la panse monumentale de Lou. Elle ne le voyait peut-être pas très bien, mais Lou supposait que la performance se résumait à viser à bout touchant : le défi était de manquer la cible.

Daltry, lui, s'était tourné vers Chris. Il affectait cependant une telle indifférence qu'il n'avait même pas pris la peine de lever son arme.

« Attendez un peu, plaida Lou. C'est pas nous, les méchants. Le type que vous recherchez s'appelle Charlie Manx.

— Manx est mort, répliqua Hutter.

— Allez raconter ça à Maggie Leigh, intervint Vic. Charlie vient de la tuer dans l'Iowa, devant l'ancienne bibliothèque de Parisis. Il y a une heure. Vérifiez. J'y étais.

— Vous étiez... » L'experte ne termina pas sa phrase. Elle secoua la tête comme pour chasser un moustique. « Descendez de là, Vic, et allongez-vous à plat ventre. »

Lou entendit d'autres voix au loin. Des cris, des branches brisées, des cavalcades dans les fourrés. Les sons provenaient de l'autre côté de la maison. D'ici une vingtaine de secondes, ils seraient encerclés.

« Je dois y aller, martela Vic en passant la première.

— Je vais avec elle », ajouta Lou.

Hutter continuait à approcher. Son flingue était presque à portée de main.

Chitra Surinam contourna la psychologue et baissa son arme au passage. Elle entreprit de saisir les menottes attachées à sa ceinture. Lou avait toujours rêvé de posséder un équipement de ce genre : une ceinture à la Batman, avec le holster et les bombes incapacitantes. Qu'on lui en donne une maintenant, et il utiliserait un des projectiles pour aveugler les flics et couvrir leur fuite, à Vic et lui. Au lieu de cela, il se retrouvait avec un sac de minuteurs pour guirlandes de Noël, achetés dans un magasin de bricolage. Il recula d'un pas afin de se rapprocher de la Triumph. Il sentait la chaleur des pots d'échappement sur ses jambes.

« Donne-moi le sac », intima Vic.

Lou ne lui prêta pas attention. « Je vous en prie, madame Hutter. Appelez vos hommes, demandez-leur, pour Maggie Leigh, dans l'Iowa. Vous êtes sur le point d'arrêter la seule personne en mesure de ramener mon fils. Si vous voulez sauver Wayne, laissez-nous partir.

— Assez discuté, Lou, s'impatienta Vic. Il faut que j'y aille. »

Les yeux de Hutter s'étrécirent. Elle avait des problèmes à voir à travers ses lunettes.

Chitra Surinam avança encore. Lou tendit la main en un geste d'apaisement et entendit alors un raclement métallique. Elle venait de lui passer un bracelet.

« Oh là là ! s'exclama-t-il. La vache ! »

Hutter extirpa un portable de sa poche. L'ustensile, rectangle argenté, avait la taille d'un savon d'hôtel. Elle pressa un simple bouton. Une voix masculine grésilla dans le haut-parleur :

« Ici Cundy. Vous avez chopé les suspects ?

— Des nouvelles de Margareth Leigh, Cundy ? »

Le téléphone siffla.

« Monsieur Carmody ? La deuxième main, s'il vous plaît », demanda Chitra.

Non seulement Lou ne la lui offrit pas, mais il retira son poignet entravé. L'anse du sac plastique était toujours enroulée autour de son pouce, telle une cargaison de bonbons volée par la brute de l'école et tenue hors de portée de ses camarades.

La voix de Cundy reparut, dominant le larsen. Il paraissait mécontent. « Euh, vous avez des dons de voyance aujourd'hui ?

On vient d'avoir le message il y a cinq minutes à peine. Je comptais vous prévenir dès votre retour. »

Les cris derrière la maison gagnaient du terrain.

« Dites-moi tout.

— C'est quoi, ce bordel ? s'insurgea Daltry.

— Elle est décédée, reprit Cundy. Frappée à mort. Les flics du coin soupçonnent McQueen. On l'a repérée en train de fuir la scène de crime au guidon de sa moto.

— Non, murmura Hutter. Non, impossible. Où ça s'est passé ?

— Parisis, Iowa. Il y a un peu plus d'une heure. Qu'est-ce qui est imposs... »

La psychologue coupa la communication. Ses yeux se posèrent sur Vic. Tordue sur sa selle, secouée par les vibrations de la Triumph, la jeune femme lui rendait son regard.

« Je n'ai rien fait. C'est Manx. Ils vont découvrir qu'elle a été tuée à coups de marteau. »

Hutter, qui avait maintenant baissé son arme, remit son portable dans sa poche et essuya la pluie sur son visage.

« Un maillet de Colin, chuchota-t-elle. Celui que Manx a emporté avec lui en quittant la morgue. Je ne... Je n'arrive pas à comprendre. Et pourtant j'essaie, Vic. Mais cette histoire est insensée. Par quel miracle est-il vivant ? Et comment pouviez-vous être dans l'Iowa une heure auparavant ?

— Pas le temps de tout vous expliquer. Par contre, si vous voulez savoir comment je suis arrivée ici, restez là. Je vais vous montrer. »

Hutter s'adressa à Chitra : « Officier, voulez-vous... enlever les menottes à M. Carmody, s'il vous plaît ? Nous n'en avons pas besoin. On devrait parler. Simplement parler.

— Je n'ai pas le temps de... » commença Vic. Mais personne n'entendit la suite de sa phrase.

« Arrêtez vos conneries, s'écria Daltry en se détournant de Chris pour pointer son arme sur la jeune femme. Descendez de cet engin.

— Inspecteur ! Rangez votre arme ! ordonna la psychologue.

— Allez vous faire foutre, Hutter. Vous êtes cinglée. Coupez le moteur, Vic. Coupez-le maintenant.

— Inspecteur ! Je commande cette opération et... »

Un premier agent du FBI débarqua sur le côté de la maison.

« À terre ! » hurla-t-il. Il était équipé d'un fusil d'assaut. Lou penchait pour un M16. « Couchez-vous, putain ! »

Lou avait l'impression que tout le monde criait en même temps. Une douleur aussi puissante qu'un coup de poing le frappa à la tempe gauche, puis au cou. Chitra observait Hutter avec un mélange d'appréhension et d'étonnement.

Soudain, Chris McQueen jeta sa cigarette incandescente au visage de Daltry. Le mégot rebondit sous son œil droit, projetant une pluie d'étincelles. Le vieux flic sursauta. Son arme dévia. Sans attendre, le père de Vic s'empara d'une bûche au sommet de la pile et percuta l'inspecteur à l'épaule, assez fort pour le déséquilibrer.

« Dégage, Gamine ! » hurla-t-il à sa fille.

Daltry trébucha dans l'herbe sale, mais parvint à se stabiliser. Il leva son arme et tira sur Chris. Une balle dans le ventre, une autre dans la gorge.

Vic cria. Lou se tourna vers elle. Dans son mouvement, il bouscula Chitra. Malheureusement pour l'Indienne, cela équivalait à essuyer une ruade de cheval de trait. Elle recula d'un pas, son pied glissa dans la boue. Après s'être tordu la cheville, elle chuta en arrière pour se retrouver les fesses dans la terre mouillée.

« Baissez vos armes, nom de Dieu, s'époumona Hutter. Halte au feu ! »

Lou tendit les bras vers sa compagne. La méthode la plus simple pour la ceinturer consistait à enjamber la moto.

« Descendez de là ! » vitupéra un des hommes caparaçonné dans sa tenue d'intervention. Trois agents, équipés de semi-automatiques, progressaient dans le jardin.

Vic, stupéfaite, regarda son père. Sa bouche s'ouvrit sur une ultime imploration. Lou embrassa sa joue brûlante.

« Allons-y, fit-il. Tout de suite. »

Il referma ses bras autour de sa taille. L'instant d'après, la Triumph fonçait dans la nuit illuminée par la mitraille des fusils d'assaut.

Derrière

Les détonations d'armes à feu ébranlaient les ténèbres. Vic sentait le vacarme la traverser. Elle songea aux impacts des balles, agrippa de plus belle la poignée d'accélération. La gomme de la roue arrière fuma. La moto dérapa sur l'herbe humide, arracha un lambeau de terre détrempée.

La Triumph bondit en avant, dans l'obscurité.

Dans le rétroviseur, elle voyait encore son père se plier en deux, s'agripper la gorge, les cheveux dans les yeux. Sa bouche béait en une vaine tentative de régurgitation. Elle s'imaginait le rattraper avant la chute, le serrer dans ses bras, l'embrasser. *Je suis là, papa. Avec toi.* Elle était si proche de lui qu'elle pouvait humer l'odeur ferrugineuse du sang frais.

Lou, blotti contre elle, pressait son visage hirsute au creux de son cou. Le sac à dos rempli d'explosifs était écrasé entre leurs corps respectifs.

« Continue à rouler, conseilla-t-il. Emmène-nous à destination. Ne regarde pas en arrière. »

La boue gicla quand elle vira de bord pour monter vers les arbres. Ses tympans détectaient les baisers des projectiles dans la fange derrière eux. La voix de Hutter, déformée par la tension nerveuse, s'élevait au-dessus du staccato des armes.

« Halte au feu ! Halte au feu ! »

Vic était incapable de réfléchir. C'était de toute façon inutile. Ses mains et ses pieds savaient quoi faire. Elle passa en seconde, puis en troisième. La moto patinait tandis qu'ils gravissaient la colline. Les pins se dressaient sur un voile opaque omniprésent. Elle baissa la tête lorsqu'ils coupèrent à travers bois. Une branche lui gifla la bouche, entaillant la lèvre supérieure. Ils franchirent un taillis et, soudain, les roues martelèrent les planches du Raccourci.

« Merde ! » s'écria Lou.

Ils étaient entrés de biais dans la construction. Vic avait toujours la tête baissée. Son épaule heurta la cloison. Elle perdit le contrôle de son bras, fut repoussée en arrière contre Lou.

L'espace d'un éclair, elle s'imagina de nouveau rattraper son père.

Elle rectifia la trajectoire d'un mouvement sec. Ils s'éloignèrent du mur.

Elle chuchotait encore à Chris : *je suis là*, tandis qu'ils glissaient tous les deux au sol.

La Triumph se déporta vers la paroi opposée. Le bras gauche de Lou fut écrasé par le choc. Il grogna. La force de l'impact fit trembler tout l'édifice.

Vic continuait de sentir l'odeur des cheveux de son père. Elle voulait lui demander depuis quand il était seul et pourquoi aucune femme ne partageait sa vie dans cette maison. Elle désirait savoir comment il allait, comment il passait ses soirées. Et plus que tout, elle souhaitait lui dire qu'elle était désolée, qu'elle l'aimait. Malgré les coups durs de l'existence, elle l'aimait toujours.

Puis Chris McQueen disparut. Elle desserra les bras et le laissa partir. Elle poursuivrait sa route sans lui.

Les chauves-souris s'agitaient dans l'ombre. Leurs mouvements évoquaient les frottements amplifiés d'un jeu de cartes mélangées. Lou tendit le cou afin de scruter les bardeaux. Ce bon gros motard inébranlable se contenta de souffler entre ses lèvres et de rentrer la tête dans les épaules tandis que des dizaines, des centaines de chiroptères, dérangés dans leur sommeil, se laissaient choir sur eux en une pluie tourbillonnante. Dans cet endroit humide et froid, ils étaient partout. Sur leurs jambes, leurs bras. L'un des mammifères frôla Vic, ses ailes lui éraflèrent la joue. Elle entrevit sa tête : petite, rose et difforme. Étrangement humaine. Elle contemplait bien entendu une imitation de son propre visage. Vic se concentra sur ces traits pour éviter de crier et maintenir la trajectoire de la moto.

Ils étaient presque au bout, à présent. Quelques chauves-souris s'égaillèrent paresseusement dans la nuit. *Voilà où s'envolent mes pensées*, songea-t-elle.

Son vieux Raleigh apparut devant elle. Il semblait lui foncer dessus, mangé par la lumière des phares. Elle réalisa un peu trop tard que la collision était inévitable. Le choc allait être rude. La roue avant de la moto percuta de plein fouet le vélo. La Triumph s'inclina, accrochée au Raleigh rouillé et couvert de toiles d'araignées. Ils émergèrent du pont. Une dizaine de leurs compagnons ailés furent expulsés en même temps qu'eux.

Les pneus raclèrent la terre battue, puis l'herbe. Vic distingua le sol qui se dérobait. Ils allaient basculer au-dessus d'un remblai. Elle eut un bref aperçu des arbres, saupoudrés de neige et décorés de petits anges.

Puis ils chavirèrent. La moto se retourna, ils furent éjectés sur le côté. L'engin les suivit dans leur chute, les écrasa, dévala le talus dans une avalanche de métal chauffé à blanc. L'univers parut se fractionner. Ils plongèrent dans l'obscurité.

La Maison de Sangta Claus

Lou était réveillé depuis près d'une heure quand il entendit un petit craquement sec. Des flocons tombèrent sur les feuilles mortes à côté de lui. Il leva les yeux et plissa les paupières pour scruter la nuit. Il commençait à neiger.

« Lou ? » appela Vic.

Le motard avait le cou raide. Il eut du mal à baisser la tête. Sa compagne était allongée par terre, sur sa droite. Quelques instants auparavant, elle était encore évanouie, mais à présent, elle était bien consciente. Elle le regardait de ses yeux grands ouverts.

« Ouais, dit-il.

— Linda est encore là ?

— Ta mère est au paradis, championne. Avec les anges.

— Les anges, répéta-t-elle. Il y en a plein dans les arbres. Et il neige.

— Je sais. En juillet. J'ai passé ma vie dans les montagnes. Je connais des endroits où la neige est éternelle, mais je n'ai jamais vu de flocons tomber à cette période de l'année. Pas même dans ce coin.

— On est où ?

— Au-dessus de Gunbarrel. Retour au point de départ.

— Non. L'histoire a débuté chez Terry, lorsque ma mère a perdu son bracelet. Où est passée Linda ?

— Elle est morte, Vic. Tu te rappelles ?

— Non. Elle est restée assise un moment avec nous. Juste là. » Elle désigna le talus au-dessus d'eux. Les roues de la moto avaient creusé des sillons dans le remblai, deux longues tranchées boueuses. « Elle m'a parlé de Wayne. Selon elle, il lui restera un peu de temps quand il arrivera au Christmasland parce qu'il voyage à rebours. Deux pas en arrière pour deux kilomètres parcourus. Il ne sera pas un monstre. Pas encore. » Elle gisait sur le dos, les bras le long du corps, les jambes jointes. Lou avait posé sa chemise sur elle. Le vêtement était si large qu'il la couvrait jusqu'aux genoux, comme une couverture pour enfant. Vic tourna la tête vers lui. Son regard vide l'effraya.

« Oh, Lou, déclara-t-elle d'une voix plate. Ton visage... »

Il se toucha la joue. La chair tendre était tuméfiée de la commissure des lèvres au bas de l'œil. Il ne gardait aucun souvenir du choc. Le dos de sa main gauche, sérieusement brûlé, palpitait d'une douleur insidieuse. Quand il était tombé dans les pommes, son extrémité était restée coincée sous la moto, contre le pot d'échappement. La vision de sa peau carbonisée lui était pénible. L'épiderme était noir, fendu. Il suintait. Lou garda la main sur son flanc, là où ni lui ni Vic ne pourraient la voir.

Peu importe cette blessure. Le motard sentait que ses heures étaient comptées. La pression crucifiante dans sa gorge et sa tempe était à présent constante. Son sang lui paraissait aussi lourd que du plomb fondu. Il vivait avec une épée de Damoclès au-dessus de la tête. À un moment donné, au cours de la nuit, la lame s'abattrait. Il voulait voir son fils une dernière fois avant de mourir.

Il avait réussi à protéger Vic de la moto durant leur chute, son corps avait servi de rempart. L'engin avait rebondi contre son dos. La Triumph devait peser dans les quatre-vingts kilos au bas mot. L'échine de la jeune femme se serait brisée comme une allumette sous le poids de la bécane.

« Tu y crois, à cette neige ? » s'enquit-il.

Elle cligna des yeux, remua la mâchoire, le regard plongé dans la nuit. Les cristaux mouchetaient son visage. « Elle signifie qu'il arrive bientôt. »

Lou acquiesça. Lui aussi considérait ce caprice climatique comme un présage.

« Des chauves-souris sont sorties du pont avec nous », reprit-elle.

Il réprima un frisson, mais sa peau se hérissa de chair de poule. Il aurait voulu ne pas entendre parler de ces chiroptères. Il en avait entrevu un, qui l'avait effleuré, la gueule ouverte en un cri à peine audible. Le motard avait immédiatement regretté d'assister à cet horrible spectacle. Son seul souhait était de l'effacer de sa mémoire. Le faciès rosâtre et contrefait du mammifère lui rappelait trop le visage de sa compagne.

« Ouais, convint-il. Elles se sont envolées.

— Ces... choses me ressemblent. Elles incarnent les idées qui me trottent dans le crâne. Chaque fois que j'utilise le pont, certaines d'entre elles s'échappent. » Elle tendit le cou pour le regarder. « C'est le prix à payer. Il faut toujours s'acquitter d'un droit de passage. Maggie était affligée d'un bégaiement qui empirait lorsqu'elle se servait de son Scrabble. Manx avait jadis une âme et sa voiture l'a dévorée. Tu comprends ?

— Je crois.

— Si mon discours devient incohérent, dis-le-moi. Tu dois me prévenir quand je commence à raconter n'importe quoi. Tu m'entends, Lou ? Charlie Manx sera bientôt là. J'ai besoin de toi.

— Bien sûr. »

Elle se passa la langue sur les lèvres, déglutit. « Super. Ta parole vaut de l'or. Et l'or est éternel. Voilà pourquoi Wayne va s'en sortir. »

Un flocon se déposa sur l'un de ces cils. Une vision déchirante de beauté. Sans doute ne verrait-il plus rien d'aussi joli dans sa vie. Une vie qui, selon lui, ne se prolongerait pas au-delà de cette nuit.

« La moto », dit-elle en clignant des paupières. L'appréhension se lisait sur ses traits. Elle se redressa sur les coudes. « Elle doit rester en état de marche. »

Lou avait extirpé l'engin de la boue pour l'appuyer à un tronc d'arbre. Le phare pendait de son logement. Le rétroviseur droit avait été arraché. La Triumph n'en possédait plus aucun, désormais.

« D'accord, soupira-t-elle. Ça ira.

— Eh bien, je ne sais pas, tempéra Lou. Je n'ai pas essayé de la redémarrer. On a peut-être perdu des pièces. Tu veux que...

— Non, laisse tomber. Elle fonctionne. »

La brise dispersa un nuage de poudreuse sur la pente. La nuit carillonna de tintements discrets.

Vic observa les branches en surplomb, ces branches décorées d'anges, de pères Noël, de boules argentées et dorées.

« Je me demande pourquoi ces babioles ne se brisent pas, s'interrogea Lou.

— Ce sont des horcruxes. »

Le motard lui jeta un regard dur, inquiet. « Comme les objets maléfiques dans *Harry Potter* ? »

Elle éclata d'un rire sinistre et dépourvu de joie. « Regarde-les. Il y a plus d'or et de diamants dans ces arbres que dans tout le royaume d'Ophir. Et tout se terminera à l'identique.

— Le royaume d'offrir ? Tu divagues, championne. Reviens sur terre. »

Elle s'ébroua, comme pour s'éclaircir l'esprit, puis toucha son visage. Ce geste provoqua une grimace de douleur. Lou observa son ex à travers les mèches de cheveux sur son visage, et fut frappé de découvrir à quel point elle était désormais fidèle à sa propre image. Le sourire narquois qu'elle affectait était sans conteste le sien, cette étincelle d'espièglerie au fond des yeux le séduisait toujours autant.

« Tu es un type bien, Lou. Je suis peut-être complètement tarée, mais je t'aime. Désolée pour tout ce que je t'ai fait subir. J'aurais voulu que tu rencontres quelqu'un de meilleur. Par contre, je ne regrette rien à propos du fils que nous avons eu ensemble. Il a mes yeux et ton cœur. Je sais ce qui est préférable. »

Il glissa sur les fesses pour se rapprocher d'elle, l'enlaça contre sa poitrine et posa sa joue piquante sur sa chevelure.

« Où as-tu vu quelqu'un de meilleur que toi ? murmura-t-il. Je ne laisserais personne s'en tirer s'il prononçait le dixième de ce que tu dis sur toi-même. » Il l'embrassa sur le haut du crâne. « Notre enfant est super. On va le ramener à la maison. »

Elle s'éloigna pour le regarder dans les yeux.

« Qu'est-il arrivé aux détonateurs ? Et aux explosifs ? »

Il s'empara du sac à dos ouvert, posé non loin d'eux.

« J'ai commencé à étudier le mécanisme, dit-il. Un peu avant que tu te réveilles, histoire de m'occuper. » Il fit bouger ses doigts devant elle pour lui montrer à quel point ils étaient inutiles lorsqu'ils étaient désœuvrés. Il baissa aussitôt la main. Pourvu qu'elle n'ait pas remarqué sa vilaine brûlure.

Les menottes pendaient à son autre poignet. Vic les tapota avec un sourire.

« On fera des cochonneries plus tard. » À défaut de promesse érotique, le ton qu'elle employait exprimait une fatigue distante, le souvenir lointain du bon temps et des tendres baisers. Il rougit. Ses émotions avaient toujours été tellement faciles à déchiffrer. Elle lui pinça la joue en gloussant.

« Explique-moi ce que tu as bricolé.

— Pas grand-chose, minimisa-t-il. Quelques minuteurs se sont cassés lors de notre grande évasion. Il en reste quatre. Je les ai déjà branchés. » Il fouilla dans le sac, puis sortit un des pains d'ANFO. Le chronomètre était connecté près du sommet. Les fils – un rouge et un vert – s'enfonçaient dans le plastique blanc renfermant l'explosif. « Ces appareils se résument à de petits réveils. Vraiment. Un voyant pour l'heure effective, un autre pour l'horaire de mise à feu. Tu vois ? Et tu appuies ici pour lancer le compte à rebours. » Les poils de son avant-bras se dressaient au simple contact du bloc lisse entre ses mains. Un minuteur pour guirlandes de Noël : voilà ce qui les séparait d'une explosion dont il ne subsisterait rien. « Par contre, je ne pige pas où tu comptes mettre ces engins ni quand tu as l'intention de les faire sauter. »

Il se leva, s'étira le cou, et regarda des deux côtés, à la manière d'un enfant cherchant à traverser une route très fréquentée. Ils étaient parmi les arbres, dans une déclivité de la forêt. L'allée qui conduisait à la maison de Sangta Claus longeait la berge derrière eux. Elle consistait en une voie gravillonnée, tout juste assez large pour permettre le passage d'une voiture.

À gauche, la nationale où, seize ans auparavant, une adolescente chétive au visage maculé de suie était sortie des fourrés d'une démarche maladroite, avant d'être aperçue par un gros motard juché sur sa Harley. À l'époque, Lou fuyait une âpre dispute avec son père. Il lui avait demandé un peu d'argent afin de passer son bac et postuler dans une fac pour entreprendre des études d'édition. Son père avait réclamé des précisions. Lou avait alors avoué qu'il projetait de publier des comics. Son père avait tiré une tête de trois mètres de long et jugé que l'argent pourrait aussi bien être utilisé pour acheter du papier toilette. Si Lou désirait vraiment s'instruire, il n'aurait qu'à faire comme lui : intégrer les Marines. Il en profiterait ainsi pour perdre un peu de poids et s'offrir une coupe de cheveux décente.

Lou était parti sur sa moto. Il refusait que sa mère le voie pleurer. Il comptait aller jusqu'à Denver, s'engager, et disparaître de l'existence de son père. Après quelques années à sillonner les océans, il serait revenu changé : il aurait été mince, athlétique, cool. Le genre de mec qui aurait autorisé son géniteur à le serrer dans ses bras, sans lui rendre la pareille. Il l'appellerait « monsieur », s'assiérait sur sa chaise le dos droit, ne sourirait pas. *Vous aimez ma coiffure, monsieur ? Cette coupe réglementaire vous convient-elle ?* Oui, Lou avait l'intention de tout quitter et de revenir sous l'apparence d'un homme que ses parents ne reconnaîtraient pas. De fait, c'était à peu près ce qui s'était passé. Sauf qu'il n'était jamais allé jusqu'à Denver.

La maison où Vic avait failli être brûlée vive se dressait sur la droite. Ce bâtiment ne méritait plus l'appellation de maison. Il n'en subsistait qu'une dalle de ciment charbonneux et un tas de solives carbonisées. Parmi les ruines, on distinguait un vieux Frigidaire cloqué et noirci, couché sur le flanc, puis la vague forme d'un sommier et un escalier en partie détruit. La cloison du garage paraissait, en comparaison, presque intacte. La porte qui s'y encastrait était ouverte en un semblant d'invitation. Elle suggérait d'entrer, de s'installer sur les débris consumés et d'attendre. Des éclats de verre parsemaient les décombres.

« J'ai l'impression... Je veux dire, cet endroit ne ressemble pas à Christmasland, hein ?

— Non, dit Vic. C'est un passage. Manx n'est sans doute pas obligé de l'emprunter, mais cette issue est la plus accessible pour lui. »

Les anges portaient des trompettes à leurs lèvres. Ils oscillaient sous la neige.

« Et le pont est ton passage à toi, constata Lou. Il s'est évaporé dès qu'on est sorti du couvert.

— Je peux le faire réapparaître quand je veux.

— On aurait dû amener les flics avec nous. Les attirer à l'intérieur. Peut-être qu'ils auraient consenti à pointer leurs armes dans la bonne direction.

— Je ne sais pas si la construction aurait supporté tout ce poids. Elle constitue un dernier recours. Je ne voulais même pas que tu viennes.

— Eh bien, je suis là. » Il avait toujours une brique d'ANFO à la main. Il la rangea avec précaution dans le sac. « On fait quoi, maintenant ?

— D'abord, tu me donnes les explosifs. »

Elle prit la sangle, mais Lou hésitait à se dessaisir du chargement. Il fixa un moment sa compagne avant de céder. De toute manière, il avait ce qu'il désirait : il l'accompagnait et elle ne se débarrasserait pas de lui comme ça. Elle hissa le sac sur ses épaules.

« Deuxième partie du plan... », commença-t-elle avant de s'interrompre, les yeux tournés vers la nationale.

Une voiture filait dans la nuit. La lumière des phares apparaissait par intermittence entre les arbres, projetait des ombres insensées sur l'allée gravillonnée. Elle ralentit à proximité de l'embranchement. Lou sentit un élancement diffus s'insinuer derrière son oreille gauche. Les flocons s'épaississaient. Ils accrochaient à la chaussée.

« Bon Dieu, murmura-t-il d'une voix tendue, à peine reconnaissable. Le voilà. On n'est pas prêts.

— Recule », intima Vic.

Elle l'attrapa par la manche. Ils battirent en retraite. Tandis que leurs pieds balayaient le tapis de feuilles mortes et d'aiguilles de pin, ils s'abritèrent derrière une haie de bouleaux. Pour la première fois, Lou remarqua les nuages de condensation qui émergeaient de sa bouche, sous la lueur argentée du firmament.

La Rolls-Royce s'engagea dans l'allée. Une lune couleur d'os, bercée dans une nacelle de branches noires, se refléta brièvement sur le pare-brise.

Ils contemplèrent l'arrivée majestueuse du véhicule. Lou ne pouvait retenir les tremblements dans ses jambes raides. *Encore un peu de courage*, se dit-il. Depuis qu'il avait vu, tout gosse, Ralph Richardson incarner l'Être Suprême dans *Bandits, bandits*, il croyait de tout son cœur en Dieu. Il adressa une prière mentale à ce vieux Ralph tout fripé : *s'il te plaît, j'ai déjà bravé le danger une fois. Donne-moi encore une chance. Pour Wayne, pour Vic. De toute façon, je vais mourir. Laisse-moi quitter ce monde la tête haute.* Il s'aperçut alors qu'il attendait ce moment depuis longtemps. Il avait souvent rêvé de cette opportunité : ignorer de nouveau la peur et accomplir son devoir. Aujourd'hui, il devait saisir l'occasion.

La Rolls passa à moins de quatre mètres d'eux. Elle parut ralentir, comme si le conducteur avait détecté leur présence, mais elle ne s'arrêta pas et continua sa course lente. Les pneus crissèrent sur le gravier.

« Suite des opérations ? » souffla Lou. La circulation du sang dans son cou devenait plus pénible. Merde, il espérait vraiment ne pas crever avant la fin.

« Hein ? demanda Vic sans quitter la voiture des yeux.

— En quoi consiste la deuxième partie du plan ? »

Vic s'empara du second bracelet qui pendait à son poignet et l'attacha à un petit bouleau.

« Elle consiste à ce que tu restes ici. »

Sous les arbres

Lou avait l'air d'un gamin qui vient de voir une voiture écraser son jouet préféré. Des larmes, points brillants dans l'obscurité, apparurent au coin de ses paupières. Vic n'avait pas envie d'assister à cette effusion, de lire sur sa grosse bouille hirsute le choc et la déception. Elle avait refermé le bracelet avec l'autorité d'une décision irrévocable.

« Ne pleure pas, Lou, le réconforta-t-elle en lui caressant le visage. Tout va bien se passer.

— Je ne veux pas que tu partes seule. Je t'avais promis d'être là.

— Et tu tiens toujours parole. Tu m'accompagnes où que j'aille. : tu fais partie de mon extrospection. » Elle l'embrassa sur la bouche, goûta les larmes. Celles de Lou ou les siennes, impossible de savoir. « D'une manière ou d'une autre, Wayne s'en va d'ici cette nuit. Si je ne suis pas avec lui, tu devras prendre le relais. »

Il cligna rapidement des yeux. Les larmes, à présent, coulaient sans pudeur. Il n'essaya pas de se détacher. Le jeune bouleau devait faire une quinzaine de centimètres d'épaisseur pour dix mètres de haut. L'anneau de métal parvenait à peine à en faire le tour. Lou regardait sa compagne avec un mélange d'affliction et de stupéfaction. Il ouvrit la bouche, mais les mots se dérobèrent.

La Rolls vint se garer à droite de la maison en ruine, le long du dernier mur encore debout. Elle demeura immobile un moment. Vic entendait Burl Ive chanter.

« Je ne comprends pas », poursuivit Lou.

Elle se pencha et saisit le bracelet d'identification sur son poignet, celui qui provenait de l'hôpital et qu'elle avait entrevu dans la cabane de son père.

« C'est quoi, Lou ?

— Ah, ce truc ? » Il émit un bruit qui ressemblait à un rire, ou à un sanglot. « J'ai eu un second malaise. Rien de grave.

— Mensonge. J'ai perdu mon père ce soir. Pas question que tu le suives. Si tu crois que je vais te laisser continuer à risquer ta vie, alors tu es encore plus dingue que moi. Wayne gardera son père.

— Sa mère aussi. J'ai besoin de toi, Vic. »

La jeune femme sourit. Une expression mi-canaille, mi-fatale, que Lou connaissait bien.

« Je ferai de mon mieux, dit-elle. Tu es le meilleur, Lou. Pas simplement un type bien, mais un authentique héros. Je ne parle pas du fait que tu m'aies sauvée à l'arrière de ta moto. Ça, c'était facile. Par contre, tu as été un père pour Wayne, chaque jour. Tu lui as préparé ses repas, tu l'as emmené chez le dentiste, tu lui as lu des histoires avant qu'il s'endorme. Je t'aime, monsieur. »

Elle reporta son regard sur la route. Manx était sorti de la voiture. Quatre jours qu'elle ne l'avait pas vu. À la lumière des phares, elle s'aperçut qu'il arborait toujours sa vieille queue-de-pie ornée d'une double rangée de boutons en laiton. Ses cheveux bruns étaient plaqués en arrière sur son crâne hydrocéphale. Il avait l'allure d'un trentenaire. Dans l'une de ses mains, on distinguait son marteau argenté. Dans l'autre, un objet tenu en coupe. Il s'enfonça dans la forêt. Sa silhouette se fondit dans l'ombre.

Elle déposa un baiser sur la joue de Lou.

« Je dois y aller. »

Le motard tendit le bras, mais elle se dirigeait déjà vers la Triumph. Elle examina l'engin. Le réservoir avait une bosse de la taille d'un poing, un des pots d'échappement pendait, si bien que l'on pouvait craindre qu'il racle le sol. Hormis ces dégâts mineurs, la moto paraissait en bon état. Elle semblait même s'impatienter.

Manx ressortit des bois. Il se tint un moment entre les feux arrière du véhicule. Vic eut l'impression qu'il braquait les yeux sur elle. La présence de la jeune femme était pourtant indétectable dans la neige et la nuit.

« Salut ! appela-t-il. Tu es avec nous, Victoria ? Tu es là, avec ton redoutable destrier ?

— Relâche-le, cria-t-elle. Si tu veux vivre, laisse-le partir, Charlie. »

Malgré la distance, elle vit les traits du tueur s'illuminer.

« Je pense que tu as désormais compris qu'on ne se débarrasse pas de moi aussi facilement. Viens, Victoria. Suis-moi à Christmasland. Nous pourrons en finir. Ton fils sera content de te voir. »

Sans attendre de réponse, il s'installa au volant de la Rolls. Les feux de stop brillèrent un instant, puis la voiture commença à avancer.

« Putain, Vic, gémit Lou. On a fait une erreur. Il t'attendait. Il faut s'y prendre autrement. N'y va pas. Reste avec moi.

— C'est l'heure, Lou. Attends Wayne. Il sera bientôt là. »

Elle monta en selle, tourna la clef de contact. Le phare clignota faiblement, puis s'éteignit. Elle frissonnait. Son short en jean et ses baskets étaient trop légers. Elle appuya de tout son poids sur le kick. Le moteur toussota, mais refusa de partir. Nouvelle tentative. Cette fois, il expulsa un pet neurasthénique.

« Allez, chérie, chuchota-t-elle. Un dernier effort. On va chercher mon fils. »

Troisième essai. Les flocons s'accrochaient au duvet de ses bras. La pédale s'abattit. La Triumph consentit enfin à rugir.

« Vic ! » insista Lou. Mais elle ne lui prêta aucune attention. Si elle voyait son ex pleurer, elle ne pourrait s'empêcher de le prendre dans ses bras. Alors, elle craquerait à son tour. Elle passa la première. Lou lui lança un dernier appel désespéré : « Vic ! »

Elle gravit le remblai en première. La roue arrière patina dans la poudreuse. Elle dut s'aider du pied.

La Rolls avait disparu de son champ de vision. Après avoir contourné l'ancienne maison de chasse, elle s'était engagée sur un sentier dans la forêt. Vic passa la seconde, puis la troisième. Elle avait bien l'intention de rattraper son retard. Les roues projetaient des gerbes de gravier. Difficile de maîtriser la moto dans cette neige. Une fine pellicule s'était formée au sol.

Elle contourna la baraque en ruine, franchit un paravent d'herbes hautes, et pénétra enfin sur un layon – deux ornières étroites séparées par d'épaisses touffes de végétation – qui serpentait entre les sapins. La voûte des branches au-dessus d'elle accentuait l'impression d'évoluer dans un couloir exigu et sombre. La Rolls s'était laissé rattraper. Les deux véhicules se déplaçaient désormais à cinq ou six mètres de distance. NOSFERA2 roulait, Vic suivait. L'air âpre et glacé s'engouffrait sous son T-shirt trop fin, s'insinuait dans ses poumons.

Les arbres commencèrent à s'écarter, à ployer sur son passage. Vic découvrit alors une clairière couverte de roches. Elle aperçut ensuite un mur de pierre, au sein duquel s'encastrait un tunnel juste assez large pour la Rolls. Elle songea à son pont. *Et voilà le sien*, se dit-elle. Une plaque en métal blanc, boulonnée à côté de l'entrée, indiquait : ATTRACTIONS OUVERTES TOUTE L'ANNÉE ! PRÉPAREZ-VOUS À CRIER HIP-HIP-HIP NEIGERA, LES ENFANTS !

La voiture s'immisça dans l'étroit couloir. La voix de Burl Ives se mit à rebondir contre les parois de brique. Vic pénétra à son tour dans ce passage qui, elle en était certaine, n'existait pas dix minutes plus tôt. Le pot d'échappement défectueux cracha une pluie d'étincelles au contact des pavés. Les grondements du moteur résonnèrent à l'intérieur du boyau.

La Rolls, puis Vic, surgirent de l'obscurité. Le portail en sucre d'orge, gardé par des soldats de plomb de trois mètres de haut, était grand ouvert. Christmasland, enfin.

TRIUMPH

Un Noël éternel

Christmasland

Vic suivit la Rolls jusqu'au boulevard principal : l'avenue Boule de Gomme. Comme la voiture longeait la rue, Manx donna deux séries de trois coups de klaxon : *tut-tut-tut, tut-tut-tut*. L'introduction reconnaissable entre toutes de *Vive le vent*.

Vic était juste derrière. À présent, le froid lui occasionnait des tremblements incontrôlables. Elle avait du mal à ne pas claquer des dents. Dès que la brise se levait, elle cinglait Vic à travers le T-shirt. Les cristaux de glace, semblables à des éclats de verre, entamaient sa peau.

Les roues de la moto glissaient sur les pavés enneigés. L'avenue Boule de Gomme, qui coupait le centre d'un village style XIXe, était obscure et déserte. On apercevait d'anciens réverbères en fer, des bâtiments étriqués aux combles sur pignons et aux fenêtres mansardées, des portes en retrait.

Au passage de la Rolls, les becs de gaz s'allumaient, les flammes bleues se mettaient à palpiter derrière les lucarnes givrées. Dans les différentes échoppes, les lampes à huile éclairaient les marchandises minutieusement exposées. Vic passa devant une confiserie appelée Le Chocolatier. La devanture présentait des traîneaux, des rennes, ainsi qu'une mouche géante et un bébé muni d'une tête de chèvre, tous en pâte de cacao. À l'intérieur d'un autre magasin, Chez Guignol & Gnafron, des marionnettes en bois pendaient au bout de leurs fils. Une petite fille, en costume de bergère bleu, portait une main ligneuse à sa bouche, sculptée en un parfait ovale de surprise. Un enfant en salopette empoignait une hache souillée de peinture écarlate. Bras et têtes coupés s'entassaient à ses pieds.

Au-delà de ce village se dressaient les attractions. L'endroit paraissait aussi sombre et dépeuplé que l'artère principale. Les montagnes russes, pareilles au squelette titanesque de quelque créature préhistorique, dominaient l'horizon. Vic distinguait aussi l'anneau géant de la grande roue et, derrière, la montagne : un à-pic de roches congelées, ensevelies sous des milliers de tonnes de poudreuse. La jeune femme accorda une attention particulière au ciel. Un tapis de nuages argentés emplissait la moitié du firmament. De gros flocons tombaient paresseusement. Le reste de la voûte céleste était dégagé. Au centre de ce havre de ténèbres et d'étoiles était suspendu... un monumental croissant de lune aux traits humains.

Le satellite s'ornait d'une bouche tordue, d'un nez crochu, et d'un œil aussi vaste que la capitale du Kansas. L'astre semblait assoupi, sa paupière gigantesque refermée sur la nuit. Ses lèvres bleutées frémissaient. Ses ronflements n'avaient rien à envier au vacarme d'un 747 au décollage. Les nuages frissonnaient à chacune de ses expirations. Cette lune arborait le même profil que Charlie Manx.

Vic était folle depuis plusieurs années, mais jamais, au cours de ses périodes de démence, elle n'avait imaginé tel spectacle. Il lui fallut au moins dix secondes pour s'arracher à la contemplation de ce paysage insolite. Un mouvement, à la périphérie de sa vision, l'y obligea néanmoins. Un gamin se tenait dans l'ombre d'une ruelle, entre le Magazin des Gouçets et le Spiritueux de M. Manx. Dans la vitrine de l'horloger, les aiguilles des vieilles montres se mirent à défiler, à trotter, à cliqueter. Une seconde plus tard, les alambics de cuivre de la taverne à pouffer, haleter, fumer.

L'enfant portait un manteau en fourrure miteux. Sa coupe de cheveux, négligée, semblait indiquer que l'on se trouvait en présence d'une fille, mais Vic n'en était pas certaine. Ses doigts squelettiques se terminaient par de longs ongles jaunes. Ses traits, harmonieux et pâles, étaient cependant parcourus d'un fin réseau de nervures qui transformait son visage en masque d'émail craquelé, dénué de toute expression. Cette gamine – ou plutôt cette créature – la regarda passer sans un mot. Sous la lumière des phares, ses yeux, identiques à ceux d'un renard à l'affût, se teintèrent de reflets rouges.

Vic tourna la tête afin de jeter un dernier coup d'œil à cette étrange apparition. Trois autres gosses émergèrent de la ruelle.

Le premier tenait une faux, les suivants étaient pieds nus. Pieds nus dans la neige.

Mauvais plan, pensa-t-elle. *Ils vont me couper toute retraite.*

Elle reporta son attention sur la chaussée et aperçut alors un rond-point, au centre duquel se dressait le plus grand arbre de Noël qu'elle ait jamais vu. Plus de quarante mètres de haut, le tronc aussi large qu'une petite maison de campagne.

Deux routes s'éloignaient de l'axe principal, de part et d'autre du giratoire. Face à Vic, le parapet ne donnait sur rien. On aurait dit que la construction marquait la limite du monde, un plongeon dans une nuit infinie. Vic observa plus attentivement le muret tandis qu'elle s'engageait sur le rond-point à la suite de la Rolls. La neige scintillait sur les pierres. Derrière, les étoiles macéraient sur un voile noir et gras. Les astres semblaient tournoyer dans des traînées impressionnistes de vapeur concentrique. Le réalisme était saisissant et, pourtant, les moindres détails de cette représentation étaient aussi factices que les cieux dessinés par Vic dans *Machine Chercheuse*. Le monde se terminait effectivement ici. Elle contemplait les limites froides et insondables auxquelles se heurtait l'imagination de Manx.

Le sapin s'alluma soudain. Un millier de guirlandes électriques illumina les enfants rassemblés au pied. Certains gamins étaient installés sur les branches les plus basses, mais la majeure partie du groupe se tenait sous les feuillages. Ils étaient vêtus tantôt de robes de chambre, tantôt de manteaux de fourrure ou de robes de bal vieilles de cinquante ans. Les toques à la Davy Crockett, les tabliers d'écolier et les uniformes de policier n'étaient pas rares. À première vue, leurs visages semblaient dissimulés par des masques délicats en verre fumé. Les bouches demeuraient figées en un sourire à fossettes artificiel, les lèvres étaient trop charnues, trop rouges. Une inspection plus minutieuse suffisait malgré tout à certifier l'authenticité de leurs traits. Les fissures étaient des veines, les sourires contrefaits des bouches remplies de petites dents pointues. Vic leur trouva un air d'anciennes poupées chinoises. Les enfants de Manx n'étaient pas des enfants. Juste des jouets froids munis de crocs.

L'un des gosses, assis sur une branche, était armé d'un couteau Bowie dentelé, aussi long que son avant-bras.

Une petite fille laissait pendre sur son flanc une chaîne terminée par un crochet. Un autre enfant, de sexe indéterminé, le cou ceint par un collier de doigts coupés, brandissait un hachoir.

Vic était maintenant assez proche de l'arbre pour en distinguer les décorations. Cette vision lui coupa le souffle. Sa poitrine se contracta. Des têtes. Conservé par le givre, l'épiderme parcheminé noircissait par endroits sans toutefois pourrir. Les orbites étaient vides, les bouches s'ouvraient en quête d'un cri. La jeune femme aperçut le crâne d'un homme émacié pourvu d'une barbiche blonde. Il portait des lunettes vertes en forme de cœurs pailletés de strass. Tous ces visages appartenaient à des adultes.

La Rolls s'arrêta en travers de la route. Vic rétrograda en première, serra le frein et s'arrêta à son tour, à dix mètres du véhicule.

Les enfants commencèrent à se disperser. La plupart d'entre eux se dirigèrent vers la voiture de Manx, mais une portion non négligeable de l'assemblée vint encercler la jeune femme. Elle était désormais prisonnière d'une barrière humaine. Ou dans ce cas précis, d'une barrière inhumaine.

« Laisse partir mon fils, Charlie ! » ordonna Vic. Elle devait mobiliser toute sa volonté pour lutter contre les spasmes dans ses jambes. Elle était tétanisée par la peur et le froid. Le frimas lui piquait les narines, lui brûlait la cornée. Nulle part où poser les yeux. Les branches du sapin s'ornaient des restes de tous les adultes qui avaient eu le malheur d'atteindre Christmasland. Et autour d'elle se massaient les poupées sans vie de Manx, avec leurs regards morts, leurs sourires morts.

La portière de la Rolls s'ouvrit. Manx déplia son corps hors de l'habitacle et se coiffa d'un chapeau : le feutre de Maggie. Il ajusta le bord, l'inclina comme il fallait. Le tueur paraissait maintenant plus jeune que Vic. Il était presque séduisant, avec ses pommettes hautes et son menton ferme. Il lui manquait encore un bout d'oreille, mais la cicatrice avait pris une teinte rosâtre, luisante et douce. Sa mâchoire supérieure dépassait toujours. Ses dents, à cheval sur la lèvre inférieure, continuaient à lui donner cet air de débile léger désormais caractéristique. Avec nonchalance, il laissait pendre son marteau argenté à bout de bras, tel un balancier d'horloge dans un endroit où le temps n'avait plus cours.

La Lune ronflait. Le sol tremblait.

Il ôta son chapeau pour la saluer. Un sourire, puis il se tourna vers les enfants. Les pans de son manteau battaient au vent. Le reste de la troupe émergeait du couvert de l'incroyable sapin, venait à lui.

« Bonjour, petit peuple. Vous m'avez terriblement manqué. Éclairons un peu tout ça, que je vous voie. »

Il leva la main et tira sur un cordon imaginaire.

Les montagnes russes s'illuminèrent en un enchevêtrement de lacis bleus. La grande roue flamboya. Quelque part, un manège se mit en branle, et la musique, issue d'invisibles haut-parleurs, se diffusa. Eartha Kitt prétendait qu'elle avait été gentille. Sa voix rauque et enjôleuse suggérait le contraire.

Sous l'éclat des lampions, Vic s'aperçut que les vêtements des gosses étaient maculés de boue et de sang. Une fillette se précipita vers Manx, les bras grands ouverts. Sa robe de chambre en lambeaux était parsemée d'empreintes sanguinolentes. Elle entoura les jambes du vieux vampire. Manx lui tapota la tête, la serra contre lui.

« Ma petite Lorrie », susurra-t-il. Une autre fille, un peu plus grande, courut embrasser à son tour le tueur. Les longs cheveux cascadaient jusqu'au bas de ses cuisses. Elle portait l'uniforme rouge et bleu des soldats de plomb de *Casse-Noisette*, les cartouchières s'entrecroisaient sur la poitrine. Un couteau était fixé à sa ceinture dorée. La lame brillait comme la surface d'un lac de montagne. « Et ma douce Millie », ajouta Manx.

Il se redressa sans lâcher ses filles. Son visage rayonnait d'un sentiment proche de la fierté. Il regarda Vic.

« Tout ce que j'ai fait, je l'ai fait pour elles. Cette contrée échappe à la tristesse, à la culpabilité. Noël tous les jours, pour l'éternité. Du chocolat et des cadeaux chaque matin. Vois ce que j'ai donné à mes filles : la chair de ma chair, le sang de mon sang. Regarde leurs camarades : des enfants parfaitement heureux. Es-tu en mesure d'offrir un tel bonheur à ton fils ? As-tu jamais essayé ?

— Elle est jolie, intervint un garçonnet avec une voix fluette, dans le dos de la jeune femme. Aussi jolie que maman.

— Je me demande comment elle serait sans son nez, s'interrogea un autre gosse, avant d'éclater d'un rire haletant.

— Que peux-tu transmettre à Wayne, en dehors du malheur, Victoria ? Es-tu capable de lui apporter des étoiles, une lune, des montagnes russes sans cesse reconfigurées, une confiserie jamais en rupture de stock ? Des amis, des jeux, des divertissements infinis ? Est-il en ton pouvoir de le libérer de la maladie et de la mort ?

— Je ne suis pas venue négocier, Charlie », s'agaça Vic. Elle avait du mal à soutenir le regard de son adversaire. Ses yeux papillotaient de droite et de gauche. Elle devait lutter pour éviter de regarder par-dessus son épaule. Le cercle mortel se resserrait autour d'elle. Des enfants avec des chaînes et des hachettes, des couteaux et des colliers de doigts coupés. « Je suis là pour te tuer. Si tu refuses de me rendre mon fils, tout disparaîtra. Toi, tes marmots, et cette hallucination de pacotille. Dernier avertissement.

— Plus jolie que tout, insista le garçonnet. De beaux yeux. Les yeux de maman.

— D'accord, fit son ami. Je te laisse les yeux et je prendrai le nez. »

Un chant hystérique dément, retentit dans l'ombre de la forêt.

À Christmasland, on bâtit une femme de neige
Et on la fait passer pour une folle, un pantin !
Qu'est-ce qu'on s'amuse, avec la femme de neige
Ensuite on la piétine, on la poignarde à deux mains !

Le garçonnet gloussa.

Les autres gosses demeuraient cois. Vic n'avait jamais entendu silence si oppressant.

Manx posa son index sur ses lèvres. Une attitude songeuse un peu ridicule. Il baissa la main.

« Pourquoi ne pas demander son avis à Wayne ? »

Il se pencha pour chuchoter quelques mots à la fille en uniforme de soldat de plomb : Millie, d'après les souvenirs de Vic. Celle-ci se dirigea pieds nus vers la Rolls.

Vic entendit un froissement sur sa gauche. Elle tourna vivement la tête et aperçut une petite fille grassouillette à moins de deux mètres d'elle. La gamine laissait béer les pans de son manteau de fourrure crotté pour exhiber sa nudité, tout juste atténuée par un slip Wonder Woman sale. Dès que Vic posa le regard sur elle, la fillette s'immobilisa, comme si elle jouait à une version perverse de « Un, deux, trois Soleil ! ».

La môme serrait une hachette entre ses doigts. Sa bouche était une cavité remplie de dents. Vic distinguait trois rangées distinctes et incurvées.

Elle reporta son attention sur la voiture. Millie avait ouvert la portière. Pendant un moment, il ne se passa rien. L'obscurité dans l'habitacle demeura impénétrable. Puis elle vit la main de Wayne agripper le battant. Il posa un pied dehors et se hissa enfin à l'air libre.

Son visage exprimait une béatitude sans borne. Il admirait les lumières au-dessus de lui. Il était propre, radieux. Ses cheveux, ramenés en arrière, exposaient son front trop pâle. Ses lèvres écarlates s'étiraient en un sourire émerveillé où Vic distinguait une série de minuscules pointes d'émail, impeccables et finement ciselées. Son fils était devenu comme les autres.

« Wayne », s'étrangla-t-elle.

Il tourna la tête vers elle. Ses traits exprimaient un mélange de surprise et de joie.

« Salut, maman ! C'est génial, non ? Tout est réel. Réellement réel ! »

Il examina le muret, puis le ciel, et la Lune basse, assoupie. Cette vision le fit rire. Vic n'avait jamais entendu son fils exprimer son bonheur avec une telle liberté, un tel abandon.

« Maman ! La Lune a une tête !

— Approche, Wayne. Viens tout de suite. Nous devons partir. »

Un pli de contrariété apparut entre ses sourcils bruns.

« Pourquoi ? On arrive à peine. »

Millie vint se poster derrière l'enfant. Elle posa ses mains sur les hanches de Wayne, à la manière d'une amante. Le garçon tressaillit, regarda autour de lui, mais Millie murmura des paroles mystérieuses à son oreille. Elle était d'une beauté époustouflante. Pommettes bien dessinées, lèvres pulpeuses, tempes délicates. Il l'écouta attentivement, les yeux écarquillés. Puis sa bouche s'ouvrit pour dévoiler davantage de crocs acérés.

« Oh, non, tu plaisantes ? » Il observa sa mère avec étonnement. « Elle dit qu'on ne peut pas s'en aller ! Pas avant que je n'aie déballé mon cadeau de Noël. »

La fille se rapprocha encore de Wayne. Son débit s'intensifia. Elle parlait avec une ferveur redoublée.

« Éloigne-toi d'elle », ordonna Vic.

La gamine grassouillette avança d'un ou deux pas. Elle était maintenant presque assez près pour taillader les jambes de Vic. La jeune femme perçut d'autres mouvements. Les gosses convergeaient vers elle.

Wayne jeta un regard en biais à Millie. Il fronça les sourcils, perplexe. « Bien sûr que tu peux m'aider à ouvrir mon cadeau. Tout le monde peut m'aider. Où est-il ? Allons le chercher, et tu pourras déchirer l'emballage. »

La fille de Manx sortit son couteau et pointa la lame vers Vic.

Sous l'arbre géant

« Qu'est-ce que tu disais, Victoria ? s'amusa Manx. Dernier avertissement ? Je pense que tu voulais parler de reprendre ta moto. À ta place, je m'en irai pendant qu'il en est encore temps.

— Wayne », appela de nouveau la jeune femme. Elle ne prêtait pas attention au tueur et s'appliquait à maintenir le contact visuel avec son fils. « Au fait, tu penses toujours à l'envers, ainsi que ta grand-mère te l'a appris ? »

Wayne la fixait comme si elle l'avait interrogé dans une langue étrangère. Sa bouche s'entrouvrit, puis il articula lentement :

« maman, dur c'est mais, J'essaie. »

Manx sourit. Sa lèvre supérieure se retroussa sur ses vilaines dents. Vic crut voir passer une pointe de mécontentement sur ses traits décharnés. « C'est quoi, ce charabia ? Un nouveau jeu ? Parce que moi, j'adore jouer... tant qu'on me laisse participer. Qu'est-ce que tu as baragouiné, Wayne ?

— Rien ! » Sa voix exprimait une confusion sincère. Il paraissait aussi dérouté que le vieux vampire. « Pourquoi ? J'ai dit quelque chose de bizarre ? »

— Il a affirmé qu'il était mon fils, déclara Vic. Pas le tien.

— Pourtant, il m'appartient déjà, Victoria. Et il ne partira pas d'ici. »

Vic enleva son sac à dos, le posa sur ses cuisses, l'ouvrit et en retira un bloc d'ANFO.

« Gare à toi. Si tu l'empêches de venir avec moi, la fête est terminée pour toi et ta bande d'enfoirés. Je vais désintégrer ce putain d'endroit. »

Manx releva son chapeau. « Mon Dieu, que de jurons ! Je n'ai jamais pu m'habituer à une telle vulgarité chez les jeunes demoiselles. J'ai toujours considéré que les grossièretés les avilissaient au plus haut point. »

La fille rondouillette fit encore un pas en avant. Ses yeux, enchâssés dans son visage porcin, brillaient de reflets rouges de colère. Vic donna un coup d'accélérateur. La moto bondit d'un ou deux mètres. L'essentiel était de maintenir une distance raisonnable entre elle et les enfants. Elle retourna le pain, trouva le minuteur et le programma. D'ici à cinq minutes, un flash aveuglant raserait tout. Au moment de lancer le chrono, son estomac se contracta. L'éventualité d'une déflagration prématurée, d'une fulgurante explosion de douleur lui traversa l'esprit, mais rien ne se produisit. Elle n'était même pas sûre que le minuteur fonctionne. En tout cas, elle ne percevait aucun son.

Elle brandit l'emballage au-dessus de sa tête.

« Ce truc est muni d'un retardement plutôt merdique, Charlie. La mise à feu est prévue dans trois minutes, mais je peux me tromper d'une minute ou deux. Dans un sens ou dans l'autre. J'ai d'autres pains dans mon sac. Envoie-moi Wayne. Tout de suite. Dès qu'il sera sur la moto, je désactiverai le compte à rebours.

— Qu'est-ce que c'est ? On dirait un de ces coussins fournis par les compagnies aériennes. Un jour, j'ai pris l'avion de Saint Louis à Baton Rouge. C'était la dernière fois. J'ai eu de la chance de m'en tirer vivant. J'ai été secoué comme un prunier pendant tout le trajet. J'ai cru que Dieu jouait au yoyo avec moi.

— C'est un sac de merde. Comme toi.

— Un... Un quoi ?

— De l'ANFO. Du fumier enrichi. Trempe cette saloperie dans l'essence, et tu obtiens l'explosif le plus puissant depuis l'invention du TNT. Timothy McVeigh a pulvérisé un immeuble fédéral de onze étages avec deux pains. Je peux faire la même chose à ton petit univers et à tout ce qu'il contient. »

Malgré la dizaine de mètres qui la séparait du tueur, Vic devinait qu'il réfléchissait. Il pesait le pour et le contre. Son sourire s'élargit.

« Je crois que tu n'auras pas le cran de mettre ta menace à exécution. Te faire exploser avec ton fils ? Il faudrait être folle.

— Ah, mon vieux. Tu viens à peine de le comprendre ? »

Les traits de Manx s'altérèrent petit à petit. Ses paupières s'affaissèrent, ses yeux s'alourdirent. La déception était de toute évidence amère. Ses lèvres s'écartèrent et il poussa un cri. La Lune ouvrit son œil et cria avec lui.

Le globe oculaire de l'astre était strié de veines rouges. Il ressortait, pareil à une poche de pus ornée d'un iris. Sa bouche déchiquetait la nuit et sa voix ressemblait à celle de Manx. Le hurlement était assourdissant.

« ATTRAPEZ-LA ! TUEZ-LA ! ELLE EST VENUE POUR ANÉANTIR CHRISTMASLAND. EXTERMINEZ-LA ! »

Le bord du monde trembla. Les branches du sapin géant fouettèrent les ténèbres. Vic relâcha malgré elle le frein et la moto fit un nouveau bond d'une vingtaine de centimètres. Le sac d'ANFO chuta sur les pavés.

Les bâtiments vibraient sous la puissance de l'invective. Vic, qui n'avait jamais vécu de tremblement de terre, n'arrivait pas à reprendre son souffle. Son effroi se situait au-delà des mots, au-delà de l'entendement. Le cri se transforma en un rugissement inarticulé, l'expression d'une rage pure, assez puissante pour emporter les flocons dans un tourbillon dément.

La fillette replète prit son élan et lança la hachette, à la manière d'un Apache dans un western. La lame émoussée frappa Vic sur son genou meurtri. La douleur surpassa tout ce qu'elle avait enduré jusqu'alors.

Sa main glissa encore sur la poignée de frein. La moto repartit en avant. Par chance, le sac à dos fut traîné derrière la Triumph. Une sangle s'était prise dans le repose-pied, que Lou avait abaissé pour monter derrière Vic. Louis Carmody à la rescousse, comme toujours. Au moins, l'ANFO demeurait-il à proximité, même s'il était pour l'instant hors de portée de main.

L'ANFO. Elle en avait un bloc entier serré contre sa poitrine. Les secondes s'égrenaient sur le minuteur. Non qu'un tic-tac ou un bruit d'une autre nature en confirme le fonctionnement.

Débarrasse-t'en, pensa-t-elle. *Jette-le quelque part. Il verra le genre de dégâts que provoque cet explosif.*

Les enfants se précipitaient vers elle, couraient depuis l'arbre, se déversaient sur les pavés. Elle distinguait les pas étouffés dans son dos. Elle jeta un regard circulaire pour tenter de localiser son fils. Il était toujours près de la Rolls, en compagnie de la fille de Manx. Celle-ci se tenait contre lui, un bras doucement passé autour de son torse. Dans son autre main, la lame incurvée du couteau. Vic était certaine que Millie n'hésiterait pas à s'en servir. Elle poignarderait Wayne plutôt que de le laisser partir.

Soudain, un gamin sauta dans sa direction. Vic relâcha le frein. La moto s'éloigna et le gosse manqua sa cible. Il tomba à plat ventre sur la route. Le sac à dos, accroché au repose-pied, rebondit dans la neige. La jeune femme pointa son engin droit sur la Rolls-Royce, comme si elle avait l'intention de passer au travers. Manx s'empara de sa cadette – Lorrie ? – et la tira vers la portière ouverte. Un geste protecteur typique. Brusquement, Vic comprit tout : quel que soit l'état des enfants, quoi qu'il leur ait fait, il s'efforçait de les mettre à l'abri, de leur éviter d'être broyés par le monde. Il était convaincu d'œuvrer pour le bien. À l'instar de tous les monstres, supposa Vic.

Elle serra le frein, les mâchoires crispées par la douleur dans son genou, et tourna le guidon. La moto dérapa pratiquement à quatre-vingts degrés. Les gosses, peut-être une douzaine, couraient en ligne derrière elle, sur la route. Elle remit les gaz. La Triumph rugit. Ils se dispersèrent aussitôt, pareils à des feuilles mortes dans l'œil d'un cyclone.

Cependant, une fillette svelte en robe de chambre rose s'attarda au milieu de la chaussée. Malgré son envie de la renverser, de l'écraser comme un cafard, Vic obliqua au dernier moment. Un réflexe instinctif. Elle ne pouvait se résoudre à tuer un enfant.

La bécane oscilla dangereusement sur les pierres glissantes, perdit de la vitesse, et tout à coup, la fillette fut sur la moto. Ses griffes – car on ne pouvait qualifier autrement ses ongles interminables et fendus de vieille sorcière – s'enfoncèrent dans la jambe de la jeune femme.

Vic accéléra. La Triumph contourna le rond-point à vive allure. La fille à l'arrière haletait, reniflait comme un chien. Elle passa un bras autour de la taille de Vic, qui faillit crier tant le contact était froid. Un froid brûlant.

La petite diablesse, armée d'une chaîne, abattit les maillons métalliques sur la rotule gauche de Vic. Elle agissait avec la précision d'un bourreau rompu à l'exercice de la torture.

Un pétard explosa dans l'articulation de Vic. Celle-ci étouffa un sanglot, donna un coup de coude dans le visage d'émail craquelé de son assaillante. La gamine poussa un cri étranglé. Vic jeta un regard par-dessus son épaule et son cœur s'emballa. Elle perdit le contrôle de son véhicule.

Les traits de la fillette s'étaient métamorphosés. Ses lèvres retroussées dévoilaient une bouche de lamproie. Sa langue noire émergeait d'un trou rosâtre, bordé de dents qui plongeaient dans le gosier. Son haleine empestait la viande pourrie. L'orifice s'élargit jusqu'à devenir assez grand pour engloutir un bras entier. Elle planta ses crocs dans l'épaule de Vic. La jeune femme eut l'impression qu'une tronçonneuse lui labourait les chairs. L'étoffe de son T-shirt se mêla à la peau arrachée en une bouillie sanguinolente. La moto se coucha sur le flanc droit. Les étincelles jaillirent du métal contre les pavés. Sans savoir si elle avait sauté ou si elle avait été éjectée, Vic se retrouva à effectuer un roulé-boulé par terre.

« ELLE EST TOMBÉE. DÉCOUPEZ-LA. TUEZ-LA ! » s'époumona la Lune. Le sol trembla de nouveau, comme parcouru par un convoi de poids lourds.

Vic gisait à présent sur le dos, les bras écartés, la tête contre les blocs de pierre. Elle fixait les galions d'argent formés par les nuages au-dessus d'elle (*bouge*).

Elle essaya d'évaluer les dégâts. Sa jambe gauche était totalement insensible (*bouge*). Le côté droit de sa hanche, écorché, était à vif. Elle leva un peu la tête, et fut prise d'un vertige aussi soudain que nauséeux. Le décor autour d'elle plongea (*allez, bouge*).

Elle cligna des yeux. L'espace d'un instant, des parasites se substituèrent aux étoiles : une rafale de particules noires et blanches (*BOUGE*).

Elle se redressa sur les coudes. La Triumph l'avait traînée jusqu'à une intersection du rond-point. Dans l'obscurité, une cinquantaine d'enfants couraient en silence vers elle. Le sapin géant, aussi haut qu'un immeuble de dix étages, se détachait dans leur dos. Plus loin, elle devinait la présence de la Rolls et de son fils.

En surplomb, la Lune dardait sur elle son œil monstrueux, globe protubérant injecté de sang.

« PIQUE L'AVEUGLE ! PIQUE LA SALOPE ! » brailla-t-elle. L'astre s'éclipsa une seconde, comme une image sur un écran de télé au moment du changement de chaîne. Le ciel se mua en un chaos d'interférences aux sifflements caractéristiques.

Bouge ! s'ordonna-t-elle. Elle réussit alors à se mettre debout. Elle empoigna la moto par le guidon et tenta de la redresser. La douleur dans son genou et sa hanche lui arracha un gémissement.

La petite fille à la bouche de lamproie avait été rejetée dans une encoignure, contre la porte d'un magasin baptisé Chez Charlie : Costumes de Carnaval. La créature secouait la tête pour récupérer ses esprits. Vic aperçut la brique d'ANFO. Celle-ci avait terminé sa course entre les pieds de la fille.

ANFO, songea Vic. Ce mot avait fini par ressembler à un mantra. Elle se pencha pour ramasser son sac à dos, encore accroché au repose-pied. Elle le passa sur son épaule et enjamba la moto.

Les enfants qui la poursuivaient auraient dû crier, tenter de l'impressionner, mais ils progressaient dans un silence religieux. Vic abaissa le kick.

Le moteur toussa, puis se tut.

Nouvel essai. L'un des pots d'échappement – celui qui, délogé, traînait désormais par terre – poussa un soupir humide. La Triumph étouffa une plainte épuisée. Rien de plus.

Une pierre heurta Vic à l'arrière du crâne. Un flash de lumière noire s'épanouit derrière ses yeux. Lorsque sa vision s'éclaircit, les zébrures dans le ciel redevinrent nuages. Elle s'acharna sur le kick.

Ses pignons refusaient de s'enclencher, le moteur de partir.

Le premier gosse arriva à sa hauteur. Il n'était pas armé. Peut-être s'agissait-il de celui qui avait jeté la pierre. Sa bouche était un antre d'un rose obscène, où les dentures se chevauchaient en rangées successives. Il mordit la jeune femme à la jambe. Les hameçons d'ivoire se plantèrent dans le muscle. Avec un hurlement, Vic rua pour se débarrasser du garçon. Son talon frappa le starter par inadvertance et la moto démarra. Elle mit les gaz. Sa monture s'élança. Le gamin valdingua contre les pavés. Elle le laissa derrière elle.

Un coup d'œil en arrière lui confirma qu'une trentaine ou une quarantaine d'enfants s'élançait dans son sillage, pieds nus dans la neige. Leurs talons claquaient sur la route. Vic prit la direction des montagnes russes et du manège des rennes.

La fillette projetée quelques minutes plus tôt contre la porte du magasin de déguisements se pencha pour s'emparer du pain d'ANFO.

Il y eut un éclair blanc.

L'air ondula. Une vague de chaleur balaya tout sur son passage. Vic crut que la moto allait être emportée dans la spirale. Toutes les vitres de la rue volèrent en éclats. L'éclair se transforma en boule de feu géante. Le bâtiment qui abritait Chez Charlie : Costumes de Carnaval se ramassa sur lui-même avant de se désintégrer en une pluie de briques, de cristaux scintillants et de verre pillé. La langue de flamme déferla sur la route. Une douzaine de gosses fut soufflée, telle une poignée de brindilles jetée dans la nuit. Les pavés jaillirent de la chaussée.

La Lune ouvrit la bouche pour hurler de terreur. Son œil furieux ressortait plus que jamais. Puis l'onde de choc frappa les cieux factices. Le paysage ploya à la manière d'un reflet dans un miroir déformant. La Lune et les nuages se fondirent en un grésillement de poudreuse électrique. La déflagration progressa le long de la rue. Les édifices vacillèrent. Vic avala une bouffée d'oxygène brûlant où se mélangeaient les vapeurs d'essence et les fragments de briques réduites en poussière.

Enfin, tout s'apaisa et le firmament reprit son apparence habituelle.

La Lune criait et criait encore. Son éructation était presque aussi puissante que la détonation précédente.

Vic passa devant un labyrinthe des glaces, puis un musée de cire, pour aboutir à un manège brillant de mille feux. Les rennes caracolaient en lieu et place des traditionnels chevaux de bois. Elle serra les freins et arrêta la moto brusquement. Ses cheveux avaient frisé sous la chaleur de l'explosion. Son cœur se débattait dans sa poitrine.

Elle contempla le champ de ruines qui avait jadis constitué le marché de Noël. Il lui fallut un moment pour accepter le spectacle qui s'offrait à ses yeux. Un enfant, puis un deuxième et un troisième sortirent des volutes opaques. Ils se dirigeaient vers elle. L'un d'eux fumait encore, les cheveux carbonisés. Les autres se redressaient sur les bas-côtés. Vic aperçut un garçon occupé à ôter les éclats de verre de sa frange, l'air songeur. Il aurait dû être mort. Il avait été balayé, projeté contre un mur de brique. Chaque os de son corps aurait dû être réduit en miettes, et pourtant, il se relevait. Malgré la fatigue, la jeune femme n'était pas totalement surprise. Ces gamins étaient morts bien avant l'explosion. Et celle-ci n'avait pas atténué leur agressivité.

Elle se défit de son sac à dos, en vérifia le contenu. Tout était intact. Lou avait branché les minuteurs sur quatre briques, dont l'une était déjà partie en fumée. Au fond du sac, deux pains non connectés subsistaient.

Elle endossa son chargement et se mit en route. Elle roula sur quelques centaines de mètres pour se rendre à l'arrière du parc. Les montagnes russes tournaient à vide. Les wagons, configurés comme des traîneaux, filaient en grondant sur les rails. La vieille structure en bois ressemblait aux modèles populaires dans les années 1930. Le guichet représentait quant à lui une tête de père Noël jovial. On entrait par la bouche.

Vic ôta un des pains, programma le minuteur sur cinq minutes, et jeta le tout à l'intérieur du guichet. Elle était sur le point de repartir, quand son regard accrocha les voiturettes en mouvement au-dessus de sa tête. Elle aperçut alors les cadavres momifiés : des dizaines de femmes et d'hommes crucifiés, énucléés. Leurs vêtements sales partaient en lambeaux vitrifiés sur leur peau grise et sèche. Une femme en jambières roses, style années 1980, avait été dénudée jusqu'à la taille. Des décorations de Noël pendaient à ses tétons percés. Un barbu christique, vêtu d'un jean et d'un épais manteau, portait une guirlande en guise de couronne d'épines.

Vic examinait encore les corps en surplomb lorsqu'un enfant émergea de l'obscurité et lui planta un couteau de cuisine dans les reins. Il n'avait guère plus de dix ans. Un sourire adorable creusait des fossettes sur ses joues. Il était pieds nus, en salopette et chemise à carreaux. Sa frange blonde et ses yeux calmes parachevaient le portrait d'un Tom Sawyer en herbe. Le couteau s'était enfoncé jusqu'à la garde. La lame, après avoir découpé le muscle et les fibres élastiques, s'était peut-être frayé un chemin jusqu'aux intestins. En proie à une douleur inédite, à un relâchement violent et délicieux de ses entrailles, Vic se surprit à penser : *Il m'a tuée. Je meurs.*

Tom Sawyer retira le couteau avec un rire primesautier. Wayne lui-même n'avait jamais exprimé une telle joie. Elle ignorait d'où sortait ce gamin. Il semblait s'être matérialisé en un éclair : la nuit s'était épaissie pour accoucher d'un enfant.

« Je veux jouer avec toi, déclara-t-il. Reste, et on fera une partie de pique-l'aveugle. »

Elle aurait pu le frapper. Un coup de coude, un coup de pied, n'importe quoi. Mais elle se contenta de mettre les gaz. Il s'écarta et la regarda s'éloigner. Dans sa main, la lame luisait de sang. Il souriait toujours, mais la circonspection se lisait sur ses traits. Il fronçait les sourcils, manière de dire : *est-ce que j'ai fait quelque chose de mal ?*

Les minuteurs étaient imprécis. Le premier pain, dont elle avait prévu la mise à feu au bout de cinq minutes environ, s'était déclenché au bout de dix. Elle avait programmé la charge déposée sous les montagnes russes selon un délai identique, ce qui devait lui laisser assez de temps pour se mettre en sécurité. Elle avait tout juste effectué une centaine de mètres quand la déflagration retentit. Avec la force d'une lame de fond, le sol se souleva derrière elle. L'air sembla entrer en ébullition. Elle crut que ses poumons allaient se flétrir sous la chaleur démentielle de sa propre respiration. La moto fut projetée en avant. Le souffle brûlant lui martela le dos, les épaules. Elle ressentit un élancement vicieux dans son abdomen, comme un nouveau coup de poignard.

Pareil à un tas de petit bois, la structure s'effondra. L'un des wagons dérailla et s'envola dans la nuit. Missile embrasé, il fusa dans les ténèbres pour s'écraser sur le manège des rennes. Les blancs destriers furent écrasés sur leur tige de fer doux. Hurlements de métal. Vic regarda en arrière, juste à temps pour voir s'élever le champignon de flammes et de fumée noire tandis que les montagnes russes finissaient de s'écrouler.

Elle reporta son attention sur la route, slaloma entre une tête de renne braisillante et des andouillers arrachés. Elle prit une rue parallèle, dans l'espoir de rejoindre le rond-point. Un goût désagréable s'insinuait dans sa bouche. Elle cracha du sang.

Je suis en train de crever, constata-t-elle avec un calme surprenant.

Arrivée au pied de la grande roue, elle freina à peine. La construction était de toute beauté. Un millier d'ampoules bleues, identiques à des feux follets, courait sur les rayons longs d'une trentaine de mètres. Les cabines aux vitres teintées étaient assez vastes pour accueillir une dizaine de passagers. Des lampes à gaz flamboyaient à l'intérieur, accentuant l'aspect onirique de leur révolution.

Vic piocha un autre pain dans sa besace. Elle s'octroya un délai de plus ou moins cinq minutes, et accrocha la charge à l'un des rayons. La roue tourna et le sac d'explosif glissa jusqu'au moyeu. Vic pensa à son Raleigh, à la façon dont les roues vrombissaient dans la lumière automnale de la Nouvelle-Angleterre. Elle n'y retournerait sans doute jamais. Elle ne reverrait plus cette lumière magnifique. Sa bouche continuait à se remplir de sang. Les élancements au bas de son dos étaient désormais constants. Cette souffrance inhabituelle ressemblait à un accouchement, elle se situait au-delà de la douleur. Elle incarnait l'impossible rendu possible, l'achèvement d'une entreprise monumentale.

La jeune femme poursuivit sa route et revint au rond-point.

Le magasin de déguisements de Charlie était devenu un brasier cubique méconnaissable. Il se consumait au coin de la rue, à soixante ou soixante-dix mètres d'elle. La Rolls-Royce était stationnée de l'autre côté du sapin géant. Vic distinguait la phosphorescence des phares rehaussés à travers les branches. Sans ralentir, elle se dirigea droit vers la voiture. Une main sur le guidon, elle s'empara de son sac, fouilla à l'intérieur, et trouva le dernier pain muni d'un retardateur. Elle activa le chrono.

La roue avant rebondit contre une petite margelle. Elle se mit à rouler sur l'herbe tapissée de neige. L'obscurité se solidifia, des silhouettes d'enfants se dessinèrent. Vic doutait qu'ils consentent à s'écarter. Sans doute allaient-ils tenir leur position et l'obliger à leur foncer dessus.

Une lueur rouge zébra l'air dans son dos. L'espace d'un instant, elle vit sa propre ombre s'étirer, fuir le contact. Les gosses apparurent, en rangs inégaux et approximatifs. Poupées froides vêtues de pyjamas ensanglantés, créatures armées de planches, de couteaux, de marteaux, de ciseaux.

Un rugissement, accompagné de la plainte du métal torturé, s'éleva. La neige tourbillonna, les enfants furent jetés à terre par l'onde de choc. La grande roue se scinda en deux jets de flammes distincts, la structure se désolidarisa de l'axe broyé. Le sol vibra sous l'impact. Les cieux de Christmasland se muèrent en une nouvelle tempête de parasites. Les branches de l'arbre titanesque se débattirent dans la nuit. Le sapin géant se livrait à une lutte hystérique et démesurée pour sa propre survie.

Vic se faufila sous les contorsions désordonnées des feuillages. Elle ôta le sac de ses genoux et le lança contre le tronc. Son cadeau de Noël pour Charles Talent Manx.

Plus loin, la grande roue entama une rotation destructrice à travers la ville. Les gémissements de l'acier sur la pierre résonnèrent. Puis, telle une pièce de monnaie en perte de vitesse, elle s'inclina avant d'écraser deux immeubles.

Au-delà de la grande roue couchée, au-delà des ruines des montagnes russes, une immense avalanche se déclencha. La neige se détacha du sommet des montagnes sombres pour déferler sur Christmasland. Le grondement surpassait le vacarme assourdissant des explosions et des bâtiments partant en miettes, il surpassait même la notion de bruit et accédait au statut de vibration dont on ressentait les effets jusqu'à la moelle des os. La vague blanche percuta les premiers édifices et autres échoppes pittoresques à l'arrière du parc. Ils furent proprement désintégrés, les murs de brique déjà à terre ensevelis. L'ensemble du quartier s'écroula sur lui-même, noyé dans un flot immaculé, une marée dont la puissance suffisait à engloutir le pays entier. Le bout du monde s'ébranla avec une telle violence que Vic se demanda si l'univers n'allait pas basculer dans... dans quoi ? Dans le vide qui succédait à l'imagination limitée de Charlie Manx ? La poudreuse inonda le réseau de rues encaissées en une houle assez haute pour tout submerger.

L'avalanche ne tombait pas sur Christmasland. Elle l'effaçait.

Vic aperçut la Rolls au moment de contourner le rond-point. Le véhicule était couvert d'une fine pellicule de poussière de brique. Le moteur ronronnait, les phares perçaient l'atmosphère saturée par des milliards de particules de cendre, de cristaux et de roche, en suspension dans la brise incandescente. Elle entrevit la cadette de Manx, Lorrie, sur le siège passager. La gamine observait par la vitre la brusque obscurité dans laquelle avait plongé Christmasland. Toutes les lumières de la contrée magique s'étaient éteintes. Ne subsistait que la lueur fluctuante des interférences dans le ciel.

Wayne se tenait près du coffre ouvert. Il se tortillait pour se libérer de l'emprise de l'aînée. Millie le ceinturait par-derrière, un bras passé autour de sa poitrine. Elle serrait le poing sur son T-shirt sale. Dans son autre main, l'étrange couteau à la lame recourbée. La jeune fille cherchait à atteindre la gorge, mais le garçon parvenait à écarter son bras. Il détournait la tête afin d'échapper à la morsure du tranchant.

« Obéis à papa ! criait-elle. Entre dans le coffre. Tu nous as assez embêtés. »

Manx passa à l'action. Quelques secondes auparavant, il était occupé à faire monter sa précieuse Lorrie dans la voiture, mais à présent, il marchait à grandes enjambées sur le sol inégal, son maillet à la main. Il avait une allure martiale, dans sa vareuse boutonnée jusqu'au cou. Ses maxillaires se contractaient en cadence.

« Laisse-le, Millie, ordonna-t-il. Nous n'avons plus le temps. Allons-y. »

La jeune fille planta ses crocs de lamproie dans l'oreille de Wayne. L'adolescent hurla, se débattit, secoua la tête. Le lobe de son pavillon faussa compagnie à son visage. Il se plia en deux et réussit, par la grâce d'une contorsion miraculeuse, à s'extraire de son T-shirt. Le vêtement maculé de sang resta entre les mains de Millie.

« Maman ! Oh, maman ! » gémit le garçon. Cette exclamation était compréhensible à l'endroit comme à l'envers. Il voulut fuir, mais tomba à quatre pattes.

Un nuage de poussière s'éleva soudain. Un bruit de canonnade emplit les ténèbres. Des blocs de pierre chutant sur d'autres blocs de pierre. Cent cinquante tonnes de neige, plus de neige que Charlie Manx n'en avait jamais vu, déferlaient dans leur direction, rasant tout sur leur passage. Le tueur continua à avancer. Encore deux ou trois mètres, et il serait sur le garçon. Déjà, il brandissait son maillet pour l'abattre sur la tête baissée de sa victime. L'outil avait été conçu pour briser les os. Avec Wayne, ce serait un jeu d'enfant.

« Ôte-toi de mon chemin, Charlie ! » brailla Vic.

Manx pivota tandis qu'elle le frôlait à toute vitesse. Il fut déséquilibré.

Alors, l'ultime cargaison d'ANFO explosa sous l'arbre et le monde entier sembla disparaître.

L'avenue Boule de Gomme

Un sifflement aigu.

Un voile de poussière, des flammes vacillantes.

L'univers s'était réfugié dans un silence uniquement troublé par un bourdonnement qui rappelait une alerte enlèvement. Le temps ralentissait, les secondes s'égrainaient avec la lenteur d'une goutte de sirop sur une bouteille.

Vic roulait dans un paysage dévasté. Un morceau d'arbre enflammé, de la taille d'une Cadillac, rebondit devant elle à un cinquième de sa vitesse réelle.

Dans cette tempête de débris muette, masquée par les volutes de fumée rougeoyante, elle avait perdu de vue Charlie Manx et sa voiture. Elle devina malgré tout la silhouette de son fils, qui tentait de se redresser, tel un sprinter dans les starting-blocks. La fille à la longue chevelure rousse se tenait toujours dans son dos. Elle empoignait à présent le couteau à deux mains. Le sol trembla. Elle tituba en arrière contre le mur surplombant l'abîme.

Vic essaya de prendre Millie à revers. Celle-ci tourna la tête dans sa direction. Sa bouche de lamproie s'ouvrit en un rictus colérique. Les rangées de dents plongeaient au fond de sa gorge. Elle voulut s'éloigner du mur en exerçant une poussée, mais celui-ci céda. Vic la vit basculer dans le vide. Millie chuta dans un tumulte de lumières blanches.

Les oreilles de la jeune femme sifflaient. Il lui sembla qu'elle appelait son fils. Ce dernier, aveugle et sourd, s'enfuyait sans un regard pour elle.

Juchée sur la Triumph, elle le rattrapa et le hissa derrière elle. Vic n'avait même pas eu besoin de toucher les freins. Les événements se succédaient avec une telle lenteur qu'elle aurait pu compter chaque braise en suspension dans l'atmosphère. Le mouvement lui tétanisa néanmoins les reins. Elle n'en tint pas compte. La mort approchait.

L'incendie s'agitait dans les cieux.

Quelque part dans son dos, la neige, amassée pendant des centaines d'hivers et transformée en un oreiller pressé sur le visage d'un moribond, asphyxiait Christmasland.

Elle s'était plu dans les bras de Lou. Elle avait adoré son odeur, mélange de bois et de mécanique. Mais la sensation de son fils cramponné à sa taille était encore plus agréable.

Dans ces ténèbres bourdonnantes, apocalyptiques, la musique s'était tue. Elle avait toujours haï les chants de Noël.

Un second tronçon s'abattit sur sa droite, heurta les pavés et se désintégra en quartiers de charbon aussi gros que des assiettes. Un brandon de la taille d'un avant-bras siffla à côté de sa tête, lui entama le front juste au-dessus du sourcil droit. Elle ne sentit rien.

Sans effort, elle passa en quatrième.

Wayne la serra plus fort. Ses reins se crispèrent de douleur. Il l'achevait et elle aimait ça.

Elle posa sa main sur les siennes, tapota les petites phalanges blanchies qui couvraient son nombril. Wayne était encore son fils. Elle le savait car sa peau était chaude. Pas froide, pas morte comme celle des mini vampires de Manx. Elle avait toujours eu la conviction qu'il ne cesserait jamais d'être son enfant. Il était d'or, et l'or était éternel.

NOSFERA2 jaillit des fumerolles derrière elle. Malgré le silence mortifère dominé par le ronron monocorde, elle entendit son grondement inhumain : le rugissement parfaitement huilé de la haine. Le véhicule grinçait, cahotait sur les roches brisées. La lumière des phares transformait l'ouragan de poussière, ce blizzard de grès, en une cascade de joyaux. Manx était penché sur le volant.

« Je vais te massacrer, espèce de salope ! » Sa voix était étouffée, comme l'écho dans une coquille de mer. « Je vais vous écraser tous les deux. Tu as tué les miens, je vais te faire la même chose ! »

Il heurta l'arrière de la Triumph avec son pare-chocs. La moto tressauta, le guidon faillit lui échapper, mais elle tint bon. Si jamais elle lâchait prise, la roue avant se braquerait à droite ou à gauche, la bécane se renverserait, et la Rolls leur roulerait dessus.

Manx tenta une nouvelle fois de la désarçonner. Elle fut sèchement poussée en avant et faillit se prendre le guidon dans la figure.

Lorsqu'elle leva la tête, le Raccourci était apparu. Sa grande bouche noire s'ouvrait dans le brouillard couleur sucre d'orge. Un frisson de soulagement la parcourut. Elle poussa un long soupir. Le pont était bien présent, il allait l'emmener loin de ce lieu maléfique, elle retournerait là où elle avait besoin d'aller. Les ombres tapies à l'intérieur de la construction étaient, d'une certaine manière, aussi réconfortantes que la main fraîche de sa mère sur son front brûlant. Linda lui manquait, ainsi que son père et Lou. Elle regrettait tellement de ne pas avoir pu passer plus de temps en leur compagnie. Il lui semblait que chacun d'eux, et pas juste Lou, attendait de l'autre côté du pont qu'elle descende de moto et se jette dans leurs bras.

La Triumph franchit d'un coup le seuil de l'édifice. Les planches commencèrent à défiler sous les roues. Sur sa gauche, l'inscription familière à la peinture verte. Trois lettres esquissées à la va-vite : Lou →.

La Rolls fonça à sa suite, envoya valdinguer le vieux Raleigh rouillé. Le vélo partit en sifflant à côté de Vic. Dans son dos, une vague de neige déferla. L'explosion de poudreuse masqua l'entrée, l'obstrua avec l'efficacité d'un bouchon de liège dans un goulot.

« Sale pute tatouée ! » hurla Manx. Sa voix se répercutait dans le vaste couloir vide. « Sale connasse ! »

Le pare-chocs frappa une nouvelle fois la Triumph. La moto fut déportée à droite, l'épaule de Vic percuta la cloison avec une telle force qu'elle fut presque éjectée. Entre les planches, on apercevait les zébrures blanches des parasites. Le Raccourci se mit à gronder, à vibrer.

« Les chauves-souris, maman », s'exclama Wayne sur le ton d'un petit enfant. Il ressemblait à un gamin bien plus jeune qu'il ne l'était en réalité. « Regarde ! »

L'obscurité se peupla de mammifères ailés. Paniqués, ils se détachaient du plafond, tourbillonnaient. Vic baissa la tête sans modifier sa trajectoire. L'un d'eux se cogna à sa poitrine, tomba sur ses genoux, se débattit avec frénésie, puis reprit son envol. Un second animal balaya son visage de sa membrane duveteuse. Ce contact était empreint d'une douceur, d'une féminité cachée. Vic s'adressa à son fils :

« N'aies-pas peur. Elles ne te feront aucun mal. Tu es Bruce Wayne. Les chauves-souris sont tes amies, mon grand.

— Oui, je m'en souviens. Je m'appelle Bruce Wayne », répondit le garçon comme s'il avait oublié cette information élémentaire. Ce qui était peut-être le cas.

Vic jeta un coup d'œil par-dessus son épaule. Un chiroptère heurta le pare-brise de la Rolls. Un choc suffisant pour étoiler le verre devant le visage de Charlie Manx. Un deuxième spécimen éclata sur ce même pare-brise en une éclaboussure de fourrure et de sang. Sa carcasse demeura accrochée à l'essuie-glace. L'une de ses ailes, cassée, s'agitait en spasmes fiévreux. Puis une troisième, une quatrième chauve-souris vinrent s'assommer avant d'être rejetées dans les ténèbres.

Manx n'arrêtait plus de crier, en proie non pas à l'effroi mais à la frustration. Vic refusait d'écouter l'autre voix dans l'habitacle : « Non, papa. Trop vite ! » Le timbre était celui d'une enfant, et la jeune femme ne pouvait éviter de l'entendre, tant elle résonnait dans l'espace confiné du pont couvert.

La Rolls fit une embardée à gauche. Le pare-chocs arracha un mètre de cloison, révélant le nuage électrostatique de l'autre côté : un abîme inconcevable.

Manx contrebraqua. Le véhicule vira à droite, percuta la paroi opposée. Les planches se brisèrent avec un bruit de mitrailleuse. Les éclats de bois roulèrent au sol, sous la voiture. Une nuée de chauves-souris grêla soudain le pare-brise. Le sécurit s'enfonça. Les mammifères s'engouffrèrent dans l'habitacle, sur les visages de Manx et de sa progéniture. La fillette hurla. Son père lâcha le volant pour chasser les importunes.

« Dégagez ! Laissez-moi tranquille, immondes créatures ! » vociféra-t-il. Puis il cessa de parler et se contenta de crier.

Vic accéléra. La moto bondit en avant, à travers les ténèbres bouillonnantes d'animaux affolés. Elle filait vers la sortie. Soixante-dix, quatre-vingts, quatre-vingt-dix à l'heure. Une véritable fusée.

L'avant de la Rolls s'affaissa brusquement à travers le plancher, l'arrière se souleva. Manx fut projeté contre le volant. Sa bouche s'ouvrit en un aboiement d'épouvante.

Vic crut l'entendre éructer « Non ! ». À moins que ce ne fût « Néant ».

La béance dans le platelage s'élargit. Le milieu du Raccourci ploya et le véhicule glissa en direction du magma nébuleux. Vic gravissait désormais un authentique raidillon de bois, formé par l'édifice qui s'écroulait en son centre tandis que ses extrémités paraissaient s'élever. La construction semblait se refermer sur elle-même, tel un livre, un roman achevé d'un commun accord entre l'auteur et le lecteur.

Les planches pourries cédèrent enfin. NOSFERA2 sombra dans la lumière aveuglante et le tumulte des parasites. Un plongeon de trente mètres et vingt-six ans en arrière. Le véhicule heurta les flots de la Merrimack en 1986, là où il avait jadis été broyé à la manière d'une canette de bière. Le moteur passa au travers du tableau de bord pour s'enfoncer dans la poitrine de Manx, désormais pourvu d'un cœur d'acier de deux cents kilos. Il mourut la bouche pleine d'huile de vidange. L'enfant à côté de lui fut emportée par le courant en direction du port de Boston. Lorsque l'on découvrit son corps, quatre jours plus tard, elle avait plusieurs chauves-souris mortes dans les cheveux.

Vic accéléra. Cent, cent dix. Tous les chiroptères s'éparpillèrent dans la nuit comme autant de pensées, de souvenirs, de remords et d'illusions perdus : un baiser déposé sur la large poitrine de Lou le premier jour où elle avait déboutonné sa chemise, une course sur son vélo à dix vitesses dans les herbes verdoyantes d'un après-midi d'août, une meurtrissure sur ses phalanges tandis qu'elle resserrait un boulon du carburateur de la Triumph... L'envol de ces réminiscences était agréable. Elle se sentait libérée. Libérée d'elle-même et de ses songes. La moto émergea du pont et prit son essor. Vic plana un instant dans la fraîcheur nocturne. Son fils s'agrippait à elle.

Puis les roues rebondirent durement au sol. Elle fut projetée contre le guidon. La douleur dans ses reins se mua en déchirant supplice. *Roule tranquille*, se dit la jeune femme. Elle ralentit. La roue avant avait du jeu, elle tremblait. La Triumph menaçait de les jeter à terre avant de tomber à son tour. Le moteur rugissait. La moto cahotait dans les ornières. Vic était revenue dans la clairière par laquelle Manx s'était enfui à Christmasland. Les brins d'herbe se déchaînaient contre les flancs de l'engin.

Elle continua à ralentir, encore et encore, jusqu'à ce que la bécane se taise avec un hoquet. Elle avança en roue libre et s'arrêta à la lisière de la forêt. Alors, elle s'autorisa à regarder derrière elle en toute sécurité. Wayne l'imita, les bras verrouillés autour de sa taille comme s'ils roulaient toujours à cent à l'heure.

Le Raccourci se dressait à l'autre bout de la prairie. Un dernier nuage de chauves-souris s'égailla sous la voûte céleste, puis l'entrée de l'édifice bascula doucement en arrière. Le vide lui succéda. Ils entendirent une petite détonation. La construction s'était évaporée avant de toucher le sol. Les hautes herbes furent parcourues d'un bref frisson.

Le fils et la mère demeurèrent assis sur la moto à l'arrêt, les yeux dans le vague. Les chauves-souris pépiaient dans l'obscurité. Vic se sentait apaisée. Sans doute ne restait-il pas grand-chose dans son esprit. Excepté l'amour, ce qui était bien suffisant.

Elle appuya sur le kick. La Triumph poussa un soupir contrit. Elle fit une nouvelle tentative. Ses organes se déchiraient à chaque mouvement. Elle cracha encore du sang. Troisième tentative. Cette fois, la pédale refusa pratiquement de se baisser et le moteur n'émit pas le moindre son.

« Qu'est-ce qui cloche, maman ? » interrogea Wayne, avec sa nouvelle voix de petit garçon.

Elle fit bouger la moto d'avant en arrière entre ses jambes. Hormis quelques légers grincements, son action n'eut aucun effet. Elle comprit soudain ce qui n'allait pas. Un rire faible, sec mais franc, sortit de sa gorge.

« Panne d'essence. »

ACCOUREZ, FIDÈLES

Octobre

Gunbarrel

Le premier dimanche d'octobre, Wayne se réveilla au son des cloches de l'église du quartier. Son père était là, assis au bord du lit.

« Tu rêvais ? » lui demanda-t-il. Lou était un homme nouveau. Il avait beaucoup maigri.

« Aucune idée. Je ne me rappelle pas.

— Tu songeais peut-être à maman ? Tu souriais.

— Je devais penser à un truc drôle.

— Drôle ou agréable ? » Même les yeux de son père, curieux et brillants, avaient changé. « Ce n'est pas toujours la même chose.

— Je ne me souviens pas. »

Il valait mieux feindre l'amnésie plutôt que de révéler qu'il avait vu Brad McCauley, Marta Gregorski et les autres gosses à Christmasland. Wayne avait rebaptisé cet endroit Le Blanc. Une appellation qui évoquait la tempête électrostatique d'un canal défectueux et la manière dont les enfants s'y précipitaient pour s'adonner à leurs jeux. La dernière invention en date s'appelait « Mords-le-plus-petit ». Wayne en gardait un goût de sang dans la bouche. Il passa sa langue sur les alvéoles collantes de ses gencives. Dans son rêve, il possédait plus de dents.

« Je prends la camionnette, fit Lou. Un dépannage. Tu veux m'accompagner ? Il n'y a pas d'obligation. Tabitha peut te tenir compagnie.

— Elle est à la maison ? Elle a dormi ici ?

— Bien sûr que non ! » Lou paraissait vraiment surpris par la question. « Mais je peux lui demander de venir. » Il fronça les sourcils, l'air pensif, puis reprit plus lentement : « Je ne suis pas encore prêt à ce qu'elle passe la nuit à la maison. Ce serait... bizarre pour tout le monde. »

Selon Wayne, l'emploi du terme « pas encore » était révélateur. Il signifiait que son père serait *éventuellement* d'accord pour que Tabitha reste, mais plus tard. Information à confirmer.

L'avant-veille, ils étaient allés au cinéma tous les trois. Ce genre de sortie se produisait parfois. Wayne s'était retourné juste à temps pour voir son père effleurer le coude de Tabitha Hutter et lui embrasser le coin des lèvres. À la façon dont elle avait incliné la tête, à son sourire, l'adolescent avait compris que ce geste d'affection n'était pas une première. Les mouvements étaient trop fluides, trop désinvoltes. La psychologue avait surpris le regard de Wayne. Elle avait éloigné son bras de Lou.

« Ça ne me dérangerait pas, argumenta le garçon. Je sais que tu l'apprécies. Et moi aussi, je l'aime bien.

— Wayne. Ta mère... ta mère était... Rien que de penser qu'elle était ma meilleure amie, je n'arrive pas...

— Mais elle est morte. Et toi, tu dois t'efforcer d'être heureux, de t'amuser. »

Lou eut un regard que Wayne trouva lourd et un peu triste.

« Enfin, soupira l'ancien motard. Sache juste que tu peux rester à la maison si tu en as envie. Tabitha habite au bout de la rue. En trois minutes, elle est là. Une baby-sitter armée d'un Glock, c'est mortel.

— Non. Je t'accompagne. Où on va, déjà ?

— Je ne te l'ai pas encore dit. »

Tabitha Hutter passa tout de même à l'improviste. Quand elle sonna à l'interphone, Wayne était encore en pyjama. La psychologue cédait parfois à ce genre d'impulsion. Elle prétendait alors vouloir échanger les croissants achetés en chemin contre une tasse de café. Elle aurait pu venir avec son propre café, mais affirmait préférer celui de Lou. Wayne savait reconnaître un prétexte lorsqu'il en entendait un. Le caoua de son père n'avait rien de spécial, sauf si vous l'aimiez avec un arrière-goût de dégrippant.

Hutter avait été transférée au bureau de Denver pour participer à l'enquête en cours sur Vic McQueen : une affaire où aucune accusation ne serait retenue. Elle logeait à Gunbarrel et avait pris l'habitude de manger avec Lou et son fils au moins une fois par jour. Le but avoué était de recueillir des informations de la part de l'ancien motard, mais en vérité, ils passaient leur temps à parler du *Trône de Fer*. Lou avait terminé le premier tome juste avant d'entrer à l'hôpital pour subir une angioplastie ainsi qu'une pose d'anneau gastrique. Les deux opérations furent conjointes. Tabitha avait été présente lorsque Lou s'était réveillé, le lendemain de l'intervention. Elle voulait s'assurer qu'il vive assez longtemps pour lire le reste de la saga.

« Salut, les gars, fit Tabitha. Vous me faussez compagnie ?

— J'ai un truc à faire, répondit Lou.

— Un dimanche matin ?

— Les gens bousillent aussi leur bagnole le jour du Seigneur. »

Elle bâilla, la main devant la bouche. Ce petit bout de femme frisée, vêtue d'un T-shirt Wonder Woman aux couleurs passées et d'un simple jean, ne portait aucun bijou, excepté le neuf millimètres accroché à sa ceinture.

« D'accord. J'ai droit à une tasse de café avant qu'on y aille ? »

Lou eut un sourire en coin.

« Tu n'es pas obligée de venir. On en a sans doute pour un moment. »

Elle haussa les épaules.

« Et je ferais quoi, toute seule ? Les délinquants font la grasse matinée. Je bosse au FBI depuis cinq ans, et je n'en ai jamais vu un tirer sur quelqu'un avant onze heures du matin. En tout cas, pas avant que j'aie pris mon café. »

Lou mit la cafetière en route, puis descendit préparer son matériel. Tabitha le suivit. Wayne, lui, était encore dans le vestibule, à enfiler ses baskets, quand le téléphone sonna.

Il regarda le combiné, posé sur son socle d'ébène au bout de
la table. Il était à peine plus de sept heures. Un peu tôt pour
appeler. Peut-être s'agissait-il du dépannage qu'ils devaient
effectuer. Le type qui avait envoyé sa voiture dans le fossé
avait probablement trouvé quelqu'un pour l'aider. Ce genre
de choses arrivait.

Le garçon décrocha. Dans l'écouteur, un sifflement identique
à une interférence.

« Quand reviens-tu, Wayne ? souffla une fille à l'accent russe.
Quand reviens-tu jouer ? »

L'adolescent était sans voix, la langue soudée au palais. Il
sentait son pouls battre dans sa gorge. Ce n'était pas la première fois qu'il recevait un appel de la sorte.

« On a besoin de toi, reprit la gamine. Tu peux reconstruire
Christmasland par la seule force de ta pensée. Les attractions,
les magasins, les jeux... Nous n'avons plus rien pour nous
amuser. Tu dois nous aider. Manx est parti. Il ne reste que
toi. »

Wayne entendit la porte d'entrée s'ouvrir. Il appuya sur le
bouton de fin d'appel. Tabitha Hutter apparut dans le vestibule
au moment où il reposait le combiné.

Les yeux gris-vert de l'experte affichaient un calme virginal.
« Un coup de fil ?

— Faux numéro. Je crois que le café est prêt. »

Wayne n'allait pas bien et il le savait. Les gosses qui allaient
bien ne recevaient pas d'appels en provenance d'enfants morts.
Les gosses qui allaient bien ne faisaient pas des rêves comme
les siens. Pourtant, le soupçon n'était pas né des coups de
téléphone ou des songes. Non. L'élément révélateur de son
mal-être s'était produit lorsqu'il avait vu une photo d'accident
aérien. Il avait alors ressenti une sorte de tension, une excitation mêlée de culpabilité, semblable à celle qu'il éprouvait
devant un porno.

La semaine précédente, il était avec son père et ils avaient
malencontreusement écrasé un écureuil sur la route. À sa
grande surprise, l'adolescent avait éclaté de rire. Lou lui avait

jeté un coup d'œil étonné. Ses lèvres avaient frémi, mais il n'avait rien dit. Sans doute avait-il été désarçonné par l'expression choquée et malheureuse de son fils. Wayne refusait de s'amuser d'un tel événement. Paf l'écureuil, aplati par un Goodyear. Tout à fait le style de péripétie appréciée par Manx. Wayne, lui, avait eu une réaction involontaire.

Ensuite il avait vu un reportage à propos du génocide au Soudan, sur YouTube. Un sourire s'était dessiné sur ses traits.

Il y avait aussi cette fillette kidnappée à Salt Lake City. Une petite blonde timide de douze ans. Wayne avait dévoré les reportages, en proie à un intense plaisir, pétri de convoitise.

Et puis il avait cette impression récurrente d'avoir trois rangées de dents supplémentaires, cachées quelque part sous la voûte palatale. Il passait encore et encore sa langue dans sa bouche, s'imaginait sentir les petites protubérances sous la peau. Il savait à présent qu'il avait simplement cru perdre ses dents normales. Les nouveaux pics en forme d'hameçon, Christmasland (*mensonges !*) n'étaient qu'une hallucination due au sévoflurane. Pourtant, le souvenir de ses dents neuves lui semblait plus vif, plus concret que son propre quotidien : l'école, les entrevues avec le psy, les repas avec son père et Tabitha.

Il avait parfois la sensation d'être une assiette brisée en deux et mal recollée. Une assiette plus tout à fait homogène. La partie qui symbolisait sa vie avant Charlie Manx était légèrement décalée par rapport à l'autre, si bien qu'avec le recul, il ne comprenait pas pourquoi ce plat ébréché était conservé. L'assiette ne servait plus à rien. Wayne y songeait sans véritable tristesse, ce qui contribuait au problème. Cela faisait tellement longtemps qu'il n'avait plus éprouvé de chagrin. À l'enterrement de sa mère, les hymnes l'avaient beaucoup diverti.

La dernière fois qu'il avait vu sa mère vivante, elle était sur un brancard. Les infirmiers la mettaient en toute hâte dans une ambulance. Elle avait perdu énormément de sang. Ils lui avaient transfusé trois litres pour la maintenir en vie pendant la nuit, mais l'intervention sur ses reins et ses intestins avait trop tardé. Son corps avait été rongé de l'intérieur par ses propres sucs empoisonnés.

Il l'avait accompagnée jusqu'à l'ambulance en trottinant, sa main dans la sienne. Ils étaient sur le parking gravillonné d'une épicerie située en contrebas de l'ancien pavillon de Manx. Plus tard, l'adolescent apprendrait que son père et sa mère avaient eu leur première conversation à cet endroit.

« Tout va bien, mon grand », lui avait-elle dit. Malgré son visage barbouillé de crasse et de sang, elle avait souri. Une plaie suintait au-dessus de son sourcil droit, on lui avait enfoncé un tube dans le nez. « L'or ne part pas. Les matières précieuses restent précieuses, peu importe à quel point on les maltraite. Tu vas t'en sortir. Comme toujours. » Il savait de quoi elle parlait. Elle lui confirmait qu'il n'était pas devenu l'un des enfants de Christmasland, qu'il était encore lui-même.

Cependant, Charlie Manx avait prétendu autre chose. Selon lui, le sang était indélébile sur la soie.

Tabitha Hutter prit une première gorgée de café prudente, les yeux fixés sur la fenêtre au-dessus de l'évier. « Ton père a sorti la dépanneuse. Prends ta veste, il va peut-être faire froid. On descend ?

— En route. »

Ils se serrèrent à l'avant de la camionnette, Wayne au milieu. À une époque, ils n'auraient pas pu entrer dans l'habitacle, mais le nouveau Lou prenait moins de place que l'ancien. Le nouveau Lou ressemblait à Boris Karloff dans *Frankenstein*. Ses grands bras pendaient de part et d'autre de sa carcasse, sa large poitrine était vissée sur une panse creuse. La cicatrice de l'angioplastie partait du col pour se terminer à l'arrière de l'oreille gauche. Entre ça et l'anneau gastrique, sa graisse avait fondu comme neige au soleil. Mais le détail le plus frappant résidait dans son regard. Difficile d'établir un lien avec la perte de poids et, pourtant, le garçon accordait une importance croissante aux yeux de son père. Ceux-ci étaient devenus plus intenses, plus attentifs.

L'adolescent s'était installé près de Lou, mais s'était aussitôt relevé. Quelque chose le gênait au niveau du dos. Un marteau. Pas un maillet d'autopsie, seulement un outil de charpentier au manche usé. Wayne posa l'objet à côté de son père.

La dépanneuse s'éloigna de Gunbarrel en direction des montagnes. Par les routes secondaires, à travers les forêts de sapins, ils se rapprochaient d'un ciel bleu sans nuage. Plus bas, en ville, la température était encore clémente. Ici, en revanche, la cime des arbres frissonnait sous une brise glacée aux fragrances de trembles. Le versant des Rocheuses était nimbé d'une lumière dorée.

« Et l'or ne part pas », chuchota Wayne. Les feuilles mortes tombaient sur la chaussée avant d'être emportées par le vent.

« Qu'est-ce que tu dis ? » demanda Tabitha.

Wayne secoua la tête. La psychologue changea de sujet :

« Et si on mettait un peu de musique ? »

Sans attendre de réponse, elle se pencha pour allumer l'auto-radio. Le garçon ignorait pourquoi, mais il préférait le silence. L'idée d'écouter des chansons le rendait nerveux.

À travers un filet de parasites, Bob Seger louait le bon vieux temps du rock'n'roll. Il avait une indigestion de disco et tous les crooners lui tapaient sur les nerfs.

« Où a eu lieu l'accident ? » s'enquit Hutter. Wayne remarqua une pointe de suspicion dans sa voix.

« On y est presque, fit Lou.

— Des blessés ?

— Ça s'est passé il y a un moment. »

Wayne ne comprit où ils allaient que lorsqu'il vit l'ancienne épicerie station-service sur sa gauche. L'échoppe avait fermé, bien entendu. Et ce, depuis une dizaine d'années. Les pompes avaient survécu, à l'extérieur. L'une d'elles avait noirci, la peinture était encore cloquée là où le feu s'était déclaré, le jour où Charlie Manx s'était arrêté pour faire le plein. La région était truffée de mines abandonnées et de villes fantômes. Ce bâtiment rustique, avec ses vitres cassées et son comptoir peuplé d'ombres et de toiles d'araignées, ne dépareillait pas.

« Qu'avez-vous en tête, monsieur Carmody ? se méfia Hutter.

— J'avais promis à Vic de faire un truc.

— Tu n'aurais peut-être pas dû emmener Wayne.

— Je pense surtout que je n'aurais pas dû t'emmener toi. J'ai l'intention d'effacer des preuves.

— Eh bien, je ne suis pas en service ce matin. »

Il continua sur cinq cents mètres, puis leva le pied et engagea la dépanneuse dans l'allée gravillonnée qui menait à la maison de Sangta Claus. Les interférences augmentèrent. Seule la voix grave et chaleureuse de Bob Seger subsistait. Les signaux avaient toujours été mauvais à proximité de la sinistre demeure. Même l'ambulance avait eu du mal à envoyer un message clair à l'hôpital. Une anomalie sans doute liée au relief. Dans les Rocheuses, il était très facile de perdre contact avec le monde. Entre les parois, les arbres et les bourrasques, le XXIe siècle ressemblait à une abstraction, un fantasme que les hommes avaient superposé à une réalité étrangère.

Lou arrêta son véhicule pour ôter une barrière bleue installée par la police. Puis ils reprirent leur route. Le bas de caisse raclait le sol érodé. Ils arrivèrent devant les ruines. Le sumac rougissait dans les frimas d'automne. Quelque part, un pivert s'attaquait à un arbre. Après que Lou eut serré le frein à main, la radio n'émit plus rien excepté les grésillements des parasites.

Il suffisait à Wayne de fermer les yeux pour voir apparaître ces gamins perdus entre rêve et réalité, ces enfants électrostatiques. Ils étaient si proches qu'il distinguait presque leurs rires à travers les sifflements des haut-parleurs. Il frissonna.

Le garçon sentit un contact sur sa cuisse. Il ouvrit les yeux. Son père était descendu du camion et posait sa grosse paluche sur sa jambe.

« Tout va bien, Wayne. Tu ne risques rien. Ne t'inquiète pas. »

L'adolescent opina, mais son père se trompait : il frémissait d'excitation, pas de peur. Ses amis étaient tout près, ils guettaient son retour dans l'espoir qu'il bâtisse, grâce à son imagination, un nouvel eldorado, un nouveau Christmasland, avec ses attractions, ses friandises et ses jeux. Comme tout le monde, le garçon possédait les ressources pour accomplir cette prouesse. Il lui fallait simplement les outils adéquats : de quoi éprouver du plaisir, de l'amusement. Ensuite, il serait capable de transpercer la réalité afin d'accéder à la projection mentale de son univers.

La tête du marteau buta contre sa hanche et l'adolescent songea qu'il pourrait peut-être abattre l'outil sur le crâne de son père. Il frissonna de délectation. Il pensait au bruit creux du métal contre l'os. Frapper la jolie bouille ronde de Tabitha Hutter. Effacer son petit air d'intello suffisante, de salope. Écraser ses lunettes, ses dents. Voilà qui promettait une sacrée partie de rigolade. La vision des lèvres ensanglantées de la jeune femme fit monter en lui une félicité érotique. Et quand il aurait terminé, il irait se promener dans les bois, retournerait à la clairière où patientait le tunnel de brique, ancien accès à Christmasland. Prendre le marteau, cogner la roche jusqu'à ce qu'elle se brise. Créer une faille par laquelle il pourrait se glisser. Cogner encore jusqu'à fissurer le monde, élargir la béance, se faufiler au royaume des chimères. Ses camarades l'attendaient.

Tandis qu'il laissait libre cours à ses fantasmes, son père retira sa main et prit le marteau.

« Qu'est-ce que tu fabriques ? » souffla Tabitha. Elle détacha sa ceinture de sécurité et sortit à son tour du véhicule.

Le vent murmurait dans les feuillages. Les anges se balançaient. Les boules argentées diffusaient une lumière teintée de mille nuances éclatantes.

Lou se dirigea vers le talus, la tête levée. Son double menton avait disparu, remplacé par une mâchoire volontaire. Il examina les décorations avec ses yeux de vieille tortue sage. Au bout d'un moment, il en décrocha une – un angelot blanc qui soufflait dans une trompette dorée –, la posa sur un rocher et la broya à coups de marteau.

Un larsen retentit parmi les grésillements radiophoniques.

La psychologue passa devant le capot.

« Lou ? »

Wayne envisagea de s'installer derrière le volant et de desserrer le frein à main. Il écraserait sans problème la psychologue. Sa boîte crânienne heurterait la calandre. Il eut un sourire. L'idée était séduisante, mais Hutter s'éloigna en direction des arbres avant qu'il ne puisse mettre son projet à exécution. Il cligna des paupières afin de chasser cette pensée horrible et merveilleuse, puis entreprit de les suivre.

Le vent qui s'était levé lui ébouriffa ses cheveux.

Lou avait maintenant trouvé une boule aussi grosse qu'une balle de tennis et ornée de paillettes chromées. Il la lança en l'air et la percuta, le marteau en guise de raquette. La boule se désintégra en une magnifique pluie de fil de cuivre et de verre opalescent.

Wayne demeurait près de la dépanneuse. Il observait. Derrière lui, noyé dans le flot des interférences, il entendait un chœur d'enfants entonner une chanson de Noël. Ils proclamaient leur foi. Leurs voix étaient lointaines mais audibles. Si douces.

Lou détruisit un sapin en céramique, puis un cerisier japonais aux fleurs de strass parsemées de petits flocons. Il commençait à transpirer. Il ôta sa veste en flanelle.

« Lou ? répéta Hutter en arrivant au sommet du talus. Pourquoi fais-tu ça ? »

L'ancien motard désigna son fils d'un geste du menton.

« L'un de ces objets lui appartient. Vic a réussi à ramener la majeure partie de sa personnalité ici. Je veux le reste. »

Le vent se mit à souffler plus fort, les arbres à s'agiter de manière un peu effrayante. Les aiguilles de pins et les feuilles mortes s'envolaient.

« Tu as besoin d'aide ?

— Je te demande juste le minimum syndical : ne m'arrête pas. »

Il lui tourna le dos, choisit un nouvel ornement, qui fut brisé en un tintement mélodieux.

Tabitha s'adressa à Wayne : « Je n'ai jamais été du genre à me contenter du minimum syndical. Tu veux nous filer un coup de main ? Cette activité est plutôt distrayante, non ? »

Le garçon était d'accord avec elle.

La policière se servit de la crosse de son arme. Wayne d'une pierre. Dans la camionnette, les chants gagnèrent en ferveur et en intensité, si bien que Tabitha finit par s'en apercevoir. Elle jeta un coup d'œil inquiet au véhicule. Lou, quant à lui, n'y prêtait guère attention. Il continuait son travail de destruction. Feuilles de houx, couronnes en fil de fer, tout y passait, jusqu'à ce que les interférences réapparaissent et submergent les chants.

Wayne s'en prenait aux anges. Ceux qui jouaient de la harpe, de la trompette, ceux qui priaient. Il réduisit en miettes le père Noël, tous ses rennes, ainsi que les lutins. D'abord, cela le fit rire, mais l'opération perdit vite de son charme. Une douleur s'insinua dans ses dents, puis son visage passa du chaud au froid, du froid au chaud, en une alternance ardente. Il y songeait de façon inconsciente. Ces réactions physiologiques étaient mystérieuses.

Tandis qu'il brandissait un morceau d'ardoise en vue d'achever un agneau en terre cuite, il distingua un mouvement furtif à la périphérie de son champ de vision. Il leva la tête. Une petite fille se tenait à côté des ruines de la Maison de Sangta Claus. Sa robe de chambre, autrefois blanche, était à présent couverte de traces de sang coagulé. Ses cheveux paraissaient emmêlés, son visage délicat accablé de tristesse. Elle pleurait en silence. Ses pieds étaient sanguinolents.

« *Pomosch* », chuchota-t-elle. Les syllabes se perdirent à moitié dans le vent. *Pomosch*. Wayne ne connaissait pas le terme russe pour « au secours », mais la supplique était assez claire.

Tabitha suivit le regard de l'adolescent. Elle vit à son tour la jeune fille.

« Oh, mon Dieu ! s'exclama-t-elle. Lou. Lou ! »

L'ancien motard scruta les ruines. Marta Gregorski, recherchée depuis 1991. À l'époque de sa disparition, dans un hôtel de Boston, elle avait douze ans. Et maintenant, deux décennies plus tard, elle n'avait pas vieilli. Lou était à peine surpris. Une profonde fatigue marquait son visage gris. La sueur coulait sur ses joues flasques.

« Je veux finir, Tabitha, martela-t-il. Tu peux t'occuper d'elle ? »

La psychologue lui lança un regard à la fois effrayé et perplexe. Elle rengaina son arme et commença à progresser d'un pas vif sur le tapis de feuilles mortes.

Un garçon émergea d'un buisson derrière Marta. Dix ans, brun, vêtu d'un uniforme de hallebardier bleu et rouge à l'étoffe souillée. Brad McCauley. Dans ses yeux étonnés, la détresse le disputait à l'effroi. Il lança un regard en coin à Marta. Un sanglot comprima sa poitrine.

Wayne oscillait d'avant en arrière sur ses talons. Il scrutait les enfants. Brad portait la tenue qu'il avait vue en rêve la nuit précédente. Un vertige s'empara de lui, comme s'il s'était assis trop vite. Il faillit chuter en arrière et son père le rattrapa, sa main énorme posée sur son épaule. L'adolescent trouvait que ces mains juraient avec le nouveau Lou. Elles accentuaient l'aspect hétéroclite de sa grande carcasse un peu gauche.

« Hé, Wayne. Tu peux t'essuyer le visage sur ma chemise, si tu veux.

— Hein ?

— Tu pleures, fiston. » Lou déplia les doigts de son autre main. À l'intérieur, les éclats d'une lune brisée. « Les larmes coulent depuis un bon moment déjà. Je présume que cet objet t'appartient. »

Le garçon sentit ses épaules tressauter en un spasme convulsif. Il tenta de formuler une réponse, mais les mots refusèrent de franchir sa gorge serrée. Ses joues humides étaient brûlantes sous le vent glacé. Soudain, il craqua et enfouit son visage contre le ventre plat de son père. L'espace d'un instant, il regretta la panse distendue de l'ancien Lou, le réconfort que lui apportait cette masse velue.

« Je suis désolé », murmura-t-il d'une voix étranglée. Il passait sans cesse la langue sur ses gencives, ne parvenait plus à sentir ses dents cachées. C'était un tel soulagement qu'il devait se cramponner à son père pour éviter de s'effondrer. Il implorait Lou, le souffle court : « Pardon, papa. Pardon.

— Pardon pour quoi ?

— Je ne sais pas. Parce que je pleurniche, parce que je bave sur ta chemise.

— Personne ne doit s'excuser d'avoir du chagrin, champion.

— Je ne me sens pas bien.

— Ouais, je sais. Pas de problème. C'est parfaitement normal. Tu redeviens humain.

— On en meurt ?

— Oui. L'issue est toujours fatale.

— D'accord. Ça me convient. »

Dans son dos, loin derrière, Wayne entendait Tabitha appeler les enfants sur un ton calme. Elle leur demandait leur nom, les rassurait. On allait prendre soin d'eux. Wayne avait l'intuition que, s'il se retournait maintenant, il en verrait au moins une douzaine. Et les autres ne tarderaient pas. Ils se fraieraient un chemin hors de la forêt, hors des parasites. Il percevait déjà les lamentations de certains d'entre eux. Redevenir humain. À l'évidence une maladie contagieuse.

« Papa ? Ça t'embêterait qu'on évite de fêter Noël cette année ?

— Si le père Noël s'avise de passer par la cheminée, je le renvoie chez lui à coups de pompe dans le train. Promis. »

Wayne hoqueta, entre rire et sanglot. Tout allait bien.

De retour sur la nationale, ils entendirent le rugissement féroce d'une moto en approche rapide. Wayne imagina, l'espace d'un instant terrible et désespéré, qu'il s'agissait de sa mère. Les enfants étaient bien revenus d'entre les morts, pourquoi pas elle ? Il fut vite détrompé : c'était juste un motard qui taillait la route en Harley. Il les doubla dans un vacarme assourdissant. Le soleil se refléta sur les chromes. Octobre débutait. L'éclat franc et massif de cette fin de matinée réchauffait pourtant l'atmosphère. L'automne s'installait, l'hiver lui succéderait, mais pour l'heure, le temps était encore aux virées.

Commencé le 4 juillet 2009
Achevé pendant les fêtes de 2011
Joe Hill, Exeter, New Hampshire

REMERCIEMENTS

La gentille liste

Si vous avez aimé ce livre, les remerciements iront pour la plupart à mon éditrice, Jennifer Brehl, chez William Morrow, qui m'a révélé l'histoire dans l'histoire. Si ce livre vous a déçu, j'en suis l'entier responsable.

Gabriel Rodriguez est un frère. Je lui exprime mon amour et ma gratitude pour ses illustrations, son amitié et son talent d'artiste. Lorsque je suis perdu, je peux toujours compter sur Gabe pour me dessiner une carte.

J'ai commencé à travailler sur ce roman à l'été 2009, dans le garage de mon ami Ken Schleicher. Ken réparait alors sa Triumph Bonneville 1978. Il m'a littéralement servi de paire de mains supplémentaire. Nous avons passé des soirées formidables et il m'a donné envie d'écrire sur les motos. Je tiens aussi à remercier tout le clan Schleicher pour m'avoir ouvert la porte de leur maison, ainsi que leur garage.

Cette histoire a été achevée après que ma mère l'a lue et m'a indiqué combien elle l'aimait, même si le chapitre final ne convenait pas. Comme d'habitude, elle avait raison. J'ai jeté les quinze dernières pages pour réécrire quelque chose de mieux. Tabitha King possède un esprit créatif de premier ordre. Elle m'a appris à aimer les mots, à en chercher le sens caché et à demeurer à l'écoute de leur propre musique. Plus important : elle m'a donné l'exemple pour être un bon père. À son contact, j'ai appris à écouter plus qu'à parler. J'ai transformé les corvées quotidiennes en jeu (ou en méditation) et j'ai vérifié que les enfants gardent toujours leurs ongles bien coupés.

Durant la rédaction de cet ouvrage, je suis parti en virée avec mon père. Lui sur sa Harley, moi sur ma Triumph. Il appréciait ma moto, même si son moteur lui rappelait vaguement une machine à coudre. Ceci est un clin d'œil pour les amoureux des Harley. J'ai adoré voyager avec lui. Je l'ai suivi le long des chemins de traverse qu'il connaissait bien, le soleil dans le dos. Sans doute ai-je arpenté ces chemins toute ma vie. Et je ne le regrette pas un instant.

Ce livre a subi l'examen attentif de non pas un, mais deux préparateurs de copie : la talentueuse Maureen Sugden, fidèle correctrice depuis trois romans maintenant, et mon pote Liberty Hardy, de chez RiverRun Books, qui s'est jeté sur toutes les erreurs possibles comme un chaton sur sa pelote de laine. Linda Faughnan est intervenue à la dernière minute pour vérifier l'à-propos de mes réflexions. Je soupçonne que l'ouvrage est encore truffé de maladresses. Cela démontre que l'on ne peut aider personne au-delà du raisonnable.

J'adresse aussi mes remerciements les plus affectueux à l'équipe de William Morrow, qui a travaillé si dur pour améliorer ma prose : Liate Stehlik, Lynn Grady, Tavia Kowalchuk, Jamie Kerner, Lorie Young, Rachel Meyers, Mary Schuck, Ben Burton et E.M. Krump. Idem pour les gens de chez Gollancz : Jon Weir, Charlie Panayiotou et Mark Stay. J'ai aussi une pensée toute spéciale pour mon amie et éditrice anglaise, Gillian Redfearn. Cette femme est un dopant moral doublée d'une véritable kinésithérapeute vertébrale.

Mickey Choate, mon agent, a lu je ne sais combien de fois ce livre et n'a cessé, avec force encouragements, de me soumettre des pistes et des orientations. Grâce à son concours, cet ouvrage s'est trouvé bonifié de toutes les manières possibles et imaginables.

Savez-vous qui est géniale ? Kate Mulgrew. Elle incarne la voix de la version audio du roman. J'avais déjà été charmé, bluffé par son interprétation de ma nouvelle : *Sur les flots argentés du lac Champlain*, et les mots me manquent pour dire à quel point je suis ravi qu'elle accepte de prêter à nouveau son timbre à une histoire beaucoup plus longue. Une histoire sur l'enfance, l'émerveillement et le deuil.

Twitter est une ruche qui bourdonne de mille idées et autres débats technophiles. Je remercie chacun des internautes qui a pris la peine d'échanger un tweet avec moi. En tant qu'univers de partage, Twitter représente une extrospection d'excellente facture.

Merci à ceux qui ont acheté ce livre, l'ont téléchargé ou en ont écouté la version audio. J'espère de tout cœur qu'il vous a plu. Quel pied, quel cadeau d'écrire pour vivre. Pourvu que ça ne s'arrête jamais.

Grosses bises et reconnaissance éternelle à Christina Terry, qui m'a apporté son soutien constant dans les dernières étapes de la rédaction de cet ouvrage et m'a permis d'exister, de m'amuser, en dehors du travail. Merci de vous être occupée de moi, jeune femme.

Je suis aussi redevable à Andy et Kerri Singh, Shane Leonard et Janice Grant, Israel et Kathryn Skelton, Chris Ryall, Ted Adams,

Jason Ciaramella et ses garçons, Meaghan et Denise MacGlashing, la famille Bosa, Gail Simone, Neil Gaiman, Owen King, Kelly Braffet, Zelda et Naomi. Mon amour et ma gratitude vont à Léonora.

Je suis également l'heureux père d'Ethan, Aidan, et Ryan King, les gars les plus marrants, les plus imaginatifs que je connaisse. Votre père vous aime.

La méchante liste

Les gens qui lisent les remerciements en diagonale ou les sautent allègrement. Veuillez contacter les responsables pour la prise en charge de vos forfaits tout-compris à Christmasland.

JC Lattès s'engage pour
l'environnement en réduisant
l'empreinte carbone de ses livres.
Celle de cet exemplaire est de :
1,900 kg éq. CO₂
PAPIER À BASE DE   Rendez-vous sur
FIBRES CERTIFIÉES   www.jclattes-durable.fr

CET OUVRAGE A ÉTÉ COMPOSÉ PAR NORD COMPO
ET ACHEVÉ D'IMPRIMER
PAR NORMANDIE ROTO IMPRESSION S.A.S., À LONRAI
POUR LE COMPTE DES ÉDITIONS J.-C. LATTÈS
17 RUE JACOB — 75006 PARIS
EN DÉCEMBRE 2013

N° d'édition : 01 – N° d'impression : 134645
Dépôt légal : janvier 2014
Imprimé en France